碎月亮

刘延庆 著

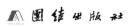
团结出版社

图书在版编目（ＣＩＰ）数据

碎月亮 / 刘延庆著. -- 北京：团结出版社，
2018.1
　　ISBN 978-7-5126-5726-7

　　Ⅰ. ①碎… Ⅱ. ①刘… Ⅲ. ①长篇小说－中国－当代
Ⅳ. ①I247.5

　　中国版本图书馆 CIP 数据核字(2017)第 264393 号

出　　版：团结出版社
　　　　（北京市东城区东皇城根南街 84 号　　邮编：100006）
电　　话：（010）65228880　65244790　（出版社）
　　　　　（010）65238766　85113874　65133603（发行部）
　　　　　（010）65133603（邮购）
网　　址：http://www.tjpress.com
E-mail：zb65244790@vip.163.com
　　　　　fx65133603@163.com（发行部邮购）
经　　销：全国新华书店
印　　装：三河腾飞印务有限公司

开　　本：170mm×240mm　　　16 开
印　　张：32.75
字　　数：498 千字
印　　数：2045
版　　次：2018 年 1 月　第 1 版
印　　次：2018 年 1 月　第 1 次印刷

书　　号：978-7-5126-5726-7
定　　价：88.00 元

楔　子

栗蓬儿出生在冬至，白昼很短，天说黑就黑，产房里要求添灯火，爹点亮油灯要端进去，他的哭声就炸响了。

再次添丁，全家欢喜。爹的快乐自不必说，爷爷嬷嬷也十分高兴，他们在等候儿媳分娩的时候双手不闲，已经包齐了冬节饺子。那年运势好，小日本投降，大秋庄稼丰收，日子有了盼望，饺子个个皮薄肉厚，齐齐整整地排在盖垫上，犹如精气饱满的兵丁列队，见出两位老人的勤勉、喜悦和精细。爷爷嬷嬷的身体已不很康健，并不繁重的劳作，他们就觉得疲乏，不得不倚靠着平垒在炕梢的被垛接受爹的报喜。爷爷嬷嬷需要爹来禀报，尽管他们得到消息与爹差不多同步。

爷爷嬷嬷住在东屋，西屋是爹娘的住处，此时兼作产房，两间住室中间只隔堂屋。堂屋里有东西两台锅灶，由姐姐玉椿和哥哥玉楸分别把守，灶底火烧得旺，窗纸糊得密实，屋外寒风呼啸，两间屋子里都很暖和。在热乎乎的炕上听过爹的喜报，爷爷嬷嬷觉得分外舒坦。

爹恭恭敬敬地站在炕前，等候老人发话。

又是大喜，好。他母子平安，好。爷爷沉思片刻，说，叫栗蓬儿吧，就叫他栗蓬儿；官名，满月的时候我再给他。

爹看嬷嬷，嬷嬷不接他的眼神。爹明白了，嬷嬷也许心里并不赞同，但她认可爷爷的命名。爹不太喜欢这个名字，不过，爷爷的话是违抗不得的，爹也无意违抗，他爱怜地抚摸着儿子毛扎扎的胎发，把"栗蓬儿"转告给娘的时候，语气很是轻松。

娘很不乐意，对公爹的专断颇为不满。娘的如意算盘，是公爹继续保有为孙子辈起官名的专权，而将起小名的权力赐予儿子或儿媳。她已经想好了预案，为小儿子起个寓意壮实或大气的名字，牛羊犬马是首选，河岳山川做后备，借以为他争个平安康健和有出息的吉兆。而栗蓬儿，是板栗吐出栗仁后剩下的干瘪壳斗，没模没样不说，还硬刺蓬蓬，尖利如针，是百无一用的废物，怎么能作孩子的小名？娘想了想，觉得这个不中听的名字与窗外堆放的栗蓬儿有关，爷爷必定是看到了那堆东西，顺手拿来给了呱呱坠地的婴儿。她觉得气闷，便把不快发泄到爹的头上。

都是你！谁让你弄那些栗蓬儿回家的？除了扎手，它还能做什么！

蓝布缠头，虚弱而疲乏的娘说。

那堆栗蓬儿是爹做事总图轻省的铁证。爹原是要去南原把棒槌茬弄回来充实柴火垛的，活儿并不苦重，但刨掘土地里的棒槌茬也需要费一番工夫，他又惦着产房里的事，就推着小车上了东坡。那里生长着很多栗子树，栗子早已收果儿，蓬壳儿散落满地，有勤快的庄户人觉得手痒，就把它们拢成大堆免得碍脚，爹看在眼里，撮满一车运回家，为此受到娘的好一顿埋怨。

谁说没用？不能用来烧火么！我推回来就是要烧火的。爹争辩说。

娘说，全马家铺，谁家拿栗蓬儿烧火？那又不是柴火。

别人不烧我就不能烧么？爹说，我把它当柴火烧给你看。

为了证明栗蓬儿的燃烧效能并不亚于棒槌茬，爹勇敢地用木锨撮起一些送到堂屋，赶开灶前四岁的儿子玉楸，用火钳夹住栗蓬儿送入灶坑，并与九岁的女儿玉椿各自拉动风箱。风箱拉杆的频率提高到没法再高的程度，灶中风声大作，火势熊熊，经雨见霜，还留有潮气的栗蓬儿哗哗剥剥炸响。父女俩稍一松懈，滚滚浓烟倒出灶坑，呛得爹和玉椿鼻涕眼泪流个不停。玉椿不敢离开，只顾侧头擦眼泪。爹不得不放弃演示，丢盔卸甲地跑出屋门，在阔大的天井里咳弯了腰。

爹的狼狈之状让娘很解气，她开心地笑起来，是那种窃窃的笑，很快活，但笑声压得很低，不能让对门的公爹和婆母听到。笑过了，娘的心情大好，便原谅了老人和丈夫，她把奶头塞入儿子急切寻找的嘴巴，说，"栗蓬儿"好，咱就叫栗蓬儿。

太平日子没过几天，时局又乱，天下鼎沸，跑反、饥荒、旱涝灾害接踵而至或联袂而来，马家铺一夕数惊。但在动荡年月里来到这个家的栗蓬儿是幸运的，他得到了爹娘格外的爱惜。娘的身子骨壮实，奶水充足得有如汩汩流淌的泉水，浇灌得他肥头大耳。两岁的栗蓬儿开始加吃粮食，并非特意为他做的精细食品，却比玉椿和玉楸的吃食高出一等，是享用与爷爷嬷嬷同样的尊贵品味。一般来说，栗蓬儿紧挨上座的爷爷，可以自由点取饭桌上祖辈的专供，但娘的乳房仍然提供给他无与伦比的养分。栗蓬儿长势很好，胖嘟嘟的脸，胖嘟嘟的身子，胖嘟嘟的手脚，爱说爱笑，总在大人的逗引和夸赞中喋喋不休。他以娘为中心，鼓足圆滚滚的肚子绕着圈儿奔跑。他的活动半径很小，总在娘的视线之内，或者说娘总在他的视线之内，偶尔离开娘远一些，也走不出天井。

"天井"，是马家铺对家庭院落的称呼，就其长阔平坦而言，栗蓬儿家的天井堪称全村第一。前几年西厢房在风雨交加中倒塌，闪出大片空地，望出去全无遮拦直到落甲河。爷爷和爹请来乡亲，将天井推出一丈多远，两版夹土，石夯起落，合力筑起土墙，使其更显得宽敞豁亮。正房门前一条砖墁的小道把天井东西分开，斜刺里通向西墙尽南头的大门，那是栗蓬儿跑动的最远距离。他很少出门，即使在娘的鼓励下偶尔走到大门外，稍有风吹草动，就赶紧跑回家，神情紧张地钻进娘的怀里。倒也去过村外，那是娘忙得没工夫看他，暂由姐姐玉椿代劳。玉椿是体贴父母的闺女，拧洋槐花背着栗蓬儿，到河滩割猪草背着栗蓬儿，下地拿豆虫也背着栗蓬儿。栗蓬儿胖，重得像秤砣，玉椿的两手在身后十指紧扣托着弟弟，重重的栗蓬儿坠弯了她的小指头。姐姐还得唱着曲子哄栗蓬儿，把饶舌的小弟弟哄进梦里。酣睡中的栗蓬儿趴在姐姐的背上，他的口水往往流入玉椿的脖颈，在毫无知觉中被姐姐轻轻放到炕上。

美好生活又持续了近两年，仍然离不开娘奶的栗蓬儿开始惹村里人关注。娘不时提醒小儿子，奶水不可以一成不变地吃下去，像你这么大的孩子，没有吃奶的了，再吃奶是要被人笑话的，人家就在笑话了，我要断你的奶了。但栗蓬儿并不觉得吃奶有什么不好，也没听出娘的话里有话，以为娘在吓唬他，断奶是很遥远或者不可能的事。

好光景不能永远延续，它在一个晴朗的秋日戛然而止，娘断然推开扑到怀里要奶吃的栗蓬儿，掩紧大襟，说，起开。

残酷的变化使栗蓬儿不知所措。娘的奶水是他赖以成长和获得快乐的源泉，吃娘的奶天经地义，凭什么娘突然黑下脸来不给吃了？他委屈得不得了，觉得天塌地陷，缠着娘死活要奶吃，不然就拒绝吃饭，甚至撒泼打滚儿，哭闹得全家不宁。嬷嬷把娘叫到东屋，十分和蔼地要求宽限栗蓬儿几天，比如再奶他一句。嬷嬷说娘是个明白事理的儿媳妇，断奶之举近于英明，但栗蓬儿震天动地的哭闹让做嬷嬷的她实在烦透了。你再给栗蓬儿吃十天奶，就十天。嬷嬷说，缺了这口奶水，栗蓬儿怕是要饿出毛病来。

倘若同样的话从公爹嘴里说出，娘也许会乖乖地听从，哪怕心有不甘，但出自婆母之口，娘打心眼里不想顺服。在娘看来，养育儿女是她的，也是天下所有娘亲的分内事，决定着儿女的有无出息和优劣高下，也最能见出娘亲的人品、识见以及作为，而教育孩子，婆母十足是个失败者。娘认为，爹的种种不成才的行迹，全是嬷嬷溺爱和纵容的结果，她根本不具备启导或训示的权威。所以，嬷嬷的斡旋不但没有取得预期效果，反而引起了娘的警觉。

身材矮小、性格懦弱的嬷嬷实属勤劳吃苦的人，相助爷爷把全家料理得风调雨顺。但嬷嬷的致命弱点是溺爱孩子，准确地说是溺爱儿子，也就是说，溺爱爹。她只生养了一儿一女，即爹和他的姐姐也就是栗蓬儿的大姑。大姑虽是头生，毕竟是女孩儿家，顶不得门，立不得户，入不得族谱，到头来要赔上嫁妆嫁到不知哪里去，随夫婿姓字的，本不值得看重。待她，嬷嬷并不很上心。爹的降生改变了嬷嬷的生活也改变了她的性情。她把爹当做祖宗般供奉，等闲不允许别人染指。只要事关爱子，原本通情达理且脾气随和的嬷嬷立马变成母老虎，任谁也动不得儿子半分，即使她平日里百依百顺的爷爷。有一件事足以证明她明火执仗般的蛮横。

爹十五六岁时，屡屡与他的狐朋狗友躲到见不得人处推牌九，输赢倒也不大，斗筲[①]出入而已，但即使是大富之家也经不起日复一日的淘洗，而自己的家境还称不上很富有。再说，赌博终究是邪僻之性，实属庄户人家容不得的大毛病。

鉴于爹屡教不改，爷爷下了狠手，要杀杀他炽热的赌性。他将爹拖回家，用麻绳捆翻，绑在西墙边那棵粗大的梧桐树上。爷爷生怕被嬷嬷发觉，激起她凶悍的护驹子本性，自己的惩戒计划会被搅浑，要赶在她发现之前把一应训诫程序走完。时间紧迫，爷爷迅速将另一条麻绳绾几个来回，成为尺半长

---

① 斗筲：斗与筲均为容量器具，此处以喻数量微小。作者注，全书同。

的襻儿^①，摁到水中浸过，很沉实，攥在手里，有类多股麻绳攒集而成的粗重鞭子，在儿子身上轻轻试抽了几下，声音不大却让爹很受用。

爹吓得脸色苍白，浑身哆嗦如筛糠。他知道大杖则走的古训，很想即刻遵行，无奈走不脱，又不懂得讨饶，只有战战兢兢听爷爷教训的份。他的种种劣行被爷爷一一点出，比如不务正业，喜欢不入流的东西，对京戏贪恋到出格，为此公然逃学，尾随着某个戏班子过足戏瘾，晃荡半月之久才回家；比如擅自跟人进犸虎岭打野物，爷爷吩咐他锄谷地，他竟敢浮皮潦草应付过去，地皮也未见松散，杂草由是疯长……都是败家的典型征兆。不过，上述行为之恶劣，比起赌博，都属小巫见大巫。爷爷数点嗜赌的罪过，从可能的输掉家业到必定的败坏本性，从村史里赌徒的悲惨下场到当下几个小混混的可怕将来，有理有据，义正词严，滔滔不绝地讲了差不多小半个时辰。不但受训者汗水淋漓，教训者也口干舌燥。后来爷爷收住口，倒了碗温水喝下，准备动大刑。

为了让爹心服口服，爷爷庄严地问爹，现在，这蘸了水的绳襻儿要打到你身上，你自己说，该也不该，你认也不认？

被捆缚的爹不知道回答"该""认"还是相反，他知道的是，无论回答什么，那因为蘸了水而抽到身上格外疼痛的多股绳子，今天是躲不过去的，索性硬了头皮，充一次不怕打的好汉。他低下头，绳襻儿高高扬起。

大门被突然撞开，从街上碾米回来的嬷嬷看到了这恐怖的场面，接下来的事情最合爹的心意而让爷爷无可奈何。嬷嬷撇下簸箕、小笤帚和盛满谷米的笸子，扑到梧桐树下，干瘦的身体遮住爹，勇敢抵挡并迅速抢夺即将落下的绳襻儿。惊恚交加的嬷嬷并没有说话，她不是很会说话的人，她用不讲道理的方式搅黄了爷爷大讲道理的暴力庭训。

爹年少时的诸种不良德行，尽管在娶妻生子后改掉了若干，但想彻底改变也真难，诚所谓江山易改禀性难移，脱胎换骨只是传说罢了，爹怎么可能完全放弃那些让他痴迷到丢魂儿的快乐。爹的远房哥哥全家迁徙济南府，开始时，无偿地让爹在他家的地亩里春种秋收，后来索性将地亩归在爹名下，

---

① 绳襻（kuì）儿：麻绳被绾成圈状，闲置时便于悬挂；此处爷爷将其用作刑具。

然而，到栗蓬儿出生的年月，爹已经把家产踢蹬得十去其半。这里固然有兵连祸结及嬷嬷久病的因素，他的好耍闹、不成器，却是家境一年不如一年的主要缘由。想到爹的毛病是怎样的令人讨厌且痼疾难除，娘每每痛心疾首，随之必然追根溯源。一旦较真，扯起秧子带出根，追究到嬷嬷是顺理成章的事情，因此，娘温婉却坚定地回答她的婆母说：

娘，你不必操心，栗蓬儿不会有事，饿不坏他。你老安心养身子罢。

栗蓬儿再也没得到娘的奶水，不仅如此，娘还把他从与爷爷嬷嬷等高的饮食地位上一拉到底。他不得不与玉椿和玉楸吃同样的棒槌煎饼，同样的秫秫粑谷①，同样的小米稀粥，同样的地瓜干，有时也同样吃糠咽菜……总之，被迫取消母乳及特供，降尊纡贵的栗蓬儿吃的与哥哥姐姐毫无二致。这小子胃口大减，扒几口饭就放下碗筷，再也没有了往常的旺盛吃相。不久，胖墩墩的栗蓬儿像被抽去了汁液的小树，萎蔫下来。他的皮肉松弛，神情由倦怠发呆到萎靡不振，整日病恹恹的，终于在某个晚上病倒，发起高烧，满嘴燎泡，还说胡话，尽是些渴求奶水的呓语。

爷爷请马家铺自学多年而尚未成才的马天佑来看看。

马天佑好读书，天地阴阳都有涉猎，最喜欢读医书，据说懂医理也懂药理，却很少出诊，现在被族叔延请诊治病人，立马赶来。他有模有样地行过望闻问切等所有程序，之后说，看不懂栗蓬儿的症候，似乎也没什么症候，弄不明白这小东西究竟得了什么病。然而，不管患什么病，浑身滚烫是万不可以持续下去的。他不过是个业余郎中，没有底气开药方。不过，他有比药剂还顶用的好方子。马天佑说他家里珍藏着些许黄连须子，愿意无偿提供，用来医治病孩。用法是每次放入燎壶②半钱，煮水给栗蓬儿喝。这汤水很苦，如果喝不下，可加半钱甘草同煮，药效并不减弱。马天佑说这是最后的诊治。倘若喝下苦汤水的栗蓬儿仍无起色，自己就别无良策了，最好抱他到桥头镇请正牌医生看，或赶紧送苍蒲县城去找大医院的医生。

爹听得不忍心，嬷嬷开始抱怨，说栗蓬儿的病全由娘的狠心断奶引发。

---

① 粑谷：玉米（棒槌）面或高粱（秫秫）米面做的贴饼子。
② 燎壶：当地烧水的黑色铁壶，壶身瘦而高，提梁亦瘦高。

亲娘亲娘，天下最亲的是娘，连奶水也不给儿子吃，心肠这么硬，哪里还有亲娘的模样？简直比后娘还狠心。爹把老人的话婉转地告诉了娘，说他的意思与嬷嬷的并不完全相同。不过，此时不比往时，正是要紧的关口，是不是暂时开戒，即重新喂栗蓬儿奶水，等儿子病愈之后，再重启断奶大计？

你们娘俩儿都少管，栗蓬儿别想再吃一口奶。娘说，我不能让他跟你似的没出息。

爹差点儿被呛个跟斗，再也说不进话。娘半步也不退让，她把爷爷嬷嬷和爹统统摒除在外，独自担起看护栗蓬儿的职责。娘按马天佑的半吊子医嘱，不断喂给儿子加入黄连须子熬煮的汤水，喝不下就捏住鼻子往喉咙里灌，这种苦得难以下咽的药水替代娘的奶水，源源不断地进入栗蓬儿的身体。为了尽快降低体温，娘无师自通地把白手巾在凉水里浸透又拧干，不断敷在儿子的额头，并用来擦拭他的脖颈、后背、腋下、膝窝和脚心。

娘没白没黑地守护在栗蓬儿身边，饭食是顾不得料理了。疑惑与忧虑交加的爹指挥玉椿和玉楸烧火做饭。多亏女儿玉椿，平日里跟娘学习的厨艺此时派上了用场，显示出女孩儿的早熟和有用。其实也无所谓厨艺，农家的饭菜，样式简单但可口，并不需要费很多气力和心思。不过，当萧规曹随的玉椿把像模像样的饭菜布到堂屋里的矮桌上，随手摆放好马扎，很有礼貌也很有章法地请爷爷、嬷嬷和爹来就座的时候，爹的眼里满是赞许。

栗蓬儿的体温由居高不下到忽高忽低，没有规律可循，人整个儿昏迷不醒。这种半死不活的状态持续了三天三夜，娘守了三天三夜。第四天凌晨，熟睡中的爹被鸡叫惊醒，他推推围护在栗蓬儿身边打盹儿的娘，说，天要明了，你闭会儿眼，我来守着他。

娘侧耳听了听，说，"春三秋四冬八遍"，这才是头遍鸡叫，时辰还早，今天你得到桥头集卖秫秸，你再睡会儿。

爹说，反正我也醒了，索性就不睡了，天明就推车送过去，赶个早集，也许一下子就出手了。还是我来看着吧，不定栗蓬儿就醒了呢。

困乏之极却硬撑着的娘打着哈欠说，天可怜见吧。

就在此时，爹娘听见栗蓬儿说，饥困。

娘不敢相信自己的耳朵，贴近了儿子的脸说，栗蓬儿是你说的么？栗蓬儿你再说一遍。

饥困……

犹如听到天籁之音，喜极而泣的娘顾不得抹眼泪，与爹抢着说点灯，手忙脚乱，珍贵的洋火在炕沿上几度擦不出火花。

苏醒过来并迅速痊愈的栗蓬儿一改旧观，完全忘记了娘的奶水，食欲旺盛无比，粗细不论，荤素全收，饭量大得不得了，差不多吃两个同龄孩子的饭，且好像永远吃不饱、吃不够，刚刚塞满肚皮，到村里跑个来回，转眼就嚷着要东西吃。娘不无忧虑地说，栗蓬儿你莫非是直肠子？怎么连消化食儿的工夫也省下了呢？又说，这么吃下去，咱家要让你吃穷的呀。

令人惊讶的是，似乎总是在吃的栗蓬儿非但没有肥胖，反倒逐渐瘦了下来。不出一年，曾经的臃肿胖小子变成了干瘦而精壮的五岁男孩儿，圆眼睛，蒜头鼻，阔耳朵，乱发蓬蓬，嘴大到五官不成比例，常常在饥饿难耐而饭菜供不上趟的时候将拳头塞进去吸吮以暂解饥饿感。这是他贪婪吃奶的神经性再现，让大家惊讶且好笑。

栗蓬儿的变化不止于此。娘明显地察觉到，栗蓬儿不再亲近她。曾经对娘百般依赖，粘在她身边须臾离开不得的儿子不见了。眼下的栗蓬儿从不主动接近娘，对娘的召唤的反应，总是慢半拍，且爱答不理，略怔一怔，掉头跑开，做自己喜爱的事去，无非是扑蚂蚱、粘知了、嚼草根、打木茧、跳房子、放风筝、抓泥鳅、照螃蟹、挖河蚌。后来，就跟着比他大得多的孩子，爬树、上房、翻墙、凫水、戳老鸹巢、捅马蜂窝、烧荒火、捉长虫、追疯狗、打野仗……不时有家长领着被打伤的孩子找上门来，声讨栗蓬儿出手凶狠且不讲情面，结果无一例外，都是他被爹娘当着仇家的面痛打一顿了事。

早几年，爹从大姑家抱来一条几个月大的黄狗家养，因为它两肩各有一块大小对等的乌青色圆斑，爹给它起名"二青"。栗蓬儿与二青的亲近远远超出与娘的，恨不得夜里抱着它睡觉。村里的狗多是吃屎的，栗蓬儿却死活不让二青吃，拗着劲儿把家里的残羹剩饭留给它。二青也格外和栗蓬儿亲，不是引着他乱跑，就是跟着他乱跑，滚作一溜烟尘。娘还发现，栗蓬儿变得不多话，总是不声不响地跑来跑去。从来听不到他哭，而但凡他笑，多有祸事发生。比如东墙上的神龛，爹偶然说起，那是用不沉水的檀木做成。几天后，听人说栗蓬儿在簸箕湾耍水，慌忙赶去，见他正极为开心地一次次投掷再一次次捞起，验看撬下来的神龛小门扇是否真的沉到水底。栗蓬儿做弹弓，到处搜求弹兜原料羊皮而不得，忽一日听见他笑声不断，原来他用新弹弓将半熟的桃子打落满地。爹娘赶紧抢过去喝止，而嬷嬷失声叫嚷起来——爷爷珍爱的黑羊羔皮皮袄被粗暴地剪去了一角。恪尽职守的公鸡，不知何时被拔光了长翎毛，模样怪异之极……

最令人不解且不可接受的，是栗蓬儿再也不愿穿鞋。春夏不穿鞋倒也平常，农家子弟，多有打赤脚的。但每到深秋，遍地的蒺藜狗子变得又坚硬又锐利，不亚于铺满山野的小刺雷，个个戳得人脚破，且爱把尖刺留在肉里。冬天的严寒不用说了，没有人敢打赤脚与冰天雪地做对头。但栗蓬儿拒绝所有的袜子和鞋，不论是娘做的布鞋、姐姐哥哥小时候穿过的旧鞋，或者姥爷赶了近四十里路亲自送来的虎头鞋，抑或爹从村里唯一的小杂货铺店主丛其五那里借来，企图让栗蓬儿试穿的黄绿色小胶鞋，他一概拒绝。只要穿上鞋，栗蓬儿就喊脚痒、脚热、脚疼、脚刺挠。起初，娘以为是鞋小脚大，鞋挤脚的缘故，为此一次次测量儿子的脚，用手拃量，用虎口量，用大指量，用小指量，再与鞋比对，并无丝毫差池，两者合榫合卯，且鞋都比脚大出一点儿。娘的计量历来精准，对栗蓬儿的脚与鞋的冲突不和百思而不得其解。后来，娘不惜工本，把多层袼褙儿①摞起做鞋底，千针百纳，底子厚实而软和，鞋帮絮饱了新棉花，做出合脚且适意的棉鞋，鞋面上缀个耀眼的红绒球。娘一改平日里的严厉，做出比爹还要温和的样子，晓以道理，告以利害，诱以美食，劝栗蓬儿听话。

娘说，栗蓬儿你不能光着两脚，光脚要挨蒺藜狗子扎，被豆茬刺，被石头尖儿戳。你看，就要入冬了，你还要长冻疮。冻疮痒得很，难治得很，痒死你。再说，野孩子才打赤脚，多让人笑话。穿鞋吧，栗蓬儿你一定得穿鞋。天下谁个不穿鞋呢？穿上鞋，你的脚就冬夏不怕，还能长得周正点儿。穿鞋的好处太多了。栗蓬儿听话，穿鞋！你要自己不穿，我给你穿上。你不穿也行，过来，让娘好好看看你的脚。

---

① 袼褙儿：由多层布头儿、布片儿裱糊而成，贴在平板上晒干后，多用来做布鞋。

然而栗蓬儿看出了娘的诡计，并不上当，撒腿就跑。他跟坡兔子^①似的一骑绝尘，让娘很恼怒却无可奈何。

十冬腊月，寒风跟刀子似的，厚厚的棉鞋尚不足以保暖，人们在冰天雪地里停留的时间稍长，就得跺着脚，或两脚轻跳，或互相碰撞，借以让双脚不致冻僵。此时，最扎眼的就是栗蓬儿，并不厚实的棉裤下面，两只裸露的脚轻巧地踏着冻硬了的雪地、冰面，撞拐、疯跑、玩滑溜、打雪仗、抽陀螺，或飞快地拣拾被大风刮落的树枝，有时跟猴子似地爬上大树折取枯柴，挑衅似的双脚上天入地，总会招惹人们的目光，渐而引起马家铺人的疑虑。人们在闲聊之际，有时提到这个野性十足的孩子，口吻近似于谈论一个潜在祸端或未来孽障，大都认定他将会"妨人"。

在庄户人看来，日月经天，江河行地，水往低处走，秋来百草黄，六礼有常仪，岁时有常节，尊卑长幼，高下先后，都须遵时循序，容不得乱来。人过日子也如此，着衣穿鞋正如自然万物四季循环一样平常，这就是常态，常态就是章程，称为永恒也未为不可，万不可以错乱，否则必受惩处。假如错乱规制的人安然无恙，该他承受的惩罚必会加倍施于他人，或尊长或同胞，或亲戚或友邻，抑或不相干的倒霉蛋，总之天网恢恢，绝不落空。一句话，某个人的异常行为导致别人遭殃，就是"妨人"。栗蓬儿冬夏光脚，完全悖于常理，自己没事人似的，正是妨人的不祥征兆，或早或晚，说不定要弄出大乱子，祸延家人乃至马家铺。人们有理由疑虑重重。

而特别引起众人担忧和猜疑的，是栗蓬儿经常与一个神秘而可怕的人混在一起。

这个人是时疯时傻的马长亭，是马家铺一带名闻遐迩的人物。人们提起"马长亭"三个字，总会捎带着说"祸害"，意思很明白，他是个妨人者。一般而论，这话并不冤枉他，疯癫时的马长亭很具攻击性，而一旦回归愣怔呆傻的状态，他就孱弱得不可理喻，每每成为顽劣小儿欺侮和报复的对象，笑骂声随着石子儿、土坷垃突然掷来，这个柔弱胆怯的人根本逃跑不及。他似乎也不懂得逃离，弯着腰，抱着头，绽开花的棉袄棉裤承受着枪林弹雨。此时，栗蓬儿

---

① 坡兔子：野兔。

是他唯一的保护者，会随手抄起不论什么武器勇猛还击。

论辈分亲疏，马长亭是栗蓬儿出了五服的九爷爷。他家的北墙就是栗蓬儿家的南墙，大门也开在西边，栗蓬儿经常跑进跑出，这个老鳏夫做的半生不熟杂七杂八的饭，他吃得兴高采烈。他不时跑到狎虎岭与东坡交界处的砾石滩，为九爷爷寻觅和挑选火石。火石是马长亭吃烟必需的引火器具，还是他的玩具，敲击火石是他日日不可缺少的怪诞乐趣。马长亭在南原搂草，拖着的宽大草笆子，总有小小的栗蓬儿鞍前马后地忙活，不时用柴棍为疯老九剔出塞满草笆子的干草，以使马长亭能够再次拉动。夕阳西下，一老一小倚着草堆歇息。马长亭熟练地用火镰敲打火石，点燃火绒，淡淡的青烟从铜烟锅里袅袅升起。每当此时，栗蓬儿会与惬意的疯老九一同傻傻地笑。马家铺人看到如此场景，免不了从心里生出些不祥猜度。

日月更替，天下太平，海晏河清的日子过得快，打赤脚的栗蓬儿长到九岁，全家人及马家铺安然无恙，他的怪异之处已经被人看做平常，没有人注意他的脚，也没有人格外留心他。那有什么好看的？一双沾满了泥土、草屑、牛屎马粪或冰雪的脚而已，一个几乎无一日不带伤的野孩子而已，由他去吧。如果不是某个外村人口出不逊，导致娘深感羞辱，他的脚或许会自由自在地永远光下去。

那年深冬，爹与马天茂结伴赶桥头镇大集。马天茂是爹的发小和铁杆赌友，天性好茶，以致嗜茶如命。散了集，马天茂偶遇某个瓜蔓子亲戚，被邀请顺脚到家里过赌瘾兼茶瘾，爹自然跟去凑牌局兼打秋风。见面后，马天茂郑重地介绍过双方，那人与爹很有教养地互相拱手过了，说，你就是马天启？久闻大名，久闻大名！

爹很谦逊，连连说哪里哪里，自家的门楼矮，当不起当不起。

那人说，我们这里都知道你，知道你有个五冬六夏不穿鞋的孩子。

爹说，不穿鞋也好，省下了做鞋的工夫。

那人问，你那小子，脚上是不是没长趾头？

你胡说些什么！马天茂打断亲戚的话。

我怎么胡说？那个人看着爹说，这四乡八镇的人，谁不说你那孩子长的不是脚，是猪蹄髈，都说不知道要妨谁呢。

此公的话离谱到近似于污蔑，让爹很没面子，而娘最是羞愧难当。这个引起人家如此恶评的孩子，是从她身上掉下的肉，儿子的双脚被妄议，等于在议论她的脚，而娘的脚从来就是她的心病，一直敏感得很。说栗蓬儿的脚非人脚，无异于说她生养的是个怪物，这跟说她是怪物并没多大差别。

给他穿鞋！

深受刺激的娘终于痛下决心。

这年的三九天滴水成冰，正是人不得不穿鞋，不穿鞋就表示甘心舍弃双脚的时节，也是消除栗蓬儿异端行为的大好时机。亲人们决心给野蛮倔强的儿马子套笼头、戴嚼子，从根儿上铲除他"妨人"的可能，至少，削弱人们的种种猜疑。不过，毕竟是血脉相连，大家不愿让这个有违规制的孩子受到太大伤害。反复密谋之后，他们决心实施一个简单的，看似强迫实则最为柔性的计划。

爹取材，娘施工，嬷嬷带病挑灯相助，连夜为栗蓬儿赶制出一双蒲袜。

"蒲袜"是很奇怪的称谓，明明是把蒲草轧扁晒干，巧妙地编织成鞋，偏不叫"鞋"或"靴"而称作"袜"，也许是取其体己的缘故吧，又保暖，又通透，不至于闷脚，应该是栗蓬儿最可接受的鞋了。寒冬腊月，穿起蒲袜，踩踏厚厚的积雪，会发出分外响亮的咔嚓声，是很惬意很中听的。

蒲苇有限，并非每个马家铺人都有穿蒲袜的幸福，玉椿和玉楸就没有这个福气。他们穿的是旧棉鞋，鞋帮里的棉絮已成薄片，导致脚上的多个冻疮又有发作的迹象，娘不得不备好嘎喇油防着。作为老三，栗蓬儿本来不具备穿蒲袜的资格，但他不懂得亲人的苦心，更不懂得感恩，依旧拒绝往脚上套任何东西。无论爷爷嬷嬷和爹娘怎样就穿鞋的春秋大义反复开导，软硬兼施，引诱、劝解、恫吓，甚至示范穿给他看，全然不起作用，栗蓬儿丝毫不妥协。刚刚九岁的小把戏，竟然如此强项，这还了得？再不严加管束，将来必为祸患，乡亲们的疑虑和揣测必将坐实，终于演变到武力解决。爷爷运筹于东屋炕上，娘坐镇指挥于堂屋门口，爹亲率玉楸把满村飞逃的栗蓬儿扑倒在地，抱持回家，顾不得他的拼命扭动和咆哮抗议，几个人按他在炕沿上，把他肮脏的双脚洗干净，迅速套上一双棉布长袜，是娘为栗蓬儿特意缝制的，极为妥帖，之后在外面套紧蒲袜。

这是一双为栗蓬儿量身定做的蒲袜，弃常见的矮帮而取高腰，是爹娘赶制出来的特殊制式，往里面铺进与鞋里儿等长的轧得扁扁的麦秸。粗麻布条千足虫似地缀满鞋腰，是用来捆绑栗蓬儿的腿肚子的。强行穿上蒲袜以后，在他的膝弯下面，用结实的麻布长条缠绕到极紧，跟打箍似的，又像绑腿布，都打了死结。

看你还能怎的！亲人们放开栗蓬儿，在紧张地注视里很有些快意。

从父兄的手臂下解脱出来的栗蓬儿逃出屋外，把所有的呼唤扔在脑后。刚才被五六条手臂摁倒在炕上，他很憋气，十分愤怒。雪片乱飞，在寒冷的风里跑着，脚下的咯吱声没让他感到快乐，反倒觉得脚底燥热，进而两只脚如同被烈火烘烤，烧灼感觉上升到心头，迅速直冲头顶，发茬不长的头顶热气腾腾云蒸霞蔚。栗蓬儿拼命甩脚，使劲掰扯蒲袜，无济于事。他心里烦躁得很，再也不想回家，胡乱地瞎跑，跑上东坡，跑到砾石滩。在那里，他遇到了马长亭。

此时的马长亭生活在常态，穿着勉强盖住脚面的烂鞋，诧异地盯着栗蓬儿脚上的蒲袜，又端详他痛苦不堪的脸，罕见地笑了笑，选定一个边缘尖锐如锋刃的黑色石片，让栗蓬儿坐在桑树溪的土崖上，抱起他的腿，用石刀一丝丝地切割缠绕得极其牢固的麻布条。最后，他让栗蓬儿躺在冰冷的崖顶，双手用力，蒲袜被艰难地脱掉。褪去紧贴肉皮的长袜，如同长虫蜕去旧皮，武士卸下铁甲，又宛若从炽热的火炉中抽出双脚，栗蓬儿顿时轻快无比。赤裸的双脚接触到雪地，清爽干净美妙绝伦的感觉流遍了他的全身。

他与马长亭大笑着在雪野上奔跑追逐，沿着桑树溪跑到高埠，又跑到落甲河。厚雪覆盖下的河堤宛若巨蟒，白鳞白甲，逶迤北去。跑累了，跑不动了，栗蓬儿和马长亭仰面躺下，望着伸向天空的白杨树。树杈上，老鸹窝在厚雪下露出黑色枝条，有老鸹嘎嘎大叫。白茫茫空中飘来的大片雪花落到脸上，清新凉爽之极。后来他们在雪堤上打滚儿，与骒马出力之后必须打滚儿同理；快乐地喊叫，也像极了打滚儿打到惬意的骒马，引颈仰头，咴咴嘶鸣。

穿鞋与反穿鞋，娘的坚持与栗蓬儿的反抗，时断时续。为家人的安全计，也为栗蓬儿自身的平安计，至少，为减少和平息马家铺人的疑虑与担忧计，栗蓬儿的脚上必须有鞋。而栗蓬儿以不变应万变，无论谁，只要说到鞋，只要让他穿鞋，都会引起他的极端厌恶。为此，栗蓬儿的身上经常被娘的笤帚疙瘩打得青一块紫一块，头上的肿包此起彼伏，但是，人人都穿的鞋，仍然没有穿到他的脚上。

栗蓬儿十岁的时候，妹妹六月生了一场绵延半年的大病，差点病死，娘的精力全部放在小女儿身上，身体险些被拖垮，对儿子的惩治不得不无限期搁置。

娘在被迫放弃她的努力以前，实际上已是孤军奋战。对栗蓬儿的脚与鞋的亲疏，爹早就表示不再干预，也就是说，无论娘或栗蓬儿哪一方胜出，他都会认可并为之高兴，但他只作壁上观。爹不是心思专一的人，做事又没有长性，需持久专注并反复做的事，他做做就腻烦了。嬷嬷的罢手缘于自身病重，吃喝都得别人伺候和收拾，自己像尊神一样呆坐或倒卧。娘操持家务本来繁乱，再加侍奉婆母，忙得脚不点地，也没赚到她的一句嘉奖。她看栗蓬儿的脚一天比一天别扭，自身的病却一天重似一天，泥菩萨过江，再也没有精力介入此事。爷爷的退出是最早的。那几年爷爷日渐衰老，思维却日益明晰澄澈。他很智慧地认为，个人的祸福、自家的贫富、马家铺的穷通，与小小的栗蓬儿那双虽然大了一点却并无特殊的脚哪有什么相干。庄户人不过是山野草木，栗蓬儿？栗蓬儿连像样的草木也够不上。家人和村邻的顺逆吉凶自有天定，怎么会猜疑到他的脚？可笑。

爷爷处事虽多专断，却并非保守和顽固的人，他力主玉椿上学，这在把闺女看得无足轻重的马家铺并不多见。因为需要帮助大人照顾弟妹，玉椿只上两年多就退了学，却因为极其刻苦，她摘掉"文盲"帽子，能够看书写字了。暮年的爷爷表现出的通达、泰和与开明，是他的同辈人难以企及的，宛若冬日暖照般让人周身熨帖。他曾极偏心地宠爱玉楸，亲自为他置办书包、石板、石笔及所有的本子，并耐心督导玉楸读书，处处偏向长孙。但到了生命的最后几年，他也让栗蓬儿和六月分享隔辈人的厚爱。为他掏耳绒①和拿拐杖曾是长孙的专利，玉楸为此在弟弟妹妹面前趾高气扬，此时，爷爷把这两件荣耀无比的差事也赐予六月和栗蓬儿。伏在他身上，六月用精巧的玉耳勺为他掏完耳绒，爷爷总是眯缝起眼睛，惬意地享受小孙女在耳边的轻轻吹拂。娘对

---

① 耳绒：耳耵。

栗蓬儿变着法子的强制和惩戒，他不再理会，也不再在意村人的质疑。对这个曾经让人感到不安的孙子，他流露出从未有过的爱惜。

栗蓬儿，来，带爷爷出去走走。

爷爷说，顺手把桃木拐杖递给栗蓬儿，祖孙二人相跟着走出大门，在马家铺的碾盘街、斜街、套街，也在暗无天日的扁担街踽踽而行。遇到乡亲问候，爷爷总会尽量挺直腰杆，满脸喜悦地说，好，身子好着呢，栗蓬儿也好着呢。他的嘴大？嘴大吃四方嘛。他的脚？多好的脚。哈哈！赤脚大仙嘛。

但爷爷已是外强中干，骨子里的虚弱不能长久掩饰，人前人后硬挺着、强撑着为栗蓬儿正名，已经耗尽了他的气力。当只剩祖孙二人的时候，他的腰、背、肩顿时塌垂，一脸的衰朽和挣扎连小小的栗蓬儿也看得明白。

走到套街尽头，转回自己家了，却不进大门。爷爷说，我累了，栗蓬儿你扶我歇歇。栗蓬儿吃力地把爷爷扶到西墙墙根儿，爷爷接过拐杖，以此为支柱，双手握住中部，慢慢蹲了下去。

墙上爬满枯萎的牵牛郎藤蔓，有只断尾巴蜥蜴躲在酱紫色的叶子下面，好奇地打量着这对爷孙。爷爷仰起花白的头，遥望过落甲河堤坝上高高的白杨树，闭上眼睛，在温煦的阳光里静静歇息。

爹提着镢头走出大门，要去东坡起地瓜，但爹连拿镢头的架势也没个样儿，缺少庄户人的精气神，尽管他发誓要改弦更张做个好庄户人。爹看见爷爷和栗蓬儿，高声让儿子送爷爷回家，说墙根儿不够暖和，祖孙俩还是离开的好。爷爷不说话，只向爹摆摆手，意思是不要他操心。爹踟蹰片刻，径自向南走了。爷爷睁开浑浊的双眼，看着他远去的背影，长长地叹了口气。

这是爷爷留给栗蓬儿最深的记忆，以致后来很多年，每当栗蓬儿想起爷爷，最先出现的，不是老人的病容，而是从他胸腔里流出的沉沉叹息，长长的，重重的，深深的，由强到弱，由喷涌而出到细如游丝般飘逝。

那时嬷嬷已死，世事洞明的爷爷也许感到自己来日无多，生的匆忙和死的促迫，使他有很多忧伤。在那些深沉的叹息声里，有对艰难时世的感喟，也有对爹不谙农桑的担忧。爹最终未能成才，是嬷嬷育子的失败，说到底也是爷爷的失败。爷爷至死对爹放心不下。

爷爷死后，爹不得不全面担起门户重负，然而，爹的庄稼把式是有名的不济，自家的地亩他的侍弄下，种什么什么歉收，够得上马家铺人揶揄的"一轱轮儿一跌"①，娘的精明算计和竭力维持也挽不回颓势，只能靠卖地勉强撑住门面。正招架不住之际，爹时来运转，桥头镇所属的村子大都建立了互助合作组织，马家铺也不例外，合作社一夜之间成立起来，几十户庄稼人的地亩合并，劳动力结伙一起干活，收获后共同分粮米。爹自知庄稼功夫太粗劣，也不屑于做滥竽充数的勾当，坦坦然然地能干多少就干多少。好在同一个社里的好庄稼把式多，有爹的好友马天茂，马天茂的爹马长驿，很有首领派头的村长兼社长马天禧，烤得一手高等级成色黄烟的关东客马长楼，半吊子郎中兼粗通天文地理的马天佑，还有擅做小买卖的马天武，他的长子、力大无穷的马玉德，次子、嘴很贱的马玉衡……地亩里的所有活计，全都拿得起放得下。合作社还容留了一个特殊人物，就是那个生活在疯癫与畏缩交替状态里的马长亭。

爹快乐地经历这个变化，此时他四十挂零，颇有洗心革面的气象。如果说他侍弄的庄稼收成不如别人的好，也不能完全怨他。爹并非有心偷懒。他很想把农活做好，而且都尽力去做，有时候做不好，纯属少年和青年时放纵自己消磨岁月的后果。好在爹有五年国小的文化根底，尽管后来把路走偏，文化用错了地方，好歹也是识文断字之人，这在马家铺日趋式微的诗书传承里，算是上得台面了。合作社的规模虽然不大，公共事务总是有的，公文尺牍的事就由爹承担起来，这使他很是满足和荣耀，在社务上十分用心，有关栗蓬儿的脚与鞋之争，早被忘到了爪哇国。

不管世事怎样变化，庄户人都得过苦日子。大家对栗蓬儿的光脚早已见惯不怪，风霜雨雪，岁月熬煎，谁还有空操这份闲心。

栗蓬儿的脚长满硬茧，不裂口，不皱皮，不生冻疮，血脉畅通，弹性十足，霜雪不侵。他光头赤脚，身穿补丁摞补丁的黑布夹袄和缅裆裤，在街巷、地亩和大路上来去如风。

栗蓬儿走进了十二岁。

---

① 一轱轮儿一跌：转一圈儿跌一个跟头，意即一个跟头连着一个跟头，比喻时运不济屡屡受挫，也用以形容度日艰难。

第一章

一

十二岁那年，栗蓬儿闯了个大祸。这件祸事让他声名狼藉，也使沉寂已久的"妨人"之说再度泛起。

这件祸事与一只猫有关。

这是一只平平常常的黑猫，个头不大，除去毛色贼亮之外，并无超凡出众之处。在马家铺众多的猫狗里，它只是个小角色，原本引不起人们的注意。尽管它长着与全身颜色对比鲜明的白色脚爪，曾经被很有艺术气质的爹誉为"四蹄踏雪"，猫的主人、牌坊下三嬷嬷却从未接受这个名号。高大威猛的马或遒劲皮实的驴才能享有的极具浪漫意味的威严绰号，一只不起眼的猫如何承受得了。何况，它长的是"爪"而非"蹄"，"踏雪"云云，无从谈起。

就像村里所有的猫一样，这只猫没有名字，但因为它是牌坊下三嬷嬷的爱物，在别的猫狗大都寂寂无名的马家铺，资质平平的黑猫渐渐被人所知。如果有只猫叼了谁家屋檐下悬挂的干鱼，或潜入屋内追捕耗子带翻了油灯，导致珍贵的洋油渍污了炕席，在主人的斥骂声里蹿房越脊，一溜黑烟没了踪影，就会有人据此断定，那是牌坊下三嬷嬷家的猫，或者干脆说，它就是"牌坊下"的猫。

一般而言，这不会冤枉牌坊下三嬷嬷，那就是她的猫。只有她，才可能有四处捣乱却不受主人惩罚的"小畜生"。牌坊下三嬷嬷绝不容许猫杀生，替代食品是自家的饭菜，而她是持守多年的素食者。对于天生嗜杀的猫而言，缺少肉鱼无疑是难以忍受的。所以，三嬷嬷的黑猫潜入邻舍打劫荤腥，成了它的寻常行径。没有人会为了它的嘴馋，为了它的不光彩行为而兴师问罪于三嬷嬷，因为三嬷嬷笃信佛祖，是村里仅有的佛家弟子，慈悲为怀是她的本分，怎么可以为猫叼走一点东西而与她过不去呢。

牌坊下三嬷嬷很是与众不同。三嬷嬷喜欢念书，这在马家铺的老妇人里绝无仅有。闲暇时节，比如秋日黄昏，经常会看见她坐在自家高大的门楼下，借着侧后的夕阳余晖，咕咕哝哝地诵念摊在膝盖上的般若波罗蜜经。其实她根本不识字，而此时她的双眼也是闭着的，不知怎么她知道栗蓬儿靠近了看，就睁开昏花的老眼，很和蔼地劝诫栗蓬儿改邪归正，并开始宣讲佛祖普救众生的慈悲，此时，那只猫会乖顺地依偎在三嬷嬷的身边。三嬷嬷的微笑慈祥无比，让栗蓬儿觉得那张皱纹密布的脸如果扯平了铺展开，一定会有两个三嬷嬷的脸对着他说话。这个念头让栗蓬儿很开心，趁她说得起劲，假装拿书看，把书掉个个儿再放回她的膝盖上，眼看牌坊下三嬷嬷很认真地继续读经，栗蓬儿偷笑着跑开了。

"牌坊下三嬷嬷"是个繁复又拗口的称谓。在马家铺，"嬷嬷"是"奶奶"的意思。这两个字的发音很别致，前一个的发音类似"马"，后一个读作"妈"，"马妈"快速连读，特色很鲜明，听起来也比"奶奶"绵厚亲切。"三"要读重音，以标示此嬷嬷与彼嬷嬷的不同序位。至于"牌坊下"，则为的是与"砦门里三嬷嬷"区别开。牌坊下三嬷嬷的丈夫与砦门里三嬷嬷的丈夫同序为三却分属两支，但前者去世早而后者马长郡依然健在，所以人们一般只以"牌坊下"或"砦门里"来区别两个老妇人，对马长郡，则绝不冠以"砦门里"三字。其实，牌坊下三嬷嬷并不真的住在"牌坊下"，正如砦门里三嬷嬷也不住在"砦门里"一样。

牌坊下三嬷嬷的家靠近石牌坊，准确地说，是个坐北朝南，也就是说大门正对石牌坊的庄户宅院。砦门里三嬷嬷家在马家铺的西南，而"砦门"却是村子北沿某个地方的别名，据说早年是守卫村子的紧要关隘，不止一次有效抵挡了外族的入侵。好奇心重的栗蓬儿曾经很有兴趣地巡遍那个界线含混的地段。一条朝东北方向笔直远去的公路，隔开两边业已熟透的大片秫秫和地瓜，目力所及，连"砦门"的影子也没找见。倒是公路与村子之间的几处废旧院落，其中就有砦门里三嬷嬷的旧宅，引起栗蓬儿的兴趣，后来开发成了他和伙伴们的一处乐园，尽管全是灰黑色的断壁残垣，门窗全无，炕也坍塌，地上有蚂蚁搬运虫卵、蜥蜴慌乱逃跑和蝎子卷翘起尾巴毒刺示威，人粪尿的味道扑鼻而来。

牌坊下三嬷嬷走路的样子也与众不同。她患有哮喘病，起风了，落叶了，天冷了，立冬了，三嬷嬷瘦小的身体很少出现在村里，但凡出现，都是佝偻着腰，一条胳膊向上弯起，缩回手，棉袄的袖口笼罩住嘴和鼻子，让寒风拐个弯儿，变得不那么冷，这模样跟大象吃喝的样子很有一比。那天后晌，牌坊下三嬷嬷就是用这种可笑的样子，在冷风里艰难地迈动小脚，走进了栗蓬儿家。

天启家的，你把炕再烧热一点。我喘气不匀。

牌坊下三嬷嬷放下捂嘴的袄袖，双手抄在袖子里，对娘说。

在马家铺，平辈妇人之间彼此称谓，一般以对方的孩子之"娘"相称。比如马天茂的老婆会走进窄窄的小巷，从栗蓬儿家东墙的豁口露出半个身子，喊"栗蓬儿他娘"，说她想蒸"鱼饽饽"，要借鲤鱼磕子①用。而在长辈口里，是用家主即女人丈夫的名字称作"谁谁家里的"，简称为"谁谁家的"，牌坊下三嬷嬷就是这样称呼娘并且要求升高室温的。三嬷嬷有理由提出这个要求，因为她说是给娘送一件"好事"来的，这好事近在眼前。

"好事"，就是让栗蓬儿压轿。

村子东南头的马天武要为小儿子马玉衡办喜事，迎娶落甲河北边薛集的新娘子。按老规矩，迎亲的花轿来回都不能闲空。从女家来，花轿当然是新娘子的銮舆；而去迎亲的路上，花轿也须有人乘坐，称为"压轿"。花轿为何不能走空，道理谁也说不清，也许根本没道理，马家铺的老旧风习很多，并非都讲得出道理，谨守遵行就是了，但对压轿者的遴选却很苛刻：须与新郎同辈且未婚，须比新郎岁数小，也就是说须是弟弟的身份；五官端正，父母双全，若兄弟姊妹繁盛如茂林，最是吉祥如意。此外，还有个附加条件：瘦小的身体。这项要求并非出自东家，实际上是轿夫们的肩膀饱受沉重蹂躏之后，对压轿者身量不要过于庞大的卑微希求，逐渐演变为约定俗成的标准。这也是为什么当娘提出，栗蓬儿应付不了迎亲的繁琐礼仪，提议让长子代替他上轿的时候，牌坊下三嬷嬷断然否决的缘由。

玉楸？玉楸今年十六岁，看他那大个子，得有一百多斤沉了。薛集离咱马家铺来回得有七八十里，不得把抬轿的压趴下！三嬷嬷说，玉楸不行。

娘说，满生怎么样？他是玉衡的亲侄子，再好不过。

---

① 磕子：当地蒸吉庆形状的饽饽比如鱼、蝙蝠、蟠桃等所用的模具，多用梨木或枣木凿刻而成。

牌坊下三嬷嬷说，天启家的你糊涂了不是？要是满生的豁唇子不那么厉害，天武家也不会让这么好的差事落到别人家孩子头上，肥水不流外人田呢。

那，让狗欢子去。娘说，狗欢子精瘦，没分量，又乖巧玲珑，懂得说话。

如果不是马天武与狗欢子的爷爷，就是马家铺最有文化、最有身份的马长桥有宿怨，狗欢子是不二人选。但两家嫌隙很深，多年不走动。男婚女嫁是隆重欢喜的大事，谁家愿意找不开心呢。狗欢子不在候选之列。

娘掰着手指头，一一点数马家铺可选择的半大小子，被牌坊下三嬷嬷一一否决：凉河的双亲康健，弟兄姊妹繁多，人也伶俐乖巧，他爹马天禧与马天武是五服边上的叔伯兄弟，说起来正是首选，但凉河的鼻涕跟春天屋檐下融化了的冰柱似的，涓涓流泻且永远擦不干净，如何到得薛集人脸前？巴掌？巴掌也不够格，亲娘是横死的，不吉祥，而他"随"砦门里三嬷嬷，身量长大，也显得太沉……娘频频摇头，看样子连她自己也不中意，突然说，百岁怎么样？让百岁压轿去。

除了身为马长驿、马天茂一支的独苗，身份显得单薄，百岁符合压轿者所有的条件，但牌坊下三嬷嬷很不满意娘的推三阻四。她说，天启家的你别犯傻，把送到你手上的好事拱手让给别人。三嬷嬷说是她特意向马天武荐举的栗蓬儿，得到了东家的认可并让她代为邀请的。

天启家的你可知道，要是栗蓬儿出这趟差，马天武家的酬劳是什么？一身新棉袄新棉裤，蓝华达呢的面儿，新棉花絮里儿，外加一双新鞋。想到了栗蓬儿的赤脚，牌坊下三嬷嬷补充说，东家只要求在成亲那天穿鞋，把那个隆重场面特别是把新嫁娘那边的场面对付下来即可，之后穿不穿鞋，光不光脚，任凭栗蓬儿自己，新郎家绝不干涉；假如栗蓬儿觉得穿新鞋不受用，尽可以穿自家的旧鞋——假如他有旧鞋的话，马天武家悉听其便。而省下做新鞋的钱，人家承诺为栗蓬儿买一顶新棉帽子。

天哪，从头到脚，上下一水儿新，里外一水儿新！牌坊下三奶奶啧啧称羡。

优厚的回报让娘很是动心。她问牌坊下三嬷嬷，马天武真有那么慷慨大方？三嬷嬷说，这几年，马天武骑着马家铺唯一的脚踏车"大国防"，宽大后架上载满压实的烤烟叶垛子，早起摸黑赶往青岛，次日晌午抵达，那里有熟人接货，抛出烤烟。马天武抓紧时间睡觉，睡到半夜，起身往回赶路，车后架载回来的是满筐鲅鱼干。马家铺的烤烟绵厚醇香，极享盛名，而鲴咸的鲅鱼干在煎饼鳌子上烤熟，是马家铺这一带人下饭的顶好小菜。马天武两头出手都容易，两头赚钱也都容易，吃得起狂奔赶路的辛苦，没儿年就发了财。腰里鼓鼓囊囊，就决心把次子的婚事操办得风风光光。

他早早就赁下了花轿，那可是前昭下村所有轿子中最高大、宽敞而绚烂的一乘。轿夫是前昭下村人，免去了马家铺乡亲抬轿的辛苦；请的锣鼓吹打班子也出自前昭下村。知道吗？两套班子！要换着班地吹拉弹唱闹个通宵的。嫌马家铺驾车拉犁的马不够高大威风，马天武一并租赁高头大马以供新郎官骑乘。总之，整个仪程都是最高等级，许诺给栗蓬儿的新衣裳，不过是庞大支出里不起眼的花销而已。放心，马天武父子舍得花钱。

娘欣羡不已，极想让栗蓬儿去赚取这份丰厚酬劳，但她知道，儿子大概不会顺从。果然，散学回家的栗蓬儿连三嬷嬷的好意邀请也没听完，早早变了脸，说，不去！我不去压轿。

栗蓬儿听说过压轿的规矩，先不说要遭受穿鞋的痛苦，单是那身整洁的行头，那套行礼如仪的繁琐规矩，以及在众目睽睽下端着身子走慢步，就使他惶恐和反感。任凭牌坊下三嬷嬷和娘的诱惑如何恳切，说但凡出任那个很多少年都羡慕的角色，可以跟着大人坐席，吃到大鱼大肉，比如猪肉炖粉皮，比如红烧鲤鱼，比如蒸整鸭，还有烧鸡……都是等闲到不了嘴边的。这么好的机会如果错过，那可真真是傻到了家。但栗蓬儿坐在屋门的门槛上一言不发，任凭三嬷嬷喋喋不休地劝进。他生性不爱说话，此时便用沉默对抗。

后来三嬷嬷和娘撇下他，退到西屋去商量对策。气闷且无聊的栗蓬儿看二青沿着墙边儿跑，把鸡鸭赶得乱飞乱叫。这是二青故意捣乱，它想以此引起栗蓬儿的注意。二青不喜欢被栗蓬儿冷落，希望老朋友叫它到身边，哪怕被呵斥也是好的。但今天栗蓬儿没心情和它耍，正在侧耳倾听西屋里的对话，生怕娘贪图钱财而应允那桩该死的差事。后来他放下了心，因为听见娘说，三婶子，你和玉衡他娘的好意我心领了。可栗蓬儿太糙了，上不得台面，他不去，就算了吧。这孩子太偏，牛不喝水强按头，终究是不行的。再说，栗蓬儿不懂规矩，别让他坏了玉衡的大事。你告诉玉衡他娘，让她换别人吧。

牌坊下三嬷嬷喘息声大作，断断续续地教训娘说，天启家的你怎么这么窝囊，平日里你可不是这样。他才多大，由得他自作主张？他说不去就不去？连你当娘的话也不听？反了他！他真要不听使唤，你不会揍他？狠狠地揍他，看他答应不答应。要是你揍不动他，就让玉楸捆他到树上，还不是任打任骂，一顿笤帚疙瘩下去，不信他不顺从。

栗蓬儿气得发疯。正好三嬷嬷的爱猫从屋檐跳下，落在水瓮台上四处打量，大概是寻找主人，他对二青做个手势，急不可耐的狗儿从茅厕那边折回，凶猛地扑向了黑猫。这对冤家打不得照面，兔起鹘落，两团影子从栗蓬儿身前倏忽闪过，西屋里登时大乱，同时爆发的是猫的恐怖尖叫、狗的恶毒咆哮、它们的凶猛打斗、家什的跌落翻滚、娘的大声呵斥以及说客三嬷嬷高声念诵的佛号。

事情不能就此罢休。黑猫必须得到惩罚。因为它是牌坊下三嬷嬷的爱猫，惩罚它就等于警告三嬷嬷，不要动辄鼓动娘揍自己。栗蓬儿已经很久没有挨棍棒了，他不想再听娘数黄瓜道茄子没完没了地絮叨，不想让娘抢起的笤帚疙瘩再次落到自己身上，也不想被哥哥玉楸凶狠地追打，再说，鼓动揍人的坏主意不应该是佛门弟子所为。

栗蓬儿开始实施报复计划。

他钻入东厢房，从核桃堆里挑出十几个最大最圆的，以磨盘作垫，用锐利的石头尖使劲并小心地敲开硬壳，剔出核桃肉吃掉，继而扩大核桃硬壳的缺口，用力不均致使众多核桃壳废掉。但栗蓬儿很有耐心，磨盘上散落了许多碎核桃壳。大功告成的时候，栗蓬儿的手被犬牙交错尖利如锥的核桃壳弄得生疼。他把不太满意但无法做得更精致的成品藏进牌坊下三嬷嬷家外墙上的窟窿。第二天下午，他请来巴掌帮忙。

巴掌是栗蓬儿最好的朋友，砦门里三嬷嬷的孙子，颇晓医理的马天佑的儿子。巴掌出生时个头奇小，砦门里三嬷嬷接过裹在襁褓中仅仅露出小小五官的新生儿，轻飘飘的，掂不出斤两，撇撇嘴说，这小厮孩儿，也就是个巴掌大。巴掌就有了小名。

巴掌是砦门里三嬷嬷带大的，他还在襁褓中，他娘就被日本兵打死了。

那是日本兵最后一次劫掠马家铺，也是马家铺人最后一次跑反，大都跑进了犸虎岭。但巴掌家没跑，这与巴掌尚未出满月有关。还在坐月子的产妇身子虚弱，只有巴掌大的新生儿更孱弱，都经不起荒山野岭风餐露宿的折腾，全家选择留守；也跟砦门里三嬷嬷的蛮勇及糊涂有关。砦门里三嬷嬷高身量、阔身板，年岁比马长郡小很多，个子和胆子却都比丈夫大，更比儿子马天佑大，又心疼儿媳和孙儿，说，咱不走，咱就守住这个家。日本人生孩子不也得坐月子？终不成烧咱的房子！

真是一语成谶。村东北"砦门里"那个院落是巴掌落地时的家。日本兵把他们全家赶出大门，随即点燃了房屋。火势很大，连带临近的好几个院落也火焰腾腾，并疾速向全村蔓延。砦门里三嬷嬷的勇敢在劫掠者的残暴面前跟烈日下的霜一样，顷刻间化得不见踪影。众人都惊恐地呆立，眼看家被熊熊火势吞噬，谁也没想到的事情突然发生。巴掌娘，那个还在月子里的瘦弱女人，把包裹着儿子的襁褓塞到婆母怀里，提起一筲水冲向大火。枪声响了，她倒在正屋门前的砖阶上。日本兵的枪弹打爆巴掌娘的肚子，肠子和着血水淌了满地。

日本兵烧掉小半个马家铺，打死巴掌娘，是马家铺人的痛苦记忆之一。说起这桩惨案，痛恨小日本之余，巴掌后来的不幸遭遇也每每让乡亲们嘘唏不已。

公正地说，马天佑的续弦也算良善之人，起初待巴掌并无狠毒之处，但在她接二连三地生养了自己的儿女之后，巴掌就变成了她的眼中钉肉中刺，饭是吃不饱的，倒是经常吃打。马天佑也心疼巴掌，但很快臣服于老婆，虽未助纣为虐，却遇事躲开，不愿牵涉其中。巴掌的爷爷马长郡看不下去孙子遭受虐待，出面干预过几次，在儿媳没完没了的哀哭功夫面前全数落败。好在砦门里三嬷嬷身大力不亏并天生半聋，嗓门不由自主地大得震耳，在婆媳斗法里不落下风，总算为巴掌争得一条活路。巴掌也不辜负他嬷嬷的护佑栽培，不几岁就长得五大三粗，颇具其嬷嬷之风采。

马长郡、马天佑父子的身材都很矮小，巴掌的大个子使他们很受鼓舞，到了老祖宗马子孝那里，得到格外恩宠，嫌马长郡起的官名器量小，改了个威风八面的名字曰马玉霸。这个官名因为太出类拔萃而被乡亲们背地里讥笑，也让当事人巴掌非常反感，反感到仇视的程度。这真是不可理喻的事，他特别顾惜面子，动辄为这名字涨红脸。假如有同伴胆敢叫"马玉霸"三字，最好事先看准逃跑的路线，因为必定招致巴掌牤牛似的攻击。

马家铺一带的孩子发蒙都晚，栗蓬儿上学已然很迟，而大他一岁的巴掌与他同时入的学堂。刚入学时，先生照例点名，点到"马玉霸"，学童们哄堂大笑，巴掌跟听到仇人的名字似的，脸涨得通红，扭着脖颈坚决不应。先生姓韩，是从很远的地方聘来的晚清秀才，年近古稀，一身多病，极为开明，心胸广阔得很，并不生气，再点"马玉霸"，同学们纷纷抢着说，他叫巴掌！韩先生说，我还不知道他叫什么名字，用得着你们教我？马玉霸！巴掌仍以沉默对抗，学生们仍然笑个不停。韩先生等候片刻，微微笑着说，他喜欢叫什么，就由他，也由着你们吧。巴掌，这个名字倒也别致。此后，"马玉霸"在学校里再也无人提起，而"巴掌"大行其道。

巴掌不是上学的材料，他的心思一点也不在课堂上，学业极端糟糕，百分制的考试，他的功课从未上过五分，豪气干云的官名让位于土气十足的小名也属顺理成章。在韩先生无边无际的宽容里，他顺顺利利地从一年级上到一年级，又上一年级，再上一年级。

"马家铺初级小学校"立校很早，以废弃的祖宗祠堂为校舍。祠堂很高大，站在村子的东北边缘，经彻底改造装修，打了个隔断，变成一大一小两间屋子，西头的小间做了韩先生的起居室兼教研室——全校只有他一位老师兼校长；东边的大屋做了唯一的教室。虽然是按部就班的四个年级，上学的孩子却如庄稼或果木的运势总没个准数。"大年"即年景好时五十人有余；年景不好，即"小年"，不过十几人上课，规模比私塾大不到哪里去。四个年级的学生按级别由低向高依次前后坐，越往后人越稀少，见出庄户人家的容易知足，孩子认些字，够用就行了，不必深造的；也见出农家孩子升级的不容易。栗蓬儿也属不用功的学生，爹娘总说他上学是"挂南朝带北国"，意思是三心二意或心不在焉，勉勉强强上升到最后一排桌椅，也就是贴着东山墙墙根儿，巴掌则雷打不动地占据第一排里专属于他的座位，身后的二年级对于他，像永远攀爬不上的高山。不过，好面子的巴掌从不为此沮丧或难过。"马家铺初级小学校"在他看来，只是搂柴火累了、放猪乏了、闹腾烦了之后的一个僻静、安稳、温暖的歇脚处。此外，就是可以与栗蓬儿厮混，这是他最大的乐趣。比如这个非常适合于读书的初冬之晴朗下午，这对知己在韩先生闭目养神的当儿溜出学堂，来到牌坊下三嬷嬷家附近，由巴掌出面，将那只黑猫诱捕到手，开始了惩罚行动——给它穿鞋！穿上栗蓬儿费尽气力做好的核桃壳鞋，让它再蹿房越脊，让它再偷腥窃荤，把它的四只雪白爪子套进硬鞋，看它还有什么本事？也让牌坊下三嬷嬷明白，撺掇打人会导致什么样的后果！

事情进行得并不顺利。黑猫在巴掌的手下跟力量极大的黑鱼似的极力挣扎，摁住它的头颈，它把腰拱起，尾巴拼命甩打。按下它的腰，它的嘴咬到了巴掌的手指。巴掌疼得直咧嘴吸气，栗蓬儿你快点弄。他焦急地压低声音说，频频四周张望，生怕被人发现。栗蓬儿把住猫的爪子，死命地往核桃壳里塞，猫腿和他的手都鲜血淋漓。

好了，黑猫的四只白色脚爪消失在特制的"鞋"里。

折腾出满身汗的栗蓬儿望望四周无人，轻轻推开三嬷嬷家面对牌坊的大门，把蔫头耷脑的黑猫放进天井。

在三嬷嬷家十分平滑的石板小道上，倒霉黑猫的样子可笑之极。它艰难地滑动四肢，一步一个趔趄，一步一个跟头，歪歪扭扭，宛如爬行，惨叫着向主人求救。

两个坏小子乐得折跟头、竖蜻蜓、翻车轮儿、打唿哨，在笑声里跑遍了全村街巷。跑累了，肚子饿了，天色也晚了，回到家，栗蓬儿发现，坏事了。

娘端坐在堂屋里，脸色不大好看。站在娘侧后的哥哥玉楸，朝他幸灾乐祸地笑。

二

玉楸上六年级，是品学兼优的好学生，身上背负着全家的希望，就是来年考上中学。为实现这个崇高目标，玉楸显示出了过人的勤苦，三更灯火五更鸡，整天手不释卷念念有词，娘为此很是欣慰。

娘是文盲，却极为敬惜字纸。但娘糟蹋过书，成了她终生的心病——闹小日本那年，她与嬷嬷两个人毁掉了很多书，那是因为害怕日本人杀头。当时日本兵快要打到苍蒲，全县风声鹤唳，都说日本强盗杀人放火焚书坑儒，谁家有书先杀谁家，于是婆媳俩开始烧书。

东厢房里曾堆满古书，尘封灰裹，叠床架屋，把南北两间屋子塞得风雨不透，看起来都是招杀的根由。为降低被杀头的几率，从入冬到第二年开春，娘和她的婆母把落满尘灰的古书一函一函抱出，一卷一卷撕烂，用作引火燃料。藏青色函套上的象牙签也不取下，毫不留情地填进火灶。老纸薄脆，古墨助燃，灶坑里顿时火焰升腾。那年冬天，两盘火炕烧得暖意融融，古书粉身碎骨功不可没。预先消除祸患的辛勤劳作让婆媳俩颇有成就感，但烧书终归是作孽，说到底心里很虚，许愿烧香也没能完全去除严重的忐忑。特别是日本人侵占苍蒲城，盘踞桥头镇，也几次劫掠马家铺，并没有以有书无书作为杀人或不杀人的理由，而东厢房里的书已是十成去了八成，娘很有悔意。

不识字的娘曾对爹很有些崇拜，因为她听说婆家是耕读传家，而爹确也念过五年国小，绝非一介莽汉。嫁来马家铺不几年，娘发现爹的学问基本上走不出京戏戏文，心里供奉的诗书形象就此坍塌。后来，娘对全家最爱读书也读书最多的玉楸宠爱有加，常常给予额外的关照，离考中学还远，就时不时悄悄塞给长子个葱花饼，让偶尔瞥见了的栗蓬儿很是眼馋且愤愤不平，一度不理睬哥哥。

兄弟失和的更深缘由，是玉楸告密。有一次，不知道娘受到什么刺激抽疼了哪根筋，无非又是儿子的赤脚让她被人嗤笑了云云，就训斥栗蓬儿半天。栗蓬儿烦得要死，为尽快摆脱娘的唠叨，他当着娘的面穿上鞋，跑出大门之后立马脱掉并就近塞入墙窟窿，回家的时候完全忘了鞋，而娘也没有察觉出异样。毕竟，栗蓬儿的赤脚早已成为常态，娘的发疯则纯属偶然。此后娘也不再提起，直到某天，玉楸发现了墙洞里的秘密，大喜过望。他很阴险，并不拿出，而是大喊大叫，请娘过去看。

娘很恼火，但那次对栗蓬儿的训诫内容侧重于节俭教育。她述说做一双鞋需要多少材料和工夫，栗蓬儿不穿也就罢了，怎么可以糟践她的心血和劳力，简直是暴殄天物嘛。玉楸觉得不过瘾，建议由他来教训栗蓬儿，说白了就是揍一顿。娘说，先放过栗蓬儿，把他的错乱"攒着"，积攒够某种数量，再揍不迟。

又某次，娘把一个漂亮的钟表，说是从东厢房里不经意发现的——多年不住人的东厢房南屋里堆满旧书和杂物，总有莫名其妙的宝贝出现，而娘也总能找得到——交给玉楸。

玉楸你看看，这个钟表还能不能走，娘说，要是能走，你就拿它看时辰。

玉楸擦干净小洋房似的钟表的绿色琉璃外壳，很内行地拧动表背面的黄铜小扳手为钟表上弦。一阵轻微的嘎嘎声过后，纯黑色的尖戟形指针，在乳白色的圆底子和清晰的罗马数字之间走动起来。玉楸如获至宝，又一通鼓捣，让定时铃声清脆炸响，在全家人大吃一惊并佩服之至的注视里，高小优等生把它放置在背靠山墙的高柜顶上，从此不听鸡叫，不看日影，都是踩着钟点上学和读书，据说学业因此而大进。

栗蓬儿和妹妹也很喜欢这座圆茄子大小的钟表，这是庄户人家极难见到的稀罕物件。碧绿晶莹的小房子里，藏着令人神往的无限秘密，让兄妹俩心痒难耐。栗蓬儿几次要拿到手里看，都被玉楸挡住。玉楸拥有钟表的全部权利，连给它擦灰、上弦也不许别人染指。娘也严禁栗蓬儿接近钟表，说，你别动它。你不爱动脑子，倒爱动手，喜欢祸害东西，手也太贱，家里多少好东西让你糟践了！这可是个精细物件，不是你能动的。

机会在不经意间来临。有一天，栗蓬儿发现家里只有自己和妹妹，问六月想不想看钟表，六月高兴地说想，兄妹俩进入东屋，勇敢地探究钟表的秘密。

栗蓬儿挨个儿扭动钟表后面的机关，发现某个旋钮能够赶着指针一圈一圈走，就快活地加速前进，指针飞也似的走过中午、下午、晚上，突然，铃声大作，吓了兄妹俩一跳。

栗蓬儿试探着拧一个扳手，直至拧到不动。看看表面，两根指针一快一慢有条不紊地滑动。他倒着拧，扳手被拧下来，露出个中间矗立着铜柱的圆洞。他拿到眼前，对准日光看。

二哥，里面是什么？六月问，接过去，贴在眼睛上仔细瞧。

好像看得见铜轴和转动的齿轮，但看不全，更看不懂，越发激起兄妹俩的好奇心。栗蓬儿把所有的扳手一一拧下，镶嵌进琉璃表壳里的黄铜表背让他一筹莫展。他摇摇钟表，里面嚓嚓响；丢到炕上，表针依然不紧不慢地走。

栗蓬儿有把小刀，再从娘的针线笸箩里取来剪刀和锥子，费了九牛二虎之力，最终撬开了钟表后盖，宛若打开一个装满珍宝的洞窟。大大小小的齿轮交错咬合，无一不在转动。

从未见过的内部构造出奇的精妙，看傻了栗蓬儿和六月。两兄妹决定进一步看看钟表不快不慢地走而且还能响铃的奥秘。栗蓬儿毁坏东西很见功力，用简单的工具从某个齿轮咬合处下手，粗暴然而非常成功地将这座钟表彻底毁掉。

宛若幽深的古堡被拆毁，面对满地的残砖碎瓦，重新搭建起来根本是奢望。娘不死心，请来马家铺最心灵手巧的马玉锁，就是牌坊下三嬷嬷的独孙，看有没有起死回生的可能。马玉锁从娘用手巾兜在一起的钟表残骸里捏起个精巧的小齿轮，对着日光看了很长时间，之后摇摇头说，这么精细的东西，我弄不好，怕是全桥头镇也没人能弄好。

气急败坏的玉楸要揍栗蓬儿。那时爹正忙着准备行装去沈阳，姐姐几年前嫁到那座城市，爹要去看望她和外孙，兴致之高，心情之切，前所未有，容不得长子破坏行前的喜庆气氛。爹阻止玉楸的暴力企图并斥责他说，不就是个钟表嘛，那本来就不是庄户人家用的东西，终不成听鸡打鸣你就不能准时上学？栗蓬儿没法子变出个新的赔你，毁了就毁了罢。

玉楸向娘寻求支持。娘对爹的话很不以为然，认为那是爹败家子习性的故态复萌，本应加以驳斥，想到爹即将启程远行，怕伤他的好心情，没有当场发作。出于同样的原因，娘再次放过栗蓬儿，说，玉楸你别急，记下栗蓬儿这顿打，还给他攒着。

于是攒着，攒到这一天，玉楸盼望的时刻终于来临。

在玉楸看来，虐猫是件很坏的事情，必须给予栗蓬儿以重罚，一顿痛打已然"攒够"，虽然抱着受伤老猫上门告状的三嬷嬷并未要求严责栗蓬儿。娘却再次放过次子，没下达必杀令。在训斥过栗蓬儿之后，娘说，还要"攒"。

玉楸非常失望，跟在娘后面一个劲儿地要求授权，娘，攒够了，足够了，你就让我揍他一顿吧？娘！

玉楸你等着，有你好看的！栗蓬儿恨恨地想。

知兄莫若弟，栗蓬儿对哥哥知根知底。他知道玉楸的致命弱点，怕长虫，出奇的怕，怕到如见魔鬼魂飞魄散，那是他的命门。娘也怕长虫，那肯定是玉楸"随娘"。栗蓬儿不怕长虫，反倒喜欢摆弄那些家伙。现在，他要用长虫吓玉楸个半死，让他一天到晚总想打人！

时令不对，找到长虫并不容易。不过，马家铺的地亩、山坡、沟渠及河汊的生灵都装在栗蓬儿心里。他跑到桑树溪上游，在水道开始转弯的地方，向阳的崖岸，一棵枝枝杈杈的酸枣树下，有一窝长虫，是栗蓬儿很早就留意的。他从酸枣树上撅下枝条，不很费力地从洞中钩出一条，二尺来长，是条通身有黑红色菱形图案的长虫。

这条即将进入冬眠的长虫很恼火，从软塌塌的模样转为凶狠的攻击状态。栗蓬儿不知道它是否含毒，任凭它缠绕住手臂，左手捏住长虫的两颊，迫使它张大嘴，粉红色牙龈中露出两颗细细的尖牙，右手把衣襟的一角放入长虫嘴，略微松开左手，在长虫嘴巴咬合的一刹那猛地拔出衣角。细细检测，白色的长虫牙在蓝黑色的衣角上清晰可见。

好了。栗蓬儿松口气，把这个脾气暴躁的家伙带回家。

娘在堂屋里做饭，栗蓬儿把长虫藏在身后。

玉楸，你出来一下。

他站在天井里朝东屋喊，玉楸在那里温习功课。那是玉楸的童子功，跟和尚入定般呆坐，手捧书本，一坐就是半晌，这功夫深得很，没几个人能做得到，很得爹娘的欣赏。

六月跑出来做噤声状，说，二哥，大哥不让喊。

栗蓬儿小声地对六月说，你去东屋，叫大哥出来，就说我给他带来一样好东西。

什么好东西？六月问。

去。栗蓬儿说。

迎出来的是娘，满脸都是笑，问栗蓬儿手里拿的是什么。

玉楸，栗蓬儿还在叫，我给你弄来根腰带。

啊呀！玉楸快出来，看栗蓬儿给你的好东西。娘说。难得的兄友弟恭使她非常高兴。

不耐烦的声音穿过东屋的窗户：我不要，你自己留着扎腰吧。

是花腰带，好看得很，你扎在腰里那可太痛快了。栗蓬儿大声说。

给我看看。娘说。

你别看。栗蓬儿说，拿长虫的手往身后掩藏。

娘很疑惑，就说，我怎么不能看？莫非你藏着见不得人的东西。你干嘛背着手？手里是什么？拿出来！

栗蓬儿不敢，说，不给你看。

娘的疑心越发严重，且有了怒意。

栗蓬儿，我把丑话说在头里，你要是敢做偷鸡摸狗的事，我可要剁了你的手。拿来！娘说，伸出手讨要。

栗蓬儿心一横，高高举起的右手里，吊着条疯狂扭动的暗红色长虫。有一声极短促的恐怖尖叫，娘消失了——她瘫软如泥，作一摊堆在地上。栗蓬儿吓坏了，赶紧把长虫使劲抛出西墙，慌慌地跑回来搀扶娘，六月吓哭了，玉楸冲出来。栗蓬儿听到娘微弱但很坚决的命令：

玉楸你给我打。

栗蓬儿本来是能够逃过哥哥的追捕的，假如不是马玉锁半路闪出来做了帮凶。那家伙有意无意地挡在他的逃跑路线上，让赶上来的玉楸一把揪住扯回家。

后果很惨。栗蓬儿的力气本来不及哥哥，拼命反抗的后果，是被身大力不亏的玉楸一条腿死死地压在地上，身上雨点似的落下拳头。有娘做靠山，又吓坏了娘，弟弟招打的由头总算攒够了，超够！新仇旧恨使玉楸痛下杀手，打得着实痛快，差点失去控制。

行了。娘艰难地发出停手的命令。她真是被吓坏了，以至于很长时间缓不过劲来，声音极其细微。娘的指令，玉楸绝对服从。他从栗蓬儿的身体上跨开，左右揉搓打疼了的手。

站起来的栗蓬儿活动活动周身，还好，没伤骨头，皮肉之苦之于栗蓬儿，不过是寻常得不能再寻常的小事，算不得什么，但站在门楼下饶有兴致的旁观者马玉锁让他很气恼，这个家伙双手抱臂，得意地看着刚刚挣脱的栗蓬儿。

哈，挨揍了吧，滋味怎么样？马玉锁显得很开心。

马玉锁是马家铺天分最高的人。爹娘曾说，如果马玉锁的爹即牌坊下三嬷嬷的独生子没有壮年暴死，如果他的娘即牌坊下三嬷嬷的儿媳没有追随亡夫而去，马玉锁至少能读到高小毕业而不是只念到三年级，那么，如果他报考县一中，苍蒲全县的头一名肯定是他而非别人，县一中每年颁给"状元"新生的彩头——一张花花绿绿的证书堪作蟾宫折桂的冠冕，一套文房四宝助优胜者百尺竿头更进一步——必定会敲锣打鼓送到马家铺牌坊下。可惜了，可惜玉锁这孩子了。爹娘每每为他惋惜不已。但马玉锁并不后悔学业的半途而废，弃学务农没几年，耕耙耧耧样样精通。又过几年，他连木匠、瓦匠甚至剃头匠也能做，而会刻名章、会吹洞箫、会唱小曲……马玉锁简直无所不能。

栗蓬儿十分崇拜浑身都是本事的马玉锁，马玉锁也待他很友善，曾经答应带他去犼虎岭逮獾、打猞猁，或者深夜去马氏祖茔里捉火貔子①，虽说尚未成行，但两人很久以前就建立起的友谊不容小觑。如今，横身挡路，且在栗蓬儿遭难之际冷嘲热讽，算什么交情！

再拿那只猫出气，把报复的对象瞄向三嬷嬷。作为马玉锁的唯一亲人，牌坊下三嬷嬷极为疼爱孙子，那么，好吧，她必须为孙子的背叛行为付出代价。最解气也最容易得手的报复目标，再次落到那只黑猫身上。

为了让那祖孙二人受到的惩罚痛心彻骨，栗蓬儿的报复计划很彻底很凶狠。杀掉那只猫，让牌坊下三嬷嬷为此痛苦不堪，让马玉锁因为他嬷嬷的痛苦而痛苦，捎带着，也算是向娘和玉楸的抗议。实施报复计划仍需有人协助，栗蓬儿再次叫来巴掌，另外约请很少合作的狗欢子出马。狗欢子聪明乖巧，却胆小如鼠，平日被他娘管束得严严实实，下学后很少放出大门。他很羡慕栗蓬儿与巴掌的交情，现在受到邀请共襄盛事，兴冲冲赶来加盟。听栗蓬儿说要对那只猫施以酷刑，这家伙激动不已，恨不得立刻动手，而且觉得不过瘾，说，干脆，连牌坊下三嬷嬷一起弄死算了。当然，连他也觉得这个痛快而有趣的想法只是快活自己。他从栗蓬儿这里领受的任务是把猫捉到手。那只猫记打，老远瞄见自己和巴掌，一眨眼就没了踪影。而狗欢子的确聪明，

---

① 火貔子：当地传说中的动物，状若貔狐，遍身有火光闪烁明灭，常于夜间在老坟附近出没。实际上多系磷火。

不知他用了什么手段，将那只黑猫带到栗蓬儿和巴掌那里。美中不足的是来得晚了些，天已经黑得很深，北风刮得也凶。他们躲在巴掌家墙角的背风处，商量行刑酷事。

怎么弄死它？狗欢子跃跃欲试。他提着半截破麻袋，被他捕获的黑猫在里面蠕动，不时传出惊恐的叫声。

烧死它！栗蓬儿说，点它的天灯。

巴掌显出犹豫的样子。再想想，他说，咱们再想想别的主意，能不能不让它死。再想想。

不行。非弄死它不可！狗欢子首先反对。

栗蓬儿也说，得烧死它。他拿出从家里偷灌的一墨水瓶洋油。

可我还是不想让它死。巴掌说。

巴掌，回家！砦门里三嬷嬷喊，风把她的声音从远处送过来。

他们赶紧转移。

马家铺的西场院与巴掌家离得不远。场院的北边，有间低矮狭小的土坯房子，装了连枷、木锨、簸箕、扫帚、升斗、麻袋、筛子、磅秤等器具。没有窗户，很小的两扇木门虚掩着。栗蓬儿、巴掌和狗欢子在这里继续他们中断了的虐猫行动。巴掌已经妥协，不过兴致不高，狗欢子仍是劲头十足，但他们发现，洋油带得很足，却忘记了带火。洋火划起来方便，可得用现钱买，马家铺经常备有洋火的首推狗欢子家，但狗欢子以必被他娘圈死为由，拒绝栗蓬儿要他回家偷洋火的要求。栗蓬儿只好跑到马长亭家，借来火石、火镰和火绒，却又发现没有拴猫的绳索。总不能用手按着它点火，那要烧到自己的。栗蓬儿懊恼不已，便提出借巴掌的腰带一用。巴掌很不情愿地解下布腰带，从来没洗过，白腰带跟黑夜没什么两样，有股刺鼻子的发霉味道。大家都穿缅裆夹裤，巴掌没了腰带，只好用手提着裤腰。快点，他着急地说。

往哪儿拴猫呢？

场院边缘有棵不高的合欢树，做了行刑的木桩。在这个月黑风高的冷夜，三个少年刽子手开始了凶残的杀戮。

黑猫的一条后腿被布腰带系紧，腰带的另一头拴在合欢树不粗而直的树干上。风很大，残存的树叶被吹到夜色里，偶尔有干瘪的果夹掉落，树梢发出尖锐的呼啸。墨水瓶倒空了，从猫头到猫尾都浇满了洋油。栗蓬儿手里的火镰飞快地擦过火石，火星瞬间明灭。狗欢子的胆小原形毕露，按住猫的手哆嗦起来，几乎要放弃。在一次次的尝试之后，火绒慢慢有了暗红，在风中摇一摇，红色变大，轻轻吹气上去，烛光似的火苗跳动不已。

黑猫自知大限将至，在狗欢子手下猛烈颤抖并持续发出瘆人的哀鸣。狗欢子既冷又怕，声音颤颤地说，栗蓬儿你别点、别点火了，等下次吧。

栗蓬儿一手挡风，一手持火绒，跳动的火苗凑近了猫尾。

先是一缕红色，旋即火光迸发，瞬间变作一团火，在猫的惨叫声中腾腾燃起。刽子手们还听到某种动静，是与猫叫几乎同时发生的。那是他们从未听到过的某种东西断裂的声音，沉闷，快速，但实在。随即，火光变成一支出弦的火箭，倏忽消失在风里。

我的腰带！巴掌叫起来。

勉强看得见缠了一圈合欢树的腰带，只剩下短短的布条，在滚地风里滚来滚去。

怎么办？巴掌焦急地叫道。他的气急败坏有充足的理由，缅裆裤失去腰带，基本上等于两条腿的没底儿布袋。今夜，至少在回家的路上，他必须用手扯紧裤腰，否则将非常难堪，当然提着裤腰也很难堪。巴掌的焦急还在于，他的后娘对他抠得极紧，腰带无端废掉，他无法得到后娘的原谅，也不可能得到新腰带，这就意味着一顿胖揍以及在很长时间里他的腰里不得不缠绕麻绳，或地瓜蔓，或自己搓的草绳。栗蓬儿和狗欢子在短暂的惊愕之后，看着两手扯紧裤腰，口中对黑猫谩骂不已，沮丧至极的巴掌，禁不住哈哈大笑。

但巴掌没笑。他在紧张地注视什么，有火光在他的脸上闪烁。他突然说，坏了，坏了！他指向南边。

平整的场院南侧，码着三个大垛，都是垛的谷秸，是剪去谷穗之后，没来得及分给各家各户的柴火，临时堆放在场院的。此刻，在其中一座黑山似的谷垛下面，有从暗变亮的火苗正在腾腾升起，眼看着变旺、变猛，变得透明般火红，抖动着、跳跃着凶狠爬升。

又一次短暂的愣怔，醒悟过来的栗蓬儿扑向了谷垛。他明白，必须立即扑灭这团火，否则后果将很要命。他冲到火里，没命地踩踏着火的秸秆。谷垛根部的散乱枝叶早就干透，遇火就着，已经遍地火苗。栗蓬儿的拼命扑打并未止住火势，反倒将火引向谷垛。慌乱中的栗蓬儿感到谷垛开始散裂并变红，哔哔剥剥的破裂声四起，空气发烫，呼吸也越来越困难。他双手从谷垛里扯出着火的谷秸，使劲抽打火焰。不幸的是，这种愚蠢的灭火方式反倒加速了火势。

栗蓬儿拼命扑打，但一切都迟了。火焰冲天而起。被烤灼得受不了的栗蓬儿跳出大火，就地打了几个滚儿。爬起来的他慌乱不已，看见双手提着缅裆裤的巴掌手足无措。

转眼间，三座谷垛全部燃烧起来，火光冲天。原本很大的场院、小土坯房、合欢树和臭椿树，都在抖动的火光里分外鲜明且随着抖动不已。风越发劲猛，大火呼啸，夹杂着连绵爆裂的恐怖声响。栗蓬儿的心跳得厉害。

壕沟东边，有座独门独院的庄户人家的院子，是关东客马长楼的老屋。天井不大，正房三间，端正周方。此时此刻，房檐的一角，麦秸披盖的屋顶开始起火燃烧。高火迎风，风助火势，火头在栗蓬儿和巴掌的惊恐注视里以极快的速率燃起了整个房顶，又如同火长虫般疾速窜下。黑暗的夜空中，红光格外旺盛明亮，也分外瘆人。眨眼之间，房子大半被笼罩在了火中。

谷垛与这个院落是平行的，一条壕沟把它们分隔开很远，而风向正南，为什么谷垛的火会隔着壕沟，跳到几丈外的老屋上去？栗蓬儿满脑子发懵。他想不明白，也来不及想明白。铜锣"当当当当"响起，急促、疯狂而峻切，马家铺被紧急唤醒。在无数条狗的愤怒吠叫声里，"着火啦，救火啊"的呼喊惊心动魄。

末日来临般的景象让栗蓬儿陷入绝望。

快跑吧！巴掌提着缅裆裤，笨拙但很快地消失在黑暗里。

往哪儿跑？

栗蓬儿不能像巴掌那样往家跑。此时的家不是他的避风港，而将是问罪行刑的大堂，他得找个安全隐蔽的地方。然而大火熊熊，光焰冲天，由不得他从容想明白。火光映照下，他看到有个宽大身量的老妇人急急跑来，是砦门里三嬷嬷，她的嗓门霹雳般响起：

天杀的栗蓬儿！

栗蓬儿拔脚飞逃。

第二章

一

栗蓬儿逃进了秫秸穦①。

秫秸穦里的空间非常狭小，虽然很高，但迅速变得尖锐，促狭逼仄仅可容膝。寒风从缝隙里钻进来，落尽了汗的栗蓬儿顿觉冰凉的夹袄夹裤薄得像层纸。他打了个寒噤，把破夹袄裹紧，双手抱肩，缩紧身体，蹲下来。

他闯下了大祸，将承受什么样的惩罚，他不知道，但他知道，惩罚一定重得不得了。捆树干？吊房梁？绳子抽？顶门杠打？都极有可能。村里人不会放过他，玉楸的报复必然变本加厉，娘更不会饶过他。娘是容不得儿女作乱的人，又极要面子，儿子闯下如此大祸，她必定痛下狠手。

扒开秫秸穦的缝隙望去，火势有增无减，铜锣还在没命地敲，夹杂着人们的呼喊，狗叫得惊心动魄，火光里映出跑来跑去的人、担杖②、水筲、狗……动荡不已的冲天大火烧红了马家铺的上空。

家是不能回了，马家铺待不得了，必须逃走！

他最先想到的是逃到姥爷姥娘家。

姥爷家在马家铺以东的三十里铺。名曰"三十里"，并非以马家铺为起点，所以实际里程差不多有四十里。栗蓬儿跟爹娘去过多次，路熟得很，即使今夜摸黑走，栗蓬儿也能找得到那座掩映在枝叶繁茂的大槐树下的老宅院。姥爷姥娘对马家铺的晚辈珍爱有加，尤其是姥爷，很喜欢自己，凡有走亲戚的到马家铺，必定托他们捎来好吃的，有时特别说明其中某一种给栗蓬儿，他们会收留逃奔去的外孙的。不过，三十里铺虽好，也必定是娘首先想到的搜捕目标。自己即使成功抵达，在姥爷那盘宽大无比的火炕上大睡解乏，也

---

① 秫秸穦：秫秫收割后，秸秆打成捆，若干个秫秸捆团团围立，顶部攒集，状如金字塔，称为秫秸穦，散布在秋后的地亩里。

② 担杖：两端固定有绳索及铁钩或木钩的扁担。

许一觉醒来，怒气冲冲的娘，手里拿着粗麻绳的玉楸，也许还有村里的壮汉，会赫然站在眼前。

娘的精细决定了近处的亲戚家投奔不得，也就是说，连大姑家也须摒除在外。大姑家在河北——落甲河从马家铺西边北流，流过桥头镇后折向东北，此岸的庄户人对河对岸所有地盘之统称——的薛集。去那里并不费事，除去等候摆渡船费点时间，半天的脚程而已。然而，也去不得。先不说那里必定也是娘的侦缉方向，只怕连大姑这一关也过不去。大姑是个极刻板的老妇人，容不得任何出格的事，对所有不守规矩不遵章程者一概视若仇雠。她喜欢玉椿和玉楸，也喜欢六月，而总拿眼白斜着看栗蓬儿，并不遮掩她明显的偏心，假如得知栗蓬儿投奔她的缘由，立时叫人把他绑回马家铺也说不定。

去沈阳！

姐姐玉椿在沈阳。玉椿是顾惜娘家的人，从小特别疼爱栗蓬儿。她若见到弟弟赶去，一定喜笑颜开。姐夫忠厚老实，姐姐的话在他那里就是命令，也必定欢迎自己。还有，半个多月前爹满心欢喜地去了沈阳，住在姐姐家里，至今没有音讯。爹天性随和，不像娘那么事事较真。自己千里迢迢逃去，他不会痛加责罚，一定的。就去沈阳，沈阳是个好去处。

但是，盘缠哪里来？沈阳远在天边。没有盘缠，怎么上路？

栗蓬儿很沮丧，再次透过秫秸穰的缝隙朝外看。村子那边，不规则的暗红色正在暗淡，炸营似的吵嚷渐渐消歇，在几声不甘心的狗叫之后，火场沉寂，马家铺安静下来，响起了呼叫他的声音：

栗蓬儿，你在哪儿？

是玉楸的喊声，好像在村口。

别藏啦。玉楸又喊，赶快回家。不回家，冻死你。

栗蓬儿，你娘说不打你。是懒汉青州的声音。

栗蓬儿偷看，夜色中，灯笼的微弱红光里人影幢幢。好几个人正在搜寻他、捉拿他。在栗蓬儿警觉和紧张的遥望中，抖动不已的光走向高埠。他松了口气。

栗蓬儿。又有人在叫他的名字，声音离得很近。

栗蓬儿吃了一惊，随即镇定下来，像狗欢子在叫，声音压得很低。

果然是狗欢子，听到栗蓬儿的应答，他来到秫秸穰边说，栗蓬儿，你在里面吧？我要钻进去了。

费劲钻进秫秸穰的狗欢子，顿时塞满了很小的锥形空间，两个人几乎脸碰着脸站立。狗欢子觉得憋屈，拉栗蓬儿蹲下。底部宽敞一些，也碰膝碰头。

栗蓬儿你得藏严实，别让人逮住你，栗蓬儿你可千万别回家。你娘说，逮住你就打死。狗欢子说，你最好逃到别的地方去，越远越好，最好趁天黑就逃。

我知道。栗蓬儿说，巴掌呢？

巴掌的下场很惨，他双手提着缅裆夹裤，行动极不灵便，磕磕绊绊地逃跑，被赶来救火的人当场拿下，交给他爹马天佑。马天佑本是庄户人里的斯文人，这次下手却极其狠毒。

他爹快把他揍死了，听说是绑在他家的香椿树上揍的。狗欢子说。

烧着马长楼没有？栗蓬儿问。

不知道，没听说烧死人，好像也没烧坏人。狗欢子说大火烧起来时自己吓坏了，跟夜老鼠一样潜逃回家，没人看到也没人想到他与大火有牵连。但做贼心虚，他紧贴大门，极其紧张地听救火的人高声吆喝着跑过，脚步嗵嗵如山响，步步踏在他的心上。狗欢子从来乖巧，很得大人喜欢，从不惹是生非。谁想得到，刚出山就闯下这么大的祸事，他自己很是懵懂。全亏他聪明，壮起胆子装作没事人，骗过了家人的眼睛。

我猜你就在秫秸穰里，就是不知道在哪一个秫秸穰里。狗欢子说，他们都到砦门里和高埠上去找你，他们太笨了。我来找你有要紧的事：栗蓬儿，要是你让人逮住，可别把我供出来。谁都知道你和巴掌，谁都不知道还有我。栗蓬儿你可千万别供出我来，要不我娘非打死我不可。

栗蓬儿向他保证，自己会守口如瓶，可要是巴掌供出他来，怎么办。狗欢子说，逃离火场的时候，他好像跟巴掌说过这意思，不过那时大家都慌慌的，不知道巴掌听进去没有，后来冒着天大的风险再去叮嘱巴掌，走近马天佑家，正听见巴掌杀猪般的哭嚎传出，就没敢进门。

反正，我死不认账。狗欢子说。

你能不能回家给我拿件棉袄来？栗蓬儿说。

不能，我一回家就出不来了。栗蓬儿你别怨我，我娘看我跟看贼似的。

狗欢子说，又说他得赶紧回家，不然，就会引起他娘的怀疑。

栗蓬儿你赶紧想办法逃吧！狗欢子忧心忡忡地走了。

烟消火灭，村子没有了声息。栗蓬儿钻出来，拉倒另一个秫秸攒，将一捆一捆的秫秸拖到临时落脚之地，再竖起来搭附在秫秸攒上，加厚这遮挡寒风的小小架子。秫秸攒合二为一，他钻进去，摇松并吃力地拔出地上扎人的秫秫茬，再把些秫秸折成三尺长短，铺在凉森森的土地上，做成连枝带叶的草铺。寒夜冷风，逃命在外，能有这样的栖身之处就该满足。栗蓬儿干渴得很，便扯起秫秸秆，挑选粗重的"个档儿"①，撕咬去席眉儿，口唇被刺出了血。这个时节的秫秸瓢子比不上收割时的汁液充盈，嚼起来很糠，但聊胜于无，口渴缓解了些。他侧身躺下来，"床铺"太小，他尽可能地蜷紧身体。

压倒的衰草和散乱的秫秸枝叶里，似乎有蝲蝲蛄钻来钻去，也有不知名的秋虫鼓足最后的气力怯生生地叫，断断续续的声音细弱而凄凉。栗蓬儿费劲地翻个身，处处碰到斜立的秸秆。

他很困，很疲乏，却睡不着。裤脚烧焦，裤腿褪到膝盖以上，夹袄的袖口也过了火，轻轻一捻，变成了锅灰似的东西。裸露皮肉的疼痛越来越难以忍受。疼得最厉害的是脚面子，几个燎泡被秫秸戳破，疼得钻心。栗蓬儿端起脚，轻轻舔着瘪下去了的脚皮。

得逃，一定得逃跑。栗蓬儿突然想到了济南府，就往那里逃，去济南府大伯父家！

新念头让栗蓬儿兴奋起来。他听人说过，从毕家湾的渡口过落甲河，再走十几里，就会看到横亘在眼前的铁路。沿着铁路线往西，尽头就是济南府，只管踩着铁轨走就是了。

大伯父与爹情谊深厚。前年大伯父携家小返回故乡，一则给双亲上坟扫墓，二则看望他很是挂念的弟弟。大伯父最小的儿子马玉河与栗蓬儿同岁，与他最亲近，那次来马家铺，跟着栗蓬儿漫山遍野玩到发疯。马玉河回家以后，曾给栗蓬儿写信来，说是在马家铺的假期让他特别快活，十分感谢叔父一家，并邀请栗蓬儿去济南府玩耍云云。

---

① 个档儿：一般指高粱和玉米的茎节，下文的"席眉儿"是高粱秆的硬皮；也称席子的苇条。

济南府无疑是个好去处，但栗蓬儿想起了娘的忌讳。娘对济南府的这门亲戚很是看重，尤其喜欢那里来的堂侄堂侄女，对他们的知礼仪、懂进退赞赏有加。但爹几次提起，说要接受大伯父的邀请，率全家回访济南府的时候，都被娘一口否决。

娘之所以不放行，是因为受了一件小事的刺激。

这件事就发生在济南府大伯父返乡探亲，阳历年过了而阴历年未到之时。听说兄长要还乡，爹娘自然欢喜，早早地收拾住处，烘烤火炕，洗晒被褥，洒扫庭除，准备饭菜。两家人团聚，哥俩颇为动情，落了些老泪。娘很快乐，因为她的贤淑和勤勉，得到了大伯和大伯嫂子①的由衷赞许。两家的儿女彼此也很亲热，看得出血缘和亲情的力量何等强大。

开始一切都很顺利，其情洽洽，其乐融融。让娘感到不快的是两家人相聚时的一个细节，这件在栗蓬儿看来没什么大不了的事，娘觉得严重地丢脸。

在爹娘精心准备的栗子、核桃、花生、大枣、小石榴也就是济南府大伯父叫做"山楂"的，以及秘藏很久的柿饼子、冻柿子面前，济南府来的几个孩子——从老二玉梁到老幺玉河——肃然而立，矜持而且礼节周全，在鲜美的特产面前不动声色，只看父母的神色。待到济南府大伯父微微颔首，他们才依次上前，每人取一点，向"二叔二婶"谢过，并不大吃大嚼，只很有风度地慢慢品味，绝不发声，礼数之周到和吃相之文雅让娘极为欣羡。最令娘感慨不已的，是人家子女之间的情谊。他们惦记着留在济南府看家的老大玉溪，专门为他留出些干果，集中放在一边，准备带回家去。而与人家形成鲜明对比的是，当大伯父将带来的礼品高粱饴糖、糖丝饼以及饼干点心和时令果品，从很精致的柳条箱里一一拿出，放到炕上，刚刚客套了两句，玉楸和栗蓬儿，也有六月，奋不顾身地扑上去，乱抓乱拿，似乎还发出快乐的呼喊。那场面难看极了，几乎等于抢，简直就是狼，尤其是栗蓬儿，抢抓了两把还不知足，竟然忙不迭地往仅有的破衣兜里塞，其粗野和贪心难看到了极点。

一切都发生在济南府客人的眼前，看得人家目瞪口呆。这个可耻的场景让娘深感羞惭，以致每每说起，她都要重温历久弥新的耻辱感，接下去就是

---

① 大伯嫂子：丈夫的嫂子。

抒发对儿女的失望和不满。

爹很是大度，屡屡在娘面前为儿女开脱，说栗蓬儿固然粗鲁，甚至粗陋，但不必看得太过严重，不过是贪馋了点儿而已。庄户人家的孩子不能和城里的孩子相比。大哥家的孩子鲜衣亮帽，还戴着红领巾。咱家的孩子穿得怎么样？为迎接贵客，你做娘的熬夜洗涮缝补，不也就是个齐整干净，哪个孩子身上穿的没有补丁？大哥家的孩子的肚子是什么肚子？那是装白面馍馍和小米干饭的肚子；咱家孩子的肚子是什么肚子？是装粑谷和地瓜干的肚子。摸摸他们的肚子，里面能有几两荤腥？经年装不进多少鱼肉和甘甜，见了好吃的，能不如狼似虎！跟你说实话吧栗蓬儿他娘，看到大哥带来的糖块和糕点，连我也差点按捺不住呢。

娘反驳爹说，就算你肚子里缺得厉害，就算你十辈子八辈子没见荤腥，人也不能没有廉耻。栗蓬儿他爹你可是上过国小的，你可是识文断字的，你不是成天哼着唱着礼义廉耻么，怎么一落到自家孩子头上，你的礼义廉耻就扔掉了呢！

娘教育儿女的根据是人同草木论。娘说，幼儿就是"人芽儿"，可以看作正在生长的树苗。做爹娘的，就要为这生长中的树打杈、剪枝、修正树形，这相当于她揍栗蓬儿或授权玉楸揍栗蓬儿，庶几，这棵小树才有望开花结果。如果舍不得下手，树干扭曲多疤，树枝旁逸斜出，树冠无法无天，那就树不像树，材不成材，材既不成，这棵树就算是彻底废掉了。

娘说，很多做爹娘的爱孩子爱到没边儿没沿儿，等于任由小树自己疯长，忍不得自家孩子受一点委屈，说到底是害了孩子。从娘家三十里铺到婆家马家铺，乃至所有的庄户人家里，娇惯儿女的糊涂爹娘太多，被溺爱成废物的孩子就太多。而其中，出自穷人家的一点也不比富贵人家的少，说不定还要多些，这就是人们常说的"贫家出娇儿"，是娘极端警惕的前车之鉴。在娘看来，爹是嬷嬷的溺爱所造就的"娇儿"，正可以拿来作为现成的鉴戒。

然而，娘的教子手段未能达到预期目标，儿女们的礼仪缺失使她深恶痛绝。仍以养树作比，娘认为济南府的侄儿侄女几近长大成形，且是秀高于林的好树木，而自己这几个孩子，尤其是栗蓬儿，还处于亟须剪枝打叶的时段，样子和行为是十分不堪的，绝对上不得台面。济南府的孩子到马家铺，已经把娘的儿女比得没了模样，难道还要把他们送到济南府出丑不成？

等栗蓬儿和玉楸懂得礼数，再去不迟。

这是当爹提出回访大伯父的时候，娘毫不犹豫的回答。

栗蓬儿不喜欢什么礼数。比比马玉河，除了功课不如人家，他不觉得自己有多么差，但他不想增加娘的难堪。再说，投奔济南也有与投奔沈阳同样的难题，自己身上一个大子儿也没有，也没有大伯父家的地址。就算踩着铁轨走到济南府，就算玉河正在巴巴地等待，那么大的大都市，到哪条街那条巷找得到他们家的门楼？

这条路，也走不通。

走投无路之际，栗蓬儿突然想到个去处，去投奔一个渔鼓艺人。

那是个盲艺人，渔鼓唱得好听极了。前不久，他在马家铺的地屋子①里连续说唱了很多个夜晚。开场曲子是"四月里开梨花梨花似雪，王二姐绣窗下暗暗的伤别……"接下去唱"玉皇殿前白虎星，生在唐王驾下把臣称。跨海征东薛仁贵，万岁亲封平辽公……"真正的干货是说唱栗蓬儿最爱听的《西游记》，让他每每入迷到忘记时辰，被玉楸扯着耳朵拖回家。

那个渔鼓艺人有一副迷人的沙哑嗓子，说一段，唱一段，评一段，满地屋子里的人全跟着他喜怒哀乐。一端蒙紧猪皮的修长竹筒，倾斜地吊在艺人的胸前，他右手并排四指击拍蒙皮，"绷绷绷"的浑圆声音极为动听；或灵巧地滚弹蒙皮，左手夹持的两片简版互相敲击，节奏分明，与渔鼓的声音相交相融，韵味十足的嗓音在烟雾缭绕中响起来，有可长可短随意使唤的金箍棒，会七十二般变化，一个筋斗能翻十万八千里的齐天大圣，跟各路妖魔鬼怪，就在地屋子里打斗得难解难分。

渔鼓艺人应该没有走远。地屋子里的人似乎听他说过，他就在这一带村子卖艺讨生活，犸虎岭深处的前昭下村，是他的常驻之地。对，就去找他，去前昭下村找他，拜他为师，请他教授渔鼓说唱。若他不收徒，当不成他的徒弟，也不要紧，栗蓬儿甘愿为他牵根竹竿或秫秸，当他的拐杖和眼睛，领

---

① 地屋子：当地农村挖出长方形地坑，以树枝、秫秸、苇席及厚土苫盖、覆顶，壁上凿出灯坑，一角留有门和土梯便于上下出入。冬季农闲，人们常来这里做手工活儿比如剥麻、编织，也用来进行娱乐活动。

他避坎坷、走平路、过小桥、翻大山，为他背行囊、拿渔鼓，牵马坠镫当下手，吆喝圆场子，招徕新老听众，添茶倒水带收钱，只要他肯赏口饭吃。

就去追随渔鼓艺人，云游四方，走村串庄，吃百家饭，穿百衲衣，睡破庙，喝凉水，浪迹天涯。娘和爹永远不知道他去了哪里，玉楸也不知道，谁也不知道他的踪迹，永远不回马家铺。

天明就走！

这个念头是如此激动栗蓬儿，使他几乎忘记了这个夜晚的大祸。

二

半夜时分，寒气侵人，困乏之极的栗蓬儿在朦胧中听到窸窸窣窣的声响，带着熟悉的气味，茸茸的毛发在呜咽声里扑到他身上，他的脸被热烘烘的舌头亲密地舔着，有脚爪在他身上胡乱蹬踏。

二青！

二青简直是来救命的。栗蓬儿制止二青的过度兴奋，叫它乖乖卧下，和自己依偎在一起。这个不同平常的夜晚，从火热烤灼到冰凉刺骨的急剧转换，折腾得他精疲力竭，栗蓬儿抱着二青睡着了。

夜很长，栗蓬儿睡得很浅，一会儿一醒，最后一次是被冻醒的，也是被疼醒的。他感到浑身疼痛，头更疼，脑门似要炸开，动动身体，全身的骨节都疼得要命。他突然想到了出走计划，应该动身了，不论多么疼痛难忍，黎明前是离开马家铺的最好时机。走吧，立即动身，带着二青，进犸虎岭找渔鼓艺人去。

公路上传来响亮的咳嗽，狠命地咳，咳得痛快酣畅，要把胸腔咳空的样子。这是拾粪的马长驿，是村里的第一勤快人。一年三百六十五天，晨光微露的时候，公路上必定出现肩挎粪篓手拿粪铲的这位庄户人，扫炕似的精细，将牛马驴骡的粪便收集起来，喂养着自家的几亩薄田。别人，包括临村的人，都把以马家铺为中心，前后十几里的公路视作他拾粪的专享地段，从不染指。春夏秋冬，风霜雨雪，几十年过去，他的习惯丝毫不变。

栗蓬儿艰难地站起身，发觉下霜了！这是今年的第一场寒霜，白白的、薄薄的，撒满了秫秸穰外的空阔地面。二青试图钻出秫秸穰，栗蓬儿赶紧摁住它。他极力忍住浑身的疼痛，压制反复泛起的恶心感觉。他得等巡路一般的马长驿走远一点，再远一点，等这位刻板的老庄户走得看不见了，他就带二青避开公路，沿着落甲河大堤远走高飞。

村口响起喧闹声——抽打牲口的鞭花，对牲口偷懒的斥骂，大车艰涩的轧轧声，还有担杖互相碰撞的杂乱声响。两挂大车、五六辆小车、七八副担杖从碾盘街的西端出口陆续涌出。一时间，人和骡马口中呼出的白色蒸汽在拂晓的空中格外醒目。

这是往县城粮库送余粮的队伍。

栗蓬儿不喜欢他们，包括一切运送公粮和余粮的车马人等。仿佛是从他嘴里夺走了粮食，他对所有的送粮人都怀有某种敌意，不管他是谁，是赶大车的马玉德，是推小车的马天武，或者马天禧、马天茂，抑或挑担杖的马天佑……大都是社里的好庄稼把式。栗蓬儿饭量大，一年里，总有些日子吃不饱。为什么缴送那么多的公粮，而分到家里的少而又少。缴送公粮之后，还要缴余粮？村里的粮食并无剩余，而自家的粮食差不多年年都有欠缺。最让他愤愤不平的，是缴送的都是好吃的麦子、小米、棒槌、秫秫，而将地瓜干留下给自己吃。爹总说，明年就好了，明年就好了，明年就能吃饱饭、吃好饭，但一年一年过去，饱享饭食的诺言从未兑现。

两条狗，是巴掌家的四眼儿和百岁家的花狗，追逐打斗翻滚着，一溜烟超越送粮食的队伍，又冲过公路，冲进了秫秫地。

二青猛地挣脱栗蓬儿的手，冲出秫秸穰，说不出是迎接还是迎战，三条狗叫嚷着缠斗在一起。

刚刚走上公路的车队停下。马玉锁放下担杖，跟马天禧说了句什么，抬臂指向栗蓬儿躲藏的秫秸穰。接着，他们两个快步走来，栗蓬儿登时头大如斗。

他的出逃计划，彻底告吹。

三

疼死我了！栗蓬儿大声喊道，你干什么？

一双大手倒提他的双脚，从云端里徐徐降下。下面升腾起冲天烈焰，烤灼着他的头和全身。栗蓬儿挣扎着抬头，看到一张五官不成比例的长脸，仿佛是马长亭。他大叫"老九，放下我！"巨人怔了怔，突然松了手，栗蓬儿头冲下坠入火焰……剧烈的疼痛达到顶点，他喊了声什么，猛地醒了，全身汗水淋漓，宛如从落甲河里凫水刚爬上沙滩。他的头脑里迷迷茫茫，努力定定神，对面墙上有褪了色的四扇屏年画"杨排风"。栗蓬儿认出自己正躺在家里，躺在西屋的炕上。四扇屏是去年过年前，爹娘从桥头集上买回家，哥哥比画着位置，他和妹妹用糨子贴在西墙上的。

天波杨府里踢胳膊踢腿的烧火丫头，被娘的身体遮挡了。

娘拿手巾擦去儿子头脸、脖颈和胸前的汗，摸摸他的脑门，翻起他的眼皮，仔仔细细瞧过，说，好了，没事了。又说，栗蓬儿你可真能睡，你能睡就再睡会儿吧，不想睡就起来坐，等会儿我给你盛米粥。

二哥，你睡了整整一圈儿。六月说。

鸡鸣狗叫和担杖水筲的嘈杂声告诉栗蓬儿，此刻是清晨，他在自家的炕上睡了一个昼夜。他试图起炕，全身上下没有一处不疼得钻心，但胸口空阔清爽了。在妹妹关切的注视中，他像跋涉过千山万水之后无力地躺下。炕头暖暖和和，屋里很静，晨曦射上雪白的窗纸，四扇屏明亮起来。

低低的啜泣声从堂屋里响起，娘哭了。

娘爱哭，遇到不快、郁闷、烦心事就哭。假令娘的哭不出声只抹泪，那还让人好过一点，但那样的哭很少，但凡娘以低低的哭声开场，全家人就紧张得很，因为这是娘大哭的先兆。低声哭是酝酿哀伤之情、愤懑之气，是在积累力量，蓄力既足，爆发必速。进入正式阶段的哭很有鲜明的自家特色，就是伴随着哭声的诉说。

果然，娘的哭声高扬起来，骂声密切相随：

马天启你个混账东西，你有本事就待在沈阳别回来，家里天塌地陷你也别回来。马家铺不是你的家，你把家忘干净吧，你就躲在沈阳享清福吧，你就在沈阳抱外孙、逛公园，吃香油馃子、看春秋大戏！

在马家铺的女人里，深谙哭嚎艺术的是娘、狗欢子娘和巴掌娘。狗欢子娘是有名的河东狮，其哭嚎的特点是激烈动作与脏话的紧密结合，她会跳着脚，或满地打滚儿，或撞向面前的一切软性物体，动作之凶猛无畏特别令人畏惧。同时，她只要开哭，骂声里必会出现不堪入耳的脏话，其肮脏程度，直令听闻者掩耳。所以，她的哭骂不止搅得自家鸡飞狗跳，半个村子都不得安宁。巴掌娘的哭则另有一番景象，哭声低弱，惨惨戚戚，细水长流，反复咏叹，有滋有味，能从清晨哭到入夜，睡得香甜之极，次日一大早接续上再哭，绝不因中途停顿而有半点生疏。那种旷日持久的哀哭具有无往而不胜的魔力，能击败任何胆敢与之抗衡的人，也屡屡成为马家铺的笑柄。

娘能干精明，要强得很，总以贤淑女人自居，说起狗欢子娘和巴掌娘，颇有羞于与此辈为伍的高傲。娘的哭确也有过人之处，她哭的声音或许不如狗欢子娘的高，也不会像河东狮那样哭得披头散发没了模样，更不具备巴掌娘夜以继日的超强接续能力，但娘的哭腔之响亮润泽，声调之抑扬顿挫，语言之准确清晰，与哭声结合得恰到好处以及想象力之丰富，恐怕远在那两个女人之上。

娘继续哭诉。她在哭声里或回忆做女儿时的快乐，或比对娘家婆家的不同光景，或忆苦或述穷，内容驳杂得很。

我爹娘算是瞎了眼，当初怎么没看透你马家，把我嫁给你马天启当老婆！我爹三十岁上有了我，我爹娘把我养到一十七岁，花费了百石米千石面。你马家是拿什么去我姜家求亲的？你没有金银财宝绫罗绸缎不打紧，我姜家不图你千间房子万顷地，图的就是个老老实实的庄户人。你当不得作假来骗我姜家，你马家连那两百大洋都是假的。

栗蓬儿熟知爹娘嫁娶的典故，是娘一旦不快就要控诉马家不义而爹每每叫起撞天屈的故事。

娘说的"假"，是说爹并非全部大洋的主人，两百大洋却绝非假货，个个是叮当响的袁大头，是爷爷东借西贷凑足的聘礼。其实这也没什么，那时候家境还好，并非完全拿不出这笔钱，之所以借贷，仅是一时手头紧张所致。此事被娘长久不满，根由在于大媒急于求成而说话多有不实。姜家托人到马家铺考察未来亲家公的家底厚薄，大媒便将济南府大伯父家的房舍、地亩以及几个麦垛，也当作这边的资产显摆给他看，三十里铺的来人遂一并计在爷爷和爹名下。固然大伯父家的地亩已授权给爹耕种，但毕竟尚未完全属于自己。定亲之时爷爷发现了此中误会，一度对大媒很不满。人家的就是人家的，哪怕十成里有九成是自家而一成是人家的，也绝不能说成是自家的。爷爷后来将内中周折通报给三十里铺，也得到了姜家的谅解，但娘一直耿耿于怀。

有丰厚的家底撑起面子，大媒将白花花的大洋用红纸捆作四包，送到四十里外的三十里铺，送到三十里铺很富裕的姜家，姜家唯一的女儿当年腊月变成了马姜氏。三日回门①前夕，爹双膝跪倒在新娘子面前，痛哭流涕地坦白了一半聘礼的来历和自己借贷的事实，央求爱妻看在夫妻情分上，向老人讨回聘金的一半，算暂借也行，以偿还借贷。爹说利息很高，若不能及时偿还，利滚利滚下去，连本带利怕是要很多钱。若真挨到不得不还时，即使卖些地亩，也未必能填满那个窟窿。是她，就是娘出面讨回聘金，才偿清债务，成全了爹，挽救了这个家。

这是栗蓬儿左耳朵听进的娘的讲述，右耳朵听进的是爹的版本。

爹说大媒为了成人之美，确有瞒哄姜家人之嫌，不过很快就真相大白，马家从未有过半分欺骗，姜家也并没对马家有过太多责难。至于大媒对姜家只字未提钱的"真"或"假"，则完全出于常理常情。爹说下聘之时，难道非得说明这银圆里头有半数是借来的？这谁能说得出口！马家献上如此重礼是为了向未来的亲家表示诚意。钱，总数里固然有借的成分，人的情分和心意却都是自家的，真情实意，丝毫不假。他们未来的女婿敢于借钱订这门亲事，就有能力清偿债务，也有能力养活他们的女儿。

至于"下跪"，完全是无稽之谈，怎么可能！爹是堂堂正正七尺男儿，怎么可能向妇道人家屈膝。"男儿膝下有黄金，岂肯低头跪妇人，只跪苍天与娘亲"。还流泪？笑话！事实是，娘得知丈夫举债大洋若干而其名下几乎没有值钱的东西时，差点背过气去。爹说，回门那天，他身背进贡岳父母的礼品，牵着驴，驴背上铺着毡子，上面又加铺红缎子，娘高傲地骑在上面，按老例走一遍全村街巷，名曰游亲。娘完全不顾新媳妇之身份和应有的礼数，对碾盘街和套街上争看自己的人一律施以冷脸，把上眼皮当成了棉布门帘子，这让爹很没面子。要知道，众人看的是你的笑脸、你的喜兴、你的人品禀性。

---

① 回门：亦下文的"归宁"，系古老婚俗——成亲后第三天，新娘须偕同新郎一起回趟娘家。

你仰着冷若冰霜的脸，让马家铺人怎么想？让爹伤心和不满的还有，娘拒绝与丈夫对话，从被抱上驴背到三十里铺，竟然一路无语，近四十里路，腊月里，天寒地冻，从晌午走到天黑，路上几乎没有行人，只有爹娘和一头驴，踩冰踏雪，无论爹怎样赔笑脸说软话，娘就是半句话不说，她的脸色难看极了，跟尊煞神似的。

不说话算什么夫妻呢？如果不是觉得对姜家人有亏欠，爹绝对会中途打道回府，丢下娘一个人一头驴在路上，你就是想说话也没人听你的。爹再次表示不满，不说话算什么夫妻！王宝钏孤守寒窑一十八年，苦不苦？不比你娘苦？见了薛平贵不也得说话！

栗蓬儿左耳朵和右耳朵都听到的是皆大欢喜的结局。爹娘对以下的描述没有异议，即娘借归宁之机向她的爹娘要求返还彩礼，两位老人爽快地给了女儿。爹对娘的作为表示满意，他补充的仅仅是，为了达到目的，娘当时高度夸张了马家的艰窘程度。

新媳妇的心如此偏向自己，爹快活得很，返回马家铺的路上，几乎要唱几口京戏。娘丝毫不给面子，用四个字打断了爹的雅兴。

行了，回吧。娘说。

六月，把粥给你二哥端过去。娘一边哭，一边下达命令。

娘收放自如，哭诉声再次高扬。哭声里，她骄傲地回忆娘家对婆家的恩惠，自己嫁来马家铺二三十年，不说嫁妆的丰厚，单说三十里铺对夫婿的补贴就数不胜数：粮米、柴草、钱，还有布料，还有鸡和鸡蛋、鸭和鸭蛋，还有蚕、蚕茧、蚕蛹和蚕丝，海量如山，简直是又立了一个家！而爹坐享其成，你的脸难道红也不红，气难道短也不短？还赖在沈阳逛戏园子下馆子！玉椿你个不孝的闺女，你不知道娘的辛苦，还不早早地把你爹送上火车回老家！都说闺女是娘的贴心肉，你的心贴到哪里去了？

娘痛陈爹的种种罪过，说他生性浮躁，喜欢"烧包"，庄稼活计"稀松"，每临大事"半渣"①，而任何像样的事情到了爹的手中必然"走了下溜"。这都是马家铺对男人刻薄而形象的评语。特别是"走下溜"，大意是事情越做越

---

① 半渣（zha）：讥讽人的话，意为智商不高。

坏，或好事到爹的手中也会做砸了，简而言之，即成事不足败事有余，很是不堪。爹的确不争气，他能够被娘、被村里人看好的作为很少。在爹所有的不良行为中，好赌是娘最厌恶的，以至于娘但凡忆旧，爹这个毛病必是不可或缺的痛斥内容。听得次数多了，儿女们对爹的不光彩往事了如指掌。

娘刚嫁来马家铺的时候，爹还处在玩耍成性的年纪，做事不知道轻重，更不懂得如何体恤别人。年过而立，他才多少懂些做人做事的道理，略略减少了轻狂和不负责任。然而，爹的嗜赌本性不但没有减弱，反而随着年龄的增长而愈加旺盛——那是嬷嬷抢走爷爷手里的绳襻儿之不良后果的严重显现。

某年夏末，天下很不太平，两大战阵拉锯打仗，都争着征粮，粮米征调得就多，庄户人全指望大秋庄稼下来，能够吃饱饭并为过冬做好粮食储备。有几天，爹去北洼耪末遍即第三遍秫秫。那是辛劳的活儿，难得爹如此勤苦，很得老人的疼惜。爹出工是认真而开心的，清晨扛着三遍锄锄头①哼着京戏出门，急匆匆兴冲冲直奔北洼，午饭前准时出现在天井里。午觉是没有时间睡的，如果不能及时耪尽丛生的杂草并掰去秫秫底部的老叶子，让一丝秋凉穿行在青纱帐里，宛若裙带过风，那么，这片溽热难熬的秫秫必会歉收。傍晚归来，爹如同英雄凯旋，颇有亟须犒劳的豪气，一迭声地要饭要菜。

却总也不见进展，换言之，爹干活的效率太低。北洼里的那片秫秫，是几家人相连的几十亩地。按爹起早贪黑的架势，不出三天理应耪完。但爹声称，秫秫地里很涝，满地泥水，进度不得不放慢，还需几天才能完活儿。

天暗下来，娘做好晚饭，先请公爹和婆母吃过，自己站在屋门前等待劳苦功高之人归来。暮色苍茫，炊烟缭绕，风箱的呱嗒声此起彼伏，狗儿们的吠叫里满含着焦急，燕子陆续归巢，蝙蝠进入暗淡的空中胡乱翻飞。

爹还在北洼辛勤劳作。

屋门左前方是嵌在砖石四方垛里的大水瓮，四个角填满了熟土，有波斯菊开得艳丽，粉色花瓣高高挑起在细长的茎干上。娘怔怔地看着微微晃动的八瓣鲜花，看了好一会儿，又看了会儿天色。娘在那一刻突然醒悟到了什么，不顾懂事的玉椿和不懂事的玉楸的饥饿抗议，把同样因为饿而到处捣乱的栗

---

① 三遍锄锄头：头遍锄、二遍锄及三遍锄的锄刃依次变小，用于锄不同生长期的不同农作物。

蓬儿扔给两位愣怔的老人看守，拍打拍打衣服，毅然决然向北洼走去。

战事仍在进行，大河那边有炮声隐隐传来。北洼的秫秫长势极好，茁壮挺拔，穗叶纷披，宛如厚重沉实的绿色城堡，在暮霭里显得静默、深沉而博大，很是让庄户人心安和喜悦。站在自家的地亩前，娘从杂草疯长和秫秫叶子的原始密实状态，一眼就看出这片庄稼在半个月内无人料理过，证实了自己的判断。

似乎有细微声响从青纱帐深处断续传出，是说话声，绝非狗、獾或坡兔子之类跑过的声音。

娘落脚很轻，悄悄走在青草长得很厚的田埂上，不发出一点声响。娘绕到秫秫地北边，那里距离村子更远而距离吵嚷声更近，渐次听出是爹和马玉德的争吵，似乎是后者赖账而致爹愤怒地讨要，还有马天茂在居中调解。是在赌博无疑。娘禁不住好气、好笑而且恼怒，选了一块硬实的土坷垃，朝秫秫地深处掷了过去。声音霎时停止，田野一片静寂。

榜末遍秫秫是多么苦累的活儿，青纱帐里闷热无比不说，薄如刀刃的秫秫叶子能把榜地的人划得遍体鳞伤。榜末遍秫秫的人，一般都穿得周全点儿，哪怕是破衣烂衫，也尽量把皮肤遮住，抵挡秫秫叶子的锋刃，但如鞭痕样的划痕总会出现在他们的脸上和所有裸露的皮肉上，衣裳还会淤积白花花的汗渍。娘后来说爹竟然笨到这样的地步，榜了几天秫秫地，居然毫发无损；衣裳虽然皱皱巴巴有些灰土，却与出门时同样干爽，并无汗水的丝毫痕迹。破绽如此明显，堪称铁证如山，爹却堂而皇之地坚称在北洼干活，而且还有脸在一家老小面前毫无惭色地混吃混喝！

爹的赌瘾狂热到让娘不敢相信的地步。爹的胆子是极小的，在那等兵荒马乱的年月，按常理，庄户人都会收紧心过谨慎日子，他竟然还有推牌九的心思和胆量，真真是赌胆包天。娘说自己过于信任爹的信誓旦旦，太信任别人就容易被人蒙了眼，居然好吃好喝地伺候着他老人家，直到那天傍黑时突然醒悟。

更多更大的土坷垃掷向静默的赌场，听得见土坷垃穿过秫秫叶子落地的声音。娘的力气小，土坷垃远未击中目标。娘一边推开或掰扯秫秫叶子，在浓密的青纱帐中开辟道路，一边骂爹，说马天启你的本事真够大，要是还想吃饭，就老老实实走出来。

秫秫地里顿时乱作一团。爹高声叫道，你别进来别进来，我们光着身子哪。有赌徒喊道，二婶子，千万站住吧，看在老天爷的份上，千万站住吧！其中一位赌徒年纪固然与爹相当，却是"长"字辈人，此时已经失却了长者的尊严，祈求说，天启家的，你就别进来了，我们也不出去。明天，明天一准把地耪完！最可恼的是马天茂，公然挑衅说，栗蓬儿他娘你倒是进来啊，你要是敢进来，我们就敢纹丝不动！

娘相信这帮赌徒正赤身裸体，他们做得出这样的恶心事，倒也不是为阻挡娘的搅局，主要是秫秫地里风雨不透，闷热如蒸笼，几个恶习不改的庄户人荡开一块空地，脱得精赤条条，围着赌具，或坐锄杠，或坐衣堆，对门当户奋勇博弈，怜惜了衣裳，也与酣畅淋漓或者说疯狂嚣张的赌场气氛极为契合。

娘又气又恼又羞又怒。

马天启你这个没良心的，你就把骰子当饽饽吃吧，娘隔着青纱帐哭骂，从今往后，家里再也没有你的碗筷！

在一班无赖之人很无耻的抵挡手段面前，娘不得不退却。

娘退出秫秫地往回走，响亮的哭声夹杂着对爹和他的赌友乃至赌具的诅咒。真是老天长眼，恶有恶报，在碾盘街西口，簸箕湾的东沿，娘正好遇见老祖宗马子孝。马子孝虽然年逾古稀，身子骨还劲健，听罢娘声泪俱下的控诉，怒不可遏，遍地寻觅武器，没有合手的，一路小跑，跑进牌坊下三嬷嬷家大门，在三嬷嬷惊讶的注视中抄起顶门杠，也不用娘领路，直奔北洼。他对马家铺的所有地亩了如指掌。

马子孝身量长大，行路却隐蔽而迅捷，待赌徒们发觉不妙，他已经冲破青纱帐的围挡出现在赌场附近，并且在第一时间，用顶门杠将赌徒们的衣裳挑得七零八落。这一招数极为高明，赌徒们忙着抓找自己的裤褂，任由马子孝手里的五尺杠子拦腰打来，听得全是秫秫棵子被杀伐的清脆声响，急慌慌冲破绿色帷帐四散逃逸，牵着老人的恶毒詈骂。

在几个赌徒中，爹与马子孝的亲系最远，且早已出了五服；爹的高堂健在，一般而言，马子孝不好对他直接打骂。但娘的哭诉效果极佳，导致马子孝放过别人而单单对他穷追不舍。而爹慌不择路，选择的是最糟糕的逃亡地。

以他的体力脚力，往东南西北任何一个方向逃窜，马子孝都是追不上的，爹却选择了往家逃，终于平安抵家，后脚赶来的马子孝累得嘿喽气喘，腰都直不起来，却俨然是耗子面前的一只得胜的老猫。

酣畅淋漓地痛斥过爹的陈年旧事，娘转入自我哀怜。这一时段的哭声里，娘反复诉说命数不好，时运不济，日子过得紧紧巴巴，存粮无多，连一日三餐也要仔细掂量。不过，娘说这不能怨她。作为主屋内事的女人，她使尽浑身解数，也就将将儿让全家人吃饱。娘说自己虽是当之无愧的巧妇，也没法应对无米之炊，爹是主屋外事的，你打不回食儿来，总不能让我往锅里下秫秫叶子当饭吃！

娘的哭声渐渐低落，如燃尽木柴的火焰，行将熄灭，栗蓬儿明白，高潮已过，娘的这次号哭已近尾声。接下去，娘的喃喃自语也会渐而停止，最终落幕。难熬的时间即将过去，他跟妹妹眨眨眼。六月胆小，娘的哭嚎发作的时候，她每每像只小猫似的，躲到谁也不注意的角落。这一次她躲到二哥身边，也明白娘要回归平时模样，于是回应二哥，也眨眨眼，兄妹俩都松了口气。不料，娘的哭声再度高昂，骂的却是儿子：

栗蓬儿你就作吧，你比你爹还要作。打小我就看你邪性，总拿跟我顶牛当小菜就饭吃，这下好，邪性大发了吧。你要是听我的话，你哪怕有玉楸的一成听话，也不至于弄到这步田地。你闯了多大的祸你知道不知道，你妨了乡里乡亲你知道不知道，你害苦了全家你知道不知道？那几个谷垛我赔得起，人家的老屋让你一把火烧光，你让为娘的拿什么赔？我告诉你栗蓬儿，打死你都不为过。你有本事就邪性下去，一辈子也别穿鞋，整辈子都光着脚，穿鞋就不是我的儿！你病刚好，我先不打你，我攒下你这顿打。栗蓬儿你给我等着，等你爹回来收拾你。耗子拖木锨，大头还在后边哪。

四

大火使三个谷垛化为灰烬，好在谷子都掐掉穗子，穗子早经碌碡碾压、连枷拍打，借风扬场，加工成小米存入了各家各户的粮瓮，烧掉的只是谷秸，预备分到各家各户当柴火的。救火者呼喊着赶到火场，迅速兵分两路，水筲和盆罐水瓢里的水没命地往火上泼，已经没用了，就把所有的水都泼向马长楼的老屋，有几个人冲入屋里，抢出过日子离不了的要紧东西，顶重要的是粮米以及衣裳、被褥，顺手带出了主人珍爱的皮酒囊。大家的努力虽然延缓了火势，但终究未能阻挡住烈焰冲天，眼看老屋救不得了，只好全力阻断老屋与巴掌家西山墙之间极有可能的火势串联。救火者的临场应变十分及时，不幸的老屋被烧得只剩下一副土架子，巴掌家的屋子得以平安保全。侥天之幸，大火到此为止，没有祸延全村。

更幸运的是，老屋起火的时候，马长楼正在笼屋[①]那里忙活，得以逃过灾祸。其实，黄烟早已烘烤完毕，剩了些黑煤堆在笼屋北头的笨槐[②]下，是老关东客记挂的一件心事，也是他见风起意来这里的目的。煤炭稀缺，珍贵得很，需要挪到妥当的地方。不顾天黑风大，马长楼用铁锨将煤铲起，装满一个很大的圆筐，自己拖到笼屋西侧倒空，这里背风，再用谷秸帘子苫盖严实煤堆，不怕风雨侵蚀，下年烤制烟叶能省下不少钱。一次次费劲地拖拉煤筐，精神高度专注，也因了视线被挡，马长楼并不比别人更早知道大火光临他家，而当在异常喧嚣里猜中是自家的屋子起火，他扔下煤筐往家跑，速度之快一如坡兔子。

老屋地处村子西南尽头，虽不很大，却很有些年岁。几次试图抢救，都被烈焰逼退，眼睁睁看着它被大火吞噬，拼命救火，面目熏烤得如同周仓的马长楼心痛不已。但毕竟是在外闯荡过多年，见过大世面的人，心胸自有超越乡人之处，他没有慌乱，很快从震惊和痛惜中恢复常态。完成了灭火重任的众人踏着地上的黑灰和污水，收拾着担杖和水筲、水瓢、桶、盆，骂着栗蓬儿和巴掌纷纷散去，接续被粗暴打断的睡眠，都安慰马长楼，说多亏他勤快，没在自家睡觉，要不，只怕是凶多吉少，真是万幸之至。至于烧毁的屋子，既然无法挽回，那就想开点儿。老话说，旧的不去，新的不来。老屋已成废墟，正好翻盖新屋。

烧了就烧了罢，我也快住够了。再说，我的吃食没烧掉，那俩小坏蛋还

---

① 笼屋：烤烟房。

② 笨槐：即国槐，也叫土槐。

算给我留了条活路。马长楼说，我一个人，无牵无挂，哪里容不下我这五尺身子！他望了老屋最后一眼，跟着胞兄马长驿走了。掉瓦不顾的决绝和平静，见出闯荡过世界的人毕竟与常人不同。

马长驿的住房并不宽余，仅有北房三间，儿子马天茂一家三口住西屋，马长驿老夫妻俩住东屋。反正年纪都在耳顺前后，禁忌相应少了很多，马长楼坦然地与他的五哥和五嫂子睡到一盘火炕上。都明白这不是长久之计，马长楼总要有自己的安身立命之处。事主不好直接与嫌犯家里人交涉，马长驿觉得自己应该出面，代六弟与娘协商有关事宜。但娘很快出现在他家，一则向六叔马长楼致歉。老屋被烧掉，等于鸟儿栖息的窝被一竿子戳落，风里雨里要遭罪，作为放火犯的娘，理应来负荆请罪。娘痛骂栗蓬儿，说自己为儿子的造孽深感难过和愤怒。儿子犯下如此大罪，给他多么严厉的惩罚都活该他受着，先请六叔消消气。怎样惩处栗蓬儿，她会在近期拿出主意，结果必定让各方满意。二则要与两位长辈商议如何善后。作为表示诚意的第一步，娘说要把自家东厢房的北屋腾空，尽快打扫干净，请六叔移驾入住，住到他的新房子盖起为止。

对于这位很懂事体的远房侄媳妇，马长楼哥俩没有多加责备。他们深知娘的教子手段很是了得，对儿女当骂则骂，当打则打，并无溺爱，应该说已经尽到了"良母"之天职。如果要追究栗蓬儿闯祸的根由，那要追到爹身上。"养不教，父之过"，栗蓬儿无法无天，爹难辞其咎。不过，若往更深处查究，爹似乎也不应承担更大罪责。这并非是说爹因为远在沈阳就能脱却干系，而是说栗蓬儿天生是闯祸的坏子，种种怪异行为都验证了早年乡亲们的猜疑，即这小子注定要"妨人"。儿子屡屡作乱，终于酿出大祸，是由他自己的天生邪性所致，父母何辜？所以，老哥俩对娘的谦卑拜访颇为满意，也显出长辈应有的宽和。

马长楼说，天启家的，别往死里揍栗蓬儿。你告诉玉楸，他下手没个轻重，万不要伤及兄的筋骨。马长楼说尽管栗蓬儿闯的祸太大，好在只烧掉了他一家，也并非成心和他马长楼过不去。老屋被烧毁，是他的命。他生来就是漂泊不定的命，不都怨栗蓬儿。

还是等天启回来再议罢。再说，这么大的事，总得向子孝七叔禀报一下，得让他也点头才好。平日里沉默寡言的马长驿说。

也好，教训栗蓬儿的事，就等他爹回来再定。娘说。

娘向受害者保证，所有的损失，自家必定全部包赔。马长楼的老屋屋基上，一定原式原样地建起三间新屋。磴脚①是石块砌的，未受大火毁坏，是不是可以沿用旧的而不砌新石？请六叔裁定；磴基，娘说要测一测，如果因为过火而减损了承重能力，那就重新砌筑，索性比原有的高出两层，起九层青砖。再上，黄土墙墼到顶。大梁、檩木、椽子与门框、门扇及窗框、窗棂已全部烧毁，正好弃旧用新。窗户仿照卍字形窗格，精工细作，不会有丝毫马虎，等等等等，一切照老屋的样子，烟囱留在东端屋脊旁侧。听说一架炕琴②是烧没了的，还有几个柜橱也烧成了灰，请六叔一并给出个大概估算，自家会照赔不误，另外，火炕坍塌得彻底，须得重新盘起。等爹回来，先把炕墼脱好。娘已把一应事宜计划得周到详密，一定得让六叔马长楼满心满意，五叔马长驿也满心满意。

天启家的，这可得花不少钱。马长驿说。

就算砸锅卖铁，我也不能让六叔吃亏。娘说。

马长楼说，天启家的，你别把祸事全揽到自家头上，又不是栗蓬儿一个人放的火，巴掌也在场院——那也是个没调教好的东西，天佑已经打他半死——你得让他出个份子，他家理应也分摊一点。

娘不会放过同案犯巴掌，从马长驿家出来，她第一时间赶去巴掌家。巴掌爹马天佑是有名的怕老婆，娘直接找巴掌娘协商共同赔偿方案，岂料巴掌娘开口便大骂栗蓬儿，说假如不是栗蓬儿领头儿作恶，她家巴掌断不会做出这等胆大包天的事。她不否认巴掌也在火灾现场，但比起栗蓬儿，巴掌只是个不起眼的小角色，作用微乎其微，理应忽略不计，不该承担赔偿责任。巴掌娘说儿子本是腼腆的孩子，见生人都要脸红，差不多可以算作优秀少年，哪会有放火的胆子。巴掌的在场，必是受栗蓬儿的诱惑或者胁迫无疑。巴掌娘还说，从今往后，为了儿子的健康成长，坚决杜绝巴掌跟栗蓬儿混在一起。

---

① 磴脚：房屋的地下基础部分，多用石块垒砌；下文的"磴基"是房屋的地上基础部分，一般垒砌砖头，垒砌层级须是奇数。

② 炕琴：放置在火炕上的家具，琴台多用来放置被褥。有多种形制。

否则，她将见一次打一次，见两次打两次，绝不姑息纵容——她含泪郑重声明，这种痛打与她的后娘身份无关，希望娘不要轻信她虐待巴掌的鬼话。她待巴掌比亲娘还要亲十分。

娘呆了半晌，很小心地赔着笑脸说，不管怎样，起火的时候，巴掌也是在场的，既在场，就理当有份。为马长楼起新屋要花很多钱粮，自家实在承担不起。巴掌他娘，这样行不行？不论花费多少，你少出一点，咱们两家三七开，你出三成，我出七成。

于是巴掌娘哭将起来，这是她对付所有疑难或紧要事情的杀手锏，几乎无坚不摧。巴掌娘的哭并不耗费气力，哭声不高不低，哀哀戚戚，游丝般缠绕住了娘。这一刻娘也想哭，她差不多要哭出声来。她很焦急，还有些不快，更觉得委屈，很有大哭一场的欲望。但娘想到与眼前这位哭工出众的对手相比，算是小巫见大巫，且哭的路数不对，自己尚未开哭，已经落了下风，于是强压下哭的冲动。她想撇下巴掌娘，去与巴掌的爷爷马长郡理论。其实娘的这位砦门里三叔在家里也是拿不了主意的人，他"家里的"即砦门里三婶子才是说了算的角色，但那位掌权人算不上通情达理且严重耳聋，娘实在怕和她打交道，与马长郡谈判是最后的希望。娘几乎要离开了，却从巴掌娘的幽幽哭诉里，捕捉到一个极其重要的信息。这个信息让娘十分兴奋，很有绝处逢生的感觉。娘曾经把人的幸运遭遇形容为"铁匠家的孩子捡到块镔铁"①。此时，意外的发现让娘觉得，自己的幸运可以与"铁匠家的孩子"相媲美，而且捡到的是块很大的"镔铁"。

你就知道找我，你看我家巴掌好欺负，我也好欺负是不是？巴掌娘嘤嘤泣诉道，巴掌算得了什么？他连给栗蓬儿打下手也不够格。栗蓬儿他娘你要真想拉个垫背的，怎么不去找狗欢子？放火的也有狗欢子！数狗欢子的主意多。他的坏主意谁比得了，连你家栗蓬儿也比不了，说不定烧老屋就是他的主意。你怎么不去找狗欢子他娘算账？

狗欢子竟然也在火场！

在马家铺，最穷乏的人家，首属巴掌家。即使巴掌娘不要赖而应承赔偿，

---

① 镔铁：古代的一种钢，把表面磨光再用腐蚀剂处理，可见花纹，又称"宾铁"。

想必也拿不出多少钱。娘说的三七开，其实是狮子大开口，自己先漫天要价等待对方就地还钱之计。娘已做好退一步的打算，即巴掌家只要承认是同谋，略微有些表示即可。这也是娘的精明之处。她知道，以巴掌家的境况，能拿出一两成来凑份子，她就谢天谢地，不料无意中牵扯出一条大鱼。

若当真论起马家铺谁家的日子富足，顶尖的是两家，新富是马天武家，而资深富宅非狗欢子家莫属。狗欢子家的境况好，基于几辈人的勤奋、才智与节俭。他的曾祖、祖父都是诗书传家，虽说他爹马天谋多年前投笔从戎，导致出现翰墨中断的颓衰征兆，但狗欢子的聪慧好学给了亲人以重振祖业的希望。世代书香，家业殷实，是马家铺人都称道和欣羡的。起建马长楼新屋所费不赀，以娘八九不离十的成本估算，即使倾尽自家的资财，钱粮缺口依然不小。现在，有望坐实狗欢子的嫌疑。以他家的景况，伤不到筋骨，就足以弥补缺额。新的机缘使娘怦然心动。

娘马不停蹄地奔向狗欢子家。

对娘怀有明显可怕动机的造访，狗欢子娘很感意外，继而很愤怒，认定娘是无端栽赃，她对此非常不满。

老天作证，狗欢子整天整夜都在家念书，马长楼家着不着火关我们什么事！狗欢子娘仰起头说。她只开半扇大门，身子倚住门框，将可能的通道堵塞严实，后脑吊荡着散乱的发髻。

娘料到狗欢子娘会要赖，却不料她赖到如此坚决，彻底洗清了狗欢子的嫌疑。娘再次呆住，在短暂的错愕之后镇定下来，要求对方把狗欢子叫出来，当面质证，被扬着头的狗欢子娘一口拒绝。

狗欢子念书呢，没工夫，狗欢子娘说，不像你家栗蓬儿，整日价不着天不着地的。

娘忍着气，说只需要见狗欢子一面，问他几句话，不耽搁他念书。

问你家栗蓬儿去！狗欢子娘丝毫不留情面，随手关了大门。

娘羞愤交加，奔回家的路上崴伤了脚，疼得直嘬牙花子，一瘸一拐勉强捱到家。她不忙于审问儿子，先让栗蓬儿把锅里的热水舀进脚盆，之后坐在西屋的高门槛上，双脚浸入热水疗伤，闭了眼睛，静静地思考什么，也享受难得的安逸。

娘缠过脚，没缠到家，即缠脚未能成功。半途而废的结果造就了娘的双脚不伦不类，既失去了天足的磅礴健硕，又没有成为人们推崇备至的三寸金莲。娘的双脚之类别介于天足和小脚之间，时称"放大脚"。

娘的脚没有成为如牌坊下三嬷嬷和狗欢子嬷嬷那样萎缩的"小脚"，得益于姥爷的心软和开明。娘七岁，到了缠脚的黄金时段，正如种庄稼不能有违农时，为娘的必须在闺女七岁前逆转她们双脚的自然生长趋势，否则女孩儿的脚就会坐大。大脚的闺女，弄不好很难嫁得出门，这个闺女也就废掉了。因此，尽管所有的闺女都恐惧缠脚，但所有的娘亲都不敢迁就女儿。姥娘请来两个专业技术颇高的老女人，用韧性极佳的宽布条，不顾姜家七岁妮子的抗议和哭骂，熟练地将一双青嫩白皙的童脚缠裹得如粽子般又尖锐又丰满，姜家女儿疼得大哭不止。年龄如此幼小，却哭得有板有眼，嗓音极其脆亮，搅得鸡犬不宁，半旬已过，号哭愈发响亮，又加入连绵不断的痛苦诉说，从双脚的饱受折磨到身体的空前不适，从自己极有可能因此落下残疾到两位老人晚年无人侍奉的苦情，哭诉不绝于耳，极为躁动烦人，终于使姥爷厌烦之至忍无可忍，逼迫姥娘马上收手。

罢了罢了，饶了她罢。姥爷说，她又不是官宦人家的闺女，咱也不是大富之家，就别穷讲究了。留着她的脚，嫁不嫁得出去，看她的造化罢。这份罪她受不起；就算她受得起，这聒噪我也受不起了。

缠脚伟业无果而终，姥娘检视女儿的脚，小趾、无名趾和中趾都已折断并依次弯向脚掌，理想中的金莲般脚尖已经初具锥形，让她惋惜不已。

在马家铺，拥有标准小脚的女人不很多，见出村里的富贵人家稀少。倒也不是贫穷人家不讲求女人小脚的金贵，其实也很讲求，穷人对小脚的迷醉和推崇并不亚于富贵人家。之所以缠脚的营生在马家铺不太红火，说到底还是因为过日子。若是家里的女人两脚纤巧、扭曲而弓弯，走路一摇三晃，袅袅娜娜，弱不禁风，如何养得儿女、烧得锅灶、拾得柴火、扫得天井、喂得鸡鸭、推得碾磨、罗得米面、牵得驴骡，或者说如何任劳任怨而令人满意地侍奉丈夫以及公婆，再或者说，要命的时候如何逃得了荒、要得了饭、跑得了反？因此，娘说到自己这双功能逊于天足但终究未被彻底废掉的脚，每每不无欣慰。但因为饱受摧残而不成样子，很有丑陋小脚的嫌疑，使娘从来耻于让脚见人。

脚盆里的水渐渐凉了，娘拔出脚，分搁在盆沿上，一条白手巾盖严。

栗蓬儿过来，我问你，放火的时候，狗欢子是不是跟你一伙？娘说。

栗蓬儿断然否认。

娘说，栗蓬儿你给我说实话，火着起来的时候，狗欢子到底在不在？

不在。栗蓬儿说。

你可别犯傻，栗蓬儿。娘说，你别替狗欢子藏着掖着，我就看他撇不净干系。你六爷爷的三间屋得重盖，那得花多少钱你知道不知道？咱家这三间北屋恐怕都抵不起。我不是非要拉狗欢子家下水，我要你一句实话。

我说的是实话，狗欢子不在。栗蓬儿说。

娘失望加生气，险些蹬翻脚盆。

满腹狐疑的娘拿儿子没办法，却并不气馁，迈动那双功力半残的"放大脚"，心急火燎地奔走在马家铺的大街小巷，求证于所有可以求证的人，目的只有一个：马长楼未来的新屋子架构，应该有巴掌家承担的东西，一檩一椽也行，一砖一瓦也行；还理应有狗欢子家加添的物件，越多越好。这不仅仅为减省自家资财，还关乎着颜面。在娘心里，独自承担马长楼的损失，除了钱粮上支撑不起，脸上也挂不住。闯下这样大祸的除了自家儿子，也有巴掌，现在，要是重大嫌疑犯狗欢子能够被坐实，那么，就有两三家分担而非自己一家承受村人谴责和惋惜的眼光，心里自然松快些。所以娘不辞辛苦，一一求证于当事人，其中有巴掌，有敲锣报警的马天禧，有最先到达火场的砦门里三嬷嬷，以及其他可能的目击证人……娘甚至不顾忌讳，守候在学校门口，于学生做课间操之后，叫出狗欢子当面询问。但后者坚不吐实，否认与火灾有任何牵连。

不信？你问栗蓬儿。狗欢子说。

转了一大圈儿，没有丝毫进展，娘的期望完全落空。

第三章

一

如果从初始说起，马家人并非这里的原住民。很久很久以前，天下大乱，狼烟垂空，马氏祖先从旧籍仓皇出逃亡命四海，最终选择马家铺定居，看中的是犸虎岭以北、落甲河以东的广袤原野。历经世代耕耘，这片土地变得肥沃丰饶，马家人因此而世代繁衍，从筚路蓝缕到自耕自给，从仓廪丰实到诗书传家，以至有青年才俊闯过道道科场直登庙堂，挣得一座赫赫有名的石牌坊，耸立于高低错落的黑色屋脊之上，巍巍然昭示着马氏一族的古老荣光。它是方圆数十里之内最高的人工建筑物，让隔河相望的邹家庄、北洼之北的桥头镇、东坡以东的大小田各庄及犸虎岭北麓的后昭下村欣羡不已。

据说史上的马家铺规模颇为宏大，但到了栗蓬儿生活的年月，村子已经无复当年盛况。两条东西向的横街，就是碾盘街和套街，与两条南北向的竖街，也就是村子中部的扁担街和村北的斜街——栗蓬儿家大门外虽然也是条路，但只在斜对过儿站着济南府大伯父家的空荡荡宅院，半边儿敞亮，也就算不得街了——构成了它的基本格局，散乱地住着百十户人家。

北面的碾盘街是全村的主要道路，四柱三间三楼歇山顶石牌坊跨街而立，分隔"正间"与"次间"的两根中柱，前后各蹲踞一只巨大的石狮子，凸露的大眼睛瞪视着西头的簸箕湾和东头的斗湾。牌坊上雕有鸟兽花卉和人物，还有微微倾斜站着的龙凤牌，上面的"圣旨"二字浮雕，庄严地俯瞰着芸芸众生。下方的横向石匾为字牌，东西两面分别雕的是汉隶"青云直上"和"万古流芳"，见出石牌坊主人的志得意满和自我嘉许。

石牌坊为孩子们提供了不少乐趣，也时常成为他们的聚集地。

这天，栗蓬儿找伙伴耍，到处遭排斥，不知为什么。他在马天佑门外高声叫巴掌，门里的巴掌娘恶声恶气地说，快滚，再叫就放狗咬了。百岁家干脆不声不响，从前可不是这样，听到栗蓬儿的召唤，百岁会在第一时间冲出来会合，哪怕嘴里还嚼着饭。而建设家迎出来的就是狂吠的狗……走遍大半个村子，还是孤单的自己，这是从来没有过的。困惑不解的栗蓬儿来到石牌坊，怀里抱着大团黑胶泥，是从桑树溪挖来的。他将胶泥放到须弥座上反复摔打揉搓，有意弄出很大的响声。一般而言，这是招徕伙伴的极好诱饵。以栗蓬儿的经验，不久就会有伙伴急不可耐地赶来，央求他分给些胶泥，或者自己跑去桑树溪挖回一些，都使劲抟揉，跟揉面似的，抟到"熟透"后，大家会当街站立，各自手握胶泥团，瞄着下额枋上的瑞兽浮雕象、鹤、鹿和猴子，或上额枋上的花卉浮雕梅、菊、莲及牡丹，最好是对准字牌上下方的浮雕八仙，扬手抛掷上去，互相比试谁的力气大、瞄得准、掷得高、飙着劲、比着干、吹牛皮、说脏话，痛快淋漓，吵吵嚷嚷，泥团飞来飞去，石牌坊斑斑驳驳，总会引来大人们的斥骂和追打——不过，谁说被追打不是开心的事呢。

栗蓬儿的心思不久就见出成效，狗欢子兴冲冲地跑来入伙，凉河也加入了抟泥。会有人陆续来的，栗蓬儿很自信，最期盼的是巴掌，他如果来，自己将把最熟的胶泥分给他。大家都是老手，泥团会鹰隼般扑上牌坊，小仙人顷刻间惨不忍睹。假令某个神仙比如张果老和他倒骑的驴，手持无敌宝剑的吕洞宾，或脚穿露趾头烂鞋的蓝采和，有幸被全身覆盖（或干脆踩在石狮子的发髻上，踮起脚尖，对准目标，用手将胶泥结结实实地糊上去），不久之后，栗蓬儿就用长竹竿捅落半干的泥模，晾到干透，送给六月。妹妹会精心地给何仙姑与蓝采和们扑粉、搽胭脂。冬日的夜晚漫长无聊，她会拿出怪模怪样的泥人，在油灯下与她的伙伴比试韩湘子的笛子和曹国舅的云阳板……

凉河的爹马天禧走过石牌坊，喝令凉河跟他走。马天禧是村长，总爱倒背着手，黑布褂子不好好穿，只披着，用两肩挑起，跟秃鹫的大翅膀似的，甩着两条空空的袖管，根本不拿正眼瞧栗蓬儿。凉河最怕他爹，又舍不得离开，最终搓着两手的泥巴，跟在他爹屁股后面走了。

扁担街口走出来站儿，是个胆大的妮子，平日里喜欢和半大小子们一起上房爬树，追狗下河，秋后，空旷的大田里，村与村的孩子经常打野仗，站儿总爱冲锋陷阵，其勇猛无畏不输给任何同龄男孩子，也喜欢从牌坊上拓泥人，栗蓬儿大声叫她来耍，却见她身后闪出她娘，嘟嘟嚷嚷的，不知说些什么，站儿跑过来，先把泥巴抢在手里。

狗欢子娘来碾棒槌，见儿子与栗蓬儿在一起，大骂道，狗日的狗欢子，你也没个眼力见儿，没看见你娘受死受活，跟个没下潲的在一起耍，你不怕报应？

狗欢子停下手，犹犹豫豫地看栗蓬儿。

你还等什么，等你娘累死，还是等人家把你娘妨死！他娘又骂，声音更高，且有奔来捉拿儿子的架势。

狗欢子不得不听命，离开牌坊的时候一步三回头。

使劲揉搓胶泥的站儿说，你还不知道吧栗蓬儿，她说的是你，说你"妨人"呢。

"妨人"？我"妨人"？妨谁？栗蓬儿问。

哈，你妨了马长楼，妨了巴掌，说不定还要妨谁。站儿说，你还看不出来？都躲着你呢。

你赶紧听你娘的话，离开我远远的，省得我妨你，妨死你！栗蓬儿说。

我才不怕你妨，你也妨不着我。站儿说，退到街心，把一团胶泥掷上去。

怪不得谁见谁躲，怪不得一路听到的都是"不在"或"起开"的驱逐令，也怪不得有旧日伙伴远远地打个照面，赶紧跑开。

栗蓬儿很不痛快，心里恨恨地说，妨死你们？他娘的！

他将泥块尽数投向神或兽，看看日头，还不到后晌饭时间，他不想回家听娘的絮叨。这些日子娘的唠叨没完没了，不管栗蓬儿做什么事，都让娘看不上眼，都会招来她的埋怨和数落，让栗蓬儿觉得自己没一处像样。不回家，回家没意思，栗蓬儿杀杀腰，手脚并用，攀上了石牌坊。

牌坊正脊上站立着一只圆雕火狮子，栗蓬儿背靠它的头，眺望远方。

犸虎岭层峦叠嶂，落甲河从深山中穿过，汇入多条支流，出山时已是滚滚波涛。公路与河流相伴而行，在犸虎岭北麓与落甲河分开，贴着马家铺村北，笔直地伸向东北。望不到头的公路远处，有个叫火器营的火车站。爹从沈阳返乡，必然由那里下车，沿这条公路回家。栗蓬儿向火器营方向遥望，路上有骡马有大车，有风尘也有行人，但不是爹。爹走路的样子，栗蓬儿一眼就认得出，无论离得多么远。

栗蓬儿盼望爹回来，爹会带回他向往已久的东西；同时怕爹回来，因为必定要受惩罚。他不知道爹得知他闯的大祸以后，会怎样处置自己。爹是心软的人，不会下黑手，也许只是揍自己一顿了事。既然必须挨揍，那就早些揍好了。早揍晚不揍，早揍早利索。

栗蓬儿曾多次想象沈阳是什么样子。他听说沈阳在东三省，而东三省就是村里人嘴里常说的关东，是天高地远的某个地方。马家铺这一带不止一个人闯过关东，有的一去不返，有的叶落归根。马长楼在东三省闯荡几十年才回到马家铺，是赫赫有名的关东客。姐姐玉椿嫁到沈阳，算不算闯关东呢？爹去沈阳那么久了，迟迟不回家，不会留在那里，再也不回马家铺了吧？

他再次踮起脚尖遥望公路的尽头，盼着爹出现在那辽远的地方。

高处的风大，凉飕飕的，栗蓬儿敞开衣襟，迎风而立，天空高远，他长长地呼出一口闷气，心里舒畅了许多。

有扛着长长杉木杆的人，从斗湾那边的斜街拐过来，是马玉德带着儿子满生。马玉德的岁数虽然比爹小不了多少，却与栗蓬儿同辈，满生是他的儿子，得叫栗蓬儿二叔，但他从来不叫，老远看到牌坊上的栗蓬儿，指给他爹看。

下来！走近来的马玉德朝栗蓬儿叫喊。他扛着根杉木杆，杆子上缠满了花花绿绿的小鞭。这家伙要做什么？

栗蓬儿说，我在这里愉作①得很，才不下去。满生，你上来。

我爬不上去。满生说，栗蓬儿你在上头干什么？

上头风凉，看得远着呢，连你家都看得见。栗蓬儿说。

马玉德把杉木杆支靠牌坊，后退几步，再次要栗蓬儿下牌坊。

凭什么让我下去？栗蓬儿说，我偏不下去。

这是什么日子，让你在上头无法无天！快下来！马玉德仰着头说。

栗蓬儿说，哈，让我下牌坊？你管我顿饭？

马玉德说，栗蓬儿你下不下来？你要是不下来，我拿炮仗崩死你！

满生就喊，栗蓬儿栗蓬儿，我爹要崩你了！

马玉德等了片刻，看栗蓬儿没有下牌坊的意思，就从口袋里掏出个二踢脚，单手捏着，对准牌坊上正在做鬼脸儿挑衅的栗蓬儿，点燃了药捻儿。

---

① 愉作：当地人形容快乐、舒畅、周身通泰的感觉。

砰……

有东西从栗蓬儿耳边掠过，啪！随即炸响。

栗蓬儿要还手报复，哪里找得到武器，正在着急中，瞥见下面的炮口再次瞄准，他不得不小心地踩实灰石瓦垄，俯身躲在火狮子的另一面，看见二青从簸箕湾跑来，冲着他大声吠叫，又跑走，频频回头叫他。它的意思栗蓬儿明白，要有什么事情发生。果然，他发现下面聚集了些人，越来越多。牌坊下三嬷嬷走出她家的高深门洞，仰起脸看，待看清楚牌坊上是栗蓬儿，一迭声地念佛，第二枚二踢脚爆响了。

二青再次跑近牌坊，朝他频频摇动尾巴。此时，栗蓬儿听到了喇叭声。顺着二青跑走的方向，他站起来望过去，桥头镇那边的小路上，走来了迎亲队伍。

原来是马玉衡娶媳妇！

遵循老规矩，迎亲仪仗不直接进入马家铺，而是从簸箕湾拐向西南，绕行那棵斜身子桑树下，走个尖尖的锐角。这套古老的怪诞规矩还包括，迎亲仪仗须在老桑树下原地踏步片刻，之后才可以走行固定路线——过场院，过马长楼家的废墟，过马长亭家和栗蓬儿家门前，再拐向牌坊。马家铺距离薛集很远，中间还隔着落甲河。花轿往返七八十里，迎亲队伍早已师老兵疲，到了村边却又舍近求远绕行西南，累得散了队列，灰头土脸，有如被三伏天的烈日晒蔫的庄稼。走近牌坊，等于临近重大时刻，走在队伍一侧的执事发出指令，让大家提起精神，走得齐整点儿。花团锦簇的大红花轿颤颤巍巍，后面跟着个半大小子，是巴掌！

真的是巴掌！下了牌坊，站在石狮子上的栗蓬儿看得真真楚楚，是他。

巴掌竟然压了花轿，他怎么会压花轿？姑且不说巴掌的后娘与他爹不是原配，他的任职资格大打折扣，也不说纵火案从犯的身份是个大障碍，单说他熊一般的体量，就是跟轿夫们过不去。马天武父子怎么会接受他？栗蓬儿简直不相信自己的眼睛。但的确是巴掌，是好友巴掌，正垂头耷脑，跟在花轿后面。

杉木杆上的鞭炮轰然炸响，花花绿绿的纸屑乱飞乱舞，牌坊下立即弥漫了浓重的硫黄味道。

迎亲队伍人困马乏。无论是疲乏的轿夫和吹鼓手，还是手捧礼盒的女人、驮着嫁妆的青骡子，甚至新郎官马玉衡，全都风尘满面。不过，只要走过石牌坊，从斗湾那边绕斜街到套街，进入马天武家，卸下繁重的负载，就算功德圆满。在号令声中，众人抖擞精神。有尖尖矛枪顶的花轿，轿檐下飘荡着长长的黄色流苏，花轿四角结扎的硕大红花，轿帘上腾翅欲飞的金色凤凰，在人们的注视中，摇摇摆摆地走过来。

全套人马都出自前昭下村，包括执事。执事是个相当自信的人，不急不缓，调度有方，即使噪音大作，也能把口令清晰地送到人们的耳边。牌坊前后的神圣地段，是需要他发号施令、重振士气的地方，他也正好借此让马家铺人见识好手段。他高扬右手，做了某个手势，锣鼓铙钹一齐敲响，两支唢呐朝天仰起，响亮地吹起"将军令"。

果然见效，迎亲仪仗顿时精神抖擞。响器震耳欲聋，前呼后拥中的花轿颠颠地进入牌坊的"中间"。夹在队列当中的压轿者巴掌蓬头垢面，一身蓝布新棉袄棉裤的皱褶里积满厚厚的灰尘，看上去邋遢极了。最逗的是，众目睽睽下的巴掌浑身僵硬，木偶般迈步，几乎不会走路。他从来没有在如此重大的场合抛头露面，被众人观摩比受刑还难受。极不自然的压轿者让站在须弥座上、抱鼓石上和趴在石狮子上的小子们十分开心，他们大声下达口令：

一二一，一二一！巴掌巴掌一二一！

偏偏巴掌就听得到，也偏偏就听从，和着节奏，他的两条腿机械地起落，胳膊失去知觉般紧贴在身上。当他抬头看石狮子上的栗蓬儿，眼睛里全是木然和绝望。

鞭炮噼噼啪啪更加炸响，硫黄味呛出很干很闷的咳嗽声，花轿和攒动纷乱的人头都淹没在烟雾和尘埃里。唢呐吹"百鸟朝凤"，锣鼓铙钹继续敲着，执事发出新的号令：扎——肩！

"扎肩"是个语义隐晦但指向性很明确的词，为桥头镇这一带迎亲仪礼所独有，即花轿停止前进，但轿夫们不得休息，他们的腿脚必须不停地高高抬起并重重落下。迎亲仪仗为什么要在这里原地踏步，谁也不明白，但所有的婚庆人等遵行不误。累了大半天，轿夫们的腿脚眼见得乱了节奏，花轿开始东倒西歪。新郎官不得不勒住躁动不安的枣红马，恳求执事放行。

在人们好奇、欣赏乃至钦佩的注视中，执事得意地笑笑，并不收回魔咒般的"扎肩"，迎亲队伍继续吃苦头受折磨，直到新郎官的爹马天武从斗湾那边跑来，紧张地呼喊并打着手势，催促一干人等赶快走起来，那边正等得焦急。

二

马玉衡的婚礼花钱之多、排场之大、规格之高，都属近年来马家铺或者整个桥头镇乡之最。薛集陪送的嫁妆之丰厚，也为这场人皆瞩目的仪式加添了荣耀。不说别的，单说那两套吹打班子，就足以令马家铺的乡亲们欣羡不已。一套班子没命地吹拉弹唱，累了乏了，将锣鼓铙钹和琴笙唢呐放在身边，放量喝酒吃肉，另一套班子接续上吹打，隔一会儿再换班。两班乐队来自以盛产鼓乐百技闻名的前昭下村，都是够得上专业级别的艺界高人，石牌坊下的一阵"急急风"已经让马家铺人见识了他们的非凡技艺。欢乐场面持续到夜里，马天武家的正房三间屋里都摆设酒席款待村里有头脸的人物。天井里的七八张方桌上，也堆满了美味佳肴。

栗蓬儿悄悄潜入。

按说栗蓬儿最不该来这喜气萦绕之地。他不识抬举，拒绝出任新郎家派给的重要角色，哪里还有脸面来凑热闹；再说，大火之后，马玉德和马玉衡两兄弟对他总是凶神恶煞，那里面不乏报复的意味，他更没有来这里的理由。然而，酒肉香气穿过重重屋舍，丝丝缕缕吹入栗蓬儿狗一样灵敏的鼻子，他哪里抵挡得住。他来的目的单一而直接，就是浑水摸鱼，抽空子弄块肉吃。

新房是从马天武家的西山墙接出去的两间新盖的屋子，同时扩大了天井面积，却仍然盛不下贺喜的乡亲。天井里人影幢幢、人头攒动、人声鼎沸，掺入了酒气的肉香扑鼻而来。这一刻，栗蓬儿突然羡慕起巴掌。往返于薛集和马家铺，他能吃到多少肉！好家伙。

新房门口，瓮台上挑起两根长长的竹竿，各挂很大的红灯笼，与天井里两班子吹鼓手各自围坐的桌子上燃烧着的红蜡烛交相辉映。天井中央，竖起一根高杆，悬挂着风灯，白亮的光照耀着轿夫们酒足饭饱的大脸。吹鼓手们将"一枝花""锯大缸"的曲调吹散到月明星稀的夜空，另一班在猜拳划枚觥筹交错。蜡烛光影摇曳，桌上杯盘狼藉，有为酒菜不断加热的人来回奔走，有醉酒者正在呕吐。半醉半醒的前昭下村人守护着酒宴，就像狗儿守护肉骨头般的快乐和警觉，不容栗蓬儿有下手的机会。

哄笑声从马天武的正房里爆发，窗户纸映出晃动的头影。听得出马长楼醉醺醺的高亢嗓门。新娘的双脚一旦迈出花轿，前昭下的执事就卸下重担，将此后的繁文缛礼交由马长楼指挥。马长楼是此中老手，婚仪上所有的莫名其妙礼节他都了然于胸。从他快活的笑声中能听得出，他做得十分出彩，颇得东家满意。洞房那边的阵阵喊叫里夹杂着女人咯咯地笑，那一定是新娘子。听说新娘子是薛集有名的厉害闺女，长得白嫩富态，又能干又大方。洞房里总有好吃的，栗蓬儿决心去撞撞运气。

灯影纷乱，换了鼓乐班子，唢呐吹的是"喜拜堂"和"入洞房"。人太多了，互相推搡着涌进涌出，一明一暗两间屋子，暗间是洞房，闹房的人们在炕上和炕下挤得跟叠罗汉似的，栗蓬儿刚挤进去就后悔不迭。他被胸膛、胳膊和大腿严重挤压，大有喘不出气的窘迫。勉勉强强仰头，天棚上全是模糊影子。烟气、酒气和臭嗝熏得他更加憋闷，七嘴八舌乱糟糟的声音，都是向新娘子讨要吃的。有叫"二婶子"的，要求给个四喜丸子。有叫"二嫂子"的，要求给几个祺子①或给支烟卷儿。也有叫"二嬷嬷"乃至"二老嬷嬷"的，说无论如何看在小辈的分上，赏个干炸鸡腿。

没有了！都没有了！脆生生的回答，显然是马玉衡新媳妇的声音，接着是放肆的快活大笑。

被差点憋闷死因而满心不快的栗蓬儿拼命挣扎，挤出人垛以后很有重见天日的轻松。他决定离开，这里讨不到半点便宜。

他的胳膊被突然被人把住。

来。巴掌说。

巴掌拉着栗蓬儿，躲避着不断涌来加入狂欢的人群，一直拉出大门才放手。他们走出很远，来到一个大门楼下。

---

① 祺子：菱形硬面食，常用于婚礼上分发。

这是马长亭家。马长亭家业败落已久，门庭冷落，但他家的门洞很深。栗蓬儿和巴掌避开月光，隐身到门洞深处。马长亭是见不得光鲜听不得喧闹的人，弄不好就得犯疯癫病。迎亲仪仗出发前，马天武父子率人预先把他圈在家中。栗蓬儿的耳朵贴紧门缝，听不见马长亭的动静。

弄到什么好吃的没有？他问巴掌。

这是狼狈为奸作案后，难兄难弟的第一次聚首。巴掌并不答话，他在身上摸索摸索，摸出几支捂瘪了的烟卷儿，捋捋直，说，这是我给你留的。你吃一口尝尝，是"哈德门"。他又摸索，成功地摸出洋火，在门上擦亮，给栗蓬儿点燃。栗蓬儿狠劲吸了一口，剧烈地咳嗽起来。

不好吃，栗蓬儿说，你就不能弄点肉出来？

下不去手，哪哪儿都是人。巴掌说。

栗蓬儿再吃口烟。爹娘不吃烟，也不准儿女吃烟。栗蓬儿偷偷吃过马长楼烤制的黄烟。用带有潮气的烟叶子卷入碎烟叶，搋紧，味道辛辣苦涩而呛嗓子，感觉恶心。"哈德门"是洋烟，只有重大场合才得一见，似乎也不好吃。但因为得来不易，所以得吃到底。巴掌很满意，也点着一支，与栗蓬儿一同过陌生的烟瘾并一起使劲咳嗽。

栗蓬儿咳嗽着问压轿的滋味，巴掌把烟卷儿从嘴边拿开，开口便骂。

那狗屁活儿，不是人干的。巴掌说，栗蓬儿你没压轿可真走运。

巴掌说这件倒霉差事本来是栗蓬儿的，由于栗蓬儿不干，又由于他那贪财的后娘毛遂自荐，甚至不惜压低他的身价，人家才让他去顶缸，遭受了极其不堪的折磨和委屈。不说在薛集得布偶似地听人摆布，那滋味比被捆绑还难受一万倍，单说迎亲路上遇到的难堪和羞辱，就让他恨得牙痒。

巴掌刚坐上花轿时，悠悠然、飘飘然，很是惬意。早饭是东家供给的白面饼就葱花煎鸡蛋，吃得十分饱胀，心满意足之余，在摇摇晃晃的花轿里体验腾云驾雾的感觉，舒服透了。他接连打了几个有回笼香气的饱嗝，睡意蒙眬。

是轿夫们的阴谋，让巴掌警醒起来。

轿夫们都是老油条，谙熟这一行里的水深水浅，对马家铺这趟差事非常不满。先是抱怨花轿太沉，说这乘樟木轿子的体量很大，本就比一般的花轿沉重，又打探到新娘子是个胖胖的闺女，想来抬她不会轻省。但毕竟是单程，只盼去薛集的路上花轿轻一点，没想到压轿的是个胖大小子，太沉，比秤砣还沉，比水瓮还沉，简直赶得上碌碡或一盘旱磨沉。如果说新娘子富态还可以接受，因为那无可选择，而东家把这么壮硕狼夯的压轿者塞入轿子，不是成心为难他们！难道他们的肩膀是铁打的？他们的腰身是钢做的？他们的腿脚是石头的？就不省得累和疼？黑了心的东家，黑了心的马家铺！

轿夫们并不掩饰不满，抱怨的话就是说给新郎官听的。马玉衡是精明人，高声告诉执事，请他转告大家，凡出大力者，好酒好肉伺候之外，喜钱加添一成，不会让大家吃亏。

按说，轿夫们应该就此安心抬轿才是，实际上他们确实也安静了一阵子。迎亲的仪仗走过桥头镇，正在通往毕家湾渡口的路上。乐队业已静音，大家都积蓄精神，准备应付漫长道路上的劳苦，连新郎官胯下的骏马也老老实实走路。此时，巴掌听到心怀不轨的轿夫们在酝酿阴谋，虽然他们压着声音说话，且断断续续。

轿夫们说，花轿花轿，花轿是什么人坐的？是鲜花一般的新娘子坐的。此刻轿子里装载的这个非亲非故的颟顸小子，死沉的身子压得人肉疼，他嘴又笨，连句感谢话都不会讲。抬新娘子，轿夫们还能沾些喜气，抬这位沉重的生涩笨瓜，哪值当得！轿夫们商量说，找个空挡，把这个讨厌的家伙扔下，可以省出不少气力侍奉新人。单程三四十里的路，又过河又爬山，当天就得来回，谁不盼着肩头和脚下轻快点儿。

巴掌无法想象被无情撒下后自己将怎样跟从大队。他悄悄揭开轿帘，见马玉衡在马上摇摇摆摆，自得其乐。两个轿夫手把轿杠，红色轿襻压紧肩膀，头上汗气蒸腾，似乎还在商议坏主意。

想扔下我，没那么容易，老子偏不下轿。巴掌对栗蓬儿说，当时他铁定了心，不论遇到什么诱惑、威吓、骗局甚至意外，都死活赖在轿里。

尴尬的事情偏偏出现，不久，他觉得尿憋。早上贪恋东家的美食，吃喝过于饱足，上轿匆忙，未能及时解手，现在尿来催逼，真是哪壶不开提哪壶。更可气的是，刁猾的轿夫似乎知道轿中人正在忍受煎熬，便把轿子颠得如同九级风浪里的船，或狂暴蹿跳的马。

栗蓬儿你知道吗？那些轿夫没一个好人，全坏透了。说起受到的虐待，巴掌还是一肚皮恼怒。他说轿夫们颠起轿来比规规矩矩抬轿要吃力得多，但他们不惜气力，把他颠得七荤八素。

　　终于走到毕家湾村边的渡口，迎亲队伍要坐渡船过河，是巴掌解压的最佳时机。昏头昏脑的巴掌从那个锦绣牢笼里钻出来，见船夫的长篙将带着稀泥的河水淋淋漓漓洒到船板，更加剧了他的内急。巴掌急于尿尿，但人挤人人碰人，这恐怕是落甲河上最大的渡船，以轿子为中心，每一寸船面都矗立着腿脚，极爱面子的巴掌实在没有勇气解开裤带，于是在极具诱惑力的水声里提气干憋，生生强挨到上岸。

　　由水面再上旱路，人、马、轿一时间乱糟糟的，巴掌趁乱跑开，不管不顾地窜到一棵大杨树后面，把簇新的黑色缅裆裤急褪到地，尿水喷涌而出，巴掌痛快无比，他眯上眼睛，享受近乎于陶醉的快感。这种愉悦持续了很有些时间，当他打了几个更加愉悦的寒噤，一身轻快地从粗大的树干后面闪出，吃惊地张大了嘴巴：花轿已经走出很远，确切地说，是飞出了很远，轿夫们幸灾乐祸的笑声，在北风里响亮而快活。最令巴掌痛恨的，是马玉衡不顾新郎官的身份，不念同是马氏兄弟的情谊，不想想巴掌是为他压的花轿，却听凭前昭下村人的恶作剧，自己也打马飞奔。

　　他怎么会扔下你？栗蓬儿问。

　　打一上轿，他就没给我个好脸。狗日的马玉衡！

　　巴掌咬牙切齿。

三

　　马长亭不见了。

　　娘先是发现马长亭家的风箱不响，继而留心他家的烟囱没冒烟。娘站在南墙根，朝马长亭家的后窗高声喊了几声"九叔"，没听到回应，就说，栗蓬儿，去你九爷爷家看看，看他在不在？

　　栗蓬儿眨眼就回来了，娘就赶到套街上的巴掌家通报此事。巴掌的爷爷马长郡呆想了半天，说，天启家的，你说长亭家的屋门挂了锁是不是？依我看，他还没犯病，只是呆傻了而已。就别管他了。

娘说，这天气，眼看越来越冷，九叔不回家，别是在荒郊野外过夜吧，他肚子里又没食儿，可别冻坏了。

砦门里三嬷嬷说，哪里冻得坏他？让他乱跑去，只要不在村里祸害人。

娘说，三婶子，还是去找找吧。

找什么找？到哪儿去找？他听见响动就不安分，马家铺哪年不得响动几次？找得过来么找！砦门里三嬷嬷声若打雷。

马长郡说，我这个又疯又傻的九弟啊，刚消停了几年，又要闹腾。就算家里人都去找，也未必找得到。话说回来，找到又能怎样？他的病去不了根儿，我的话他也听不进耳朵，他不还得闹腾！天启家的，要找，叫栗蓬儿去找吧。他和长亭好，兴许知道长亭去了哪里。

娘回家生了半天闷气。她看不上马长郡的遇事推诿，就在心里宽慰自己说，与马长亭一母同胞的马长郡尚且不着急，自己算什么？论起辈分支系，不过是马长亭的远房侄媳妇罢了，着得哪门子急，真是皇上不急急煞太监。你长郡三叔不管长亭九叔的死活，我家也不管，看谁熬得过谁！

快吃后响饭了，仍听不到南边有动静，娘便沉不住气，问栗蓬儿，知不知道你九爷爷到哪里去了？栗蓬儿想想说，他走不远。娘再问，栗蓬儿不再说话。娘知道儿子的脾性，也不强迫，只说，唉，可怜见的老九。栗蓬儿，去把你九爷爷找回家吧，全马家铺，就你跟他说得上话。

栗蓬儿就去找马长亭。

马长亭是个老鳏夫，年岁比爹略大，是一位很特殊的人物。

马家铺同辈人的长幼顺序是按各支系、各门里①的血缘远近排列的，有的并非出自一家，比如爹行二，是与济南府大伯父排的序列，其实爹是几代单传，他们哥俩不过共有一个曾祖。"长"字辈也是如此，马长亭行九，并非他上头有八个亲哥哥，一母同胞不过四兄弟，按他那一支排下来，大哥马长郡就成了老三，就是巴掌的爷爷；老七马长城，年少时就被马子孝逐出家门，远走他乡闯荡；以及很小就死去的老八。

---

① 门里：指家庭，有时也指氏族里的某个支系。

马长亭的模样是最随他爹马子孝的，但比后者瘦得多，也更高。他的高而且瘦，在马家铺堪称第一。他的手臂腿脚都很长，脸也很长，有不厚道的人说他是大长驴脸，更有不厚道的人曾叫他"老绝户"。这个极其刻薄的称呼道出了马家铺人对传宗接代的敬畏，以及对不能完成这桩神圣使命者的蔑视。

马长亭原是有家室的，他"家里的"马周氏，也就是栗蓬儿应该叫九嬷嬷却从没见过的女人，是全马家铺有名的温良贤淑的妇人。贤淑到什么地步？娘说，论模样，论脾性，论针黹女红，论通情达理、知老知少，是公认的马家铺第一"家里的"。马周氏的贤惠，把动辄撒泼的狗欢子娘、貌似软弱实则狡黠的巴掌娘之流比得没了踪影。娘说要是细细比较起来，这位九婶子怕是连她也要比下去的。

马长亭娶亲之初，两口子恩爱无比。恩爱到什么地步？人们从没听他们吵过架，这在马家铺是没有几户人家能够做到的。他们甚至在人背后手拉手走路，让乡亲们看不惯以致不敢看。更不惯的是，马长亭经常亲昵地叫他家里的"斗儿"。斗儿，是马周氏的小名，据说缘于她的十个指纹全是"斗"，没有一个"簸箕"或"溜子"。拥有这种指纹的人百里挑一，是日子富足、一生吉祥的可靠标记。马周氏为此自得得很，坚信自己嫁到马家铺，定会给婆家带来衣食丰足的好运。她经常摊开两掌，骄傲地送到丈夫眼前，马长亭就托起她的手，在日光下或灯光下掰着指头一一赏析。名字是吉祥如意的，问题在于，整个马家铺，谁家的男人好意思在人前人后称呼老婆的名字，何况是小名？那岂不龉墨^①煞人！更有甚者，耪棒槌地的时候，有人窥见马长亭居然与送饭的马周氏在青枝绿叶间"做嘴儿"。这太肉麻了，太出格了！要知道，马家铺人在男女伦理上端庄周正得无可挑剔。马长亭两口子的亲热已经撞破众人所能承受的底线，使不幸看到如此不雅举动的乡亲赧颜无地。

马长亭对媳妇呵护有加，小日子过得有情有义也有盼望。那时候的马长亭是何等的欣欣向荣。他到西井打水，在两边开满蓝紫色马莲花的小路上，

---

① 龉墨：这是个很难确切解释其义的词语，当地人说的时候，也属只可意会之列。简而言之，龉墨，即替（不是"因"或"为"）他人的行为极端羞耻。

在白条石砌的井台旁，跟人打招呼的声调都是甜的。他轻巧地用担杖上的铁钩挂住水筲提梁，将水筲放下井，握住担杖的上端，右一摇，左一荡，轻轻上下一顿，再没有多余的动作，水筲就吃满井水。他右手拔起担杖，左小臂顺势横端担起，水筲稳稳落地。重复一次，两筲皆满，担起就走，井水在筲口打着旋儿，却不溢出一滴，桑木担杖忽闪忽闪颤颤悠悠。马长亭浑身都绷着劲，小碎步迈得迅速而有韵律。他必在栗蓬儿家大门前潇洒地换一次肩——其实根本用不到换肩，他家的大门就在眼前。但他必须换肩，这是他的享受和炫耀——两只满水的水筲各划半个圆圈，左肩上的担杖轻巧地飘到右肩，前筲换做后筲，依然滴水不溢不洒。脚不点地，马长亭似乎旋着舞步回家。

这对夫妻的美好生活后来发生了剧变。

夫妻感情的变化跟家里越来越穷困不无关系，柴米油盐接续不上，肠胃总受委屈，马长亭的心情难免烦躁，十个"斗儿"就看得不那么金贵了，但更深、更直接的缘由，是马周氏的不生养，即马家铺人嘴里的"不开怀儿"。刚成亲头两年，马周氏的肚子没有动静，马长亭还不太在意。再过几年，他就沉不住气，重金延请桥头镇的老中医为她把脉，讨来药方，四处抓药，之后很久一段时间，马长亭家的浓重药香飘散到马家铺的每条街巷。喝下很多汤药的马周氏，仍然没出现令人振奋的迹象，任凭马长亭盼红了眼也无济于事。又几年，马长亭推着小车，送他"家里的"到县城立仁堂，请坐堂大夫诊治，他家又天天飘出浓浓的中药味道。马长亭信心十足地努力和等待，似乎有了某种征兆，却如树上开的谎花，高低不坐果儿，马长亭家仍然是二人世界，"老绝户"的恶毒绰号就是在此时出现的。

穷不可怕，只要儿孙满堂，热热闹闹，日子过得再艰难也有乐趣、有盼头，但若后继无人，就真真可怕了。马长亭很值得同情，毕竟，善良的马家铺人，谁也不愿意见到"无后"的命运降到这个高个子庄户人头上。有着一锤定音般效果的"老绝户"称呼，不知出自哪个无德之人的嘴。那时的马长亭正值年富力强，即使有"绝户"的可怕倾向，并非完全没有挽回的余地，不应该称其为"老"，"绝户"而"老"，就意味着万劫不复的绝望。他爹马子孝曾出面主持，要把马长郡的小儿子过继给马长亭以承祧香火，不知为什么没了下文。后来，马长亭对媳妇生养的事敏感到极端，见到村里人说话，凡是没听清的，他一概认作是嘲笑自己；人们并无确定指向的手势，也会让他万箭穿心。

马长亭的家里，恩爱时期经常传出的让马家铺人为之脸红的打情骂俏没有了。门庭冷落，沉闷寂寥，这显然极不正常，在马家铺人逐渐加深的猜疑中，在人们的风言风语指指点点里，马长亭变得易怒而且暴虐。对外人动怒倒也没什么，都知道他的心里苦，忍让着他也就罢了。遭殃的是马周氏，从恩爱甜蜜坠入阿鼻地狱，曾经温馨幸福的家里终日火光冲天。马长亭的怒气一触即发不触亦发，动辄拳打脚踢，时不时打得马周氏头脸血瘀肿胀。即便是挨这样的毒打，那个贤淑无比的女人也很少呻吟，更无喊叫，甚至很少听到她哀哭。马长亭的拳脚像落在一坨软肉上、一堆虚土上，或者一团棉花上。

墙角街头，有小儿在打瓦①，逞强斗胜，吵吵嚷嚷。马长亭悄悄凑近。他要窃听这些孩子是否诅咒他。不幸的是，他恰恰听到了他最不想听到的话，或疑似恶毒的话。

老绝户！

马长亭脸色煞白，跌跌撞撞，溜回家的样子活像被追捕的贼。

不经意间，马长亭变得懒惰无比。衣裳看上去倒还干净，穿到他身上却怎么看怎么别扭，精气神完全垮塌，衣裳就失去魂魄，蜕变成皱巴巴灰暗暗的陈旧布料。马长亭竟然还吃起了烟，他可是从来对烤烟敬而远之。马周氏从娘家为他讨来翡翠烟嘴、柚木烟杆、黄铜烟锅，为他缝制绣有大红牡丹花的墨色烟袋。马长亭蹲在向阳的墙角，或坐在丛其五的杂货铺前，用火镰敲火石，一敲不中，再次敲击，稍纵即逝的电光石火，使他特别着迷，似乎不想很快成功，火星多次迸发。最后他要够了，才狠狠敲击并点燃火绒，引燃剥去外皮的松软干燥的棒槌梃竿，将吹红的梃竿摁压烟锅里的碎烟叶，猛烈地吸一大口，青烟缭绕，马长亭眯起眼睛，享受着惬意，而马周氏似乎从马家铺隐身消失，很少有人看到她。

致命一击出现在某个春末，马长亭晃荡着长大的身子，无精打采地提着

---

① 打瓦：农村儿童游戏，须以金鸡独立姿势掷出石片，以击倒前方竖立的瓦片或石片多寡、远近论输赢。

锄头到落甲河堤外锄麦子。那是他家唯一旱涝保收的好地，麦子即将抽穗，长势良好，但杂草的长势之好不亚于麦子，似乎还有后来居上的势头。时近晌午，日头热得很，相邻地里的乡亲回家吃午饭。马长亭不回家，他不想回家，他讨厌回家，他最愿意做的事是不回家。他躺在地头，头枕锄杠，一棵孤零零旱柳的荫凉遮住了他的懈怠身体。

温婉柔顺的马周氏把午饭送到地头。

她挎着半筵子的包子，提着一瓦罐开水。马周氏把她从野地里剜来的苣荬菜掐去老叶，只取最鲜嫩的叶子，洗净，焯到半熟，剁碎，放入一应作料，均匀地搅拌成包子馅；把家里不多的棒槌面与最后的一点麦面拌匀，用温水再加冷水，揉过百十遍，擀成圆而软的包子皮。麦面太少了，包子皮不劲道，欠柔韧，稍不留神包子就会破裂，但这难不倒马周氏，她的心灵手巧全村闻名。最终，半筵子匀称的、完整的、饱满的包子，恭恭敬敬地送到麦子地地头的旱柳下，送到马长亭躺卧的树荫里。

马周氏说，天气这么热，你也不回家吃饭。家里多凉快啊，在家里吃，你还能打个朦胧①。打个朦胧，你后晌干活就不难受了。

马长亭说，我不稀罕在家睡。

马周氏说，在这里睡，小心地气，别躺出病来。

马长亭不说话。

马周氏说，你累了，歇会儿再吃。

马长亭说，饥困死了，拿过来。

马周氏揭开盖在筵子上的笼布，说，家里没有像样的米面了，就这点棒槌面和麦面，做了这些包子，还热着呢。给你倒碗温水，咱们这就吃吧。

马长亭说，你也吃？你怎么能吃，你不能吃！我吃饱了，你再吃。

马长亭盘腿而坐，开始吃包子。包子很是诱人，虽然没有油水，毕竟是带馅的食品，野菜的丝丝香气强烈地诱惑着他的胃口。淡黄色的包子皮被马长亭小心捏开，露出老绿的苣荬菜馅，更加增进了他的食欲。他狼吞虎咽，突然被噎住，脸色憋得紫红。马周氏见状，赶紧用水灌入丈夫的大嘴巴，才

---

① 打个朦胧：打个小盹儿。

使马长亭缓过气。他推开老婆，继续吃独食。

籰子里的包子逐渐减少，马长亭的进食速度在降低。但他转换速率，不疾不徐，包子一个接一个地消失在他的大嘴里。再后，他慢慢地咀嚼，似乎在仔细欣赏包子的味道，慢慢地吞咽。最后，显然吃不下了，这个饕餮之徒直打饱嗝，但他死死盯住籰子，不允许别人有一丝念想。他稍作喘息，两腿分开，解开衣扣，身子后仰，以便于让肚子得到更舒服更自在的扩展空间。他将包子高举，先把包子馅一点一点地倒进口腔，之后慢慢将包子皮撕成小片，送入嘴巴，就着温水，冲下喉咙。

马长亭满意地将最后一个包子消灭掉。他不在乎马周氏等待、期盼、哀求的眼神，他甚至一眼也不瞧她。他吃饱了，吃撑了，肚子很大、很鼓、很圆、很胀，以至于身体不能够维持坐姿，不得不仰面躺下。旱柳下的树荫已然挪移，马长亭全身都暴露在阳光里。他已经撑得动弹不得了。

往我腰下垫块砖头，他命令马周氏，快点，我喘不过气来。

瘦弱柔顺的马周氏默默无语，田间地里，哪儿去寻砖头！她用尽气力，将锄杠插入丈夫的腰和土地之间，只露锄刃，生生撑起一座倾斜的敦敦实实的肉桥，眼见得马长亭的灰色衣裳堆落于身旁，红红的肚皮紧绷着鼓胀欲破，在灼热的阳光里微微颤动。

马周氏挎起空空的籰子，提着水罐，看了看努力喘气的丈夫，无声无息地回了村子。

这天夜里，马周氏吊死在自家正房的门楣上。

马周氏让马长亭一门断了香火，固然是天大的罪过；马长亭身为男人，饿得老婆抹脖子上吊，也实在是说不过去的。因此，当马周氏的娘家人，五六个高矮胖瘦的老少爷们气势汹汹打来马家铺，向马长亭讨要说法，而马长亭木然冷漠到让这些亲戚感到陌生进而愤怒的时候，不得不出面调停的马子孝把这个不争气的小儿子骂得狗血淋头。骂他不懂人伦，不通情理，走到家破人亡这一步，是怪不得周氏女人的。因此，必须善待来人，必须应允人家的要求。最后，在马子孝的主持下，事情总算得到了圆满的解决。

葬入马氏祖茔，坟茔分外高大；装殓马周氏的棺材是用七寸厚的柏木板做的，体量之大、规格之高，直追马子孝早已为自己备下的寿器。且不说起坟、出殡的开销，仅棺材的费用支出，就让本来不富足的马长亭彻底败落。

当年初冬，马长亭疯了。

马长亭的疯病暴发在村里某位后生娶亲那天。那天是冬节，娘记得很清楚，白昼在那一天最短而黑夜在那一晚最长。傍黑的时候，娶亲的队伍走到马氏祖茔尽南头那棵斜刺里长向天空的老桑树下，开始原地踏步——这个怪诞仪式还须在石牌坊下重复一次——老桑树下鼓乐齐鸣，马家铺响起鞭炮声应和。村里的喜鹊、老鸹、鹁鸪、斑鸠、画眉、麻雀及其他鸟儿惊叫着逃离，飞到落甲河大堤上的白杨树落脚。枝叶稀疏，北风呼啸，夕阳的余晖里，鸟儿们的剪影生动清晰而摇荡不止。它们远远地看着这队五颜六色的人毫无道理地原地踏步之后再度启程，缓缓地走向村子，它们还看到一个身材长大、破衣烂衫的人，冲出村子西边一个院落的大门，高张双手，形似鹰爪，迎向了娶亲的人群。

马长亭动作凌厉，面目狰狞，发出野兽般瘆人的吼叫，眼神真是吓人之极。娘被请去以接亲者身份接应新娘并傍着花轿重新起步，目睹马长亭迎面扑来的恐怖景象，也见证了他被擒拿、收服的全过程。

细节已经无法一一记忆，娘记得的，是马长亭那双极为可怖的眼神，是高张着的如鹰爪似的双手，是锣鼓铙钹抛掷在地的怪异的声音组合，是执事与鼓乐手们勇敢地冲上去，与马长亭撞击、纠缠，滚做一团沙尘。起始还传出急促的咒骂，很快只有扭打的声音和粗重的喘息，后来大团尘沙滚出小路，滚到南边，开辟了谷茬地里的新战场。

尘埃落定，马长亭被死死地压在众人身下，双手抠进了土地。

拿绳子来，捆死他！

执事上气不接下气地命令，拼死挣扎的马长亭被拇指般粗的麻绳捆翻。

马长亭发病无周期有征兆，目光发直，脚步迟缓，都是他要爆发的前期迹象。娘说，马长亭最经不得饿，更经不得大红大绿和锣鼓琴箫，肚子里没食儿和婚嫁大礼、过年过节是马长亭容易发病的关口。要是马长亭出现了上述征兆，及时将他封闭起来，给他肚子里进些粮米和汤水，有人陪着说说话，也许他的病就到此为止；如果受到震耳噪声和炫目五色的双重刺激，他的发病很难逆转。

有时候马长亭发病急，人们措手不及，只得使出狠毒手段。几个胆子大力气也大的人从背后悄悄逼近马长亭，把毫无防备的疯痴汉子猛地按倒在地。这几个人动作娴熟，用铁链子锁住他的双腕，拴住他的两踝。都不捆死，很人道地为他留下自由活动的足够长度，让他可以走、蹲、卧，可以睡觉吃饭喝水拉屎撒尿，还能干一些力所能及的活儿。同时，在他的颈背挂牢一个铁铃铛，铃铛的大小很合型制，系挂的位置安全又合适。一切就绪，众人发一声喊，同时撒手，从马长亭身上跳开，如同跳离一条大鳄。

马长亭艰难地缓缓地爬起来，吐出带血沫子的沙石。他适应了多次暴力过程，但迈出第一步的时候还是险些被自己绊倒，而双臂不能自由伸张也使他愤怒。他想奔跑，但只能在铁链允许的尺度内迈步。铁链子哗啦哗啦，铁铃铛丁零丁零。哗啦哗啦，丁零丁零，两种声音碰撞交错，韵律周正并不乏优雅，从马家铺的碾盘街、斜街、套街以及那条终年不见天日的扁担街上渐次传来。女人和孩子们闻声色变，赶紧收拾起手中活计和简陋的玩具，四散躲开。也不管天色早晚，迅速关门闭户，在天井里，耳朵贴着门，听这声响逐渐减弱，逐渐远去、消失。与铃铛声同时回荡在村里的，是马长亭含混不清的疯话。

仔细听来，他喊叫的是"斗儿啊"……"斗儿啊斗儿啊"！

马长亭疯癫过多次，人们都说他曾袭击过孩子——疯老九的确对小儿表现出令人恐怖的眼神以及相当冲动的兴趣，然而，细细查究起来，似乎并没有真实的伤害案例发生，可有关他凶暴伤人的传言却言之凿凿。栗蓬儿不相信那些传言，也不听大人的告诫，他从不承认疯老九会伤害人，那些听来可怕的事不过是人们的以讹传讹，或基于马长亭病情的可怕想象而已。栗蓬儿坚信马长亭是善良的、无辜的，而且是柔弱的，即使在他的狂暴状态中也是如此。栗蓬儿对九爷爷的守护，因了马长亭一次半途中止的袭击而更加坚定不移。

那是几年前的某个春日下午，铃铛和铁链子的声音从扁担街里传来，石牌坊下面，正跟栗蓬儿耍得快活的伙伴顿时散开。栗蓬儿站在须弥座上，平静地望着凶猛的马长亭一步步逼近来，直至近距离看到他的眼睛里射出的凶光，栗蓬儿没有跑，也想不到跑。

老九，来！他对着马长亭通红的眼睛，笑着说。

马长亭抢前一步，双手捉住他，高高举过头顶。天旋地转，眼冒金星，栗蓬儿大喊，你干什么？我是栗蓬儿！

他感觉到自己停在空中，两只大手分别托举着他的肩颈和大腿。那一刻，天地间的一切都凝固了。他再次大叫，我是栗蓬儿，老九，你这坏家伙！

似乎在空中停留了很久之后，栗蓬儿被重重地放到地上，通红的眼睛逼近了，又远了，灼灼逼人的光焰倏地熄灭，隐藏在了丛丛毛发中，像两口深深的枯井。他觉得肩膀和屁股火辣辣的痛。这痛感持续了很长时间，以至于栗蓬儿后来抱怨复归正常状态的九爷爷，说他当时怎么不仗义，下手怎么凶狠，把自己举得那么高，想干什么？难道要往地上摔？朋友情分哪儿去了？马长亭很意外、很羞怯，也很愧疚，在沉默了半天之后，他喃喃地说，自己完全不记得这回事，但他相信栗蓬儿说的是实话。他说，他怕自己闲下来，闲下来就会胡思乱想，饿的时候心思更乱，尤其是想到栗蓬儿的"九嬷嬷"，想到她的十个"斗儿"的时候，他会心乱如麻，且胸口发痒，痒得受不了，似乎胸腔里有千百条虫子在翻滚抓挠。那种痒，比起痛，还要难受百倍，痒得人只想满地打滚儿，恨不得拿刀当胸豁开，五脏六腑让大风吹吹，让暴雨洗洗。那时，如若听到震天响的锣鼓铙钹，看到乱纷纷的红黄蓝绿，心里就会升起不可名状的烦乱，烦乱到极限，似乎有根绷紧的弦无声地断掉，走入了浑浑茫茫，此后，自己做了什么，就完全不知道了。

我心里烦乱，也闷，跟压座大山似的。马长亭说，栗蓬儿，你别怪我，我不记得我干了些什么，可我再怎么糊涂，也没想摔你。我怎么能摔你？全马家铺，最数你向着我、护着我。

在与栗蓬儿交好的很多年里，这是马长亭仅有的平静诉说，栗蓬儿由此得知了老友的无奈和苦楚，就更加怜惜九爷爷。村里人因了他们不可理喻的行为而增添了疑虑，这对忘年交的神秘交往却变得更加紧密。后来，马长亭似乎懂得如何应对自己的病情，倘若自觉情绪不稳，而强烈刺激的迹象即将显现，他或许会离开人群特别是远离孩子，离开村子，躲得很远。每逢这样的时候，在整个马家铺，只有栗蓬儿知晓他的迷藏去处。

今天，栗蓬儿猜想他不在秫秸欑里，逼仄的尖锥形空间装不下他；也不在砦门里那几间破屋子里，那里离村子太近；村北的棒槌垛最近被谁掏出一个空洞，里面倒也藏得下他，但他不会在里面；也不会在高埠。高埠位于村子正南，地盘很大，北高南低，是马家铺人的祖茔所在地。高埠北端有个供守墓人居住的土窝棚。百年以来，无人出任守墓之职，窝棚便空了，村里的赌徒们赌得性起，会在这里摆开战场。马长亭有时也会避到这里来，但今天不会，肯定不会。栗蓬儿跑进犸虎岭，在一条很深的沟壑里，找到个十分隐蔽的浅浅洞穴，发现了马长亭。

老九，你到这里来，也不怕冻着？栗蓬儿说。

地上胡乱铺了些谷秸，马长亭盘腿坐在上面，已然全无煞气，警惕的眼神穿过栗蓬儿的身体搜寻后面，没发现有人跟随，他松懈下来。

你来干什么，栗蓬儿？马长亭说。

看你弄得，又得我来找你。栗蓬儿说，你总爱来这破地方。

别找我，我在这里不也好好的？马长亭说，你看看，我插的东西。

马长亭手很大，指头很长，骨节粗大，但出奇得灵巧，这是他最得意的事情。闲下来的时候，他就用秫秫莛和席眉儿交错穿插，编织出瓮、柜、碌碡和房屋；平平常常的麦秸，在这位老鳏夫的手里会变成玲珑剔透的蝈蝈笼、饱满匀称的星星、圆圆的绣球、形态逼真的元宝和周正小巧的宫灯。六月最喜欢这些麦秸小物件，每每缠着二哥，让他跟马长亭讨要，要来多少都不知足。今天栗蓬儿对老九的手工编织不感兴趣，说，快收拾干净，跟我回家。马长亭示意他别说话，自己侧过头，仔细倾听着什么。

他总是这样疑神疑鬼，总能听到或看到谁也听不到看不到的东西，比如鞭炮锣鼓和斑斓五色，栗蓬儿领教过多次，就说，别听了，你什么也听不到——根本就没什么动静——全是风。

山风还在刮，洞口有草屑滚过，犸虎岭暗了下来。

第四章

一

后晌落了入冬的第一场雪，天黑得早，灯掌得就早，娘让玉楸停下风箱，吩咐栗蓬儿借灶里最后一簇火苗点亮油灯，高擎灯盏，灯光摇摇曳曳。在儿女们眼巴巴地期待中，娘把被水汽浸得变软的锅盖推向一边，热气蒸腾，香味扑鼻。她在六月端来的水瓢里蘸冷手指，娴熟地从锅里揭下棒槌面粑谷，顺势齐齐地摆上盖垫，这时，似乎有二青欢快的吠叫，继而真切地听得大门"咣当"声响，娘的手禁不住哆嗦了一下，最后的粑谷掉在小米粥里，黏稠的粥在锅里溅开。

我回来了！

爹的声音在雪夜里听起来格外快活。

爹的声音像京戏里的念白。"我回来了"四个字，爹说的是"我回来燎"，尾音拉得很长且婉转抑扬，很有些不伦不类。栗蓬儿抢先冲出屋子，扑向兀立在天井里的薄雪上、等待家人接驾的爹。玉楸和六月紧跟着跑到爹的身边，与栗蓬儿分抢了爹肩挂手提的大包袱和提包，簇拥着爹走，兄妹们兴奋地叫喊，娘，爹回来了。

爹在屋门口停下。借着微弱的天色和白雪的反光，娘手里的黍子苗小笤帚从爹的肩头开始打扫落雪，雪落得不厚，连路尘一并扫净。爹一边顺从地转身、张臂、举膝、抬脚，任凭娘的小笤帚带着轻微的啪啪响声，麻利精细地轻掸和扫过全身，一边很满足地说，自己的运气好，并没走多少路，是搭便车回的马家铺。爹说他在火器营车站下了火车，本想在有名的"香百里"包子铺打个尖，一转念，不就三十八里路嘛，省下这顿包子钱，走！爹走出不远便遇上了好心人，后昭下村送山货的几挂胶轮大车卸了货，要返回村子，顺路捎上了他。爹感激的是，并非自己要求搭车而是人家热情邀请他的。也许车把式看到黄土大道路畔，与大车并行的爹肩上手上挂满了包袱，行路艰难，动了恻隐之心，喊一声：

兄弟，去哪里？

马家铺。

上车罢。车把式说。

爹到堂屋一角，在娘添了热水的铜盆里洗手洗脸，带起的风把灯光吹得摇曳不定。

娘在西屋验查爹带回的物件。爹一一向娘大声呈报，总共五件：两个包袱，两个黄帆布提兜，一个蓝书包。爹说，我一路小心守着，差不多没合眼，少不了的。

玉楸跟六月南北向摆好了矮桌，按老例将爹的马扎放在北窗下。爹问玉楸的学业，接过娘递上的手巾，再次仔细地擦拭眼角、鼻翼和脖颈。

娘将铜盆里的脏水泼向院里的薄雪，顺手把个热地瓜丢给左蹦右跳的二青，返身回来，爹和儿女们已然按部就班，碗碟就位，棒槌面煎饼和热粑谷、煮地瓜、白菜炖粉丝、蔓菁咸菜丝及三寸长的葱段，业已齐齐出现在饭桌上。娘说，今天怎么这么勤快，饥困了吧？说着，舀出第一碗小米稀粥递到爹的面前。

饥而不困，饿了，饿坏了。爹拿腔拿调地说。

在马家铺的话语系统里，很有些偏义复词，比如用秫秸莛做的"盖垫"，多半用来"垫"物件而极少用它用"盖"什么，盖锅的叫"锅盖"，盖瓮的，不管是水瓮还是粮瓮，叫"瓮盖"。人们说"盖垫"，是单指它的承垫功能。再比如"饥困"，本义只是"饥"，"困"附着于"饥"，并无实义。饿，在马家铺人的发音里读作"沃"，平时大家诉说饥饿的感觉，无一例外地要说"饥困"而不会单独说"饥"，更不会说"饿"，见过大世面的人才会这么说。从沈阳归来的爹见过了大世面，他的奇怪声调在栗蓬儿听来，陌生而且好笑。

栗蓬儿和六月抄起筷子，学着爹的腔调说"沃"了！等候爹吃第一口饭，只要爹的筷子触到饭菜，他们就可以放开嘴吃。但爹的筷子在大家的盼望里突然停住，随即放在桌子上。

去把包袱打开！爹向西屋努努嘴，命令说，那个蓝包袱。

玉楸站起来，绕过爹，跨进西屋，窸窸窣窣地找东西。

什么？他问。

肉罐头。爹回答。

娘站起来，从风箱上擎了油灯去给玉楸照明，晃动变幻的身影陡然扩大，倏尔涨满了整个堂屋，椽、檩、梁以及屋宇空间全都淹没在娘的巨大影子里。

听见娘说，是这个了。一只很精巧的扁平铁皮盒子，在跳动闪出的灯光笼罩下来到饭桌上。

大家面面相觑。爹说，我来。

爹取了菜刀，拿起铁皮盒子进入西屋，娘再次举灯去照，堂屋里的一切又没入了黑影。

传出并不响亮的砍东西的声音。栗蓬儿看见爹从搭杆子^①上扯下手巾包裹住铁盒子，以榆木炕沿作砧板，用菜刀砍"肉罐头"。砍斫声响了好一阵，在孩子们等得不耐的时候，灯光引导爹和娘回到堂屋，罐头盒已被掀去大半个盖子，参差不齐的铁皮边缘下面，有隐隐的香味溢出。娘将菜刀放回碗橱——也是马家铺的规矩，铁器比如刀、剪之类是绝对不许出现在饭桌上的——玉楸、栗蓬儿和六月的筷子几乎同时去够那肉罐头，险些将盒子弄翻。娘说，看看，又没出息了吧。我就知道，一见到好吃的，你们非把规矩忘到脑后不可。

爹说，吃吧，都尝尝，好东西。话音刚落，三个孩子已然挖掉了罐头里大半的肉。爹单手熟练地旋转着粥碗，以很响亮的啜吸声，一口气喝掉半碗热粥，很为自己带回的礼物被儿女们疯抢而快活，说，还有一盒，都留给你们。又说，我不吃，在沈阳这些日子，吃了我半辈子的肉。又说，玉楸下手别那么狠，留点给六月，你没见她的筷子打不过你们。玉楸便很不高兴地住了手，大口吃咸菜。

片刻之间，铁皮盒子只剩空壳。栗蓬儿觉得罐头肉很好吃，但论滋味，比炒或炖的猪肉的醇香差得实在太远。不过，一肚子清汤寡水，这陌生的美味仍是让他欢喜，而且吊起了胃口。栗蓬儿把空盒子拿到手，将筷子伸到里边勾勾挑挑，巴望弄出点肉渣，二青便塞到他和玉楸中间，抢先去舔罐头盒子。

---

① 搭杆子：吊在卧室炕沿上方用于搭挂手巾等物的长杆，多为竹竿或蜡木杆。

爹隔着桌子用筷子轻敲它的头，说，起开。又说，栗蓬儿你拿开点儿，小心刺伤了二青的舌头，没见那铁皮跟刀刃似的。

娘问外孙好吧，爹说好，落地时七斤六两，欢实得很，力气大得很，本事大得很，好逗能，稍不留神，他就能折腾得掉下床，哭起来跟小喇叭似的震耳朵。只是八九个月了，还没起官名，原因在于玉椿两口子抢着为爱子起名又互不相让，而自己终究是做姥爷的，并非苏家人，不便越俎代庖。

就没个小名？娘问。

有，叫"小崽儿"。爹说。

小崽儿？这算什么名字！还不如我给起呢，怎么也比"小崽儿"强。娘说，老苏好吧？

"老苏"是玉椿的丈夫，老家距马家铺四五十里地，自己在沈阳一家工厂里做铸铜工人，比玉椿大五六岁，面相又老，爹娘就随女儿的口，叫他老苏。

也好。爹说。

玉椿呢？娘问。

灯光里的爹笑容灿烂，说，玉椿好，玉椿自在得很。

怎么个"自在"法？娘问。

爹将嘴里的食物咽下，拿手爽利地抹去嘴巴上的饭渣说，玉椿要多自在有多自在。

娘追问，那么，玉椿到底有多自在呢？

再递个粑谷给我，爹说，等我吃饱了再说。

娘双手交叠放在膝上。

你给我说说玉椿！她说。

"食不言，寝不语"。这顿饭我说得够多的了，总不能让我太没个样子让孩子们没规矩学吧。爹说，粑谷给我。

娘纹丝不动。

他爹你少跟我拽文儿。"食不言，寝不语"？别拿这些道理来卖弄。自打我到这个家，忙时一日三餐，闲时两顿不落，干的稀的荤的素的，哪碗饭哪块干粮堵住过你的嘴！你就差一边"食"一边听京戏，一边"食"一边推牌九了。我不就是想快点儿知道玉椿的日子过得怎么样，你在这个节骨眼上讲究祖宗教训，你也好意思跟我讲教训！娘说。

爹说，我刚进家门，饭还没吃利落，怎么招你劈头盖脸的火气？

娘说，你还记得家门？你还知道家门朝哪开？你怎么不留在沈阳吃香的喝辣的？你留在那里算了，也省得操不完的心。

你娘这是怎么了？爹转脸问玉楸。

爹，你问栗蓬儿，让他自己说。玉楸回答。

娘说，先吃饭，把饭吃完再说。只是她再也不动碗筷，坐着不动生闷气。爹挨个儿打量家人，最后，疑惑不解的眼睛盯住了栗蓬儿。

二青突然吠叫并扑向门外。

它显然有失职之嫌，大门那边响起高声问候和杂沓的脚步声，乡亲们陆陆续续来了。

二

当年姐姐远嫁沈阳，曾引起村里人很多议论。

马家铺是个规矩严谨的村庄，千百年来，庄户人都守着地亩过日子，无论是门楼巍峨的大家主儿，还是吃了上顿愁下顿的穷困人家，走的是阡陌纵横，看的是星辰日月，清晨听鸡叫，夜里早早关大门，心里踏实安稳。男婚女嫁是终身大事，年龄品貌和门第高下固然重要，要紧的还有对方的身份。马家铺人经年务弄土坷垃和黄绿庄稼，对庄户人以外的行当，总有非我族类的感觉。手摇拨浪鼓的货郎，弹棉花的弓匠，锔盆锔碗锔大缸的锔匠，双手不停錾磨，同时眯起眼睛躲避磨盘上溅起的碎渣的石匠，背负掐目铜丝细罗网的罗匠①，以及铁匠、瓦匠、木匠……百业人等，虽说庄户人短不了与他们打交道，但终究不是一路人。听说玉椿要嫁的是个铸铜工人，乡亲们很是不解，铸铜工人？那不就是铜匠嘛。嫁给无地亩无恒产的手艺人，一副担子挑两头沉的家什，手里的铜串子抖得丁零哗啦乱响，村出村进，风雨飘零，有今天没明天，

---

① 罗匠：补罗的手艺人。罗，筛面的器具，圆形高圈，铜丝筛网，分粗细数种。本书后文中的"罗面"，"罗"为动词。

哪里靠得住？玉椿要嫁他，岂不是缺心眼儿！即使后来弄明白铸铜工人与铜匠不是一回事，也没能平息众口。众人说，不论铸铜工人还是铜匠，都和铜铁打交道，终归差不多。玉椿是个明事理、知轻重的俊俏闺女，附近几个庄子的大媒跑了她家多少次，她都不点头，怎么会应允个铸铜工人，还是沈阳的？

最让乡亲们不解的是爹娘竟然同意这门亲事，在众人眼里，这件事爹娘做得十分糊涂。即使把玉椿许配给工人，那也得是近处的，这可好，要嫁到沈阳去，沈阳可是在千里之外，岂不意味着一家人从此不易团聚，也就是说，玉椿将无法履行闺女应尽的孝义，爹娘的膝下承欢之梦必定难圆。哪里比得儿女亲家近在周边，爹娘有个头疼脑热，女儿头晌得信，后晌就能赶来侍奉。还有，假使玉椿在沈阳受欺负，有谁替她做主讨还公道？

玉椿和老苏的亲事，娘起初也不看好，耐不住大媒反复上门游说，她才答应老苏来马家铺见面。

相亲那天，老苏完全不像在大都市里干活的工人，腼腆得手脚没处放，枉自长个大个子，看了一眼玉椿，再也不敢抬头。又不善言辞，娘问他十句话，他顶多回答出一半，只会揉搓手。以娘的择婿标准，老苏太过木讷，样貌更配不上女儿，她不太满意。

老苏跟着大媒走后，娘问玉椿中意不中意。玉椿的羞涩还没褪尽，再次绯红了脸。娘一再催问，得到的答案出乎意料，女儿重重地点了头。

你看中他了？你真的看中他了？娘问，你俩连句话也没说，你就相中了？

玉椿低着头不说话。

玉椿你得给我想明白，这是你一辈子的大事。咱们要是应允了人家，可不好反悔的。娘说，你跟我说说，你看中的是他哪里？

玉椿还是不说话。

娘说，要不，我让你爹告诉大媒，回掉他算了？

玉椿轻声说，不。

娘说，玉椿你再好好想想，哪怕有一处不中意，也别委屈自己。现在回了大媒，还都来得及。也别耽误人家老苏，他这次还乡就是相媳妇的。

玉椿仍然不抬头，说，不。

娘说，你要是嫁到沈阳去，千里万里远，你可不容易见我，我和你爹也不容易见你了。你的弟弟妹妹都跟你亲得很，你们也得经年累月见不着面，难道你不想他们？

玉椿趴在娘的怀里很长时间，也不言语，一如她小时候受到委屈那样，让娘为她擦眼泪。娘相信女儿已回心转意，再问。

不！

玉椿说。

玉椿后来对娘说体己话，说她和老苏对视那个瞬间，好像上辈子就熟识，这辈子巧相逢了似的，就从此放不下他。把一辈子托付给老苏，自那一刻成为玉椿的指望，再也不想改变。这，就是缘分吧？

娘不相信缘分之说，总是举棋不定，倒是爹的一力维持，才使这桩普遍不被看好的婚事得以功德圆满。让娘欣慰的是，玉椿嫁去沈阳后，这一带乡村，农家女儿与城市工人的嫁娶多了起来，乡亲们好心的疑虑渐渐消释，而沈阳寄来的每封信都写满了女儿的幸福和快乐，这也是爹雪夜归来，给乡亲们讲述沈阳之行时，颇为自得的来由。

爹说老苏是个好女婿，五级铸铜工人，七八十块钱的工资，每个月的薪水拿到手，不隔夜，全数交给玉椿，自己分文不留。这些薪水养活自己、玉椿、儿子小崽儿，即使外加岳父他，也绰绰有余。

玉椿过得十分滋润，吃的、穿的、用的，都富足得很，从不犯愁，住的是公家配给的瓦房，又宽敞又明亮。玉椿会过日子，从月初到月末，把每一天都安排得有板有眼；玉椿跟娘一样爱洁净，把小崽儿收拾得极其爽利，一天到晚没次数地给儿子换衣服，没次数地溥粉，弄得小家伙通身白嫩而冒香气。待儿子睡够长觉，吃足奶水，漾完了奶①，被姥爷摇着、拍着、哄着笑的时候，玉椿便到街坊间的公用水龙头那里接来水，倒入圆形敞口的铁皮洗衣盆，浸透墩布，拧拧干，两间屋子加厨房的水泥地扫一遍，擦一遍，待稍微晾干，再扫一遍，地面一尘不染，干净得跟镜面似的，头发丝也要捡起。做这些活的时候玉椿一直在轻轻唱歌，唱的是爹听得明白但不甚喜欢的"巧儿我自幼

---

① 漾奶：婴儿因吃奶过多或过急，在吃完奶后嘴中往往流出一些奶液，俗语叫"漾奶"。此时大人多将婴儿贴胸抱起，轻拍其后背，使其顺利"漾"完奶。

儿许配赵家"，以及爹听不明白却有点喜欢的"月儿明、风儿静，树叶儿遮窗棂"，也唱爹既不明白更不喜欢的"喀秋莎站在峻峭的岸上"。初冬的沈阳比马家铺冷得多，但玉椿毫无顾忌地大开门窗，水泥地面在她的歌声里很快干爽。

工人自在得很，这是爹自沈阳归来最深的感喟，庄户人一年到头务弄庄稼，从耕耙地亩到秋收挂锄，哪有一天是省心的？工人比庄户人轻省多了。

老苏领爹看过他们做工的厂房。厂房很高很大，铁皮屋顶，大到能盖住半个马家铺。几百人在里面干活，风刮不着，雨淋不着，日头晒不着。不用惦记春旱秋涝，无须愁怕虫瘟饥荒。不管年景好坏，不论丰收歉收，看钟点干活，按月份领钱。粮店里现成的粮米，菜市场有的是菜果，种类和品相并不比桥头镇大集上的差，只怕比苍蒲县城里的还要好，只管买就是了，反正腰里有钱。还能过礼拜天。礼拜天干什么？什么也不用干，礼拜天就是不干活的日子，吃喝玩乐的日子。

而沈阳有的是吃喝玩乐的好去处。在女儿女婿的殷勤引导和陪伴中，爹走遍整个沈阳城，赏尽了大都市的锦绣繁华。先是过足了戏瘾，老苏买了沈阳京剧院的戏票，陪他到北市场的沈阳大戏院听文武老生陶老板的拿手好戏"战太平"，爹听得如醉如痴筋骨舒坦。之后是逛公园，百鸟公园里的鸟、中山公园里的树、万柳塘公园里的湖水都让爹迷恋不已。爹对故宫、帅府没什么感觉，对北陵和东陵不感兴趣，说那都是死气沉沉的东西，而对万泉公园里的动物兴趣十足。爹感叹说，犸虎岭枉顶了个虚名，如果不到沈阳，不去动物园，怎么能够亲眼看到活生生的犸虎——人家叫"狼"——在铁笼子里无休止地来回走？也逛遍了商店林立的几条大街，都有苍蒲县城无法与之比肩的热闹，车水马龙，人流如织，绫罗绸缎、金银财宝堆积如山，玉椿孝敬爹娘和给弟弟妹妹的礼物都是在这里买的。

炕上坐的多是老妇人，马天茂、马天佑等人站在"炕前里"即火炕前的狭长地方。娘招呼马长亭上炕，他扭捏了半天，最终坐在门槛上。在牌坊下三嬷嬷和马天武家的两个老妇人以及丛其五的啧啧声里，爹拽过一个包袱打开，取出块布料，说，看看，玉椿给她娘和六月扯的洋布。手不小心一抖，油灯忽地灭了。

栗蓬儿重新点燃油灯，爹说"高灯下亮"，让他把油灯从窗台举起。布料在几个女人手里捏扯，爹想起什么，倾翻针线笸箩，把针头线脑剪刀锥子碎布褙褙儿统统泼洒在炕席上，从暗处拽出个鼓胀的帆布提包，将里面的东西一股脑儿倒进笸箩。饼干、糖块、洋烟、榛子、棉布手闷子，混杂堆在笸箩里。栗蓬儿蓦然瞥见一样东西——电棒，刚要去抓，娘正纳着的鞋底子即刻打过来，让他马上缩了手。

爹去沈阳前，曾问栗蓬儿想要什么东西，他可以让玉椿给买，栗蓬儿脱口而出的就是电棒。对栗蓬儿来说，这是太过扎眼的奢侈品——整个马家铺，拥有电棒的不过几家——他对这件奇异的物件充满强烈渴望，这些天，想得最多的就是它。然而，娘的鞋底子把他打回清醒。他知道，近在眼前的宝物还未到手，也许就永远失去了。

爹为炕上炕下的乡亲们分发糖果，又拆包分烟卷儿。

吃烟的，喝茶的，嚼糖块的，嗑瓜子的，都夸玉椿命好，也都佩服当初爹娘嫁女的决断。马天佑说，如果他是爹，说不定会借这次探望孩子的机会留在沈阳，不再回马家铺。只要在工厂里谋个差事，有一日三餐，说什么也比脸朝黄土背朝天的日子舒坦。爹并不完全认可他的话。

爹说，沈阳的日子固然滋润，也并非全无瑕疵。比如，在那个大到没边儿的城市里，他的心总是慌慌的，只要出门，就觉得没个让人放心的地方。也太吵，人又太多，没个清静的时候，汽车的喇叭也经常吓得人一惊一乍，总让人觉得不太平。最使他害怕的是，有一天工厂的汽笛响彻云霄，紧接着是救火车、救护车发疯似地往工厂开，原来是煤气站爆炸引发大火，炸死炸伤了好几个人。从那以后，他的心总是悬着吊着，走路都不安稳。从火器营下火车，双脚一踩到地面，宛若从云里雾里抽身落地，爹的那颗心才算放回肚子里。

爹对火车印象不佳。

谁说火车好？火车可不好，火车坐不得。爹说，坐火车太受罪，受多少拘束。要不是图它跑得快，才不坐它。哪比得上坐大车，横躺竖卧，自由自在。

爹不明白为什么火车上挤着那么多人，从哪里来的那么多人，那么多人南来北往到底要干什么，终不成也和自己一样走女婿家！座椅上下，过道里，车厢连接处，人挨人、人挤人，全无立锥之地。自己有座位，还好；要不，这一路站过来，那得遭多大的罪。爹牢记出门的安全要诀"见人只说三分话，未可全抛一片心"。他很少与人交谈，也很少回答陌生人的问话。爹不是木讷之人，但从小时候起，听的多是出远门的庄户人被瞒骗、被欺负的遭遇，这次又见过了大世面，明白怎样应付陌生人。有人来问座，说"老哥去哪里？"爹只说三个字："到头儿"。其实爹的车票只买到火器营，离"头儿"即终点站还有好多站路。如此回答，找座之人失去了倚靠在旁边等待下去的理由，爹就减少了一分被绺窃或被别样侵害的可能。

谁知道问座的是不是良善之辈？爹说。对同车的旅人，他有深深的戒备，或疑惧。

难熬的是夜里，车厢里冷得很，入夜不久，窗玻璃上就结出了霜花，人浑身都冻得板板的。下半夜是最难熬的，爹说，火车总也开不到头，总在不停地走，车厢里的嘈杂交谈已被鼾声取代。爹困得"滴里当啷"的，却不敢睡觉，身子倚着、怀里揣着、手里护着女儿女婿孝敬的物品，连个朦胧也不敢打。对睡姿千奇百怪的旅伴，爹观察得很仔细并印象深刻。他认为睡着了的人丑陋不堪：横七竖八，扭曲歪斜，枕臂叠股，眉眼变形，大嘴开张，涎水横流。鼾声如雷的，咬牙的，说梦话的，梦游的，"诈尸的"——从熟睡状态转为愤怒状态、突然大吼并一跃而起的旅客，让爹战战兢兢如履薄冰。

一惊三怕，爹怀抱着最值钱的包袱，在花样百出的鼾声里，小心翼翼地扒拉开交错叠加的大腿、胳臂、躯干、头颅，还有大包小包的行李，以及扁担、麻袋、箩筐……费了很大很大气力，用了很长很长工夫，宛若翻过千山万水，总算抵达火车上的"茅厕"，畅快地解了一次"大手"。

三

盯着栗蓬儿，爹一脸惊诧。

你作得真厉害，爹说，我就知道你又闯了祸，你这祸也闯得太大了！

他爹，你说怎么办？说起那场大火，娘犹有怒意。

谢天谢地，没烧着长楼六叔，也没伤到别人。爹十分后怕，以手加额感谢上苍。寻思了一会儿，爹说，小雪前，他将亲率两个儿子进犴虎岭打些干柴，折算为谷秸赔偿社里各家。马长楼的祖宅，当然要重新起建，好在他从沈阳带回五十块钱，加上自家的积蓄，用来购置砖石木料以及炕琴、橱柜，缺口不会很大。自家原本备了些墙墼，是计划修补东墙用的，正好拿来应急，估计还差一些，赶紧脱墼，想来应该赶趟，不至于耽误工期。另外，把东坡上自家的杨树先伐倒。杨树还小，做不得梁檩，做椽子还是可以的，算是不无小补。至于请马长楼来家里住，也不耽搁。家里藏有足量的豆绒①，叫栗蓬儿去桑树溪挖些黑胶泥，请马玉锁在东厢房砌个火炉。一客不烦二主，让他捎带着抹个火盆。咱们多备些木炭，保准让马长楼住得暖暖和和。

等东厢房弄利索了，我去接长楼六叔，请他坐饭桌的上位，侍奉他吃好喝好。要是六叔愿意自己起伙，咱就隔三岔五送几样菜肴到东厢房。天气不误工时的话，年前年后，有望还给六叔三间新屋。长楼六叔有新屋住，栗蓬儿的罪过是不是就不那么重了？爹说。

娘的忧患意识很强，经常教训孩子节俭一粒米一文钱以备不时之需，不可耗到山穷水尽。"省着，省着，一个窟窿等着。"娘经常说。此话有两解，一解，过日子不准什么时候会出现意外导致亏空即"窟窿"，此时，平日里节省下的钱粮正好填补，这个坎儿就可以迈过；二解，即使平日里节俭到抠门儿，攒下些钱粮，也不排除被突然遭逢的某个"窟窿"吞噬掉的可能。

第一解是过日子的未雨绸缪，第二解则有被动支出的无奈。不管哪一解，平时节俭遇事救急，总是值得恪守的生活要诀。这下可好，玉椿双手奉上五十块钱，那是女儿女婿的孝心，眼看就要为别人撒漫个净光，娘没法不心疼，她心疼得要死。五十块钱哪！能换回多少粮米以备饥荒，能添置多少棉布棉花为全家人换新棉袄新棉裤，想来还有很多富余，那就攥在手心里，掖在大襟里，放进她的妆奁盒子，或藏到神不知鬼不觉只有娘自己知道的地方，她的心就会踏实许多。

闺女孝敬的钱还没递到自己手上，已经被大火烧了个没影儿，等于填入

---

① 豆绒：豆荚上的绒毛，与胶泥、小米汤按一定比例和泥，可砌抹高质量的火盆、炉灶、锅台、粮食囤等。

了一个大大的"窟窿"，还填不满，而爹似乎对钱来钱去不十分在意，且对儿子作的孽轻描淡写，娘十分不快。

就算六叔的新屋今天立起来，咱能这么轻易放过栗蓬儿？

半天无语的娘，忽然质问爹。

能把他怎么办？打死？罪不当诛；罚他几天不吃饭？那还不如打死他。爹说。

娘的意思很明白，不狠狠处罚栗蓬儿，怎么能服众？玉楸会觉得不公平，六月会有坏榜样。这可以暂且不计，毕竟都是自家人。可是，杀人放火，世间大罪，你马天启门里走出的孩子占了其中一条，多大的罪过！往重了说，打个半死，赶出家门；往轻了说，怎么也得狠狠揍一顿，不然，如何面对众口汹汹？全村人又将如何指戳爹娘的脊梁骨？

杀人放火？言重了言重了。爹再次把"了"说成"燎"，毕竟，不是他成心放的火，实属无心之失。再说，玉椿给栗蓬儿买的电棒已经扣下，那可是他朝思暮想的稀罕物件，也算是惩治他了。我看，就让栗蓬儿面壁思过吧。

不行！娘说，这不行。

娘理想的惩治，是要爹学爷爷当年的霹雳手段，把栗蓬儿绑缚在梧桐树上，最好在全村老少的围观里痛打，而她绝对不会像嬷嬷那样护驹子。惟有如此，做爹的马天启和做娘的她，才能在马家铺人面前洗净疚惭之色，才能重新直起腰板做人；最要紧的是给栗蓬儿一个大大的教训，让他整辈子都忘不掉。

爹说，这太狠了，我下不去手。

娘又失望又不满，别过脸不和爹说话。

这样行不行？把栗蓬儿交给高门楼。不管老人怎么处罚他，我都认下。反正，也得向他禀报六叔老屋的事。爹说。

"高门楼"特指马子孝，是说他家的门楼仅次于石牌坊而高踞于其他门楼之上，同时暗含他的辈分高，晚辈人在他面前须得匍匐之意。

爹很畏惧马子孝，当年被追打的尴尬记忆不定期复活，使他总躲着村里这位辈分最高的老人。把终极裁判权上交马子孝，既是此事善后得经由这位老人恩准，也是爹的无奈之举。其实娘也不很乐意把儿子送到马子孝手上。娘虽然借助于老人手里的顶门杠出过恶气，却总说马子孝的性格乖戾得很，越到晚近越古怪。马子孝的三个儿子，都是被他生生打出家门的。眼下由老人不待见的爹将栗蓬儿送上门，颇有任人宰割的感觉，她生怕父子俩触霉头。栗蓬儿更不情愿跟爹去觐见马子孝，他对这位老祖宗没兴趣。

天阴沉沉的，好像雪还要下。扁担街上的薄雪化成了水，弯曲的石板路直在脚下打滑。爹小心翼翼地选择落脚之地，不时扶靠古老、残破而冰冷的砖墙，维持身体的重心，一边招呼栗蓬儿耐心等他。终于，父子俩站在两扇深红到发黑的大门前。门楼高耸，衰草倒挂。爹对栗蓬儿努努嘴，栗蓬儿领会，抬手拍打兽头铜门环。两扇厚重的大门慢慢打开，迎面站着马子孝的女儿，栗蓬儿得叫"老姑"，是个胖胖的老妇人，定期来照料鳏居的老父亲的，一个五六岁的男孩扯着她的衣襟，大大的眼睛勇敢地看栗蓬儿。没等爹说话，老姑便笑着说，进来，快进来，看又要下雪。

苍老的声音从北屋里传出，是天启吧？让他们进来罢。

栗蓬儿半天才适应屋里的晦暗。与手持顶门杠扫荡赌场的英武印象相比，眼前的马子孝完全是另外一个人，瘦骨伶仃的身体在宽大的圈椅里歪歪斜斜坐着，椅子显得很空。

北墙下安放着长条案儿，两侧是圈椅，马子孝坐内侧，外侧的椅子显然是留给来客的。墙上悬挂着魏碑条幅，条案上的文房四宝与屋子里的所有物件一样，统统灰暗得很。有台弧顶座钟是马家铺少见的物件，钟摆不紧不慢地左右摇摆，发出短促而沙哑的声音。

这所老旧屋子里的发霉或者受潮的味道让栗蓬儿觉得闷气，唯一使他心动的，是马子孝身后墙上斜斜挂着的一把宝剑，这在庄户人家里绝无仅有。剑鞘修长，剑柄垂下来的穗子乌秃秃的，看不出什么颜色。

爹把儿子推在身前，要栗蓬儿见过"七老爷爷"，自己恭恭敬敬地问七爷爷的身体是否康泰，饮食是否正常等等。马子孝轻轻点头，长满山羊胡子的下巴一起一落，浑浊的眼睛盯着栗蓬儿，让他觉得浑身不自在。

爹说长楼六叔的老屋被烧没了，栗蓬儿这孩子闯的祸简直不可饶恕。作为栗蓬儿的爹，教子无方，是重大失职。现在，他把这个坏小子带到七老爷爷面前，连同他马天启，父子二人一同听候老人处置。一切都听老人的，自己绝不推诿，更不祖护。

玉椿那里怎样？马子孝问。

爹回答很好，也代女儿问七老爷爷好。

马子孝要爹说说关东见闻。听完后，他说，你说的和长楼说的不一样。

六叔去的是深山老林，是沈阳往北很远的地方。爹说。

马子孝又沉默半天，问爹跟马长楼商议过没有，就老屋的赔偿之事。

商议过了，爹说，长楼六叔点了头，长驿五叔也点了头。想听听你老怎么说。

栗蓬儿今年十几？沙哑的声音从幽暗处来。

十二。爹说。

还是不穿鞋？马子孝问。

栗蓬儿过来，让七老爷爷看看你的脚。爹说。

栗蓬儿站着不动。

爹说，这孩子，不懂礼数倒也罢了，怎么连道理也不懂。抬脚！

驾辕马或拉长套的马有时会把绳索弄得很乱，车把式会用手推或拍打它们，同时发出短促的口令"抬蹄"！以便将它们踩着或腿间的绳索拨到蹄外。这种联想使栗蓬儿极不痛快。他双脚交叠，脖子梗着，眼睛去看屋门上的陈旧对子，雨雪渍痕留下的很多怪异线条，将红纸黑字分割得不成样子。

当–当–当–当，座钟节奏缓慢而沉实的敲响，吓了栗蓬儿一跳。

栗蓬儿觉得这位老人不喜欢自己，做出的裁决可能严厉甚至残酷，但他并不害怕。巴掌十一岁的时候，他妹妹被大车压断了腿，他娘认定是巴掌的带领不精心所致，把儿子骗进屋，脱下他的棉裤，将在炉膛里烧红的铁钩紧紧贴在巴掌的屁股上，跟桥头集上的骡马贩子给马匹烙印一样，给这个颟顸的"前窝儿"① 小子留下了永久的教训。皮肉烤焦的臭味熏得全村的老少爷们直皱眉头，都数落后娘的凶狠，作为曾祖父的马子孝，竟然对孙媳的残暴不置一词。

顶多，让热钩子烙一下。栗蓬儿想，觉得自己的屁股痒痒的。

长楼的新屋，你准备什么时候动工？静默了一会儿，老人问。

爹说正在备办材料。青砖和梁木，已经着手买；炕墼和不够数的墙墼，

① 前窝儿：丈夫前妻所生的子女。

正要动手脱，已经请下几个人帮工；屋顶，挂一半瓦，覆一半麦秸。麦秸，社里答应给些，总数够用的。前昭下村的青瓦结实又好看，也去定好了数目。算起来近几天就能开工。

好。马子孝说。

爹说，明天就把长楼六叔接到家里吃住。

好。马子孝说，栗蓬儿的事，你看着办吧。

我看着办？这哪儿行！爹说，我就是来听你老的。

迟了！天启你回来得太迟，教训栗蓬儿也就太迟。马子孝说，长楼家起大火的时候你在哪里？你在关东。这就是你的不是。要是你那时在村里，无论打栗蓬儿怎么重，就是打断他一条腿，他也得受着，也得记着。眼下，事情过去半月有余，你才收拾他，下手再狠，训诫的作用也打了折扣。

爹小心翼翼地问老人的意思。

马子孝说，算了。要说教训，也得先教训你马天启。

栗蓬儿心里一块石头落地。

马子孝说，栗蓬儿出去吧，出去耍一会儿，我和你爹说说话。

栗蓬儿转身走出屋外，把爹带有责备意味的话抛在身后。

爹说的是，到外面站着去！这孩子，也不知道感谢七老爷爷！

脸上总挂着笑的老姑提着壶进来续水，迎面跟栗蓬儿点点头。

这是典型的富足人家的宅院，五间正房全砖全瓦，东西厢房半砖全瓦。犁耧耙耢、镰锄连枷、锨镐镢钖一应俱全，塞得原本很大的天井看起来狭小拥挤。椿树和笨槐生长得高高大大，石榴树边是水瓮，水面上浮着葫芦瓢。

天井静悄悄，几只麻雀飞到地上啄食。百无聊赖的栗蓬儿捡起一块小石子，瞄准了扔出去，没打中，麻雀扑棱棱惊飞了。鸡窝里钻出只白母鸡，旁若无人地咯咯叫，栗蓬儿猛地追上去，把它撵得又飞又跳，再没乐子可找。那个小男孩不知从哪里钻出来，双手捧着个大石榴，直送到栗蓬儿眼前，大方地说，你吃。

栗蓬儿犹豫是否接下，老姑站在水瓮边轻轻地说，他给你吃你就吃。又说，这是你兄弟，跟我过来的。

原来这小东西是老姑的孙子。栗蓬儿把石榴用劲掰开，晶莹饱满的鲜红籽粒使他的心情好起来，分给小东西一半，边吃边探索这个狭仄的天井。除了过年，他从来没进过马子孝的家院，至少没有这样从容地呆过。

小东西高高兴兴地吞吐着石榴籽，说，我家有好东西，你看不看？

在阴沉老宅里过日子，小东西显然憋闷坏了，极力讨栗蓬儿的好，把他领到西厢房前。

栗蓬儿从门缝里张望，暗暗的，看不清。

小东西双手推门，艰涩的声音响过，一具暗红色的巨大棺材赫然出现，它沉沉地稳稳地停放在堂屋里的长条木凳上。栗蓬儿愣住了。

小东西炫耀说，你看看，好不好？

栗蓬儿见过出殡行列里的棺材，也听说过"高门楼"里的"寿器"是少有的庞大，但如此近距离地蓦然撞见，让他不知所措，不禁后退了几步。

微笑着的老姑走过来，把兴高采烈的孙子从寿器边拉开，顺便带上门。这不好看，别看它。她对栗蓬儿说，你爹要回家了。

爹是倒退到屋门才转身的，可见他对马子孝的尊敬，也饱含感激。回家的路上，爹宛如讨得了大赦令，对栗蓬儿说，可得记住你七老爷爷的恩德，他可不是轻易饶人的。

第五章

一

爹率玉楸去请马长楼，娘忙着炒菜，吩咐栗蓬儿到丛其五的杂货铺打酒。

杂货铺面临碾盘街，是个很小的南向门脸，夹在两户人家中间，屋子低矮而狭仄，门槛比街面还要低下半拃深。模样虽然简陋，货品倒也齐全，庄户人的日常所需，这里大都列备。从油盐酱醋到针头线脑，偶尔也有糖果，但不多。佝偻着身子生活的丛其五很精心地守护着这个铺子，且有相当良好的口碑，童叟无欺，烧酒从不掺水，洋油给得足斤足两，谦卑恭敬地迎送所有的顾客。

丛其五的来历很模糊，作为外姓人，他是怎样到马家铺定居的，栗蓬儿不知道，只听说丛其五小时候很爱念书，与马家铺的孩子一同上学，成绩往往优于马姓学童，算术成绩出奇得好，尤其是心算，准确而敏捷，颇得先生夸赞的同时很受同学嫉妒。他的天资高，又爱用功，午饭后会跑进学堂，在空荡荡的教室里独自读书。某个炎炎夏日，学堂里很阴凉，刻苦攻读的丛其五困从中来，倒在长条凳上香甜睡去。

马天武与丛其五同时上的学堂，是个让先生头疼的犯浑少年，那天午后也跑进教室，看到了排列有序的桌凳中间躺着酣睡的丛其五。马天武从课桌上面探过手臂轻轻一推，睡梦中的丛其五重重掉到地上，腰部严重跌伤，以至于从此挺不直腰身。

丛其五的爹娘倾尽资财遍寻名医为儿子诊治，疗效甚微，他终至变成佝偻着腰行走的可怜人。不止如此，丛其五的后背左侧硬是生出个大大的鼓包，逼迫他的头颈弯向地面，样子难看极了。

粗通医术的马天佑曾说，疗治未能奏效，是因为他家地气太重，受伤的腰背浸受潮寒，加重了马天武劣行的后果。如果丛家干燥而且暖和，丛其五断断不会成为后来的难看模样。然而他的论断并没有多少人听得进，善良的马家铺人坚信，造成丛其五残疾的罪魁祸首就是马天武，只因他的手太贱，丛其五才成了"锅腰子"，一辈子看着自己的影子生活。

但大丛其五好几岁的马天武毫无愧疚之心，并拒绝承认丛其五的伤情乃至残疾与他有关，后来干脆忘记了曾经从长条凳上推落过一个姓丛的同学，他的爹娘也从未向丛家表示过歉疚。日月流转，世事沧桑，肇事者与受害者双方的父母先后过世，两个缘分很深的同学都没有完成学业。丛其五辍学的原因不必说了，马天武的退学全是因了他的顽劣。这两个人后来都顶门立户过起了日子。丛其五靠小杂货铺的微薄收入为生，过得一直艰难，至今独身。马天武的日子倒是挺顺当，娶妻生子，门庭繁荣。后来贩烤烟、倒鲅鱼，本性朴实的庄户人做不成的事，甚至丛其五也做不成的生意，他做得风生水起。

丛其五这个生意人倒是不太懂得做生意。头年秋天，他从落甲河北的薛集趸进些花生。薛集的苹果树行子是有名的繁盛，树下沙土地里间种的花生也久享盛名，长而粗而壮的麻壳里多是三颗花生仁，间或还有四颗，甚至五颗，胖大而结实。那年是花生的大年，产得多，批发价便宜，对小商小贩很具诱惑力。丛其五连夜把花生炒熟，堪称小食妙品。他极有还本盈利的信心。

但丛其五的判断严重失误。他忽略了马家铺与薛集之间很有些瓜蔓子亲，表兄表弟，七姑八姨，你来我往，或赠或取，多已尝过新花生的滋味。栗蓬儿的大姑就送了些来，说是花生滋补，让玉楸补补脑子。即使没吃过，即便手里有点闲钱，除了马长桥和马天武那样的人家，谁家肯用来买这种零食。所以，从寒露摆到霜降，丛其五的烤花生没有卖出一颗。眼看要入冬，丛其五十分焦急，在杂货铺门外铺了一块方方正正的蓝花土布，把滞销的美食摊铺在上面，黄白色的烤花生个个亮丽而沉实。丛其五坐着摊子后面的小马扎，后背靠着门框，尽量仰起脸晒老阳。人们总听到他热情的邀请，来，尝尝，新烤的，香得很。

到西井挑水的人走过，友好地笑笑，说吃过了，不停脚步。

到合作社办事的人走过，很有礼数地点点头说，好吃好吃。匆匆走过去，也不停留。

狗欢子娘要碾秫秫，让儿子牵着从社里借来的黑驴走在前面，自己紧走慢走追着儿子，走近丛其五的杂货铺。和栗蓬儿一样，狗欢子也是个馋鬼，经不住烤花生的强烈诱惑，一手牵着驴，一手俯身去蓝布上抓，被他娘一声断喝，倏地缩回手。

狗欢子不懂事，家里没钱，吃不起。狗欢子娘对丛其五说。

丛其五说，啊呀，你家没钱谁家还能有钱？给狗欢子抓两把吧。

狗欢子娘说，真的没钱，就是有钱，这烤花生也买不起。

丛其五说，尝尝，尝尝，先别说钱，说钱就见外了。

狗欢子娘不接他的话茬，喝令儿子牵驴快些走，跟躲狼似地离开杂货铺。

不知是没有眼力见儿还是存心占便宜，马玉德在丛其五的摊子前蹲下身来，伸手抓了把烤花生。这家伙是个车轴汉子，力气大，手也大，花生方阵立时出现了大块空白。他不慌不忙地剥去花生壳，将花生仁汇拢到一起，长满硬茧的双手轻轻揉搓，旋即张开手围住，吹一口气，红衣乱飞。马玉德把一掌心的花生仁全部扣进嘴巴，咯吱咯吱一通乱咬，嘴角流出白色的浆汁。

丛其五你这花生不赖。他说。

你往哪儿吹！看迷了我的眼。丛其五叫起来，

我给你吹吹眼。马玉德坐上马扎，把丛其五的头摁在自己的膝盖上，费劲地抬起他的脸，上下翻他的眼皮，没有迷啊，这不好好的一双眼嘛。车轴汉子说，伸手又去抓烤花生，被丛其五一掌打回。

我说的是"尝"，没说让你"吃"。丛其五说。

马玉德理直气壮，我这就是"尝"，我还没尝够哪。还要伸手，被早有警觉的杂货铺主人横臂挡住。

马玉德的嘴壮得跟猪似的，一把烤花生哪里会满足，反而吊起了胃口。他站起身，敦实的身体像半截铁塔矗立在歪斜瘦小的丛其五前面，说，你也没说吃多少算是"尝"，尝多少算是"买"。我还得尝一把，再拿买不买的主意。

后来村里人说起这件事，在谴责马玉德馋并且贪的同时，对丛其五也不无揶揄，说他做生意实在不高明，心算出众的天分实在是白瞎了。此事留下的"话把儿"很是流传了一阵子，这是马家铺人集体编排后丛其五的"我说的是尝，又没说吃"，以及马玉德的"我还没尝够哪"。

编排出的话题，往往具有明显的讥讽和嘲讪意味。冬闲无事，无聊的人们屡屡复述这两人的对话，学得惟妙惟肖，很让众人开心了一阵子。但爹娘不准孩子们学舌，不管模仿丛其五还是模仿马玉德，一概严厉禁止。爹心软，常说丛其五是孤苦的外姓人，又有那么重的残疾，本就活得艰难。天地良心，咱们可别在人家身后嚼舌头。

丛其五是个安静的人，很少到村邻家里走动，到的最多的是栗蓬儿家。逢年过节，他会来和爹娘说说话，谦卑恭敬得很。他待栗蓬儿也很友善，从不因为栗蓬儿不合常规的行为而疏远，比如他从来不讥诮栗蓬儿总被人诟病的赤脚。他甚至把栗蓬儿当成知己，有一次，他将自己的生活秘籍传授给了栗蓬儿。

过日子，最要紧的是懂得节省，该省的一定得省，当然该花的一定得花。省出一分，就等于你挣了一分。丛其五说，栗蓬儿你不是最想吃肉吗？谁不想吃肉，可哪有那么多肉给你我吃！我告诉你个好主意，保你比吃肉还得劲儿。你看桥头集上卖的大肉，有的骨头剔不干净，上面还带着些肉，价钱比肉可便宜得多。咱不买肉，把买肉的钱拿去买肉骨头。把它放到锅里熬，熬得烂烂的，啃光上面的肉，奇香无比。骨头汤留下，放点萝卜、白菜、粉丝，不管放点什么进去，熬出来都是香的。骨头拿去卖钱——镇上的废品站有购——得了钱，咱再去买骨头。

这是丛其的锦囊妙计，具有循环往复以至于永远享有肉食的妙处。往杂货铺跑的时候，栗蓬儿想起了丛其五私相授受的幸福口诀：

买肉不如买骨头，买来骨头熬骨头，熬好骨头啃骨头，啃完骨头卖骨头，卖掉骨头有了钱，拿钱再去买骨头。

烧酒，打满。栗蓬儿把马长楼的皮酒囊递给丛其五。

丛其五尊称爹娘为"二叔二婶子"，把自己降到与栗蓬儿同辈。栗蓬儿不知道怎样称呼这位五十多岁，比爹年纪还大的外姓人，索性什么都不叫，丛其五也不怪他。

铺子里很暗，柜台有意不抬高，三个身粗肚大，通体赭色，头戴暗红巾帻的烧酒坛子一列排开。丛其五一手熟练地握住皮酒囊的圆口，让它含入马口铁漏斗，一手将截短了的酒提子深深摁进酒坛，很快捷地、直直地提到比脸还高，手腕轻轻一抖，高粱烧酒不歪不斜，全部灌入皮酒囊。他提了七次，灌了七次。眼见烧酒要溢出来。

一斤四两[①]。丛其五说，他的喉咙里老像有痰上下运动，发出很难听的嘶嘶声响。他拧上同样是牛皮贴面的酒囊盖问，关东客让你来的？

栗蓬儿说不是，是娘让他来打酒的。见丛其五有些困惑，栗蓬儿说，是爹娘给"关东客"打的烧酒。今天，马长楼住到他家来。爹娘让他陪马长楼一起住，住东厢房。

哦，哦，丛其五嘿嘿地笑起来，笑得浑身颤抖。他仰起脖颈，栗蓬儿看到了他青灰色的笑脸，和眯成缝的眼睛，眼睛周边千沟万壑。

看你这把火烧的，弄得自家连觉也睡不安稳了。他说，你喜欢和关东客睡在一盘炕上？

栗蓬儿说喜欢，早就想离开和玉楸同睡的北房东屋了，因为玉楸嫌他，说他睡觉不老实，抢胳膊抻腿的，自己不止一次被打醒。

丛其五笑得喘息不定，向屋外吐了一口浓痰。

栗蓬儿递上三张两毛钱的票子，丛其五接过去，说，多了。又说，不找零了，栗蓬儿你看看我这铺子里有没有中意的，有的话，拿吧，就算抵销了多余的酒钱。

栗蓬儿仔细扫视杂货铺，乌黑的四层货架上，全是不中吃的，没有他中意的货品，想拿几块糖果，也恰好缺货。丛其五看他摇头，说，那算了，回去对我二叔说，下次打酒，我补四两就是了。

丛其五把住皮酒囊，并不立即交还栗蓬儿，说，你和关东客住一起，得防着他点儿，他太馋酒，可酒量不大，沾酒就醉，一醉就神吹，一吹就没完没了不顾别人，也许弄得你连觉都睡不好呢。

---

① 此处计量用的是旧秤，十六两为一斤。如无特别说明，全书同。

二

与很多地方将客居该地之人称作"客"不同，马家铺人口中的"某某客"，是指此人离开本村到外地讨生活，但并不在那里终老，老来叶落归根，在彼曾经为客，因而以"某某客"称之，表示此公曾经有过一段某某地的生活经历。马长楼独闯关东几十载，几年前才回归马家铺，被称"关东客"，当属实至名归。

关东生活改变了马长楼，使他与乡亲们很有些差异。日夜陪伴的皮酒囊，身下的熊皮褥子，都是稀罕物件，高而尖的大嗓门，也应该是关东生活的习惯使然。他的怪异之处还有，栗蓬儿打鼾或开关屋门声丝毫不妨碍他的睡眠，但踮着脚尖出入，或悄悄说话，反而会使他立马醒来。所以，他让与他同屋睡的栗蓬儿只管放心大胆地进出，也尽管吵嚷好了，即使在梦里大呼小叫也没关系。你吵你的，我睡我的，咱们两不相扰。他说。马长楼起炕很早，天天摸着黑穿好衣裳出门，但与他五哥的目的截然不同，马长驿直奔公路拾粪去，关东客却是倒背着手，在村子里遛弯儿。

马长楼、马长驿都是五短身材，黄白面皮，三角眼，短髭须，但马长楼的黄褐色头发与马长驿的苍白发色对比鲜明。此外，马长楼的眼睛呈淡黄色，对视中让栗蓬儿觉得怪怪的。

冬季农闲，马家铺人只吃两顿饭。早饭与晌午饭合并成一顿，日上三竿，满村的风箱声大作，饭菜香气飘散；晚饭称后晌饭，一般在日落前吃完，既省粮米又省灯油。吃完后晌饭，关鸡窝，唤鸭鹅，圈猪羊，牛马骡驴进棚，看看柴火垛四周有无异常迹象，听说近来犴虎岭里的狐狸频频造访村子，黄鼠狼也越来越多，不得不多加小心。大门咣啷咣啷关闭，村里人早早地上炕，早早地吹灯。

冬天的马家铺早早进入黑夜，只有一处吹灯晚，是栗蓬儿家的东厢房。黑铁燎壶在倚墙角而砌的火炉上嘶嘶冒着水汽。灯光很弱，六七张庄户人的脸在黑暗中交替浮现，五官黑黢黢的，显得很不洁净。马长楼盘腿坐在火炕中央，教栗蓬儿将皮酒囊里的烧酒灌满锡壶，又倒入碗里一些。他吩咐栗蓬儿到炉口取来火，凑到碗沿，极其轻淡的蓝色火苗在酒碗上方若隐若现。他做着示范，让栗蓬儿用手巾包住手，把稳锡壶壶把，在幽幽闪现的美丽火苗上慢慢地做环形运动。壶里的酒温热了，马长楼邀请众人同饮，大家一致辞谢，他斟满三钱的酒盅，仰头喝干，自斟自饮，把爹送过来的清炖羊蹄一扫而光。之后，抹抹嘴，开说那遥远地方的无数传奇。

马长楼讲关东的大平原、大山岭、大森林、大江大河，壮阔辽远，元气淋漓，相比之下，犸虎岭简直是残山剩水。风雪苍茫的白山黑水有着说不尽的神奇故事：深山老林里长有千年人参，而凡是如此珍奇的宝物附近，都有狼虫虎豹昼夜守卫，挖参人等闲靠近不得。有黄牛到水泡子边饮水，水里闪电般刺出的鲶鱼须缠住牛角并拖它入水。主人在黄牛的恐怖叫声中呼喊着跑来，看到黄牛拼尽最后气力挣断了鲶鱼须，口吐白沫倒在水边。你们说缠在牛角上的半截鱼须子有多粗？足有胖孩儿的胳膊那么粗，那，你们想想那鲶鱼有多大！山高林密之处有深长不见底的神秘洞窟，里面盘踞着千年巨蟒，体长百尺，身粗如碌碡，鳞片有铜盆大，头大如磨盘，它一吸气，狂风呼啸满山树摇，一个连的日本兵从百尺谷底被吸入它的肚子里，几天后，人们捡拾它吐出的枪械，装备给守卫自家院子的护兵……

然而关东吸引马长楼"闯"去的原因，在于它养穷人。关东地广人稀，比起人烟辐辏的山东老家，庄户人更容易展开身手。那里的地面肥得流油，只要人勤谨，不懒不滑，喂饱自己全没问题；如果胆子大，敢闯敢干，运气再好一点，成家立业乃至发展到大骡子大马的大宅院也不是梦想。事实上，马长楼也的确成了家，还有了可爱的儿子。如果不是遭逢突然变故，闯关东的初衷即荣归故里光耀门楣几乎成为了现实。马长楼闯关东的奇闻逸事和若干荣耀，全村的人都听过，而导致他败走麦城的不幸变故，他只说给了栗蓬儿。

这是很黑很黑的夜晚，马长楼从桥头集买来一只烧鸡，栗蓬儿熟练地烫热了酒端给马长楼，摇摇头，拒绝了六爷爷一同举杯的提议。

喝一口，试试酒。马长楼劝栗蓬儿说，酒，要么不喝，要么喝个够。喝到足，喝到醉，就会进入一种神秘境界，醺醺然，飘飘然，那时酒中人不会觉得还是自己，而可以把自己想象成任何人，甚至可以想象成长翅膀的、一身毛的、四条腿的、七扇鳍的……任何活物，想是什么就是什么，云里雾里上天入地，哪里还有人间烦恼。壶中日月老，一醉解千愁。

关东客撕下烧鸡的一条腿给栗蓬儿，再次建议他喝酒以证实自己所言不虚。被美味诱惑的栗蓬儿喝下一大口酒，喉咙里辣辣的，直皱眉头。马长楼笑着说，你当喝水哪！快吃口肉压压。栗蓬儿从没吃过如此美味，肠胃深处的欲望贪婪如利爪，钩住鸡腿往肚子里生拉硬拽。他端起酒碗，扬起脖颈，又灌了一口。

好，比你爹强，今天我舍命陪君子，你要多喝点儿。马长楼说。

一则有鸡肉可吃，二则是逞能。栗蓬儿喜欢被夸赞，马长楼的随口夸奖很让他开心。烧酒开始显现威力，他心跳加快，一种陌生的快乐从心底涌上来，头脑变得晕晕乎乎。

我给你续半碗，马长楼倒空锡酒壶说，你得慢慢喝。栗蓬儿我告诉你，喝酒，顾忌的是后劲，讲究的是慢工，你看着我。马长楼将他的酒盅凑到唇边，头脸不动，黄眼睛盯着栗蓬儿，酒盅一端，滋儿哂有声。

栗蓬儿嘻嘻笑着，学马长楼的样子，不料被呛了。

酒慢就能喝得多，也不容易醉，"先胖不算胖，后胖压塌炕"，谁最后没醉倒，不误事，那才算好酒量、真本事。马长楼说。

栗蓬儿把碗里的酒喝光，不假思索地拿过烧鸡揪下一块肉吃。他熟练地再次注满锡酒壶，用手巾裹住壶把，提起壶，让幽蓝色火苗舔舐壶底，随后倒入马长楼的酒盅和自己的酒碗，说，六爷爷，喝酒！

马长楼喝空酒盅，也不吃烧鸡。满上！他说。

经过咀嚼的烧鸡香气在口腔、喉咙和肠胃里回荡散发，将酒香驱散到四肢和头顶，栗蓬儿觉得周身血脉奔涌，他很膨胀，很有劲儿，总想笑。他的碗里又倒入烧酒。

六叔，还没睡？是爹的声音。爹上"茅厕"，经过东厢房外。

马长楼对窗外说，就睡。

爹敲敲窗棂，轻声叮嘱说，栗蓬儿该睡了，别耽误你六爷爷喝酒。又说，六叔也早点儿睡吧。

栗蓬儿用被子蒙住头，笑得来回打滚儿。

你不能再喝了，睡觉吧。等栗蓬儿平静一些，马长楼说，要不，明天你爹娘得埋怨我。

你睡不睡？栗蓬儿问。

你先睡，马长楼说，我干了壶中酒。

我也要干了壶中酒。栗蓬儿说，控制不住笑。

马长楼说，你这小鳖羔子！把烧鸡吃光。酒，就别喝了。

烧鸡所剩无几，栗蓬儿打饱嗝，还想喝酒。马长楼说，看起来，栗蓬儿的酒量比他马长楼的大，只是喝得太猛。若有半斤酒量，喝慢酒，能喝十二两；假如像栗蓬儿这样灌酒，那连四两也扛不住。

栗蓬儿亢奋得很，用油腻腻的手去拿锡酒壶，马长楼一手抄起，让栗蓬儿扑个空。栗蓬儿笑嘻嘻地抢过来，仰起头，将锡酒壶里的酒倒进嘴里。

痛快！关东喝酒就是这么痛快。马长楼把被窝三叠两叠叠成一个软墩，大大咧咧坐上去，张开五指，抚过半张脸和沾了烧酒的胡须，乜斜着眼睛，结结实实地看了栗蓬儿半晌，之后，他的话滔滔不绝……

栗蓬儿觉得自己在飞，腋生双翅，身下生风，飞翔在白山黑水之上。望不尽的原野，望不尽的庄稼，如海浪滚滚，烟波浩渺。这是能够吃到大鱼大肉的地方，是没人管束、自由自在的地方，有憨笨老熊，有万年树精，有飞珠溅玉的泉流，有悬崖峭壁下的深邃洞穴，里面藏着神通广大的各样精怪。马长楼在淘金、挖参、狩猎，在打马驰骋，在跟"胡子"斗心眼。关东山里藏着无数的胡子，马长楼也成了胡子，他是被掳掠到胡子窝里的胡子，是为胡子头领干一切苦活累活险活很不体面活的胡子。那是个藏匿在深山大壑里的胡子窝，方圆几百里不见人烟，他的几次逃走都失败了，还差点被胡子头砍头。胡子头是个窝里横的家伙，率领胡子们袭击某个财主大院，被护院的人杀了个大败，伤了元气，很长时间再也不敢出山，只会跟小喽啰们发狠。马长楼在那里待了很长时间，时间长得让自己差不多变成了货真价实的胡子，身体发肤也发生了变化：眼珠子淡黄，而头发和胡子变成了白的，以至有一天从镜子般平静的水面上看到了自己相貌的可耻颜色，马长楼震惊之极。

这是我吗？这不是杂种的模样么？这个样子怎么能认祖归宗？马长楼流

着泪问水里的自己，也问听得入迷的栗蓬儿。他告诉栗蓬儿，就在照见自己的那一刻，他决定绝地冒险，一定要逃出胡子窝，回自己的家去。

除去须发颜色令他不安，促使马长楼冒死离开的还有两个原因。头一个，没有盐吃。从冬到春再到仲夏，四季轮回，没有吃过一星星的盐。胡子窝里不多的食盐全被胡子头领霸占着，马长楼不论吃荤吃素，全无咸味。而没有咸味的食物，就算是山珍海味龙肝凤髓，也味同嚼蜡。在胡子窝里过了一年半，马长楼忘记了咸盐的味道，觉得自己像是被抽去了骨头，浑身软绵绵的，没有了支撑。这哪里还是受苦人，这简直是富贵人的身子。

马长楼决意逃离的第二个原因，是想家、想媳妇、想孩子。他的家在几百里外一个叫侯家窝棚的小村落，有山有水的好地方，零零散散住了十几户人家。他在关东闯荡十多年，有了些积蓄，就在那里落脚立户。媳妇年轻能干，儿子还在襁褓，小日子过得安安稳稳。但在一年半前那个初春的拂晓，可恶的胡子洗劫侯家窝棚，打死了他的一个把兄弟，劫走了他家的粮食和马，连同他自己。万幸的是，头一天，媳妇抱着孩子回了娘家，躲过了劫难。此刻，媳妇的柔情，儿子的娇嫩，活生生地闪在马长楼的眼前耳边，眼里心里全是老婆孩子的影子，挥之不去赶之不走。他走着坐着想，醒着睡着想，没白没黑地想，想得连肝连肺，想得天不蓝地不圆，想得没法活下去。假令继续困在此处，他会发疯的。他要离开胡子窝，回家过有媳妇有孩子有盐吃的日子。一定要回家，一句话，不回家，毋宁死！他决定立马出逃，即使逃亡之路凶险无比。

马长楼逃出胡子窝，平安走出了凶险之地，这是他的大幸运。但他的大不幸是回到侯家窝棚，家却没有了。准确地说，家还在，媳妇和孩子却没有了。更准确地说，媳妇孩子也在，不过已经是别人的，也等于没有了。在他被胡子抓走的第二年开春，也就是马长楼在胡子窝里受苦受难的时候，身为漏网之鱼的一个把兄弟登堂入室，取马长楼的地位而代之，成了侯家窝棚那个农家院落的主人。

这对马长楼是毁灭性的打击。当初他们三个人义结金兰，仿照的是桃园结义的完整模式。关东时令晚，桃花开得迟，三个人就耐心等，直等到桃花灼灼，才铺下蒲席，摆了香案，供了祭牲。三杯烈酒，一杯敬天，一杯敬地，最后一杯三兄弟跪拜互敬轮流饮干。盟约也与刘关张类似，不求同年同月同日生，只愿同年同月同日死。与古代豪杰不同的是，马长楼三兄弟并无除暴安良的雄心壮志，所谓上报天子、下安黎庶的英雄梦想与他们完全不相干。他们最大的愿望就是过好小日子，要是谁受了欺凌委屈，就出手相助以至不惜为他两肋插刀。

在结盟的三兄弟里，马长楼是老大，有意无意之间以刘备刘玄德自居，而将两个盟弟视作关张，推心置腹，无话不说，其情义不亚于同胞兄弟。然而，就是被他视为差不多等于关羽关云长的这个老二，哪里有一点点关老爷千里送皇嫂的义气。他在大哥马长楼落难的时候，背叛庄严的结义之盟，乘人之危，鹊巢鸠占，算什么把兄弟！马长楼不愿看老二的嘴脸，更不愿看到往日媳妇，一眼都不想看。那个曾经与他有山海之盟的女人又有了身孕，这让马长楼不知是愤怒还是厌恶，连屋子都不愿进，他觉得喘不过气。

老二跪在大哥面前，诅咒发誓剖白心迹，说他之所以走到这一步，完全是听信了大哥已死的传言。如今生米已经煮成熟饭，悔之晚矣。他听凭马长楼的发落，是杀是剐，大哥给个准话，他绝不皱一下眉头。退一步，即便马长楼一言不发，他也知道自己该怎样做。他会马上消失，从此浪迹天涯，即使这副臭皮囊填入沟壑，敬请大哥不要气坏了身子。

马长楼对栗蓬儿说，当时，他的满腔怒火跟化了似的消失殆尽。后来他不止一次反躬自问，是二弟声泪俱下的哀求软化了自己，还是自己九死一生之后看破红尘，抑或是累乏到极点，残余的精力应对不了那么尴尬的局面？反正，往日事落花流水，得饶人处且饶人，你不仁我不能不义，马长楼毅然放弃重新做小院主人的权利，再次走上了漂泊之路。

向感激涕零的二弟和磕头如捣蒜的前媳妇潇洒地挥挥手，须发皆白的马长楼骑着一匹矮腿黄骠马，永远告别了侯家窝棚。

栗蓬儿，你说，我往哪里去？

骑在黄骠马上的马长楼问。

往哪里去？天地阔大，四野茫茫，何处是容身之地？

一不做二不休，索性去做胡子！关东山高皇帝远，很少听说官军到大山里剿除，即使围剿也剿不尽杀不完。杀富济贫，替天行道，水泊梁山的英雄好汉不就是这么做的，凭什么自己做不得！好，就去找胡子，当胡子！

然而，毁掉侯家窝棚的家，把自己逼到这一步田地的，不就是胡子！替得哪门子天，行得哪门子道？还有，没盐吃的日子多么可怕，只要想起来，浑身上下还是软绵绵的。那不是人过的日子。

马长楼无处可去，任凭胯下马随意走。他是一个骑术高超的关东客，歪着身子，让半个屁股坐在嵌着银钉的马鞍上。黄骠马温顺听话，平川大道，马铃叮当，蓝天丽日，微风吹拂，马长楼掏出皮酒囊，仰面而饮，极为畅快地喝光残酒。他在马背上晃来晃去，半闭双眼，进入了微醺的境界。

这是美妙之极的时刻，令马长楼永生难忘。家没了，媳妇没了，孩子没了，所有的一切都没了。没有了家的温馨和家人的关切，也就没有牵挂，卸下了全部负担，家和他，两不相欠。没有去处，为什么要有去处？那不是再找一副夹板套住自己！一人一马，自在逍遥，天不管地不收，扳倒葫芦洒了油，管他娘的！大地微微动荡，马长楼半醉半醒，信马由缰，优哉游哉。

要是让矮腿黄骠马驮着，无休无止地走下去，不管走到哪里，就在这醺醺然中坠马即埋，是多么美好的人生结局。

栗蓬儿，我告诉你，那是我这辈子最逍遥、最快活的时候。马长楼说。

他的快乐并未持续多久，电闪雷鸣、暴雨倾盆的时候，黄骠马上的马长楼心里的烦恼全部复苏并加速发酵。不过，那段极乐经历让他懂得了很多事情。很多年后的这个夜晚，马长楼告诉栗蓬儿，他之所以回到马家铺，说到底就是看开了。

这是他的命，他的运命如此，干嘛想不开？"命中有时终须有，命中无有莫强求"，马长楼说自己就是个无家命。和运命过不去，就是和自己过不去，和自己过不去，哪会有你的好日子过！所以，栗蓬儿烧掉他的老屋，他并没有责怪栗蓬儿的心思。烧掉了倒干净，就像当年从侯家窝棚再度出走，胸襟坦坦荡荡。

马长楼说，当年他在胡子窝里的时候，最想念的是侯家窝棚；回到侯家窝棚，最想的是离开。后来很多年，他辗转走了关东的很多地方，心总也沉不下来。在平原阔野的时候，总觉得太空旷，人太少，心里头空。但到了城镇，又嫌房屋太密，人太多，心里头烦。放大了说，当年闯荡累了，他想的是回马家铺。而回到马家铺，几年过去，他想得多的倒是关东。最别扭的是自己的头发，要么复归马家铺的黑，要么再变回胡子窝里的白，现在顶着一头黄毛，两边不靠，到底算什么？

人活一辈子，累不累？贱不贱？

马长楼问栗蓬儿。

三

腊月临近，翻建老屋的事不敢有丝毫松懈，爹的劳作之勤苦前所未有，与请来帮工的乡亲日夜赶工。在老屋工地上忙活的人是吃三顿饭的，而且要让人家吃得好，娘将饭菜做得尽量可口。前晌、后晌的两次茶水，就由栗蓬儿和妹妹用燎壶送到工地。茶具是放在工地的，爹会招呼帮工的人放下手里的活儿，借喝茶的空档喘口气，歇一歇。

砖瓦木料各就各位，支炕亟须的炕墼、垒墙亟须的墙墼——家里存下的墙墼不足，也须尽快备齐。早跟社里说妥，将闲置的场院用作脱墼场地。爹弄来些麦穰，与黄土和在一起并拌匀。硕大的锥形土堆顶部扒开，恰似微缩了的火山口，灌入马长亭挑来的井水，浸泡半天，和成一大堆泥，名曰"穰筋泥"。下一步是将这些穰筋泥搅拌匀溜，是很苦累的活儿。爹挡住要挽裤腿的马长楼，说，六叔你歇着，这活儿你干不得。栗蓬儿，你跟我踩泥。栗蓬儿就把裤腿挽到大腿根儿，踏入黏稠之极的泥浆，腿被穰筋泥紧紧吸附，每次拔出都费尽力气。马长亭便加入进来，两条青筋毕露的鹭鸶般长腿，在粘泥中跋涉也很艰难，但马长亭似乎从中得到了快乐。他一次次高高拔腿，在泥浆的"库嗤库嗤"声音里露出微笑。他很少微笑，屁股偶然撞到栗蓬儿的脊背，将栗蓬儿撞得歪歪斜斜，他的眼睛里闪烁着明亮火花，不顾栗蓬儿的躲闪，又撞一次，再撞一次，脸上一次次出现惊喜的、干净的笑意。然而，马长亭的快乐消失得极快，像猛烈燃烧却瞬间燃尽的两团火苗，闪电般明亮，随即沉入冰冷的水底。

栗蓬儿后来与马长亭也有过合作，搬砖运瓦、扛抬木料、把墙墼和炕墼立起晾晒，都配合得很默契。新屋上梁那天，"平安如意"四个大红字贴上粗壮的大梁，老屋前的空阔天井里摆好高桌，上头放着烧酒和简单的菜肴，长长的竹竿上挑起爹破费不菲买来的一挂三百头小鞭。重大的仪式意味着新屋落成在即，爹娘让栗蓬儿把马长亭引回他自己家，远离声音和色彩的刺激。马长亭也预感到什么，他的恐惧和烦乱的眼神让栗蓬儿一度紧张，但他很顺从地随着栗蓬儿回家，自己严严地关紧大门和屋门，把栗蓬儿也锁闭在灰暗的堂屋里。他阴郁地沉默着，栗蓬儿也没有话。马长亭烦躁地扭动身体，呼吸急促，阴暗中看得出他的心绪不宁。

听到没有栗蓬儿，放炮仗了？马长亭说。

什么炮仗？哪有炮仗？我怎么没听见。栗蓬儿说。

栗蓬儿你别瞒哄我，就是放炮仗了，震得我耳朵疼。马长亭说。

栗蓬儿说，老九你别乱听，那是狗叫。听，是二青在乱叫，回头我收拾它！栗蓬儿隐隐听得见鞭炮声。小鞭响得快，消失掉也快，屋子里重归宁静，近乎死寂。栗蓬儿把屋门打开，阳光照射进来，明亮的矩形光线里纷扰着微尘。

你听，什么都没有吧。栗蓬儿说。

关门，栗蓬儿关门！马长亭惊慌失措，拿手挡住眼睛，他说太红了，他的眼前一片血红，刺得眼疼。

不得不重新关闭屋门的栗蓬儿说，老九你看见的是什么呀，你是什么眼神呀！

马长亭烦躁不堪，蜷缩在炕上，痉挛的痛苦呻吟从破衣裳里传出来，栗蓬儿，你帮我赶开那些旗子，还有锣鼓，还有花轿。快点！

栗蓬儿知道，大凡马长亭如此恐惧和烦躁的时刻，就意味着他的病患已到临界。此时，化解危机，从濒临疯癫的边界拉回马长亭的可能办法，是转移他的心思，并尽快喂饱他。栗蓬儿不断地大声和马长亭说着话，天南地北地乱说，反正得打断老九的胡思乱想。他打开橱柜，找到几个煎饼，赶紧烧开水，连哄带劝，陪着马长亭吃。饭食犹如解药，饱足的马长亭浑身热气蒸腾，汗流如注，旋即困得低眉奋眼，自己躺倒炕上，睡着了。

马长亭再次平静地出现在工地，是腊月中旬，新屋子开始收尾，不大的天井收拾利落，爹娘心情很好。娘说栗蓬儿做了件善事，他的陪伴使马长亭避免了被捆锁。这件善事唯有栗蓬儿做得，别人都做不来。有鉴于此，村里为即将迁来马家铺的辕山水库移民新盖的正屋上大梁那天，爹娘故伎重施，早早地让栗蓬儿去陪伴马长亭，又在黑屋子里待了半天。

跟你九爷爷好好说说话，别让他乱跑，省得他闹心，也省得大家闹心。娘说，他心里苦，比黄连还苦，又说不出，要是绑起来，后背再挂个铃铛，看着也叫人心里难受。栗蓬儿你多陪陪他，做好这件事儿，你闯的祸，就算了了大半。

第六章

一

爹早年养过一只百灵鸟，那只鸟儿是他从桥头镇大集用几升好米换来的。他请好友马天茂编了一个精致的鸟笼，通体没有麻绳或铁丝，全用篾条与秫秸莛①巧妙穿插做成。马天茂的好手艺让这只鸟笼看上去十分抢眼。鸟笼形如屋宇，大四方，人字顶，选料精，做工细，结实而轻巧。爹的百灵鸟就在这个近乎于艺术品的笼子里无忧无虑地生活。

那是一只天资出众的百灵鸟，百伶百俐，极其好学，被爹精心调训，能熟练地模仿喜鹊的喳喳叫和画眉的啾啾声，能与人寒暄"吃了吗？"或自答"吃了"，还能模仿庄户人清晨到西井打水归来，负重的担杖钩子发出的艰涩声音。那是它偷学的技艺，爹为此惊喜不已。

爹年纪正轻，玩耍之兴致旺盛无比。农活稍稍轻闲些，爹将鸟笼挂在门楼下，鼓励它引颈鸣叫。可人的鸟儿不断变换喜鹊叫、画眉叫，惟妙惟肖，逗引着村里的闲汉和孩子凑近来大呼小叫。爹得意非凡。

那时爹刚学会推独轮小车。车是爷爷为他备下的，自然是盼望他尽快学些技艺，做个好庄户人。车盘、龙背、车梁、车辕，全部用的是红松木，车轮、车毂使用上好的水曲柳，铁皮包裹圆轮，用大头粗铁钉将车轮与车毂铆死。筋骨坚实且模样出众的小车是家里重要的运输农具，其功能为担杖所远远不及，得到了全家人的珍重和爱惜。铁钉钉帽和车轴被嬷嬷擦得闪闪亮。车襻是娘用从三十里铺带来的土布和麻皮编成的，宽而厚，绵而韧，长短适度，正合爹的肩膀宽窄和手臂长短。

爹的小车有个不同寻常之处，假如载满重物，它走起来不声不响，如同负重下的沉闷汉子；如果空车行路，车轴会发出快乐的、轻巧的、细碎而跳

---

① 莛：为高粱秸秆尖顶的一段，也即高粱穗核。细长匀溜，其上端即高粱穗。

脱的声响"吱扭扭吱呀呀",伴随着推车人的脚步,不紧不慢,不尖也不钝,悠悠然一路响来。有人听了觉得闹心,建议爹勤给车轴抹豆油,或刮些胰子的粘屑塞入车轴,让它哑声,爹坚决拒绝。爹说他已经习惯甚至醉心于小车的声音,那是他寂寞推车路上的好伙伴。推重车已是很苦累的活计,人与车都闷头闷脑,就会觉得格外劳乏。所以,当爹卸下重物,推空车返回的路上,小车的木轮在田间小路、公路或村路上的滚动中轻快地唱起,爹的心情便立时轻松愉悦。爹说他的小车最懂主人的心意,发出的声音最填和①人,扫净他的满身尘土,驱走他的一路疲乏,甚至可以说,那是小车在和他对话。要是不让小车发声,或发出的声音闷声闷气,爹说,自己这样劳苦的人,岂不活得太无聊、太憋屈。

春去秋来,被爹视为知己的小车越发"填和"爹,它的"吱扭扭吱呀呀"如影随形地为主人说着唱着,从田间地头或几个大集一直响到自家门前。爹停下脚步,它的歌声戛然而止。

爹将车辕抬高,单臂扶稳,另一只手抽出横担在车后的车杠。车杠一端分叉,被爹用来叉住车后梁,另一端抵实地面。于是,小车头冲地尾朝天,以很滑稽的模样稳稳停在门口。爹不进大门,先站在精巧的鸟笼下,撮起嘴唇吹响一支轻快的曲子,与百灵鸟儿互相应和,一边检查笼子里的鸟食和水。

有一天,推车回家走到簸箕湾,陶醉在小车乐声里的爹,听到前方传来了"吱扭扭吱呀呀",与小车声如出一辙。

爹皱皱眉头,并不理会,小车难道还有孪生兄弟?走过碾盘街西口,叫声越发高扬,与他推的小车一唱一和遥相呼应。诧异不已的爹停下脚步侧耳静听,前方还在兴致勃勃地响。

爹想到了什么,推车走向自家大门,看到周正的门楼,看到了门楼下那只鸟笼。他的推测没有错,是他的百灵鸟在叫!那只聪明绝顶的鸟儿,兀自在唱"吱扭扭吱呀呀"。

百灵鸟昂头伸喙,声音模仿得几可乱真,一边叫,一边挺胸阔步,步态从

---

① 填和:这个词在北方很多地区流行,有多项微妙含义,诸如事物使人满意,或恰好随人所愿,似乎也可解释为美妙契合或灵犀相通。

容，俨然行走的小车模样。"吱扭扭，吱——"，它发出最后的鸣叫，突然一头栽倒，头喙顶地，尾巴朝天，模样非常怪异。

爹看看支起身架的小车，再看看模仿静止状态小车的百灵鸟，扑哧笑了，说，这"小畜生"！

爹爱死了那只鸟儿。

像鸟儿一样唱歌的小车和喜欢变成小车的百灵鸟，两个风马牛不相及的家伙成为马家铺的一景。人们饶有兴致地前来观摩，也当作茶余饭后的笑谈。有好事者不断怂恿这个院落里的年轻人演示车鸟配，爹也乐得让大家开心，没次数地重复他的杰作，直到有一天，百灵鸟惨死在爷爷脚下。

爷爷对爹的玩物丧志——爹从来没有什么"志"，却玩耍得忘乎所以——既失望又不满。百灵鸟把他迷得神魂颠倒，爷爷看在眼里，心中早已积攒下一股火气。鉴于爹成亲不久，怕他在新媳妇眼前丢面子，不好严厉训斥，只说养鸟儿绝非庄户人的正经本事，要见好就收，不可因为爱鸟耽搁了时令和农活，寄希望于他自己及早收手。但爹鬼迷心窍，哪里听得进爷爷温和的劝戒，终于酿成父子冲突。

又一次，围观的闲汉们兴高采烈吵吵闹闹，爷爷忍无可忍。他不能容许自家门口如鸟市般嘈杂，就让爹摘掉门楼下的鸟笼。正在兴头上的爹假装没听见，见瞒不过去，索性拒不从命，而当爷爷要亲自动手时，爹不知哪里来的勇气，公然不让爷爷靠近。他的胆子可从来没这么大过。

闪开！颇感意外的爷爷喝道。

那天爹真是吃了豹子胆，不管不顾地顽强阻拦。

被激怒的爷爷说，本来想给鸟儿留条活路，现在非弄死它不可。看它把你迷成什么样子了？为这个孽种，竟敢顶撞你亲爹，反了你！

爹进行了激烈反抗。那是他第一次也是最后一次公开反抗爷爷。爹横身站在爷爷和鸟笼之间，脸激动得通红。

爹，别！爹，留下它吧！爹张大并舞动双臂，拼命阻挡爷爷的靠近。

爷爷的愤怒陡然升级，青筋暴起，须发皆张，咆哮如雷招来了嬷嬷和娘。婆媳俩看到父子俩面对面顶牛，四条手臂绞缠不已，听见爹绝望中带有哭腔的求援。然而，在爷爷的暴怒面前，嬷嬷最终没敢施救，而过门不久的娘被吓坏了。

精致的鸟笼和沉默的百灵鸟被爷爷掼在地上，爷爷仍不解恨，在爹撕心裂肺的喊叫里一通乱脚踩踏。

爱鸟逝去，憾恨难消，爹魂里梦里不能忘怀，终日蔫头耷脑，很长时间缓不过精气神。有时候，他会推着空空的小车过家门而不入，一直推过南边马长亭家，之后折返，仍然不进家门而走向簸箕湾。"吱扭扭吱呀呀"的声音近了，远了；又近了，又远了。娘觉得奇怪，从西墙上看出去，是爹推着空车来回走，一边眯着眼睛听响声。

爹用小车的声音祭奠百灵鸟，同时慰藉自己，这种怪异的行为持续了很长时日。多年以后，鸟枪换炮，小车的木轮换了胶轮，载重量大增，推起来省力，既便捷又轻快，却再也听不到"吱扭扭吱呀呀"的动听声音了，它的默默无声使爹怅然若失。爹对娘说过，听不到小车说话唱曲，心是郁闷的，像丢了魂儿似的浑身乏力，即便是空车，推起来也格外沉重而道路格外漫长。

总之，百灵鸟的惨死，是爹深重的伤痛记忆。即使后来嬷嬷爷爷相继离开人世，爹不得不独自顶门立户，支撑家业的艰难也未能使他完全忘却。再后来，玉椿、玉楸和栗蓬儿六月兄妹一天天长大，渐入老境的爹仍然对那只可爱的"小畜生"念念不忘，这在天生健忘的爹是不多见的。

百灵鸟事件玉成了爹喜好并唯一娴熟的农家技艺，尽管胶轮小车默默无语，无复往日的热闹光景，远不能与给他快乐的旧车相比。爹的推车技艺后来发展到炉火纯青，推起来如同使唤自家腿脚般灵便，这是很为爹挣脸面的本事，使他在娘的苛刻挑剔面前不至于完全沦没，也能在村里扬眉吐气走上几遭。假如村里有什么要紧的重物需要车载车送，众人大都会首先想到推车技艺一枝独秀的爹。

于是，在一个飘雪的冬日清晨，爹抬直身体，肩头与后颈绷紧车襻，双手把稳车辕。

走了！

爹喊道，先自推动了小车。

二

爹号令的是一支卖烤烟的小车队。

冬至过后，社里的烤烟需要尽快卖掉。烟草收购站远在苍蒲县城，而壮劳力多被征调为民伕，赶去辕山挖似乎永远也挖不成的水库，或到很远处一个叫平川的地方修建飞机场。爹被社里委以去县城卖烟之重任并赋予他挑选同行者的权力，说只要组织起像样的车队，就可以随时出发。在所剩不多的壮劳力中，爹首先想到的是自小的好友马天茂。马天茂是优秀的庄稼把式，出自他手的农活无一不出彩，虽与爹一样好赌，但与爹的根本区别在于，再迷人再疯狂的赌局，都不能使马天茂耽搁正事，哪怕正在兴头上，只要于庄稼活计有耽搁，马天茂会立时收手，绝不犹疑，颇有壮士断臂的勇决；而爹一旦入港就绝不回头，不管天塌地陷，不知身在何处。一般说来，博弈中见好就收与沉迷忘我的后果截然不同，但两个禀性有异的好伙伴惺惺相惜，彼此帮衬，从少小走到两鬓见白。爹第一次担负重大责任，马天茂自然鼎力相助。

四辆小车，需要四个推车的人，爹选的第二个人是马玉德。马玉德有一身好力气，桀骜不驯的脾性等闲人驾驭不了。这家伙本已被分派去修飞机场，他却声称腿脚风湿，行动不便，换他新婚不久的胞弟马玉衡顶缸，自己躲在村里享受冬闲，请他出马谈何容易，爹一度有些畏难。马玉锁对爹说，他去说服马玉德，保准让那家伙乖乖推烟车。果然，马玉德颠颠儿跑来，说他很高兴应征。

再也找不出合适人选，而第四辆车总得有人推。马长楼说，他来推好了。反正烟叶是他烤制的，成色如何，卖价怎样，他放心不下，正好一同去收购站见分晓。不过，马长楼的身子骨虽然硬朗，毕竟年届花甲，空手走远路还能赶趟，推重车翻山越岭恐怕吃不消。为爹解开难题的还是马玉锁，他愿意归到爹的名下，作为小车队的一员推烤烟进城。马玉锁和他嬷嬷是马家铺所剩无几的单干户，合作社的烤烟与他没有关联，但马玉锁说他正要进县城，算是顺路，可以与马长楼倒换着推车。不过，他声明只推到县城烤烟收购站，就和大家分手。他另有要事得做。

初次以指挥者兼车夫身份进城的爹爽快地应允了栗蓬儿跟车进城的请求，甚至允许二青也跟着。天还没亮透，雪花开始飘落，娘建议推迟一天卖烟。爹踌躇满志，不把坏天气放在眼里，对娘说，这点雪有什么要紧，下大了也没什么要紧，还有栗蓬儿帮我，你把干粮塞进我车里就是。

爹打头儿，后面依次是马天茂、马玉锁和马玉德，都推动了谷草帘子苫盖严密的烤烟车。每辆小车都是重重加载的，车队如缓缓移动的几座小山丘，与马长楼、栗蓬儿和二青从老桑树下依次走出，沿桑树溪崖岸下的小路走上公路。汽车轮、大车轮、小车轮、木轮、胶轮的碾压和马骡驴蹄的践踏，把白雪变成了黑色泥泞，在车夫们重重的脚下发出沉闷的响声。

栗蓬儿和二青跑到车队前面，恨不得一步跨到县城。二青最是心急。它不断地跑前跑后催促人们快走。栗蓬儿也很心急，他从未去过县城，犸虎岭是他抵达的南面最远边界。对他来说，县城既遥远又神秘。他的伙伴里，只有狗欢子去过县城且去过多次，以至于那小子说起县城见闻，很有站在县城北关一览天下小的骄傲。每次回到村里，狗欢子的吹嘘总让栗蓬儿的心痒痒几天，去县城吃肉饼、看杂技，是栗蓬儿的热切梦想。今天能够成行，先得感谢马玉锁。

有个大马戏团新近进驻县城，在南关里支起天棚耍百艺。这个马戏团非同小可，声势大得不得了，技艺高得不得了，奇兽异禽多得不得了，马戏好看得不得了，都是苍蒲县从未有过的热闹。天棚下转圈儿摆放着大大的铁笼，关着老虎、狗熊、金钱豹，以及机灵到总使坏的猴子，此外，能与人对话的鹦鹉，粗过大腿、长过井绳的金花大蟒蛇……都让栗蓬儿神往并激动不已。还有狂奔的高头大马，有骗马、跳马、镫里藏身以及在飞奔的马上倒立或者跳左跳右的骑士，有能将拳头大小的铁球吞到肚子里再将它喷出三尺远的能人，有装束怪异的人张口吐气，灼人的火焰冲天而起，但最令人向往的，是个叫"空中飞人"的节目。

那是个打秋千的俏丽闺女，不断加力蹬踩秋千板，把自己荡向高空，直荡到天棚。在大家张大嘴巴仰望出神的当儿，她从秋千板上伸臂飞出，鸟儿一样飞向对面的高高铁架，递出的双手在千钧一发之际搭上迎接她的另一双手，须知那可是在七八丈高的空中，庄户人站到那么高，吓也要吓晕的。然而那个闺女轻巧地站起，大气不出，弯腰屈臂作礼，向看傻了的观众致谢。

跟腾云驾雾一样，跟仙女下凡一样！马玉锁感叹道，尽管他只是听人描述而并非亲眼所见。

这是连狗欢子都没见过的奇异场面，是栗蓬儿做梦也梦不到的迷人情景。无论马玉锁把这个消息透露给谁，谁都禁不住诱惑而心痒难耐，必欲去县城一饱眼福，如果失去了这次机会，简直是枉来人间走一遭。

马玉德就是这样上钩的。此时，他的小车正催促前面的马玉锁快走。这家伙早已急不可耐。

马家铺已经消失在雪幕后面，放低身子的推车人的脸被车上高高码起的烤烟垛挡住，爹喊一声，让大家脚下使劲。他们的两腿分开，双脚抓地，弓起腰，使尽力，车越来越沉，雪花越来越密了。

马家铺距县城三十多里路，并不算很远，但必须翻越犸虎岭，行人便觉得这条路走起来十分艰难。山岭那边的县城，在栗蓬儿的心里是风光无限的神秘森林，是变幻无穷的花花世界，是一座未知的因而魔力十足的迷宫，呼唤着他，招引着他，激动着他。栗蓬儿的两只光脚板快乐地踩踏着薄雪和黑泥，不时用脚趾夹起一块硬实的雪泥，抛向还在撒欢的二青，这个家伙就跑回来，假装生气，撕扯他的裤脚，然后扑到爹的车旁，跟着车走一段路以示忠诚。

寒风加雪花吹入敞开的衣襟，栗蓬儿觉得清凉畅快，飘飘欲飞。他大声唱起来：

三头黄牛呀一呀么一匹马，不由得我赶车的人儿笑呀么笑哈哈……

有人笑骂。爹说，栗蓬儿换一个。

栗蓬儿唱"千里马儿还嫌慢，平地上行走不住地加鞭。恨不能一天多赶两三站，到晚来宿了一夜凄凉店。"

这是那个盲艺人唱的一首开场曲子。在渔鼓的伴奏中，沙哑的嗓音唱出如此韵味悠长的曲调，让地屋子里的栗蓬儿再也难忘。前后脚的马长楼说，栗蓬儿你也不该唱这个曲子，这不是你唱的曲子，再换一个。

栗蓬儿翻转手，含住弯曲的右手小指，打了声响亮的嗯哨，把跑得没影儿的二青召唤回来。

小车队进入了犸虎岭。

犸虎岭山势嵯峨，沟壑纵横，道路从平直变得蜿蜒崎岖，上坡艰难，弯道又多，泥雪混杂，越来越难走。听得到大家吃力的呼哧喘息，小车胶轮粘带起泥水，逐渐堆积膨胀以致滞涩难行，走得越来越慢，马玉德说歇歇脚吧，爹就停下车，后面三辆小车也不动。马天茂提高嗓门说，这哪里是歇脚的地方？却也不得不放平小车，俯身到车下，用手撕扯车轮上和辐条间的泥巴，恨恨地甩向沟壑，随即揸刹着泥污沾满的双手跑到路边，借用山岩的边缘剐擦，又反复剐蹭手掌手背。马玉德、马玉锁和爹也都直起身子喘气。车队重新启动，栗蓬儿为爹拉车，偶尔回头，越来越繁密的雪花里，有白色热气从爹身上的雨衣——姐夫老苏的馈赠——与众人身披的蓑衣，以及从支起双耳的毡帽里腾腾升起。

山风呼啸，雪片乱飞。前面不远处是犸虎岭，一个标志性的险恶路段，右傍山崖，左临深沟，山路突然变窄。车辆骡马走到这里，同时面临双重考验——很陡的下坡路接一个急转弯——把持不稳的话，或连人带车加牲口直直冲撞山崖，或被生生甩出弯路。不止一次出现车马倾覆的事故，让赶车的、推车的如履薄冰。这天也是如此。二青突然愤怒狂吠，马家铺的四辆烟车在风雪中疾速冲向了落甲河上的木桥。

小车没有刹车装置，全凭推车人自己强力控制。爹此时显示出过人的车技，任凭下坡路很陡且转弯峻急，他让儿子紧跟在车旁，自己的车依然不紧不慢。后面的马天茂也是好手，帮着爹稳稳地压着车速，再后的马玉锁不落下风，殿后的马玉德凭借出众的膂力把住车辕，在维持重心的同时竭力平衡。马家铺人都把平生本事全数拿出，小车队平平安安走过木桥。

走过落甲河，就得再次爬高，很陡的上坡路让推车人不敢稍有松懈。马玉锁谢绝马长楼换把的建议，说他完全能推上高坡，但马天茂明显落伍，他的车与爹拉开距离而将后面的车挡在上坡路上，爹屡屡回头。

要坏，天茂的茶瘾上来了。马长楼对爹说。

马天茂嗜茶如命，一旦茶瘾袭来，他便抽筋断骨般乏力。马天茂自称以三天为承受无茶饮之极限，说自己一天不喝茶，萎靡无力，两天不喝茶，灵魂出窍，三天不喝茶，那就是一个死。要命的是，这位高人的茶瘾总是不定期发作，说来就来，全无规律可循。此时此刻，在最较劲的关口，突如其来的特异嗜好毫不费力地打蔫了他。

栗蓬儿，快去！去拉他的车。爹说。

栗蓬儿解下爹车前的绳子，迅速在马天茂的车头绾个结，绳子刚搭上肩，登时吃上劲。从绷直的绳子死死的沉重里，栗蓬儿觉出推车人脚力的疲软，不得不使出了全身气力。

马长楼掏出皮酒囊，仰头喝下一大口烧酒，说身上增添了力气，提出换马天茂。

到前昭下就有办法，先不用六叔你接手。马天茂说，栗蓬儿你再加把劲。

栗蓬儿把吃奶的劲头也拿了出来，赤脚蹬踏泥雪下的砂石，绳子勒得肩膀生痛，相助马天茂把小车拉上坡顶，拉过山岬，拉到距前昭下村最近的岔路口。马天茂把车停在路旁，喊一声，天启，你们稍等等我，慌不迭地奔向了村子。

哪敢撇下他！都知道前昭下村有马天茂的亲戚，他会在那里喝到救命的茶水，大家在越来越大的雪里等待，一边抱着肩，跺着脚，呵着手，抖掉头上身上的落雪。风雪路上出现的大车小车和担杖上，不时露出烟把子，马家铺人大都喊一声，哪个庄子的？站站脚，歇一歇吧。也都会回答，说是毕家湾的，或者大田各庄的，或者是更远的村庄的。都会回问，怎么站在雪里不走了？小车有毛病了不是？又说，你们马家铺的烟叶烤得好，准能卖个好价钱。一般都是马长楼得意作答，哪里哪里，你们也是一样的。路过的人就说，那我们先走一步，你们快点赶上来啊。骂着风，骂着雪，骂着路，消失在迷迷蒙蒙里。

半个时辰之后，满面红光的马天茂出现在风雪中。他精神抖擞地拱拱手表示歉意，推起车来健步如飞。

马天茂该死的茶瘾让小车队付出了代价，他们进城的时辰比计划的延后很多，导致被堵塞在距离收购站很远的一家酱油醋店面前。卖烤烟的人多如过江之鲫，大车载、小车装、担杖挑的烤烟从全县各乡各村向这里集中，像支流汇入主流，而主流河道不够宽广，通向收购站的街道水泄不通。

都很着急，也都无奈。一筹莫展的爹让大家啃干粮，垫补垫补饿慌了的肚子。

　　最着急的是栗蓬儿，他要马玉锁赶紧带他去南关里。马长楼很体恤栗蓬儿，自己痛快地接过马玉锁的车，让他尽快带栗蓬儿去快活逍遥。爹兑现诺言，放他俩离开。但马玉德说，他也要去看马戏，不管他的车有没有人推，非去不可，和马玉锁、栗蓬儿一起去。

　　马玉德一旦要横，谁都拗不过，马长楼的老辈身份对他全无影响，爹的劝阻更没一点效用。后来爹几乎是在恳求，说玉德你不能甩下手走开，不然，四辆车三个人，滞留在这密不透风的窄街上，岂不耽搁大事。马玉德说，让马天茂一个人推两辆车，谁叫他耽搁了那么长时间！要不，烤烟早已卖出而自己此刻正和马戏团的老虎狗熊在一起了。马天茂涨红脸要争辩什么，马玉锁解围说，算了，不找后账。帮人帮到底，送佛上西天，他放弃先去快活的打算，等把小车推到收购站卖掉烤烟再说。

　　兴头上的栗蓬儿被兜头泼下一瓢冷水，看看望不到头的卖烟队伍，看看阴沉沉的天，心里火烧火燎。要是挤到晚上才到收购站怎么办？马戏团的人和鸟兽不会因为太累而不出演吧？能开夜场不能？票可千万别卖光……种种不安的猜测都让他心里像长了乱草。爹请马长楼带他先去收购站看看行情。一老一少溜边儿钻空儿，终于到达水陆码头般的收购站大院。栗蓬儿看到像停泊在河湾里大船样的烤烟库房，看到烤烟被抬上磅秤又卸下，旁边有个身量瘦小却气势如虹的评级员，不断将手探入烤烟捆，抽出一把烟叶，正正反反、远远近近地看成色，之后凑近鼻子嗅，嗅整把的烤烟，又将一把烤烟从中掰开，嗅里面的味道，或者干脆用双手将烤烟叶捂住口鼻静静地吸，似乎成竹在胸，闭目思忖片刻，高声报"赤黄，一级"，或"金黄，六级"①。桌子后边端坐的戴眼镜老者赶紧提笔往账簿上写字。过完磅的烤烟抬入库房，卸空了货的大车在极其有限的空间里掉头，骡马猛然跃起，愤怒的嘶鸣惊得人们四处炸开。

　　栗蓬儿的焦虑有增无减，以至费了九牛二虎之力返回，马长楼跟爹述说什么卖烤烟的人太多、烟价被杀得太狠、评级员的心也太黑等等，他都心不

---

① 烤烟分级：当地的烤烟质量标准曾分为二十级制，为金黄一～九级，赤黄一～六级，青黄一～四级，外加一个金黄特级。后改为十六级制。各级名目大同小异。

在焉。他机械地跟着小车队在街巷里艰难移动。很久很久，进入烤烟收购站，众人抖擞起精神，宛如要送上试卷的考生，迎接苛刻老师的现场评分。唯有栗蓬儿，心思全在他尚不知其方位的南关里，只在马长楼与评级员理论的时候，栗蓬儿的注意力才回到磅秤和账簿，以及马家铺人为烤烟品级与评级员的争执。

马长楼将烟把子掰开来送到评级员脸前，说，你看看，都是取烟棵子的第三片叶子，要不就是第四片叶子，是顶尖的叶片。看这叶子，多宽，看这脉相，多细，看看这叶面叶背，可有一星斑点、一点残损？看看这颜色，明明是金黄特级嘛！你再闻闻，二级的烤烟能有这甜味？评级员则避开脸，以不容置疑的语气吩咐按二级入账。随即是马家铺人的求情，评级员身体退让着的坚持，等待得失去耐性的卖烟人拥了上来……

直到烤烟卖出，马家铺人在简陋的大车店住下，马长楼的愤懑仍未平息。他固执地认为，马家铺的烟叶成色当属优等，理应为金黄特级，评个金黄一级也算公道，自己可以勉强接受，给了二级，简直是对他的羞辱。

那个评级员打门缝里看人，把我看扁了，我可不是没见过大世面的。马长楼说，他这样不知好歹的小人，我见得多了，不就是仗着坐的那个位子么，就敢胡乱给我定级。他懂什么？四车烤烟呢，叫他一张臭嘴生生给糟践了！

爹初出茅庐，就近乎圆满地完成了合作社的重重托付，四车烤烟被评定为"金黄二级"，自己很满意。爹逛过了沈阳城，心思更加灵活，颇有初掌权柄者的大度。他一再劝慰并夸赞马长楼说，在桥头镇，甚至在全苍蒲，烤烟这行里提起六叔的大名，谁敢不宾服？定金黄特级也不为过。不过，人家给几级，就是几级好了，咱们庄户人争不过掌秤砣的人。天知道为什么，今年的烤烟好像都卖得迟，全挤在这几天了。这么多庄子的烟，咱马家铺的拔了头份，六叔你开心点儿，我请你吃好酒。消消气，六叔。

爹让大家把干粮收起来，他要代合作社做东，隆重请大家吃顿酒饭。他吩咐店家赶紧弄几样好菜，并专为马长楼点了一瓶陈年花雕，说能养胃，温到酒热，让马玉德陪他喝个痛快。爹还显示出小头领应有的慷慨，说大家卖烟辛苦，过会儿就要黑天，晚上去县剧院看京戏，也由社里做东，这个主，他做定了；又说他对马戏杂耍也是极有兴趣的，只是鱼与熊掌不可兼得，只好忍痛舍弃。爹希望大家都去剧院一饱耳福。栗蓬儿对京戏毫无兴趣，急不可耐地拉马玉锁走。他的心早已飞向了马戏团。爹建议马玉德留下。马玉德不喝花雕，灌了很多烧酒，满嘴喷着酒气说，京戏？我不听，我才不去受那份罪。

三

快去南关里，快去马戏团！

一路问询，一路碰撞，一路周折，脚下是年久湿滑的石板路，两侧是鳞次栉比的门店，他们几乎是跑，他们恨不能飞，身边闪过火花四溅的铁匠铺、斧锛起落的木匠铺、叫卖声很响的瓷器店，还有风箱铺、柳器店、生药店、粟米店、烟酒铺、书店、裱糊局、毛笔铺、油坊、粉坊、绸布店、染坊、估衣铺、裁缝铺、仁义当、首饰楼、鞋帽店、剃头铺、劁猪店……

天色已晚，都巴不得一步到位。晌午满街筒子摩肩接踵的人群消失了，像凶猛的水流流失在无数的缝隙里。奔跑着的庄户人没有察觉到这个变化，马戏团吸引了他们全部的心思。

南关里到了，暮色中，他们看到了一座黄绿色穹庐——马戏团的表演棚场。

两幅广告画先撩拨和激动了他们的心：布制画幅巨大，分别遮满了棚场前相对的两面山墙。一边画有难得一见的珍禽异兽，个个鲜活生猛呼之欲出；对面山墙上是一幅巨大的闺女像，大大的眼睛从蓝天白云里看过来。闺女十几岁的样子，团团脸，白白净净，灿烂地笑着，大眼睛弯弯的，睫毛长长而闪闪欲动。最让栗蓬儿吃惊的是，自己的眼睛一旦与这个闺女的眼睛相遇，就再也无法逃开。无论走近走远，或者向左向右，那双干净清爽的眸子始终凝视着他，一眨不眨，寸步不离，如同裹住他，罩住他，把他淹没在那两汪秋水里。

栗蓬儿走到高大的穹庐帐幕前，发现自己还在那个闺女的大眼睛里，跳不出，逃不脱，走不掉。他频频回头，每次回头都会受到那双眼睛的热烈凝视。

昏头昏脑的栗蓬儿被马玉锁叫醒。

奇怪，不对！马玉锁说，怎么这么冷清，不像大马戏团！

一切都显得异乎寻常，一切都让人生疑。帐篷的门里门外萧条寂静得可怕，没人进入，也没人出来，写有"售票口"字样的窗口紧闭，听不到锣鼓笙箫，没有马匹嘶鸣，十分怪异。棚场远处，有三两个人凑在一起低声说着什么。从帐篷空隙看进去，里面是空空荡荡的表演场地。一竿挺立，缆索斜拉，周边有木头长凳圈圈罗列。木凳前有很多蒙着苫布的铁笼子，里头似乎有动静，想来是关豺狼虎豹的。布帘门旁竖立着一块木头招牌，上面写有马戏团的演出节目，"空中飞人"四个字用红笔特别标示，显然是重头戏。

他们沿着环形木栅栏转圈走，走过大半，蓦然看见里面有几个穿红袄绿裤的女人相拥而泣。马玉锁们惊讶地站住了，不知发生了什么。稀疏的雪花飘下，穹庐尖顶的黑色铁戟刺向迅速暗下来的天空。

远处有个小贩，走近来兜售拨浪鼓。

马玉锁问，我们是来看马戏的，怎么连卖票的都找不见？

别找了，马戏团停演了。小贩说。

不演了？三个人顿时愣住。

小贩问，你们打哪里来？

马家铺。马玉锁说。

回你们马家铺吧，小贩说，马戏团收摊子了。

不是演得好好的么，怎么就关门了？马玉锁说。

死人了！刚摔死的，没几个时辰。小贩说。

马家铺人大吃一惊。

死的正是"飞人"，荡秋千的闺女。

那个身轻如燕、笑靥如花的闺女，每天出演好几场，场场都展臂飞翔。飞了那么多次，次次平安落地，天知道为什么今天午场发生了意外。小贩说，闺女荡啊荡啊，秋千越荡越高，她的脚几乎够着天棚，看客们仰得脖子酸。眼花缭乱之际，再次荡到妙处的闺女从秋千上顺势飘起，伸直双臂向前飞去，伸出的两只手就要搭上接应的手了，却仅仅搭到指尖，千钧一发，惨剧瞬间发生。

"飞人"闺女掉到平坦而硬实的黄土地上，砰一声，似乎弹起，再次落地，七窍流血，当时就没了声息。

能挣钱养活一大家子人，真是个好闺女。小贩说，惋惜之极。

如同掉进了冰窟，栗蓬儿的血液瞬间凝固了。他无法想象，在蓝天白云里飞来飞去的好看闺女，怎么会没有了。这究竟是怎么回事？完全懵了的栗蓬儿，频频看那个白净的团团脸，那双有长长睫毛的大眼睛，飞向天国的闺女，眼睛里的笑依然勾魂摄魄。

四

爹年少时没少进县城看戏，堪称曾经沧海，一直对县剧团的京戏戏目和角色十分怀念，后来又看过沈阳京剧院的演出，他对京戏有苛刻的评判和精到的见解。

爹毫不吝啬对县剧团的赞美之辞，最倾心剧团里的须生贾洪魁，他说贾洪魁的拿手好戏"野猪林"名震天下。即使进过沈阳大戏院那么大的场子，看过那么多的名角，爹依旧骄傲地认为，贾洪魁唱念做打的功夫并不在那些名角之下，或者还在他们之上。

在爹看戏成瘾的年月，苍蒲县剧团贾老板的戏一票难求。明天晚场的门报挂出来，顷刻之间，买票的人就会蜂拥而至，排出半里路的长队。拿板凳的，背铺盖的，弟兄姊妹或全家轮班排队的，都是为买到戏票，一睹贾老板的风采。

爹说，多年以前，他有幸领略过贾老板老生唱腔的精妙绝伦。爹记得十分清楚，那天秋分，是剧团春夏以来的第一场戏，演的就是"野猪林"，坐几百人的戏院，愣是挤入上千戏迷，每条板凳上都坐满了人。凡是可以站脚的空隙，都插紧了人腿，肩挨肩，腿靠腿，密不透风。虽然论阳历已经进了九月下旬，戏院里还是闷热无比，戏迷们汗流浃背，所有的蒲扇、折扇和团扇以及手绢一齐摇搧，戏院里似乎多出一倍的脑袋和半倍的手臂，愈发拥挤和躁动不安。整个戏院在汗臭里晃动不已。

贾老板饰的是林冲。起解途中，林冲一身罪衣罪服，披头散发，神色却不很凄惨，多了迷茫沉郁，俊朗的扮相更显清雅和悲凉。亮相过后，贾老板叫板，琴师的过门拉过，"林冲"开口了，唱的是那段有名的反二黄散板：

　　大雪飘，扑人面，朔风阵阵透骨寒。

　　霎时，一股强烈的寒意猛烈来袭，登时弥漫了大戏院的角角落落。宛若置身于寒冬腊月，有刺骨的寒风呼啸着在大戏院里肆虐横行，满场戏迷的身上登时爆起鸡皮疙瘩，所有的扇子都静止不摇，所有的嘴巴都大大张开，有人冷得浑身打战。

　　那叫一个冷，那叫一个棒，爹说，那叫一个彩！

　　今晚，咱们都去，都去听县剧团的戏。大车店里，爹说。

　　栗蓬儿不想去。他懒懒地躺在大车店的火炕通铺上，污脏不堪的铺盖发出多种重浊气味，他睁眼闭眼，都被那双凝视的眼睛围困得风雨不透。

　　摸摸儿子的额头，爹放下心来说，没病，栗蓬儿你也去吧，都去看戏。要不然，把你一个人扔在店里，我一心二用，戏再好，也是看不好的。

　　但剧院让大家很失望，门报上赫然写着"野猪林"，主角却并不姓贾，而是爹从未听说过的无名之辈。

　　看不到名角贾洪魁的演出，爹颇有顿失偶像的落寞，也有对不住乡亲的歉疚。好在爹并非死守一棵树的人，久矣乎未曾享受美妙京戏的他，听到锣鼓过门和急急风的胡琴，抢先钻入戏院的门，并招呼乡亲们快些追随。座位是向前一排低过一排的长凳，已经在后排落座的马家铺人见前头空了些座位，便在爹的小声引领下，不顾旁边戏迷们的抗议，踩着木质阶梯不断下行前移，最终蹭到中部，心满意足地坐下。在这里看戏，耳目要清楚得多。戏台边侧的两盏汽灯一亮一暗，不时有人蹬着木梯向灯里打气。整座戏院乱哄哄的，台上的唱念做打倒是一丝不苟。爹以他丰富的京戏知识，一再提醒大家，什么时候喝彩，哪个戏段最精彩，需要支起耳朵静静欣赏。

　　栗蓬儿死活提不起精神。风里雪里奔波一天，折腾得他疲乏不堪，而给予他重重打击的，是马戏团的惨烈变故。坐在高高的长凳上，脚够不到地，疲惫之极的栗蓬儿不得不倚靠在爹身上。他四肢绵软，头沉重如山，困倦以不可抗拒的力量把他压入深不见底的黑色水潭。戏台上的声音变得模模糊糊、朦朦胧胧、混混沌沌。

　　栗蓬儿大梦沉沉。

这次进城留给栗蓬儿的记忆是莫名其妙的惆怅和郁闷。他从未经历类似心情，快快不乐，笨头笨脑，做事丢三落四，回答课堂提问，被韩先生批评为"东沟里一犁西沟里一耙"，全不在题上。只要心头闪过那个从高空疾速坠地的空中飞人，那个笑靥如花的团团脸，那双睫毛长长、眼波如秋水般荡漾的明亮眸子，他的心就会猛地一沉，心里阴暗半天。他不喜欢这些糟糕情绪，想尽快忘掉恼人的记忆。

鼓励栗蓬儿尽早快乐起来的是二青。二青看出老友的闷闷不乐，便做出各种怪异行为逗弄他，比如站立跳高、就地打滚儿、刨蹭并弄乱柴火垛——这是严重的错误，它平时可不是这样的——然后跑到栗蓬儿身边，赖赖唧唧地蹭栗蓬儿的腿。这是二青与老友的默契，即需要栗蓬儿为它捉秕虱①了。

即使没有二青如此体贴，栗蓬儿的心情也会好起来。不用多久，所有的失望、沮丧和郁闷都将从他心里消失净尽，青天白日会重新照临。

但栗蓬儿更加喜爱二青，全家人也更加喜爱它。不独因为它有情有义，它还有更出色的表现。看戏的次日清晨，爹带领小车队急匆匆班师，走出大车店不远，发现自己的雨衣丢在不知何处，同时不见了的是二青。栗蓬儿跑回去，赫然看见二青正试图从五六条狗的疯狂围攻中冲出。它嘴里叼着的，正是那件深绿色雨衣。

---

① 秕虱：狗身上的寄生虫。

第七章

一

春节快到了，碾米磨面，量体裁衣，全家人都忙乱起来。最忙的是玉楸，在反复掂量过自己的课业成绩以后，他有些不好意思地宣布，明年考中学，自己提高了目标，可能要报考县一中。为了锦绣前程，玉楸背水一战，把发悬梁锥刺股的劲头都拿了出来。看书看到深夜，两眼熬得通红，鼻孔和鼻翼被油灯的烟熏得黢黑。鸡叫头遍，他就诈尸似地跳起来，以最麻利的方式穿好衣裳，到天井里下苦功：转圈儿踱步，背手拿书，仰头向天，口中念念有词，说是在背诵功课，娘为此很是欣慰。

娘不识字，看不懂书，但肚子里有很多道理，经常拿出来教训儿女。过年是大事，一应物品得抓紧备办，旱磨水磨隆隆转着，细罗粗罗嗒嗒响着，簸箕颠着摇着，偶尔得了空闲，娘拍干净衣襟，然后双手拍拍，像拍掉一年的忧愁，感叹说："难过的日子好过的年哪"。

在家里，娘的这句话有三解。栗蓬儿的理解是，平日里很少吃到肉，饭也单调，有时候还吃不饱，日子很"难过"；过年能吃到饺子吃到肉，就叫"好过"。

爹说，穷年累月，不是耧地就是锄草，抢完一麦就忙三秋，干活儿、干活儿、干活儿，没完没了地干活儿，日子过得枯燥乏味，漫长难挨，所以是"难过"；春节是一年里最喜庆的日子，什么活儿都可以撂下，只管撒欢儿快活，从腊月三十到正月十五，要说也有半个多月，却是过得飞快，一眨眼就过没了，因此叫"好过"，简直太好过了，好过得留不住。爹的愿望，是年最好不那么好过，最好过得慢一点，他的生活理想，是日子停留在"年"这段美好时光里。

娘说，无论穷富，再怎么闹腾，年，也就那么十天半个月，放几挂响鞭就过去了，好过得很。可一年三百六十天，得一天一天地过，总不能跳着过，从正月十五跳到腊月三十，掐掉中间的日月，让下个年接这个年吧。筹划全家人的吃穿，是多么艰难的事。爹是一家之主，全家的靠山，干一天的活儿，总得吃顿饱饭；玉楸和栗蓬儿两个无底洞般的肚子何时才能填得满；六月还小，打年幼起就挑食，瘦得像棵绿豆芽儿，不给她吃点细粮，还让不让她长身体？精打细算，家里的存粮顶多支撑到明年麦收，并不宽裕。让娘为难的还有，乡里乡亲帮工起盖马长楼的新屋，虽说自愿出力，无须付工钱，不也欠下他们很深的情分？眼下已经完工，顶不济，一顿好酒席是必须请大家吃的。再有，玉楸已立下雄心壮志，凭他那股勤苦劲儿，考上中学应当有把握，说不定真能考上县一中。到那时，他可是全家学问最多的人，不得为他做一身新衣服，难道让他穿着破衣烂衫进城上中学？那让她做娘的脸面往哪儿放？扯一身洋布衣裳和一双新鞋的布料，又得多少钱！为这些事，娘的心里多么犯愁。

愁归愁，说归说，娘已经有了年节的美食计划。娘说，虽然手头紧巴，她也能让全家过个好年：焖煮大肉绿豆粉皮，黄焖羊肉，葱爆牛肉，烧几条青色大鲤鱼，年夜饭的丰盛是不消说的；包足大肉白菜馅饺子及鸡蛋、豆腐、韭菜三馅合一的素饺子，供全家初一敞开吃；初二，娘要由爹伴同，带六月回娘家看望她的双亲，初四返回。她不在的两天，留守家里的儿子每天晌午饭可以吃饺子——饺子排满在几个传盘^①上，冻在磨房里，哥俩自己煮。晚饭吃白面饽饽。初五是"五马日"，再吃顿饺子，另一顿饭荤素全备；初七是"人晴日"，按老例，做小豆腐^②，配些肉菜吃饽饽；正月十五，煮黑芝麻馅的元宵，管饱；而从初六到正月十四，她摊足了棒槌面煎饼，一日两餐，都有好汤水，煎饼管够；出了元宵，按说年已经过完，但正月二十五打囤，也当年来过，做几个好菜，全家吃顿小米干饭，算是为打春开个好头。

相比吃喝，爹更期盼的是要闹。爹对快乐的期待有足够的理由——新屋落成，青砖粉墙，窗纸透亮，极是亮眼。定好正月初六动火烘炕，一俟炕面和炕墼干透，马长楼就可回自己崭新的家安居；乡亲们的柴火损失已经用犸

---

① 传盘：一种食盘，用高粱莛上下两层交错排列，以麻线串钉而成，多呈六角形，边沿用三根高粱莛品字形组成矮挡。最适于盛饺子。
② 小豆腐：用鲜豆浆加碎菜叶子（春天以小蓟—俗称姜姜毛—为最佳）熬煮而成，为当地一种食物。其形态与味道与真正的豆腐相去甚远。

虎岭里的木柴全数补偿，自己胸襟干净；今年年景不赖，粮米分得够数，让人很是安心；入冬以来下了几场大雪，昭示丰年有望，未来的日子更有盼头。年节不乐，更待何时？他去撺掇村长马天禧，甚至自己鼓足勇气到马子孝那里游说，竭力建议从前昭下村请一台京戏，为年节的喜庆锦上添花，遭到后者的严厉拒绝，据说还受到了老人的训斥，说爹自小性子浮躁，不用心侍弄庄稼，本就说不过去，现在已是做了姥爷的人，怎么还跟没长脑子似的。栗蓬儿闯的大祸刚刚消停，就想请戏班子，简直烧包得没了日升月落。京戏再好听、再好看，终归是下九流的行当。爹成天迷恋那些蟒靠皮黄，偏离了正路，哪里还有庄户人的模样云云。爹非常郁闷，腊月二十三送灶王爷上天后，神情委顿了下来。

不过，一般而论，除了京腔京韵记得牢靠，爹的记性是很差的，尤其记不住那些不开心的事，再烦闷不已，用不了多长时间，就会忘到脑后。虽然娘用"记吃不记打"论断爹过于刻薄，但爹的自我排遣功能之强，在马家铺无人能及，他很快忘记了被奚落和被训斥的不快。后来他从马天佑那里听说，桥头镇请好了前昭下村的戏班子，戏台已经搭了起来，从初三唱到初六，天天有戏场，马家铺离桥头镇不过六里路，按爹的说法，抬抬腿，就到了。桥头镇请的戏，就跟马家铺请的差不多。爹转瞬间精神焕发，忙得脚不点地，和娘一起，带着儿女赶大集、扯洋布、割鲜肉、买活鱼、购鞭炮、选年画、磨米面、发豆芽、冻豆腐、挂灯笼、贴门钱儿，还与马天茂、马玉锁他们装扮旱船，修理高跷，调试琴箫和锣鼓，把有破绽的彩衣求娘缝补完好。

腊月二十六后响，谁家的孩子急不可耐地点燃了小鞭儿，噼里啪啦响过，爹就提早进入亢奋状态，高度快乐的结果是连饭也吃不下，成天和他的一帮老少伙计准备响器之类，家里人很难见到他。

二

腊月二十七夜里，又下雪了，有一个人悄悄秘秘地进入了马家铺。

人是从犸虎岭那边走来的，脚步很轻，没有影子，他自己就像影子。影子飘飘忽忽，在纷纷扬扬的大雪里，从覆盖着厚雪的公路上走来。他从老桑树下走过，轻轻咳嗽了两声，之后再也没有声息。影子飘进碾盘街，从石牌坊下悄然拐弯，没入了红漆大门。

狗欢子家的大门开阖无声。

一个不祥的消息，幽灵般传遍了全村。

马长桥被"下放"回了马家铺，同时还有另外的说法：马长桥被"发送"回来了。

这个消息具有爆炸性，是因为马长桥绝非等闲人物，而回归的方式更非同寻常。在马家铺人纯朴而直接的理解里，下放，是公家人被贬为庄户人——不管暂时还是永远——的专有说法，本义就不吉祥。下放马长桥，意味着他遭到公家弃用或惩罚，败落了下来。下而放之，就是往下走，跟马长亭用担杖上的铁钩钩住水筲提梁，下放到井筒子里相仿佛。没有谁听说过，从村到乡或到县上谋差事是"下"什么，那叫高升。所谓人往高处走，水往低处流，马长桥此时跟水相似，而且必定不是干净的水，否则断断不会"下"来。至于"发送"一词，在马家铺人的词语系统中，大致等同于"发配"或"流放"，甚至"送终"，这并非庄户人用语的毒辣，实在是马长桥此时的真实风光。

马长桥是多么体面的人物，何曾像个孤魂野鬼，半夜三更，悄无声息地潜入村子？他是县一中的校长，还在县里兼着名头很响亮的什么官儿。当然这都不算什么，马长桥自傲于这方土地的，一是学问大，写过几本书，数点历代得失，指划世道人心，鞭辟入里，且文采斐然，省内省外颇有名声。二是他有一手悬腕正楷大颜体字，端正刚劲，遐迩闻名。他的大字挂在县长的家里，被像财神牌位一样供奉。听说青州府也有人来向他求字，而他傲气得很，未必肯给人家写。每年春节，马家铺家家户户大门上贴的，大都是马长桥写的精气饱满的对子。马长桥以教学为最大乐趣，视教职神圣得不得了，长住学校，不常回村，一年之中，只有寒暑二假，他才回到马家铺过些天，吸引他回村的主要是独孙狗欢子。狗欢子和他娘与马长桥老两口一起过日子，得到了马长桥的最大疼爱，有时马长桥会求进城的乡亲，带狗欢子到县一中住个一天半天。但真正解渴的是假期，他能够长时间与孙子朝夕相处。

马长桥回村度长假，会享受衣锦还乡的荣耀。马家铺人对有学问的人是很敬仰的，县一中校长学问大、辈分高，就获得双份的尊敬。

他清晨从学校起身，赶得紧的话，晌午可以回到马家铺。无论冬夏，只要马长桥出现在必经的老桑树那里，他与乡里乡亲的寒暄就不绝于耳，一直延续到走过牌坊，进入自家大门。

"四叔回来了"，或者"四爷爷回来了"，或者"四老爷爷回来了"，当然，也有"老四回来了"的招呼，这是五冬六夏从不忘拾粪搂草的马长驿，从南原满载而归，背上俨然一座草山。每当这个时候，马长桥总要慢走几步，等他的叔伯五弟跟上来。

家里还好吧？马长桥问，一边接过马长驿的草箥子。他穿蓝布制服，上衣兜里别着两支黑钢笔，提着黑色皮包，此刻多出一柄草箥子，磕磕绊绊的，就扛上肩。

麦子扬完场，分下来了，都吃新麦馍馍。马长驿说，他的两腿分得很开，脚步很沉。

马长桥默默地陪兄弟走，直到接受另一位乡亲的问候。

头年小暑过后，栗蓬儿在那棵据说已有五百多岁，斜刺里长向天空的巨大桑树上偷桑葚吃，瞥见马长桥走下公路，拐上回村的小道。栗蓬儿知道马长桥厌恶偷鸡摸狗的行为，不想招惹这位方正刻板的长辈，就悄悄地伏在繁茂的枝叶间。手握熟透了的紫黑色桑葚，大气不出，盼马长桥快快走过。

阳光强烈。栗蓬儿居高临下，刺眼的逆光里，马长桥银白色头发下的国字脸看不清，看得真切的是那副玻璃眼镜。

　　　南屏山借东风如同戏耍，

　　收孟获我也曾七纵七拿。

有人唱京戏。栗蓬儿四处望望，没有别的人，只有马长桥慢慢走来。

侧耳倾听，果真是马长桥在唱。他本来走路就不快，此时走得更慢，迈着四方步，微微晃动变得粗短了的身子，以配合西皮原板的节奏。

　　　适才间斩秦郎多多劳驾，

　　山顶上把老夫活活笑煞。

这真是天大的奇事，从来没有人听见过马长桥唱京戏，马长桥从来不唱京戏，不但与京戏无缘，他与音律从无沾染，连时令小调也没有哼过。马长桥也烦恶喜好音律的庄户人，好热闹的爹从来不入他的法眼；马玉锁是他五服之内的侄孙，因了对小曲的喜好，不止一次领受过他的训斥。

但栗蓬儿真真切切地听到了这位不苟言笑的四爷爷，唱着京戏，摇摇摆摆地走着，类似于醉酒，抑或走场，左摇右晃地走入老桑树下的荫凉地。透过纷繁的枝叶，栗蓬儿看到马长桥的根根银发颤颤地摇，那是他唱到得意处了。

就是这位名重四方的马长桥仲达先生，神不知鬼不觉地回到了老家。第二天，腊月二十八，他的七八个学生，肩扛背负，跟着推小车的校工，将马校长在县一中的所有物品——简单的铺盖，成堆的图书，成捆的字画，好几套笔墨砚台，一盆兰花，一个肚皮滚圆的玻璃鱼缸，还有一把金丝楠木太师椅——在村民的众目睽睽下，全部搬回马家铺。以校为家的马长桥被彻底赶出县一中，"下放"或者"发送"回了老家。

马家铺人很快捕捉到马长桥的罪名，这是异常新鲜、闻所未闻的刑名，爹娘没有听说过，连识途老马马子孝也是头一回听说——"右派"。

"右派"？什么是"右派"？

就是头上有反骨的家伙，有人说，马长桥的脑后就长有反骨，跟三国时诸葛孔明帐下那个貌似忠勇却最终反水被杀掉的魏延魏文长差不多。本来，抢种麦地瓜的时候，马长桥的反相已露，到处胡说八道，惹起大官震怒，已经被定准罪名，就是开除公职遣送回村，不知为什么拖到年底才发送回来。也有人说，这已经算是宽大马长桥了。以他的放言无忌及不知进退，本来够得上下大狱，说不定杀头都是可以的。爹推崇备至、念念不忘的县剧团贾洪魁贾老板，与马长桥同一个罪名，就是被五花大绑之后消失无声的。马长桥得以从轻发落，是因为他的儿子即狗欢子的爹马天谋从朝鲜打了胜仗换防回国，在一个叫安东①的地方当营长。看在儿子的情面上，才宽大处理，发送马长桥回村。不过，也有人说的与此不尽相同。他们说，马长桥的放肆，不单单是仗着自己的学问大，也是仗着儿子当官。官之父母，也就跟官差不多，

---

① 安东：今丹东。

说话就硬气，就无所顾忌直言犯上，这才导致他的背运。学问大怎么了？学问大更容易犯上作乱；儿子当官儿怎么了？国法如炉，谁逃得过？犯了法，照样拿下。

四叔可惜了。爹说，极是惋惜马长桥的才学。

马长桥出生于正南正北的人家①。他爹马子卿，字宾如，是马家铺最后一个考取功名的人。经县试、府试和省学政院试，宾如先生为成绩一等第一名，中了廪生，虽然没有进入官宦的行列，却有官宦的远大前程。他按例在青州府免费吃了一年的口粮，不知何故，忽然萌生退意，断了乡试及仕途的念想，将廪生的身份卖给某个渴望高升的大家子弟，自己返回故里，倚仗万贯家私，又不知借哪位大员的力量，办起了全县第一所中学即后来的县一中，以及马家铺小学。他兼任两所学校的校董，并不常去县城，平时总在村里，以晴耕雨读为乐。

马子卿治家极俭，教子极严，有件小事至今被马家铺人津津乐道。

每旬一次，他家的饭桌上会出现好吃的咸鸭蛋，那是家养的鸭子下的蛋，他用独门技法腌制的，据说醇香无比。一刀剖开，每人半个分吃完毕，必须将蛋壳舔干净，不许遗留一星半点蛋白或蛋黄，连咸味也要吸食净尽的。

这也是盐，糟蹋不得。马子卿说。

少年马长桥很得马子卿的怜爱，也许是倚仗这恩宠，也许是太馋所致，某次午饭赶上分吃咸鸭蛋，马长桥很快吃光了自己的半个，没有按老例舔舐蛋壳，眼睛四处打量，看谁吃得慢，他要抽冷子打劫。他没有看到慈父的目光一直在向他示意，并引导他向抛掷一边的空蛋壳看。欲令智昏，马长桥趁某位将咸鸭蛋留在最后吃，以便将美好的味觉留存得长久一些的兄弟或姐妹不留心，迅速而敏捷地将人家的半个鸭蛋抄到手里。

啪！马子卿将筷子重重拍到饭桌上，有人吓哭了，但一贯顺从的马长桥不知抽了哪根筋，也许是因为恼羞成怒，公然置他爹的暴怒于不顾，自顾自地去剜鸭蛋黄，于是他的碗筷被立刻夺走。马子卿宣布，他现在必须离开，并且当天休想再接近饭桌。

---

① 正南正北的人家：当地人对正派、正统人家的称谓。

谁也没有想到的是，马长桥拒不执行父命，依然赖在饭桌旁边，尽管他面前的桌上已经空空如也。他似乎要以桀骜不驯的反抗表明，这个吃饭的位置是属于他的，他要维护一餐一饭的天赋权利，不可剥夺。等待抗命不遵之少年马长桥的，是接踵而来的严厉处罚。他挨了响亮的耳光，继而被提着耳朵，从堂屋拉到天井。马子卿家的天井里种有一架紫藤、几丛竹子和几棵枣树。盛怒中的马子卿将儿子扯到一棵年轻的枣树下。

马子卿气昏了头，完全忘记了"饮食不责"①的古训，一再出狠手之后，在惊愕不已的全家人面前，宣布爱子犯下三桩大罪，一是违反家规浪费资财，二是觊觎旁人的宝物以致窃夺，三是不遵父命，忤逆不孝。有此三大罪，罚站两个时辰。晚饭之前，若不洗心革面，彻底反省，还有更严厉的责罚等着他。

马长桥如同出操那样笔直站立。时间一点点消逝，枣树不高，细碎的影子悄悄飘移，将马长桥遗弃在阳光下。六月的日头是熊熊燃烧的大火炉，马长桥像被烈焰烧灼，顷刻间汗出如注，旋即被晒干。弟兄姊妹相继来劝，来哄，要他赶紧向父亲认错，最好跪下祈求宽恕。即使暂时不愿低头，那么，挪一挪脚，闪一闪身，躲开阳光的烤炙，站到荫凉地里也好。直愣愣站在太阳地里算什么？这么站下去，把自己当木桩了不是？就算真是根木桩，怕也会晒得冒烟的。但马长桥纹丝不动，甚至闭紧嘴巴，拒绝喝他娘端来的凉水，惹得他娘泪水涟涟，使劲拉他说，你爹罚你的站，不是要把你晒成鱼干儿。没见你这么死心眼儿的！

还没站到时辰。

马长桥说，甩开他娘的手，身体岿然不动，直到发痧倒地。马子卿见多识广，亲自上手，吆喝众人将儿子抬到通风透亮的门洞里，又是扇凉风，又是灌清水，又是掐人中，马长桥从奈何桥上悠悠还魂。

但他的麻烦并未根除。

马长桥遭到了一种毛毛虫的无情暗算。这种体态娇小的碧绿色毛毛虫俗名"八角毛"，钝头钝脑，却机灵得很，最爱吃枣树叶，对人根本没兴趣，但假如遭逢危险，它们也会使出杀手锏。八角毛的背部长满极细的绒毛，每

① 饮食不责：系古训"七不责"之一，意为吃饭时不责罚儿女，以免对他们的脾胃造成伤害。

根都能成为微型矛枪，而且是毒性十足的矛枪，对人的皮肤具有相当厉害的杀伤力。那天马长桥在枣树下顽固屹立且不挪分寸，严重触犯了八角毛的尊严，它们便从枝叶间坠下，秘密潜入了来犯者的领口。无法想象八角毛将绒毛扎入胸背部位的皮肤毛孔时，马长桥怎么能够屹立不动，他半身怪异难看的皮肤惊得家人目瞪口呆。

马长桥的脖颈以下，腰带以上，柔嫩的身体上遍布肿包，个个鸭蛋黄大小，鲜艳粉红，毛孔扩充得空前粗大。家人在痛苦不堪的马长桥面前束手无策。毕竟是廪生，马子卿不慌不忙，吩咐人拿来油瓶，他口含洋油，像喷壶浇花，急速地喷遍儿子裸露而肿胀的身体，像往土墙上抹泥那样，打着旋儿又划着弧地抹了一遍，颇像鬼画符。

马长桥的身体后来恢复如初。

娘十分佩服马子卿的博学和教育儿女的严厉果决，可惜生不逢时，娘嫁来马家铺的时候，宾如先生已经驾鹤西去，无由亲炙，只留下一些让她神往不已的传说。娘也佩服马子卿的远见卓识。马长桥发蒙的年月，科举恰遭废弃，读书人一时六神无主，惶惶然如丧家之犬，凄凄然似断线之筝，不知道做什么，不知道怎么做，更不知道飘向何方，别家的读书郎也许就此放弃诗书而改走经时济世的实用之路，或干脆死了仕进之心弃学务农，马子卿督导儿子读书的严苛却不稍减，尽管后者的小小叛逆让他着实愤怒了一阵子。后来马长桥走京上府，再后来漂洋过海，学一门精一门，诗书满腹，笔走龙蛇，会念好几国洋文，名气大得很，全凭着那股执拗的劲力。换个别人，天分稍差些，再或心窍开得太多，声色犬马都能把他拉到邪路上去，哪怕略微松一口气，可能一步跟不上、步步跟不上，那就落了下风了。

和他爹一样，成名后的马长桥热心教育，修桥铺路，倡导卫生，赈济灾民，大颜体字享誉四方，县一中的发端、发展及父子两任校长的传奇也让马家铺的身份和名声大涨。

有一个极端的例子，最能说明马家铺是被马长桥父子的巨大名声托举到怎样的高度的。这件事出自爱读书的马天佑之口。

马天佑说，有一年打春，他去县城买回一只母山羊，是他很长时间以来想买的，心里快活，走进犸虎岭的时候，天色近午，他拐入一条岔路，到前昭下村串亲戚兼蹭饭。马天佑把山羊拴在村头的小栗树上，想起羊也正饿，就近扯了几把嫩草给羊放下，放心地进了村。

那是他的远房亲戚，很长时间没有来往。主人不在家，主妇倒也热情，却没有留饭的意思。马天佑敏感，也颇懂礼仪，喝了主妇的一碗温水，知趣而礼貌地告辞。回到小栗树那里，见青草散乱，母山羊正在啃那栗树皮。马天佑不假思索，去解拴羊的绳子。看看天色，他想尽快上路。

你怎么敢啃这棵树？一个人急急走过来，看样子是当地庄户人，面露吃惊的神色，以惊诧的语气很不客气地质问。

马天佑被问得发懵，不知道如何回答。

知道这是谁家的树么？是秀才家的树。那个人继续口不择言，秀才种的树，你也敢啃！

马天佑如释重负。

不就是个秀才嘛，不就是棵树嘛，也值当得一惊一乍！马天佑说，放到我们庄子，谁家门里没出过个把秀才？连中进士和进翰林，都没什么稀罕的。就我们那座石牌坊，你一百个秀才也顶不起。

那人的咄咄逼人气势顿时没了，小心而恭敬地问道，你，是马家铺的吧？

马天佑说当时自己畅快透了。他牵着母山羊，骄傲地从那个前倨后恭的人面前走过，那感觉愉悦之极，以致完全忘记了辘辘饥肠。

有人质疑马天佑的口述奇遇，认为高度夸张，和他言过其实的禀性一致，但马子卿、马长桥父子给予故里的巨大荣耀，是所有乡亲都认可并为之骄傲的。

对于马长桥的陨落，马家铺人反应不一。爹感慨于马长桥的执拗性子，说这真是成也萧何败也萧何。爹说马长桥本来是在济南府任职的，高官得做，骏马得骑，大宅得居，学问大得不得了，眼眶子就太高，脑子一根筋，得罪了上司，被贬到县一中教书，又不知悔改，还自在得很。真不知道他是怎么想的。

马长楼认为，马长桥吃亏在读书多，书读得太多，就太信书，容不下世道的毛病，非要把它弄干净，不弄干净他心里不舒服。岂不知这世道本就污浊而人心也总藏有阴毒，哪里像人嘴里说的、书上写的、戏匣子里听的或者京戏名角们唱的那么干净、良善和正邪分明！连书和人都分不清，那他的日子还有得过？

有不解的，马天佑就是。他对栗蓬儿说，你这个四爷爷，心思绝顶聪明，为人绝顶愚笨，放着那么尊贵的校长不好好做，非要胡说八道，岂不知"祸从口出"这个道理？这不，好好的位子，生生给说没了，十年寒窗就这么打了水漂，图个什么？他枉自顶个好表字"仲达"，他的通晓明达哪里去了？一定被什么东西堵得死死的，从里到外塞塞不通。

也有幸灾乐祸的，马天武因为这位五服边上的四叔横遭废黜而颇为解气。他对马长桥的深重怨气，可以追溯到少年时出手不慎，将丛其五推落致残的事件。因为那件事，更因为他拒不认错，曾遭到马长桥的激烈詈骂，所以，说起马长桥眼下的狼狈，马天武掩饰不住怨怼得报的快意。

然而，一种隐隐的失落，是大家可意会而不可言传的共同感觉，或者竟是一种不约而同的埋怨：马长桥断送自己倒也罢了，却连带消解了马家铺的荣耀和尊严，这是很不应该的。说起来好像众人无情无义，归咎于这个不幸的人大有落井下石的嫌疑，可马长桥的衰落，对乡里乡亲的打击的确沉重，众人的埋怨不无道理。从此以后，在方圆多少里之内，被高看、被羡慕的荣耀感觉恐怕难以再有了。

当然，一般而言，马长桥的倒下，对庄户人家过年几乎没有什么影响，立竿见影的不便，仅仅是对子贴得迟了一些，而且再也见不到颜体大字的浑厚朴茂。鉴于马长桥深闭大门，也不好在他失意之时造次打扰，马家铺人急忙临阵换将，有五年国小学业的爹被推举出来。爹有自知之明，深知自己的字拿不出手，"到不得人脸前"，马长桥的旧字还在不少人家的门上站着，个个元气充盈，自己要提笔，就是在关公门前耍大刀，很有些畏惧。后来他从乡亲们的怂恿里收获了些自信，鼓足勇气蘸墨挥洒，为不少人家写了对子。

腊月小尽，二十九是除夕。一大早，爹带领玉楸和栗蓬儿，刷净自己家大门和屋门，请来两尊金盔金甲的门神守在屋门上，大门上贴的是红纸黑字的喜庆对子：

春来也鱼龙变化 时至矣桃李芳菲

横批：大展鸿图

天佑测过了，明年风调雨顺，庄稼人的日子一准儿好过。咱家要成就两件大事。爹对全家人说，玉楸要考上中学；娘不再为全家的吃穿犯愁。收成太好的话，西厢房的重新起建也是有望的。

三

尽管由于最出色读书人的坍塌，马家铺人有些隐隐的失落，但春节是最盛大的节日，一年来积攒的劳苦都要在这里宣泄和补偿，喜庆和狂欢不会因为某个人的苦难而稍减。除夕夜，娘几次站到门前的砖阶上看夜空中的烟火，笑着鼓励六月摇晃"滴滴金"，把闪闪烁烁的火星撒到飘飘洒洒的大雪中。到他五哥家守岁的马长楼童心勃发，相助侄孙百岁放响了几个二踢脚。鸡年与狗年嬗替的神圣时刻，远远近近都是鞭炮声，响得比往年还要蓬勃，浓重的硫黄火药味弥漫了全村，久久散不尽。老人们感慨地说，多年没有这样爆亮如响雷的炮仗了，听起来真真的舒心。巴掌的爷爷马长郡早早地给他爹马子孝送去满桌子的菜肴，并率领子孙陪老人吃了年夜饭，再与儿子马天佑联手，将马长亭劝到自己家，用饱食和说话分散外面的响动对他的袭扰，一同守岁到困不可支，算是尽了骨肉亲情。初一拜年的热闹和红火，似乎也胜过往年。把压在箱底的新衣裳都穿上，臃肿而板板的身材，踢踏着红红绿绿的鞭炮碎屑，纷纷乱乱地磕头、作揖，互道吉祥，纷纷乱乱地交会与分流，从给马子孝磕头开始，按辈分高低，一层层地拜过去，人越聚越交错混乱，弄到最后，好像一壶浓酒不断地兑白水，味道越来越淡，喝起来都没了多少兴致。

栗蓬儿的幸福从吃第一口香油炖鸡开始，那是娘的看家菜。娘早将家里的芦花鸡杀了两只，一只供奉祖先牌位后，放到磨房里冻起来，留到初五享用。一只做栗蓬儿垂涎欲滴的美味佳肴，名曰香油炖鸡，其烹调方法并不复杂，把鸡肉炖到八成熟，放入白菜，再用文火炖到熟透即可。娘的烹制秘籍是放足葱姜和花椒大料，最后将当年的新鲜香油，大批量地倒入已经香气弥漫的肉锅。之后，娘将成品盛进大红陶盆，放到水磨桁架下面，翻转一个灰陶盆覆盖，用三块青砖品字形压紧。此举是为了防范黄鼠狼的尖牙利齿，同时告诫儿女不得偷吃以保证除夕夜的平安吉祥。带有零碎冰碴的肉冻，在明亮的灯光下哆哆嗦嗦地出现在团圆饭饭桌上，让别的菜肴黯然失色。它给予栗蓬儿的快感是如此强烈，以至于他想到了喝酒。要是有一盅老酒，栗蓬儿迷迷瞪瞪地想，天哪。

爹带着两个儿子，把该拜的差不多拜过，最后拐进斗湾前新建起的院落，给辕山迁来并加入合作社的柳家拜年。

门前的冷落与崭新的门墙很不协调。这家主人叫柳家旺，是个脸瘦得跟刀刃似的男人，赶开很不友好的壮硕白鹅，热烈而惶恐地将来客迎入厢房寒暄，轻易不放走，说他家里的得了痨病①，在北房静养，不宜见人。又说，只要熬过这个冬春，病人就会好起来的，他家的日子就能好过得多。

柳家儿子大宝和二宝是对双胞胎，正在办理从辕山转学苍蒲县一中的手续。两人长得一模一样，都有清秀气，穿着同一款式的新衣新裤和平口黑布鞋，留着小分头。栗蓬儿觉得太新鲜、太有趣，看这个看那个根本分不清，因极其困惑而总想比对。柳家俩宝在栗蓬儿面前很是矜持，看看他的赤脚，表示出一些诧异，也不深究，就撇下他与玉楸说话。三个人一见如故，说的话三句离不开课业，一听就知道是念书的好苗子。他们撇开别人，聊得极其热烈，跟三个话痨似的。

柳家的闺女柳三春厌恶书本，和栗蓬儿很有的说。这个妮子长得跟她的双胞胎弟弟相似，都是瘦高身量，细长的眼睛吊向鬓角，说话大声大气。栗蓬儿把拜年所得的长辈赏赐——核桃、花生、栗子、冻柿子，偶尔也见糖块——掏给三春。三春兜起衣襟接着，高兴地和她家的大白鹅一样嘎嘎笑，说好吃。

你磕了多少头？挣来这么多好吃的。三春问，嚼得糖块嘎嘣响。

栗蓬儿不理睬，只问三春，辕山水库大不大，大到什么地步？有没有十个簸箕湾大？要不，一百个簸箕湾大？

簸箕湾？哈！才那么点儿大，真跟个簸箕似的，和辕山水库比，哈哈！辕山来的妮子大笑不止。

栗蓬儿很不高兴。从小，簸箕湾就给了他数不清的欢乐。夏天，他和伙伴们在那里踩水、狗刨、扎猛子、打水仗，把一湾水搅得沸反盈天。寒冬，

---

① 痨病：当时主要指肺结核病。

驾着自制的冰车在冰面上急驰如飞。在他心里，簸箕湾是个大世界。现在它被看得这么低，栗蓬儿觉得自己，甚至马家铺，都没放在辕山来的这个妮子眼里。

你们辕山有什么？栗蓬儿说。

三春说，她家在辕山近旁的柳岱，村子比马家铺大得多，场面也大得多，桃李杏树开花的季节，满村飘荡着香气。柳岱的工分分值也高，年年分红，她爹娘都能给她做几身新衣裳，做双新鞋。总之，她的老家柳岱，比马家铺富足多了。

那，你怎么还来我们马家铺？栗蓬儿挑衅说，快回你们柳岱过日子吧。

又不是我们家想来。我们全柳岱都不想搬家。可要是不搬，等水库蓄水，我们柳岱就在水底下了。听说，水有几十丈深呢。

三春沉默下来，栗蓬儿也没了话说。

后来三春说，柳岱的人家无论迁到哪里，都不受待见，因为得分人家的地亩和粮米。我知道，你们马家铺也是。

我可不是，栗蓬儿说，要不，我会给你家拜年？

就你们家登我们家的门。三春说，我家才来几天，两眼一抹黑，想给人拜年也找不到门楼。

你到我家拜年去吧，栗蓬儿说，我和爹娘都在家等你们。

我爹去，我就去，我跟我爹去。三春说，满脸兴奋一闪而逝，因为听到了北屋里有人在喊：春儿你到哪儿疯去了？光顾自己耍，就不管你娘了？春儿你个死妮子啊……

我娘叫我了，我得去给我娘捶背了。三春说，跑向了北屋。

初二，爹用小车推上娘和六月，去三十里铺探望姥爷姥娘。栗蓬儿和玉楸在爹娘走后的第一时间就险些大打出手，之后屡屡翻脸。仅仅因为必须往一个锅里伸勺子，哥俩才不至于彻底反目。玉楸与柳家两个一模一样的知己相见恨晚，正处于交情的蜜月期，一日不见如隔三秋。三个人不是你来，就是我往，聊的多是县一中的事。柳家兄弟极力鼓吹县一中如何如何好，并给信心不足的玉楸打气，说他一定考得上，三个人定能成为校友。玉楸难免生出一腔热望，注意力都在别处，不屑于与弟弟计较，而栗蓬儿尽日和巴掌、百岁们疯耍，耍到饿极了才跑回家，哥俩照面不多。

统而言之，这个春节过得不赖。只有一件事比较败兴：狗欢子没能跑出家门与大家一同快活，他的家里乱了套。

马长桥的老妻即狗欢子的嬷嬷对落地还乡的丈夫满怀怜惜，但儿媳也就是马天谋"家里的"可是个灾星，禀性太恶，又贪吝钱财，还是势利眼。丈夫远在安东，平日家里只剩她和婆母两个大人。狭路相逢，婆媳之间战端屡起硝烟弥漫，婆母善良却懦弱，儿媳的凶悍气势和无赖撒泼取得完胜。马长桥风光的时候，人虽然很少回家，钱可没少往家拿，他是吃公家饭，按月领取现钱的，而校长的薪水据说比县长的还多。婆媳斗法中落败的一方为换取相安无事，将家里的财政大权拱手送给儿媳，其核心部分就是马长桥的工资。向儿媳纳贡，标志着婆母权威的完全陷落，但效果让各方满意。定期有进账的儿媳心里舒坦，家里还算平静。现在马长桥落难，两手空空，只剩一张吃饭的嘴，哪里还有钱哄那个婆娘！初四后响，前昭下村的高跷队和着锣鼓点儿，红红绿绿地踩到了马家铺碾盘街，狗欢子要出门去看热闹，他娘不准，把儿子从公爹身边强行拽走，同时嘴里不干不净，被婆母说了两句，这个娘们儿就闹将起来，扬言再也不能待在这个死气沉沉的家里，她"孤儿寡母"受尽了欺负，她要带儿子千里寻夫，到东北去，到安东去，到丈夫快活的地方去。她早听说马天谋要被提拔当更大的官儿，当大官儿而不让他们母子随行，就有成为陈世美的重大嫌疑。现在，她要去安东讨伐那个也许已经成为陈世美的丈夫，离开这个让她备感耻辱的"穷家"。

马长桥实在看不下去，训斥道，就算是你要去找天谋，也得过了年节。这大过年的，你怎么连个样子都没有！

狗欢子娘的哭骂顿时响彻云霄。大哭加大骂对于这个百无禁忌的妇人，既是发泄，也是享受，大致相当于畅饮烈酒的效果，便有数不清的脏话出口，人的隐秘部位之形态、功能与感受，结合马家铺暗中流传的风流韵事，在她的边哭边诉中形神毕现，其不堪入耳致使半数马家铺人臊红了脸。

据说，马长桥老夫妇俩是含着眼泪，把自己和爱孙反锁在屋里，拿棉花球堵死了耳朵。脏污之极的骂声持续到傍晚，且音量始终高扬，以致从三十里铺归来，走过碾盘街的爹娘听到了，既诧异又难为情。车上的娘沉下脸，抱紧了六月，推车的爹加快了脚步。

爹娘此次探亲收获颇丰，载回来姥爷姥娘的若干馈赠，最让娘骄傲的是大半麻袋谷穗。娘吩咐玉楸把沉甸甸的麻袋扛进磨房，自己用小笤帚扫净阴丹士林蓝布新褂子，那是她年前为自己扯布并裁缝的，拍拍双手，说，还是娘家好。

爹并未听出娘的言外之意，也许听得出，但他心有旁骛，顾不得也不屑于跟娘计较。

从某种意义上说，春节是属于爹的，或者说，爹是属于春节的。他惋惜三十里铺之行使他失去了两天快乐时光，就更加忘我地快活以弥补损失。听京戏是不消说的了，爹到桥头镇过足了戏瘾，回家的路上，步步踩着板眼，满身荡漾着皮黄。继而穿彩衣、挂胡子、戴宽帽，用白粉抹白眼圈儿和鼻梁，跑旱船、踩高跷、耍龙灯、舞狮子，彩衣飘舞，锣鼓喧天，不知疲倦地游串于周边的村庄。爹还是伞竿头①，指挥一支集诸般快乐响器和歌舞于一体的队伍，勇敢地打入犸虎岭。

犸虎岭里的前昭下村是有名的戏乡兼承办红白喜事颇为专业的村落，庄稼把式以外的人才比比皆是且更胜马家铺一筹，爹率领的彩妆人马奋力划动的旱船似乎在那边搁了浅，或触了礁，总之波澜不起反响平平，或曰冷落异常，不过爹也尽了兴，就打道回府。

吃过元宵，娘对爹说，该消停了吧，该歇歇了吧。

爹笑笑，满脸是繁华散尽后的落寞。

四

娘要碾谷米，跟栗蓬儿把簸箕、筐箩、大小笤帚运到牌坊北边的石碾，吩咐儿子打扫干净碾磙、碾盘，把谷穗均匀地铺上碾盘，顺便扫清碾道，自己去找社里借牲口。不一会儿娘就从斜街那边回来了，没牵来驴或牛，一脸不高兴，插好碾杠说，栗蓬儿，过来。

---

① 伞竿头：农村喜庆场面中居首指挥器乐或歌舞的人。

看儿子不情愿，娘说，今天不白让你拉碾子，把这活儿干完，有你的小米干饭吃。娘又说，还有我呢，你在前头拉，我在后面推，不信咱娘俩顶不了一头驴。

她将碾杠调低，说，拉。

起步是最吃力的，栗蓬儿俯下身，双手倒抓住碾杠，形如双翅飞扬的鸟儿，碾杠仍嫌高，栗蓬儿的赤脚在坚硬而光滑的碾道上打滑，他不得不拼命蹬踏，眼看灰黑色的碾道往脚后走，娘也使力推，巨大的石磙无声滚动起来，一圈，又一圈……谷穗个头小，也不算沉实，在石磙的反复重压下很快被压扁、压实。娘持续不断地将它们翻个儿，拨弄松散，让谷米全部落到碾盘上。终于，出落得净光的穗核被娘一一挑出，碾盘上留下的是一条宽窄不齐却厚薄匀称的谷米圆环。碾磙继续滚动着，娘的笤帚不停调教着无知无觉的谷米环，使它们的边缘圆整而光滑。后来，娘边推碾子边张开左手手掌，把谷米划出五道波浪形的指沟，碾平，起沟，再碾平。谷米听凭石磙从身上重重碾过，圆环扁平了，变宽了，又变窄了，堆厚了。散逸的谷粒一颗不丢，都被小笤帚扫回原处。

到了簸米的时候，栗蓬儿停下，浑身燥热，脱去棉袄。

娘用簸箕撮起谷米，就着碾盘旁边的斜坡，颠着、摇着、左右晃着簸箕，借着微微的北风，将糠皮准确地颠入倾斜着的筐箩。春初日头短，牌坊的几何形影子巨大而厚重，不经意间移了过去。娘将籽粒饱满的金黄色小米再次铺上碾盘。

栗蓬儿，再来。娘说。

还碾？栗蓬儿提醒说，再碾就成踳子[①]了。

踳子怎么了？踳子不能做饭？娘说。

踳子能做饭，但它做成的是稀饭，是溿里咣当的糊糊，怎么能与小米干饭相比！栗蓬儿吃小米干饭的热望被浇灭，觉得没有了一点力气。碾磙纹丝不动，后扬的双臂把软塌塌的拉碾者挂在碾杠上。

娘用笤帚疙瘩轻轻敲打儿子的脊背，催促说，快拉！

---

① 踳（chǎi）子：豆类或谷米碾磨成碎粒，称踳子。

娘，你说的是吃干饭。栗蓬儿说。

娘说记得自己许下的愿，但这些米太金贵，实在不割舍得①做干饭。

栗蓬儿不想拉碾了，脊背再次被笤帚疙瘩敲中。

栗蓬儿很绝望，很恼怒，很委屈，有气无力地拉着碾子，觉得娘离自己很远，憧憬中的饭香化作了满腹怨气。

吃后晌饭了，栗蓬儿拒绝到锅里盛碴子稀粥，也不动碗筷，要求爹主持公道。

爹作大惑不解状，向娘求证。娘说，栗蓬儿你有完没完？我是说过，打囤要吃小米干饭，碾米的时候也说过给你做干饭吃，可我临时改了主意。一瓢米能碾出多少碴子，你知道不知道？一顿干饭的米能做几顿饭的糊糊，你知道不知道？都说"半大小子壳郎猪"，看看你和玉楸，特别是你栗蓬儿，多少东西也填不满你的肚子，吃得我心惊胆战的。你去缸里瓮里和粮柜里、米袋子里数数咱家的米面和地瓜干，再下地瓜井看看存下的地瓜，能不能吃到新麦下来？我不能不做缺粮的打算。

反正，我要吃干饭。栗蓬儿说。

就算吃干饭，也是明天打囤的事，今天你闹腾什么？娘说。

栗蓬儿说，明天？小米都碾成碴子了，娘你瞒哄我。

那，算为娘的欠你一顿小米干饭，行不行？娘说，等今年秋里谷米下来，我蒸一锅干饭，让你吃个够。

我今天就要吃干饭。栗蓬儿极不明智地说。

因为春节尚未完全过去，不愿家里的祥和之气被弄砸，被激怒的娘忍住没有发作，先喝令栗蓬儿从饭桌边"起开"，别让她看着心烦，然后对爹说：

栗蓬儿犯横，怎么收拾他，你看着办吧。

爹很认真地想了想，他跟娘，同时也是跟玉楸和六月说，这样吧，栗蓬儿不愿意吃饭，今天这顿后晌饭，他就别吃了。

贫家出娇儿啊！娘再次感叹，不饿栗蓬儿几顿，他就不知道碴子糊糊也

---

① 不割舍得：当地口语，即舍不得。

不是那么便宜吃到嘴的，更不知道他姥爷姥娘那么大年纪了还去拾坡①，弯腰直腰拾这些谷穗是多么不易。

后晌饭吃完，撤走了饭桌，全家人准备睡觉了，栗蓬儿还坐在屋门门槛上，不跟爹娘说话，更不跟玉楸说话，六月好心地伸手拉他，被他没好气地甩掉。屋门关不得，娘说，就开着门，让他这么坐下去，看你们谁再理他！

栗蓬儿气闷地坐着，看着迅速暗下来的天井。墙根儿和柴火垛近旁，仍有残雪，天空暗蓝，星星渐渐出来了，村东南响起了骡马的嘶鸣，磨房一角趴卧的鸭子安安稳稳睡觉了，鸡窝里透出鸡们争夺安逸位置的轻微响动。栗蓬儿失落非常。娘应许的小米干饭，本来应该冒着迷人的香气，与粉条炖白菜、清炒萝卜块、苤蓝头咸菜丝，还有一碟油渣混炒辣菜，出现在矮脚饭桌上，却梦一般消失得无影无踪。他觉得十分愤懑：自己没有错，是娘的错。爹也让栗蓬儿气恼，娘说话不算数，爹却偏袒娘，他经常说的信义哪儿去了？爹娘都很可恶，他们言而无信，合起伙来欺骗他，遗弃了他。他很饿，很累，孤立无援，但绝不向爹和娘低头。

他最反感娘的"娇儿"说。他栗蓬儿能吃苦、有力气、会干活儿，绝不是"娇儿"。"娇儿"算什么狗屁东西，他和狗屁"娇儿"根本不搭界。

家里人都睡着了，西屋传出爹含混不清的梦中呓语。栗蓬儿依旧坐在门槛上不动，我没错，他有些恨意地想，是娘和爹的错。

二青，这个忠实的朋友悄没声地走过来，抬起一只前爪挠挠栗蓬儿，见他没精神，便不言不语，依偎着栗蓬儿趴下。二青老了，入冬以后，它经常不进窝，夜晚就卧在"阔落"②里，用那里残存的微微热气温暖身体。

我没有错。栗蓬儿在心里一遍遍地说。

这天夜里，栗蓬儿睡得很不踏实。半夜，他没来由地醒转，听见窗外窸窸窣窣的声音，搓起"卷窗儿"③一条缝，悄悄望出去，爹娘正在恭恭敬敬地打囤。

————————————

① 拾坡：即复收。

② 阔落：农家堂屋锅灶前的一块地方，略低于地面。

③ 卷窗儿：当地糊窗纸时特意留空一个或几个窗格，悬挂可卷起也可平展落下的活动窗纸，以便于观望及屋内空气流通。卷窗儿的开阖一般是用手掌搓上搓下。

正是子时，暗弱的星光下，栗蓬儿看见娘端着满铜盆的草灰伴着爹走。娘是会过日子的人，连草灰都事先备足，是她摊煎饼的时候，特意烧软柴，因而草灰细密软腻。爹用长把葫芦瓢作业，盛满草灰，另一只手里的擀面杖轻轻击打倾斜着的葫芦瓢，沿着事先划出的痕迹，匀称地播撒下草灰。他们从北边开始，向西，贴着柴火垛向南，使灰线的圆弧尽可能放大，之后弯向东，再转向北。草灰很快告罄，爹就一次次从铜盆里盛满。栗蓬儿看得清楚，爹站直身子，像木匠吊线那样，单眼瞄了瞄中心基点，目测出半径，再将草灰恭谨地、一丝不苟地敲撒下去。

草灰做的仓囤线条完工，栗蓬儿听见水响，知道爹娘用水瓢敲破薄冰，从陶瓮里舀出水，站在砖阶上互相浇过手，见他们将早已备好的麦穗、谷穗、黍子穗、一小捆大豆棵子以及一束麻秆，在"打"好的"囤"里，按稷神的方位——中央的土位摆放周全。爹娘静静肃立，口中念念有词，是在祷告某路神仙，今年风调雨顺五谷丰登。栗蓬儿使劲憋住，不让自己笑出声，看爹娘在五谷前行礼如仪，之后仰望上天，之后呆立片刻，之后脚步轻轻地离开。

打囤，祈求丰收的神圣仪式，至此才算完成。

正月二十五清晨，栗蓬儿和马长楼差不多同时醒。他不起炕，眯着眼装睡，等马长楼照老习惯出门转悠，栗蓬儿翻身跃起。

他揉着双眼，饶有兴致地考察爹娘昨夜的劳作。今年的"囤"打得特别大，里边供奉的"五谷"格外丰实，看得出爹娘今年要吃饱饭、有余粮乃至重新起盖西厢房的勃勃野心。表示囤身的灰线圆弧合乎实物又优美流畅，爹的艺术才华在这里又一次得到了发挥。

栗蓬儿侧耳倾听，西屋没有动静，但知道屋里的人快要睡醒了，得赶紧做。

先抹平仓囤，栗蓬儿的双脚倒替着掠过将灰线踢飞，爹娘精心构筑的粮囤灰飞烟灭，继而清除仓囤内容，将所有的供品扔到柴火垛上。

用铜盆里剩余的草木灰，栗蓬儿在线条模糊了的仓囤原址中心并排画出两个人。他没有绘画天分，也不喜欢画画。但在这个打囤的清晨，他迸发出了空前绝后的绘画激情，并把极其有限的美术才能发挥到了极致。不过，他绘出的人物连自己看着也不满意。身体比例很不协调，头太大，身子既瘦且弯，两腿长短不齐。五官是最难画的，栗蓬儿尝试几次，只画出爹理想中的面貌——

几绺胡须，分别悬挂于鼻子和耳朵下面，遮盖了嘴唇和下巴，飘飘然于胸前，这是爹在旱船里、在高跷上的时新样子。娘的眼睛画得最大最凶，现出了她的厉害模样，栗蓬儿本想再画一个纂儿，加一支露出半截的簪子，那是娘在大节气时才从她的黄杨木宝贝奁妆盒子里取出，戴几天，再小心放回去的银簪，却画得完全走了样，连自己也认不出这究竟是什么，草灰也用光了。想了想，栗蓬儿找回谷穗和黍子穗摆放在头脸的大致位置，分别代表娘的鼻子、双耳，还有嘴。

畅快淋漓和激烈紧张交织在心里，栗蓬儿兼有冒险和创作的双重快乐。西屋有起炕的动静，必须撤离现场，他再次检验着作品，料想大家一眼就认得出爹，爹自己当然更认得准；但娘的模样怎么看也不合意。

似乎听见爹娘下炕。

没有修改完美的时间了。大头像的下面有个歪歪扭扭的梯形区，代表着娘的大襟，栗蓬儿用手指在上面画出了他的抗议和梦想：

小米干饭！

第八章

一

上年闰八月，这年节气早，元宵节刚过，惊蛰就到了，黑色屋檐下，累累垂垂的浑浊冰凌，长短不齐但同步消融，全村滴滴答答响作一片。阳光温煦，百虫苏醒，争先恐后钻出松软的土地。夜明显变短了，似乎听得见野草拔节的声音。梧桐树的新枝叶生长最快，仿佛某一天，它的阔大如扇的毛茸茸叶子突然出现在了人们眼前，娇艳的桃花杏花已灿若云霞。

"春打五九尾，穷汉跑断腿"，今年也许不是好年景。越是遭逢这样的立春，庄户人越要掐准时令开好春，图个四季平顺，五谷丰登。

要扩大耕地面积，要开垦荒岭野坡，马家铺人瞄上了东坡。"东坡"是个含混的地名，泛指几座丘陵，是马家铺与小田各庄之间的广阔地带。马家铺人以临近自家距离为准，把缓缓起伏的几面山坡依次称为头道坡、二道坡和蒺藜坡。距离最远的蒺藜坡是荒坡。将蒺藜坡开垦出来，做成熟地，是马家铺人潜伏已久的扩张野心。狗年春天，在耕完自己社里的地之后，开垦蒺藜坡的重任交给了马长驿，栗蓬儿来给他牵墒。马长驿娴熟地拾掇利索牛具和犁杖，看看地里有蒺藜狗子及尖刺朝天的豆茬，再看看栗蓬儿的赤脚，说，这满坡的刺儿，你行不行？

牵墒，即牵着拉犁的牛或马，引导木犁走耕线，是栗蓬儿最不爱干的活儿。但拉犁引耧的牲口由妇人或孩子"牵"，古来如此。马家铺初级小学放了一个礼拜春假，春假非假，本义就是干农活。娘代表栗蓬儿接受社里派下的这个活，没跟爹和栗蓬儿商量。这事用不着商量，娘不会容忍儿子以任何理由逃避。

前几天，栗蓬儿与巴掌几个人跨河去挑衅邻家庄，跟那个村的孩子打了次很凶悍的野仗，互骂之后抛掷土坷垃，也夹杂着石子，后来就短兵相接，双方都有头破血流的伤兵，栗蓬儿也伤得很惨，被敌人的棍棒戳破了脸，一只眼青肿起来，半条袖子也撕掉了。娘非常恼怒，一边缝袖子一边骂儿子。近来娘处处找儿子的茬儿，说他总不上正路，把她的话当作耳旁风、炉底灰、豆腐渣，长此以往，栗蓬儿必定"瞎了"即废掉了。瞎了倒也罢了，就算是她白白养活栗蓬儿一场。娘最怕的是儿子成为害群之马危及别人，即"妨人"，果若如此，将是她的最大失败和耻辱。娘说，对于男孩子，特别是对心性太野的男孩子，假令不立规矩、不加管教，就等于地不打垄河不筑堤，放任自流的后果，必定是遍地杂草水漫金山。爹的无为而治表明，他担不起"严父"的角色，娘有必要代行父权，给栗蓬儿一个严重教训。

牵墒这活儿来得正是时候，兼具挣工分与训诫儿子的双重功能。刻板到家的马长驿扶犁，栗蓬儿拉老牛走蒺藜坡，简直是老天赐下的绝好机缘，正好可以借此杀杀儿子的心性。娘知道蒺藜坡尖刺朝天，是连牲口也不愿踏入的地方，谅你栗蓬儿不敢打赤脚。不敢吧？那好，穿鞋罢。一旦你穿上鞋，就算在娘这里低了头，怕你还脱得下？后面的训诫顺势开始。她多年的心病会得以缓解，或许能一劳永逸地消除。

娘把一双新布鞋拿到儿子面前。

娘说，栗蓬儿，这几年你穿不穿鞋，我管得不多，不是我不想管，是你不服管。我看得明白，你到现在还是不想穿。我今天明着告诉你栗蓬儿，蒺藜坡可不光有蒺藜狗子，藏着多少豆茬你知道，那可是跟朝天的锥子似的，你的脚不是铁板做的，能不能抗得了它你心里明白。鞋，为娘的给你做好了，就放在这里。穿，还是不穿？你自己做个定准，你最好穿上，那会省下一大堆麻烦。当然，我不强迫你，你爱穿不穿，你不穿倒省下我做鞋的工夫。

在绵延近八年的穿鞋与反穿鞋的漫长较量中，这是娘做的最后一次努力。她向栗蓬儿表示，他已经一十三岁，凡事应该自己拿主意，即使拿定的主意不合爹娘的心思，也不会为此再挨她的打骂。不过，栗蓬儿一定要明白，既然已经不是小孩子——在娘心里，"三岁看大，八岁看老"，十三岁的男孩子，脾性就算定型了，差不多可以看作成人——那就要对得起自己的主意。

娘把鞋放在堂屋门槛外，并不立等儿子的决定，自己到磨房里忙活。娘再次出现的时候，栗蓬儿已经收拾停当准备出发，不过是把夹袄的扣子扣紧几个，之后重新杀一杀腰。门槛外，那双崭新的布鞋纹丝未动。

娘一切都明白了，在儿子面前她再次失败，可能是最后的失败，全盘的失败。娘果然没有打骂，也没有抱怨，没有絮叨。她的神色黯然，说，栗蓬儿，你等等。

栗蓬儿站住，娘呆了半晌，递给儿子一块粑谷，说，今天开始，家里恢复三顿饭，早饭让他吃个饱，晌午饭等他回来揭锅。又停了停，娘叮嘱栗蓬儿要小心谨慎。她嘱咐儿子的话是，看准豆茬再下脚。不过这话等于没说。在明里暗里的坚硬箭镞面前，栗蓬儿懂得，自己必须准确牵引一头黄牛、一副犁杖和一个老庄户。换句话说，在老庄户、犁杖和黄牛的催促下，不可走错一步。这不独是因为脚板要被扎穿，还因为扶犁的马长驿太不好伺候。假令不称他的意，"牵"的"墒"斜了、歪了，这老家伙的鞭子落到自己身上也说不定。所以，栗蓬儿并不回答马长驿的询问，他扯起牛缰，撇着牛头，在垦荒地上踏入了第一步。

马长驿拿短鞭指指说，栗蓬儿，你瞄着漫坡上的那棵皂荚树，慢慢走，不急，咱俩有的是工夫。

犁铧艰难地划开遍布蒺藜、荒草的砂砾地，向下，再向上，耕过缓缓起伏的山坡，来到那棵孤零零的大皂荚树下。这是山坡最高处，离小田各庄很近，看得见人家大门上的将军锁。马长驿一手握紧犁把，另一只手拉起提手，身体后仰，在与牛的紧张拉力中完成九十度的旋转。他一手持鞭，在牛的耳边轻轻地打个鞭花。

栗蓬儿，往北牵，照直走。他下令。

沿着逐渐下降的坡度，一条长长的犁沟逶迤起伏。犁出很远，马长驿再次提起犁具，修正方向，转向西方，朝着马家铺开犁。当犁具停下，马长驿说小歇片刻，他要吃袋烟。栗蓬儿回头望去，马上明白了，马长驿和他，圈起了多么大的一片山坡荒地。看样子得有一百亩，呈未完成的不规整梯形，铺展在马家铺的二道坡与小田各庄起起伏伏的山野之间。

马长驿真够狠的，犁杖霸气十足，远离自家地界，垦荒垦到了小田各庄村口。栗蓬儿觉得小田各庄可能会有动静，果然，皂荚树下出现了两个人，朝向这边指指点点。这一切似乎都在马长驿的意料之中，他蹲在地头，有滋有味地吃着烟，说，栗蓬儿，干自己的活儿，别看他们，给我把犁铧擦干净。

他在砾石上磕掉烟灰，又装满一锅烟末。

皂荚树下的人沿着斜坡跑下来，还离得很远就大喊大叫，不一会儿跑到近前，气咻咻地夹住马长驿，说马家铺人不该在这里开荒，因为蒺藜坡距马家铺太远而离小田各庄太近，理应算是他们的属地。马长驿不说话，只吃烟，冷冷地听小田各庄人的激烈声讨。等人家的话说完，他说，把地契拿出来，让我看看。

这都是荒地，哪有地契？小田各庄人说。

马长驿说，蒺藜坡躺在这里千百年，一直是没主的荒地。不错，是离你小田各庄近，就在你小田各庄人的大门口。可你们得明白，就算这蒺藜坡是老天爷给你小田各庄的，可它除了蒺藜，还产出了什么？什么都没有。你小田各庄开过一犁还是下过一镐？你们什么都没做。说穿了，你们这叫天意不领。你不领，我来领，这地，当然得由我马家铺开。

小田各庄人说，马家铺人开荒可以，但犁铧眼看要耕到他们的炕头，未免欺人太甚。

马长驿说，不管你田家还是我马家，也不管是乡上还是县上，谁也没划定一条线，哪边姓田哪边姓马。你凭那条说我越了线？

小田各庄人说，他们早就想开这片坡地，只是还没腾出来手。

马长驿说，人太懒，就受穷。想吃饭，又不下手。看我开荒，你才着急。晚了，活该。栗蓬儿，牵墒！

来人去拿缰绳，栗蓬儿跟小豹子似地冲过来，把缰绳死死攥住，握在他另一只手里的是石头，那是作为武器用的。小田各庄的人说，你瞪什么眼，你不就是那个五冬六夏不穿鞋的邪性孩子？不信治不了你。有本事，你们等着！

他们快速跑回了小田各庄。

五爷爷，我回去叫人？栗蓬儿问。

马长驿站立不动，望着小田各庄方向。

皂荚树下出现了几条狗，朝向这边又叫又跳。

栗蓬儿又提议，由他回村召集援兵，顺便把二青和别的狗也招来。

马长驿说先别动，再看看小田各庄的动静。看了会儿，皂荚树下又增加了几条狗，窜上窜下，吠声大作。马长驿说，不用叫人，咱们只管开荒。

皂荚树下的人越聚越多，栗蓬儿再次要求搬救兵。

栗蓬儿你想打野仗是不是？没仗打你就那么手痒？马长驿说，把你的心收回来，眼睛把前头给我看准了，走直！

新垦地的梯形圆满了，马长驿让栗蓬儿贴着东边的犁沟南北向牵墒，这等于在小田各庄人眼皮子下宣示主权。栗蓬儿时刻警惕着咆哮跳跃的群狗，攥在手里的石块沾满了汗。顺山坡形势耕了一个来回，他突然发现皂荚树下清净了，那些吵吵嚷嚷的狗消失了。过了会儿，坡上涌出几组人马犁具，匆匆赶往远处。

小田各庄，就会做豆腐。

马长驿说，他不慌不忙，把铮亮的、耀眼阳光一闪即逝的犁铧比住荒坡，喊一声，走。

栗蓬儿扽一下牛缰，将指令传达给黄牛。

生地难耕，犁铧吃进砂土，缓缓犁出沟垄。听得见犁铧与砂石的摩擦，很糟的土壤里挟着蒺藜和零星的庄稼茬子，均匀地向右侧倾翻。马长驿微微晃动犁把，调整角度和吃深。栗蓬儿牵过很多次墒，凭感觉，他明白此刻的犁铧下得恰到好处。在这么粗粝的荒坡上耕地，没几个人能做到马长驿这样好，自己是在为马家铺第一好庄户做下手。

马长驿享有第一好庄户的名声，在于他天生的勤苦。

村里人从来没有见过这位辈分很高的人有不干活的时候，除了吃饭和睡觉。从起炕到吹灯，如果马长驿不扶犁、不耙地、不摇耧、不轧苗、不锄谷、不戽水、不掘沟、不育秧、不浇园、不挑担、不耪草、不割麦、不培垄、不摘棉、不扬场、不编筐、不织席、不推车、不起圈、不捣粪、不沤肥、不打夯、不剥麻、不挖塘泥、不甩连枷、不翻地瓜蔓、不剪果木枝、不捆黄烟把子、不铡牲口饲料、不钻入闷热的棒槌地里掰棒槌……那么，马长驿只有两种状态：挎着粪篓夹着粪铲拾粪，或拖着草笆子搂柴草。一年四季，天下地上，只要睁开眼，他就没有片刻闲暇。

马长驿不时叫栗蓬儿停住，自己弯腰捡起犁出的石片和石块儿，扬手掷向远处的地边集中堆放。之后，往手心里吐口唾沫，握紧犁梢，扬扬短鞭，大声吆喝牲口：

啊……咧咧咧咧……

穿过牛鼻子的缰绳，由栗蓬儿牵着，完全用不到吆喝，马长驿的吆喝差不多可以说是喊给自己听的。他平时很少说话，村里的热闹场合或人们聚堆的地方，从来看不见他，也听不到他。而在春寒料峭的山野里，最响亮的就是他吆牛的声音，起伏连绵，传得很远。

在马长驿与众不同的吆喝声里，栗蓬儿小心避开不时出现的豆茬，头年不止一家人在这里零星开荒，点种过大豆。豆茬如锥，尖利无比，亟须小心提防。他牵着的是头出工不出力的老牛，不时将湿漉漉的鼻子凑近栗蓬儿，大概是嫌他走得快。与小田各庄人的对峙缺少高潮，片刻的激情过后，栗蓬儿烦闷起来，觉得这地块太大，漫无涯际，像簸动摇荡的海，自己要被淹没了。他极想走得快一点，巴不得一阵风似地耕完，他就可以扔掉缰绳，恢复自由。但犁铧比住犁沟，一行一行地耕作，这个过程漫长得不可忍受。

想起娘的怪异主意，栗蓬儿心里满是烦躁和郁闷，还有对娘的愤恨。每当这时，马长驿的吆喝声就变得格外刺耳。栗蓬儿傍着牛走，双脚踩踏犁出的沟垄，偶尔回头，马长驿正潇洒地操纵木犁，身子和头都有一点右倾，左手闲闲地拿着短鞭，烟袋和烟杆系在他模样怪诞的肩上，那是他耕地时的惯有姿态。每当此时，他肩颈部位的两团疙瘩肉分外显眼。

准确地说，那是两块劲健的肌肉，形似饱满坚实的半球，分别扣在马长驿身体两侧的肩颈交接处，与耳朵亲密接近，使马长驿拥有奇异的相貌。从背后看，马长驿几乎没有脖子，他的头像是直接与肩膀连接。而在此时的栗蓬儿看来，可以把他看成膨胀了颈部的眼镜蛇。哈，眼镜蛇！这给了栗蓬儿些许开心。

马长驿的怪异相貌并非与生俱来。老人们讲，他年少时与常人无异，清清爽爽的头脸，该有的一应俱全，不该有的不多分毫。

马长驿肩颈部位的最先显著隆起，源于他多年前的为军队挑担子，两筐逾百斤，一去上千里，顶风冒雨，坎坷泥泞，担不离肩，肩不离担，两筐沉重的弹药和给养，以扁担为半径，以马长驿的双肩为支点，颤颤悠悠地坠在马长驿的身前身后，或划着圆周在他的身边旋转。战场归来，累到半死的马长驿在得到两斗小米和一张奖状勉慰的同时，高耸的双肩吸引了全村人的惊讶目光。

这是腽子，马长驿摸摸脖根，说，不疼。

不知是见怪不怪，还是别的什么缘故，不久以后，众人发现那两个怪异的肉疙瘩萎缩了大半，马长驿的端方脸脱颖而出。如果不是后来辕山水库年年征调民伕，马长驿年年都要去充当苦力，他的肩部变异就此终止或回归原状也未可知，但马长驿不止一次支差①，默默地，提着自家的担杖上辕山。

辕山水库名震四方，却总也不能竣工。大官命令，再往深挖，千军万马就直扑库底，再如蚂蚁般负重攀爬，深挖与增高同时进行，大坝的坡度变缓，而路径却更加弯曲并加倍变长。挑着载满石子、沙砾和泥土的大筐上到大坝，需要走很长很曲折却并不坚实的路，不单需要气力，还需要非凡的耐力，一般人物知难而退，连马家铺第一力士马玉德，在这样苦重的活计面前也闪到一边，但马长驿硬是将他的土筐挑到了坝顶。支差的人私下议论说，马长驿大可不必如此卖力，不必如此认真。水库工地千百号人，谁会留意一个挑担的民伕。干得好或赖，没人给你评判，更没给你工钱，你不还得就着咸菜吃自己带来的干粮，在透风漏雨的工棚里歇息！但谁也不出面劝止马长驿。众人深知，任何要他保留力气的好心劝告，都等于水泼在石头上，一滴也进不去。假令不卖力不认真，那必定是世界上任何人而绝不是马长驿。被压弯了腰，他能忍耐；两腿累得打战，他死命撑住；汗流浃背，他觉得畅快。他走得不快，却不停，哪怕一寸一寸地艰难挪步。

"不怕慢，就怕站"。马长驿说。他认为这是做事的真理，他绝对遵奉这个真理，不越雷池一步，一旦启动，永无休止。

马长驿不疾不徐地担起一担又一担重物，担杖死死扣住他的肩颈以至于吃进肉里，招致肩颈肌肉的报复性反弹。水库越挖越大，大坝冲天而起，马长驿的肩颈高耸入云。水库尚未竣工，他的巨大"腽子"最终落成。

起始于江南而终结于辕山，马长驿的身体完成了跃进式的进化过程。这个变化对马长驿的庄户手艺没有影响，唯一的不便，是他上衣的领口和肩胛

---

① 支差：被派遣出公差。

部位必须肥大。好在他的儿媳就是马天茂家里的也就是百岁娘，贤惠得很也手巧得很，让很难裁缝的土布黑褂子穿在马长驿身上十分合体。

啊……咧咧咧咧……

马长驿提高了嗓音，响亮而绵长的吆喝声传向四野。栗蓬儿吁出一口闷气，懒懒的将缰绳拖在身后。犁沟在前方无限延伸，耕过的总是那么可怜的几行长条，而待耕的坡地似乎越来越多，牵墒，牵墒，牵又老又懒的黄牛，耕无边无沿的荒坡，永无出头之日。

小田各庄人要是来抢占这片荒地该多好！最理想的是，他们来很多人，很多条狗，栗蓬儿和老长驿肯定抵挡不住，他就可以飞也似跑回村，尖利急促的唿哨如号角般响彻全村，把壮实的男人和好战的孩子比如巴掌，还有一大群狗，统统召唤到一起，持铁锨举钉耙，自己和伙伴们用弹弓或石子儿，或者短兵相接，跟小田各庄的人马大战一场，烟尘大起，杀声震天，多痛快，多快活！

啪，栗蓬儿的耳旁响了一鞭。这是马长驿警告他，走偏了。

太阳升高，新翻起的土壤如同凝固了的波浪，在阳光下很快退去新鲜的光泽。春风很乱，枯叶与浮尘在风里疾走或打旋儿。还是长长的犁沟，无边的荒野，沉闷的懒牛，无穷无尽的耕作，枯燥无聊的牵墒。栗蓬儿的心情糟糕透顶。

又一次掉头后，马长驿没有立即下犁，说，栗蓬儿，你歇着吧。

栗蓬儿愣愣地看着马长驿，不明白他的意思。

马长驿说，这一大片荒坡，今后就属于马家铺了。而第一犁开得好，走得直，往后犁得就顺心如意，如此一来，栗蓬儿就不一定非得陪伴他和牛。牛虽然是慢性子，却正合他马长驿的心意，使唤起来得心应手，慢工出细活。马长驿说，可以了，足够了，他与牛结伴，完全能够开完这地，而且犁沟一定会匀称平顺。耙地的时候，也无须栗蓬儿来陪绑。倒是耧播离不开牵墒，那时候，如果栗蓬儿愿意，可以再来与他合作。他还是愿意与栗蓬儿搭伙儿的。

当真？栗蓬儿有点紧张。

这块坡地，算是我和你两个人开的。今年头茬，一半种地瓜，小半种谷子，也种些棉花，不指望能出产多少，只图开个好头。耙地的时候精细一点，多上粪尿和炕灰，再铺几遍簸箕湾和斗湾里的淤泥，用上五六年，就能把这地使唤熟了，那就是咱马家铺的好地亩。马长驿说，栗蓬儿你性子太躁，跟我干这活，太憋屈你。学校不是放假么？我也放你的假。你耍去吧。

幸福因来得太突然而显得有些不真实，栗蓬儿拔腿就走。

二

无边无际的快乐鼓胀着栗蓬儿全身，像新鲜的浆液充盈了树干和枝叶，每一个细胞都跃跃欲试飘飘欲飞。

栗蓬儿跑在春风里。

二道坡上的男男女女在种春地瓜，补垄的、分秧的、浇水的、培土的，都在忙活。节气早的年份，哪个环节的农活都得抢，抢耕、抢耙、抢种，人们像雨前的蚂蚁般忙忙乱乱片刻不停。从村里走来了马长楼，他担着热水罐，狗欢子后面紧随，双手吃力地提着盛碗的浅筐。离种地的人还很远，马长楼尖细高亢的大嗓门就喊：

饮水啦……

他故意喊作"印水"，马家铺人号令马或驴或牛喝水时发出的口令就是这样的。人们纷纷撂下手里的活计，骂着、笑着、咳嗽着，擦着汗、捶着腰、甩着手，接过狗欢子递上的水碗。狗欢子招呼栗蓬儿，栗蓬儿赶紧逃开。

冬小麦返青，禾苗在风中摇曳。昨夜有北飞的大雁落下麦垄啃吃麦苗，拉出的屎像僵死的青色毛毛虫。长着一对大马牙的百岁热情邀请栗蓬儿一起捡大雁屎，那是喂猪喂鹅的好饲料。栗蓬儿摇摇手，不入伙，他只想自由自在地奔跑。

头道坡上林木茂盛，暗红嫩绿。栗子树的条条花串见出了雏形，迎春和连翘的嫩黄色小花要谢了，洋槐瘦骨嶙峋的铁色枝条上刚刚出现小小叶苞，有最先感知春意的虫蚁正奋勇攀缘。千头椿的枝干粗大滚圆，云状树冠绿意盎然。传来"布谷布谷"的鸟叫，栗蓬儿仰头寻找，发现叫声是从柿子树厚实而润泽的叶子中间发出的。捡块石子儿掷上去，打飞了一只啄木鸟，树上顿时喑哑，娇小的布谷鸟一闪而过，飞入桑树，飞向黄杨树，又在栗蓬儿的追赶中飞入紫荆树和楝树，最后在栗蓬儿的仰望中"特棱棱"地飞走了。无数蜂蝶，在花白如雪的刺楸树和繁花似锦的海棠树上飞舞……

坡边一块平缓的向阳坡地，栗子树边，六座仓囤分两列交错矗立，是马家铺的储备粮粮仓。门上挂着将军锁，其实用手可以扭开的，仓囤里装的多是碎麦秸。栗蓬儿在里面焐过柿子，打过扑克，藏过兵器，捉过长虫——仓囤温暖的地下洞穴中有长虫窝。他跑过仓囤，跑进桑树溪。

犸虎岭的东北山脚下，有百十眼泉水从砾石旁、枯草间、石缝中无声无息冒出，随缘就势择取道路，渐而在低洼之处融汇成溪顺坡而下，切割出两丈多深的沟谷，弯弯曲曲流入落甲河，就是栗蓬儿的秘密领地桑树溪。

真的，桑树溪是栗蓬儿的谷溪，这里有无穷的乐趣。他沿着坡崖和溪底巡行，北崖半腰藏着几个沙鸡窝，南崖顶上有家坡兔子，两面坡崖上遍布永远长不大的小桑树、叶子清清亮亮的山杏树、枝条匀称而修长的棉槐、花色嫩黄满丛闪眼的刺儿玫、破土而出的青茅草、紫花玲珑的二月兰，还有山荆子、画眉草、马鬃毛、牛毛毡、野韭菜、面布袋、山芹菜……皮实的拉拉秧探下沟底，脆嫩的节节草松松散散地跟随着水流生长，臭蒲勇敢地在溪边不知名的草丛中扎根。溪水辗转流淌，清澈见底，由嶙峋乱石的缝隙里无声地慢慢穿过。鱼、虾、蟹从冰凉的水下苏醒，探头探脑地窥伺着来人。栗蓬儿掬起一捧水喝下，凉得乍牙，却清甜无比，瞬间穿透五脏六腑。他揪下扯根菜的嫩芽，喜欢它软软的、糯糯的、滑滑的滋味，在水边采些水葱和荇菜塞进嘴里，捏住荻根细小的茎秆，慢慢抽拔出多汁、细腻的茎根，俗名"荻刃"，味道清新而微甜。

栗蓬儿爬上崖岸，扯下根柳枝，做了支二指长的短笛，嘬去树液的苦味，试了试音色，柳笛声便清脆地响彻了田野。桑树溪南岸麦苗儿青青，七八个小把戏跑来跑去，都在看懒汉青州放风筝。

青州是个一人吃饱全家不饿的单身小子。青州是他的小名，官名马玉勤。他的爹娘真真给他取了一个好名字，从来没有谁，无论什么辈分的，认真叫过他的官名，即使他已经成年。倒也不全是因为他懒得出奇，与官名之义离得天差地远，也在于大家都把他看做总也长不大的孩子，叫他的官名太显郑重，叫或者听起来都觉得别扭。

青州的爹死得早，他娘把这个独生子严严实实地藏护在翅膀下。周岁端午，给他的脖子、手腕、脚踝精心缠上五丝①，跟长了彩毛似的，雨天也舍不得解下。长命锁从未离开脖颈。儿子长到五六岁，吃不下粗粝的饭食，他娘把粑谷咀嚼到细腻黏糊，嘴对嘴喂给儿子，活像老鸹喂小老鸹。出门必攥紧儿子的手，不许脱离片刻。但凡儿子磕破点皮肉，身上扎根毛毛刺儿，她比儿子还惊诧难受，心疼得眼泪汪汪，必牵引儿子指认嫌疑物件，一一验明正身，统统给予痛打以解娘俩的心头之恨，直到儿子破涕为笑。要是找不到假想敌，青州娘会捉起儿子的小手打自己的脸，说，连欺负宝贝儿的人也找不到，打你娘这个没出息的。青州再大些，得到的疼爱有增无减，凡事不让他沾边儿，不论地亩里的还是天井里的，他娘都是自己出面，永远把他藏在身后。青州渐渐长大，免不得要与同龄孩子争斗，若在与同伴的厮打中落了下风，这个委琐的半大孩子最大的本事就是回家向他娘哭诉，而他娘一定要问罪于"欺负"儿子的罪魁祸首，不管谁在理谁理屈，也不在意对手的实力强弱，先打上门去破口大骂一通再说。到他娘死去，不得不正式出头露面应对世事的青州已临近成年，除了要闹，什么农活也不会做，更不想做，俨然废物一个。

青州娘弥留之际曾托孤于娘，流着泪央求娘说，等她的爱子长大，娘务必费费心，给他说一房媳妇，好歹让他顶门立户，哪个方位哪个村庄的闺女都行，当然，三十里铺的为上佳。娘委婉但坚定地挡回了青州娘的重托，致使可怜妇人的魂灵怀着对爱子的满腹歉疚飘向西南方位即往生之地。娘说，尽管想起那个护驹子护得相当完美的女人的临终遗言，她隐隐有些不安，但她依然认为，没有应下青州娘的临终托付，没有承担为青州做大媒的责任，是她嫁到马家铺以来最明智的选择之一。

给他说媒，怎么说？把他往实了说，谁家的闺女肯来就他？往虚了说，那我不昧了良心！娘说。

不过，终究有生死之际的嘱托，使娘对青州一直存有几分恻隐之心。年景好，逢年过节吃饺子，娘会盛满一碗，爹端到斜街边上的青州家里，也让

① 五丝：用红绿黄白黑（或红黄蓝白黑）五色丝线合股成细绳，于端午日太阳未出之前将其拴系在幼儿的颈、腕、踝处，直到下大雨时解下，扔到雨水里冲走。此为祈求孩童平安吉祥的民俗。

他过个年过个节。袼褙儿打得宽裕，娘会顺手多做双棉鞋，亲自送去，当场监督，让青州把露出脚趾和后跟的烂鞋换下来。在娘看来，脚是人身上顶顶重要的部件，支撑着人一生的作为。脚是肉长的，不是铁打的，断断不可慢待。然而，娘说，馈赠归馈赠，那是对得起那个可怜妇人的在天之灵，和青州的品行是没关联的。在娘的心里，青州是没见识的"贫家"爹娘惯出的"娇儿"，是她戒惧儿女的绝佳范例。所以，娘老拿青州说事，却从不让他进门，更不许栗蓬儿跟他鬼混。因为屡屡抗命，栗蓬儿头上不止一次挨过娘的笤帚疙瘩敲打。青州好吃懒做，极端厌恶干活，却精通百般玩耍手段；做风筝的技能十分地道，放风筝的本领尤其高超。初春大忙，穿得破衣啰唆的他将一架周边粉红、内圆有对等黑白阴阳鱼的八卦风筝升入稳风层。风筝在高空稳稳飘着，好听的风弓响声"嗡嗡嗡"地从高空阵阵传来，使攥紧线把的青州开心不已。这是青州和风筝都很光彩的时候，他不时拽放风筝线，空中，几束麦苗做的风筝坠子大幅度地荡来荡去，引得孩子们蹦跳着追逐。八卦风筝很大，青州吃力地拉着长长的弧线退向桑树溪，扭头向在崖岸上的栗蓬儿大声发出邀请，让栗蓬儿过溪去分享他的快乐逍遥。栗蓬儿心情太好，没工夫跟他耍，吹着柳笛继续奔跑，跑上落甲河大堤。高高的护堤白杨树上，喜鹊和老鸹正忙着衔枝含叶加固旧窝。放眼眺望，田野里氤氤氲氲，人欢马叫。

大堤外是水浇地，马天茂正在细细耙地，腿脚如同铆钉，胖大的身躯牢牢铆在床形木铁耙上，一手挽缰，一手持鞭，红马拉着钉耙，一路破碎、碾压土块。跟他爹一样，马天茂爱惜牲口，很少鞭打，鞭子只是他耕地的行头，打个响鞭，鞭影儿在红马头上晃过，与其说是抽鞭子，不如说他是在给牲口提神。只凭吆喝，他就能将红马使唤得遂心如意。

嚯嚯，嚯嚯！马天茂指挥着红马和钉耙，耙出身后松软平整的土壤。看到奔跑的栗蓬儿，他喊道，栗蓬儿，跑这么快干什么？奔铛铛去呀？

栗蓬儿飞快跑过，把马天茂和他快活的叫喊甩在身后。凉凉的土地，凉凉的小路，凉凉地沁入脚心，传遍全身。栗蓬儿精力充盈，只想奔跑，永无休止地奔跑，奔跑让他通体舒泰海阔天空。

栗蓬儿跑进了三月。

第九章

一

三月里，多晴天，爹忙着垫圈。

马家铺的"圈"是栏圈，就是半露天厕所，半坡屋顶，麦秸覆盖，兼作猪栏，被艺术气质很浓的爹文雅地称为"茅厕"。村里人方便，说"上圈"，爹偏要说"上茅厕"，正如他把拉屎叫"解大手"，把撒尿叫"解小手"一样。

栏圈大多建在远离正屋的天井一角，圈门都开在其山墙一端。把外墙推远五尺，挖出并砌筑五尺深的长方形土坑，是为粪池，而茅厕的半坡屋顶却只遮盖大半，无遮掩的粪池素面朝天。无论解大手还是解小手，乍在这种圈里"方便"非常不方便，人的隐秘部位承受着雨雪风霜不说，粪尿完全入池也非易事，还需有高超的平衡技巧以免自己掉落下去，虽然粪池边沿全都用石块砌成，挺挺然如跷檐，并不打滑。当然，经年累月这么方便过来，庄户人的如厕技巧已臻化境，完全没有了局促和紧张，"茅厕"的温情一面也就显现出来。家庭成员结构如栗蓬儿家，若一时都"解大手"，无论男女长幼，齐齐蹲于粪池边沿，宛若燕子在电话线上列队般有趣，一边享受"方便"的快感，一边说着天气或功课或年景，虽是臭气弥漫，却不乏轻松如意，很有些愉悦在里面。不过这须是不养猪的年份。巴掌家这年养了一口肥猪，某天不知为什么被惹恼了，忽然发起脾气，差点把毫无招架之力的主人拱进粪池。

爹用小车推来的黄土俗名"垎垃儿"，是专门用来垫圈的，干爽而松散。他将"垎垃儿"倒在栏圈地上，挑出里面的硬疙瘩，用力掰成大小匀称的土块，专放一处堆好。这是"解大手"之后的必备用品，说白了，就是用来擦腚。之后，爹使铁锨往粪池中播撒黄土。

爹干得十分卖力，将两车垎垃儿均匀撒下粪池。粪池早已化冻，散发出阵阵恶臭，爹并不在意，他的勤劳让娘颇感欣慰。娘烧开一燎壶水，用心沏了花茶，招呼爹到堂屋里喝。爹不进屋，也不歇息，就站在砖阶上喝茶，一手接过娘递上的手巾擦头脸上的汗，快意地说，身上有臭气，别腌臜了你们。又说，我得赶紧捣门外那畦粪。长驿五叔就要过来，他念着呢。

那畦粪是头年入冬前起的圈，运到大门外一块三角平地堆成坟包状，用黄泥封严，捂过了整个冬天，几天前爹将粪包扒开，摊铺在地曝晒，现在，需要捣细。爹自小的耐性缺失让马长驿放心不下，早就嘱托清楚，要爹先慢慢耗着，他要亲临指导。这位极具干活瘾的老庄户带着二齿粪耙赶来的时候，爹已经在晒得半干的粪畦上鼓捣了。爹的把式哪里入得马长驿的法眼？马长驿起初只是挑三拣四，指出爹的毛糙，及不周全；继而进入粪畦，举耙捣弄，并伴以语言教授，为爹示范；最终赶爹出粪畦，说，这点活儿，哪够我干的，你歇着吧。

马长驿非要把事事做到拔尖，又能在做事中尽享快乐。粪畦使他兴奋莫名，粪耙翻飞，节奏匀称，白手巾在腰间跳荡，他满脸洋溢着怡然之色。此时的二齿粪耙之于他，与刀枪之于兵士、彩毫之于丹青、印绶之于官员、兵符之于将军、朱笔甚或玉玺之于皇帝老儿，从根儿上论并无区别。发酵后的粪自然也是臭的，但揉进日光、春风、地气、曝晒之后就有了某种粪香。在爹的钦佩和感谢的目光中，马长驿将粪捣烂弄碎，捣"熟"了的、颗粒匀称的粪肥再次聚拢成堆。

春风刮过，蓦然间，数不清的粪堆隆起于马家铺，需要集中运往地亩。此刻，到了爹大显身手的时候。

狭长而有柔和弧顶的荆条筐装满粪肥，几个人陆续抬起，蝶翅状放在小车上，用尚麻粗绳绑扎紧固。

小车是改装过的，前端加装一副车辕，以供马天茂驾驭。这个模样的小车号称"二把手车"，是爹与马天茂自小合作默契的绝佳范例。爹指导众人再摞一层粪筐，就是在四个粪筐上各加载一个。"二把手车"装载过重，轮胎压得有点儿扁，抬起车把很是费劲。但推车的爹绷住劲儿，憋红了脸，高声叫道，天茂，接好了！前辕的撑驾者马天茂虽然胖，却不缺气力，稳稳接住，将车辕握在手里，脸上还是笑模样，说声，走着！爹就说，走了！前后一起用力，将超重的小车驾驶得平稳而飞快。

二把手车走过桑树溪上的小桥，推进南原的田间小路。南原有大片庄稼等待追肥，马长驿亲率马天佑、马玉德等人早就候着，远远地朝小路上的二把手喊道：再走上，再走上！这对于爹和马天茂是加倍的负担，但此时的爹何等风光，哪里容许自己和好友马天茂跌了脸面。他发一通力，前头的马天茂心领神会，两臂持平，车襻绷紧如同洪水期纤夫肩上的纤绳，车子稳稳地走到南原尽头。两个好友意犹未尽，用尽最后一把力，勇猛地冲进青青棒槌苗中间的土地，车轱辘陷入松软的土壤，车身倾斜倒下。

等拾掇完了①，推上你我两家人，到苍蒲城里赶庙会、听京戏去！爹躺在青苗摇曳的地垄里，并不起身，快乐地说。

爹的好心情持续膨胀，后晌，他仰望天空，天空一碧如洗。爹说，该装风门了，燕子要回来了。

每年春天飞还马家铺的是两种燕子，在茅厕里垒窝过日子的叫油燕，个头稍小；在正房堂屋中安家的是麻燕，身材修长。半露天的茅厕毫无遮挡，油燕能够自由出入，或修补旧窝或另起炉灶，很快就能安顿下来。麻燕的窝则垒在堂屋高处的檩木上，与庄户人更加亲近。

自古以来，视燕子为自家亲眷的马家铺人会在它们即将回归的时节敞开屋门，以迎接天性纯良的鸟儿及时回家，这种大开门状态将一直持续到秋天燕子飞离。为防止鸡鸭猪狗等辈借此机缘闯入堂屋胡闹，风门应运而生，其实就是挂在屋门门框上的两扇三尺高矮的栅栏门，也有门轴，也可紧闭，取代关阖严密的屋门。它同样古老的另一种用处，是让春风畅快地吹入捂了一冬天的屋子，荡涤和祛除犄角旮旯儿的灰尘与霉菌，取其风行便利之意，得名风门。风门是家家户户必备的，区别在于安放得早晚，以及材质的优劣。

在某些事情的细枝末节上，爹务求尽善尽美，容不得一点瑕疵，这与他在许多重大事情上的糊涂和草率对比鲜明。比如风门，大多人家用楸木抑或槐木抑或柳木做成，并不非得用上好木料，也不刻意雕琢，实用就行。有的人家，用十几根木棍横竖匀称摆放、栓紧，当门架住，尽管简陋，它的多重功能并不受影响。栗蓬儿家的风门用了多年，虽然确有破旧残损，下力绑扎绑扎，仍是一副中用的门扇。但爹执意重新置办，且已经有了中意的木料，是马天

---

① 拾掇完了：当地俗语，意为秋收秋种基本完毕，农家即将进入冬闲。

茂家的几根榆木枋子。

那不行，枋木不能给你。马天茂说，不就是个风门子么，值当得用我上好的榆木？我得留着，我有别的用处。

爹说，风门怎么了？风门也是门。门户门户，有门才有户，"门"是多么重要的东西。在爹心里，风门的质量优劣可见证出主人日子过得高低，其要紧程度不亚于屋门。因而，一定要做最好的风门，也图个好兆头，弃旧迎新，盼这年事事顺遂。

马天茂说，不是我舍不得，这几根枋木我真的有用。天启你不是不知道，我那粮柜被虫子咬得千疮百孔。再加几块板材，这几根料子正好用来做新粮柜。

爹说，我不管新粮柜还是旧粮柜，离粮米入仓还得些日子，你还能等，我可等不得了。反正我的风门占先，你得让着我。以后，我再淘换好木料还你。

在爹近乎于赖皮的索要面前，马天茂只好让步。但爹的目的不止淘换这几根枋木，他说，这么要紧的东西，必得弄精巧，也别糟践了这好木料。别人做我信不过，就得你天茂出马。我备下好茶伺候你，行不行？

讨价还价的结果，是马天茂出让榆木枋子，由爹将它们破为方掌，马天茂再接手，料理成型。

按马天茂的标准，爹将方木分解成十几根长短胖瘦不等的掌条。然而，马天茂没有如约前来。他儿子百岁跑到栗蓬儿家，哭咧咧地说，他娘病倒了，他爹在家伺候，脱不开身。

马天茂"家里的"得的病是"偏枯"，这种被马家铺人视为恶魔一般的病，她是在毫无征兆的时候罹患的。

马家铺人有早起劳作的习惯，望着启明星下地上坡，天地明亮的时候，活儿已经干到半截了。这习惯千百年持续下来，跟学生上早课般看重和准时。这天早晨，马天茂从地亩里干活回家，没有见到热气缭绕的饭菜，没有见到摆好的饭桌，甚至，锅灶也冷冷清清。他爹马长驿永恒不变的拾粪作业眼见就要结束，老人可是进门就要在饭桌上位就座的，堂屋里却没有做饭的迹象。马天茂很不快。开春不久，他娘也就是百岁的嬷嬷死了，家务事全都由百岁娘一个人承担起来。百岁娘是有名的勤快人，全家人的起居饮食从来不会耽搁，连公爹每天夜里的脚罐子①，也必须在威严的老人前脚走后提到圈里清洗干净。今天这是怎么了？马天茂撩开西屋的布帘子，看到他"家里的"还躺在被窝里，更加不快，差不多要发火。借着窗户透进来的光亮，他"家里的"惊恐的脸让他吃了一惊。

百岁娘说，我的手脚动不了了，我得偏枯了，随即拿被子捂住脸大哭起来。

马天茂慌了阵脚，到处搬救兵，从桥头镇药铺请来坐堂先生，到前昭下请来有名的郎中，各路神仙无一例外地表示，此种恶病一旦降临，犹如恶鬼缠身，医药几乎无能为力。

完了，完了，百岁她娘这一病，我是整座屋子倒塌了山墙！马天茂连连顿脚，对赶来探望的爹说，这不是天外飞来的横祸么？

爹不再提风门的事。过了几天，马天茂说，天启，都别误了时令，我得赶紧把东坡上那片地耙完，你的风门也要抓紧做。我分不开身子，风门，你让玉锁做吧。

马天茂与马玉锁都是马家铺顶尖的好庄户人，但他们俩彼此不服气，颇有针尖对麦芒的意思。马玉锁天资聪颖，一身通透灵气，别人学三天的活计，他看几眼就上得了手。"像不像，三分样"，马玉锁哪怕是乍学初试，必定有七八分模样，所以他心高气盛，等闲人物不放在眼里。马天茂的把式好，在于承袭了他爹马长驿爱干活、干活细的天性，长年历练下来，手下利落，活儿做得没有瑕疵。如果比心思灵巧多才多艺，马玉锁略占上风，而就农家技艺的扎实来说，马天茂终胜马玉锁一筹。他是个温和的人，从不与人作对。但两个好把式彼此不服气，明里暗里较着劲。他们俩曾有一次公开比试，是在众人撺掇下进行的。那次比试让这两个好庄户把式产生了某种龃龉。

比试是打烟杈，在一块很大的烟地里进行，看热闹的人很多，爹自然在其中。马玉锁手脚麻利一马当先，茂盛的烟棵子淹没了他高挑的身量，爹只看见烟棵子尖顶的浅粉色小花簌簌抖动并快速地向前推移，相邻的烟行子里，马天茂明显落伍，却也不紧不慢地跟随。马玉锁抢先一步到达地头，用沙土擦拭沾满手指的粘腻腻的生烟油子，一边嗅那呛人的味道，高度夸张的厌恶

---

① 脚罐子：尿罐子，多为陶制。

表情里，满溢着得意，他自信地等待落后的马天茂赶上来认输。不过，当他们交叉换位，顺着对方的来路回返，逐一检验对手的活计完毕，悠闲地擦拭手指的是马天茂。他对马玉锁说，有几棵烟，我在根旁放了大块土坷垃做记号，你再去查验查验。然后他开始擦烟钎子，慢慢地擦，将烟钎子裹在青草里擦，烟扦子铮亮了还擦，再不看对手，也不说话，只向等候赛事结果的爹笑一笑。再次走出烟行子的马玉锁涨红了脸，很不情愿地承认自己败北，那几棵烟的杈子没打干净，而对手的活儿利落得如同水洗过。

事后有人说，马玉锁仍在单干而尚未入社，那是社里的而不是他家的黄烟，他犯不上精工细作，活儿难免有差池。

社里的怎样，家里的又怎样？不都得精心做，怎么可以脱茬露毛[①]！马天茂坚决捍卫自己的胜利，话说得劲道十足，说到底，是他玉锁的心性有差。"周瑜的一步三计，不如诸葛亮的三步一计"。心眼太多，太活泛，成色必定不足。活儿和计谋一样，太赶了，就糙，就浅，那他还能赢么！

这次，马天茂举荐马玉锁，出乎爹的意料，更让被举荐者觉得意外。马玉锁问，真的？二叔你可别瞒哄我，天茂大叔真的让我来做？得到爹的肯定回答，马玉锁即刻将掌条抱回了家。

次日，两扇精致的风门被马玉锁提了来，做工精细，格栅周正，通体没用铁钉，没用鳔胶，全用卯榫连接，有几处特意加了精巧的小蝴蝶榫。牢固是不消说的，顿一顿，结结实实，纹丝不动，就像长在一起。横掌和立柱上，榆木独有的流畅条纹看上去赏心悦目。

在马玉锁的指挥下，玉楸和栗蓬儿把风门安装到位。两扇屋门大开，爹当门而立，风门刚刚高过他的腰。

它们该到家了。爹说，满身洋溢着期待仰望南天。

一

马玉锁告诉爹娘，他嬷嬷也病了，哮喘把她折腾得不得安生。

---

① 脱茬露毛：意为做事毛糙，质量粗劣。

牌坊下三嬷嬷旧病复发，与她某次外出未能及时用袖口罩严口鼻有关，老人家一时忽略了料峭春寒的厉害；心绪不佳也是诱因。头年初冬极为风光的马玉衡婚礼，再次触痛了她的心。马玉衡比马玉锁大不了几岁，已娶妻成家顶门立户，爱孙的婚事却渺渺无期。日夜诵佛，也未能祛除她的心底孽障。风寒加焦虑，三嬷嬷病倒在炕头在所难免。

娘对牌坊下三嬷嬷的心事一清二楚。探病的时候，娘把她这位三婶子从被垛边扶起，用空掌轻轻叩击病人的脊背，让老人呼吸得顺畅些。在三嬷嬷表示胸口好受一点的时候，娘说玉锁的婚姻大事从来都在她心里惦着，未敢有一刻忘怀。实际上，她已经为马玉锁说好了媳妇，是三十里铺的闺女，她亲自考察过的，人品好得没法说。已经跟那边说好，麦子割倒，人家就来马家铺相亲。

三嬷嬷挣扎着抗议说，等什么麦收？我这个样子，不定哪天就一口气倒不过来了。死也就死了，天启家的你知道，我活过了头，早就活够了，哪怕明天"往生"，我也会利利落落地走，我乐意早些到"那边"见你三叔。可要是临走还见不到玉锁成家立业，我哪能放得下心，到"那边"也没法跟他爷爷交代。

娘说，三婶子，眼下全村都在大忙。玉锁天天上坡下地，怕他腾不出工夫。

三嬷嬷说，玉锁腾不出工夫，我腾得出。再说，别的事可以先放放，相媳妇是最值得他忙的事。

三婶子，咱别逞强，你眼下这个样子不好见客。就算要请人家来，是不是推后几天，等你好些再说？娘说。

天启家的，别推，一天也不推，就请人家这几天过来。三嬷嬷断断续续但坚定地说。她盼望着，要是双方都看得中，此时下聘，到"拾掇完了"成亲，正好是个圆满的嫁娶周期。她无论如何也等不得了。

对于娘此次充任的大媒角色，爹颇不以为然。爹见过娘相中的那个闺女，认为不会中马玉锁的意，娘忙来忙去是白耽误工夫。三十里铺人来考察马玉锁那天，恰逢社长马天禧和爹要进城看新上市的双轮双铧犁，说那家什要是真的像上面说得那么好使，出活儿，价码公道，社里就添一台，还赶得上麦收后的抢耕。爹兴冲冲地走了，娘不得不独立走完相亲的所有步骤。

来人是闺女的亲舅，娘引他在自己家"相"过马玉锁，又与后者一起带他到牌坊下的宅院。三嬷嬷强撑病体接待客人，很乐观地向来人保证，她的病会很快康复，其实差不多已经康复。等完全好起来，地亩里和家里的所有活计她都干得，不会拖累孙子。至于玉锁的人品禀性，三嬷嬷说，你就听"天启家的"好了，她说的比我说的还实在。

客人是个话不多的人，脸板板的，听了牌坊下三嬷嬷起誓一般的承诺，毫无反响，好像对马玉锁家不中意，但回到大媒家坐席，酒过三巡，此公变得十分健谈，天南地北乱吹。吹三十里铺的地舆风水，吹他们的工分分值，后来就吹他的外甥女怎么厚道，怎么孝顺，怎么勤谨，怎么康健，绝对是天下难寻的闺女，家底又如何厚实，亏待不了未来的夫婿。酒酣耳热的马玉锁几次想插话，在密不透风的海聊面前根本没机会。爹不在家，娘特意请马天茂来做陪客。马天茂酒瘾不大，茶瘾大，几盅茶下肚，也喜欢神聊。三十里铺的客人与马天茂一来一往互相激励，谈资颇多而谈锋甚健，让可能的未来甥婿彻底沦为听众，连话缝也不给留一条——说到底，本来就没有马玉锁说话的份。

栗蓬儿和六月被娘赶出房门，以防止他们骚扰贵宾的茶酒对饮。娘和马家铺的所有女人一样，宴请宾客的场合绝不上桌。她的职分是将凉下来的菜不断地重新温热，再次端到客人面前。娘的热情接待获得了她最想要的回报，酒席上的三个人皆大欢喜：客人十分满意，无论对马玉锁还是对酒菜；马天佑得饮娘特意为他沏的釅茶，精神振奋，容光焕发；马玉锁压抑不住与闺女见面的强烈欲望，迫不及待地跟这位醉醺醺的舅舅跑去了三十里铺。

他更快地跑了回来。

太壮了，她太壮了，快赶上马玉德壮了，马玉锁说，长相也像马玉德。

胡说，好好的闺女，怎么会像马玉德？看马玉德那张土匪脸！娘说，再说，壮怎么了？身体壮，家事兴，你玉锁有什么看不上的？

我不要她。马玉锁说。

娘很不高兴。身体壮实是多么让人放心和欣羡的事，马玉锁竟然没相中。娘说，身子骨壮实你相不中？你难道要娶个病快快的女人？要是那样，玉锁你就准备一辈子伺候媳妇吧。

马玉锁说，他宁肯娶个病怏怏的闺女，只要他看得顺眼、愉作、心里畅快。要是因为身体羸弱不能上坡下地，那他马玉锁认可伺候她，就算是当牛做马也心甘情愿。

娘极其反感马玉锁的偏见。娘说，玉锁你千万别存这样的念头。如果娶回家的是一阵风都能吹倒的媳妇，那连能不能生养都很难说。即使生儿育女，也让人提心吊胆——生下的没准儿也是病歪歪的儿女，你一辈子得操两辈子的心。

马玉锁依然拒绝那个闺女。

你都十九了。娘提醒马玉锁在意自己的年龄。

那我也不要她。马玉锁说。

如果青年庄户人没有聘定媳妇，十九岁就是尴尬的年龄。处于再也耽搁不得的十九岁，马玉锁又一次推掉娘为他选的好闺女，而拒绝的理由竟如此荒唐，娘失望极了。

娘为促成这门婚事费尽气力。她曾两次专程回过娘家与那家人接洽，而并非每次都坐爹推的车。对娘的"放大脚"来说，马家铺与三十里铺之间是多么遥远的距离。再说，娘是大媒，吃马玉锁家几顿饭菜应当应分，但娘却专备酒席款待来客。娘是会过日子的人，钱粮捏得极紧，历来量入为出，慷慨倒贴不是她的风格，然而，这顿酒菜却很是花了些钱。之所以情愿破费，先是缘于自家与牌坊下三嬷嬷家有通家之好。爷爷曾与牌坊下三爷爷走动得非常频密，有很深的情谊，而爹也曾跟屁虫似的跟从三嬷嬷的独生儿子马天云；即使不算上述缘由，娘也心甘情愿为三嬷嬷做事。娘说牌坊下三嬷嬷是个让她敬服的人，命运却很不好。牌坊下三爷爷死得早，三嬷嬷一手把儿子拉扯大，后来遭逢惨烈变故，又独立支撑将孙子马玉锁抚养成人，历尽艰辛，殊为不易。帮助马玉锁娶上媳妇，为三嬷嬷解除心头忧虑，既是件美事，也是娘的夙愿。但结局大大出乎娘的意料，自己看好并极力操持的一桩姻缘，尚未开锣就草草收场，这让她非常不快。

跟他爹一样，跟他爹马天云的禀性一模一样，是一个模子扣出来的，一点儿都不走样！娘愤愤然。

爹说，马天云的禀性怎么了？马天云那是百里挑一的人物。栗蓬儿他娘你可别拿天云说事。

马天云的爹就是牌坊下三爷爷死的时候，马天云才十几岁，在三嬷嬷的精心调教下，他长成了体面的庄户人。

体面，在马家铺人的话语中有多重含义，或指有身份，家境好，吃穿胜过别人；也指人的自尊、要强、勤勉和洁净；另外，模样长得讨人喜欢，也可赋予"体面"一词。马天云占的是后两样，少小失怙，也失学，早早地侍奉起庄稼，庄户人的本事无一不精，日子过得要风有风，要雨有雨；马天云身材高挑，肩宽腰细，五官秀朗，长着马家铺人少有的挺直鼻梁，出众的模样在人堆里很是招眼。他的衣服五冬六夏都干净熨帖，这在农家青年里实属罕见。总之，他就是个体面的人，体面到让爹崇拜。爹佩服和崇拜马天云的一切，其中最佩服的是马天云的胆子大，凡事不怕出头，敢作敢为，人又至孝，对母亲昏定晨省，受到村里村外的由衷夸赞，是典型的孝子。

体面的马天云的一生很短暂。他的故事或流传有序，或扑朔迷离，都有别于一般的庄户人。他的婚事就很传奇。

爹说过，马天云的眼皮子高，等闲闺女入不了他的心，所以，他的婚事拖得很迟。在挑剔过很多好闺女，并且惹出了几起风流韵事之后，他终于认定一门亲事，新娘子是前昭下村的俊俏闺女。前昭下村是个出美女的村子，而那个闺女称得上是全村的"碗头"①。但前昭下村的名声不好，与名声很好的马家铺历来不通婚姻。前昭下村人多姓姬，马天云是第一个与姬氏女成亲的马家铺人。

马玉锁的姥爷是犸虎岭里的富足人物，这位财主和他家里的生了七八个儿子，就渴望有个女孩儿。烧香许愿，千盼万盼，女儿从不可知处跋涉而来投生，且出落得貌美如花，不可能不被娇生惯养。爹娘溺爱的后果是，姬氏妮子对家里和地亩里的活计完全不感兴趣，女儿家理应具有的贤淑品性和必须谙熟的针黹女红一窍不通，而她的骄横霸气却随着年龄一起蓬蓬勃勃成长。

---

① 碗头：原意是宴请客人时将最好的菜肴放到碗上面，显得体面，称为"碗头"。后来用以称呼在某个范围内最漂亮的女人。

待姬氏老两口发觉不妙，已为时甚晚。正在懊恼之际，女儿与马家铺一个青年人做出了苟且之事，逼迫他们不得不接受屈辱的后果。这个青年人就是马天云。

就容貌与性情而言，马天云与姬氏女堪称神仙眷侣。就门户高下来说，牌坊下三嬷嬷家与犸虎岭里的姬家相比，却是相去很远，何况马家铺与前昭下不通秦晋，他们最终得以洞房花烛，颇具浪漫色彩，这跟爹有很大关联。

他俩？他俩成亲，是我做的大媒。爹曾经吹嘘说。

某年霜降以后，庄户人家大致"拾掇完了"，爹跟着马天云进犸虎岭打坡兔子，路过前昭下村，正赶上那里搭起戏台自娱自乐。这个时节搭台唱戏，就有了招引客商的意思。爹和马天云走到离前昭下村不远处，风中传来京胡高亢的过门"急急风"，爹登时就腿软了。

爹当年十四，小马天云六岁，是给这个五服边上的兄长拿火药拿枪砂的年龄，也是他对京戏的挚爱与痴迷的年龄。大凡喜欢一件事，已经入港却似会未会之际，最是神魂颠倒。爹正是处在这神不守舍的时段，听不得京戏板眼，只要那迷人魂魄的乐声响起，他必定飞蛾投火般扑向戏场。爹提出，先看戏，再打猎。马天云说，如果听到京戏唱完，恐怕产下的兔崽子都能满山跑了，还打哪门子猎？爹执意要听戏，而且非要马天云和他一起听。爹是马天云的小弟，情急之时索性以小赖大，也知道马天云不会撇下他。果然，爹的小心眼得逞，马天云不得已让这个难缠的兄弟牵着鼻子走进了戏场。

随后发生的事情爹并不十分明白，爹的全部心思在戏台上，都在杨四郎杨延辉急于探望老母亲而不得，正对他的番国老婆倾诉愁肠、一唱三叹之中。大戏完结，琴鼓静声，戏迷们纷纷散去，戏台下狼藉一片。爹从宋朝降将与番国美女的缠绵情境里返回，没见到同伴。找了半天，发现在离戏台很远的地方，结了冰碴的山溪边，有几茎雪白的芦花，马天云正和一个闺女凑得很近，话说得火热。

虽是农家子，马天云也属玉树临风的那一类青年，很招女人眼目。不过，爹说，马天云肩上的那杆土枪，也应该算作那桩姻缘的牵针引线人。那是枪身很长的土枪，枪管上高挑着一朵迟开的朝阳花的嫩黄色花盘，很是亮眼。出众的模样再加一杆长有醒目鲜花的长枪，马天云的孽缘想不沾都难。那个闺女的样貌十分俊美，与马天云有说有笑旁若无人。

爹跑过去提醒马天云，该深入山岭沟壑搜寻野物了。马天云跟那个闺女谈兴正浓，很不耐烦地对爹说，把火药拿来。之后他把枪递到闺女手里，教她怎样持枪，怎样装填黑药，之后怎样装铁砂，怎样扳开机头，把黄药轻轻放在枪碗里。轻轻地，轻轻地，马天云托起枪身，小心指引和呵护着那个闺女，二人亲密无间，爹完全不存在了。在爹不满的嘟哝里，马天云带闺女跨过冰碴间淙淙流淌的溪水，走向一棵枝叶凋零的柿子树，所剩无几的橙红色柿子在湛蓝的天空中分外醒目。那个闺女也真够胆大的，虽然生涩却果敢地双手举枪，瞄准最尖顶的柿子勾动了扳机。

砰！随即，沟沟壑壑传来回声，闺女咯咯大笑。

那个冬天，爹伤心而愤懑地发现，马天云再也不带他进山，而总是孤身一人出行，说是进犸虎岭打猎，却从不见带猎物归来。不久，有风言风语，说马天云在前昭下村交识了一个相好的，他打的獾、狐狸、坡兔子或者鹌鹑说不定还有野鸡，都供奉给了人家。有人说，其实马天云是和那个相好的一起进的山。还有人信誓旦旦地说，那个闺女不止一次在马家铺出现，必定是她翻山越岭来与马天云幽会的。

马家铺都是循礼而行的好人家，绝对容不得有违礼制的事情，男女大防固若金汤，伤风败俗的事绝少发生。如有违逆者，特别招人非议和痛恨。马天云与姬氏女的桑间濮上故事，一时间传得沸沸扬扬。牌坊下三嬷嬷是温和良善的人，也招致了无数冷眼和谤议。

众口嚣嚣，无一不指向那对痴情男女，唯一的例外是爹。爹因太崇拜马天云而模糊了是非界线，尽管他承受着被重色轻友的马天云无情冷落的委屈，却仍然觉得这对热恋中的人并无多大罪过。

马天云和人家闺女好有什么错？崔莺莺和张生私会不也有违仪礼？穆桂英和杨宗保还阵前招亲呢！爹为好友辩解说。

这种不明大体的议论受到了十分严厉的训斥，以至被爷爷痛骂，但爹不改初衷，并不认为姬氏闺女跑到马家铺来私会马天云或者马天云把猎物进贡给那个闺女有多么丢人，相反，爹认定马天云和姬氏女儿是天造地设的佳偶。在全村老少都对名声大损的马天云指指戳戳的时候，爹是他的唯一知己和辩护人。

求亲的仪程一丝不苟。三嬷嬷这边郑重地纳彩、问名、纳吉、纳征、请期，一切规则遵行无误。风传前昭下村的姬氏夫妇稍有迟疑，闺女便把家里闹得翻江倒海，以至于年已老迈的双亲最终放弃所有的干预，全部听凭女儿的，只求她尽快出门子。第二年的惊蛰，行亲迎之礼。那是个有风落雨的日子，一乘花轿，全套锣鼓，把姬氏女迎娶到牌坊下三嬷嬷家。

一般而言，那不是婚男嫁女的时节，且是在风雨中行嘉礼，历来被视为不祥。做不合节令的事情，连老天爷都不给好脸，让马家铺人深感不安。这桩婚姻就是如此，从一开始就注定不同寻常。

是爹为新郎官和新嫁娘压的花轿。爹说，姬家给的陪嫁十分丰厚，让迎亲和送亲的人很是风光，但姬家对新姑爷一点也不亲热，比如马天云数不清的大舅哥及他们的"家里的"，对待这位妹夫礼数很周到，却缺少热情而多了些客气。行礼如仪，进退有序，一切都合乎规矩，但爹就是觉得哪里不对头，究竟哪里不对头，爹也说不清。凭敏锐的感觉，爹说自己也被冷落。当然，自己是压轿的孩子，姬家人那么多，成亲的仪式那么繁琐，被冷落十分正常，爹不抱怨。

迎来俊俏新娘的马家铺人也觉得有点不对头。成亲的第二天，马天云带领新妇，按辈分高下和系支亲疏，一一上门给长辈们磕头的时候，簇拥在两边看热闹的妇人们更觉得哪里不对头，但都说不出或者不便说。有老年妇人抱着红毡，迭次铺在新人即将下跪的堂前，挤在人群里的爹觉察出人们特别是妇人们眼里的疑惑以及她们的窃窃私语，但爹毕竟少不更事，被正襟危坐的老辈人对新人的教诲和赏赐场面所吸引，些微异样的感觉，如几片乌云飘过天空，不留痕迹。

当年六月十五，月圆之夜，几声新生儿的啼哭从牌坊下三嬷嬷家传出，解开了马家铺人可意会而不可言传的疑惑，众人的不安和猜忌得到了证实。

姬氏女和马天云做下了钻穴逾墙之丑事，他们在没有夫妻之名的时候行了夫妻之实以至于珠胎暗结，这是何等的没有廉耻！苟且之事必须承担严重后果，尽管他们的头生子落地即夭折，当夜匆忙埋在谁也不知道的某个隐秘地方，并不能抵销他们让古老的马家铺和不怎么古老的前昭下村同时蒙受的奇耻大辱。当年秋天，在某块肥力并非丰足的地亩里，挖到一个六斤沉的地瓜，创马家铺的地瓜重量记录，于是，残忍而恐怖的联想和传言让人不寒而栗。流言说，那个地瓜下面，就是马天云埋葬他的"私孩子"的地方。红红的薯皮，肥大的块茎，影影绰绰，能看得出婴儿的形状……

牌坊下的这套老宅院，自此被乡亲们看做"门风不高"[①]。连犸虎岭里前昭下村的亲家，也因颜面无存，公开宣称不踏入马家铺半步。

背负着恶名的一家三口，在村人的冷落中过起了日子。这对作孽的夫妻毫无愧疚之意，也未向村人表示哪怕一丝忏悔。在众人的冷落和不屑里，他们用丰厚的嫁妆添置了地亩，翻修了旧屋，日子倒比从前更好一些。除了牌坊下三嬷嬷切盼孙子的心情与日俱增，因迟迟不得满足而间或流露出对儿媳的不满，那家人过得并不比谁家差。爬满丝瓜藤蔓的院墙，两扇厚重而斑驳的旧门，隔开了里外两个世界。一般来说，两个世界井水不犯河水，只有爹，仍然不时穿行于大门内外，尽管屡屡受到老辈人的警告和训诫。

时间如流水，能稀释和冲刷掉很多不堪的记忆。过了些年，乡亲们大致宽恕了马天云夫妇，开始容忍背负原罪但尚可救赎的马姬氏进入村子的日常生活。娘就是在那时嫁来马家铺，与马天云"家里的"成了往来频繁的闺中密友。

娘说马姬氏确实俏丽无比，十里八里绝无第二个，却实在不是过日子的女人，或者说就是个还没长大的妮子。她什么活计都不会做，再次怀上孩子后，必须预备的婴儿被褥、衣裳、肚兜、鞋袜和褯子，多半出自婆母的手，小半是娘帮的忙。马姬氏干活糟糕，并非懒惰，是她实实在在不会干。娘教这位比自己年长的女人怎么干活儿，比教十几岁的懵懂妮子还要费劲。

不过，娘很喜欢马天云"家里的"，尽管她永远长不大。娘说那个女人心浅，好交往；胆子大，敢出头。马周氏被丈夫暴打的年月，唯一为她争理，并一度挺身挡住马长亭拳脚的，只有马姬氏，尽管她是小辈，而且还生活在村人的鄙夷眼光中；主意转得快，想到一出是一出，本事不大却总揽下很多活计，完全没有章程，往往同时铺开很多摊子却都做不好，半途而废是她的常态。

[①] 门风：犹家风，旧指一家或一族世代相传的道德准则与处世方法。门风不高，意为德行有亏。

比如，她心血来潮要纳鞋底，大针呲啦呲啦刚刚响几声，手指上的顶针就褪下来，去高高兴兴地扫天井，没扫几下，突然要洗衣服，把丈夫的、自己的和婆母的衣服全数泡进一大一小两个木盆，像模像样地打胰子搓搓板，满盆的泡沫泛起来，她被吓着了，守着木盆一筹莫展，而此时，该做饭了。身为儿媳妇，总不能让婆母把什么活都代替你做了吧，屡屡吃现成饭，天性孝顺的马天云已经露出了不快的神色，所以马姬氏争抢着做饭，然而，烙面饼和摊煎饼是绝对不会的，面条切得如同手指般粗，煮地瓜从来都烧干锅，米粥没有一次不潽满锅台，而她的俏脸已被锅灰弄成小鬼模样。最后，马姬氏因为一切都做得一塌糊涂而索性放弃一切。衣服是泡在盆里的，饭是冷在锅里的，扫帚是随意撒在地上的……娘不止一次看见，可怜的马姬氏面对着一大堆活儿焦躁异常，以至于揪头发、批面皮，最后无一例外地转化为哭，一边哭一边埋怨自己无能。

后来，马玉锁出生了。被牌坊下三嬷嬷请去帮忙伺候月子的娘，又一次领教了姬氏女的稚嫩，她连奶儿子都得让娘教，侍弄新生儿更是笨手笨脚，儿子没收拾利索，倒把自己弄得满身屎尿。娘为她的单纯和笨拙深感惋惜和着急，有时也难免埋怨马天云。

除了长相，他到底看中了人家什么？

是娘从那时起，屡屡提起的话头，以至于马玉锁离开很久，她的郁闷还未完全释解，说，我看中的闺女，模样虽算不上百里挑一，本事可是百里挑一。娶回家，能享多大的福！他马玉锁怎么就相不中？

栗蓬儿他娘，还正有人相得中。爹笑着说，这人就在咱家大门外候着，等你放句话，他就进来见你。爹说这个等候娘接见的人不嫌弃被玉锁拒绝的闺女，愿意结识她并缔结连理，斗胆请娘作伐。

谁？娘问。

青州。爹说。

青州？娘说，那个懒茧①，也敢登我的门？

此刻，"懒茧"站在大门外，而且是在盼望提亲，娘十分诧异，就说，

① 懒茧：两条蚕合作结出的一个茧，当地常用来比喻懒人。

栗蓬儿他爹，你又糊涂了不是？你不是不知道青州是多么没出息的人。他连自己也养不活，拿什么养活媳妇？他倒是不嫌弃人家，可有谁不嫌弃他！

你不能总拿老皇历看人，把人一眼看到死。懒人就不能变勤快？爹说青州近来很有洗心革面的气象，扔掉了风筝，告别了骨牌，跟在马长驿屁股后面要学摇耧，请马天茂给他镶好了镰把，说要准备好好割麦子。

娘十分怀疑青州的浪子回头，说，他怎么不镶锄杠？他怎么不镶镐把？他怎么不镶铁锨？他只镶镰把，他是看今年麦子长得好，净惦着割麦子吃新麦，那就是个馋鬼。他今年可是十八了，除了吃，除了耍，他心里还能装得下什么！

爹说，他这不是想媳妇了嘛。再说，十八岁怎么了？正是嘴壮的时候，能不想吃新麦饽饽？看看全村老小，不都盼着麦子返青了，拔节了，吐穗了，扬花了，灌浆了，熟透了，谁不巴望吃饽饽？光靠青州和他娘入社的那点地亩能分多少新麦？他不也得干活儿，图秋后手里分点现钱。有好吃食在前边牵着他，再有个媳妇引着他走，他能变个勤谨的人也说不定。

娘说，凭你把青州说得跟唱得一样中听，我也没有给他说媳妇的胆量，你把他回了吧。爹就走出大门，让巴巴等待的青州回家。

娘对儿女说，你们听到没有？听青州那踢里塌拉的响动，就是脚抬不起来，拖着鞋走路，这是拿裤腿扫地呢，看他邋遢到什么地步，连路都走不利落，还能指望他学好？更别指望他能当个好庄户人。我把话撂在这里，栗蓬儿你给我听好：日子一天天忙了，你可得勤快起来，你要是敢再跟青州胡混，你要有三分他的懒样子，就别怪为娘的下手狠。

第十章

一

虽然大媒的角色做得很失败，娘的心情还是不赖的。庄稼长势好，爹身上出现了难得的勤苦劲头，六月羸弱的身体渐渐有了起色，这都使她快乐。特别使娘快乐的还有玉楸的学业大进，这得力于马长桥的辅导。

是玉楸自己最先提出请马长桥的。虽然早就发出豪言壮语要考县一中，但他的自信心严重不足。苍蒲县几十万人口，小学校很多，中学有五所，但仅县一中设有高中。全县高等小学毕业生进入初级中学的数量已经减半，若有幸到县一中就读，六年寒窗之后，跳过龙门可期。须知那可是一所年年都有学生考入济南府乃至北京城大学的中学，且考中的人数不少，颇让全苍蒲的莘莘学子眼红心热。声誉如此隆盛，门槛之高可想而知，玉楸被自己的野心逼到悬崖上，就想出了请马长桥辅导的主意。

爹很支持玉楸，一拍脑袋，说啊呀，我怎么就想不到长桥四叔呢？他不就是咱的近水楼台吗。快些请四叔。

娘说，你别高兴得太早，四叔愿不愿意教玉楸还难说——他出事前就不太搭理人，自打回马家铺，大门不出，二门不迈，全村的人，有几个见过他？见过他的人，谁能得他一个笑脸？

爹想了想说，有了，我去找玉锁，让他替咱们递个话给长桥四叔，说说咱家的诚意。牌坊下三婶子是四叔的大伯嫂子，四叔又指教过玉锁很多学问。我看，他能听得进玉锁的话，能指教玉楸。

马玉锁回应说，二叔，这事容易，根本用不着我出面，你只管自己去请，我保你马到功成。我那四爷爷，别看他成天冷着个脸子，其实，一肚皮学问找不到出路，憋得心里痒痒的，巴不得有人去求他。

马玉锁猜得很准，次日上午，在爹的随护下，马长桥迈着四方步，慢慢踱入大门。

天启，你的天井真够阔大的。马长桥说，这是玉槐？这是玉柳？都这么大了！

爹说，玉槐今年考高小，能不能考上不好说。他念书不用功，比玉楸差多了。玉柳——四叔，你还是叫他们栗蓬儿、六月吧——就不让她上学了。

马长桥看看六月，说，要能跟上班，还是让她上学吧，哪怕上完初级小学也是好的，总得认些字，对她一生都有益处。玉楸还没下学？

快了，快了，他就快下学了。爹说，四叔，快屋里坐。

炕桌早已放好，茶水即时奉上。马长桥侧身坐在炕沿，一条腿盘着，一条腿垂下，先不喝茶，摘下眼镜一遍遍擦拭，同时环视四壁，之后不再戴眼镜，端起茶碗，嘘出一口气，吹开水面漂浮的茶叶，眯起眼睛看看淡黄色的清澈茶汤，轻轻地、无声地抿一口，说，好茶。天启，这茉莉花茶是玉椿孝敬你的吧？

爹说，玉椿和他家老苏都孝顺，我头年冬里去沈阳，他两口子总也不让走，非得留我在那里多享几天清福。这是老苏给我买的。

马长桥说，玉椿嫁得好，沈阳也是好地方。他说有一年到安东看望儿子，曾在沈阳逗留了几天，心胸很是开阔。相比济南府，沈阳城或许温厚蕴藉稍显不足，但更繁华，更威猛，纵横开阖，气魄也大。

爹问马天谋近况，马长桥说还好，早就听说天谋要提升副团长，不知道如愿没有，很长时间没收到他的信了。

好饭不怕晚，天谋高升是板上钉钉的事，晚几天也等得值。爹说，他有些年头没回咱马家铺了吧，也该回来看看了，玉麒都快上高小了。

他忙得很，抽不出时间还乡探亲。军营不比咱乡下，令行禁止，一步也不得擅动的。马长桥说，长楼回自己家住了？

爹说，回去了，六叔早搬回去了。

马长桥看着栗蓬儿说，老屋翻作新宅，是你的功劳吧？

娘推栗蓬儿上前，说，四叔你给看看，栗蓬儿到底是哪里的毛病，死活念不进书去。他怎么就不开窍呢？

马长桥说，我可看不出毛病，我不是算命先生。不过，他还是打量栗蓬儿，并留意栗蓬儿的赤脚。

爹说，他哥俩差得太远。要是栗蓬儿和玉楸一样用功，要是他兄弟两有一个能有四叔的一成学问，我就是倾家荡产供他们上学，也值了。

马长桥笑笑说，天启你言重了，其实不必把学问看得比天大。就算学富五车才高八斗，走什么样的路，做什么样的人，还当另论。学业有成固然有益于家国天下，也不乏才学出众却危害江山社稷之人。才足济奸，聪明误用，古今中外，这样的例子太多了。

爹说，要是栗蓬儿还不开窍，就别再赖着课桌课凳，索性跟我种地吧。

也好，如果升不了学，做个有出息的农民也是好的。马长桥说。

栗蓬儿不喜欢听马长桥的大道理，更反感马长桥旧事重提。他觉得，去年的祸事和麻烦，都已经成了娘常说的"千年绮缡万年裰萨"①，比过期的语文课本还要让人厌倦。马长桥看出栗蓬儿的不快，只笑笑，问起玉楸的功课。娘说还好。马长桥说大田各庄完小的教学质量他有所了解，在全县高等小学里当属中等偏下水平。年年的升学考试，县一中都录有他们的考生，但不多。

四叔坐镇过，县一中的名头哪个中学能比得了？哪是容易考上的？爹说。

那也不尽然。马长桥说。

栗蓬儿他娘，给四叔续茶。爹说，四叔你知道，玉楸比不上四叔你门里的玉麒聪明伶俐，他就知道用功，可光用笨功夫，没人指教，怕也是进不了中学的大门。

马长桥呷一口茶，微闭双眼，双唇轻轻翕动，似在回味茶香，之后说，话也不能这样讲。人的才分有高下，有生而知之，有学而知之，也有困而知之，只要有知，便都有指望。马长桥说积他大半生阅人之经验，悟出的道理是，成就大事者，很多并非聪明绝顶之人。道理何在？天赋异禀的人世间极少，却往往因了老天的格外眷顾，极易心浮气躁，小有所成即骄矜十足俾睨天下，导致前功尽弃，一生碌碌无为，甚或蛊惑于声色犬马，偏离正路，伤害了自家和大众旁人。天下众生，多半是中等才分，只要思虑凝一，静默沉潜，绝不一曝十寒，倒往往取得人所不能预料的成功。所谓"大聪明者用笨功"，

---

① 千年绮缡万年裰萨：缡是古代女子出嫁时戴的佩巾，裰是古人所系的腰带。全句意为陈旧琐事，犹"陈谷子烂芝麻"。

就是这个道理。

玉楸勤苦，就知道用功，他天黑着就起来看书，一看书就入迷。爹说。

我也看好玉楸。没有我，他也会考得不错。临场发挥正常，一中必定是有希望的。马长桥说。

没有四叔的指教，玉楸哪有一中的指望！娘说，四叔你务必费费心，点拨点拨他。我让玉楸到你家里，由着你打由着你骂。四叔你可着心教训他，打他骂他，都是他的福分。

马长桥说，玉楸用不着打骂，他自会用功。说实话，我更看重的是玉楸的气质。这孩子天性至诚，又笃正朴厚，不偏不邪，有上进心，应该有出息。

爹说，四叔，他哪里当得起你这么夸？

我当了一辈子教师，不敢说桃李满天下，但要论看学生禀性和发展前景的眼光，却是很自信的。马长桥说。

那更要给玉楸加码，娘说，要是他不争气，四叔你就下手。

马长桥笑笑说，好鼓不用重锤。玉楸功课底子厚实，又用功，向上之心迫切，尽管考试的日期近了，这几个月也还够用，只要他开阔视野，不囿于一题一课的得失，从课本和分数里跳出来，记牢原理，把握纲目，分清轻重，认真捋一捋学过的课程，就会有新的思路和方法。依我看，奖赏考生状元的那套彩头，今年归属马家铺，未必没有可能。

那，四叔答应了？爹说。

你让玉楸到我家去，每个礼拜天上午，不得旷课。

马长桥说。

二

清明过后，爹娘回了一趟三十里铺，运回若干个蚕匾。

马家铺很少养蚕，会养蚕的人属凤毛麟角，但这却是娘与生俱来的本事，如同她做得一手好针线一样。娘头年养过蚕，一个蚕匾的养殖规模太小，属于小试牛刀，其产生的价值可以忽略不计，自娱自乐罢了。为玉楸上学计，为全家过好日子计，娘决定今年多养蚕，养多多的蚕。

娘坚信爱子考得上中学，一定考得上。有马长桥的指教，考上县一中的指望也大大增加。近几年，那所全县高小毕业生做梦都想进入的最高学府，马家铺的子弟始终缺席。这份缺憾今年有望被玉楸弥补，这是爹娘的殷勤盼望。娘希望长子能够为全家暨全村挣来这份荣耀，也借以洗刷栗蓬儿给自家门里带来的耻辱。好梦有望成真，随之而来的问题是，学费到哪里淘弄？地亩里的出产是指望不上的，能够挣回全家一年的吃食就知足了；也不能向沈阳的女儿开口要钱。即使玉椿慷慨，女婿老苏会怎样想？娘不能让女儿因为频繁地往娘家输送资财而被女婿看低。所以，娘告诉玉楸同时告诉全家人，今年，她要真正施展自己的独门绝技，养蚕。

娘本来有养半张蚕的宏大计划，鉴于场地有限，养不到半张，只好将就家里的条件，把养蚕规模扩展到尽可能的大。娘坚信，这些小生灵结茧抽丝后的收入，能够为玉楸换来足够的学费。此外，她还要为玉楸置办几件新衣裳，让儿子风风光光地上中学。养蚕的好处不止于此。蚕蛹是绝好的吃食，滋味和养分不亚于大鱼大肉。对于常年缺乏油水的全家人，无疑是可口而丰足的荤食补充。

娘带着六月，极有条理地拾掇闲置了一冬天的东屋，也收拾马长楼和栗蓬儿撤离不久的东厢房；重点是东屋，堵死墙角的老鼠洞，清除犄角旮旯的所有废物，弥补破损的顶棚，让房间显出从来没有过的透亮。很小的北窗镶嵌在后墙上，原本是糊窗纸的，再请马玉锁来施展木匠兼泥水匠的高超技艺，改装成能够自由开阖的活动窗扇——东厢房北屋的后墙原本没有窗户，按东屋样式也开一个。没有专用的蚕架，那便就地取材，再在"炕前里"添几个木架子——东厢房里如法炮制，权作蚕座。经过反复试验，圆而阔大的蚕匾很巧妙地摆放在高柜上、"炕前里"的木架子上、各种型号的粮瓮上、炕琴以及在炕面垒砌的砖垛上，高下参差，错落有致，将两间不大的屋子的利用率提高了不止一倍。

在一尘不染的屋里，娘虔诚地打开也是从三十里铺请来的双扇乌木小神龛，带着六月恭恭敬敬地给蚕神马头娘燃起三炷香，许了大愿。继而，娘挥动鸡毛掸子和破衣裳，将并不浓重的香烟彻底驱散。仍不放心，娘用灵敏度不亚于二青的鼻子嗅遍墙面和炕沿下的地面，皱了皱眉头，显然，还残存着烟味，但已无关大局。娘打了几个响亮的嚏喷，之后用石灰水洒遍两间蚕室的每一个角落。

晾了一个昼夜，娘重新糊好窗纸，精心设置的"卷窗儿"开阖更加灵便，将卷挂在屋门斜角的帘布放下来，遮严干净得让人觉得陌生的房屋。娘修整好两间屋子的锅灶，在烟道里各竖起半块砖头，以便于掌控室温。最后，娘拍净衣裳和双手，站在屋门前宣布，东屋和东厢房，就此成为蚕室，从收蚁到结茧，在她心爱的桑蚕发育生长的所有时间段内，除了她们母女俩，其他人不得擅入。

被严厉摒弃在外的爹乐得做闲人，正是地亩里的活儿较劲的时节，本已很累人，回到家里，旁观者是个不错的角色。玉楸也乐得不闻不问，他深知自己肩负的使命如何重大，需要全力以赴才有望完成。符合准入条件的，只有栗蓬儿。但这种极品级待遇并未使栗蓬儿高兴，相反，他为此烦恼异常。从娘透露要养蚕的那天起，栗蓬儿就知道要坏事，供应桑叶的重任必定落在自己头上。果然，这件苦不堪言的活儿，娘再次派给了他。

桑叶供给是个长活儿，要拖拉很长时间。此外，毫不夸张地说，养蚕的娘比娘养的蚕还难伺候。娘把她的养蚕事业看得多么重要，给她打下手就有多难。

栗蓬儿坐在水瓮旁边的砖阶上，背对着娘，自顾自看天。

娘说，六月太小，身体太弱，跟着我学养蚕，就没了打桑叶的工夫；玉楸要赶考，功课正紧，正是用脑筋用得厉害的当口，觉是缺不得的，怎么也得让他睡足。他俩都做不得这件事。你爹这些天在南原榜棒槌，累得回家就往炕上躺，你不是没看见。栗蓬儿你总不能让我跟猴子似地爬桑树吧。

栗蓬儿不做声。

你早点儿起炕去捋桑叶，早点把桑叶拿回家，还能补个回笼觉。娘说，我去跟韩先生说说情，你要是迟到，求他不罚你的站。

栗蓬儿还是不说话。

娘说，栗蓬儿你听我说，也不是光让你一个打桑叶。玉楸功课做完了，也能帮你的忙。

他的功课哪有做完的时候？栗蓬儿反问。

娘明白了，就许诺说，打桑叶的日子，栗蓬儿出门之前，凡是桌上摆的、锅里有的、橱里存的，尽着他吃饱，算是垫补肚子。而从打桑叶的第一天起，栗蓬儿可以享受与玉楸同等的饭食——早饭给他加一张棒槌面煎饼。

娘满足了栗蓬儿长久以来的盼望。他获得的，不仅仅是一张煎饼，尽管它可以让自己不至于总在午饭前饿得起急；还可以借此向哥哥证明，考中学没什么了不起，不考中学的自己也能和他平起平坐，照样有煎饼吃。栗蓬儿想象得出来，当他骄傲地坐在饭桌旁，接过娘递来的煎饼时，玉楸将怎样的诧异莫名。

那好吧。他说。

娘把蚕种贴身藏着，小心翼翼，跟自己怀了它们似的。蚕种们十分娇嫩，在娘的日夜爱惜、呵护中，骄傲地、慢慢地从芝麻粒儿模样开始它们的成长变化之旅。几天后，蚕蚁出头，被娘温柔地移送到第一个蚕匾上。娘手把手教六月，给两台炉灶里添了几把柴火，让灶坑里的火不紧不慢地烧着。吃饭时，娘宣布全家人必须遵守的清规戒律。

必须洁净身体，不得带有污臭之气，比如大家解手后衣裳上的气味，必须在天井里掸干净。必须洁净行为，所有偏于邪性的行动一概严厉禁止。必须洁净嘴巴，不得说语涉凶险或有不祥嫌疑的话，都要说吉祥如意的话。连心思也进入了被整肃的范围，歪心眼或坏念头，统统在禁止之列。总之，娘的要求之高，差不多等于要全家人做神仙或圣贤。

在娘颁布的诸般律条中，最要命的是噤声。"蚕妹儿"——娘对她的心尖宝贝的爱称——生性胆小，极其娇柔，特怕惊扰，入眠时尤其恐惧声音，因此严禁全家人喧哗，吵嚷和大声说笑绝对不可以，爹自鸣得意的、常常哼在嘴边的京戏，自此休想出声，风箱必须拉得轻而又轻，恨不得把二青的嘴绑起来，大家习以为常的走路也不合乎娘的要求，脚下太重，声音太响，那要吓到她的宝贝。细声细语，轻手轻脚，是娘对全家人制定的基本静音标准。

娘无情地打消乡亲们参观蚕室的热望，这事没得商量，想也不要想。娘将自家天井设为亚禁区，闲杂人等不得擅入。如此紧要的时候，天下万物皆可抛舍，唯有蚕妹儿让娘痴迷，它们已经占据了娘的全部身心。娘像拥有神秘魔力的巫婆，成千上万的蚕妹儿，遵照她的意向，在她的虔诚祷告里吃桑、就眠、眠起、长大。

总之，自从蚕蚁被娘供奉神仙似地挪上蚕匾，自从她的众多"蚕妹儿"开始吃饭加睡觉的周期性循环，娘的规矩之严，讲究之多，禁忌之奇，空前绝后。清规戒律之下，全家人的日常生活被完全颠覆。

三

大娘，我看看你家的蚕。

话音未落，三春已经跑进大门。

六月张大双臂跑过去，勇敢地拦在她面前，说，不行，你不能进来。

可我进来了，三春说，我还要进屋去呢。

六月一面使劲阻挡三春，一面大声喊娘。

娘走过去，迎面站立，结结实实地把三春挡在紫荆树旁。

你不能小点声？娘说，你不知道蚕妹儿怕吵！

哈，哪有这么娇贵！三春笑嘻嘻地说，它们又没长耳朵。

你个孩伢子，没养过蚕，就不知道养蚕的难处。娘有些愠怒。

我养过蚕，我养了几年柞蚕呢。三春说。

柞蚕？什么柞蚕？娘说，柞蚕什么样？

让我看看你的蚕，我再说。三春说。

你给我说说，什么是柞蚕？和我的蚕有什么不一样？娘岿然不动。

三春说，柞蚕和桑蚕差不多，只不过比桑蚕个大，颜色也不太一样，结的茧出丝也多。蚕种出蚁以后，就放到柞树上养。在她们老家辕山，满山长着柞树，就满山都养柞蚕。养柞蚕跟放羊似的，不用天天采桑叶，就看着它们满树爬吃叶子。到熟蚕结茧的时候，搭个草棚，里面竖起柞树枝，把它们"剪移"到里面，到时候去采收就是了，用不着宝贝似地供奉在屋里，连大声说话都犯忌。

三春你瞒哄我哪吧，那不真的成放羊了。娘满腹狐疑，天底下哪有你说的那样的蚕妹儿？

就跟放羊差不多啊大娘，在柞树上放养。三春说。

马家铺东坡上有柞树，三春你放几条柞蚕养给我看看。娘说。

三春说现在哪里去寻柞蚕种？再说，养柞蚕并非漫撒手，也得用心管，从择种、烘种到发蛾、拾蛾，再到拴筐上树，都得人精心做，并不是像娘想的那样由着蚕们撒欢儿。特别是转场，很累很苦的活儿，能把人累趴下。

娘半信半疑地说，满树都是蚕？也没个遮挡，刮风下雨怎么办？

三春说要是久旱不雨或者碰上连阴雨，柞蚕都长不大，算养蚕的人倒霉。好在春天雨水稀少，辕山多养春蚕。

你们辕山的鸟儿是吃素的？不都给叼了去？娘追问。

大娘你说对了，最可恶的就是鸟儿。辕山的鸟儿多得不得了，麻雀、鹁鸪、百灵、喜鹊、山鹬、布谷、老鸹、画眉……都爱叼柞蚕吃。不只鸟儿，马蜂、蚂蚁、甲虫，都把柞蚕当大餐，连山耗子也敢上树吃柞蚕。柞蚕眠起的日子，我们没白没黑地拿竹竿、弹弓驱赶天上地下的鸟儿。三春说，我家有杆铳，全部用场就是打鸟轰鸟。我放过鸟铳呢，大娘，可总也挡不住那些贼家伙。十成柞蚕，到结茧的时候，能剩下六成，就算好年景了。告诉你吧大娘，我自己养柞蚕卖的钱，我娘单给我存起来，够买不少东西了呢。

你们也够勤苦的。娘说，还是我的蚕妹儿平安，没风没雨，也没鸟儿来祸害。

三春说，人家都说大娘你养得蚕好，我想看看。

我家蚕妹儿怕生人，三春你担待着点，实在不能让你进去。娘说。

你家玉楸在不在？三春问。

玉楸到学校温习功课去了。他正在用功，要考中学呢。娘说，三春你那两个兄弟转学了么？得到肯定回答，娘就说，唉，玉楸考中学多难啊，可我不比他容易到哪里去。

玉楸的功课好，我上学的时候，不懂的都问他，他都明白。三春说。

娘说，那，你为什么退学？

我娘一死，我爹和我弟弟全得我伺候，哪有时间上学。再说，我根本就不是念书的材料，总蹲班留级，大宝二宝都上中学了，我还上高小，还有脸赖着课桌？这下好了，退了学，又省心又利索。三春说，我做别的事，一做就来劲，可拿起书就犯困。老师从来就没夸过我，夸的都是好学生，玉楸就总受夸。老师都夸他是大田各庄完小最刻苦的学生。

真的？老师真的那么夸他？娘笑逐颜开，三春你再说说，你们老师还夸玉楸什么了？

大娘，你就让我看一眼你养的蚕，行不行？

不行。三春你别埋怨我，我这天井，你就别进来了。娘说，哪天玉楸有空闲，我让他去找你要。

清晨，三春坐在歪身子老桑树上等到了栗蓬儿，说要请教打桑叶。被人求教是值得骄傲的事，特别是被长着吊吊眼的厉害妮子求教，栗蓬儿格外开心。他认真地为三春讲解，只摘新发枝条上的叶子，有黑斑的、有残损的叶片不能要，等等等等。三春不要他示范，说栗蓬儿你别动，我来摘，你看着。丝毫不走样，她放进箅子里的桑叶片片合乎标准。

栗蓬儿把半箅子簇新的桑叶拷回家，打来井水，六月蹲在屋前，一片片洗净桑叶，放在清洁的盖垫上晾干，再在娘的指导下，用干净剪子将这些桑叶横剪竖剪，剪成碎末。之后，六月跟娘走进蚕室进行下一道工序。娘儿俩屏住气，轻柔地撒碎桑叶到蚕匾上。娘用从玉楸那里讨来的新毛笔，扑撒开笔尖，用毛茸茸的雪白羊毫将细碎的桑叶拨匀，很有天无私覆般的公正大爱，让每个角落里的小生灵都得到细致入微的照料。小蚕吃碎桑叶，吃累了，呆呆的没了精神。

吃午饭的时候，娘夸栗蓬儿勤快，打的桑叶中她的意，也省去了六月挑剔的工夫。栗蓬儿得意地说收了个徒弟，三春。这些桑叶，就是她采摘的。

慢着，栗蓬儿，你说这些叶子不是你摘的？看儿子点头，娘的脸色大变，急忙走进蚕室，细细查看蚕妹儿，没发现异样，出来训斥栗蓬儿说，糊涂东西！这么点活儿，你就不能自己干，还让别人掺手？

娘发这么大的火，栗蓬儿莫名其妙，爹和玉楸也不得要领。娘说，你们没看见三春用白布扎花结的辫子？那是给她娘戴孝呢。三春连她娘的百日孝还没守满，晦气不晦气？就沾我的桑叶！

玉楸对娘的话很不以为然。他说，女儿为亲娘戴孝属于再正常不过的事，怎么就有了晦气？娘把三春看成瘟神似的，不通情理。

玉楸你说我什么？你说我不通情理？我养了多少年的蚕，难道不知道这里面的百般忌讳？触犯了哪一条，都会颗粒无收。你懂什么？

玉楸说，娘你不是验查过了么，咱家的蚕吃了三春打的桑叶，也没见有什么病症灾祸。

娘说，日子长着呢，蚕妹儿可得好些天才能长大，你敢打保票说它总能没病没灾？

玉楸说，如果日后蚕蔫儿了、病了、死了，就把账记在三春头上，对她太不公平。蚕的好歹和三春没什么关系，娘你太不懂科学道理了。

娘说，玉楸，弄干净你的嘴，什么"病了死了"的，再也别说出口。还有，别跟我讲什么科学，我不懂你的科学。反正，她柳家妮子别妨我的蚕妹儿。

三春不妨人，也不妨蚕。玉楸说，她身上压根儿没什么丧气，人家就是清清白白的好闺女。娘，你真迷信。

我费尽心思弄钱供你上学，就赚你这么说我？玉楸，你今天得给我说明白，我哪里迷信了？娘很不高兴。

娘忙得很，心头的不快不久就被忙碌冲散了。她的蚕妹儿平安成长。十几天后，柳家旺被女儿推着进了栗蓬儿家的大门。瘦脸男人再也不前进一步，定定地站在紫荆树旁边，等待娘走过去说话。他的声音很低，说他家三春要跟娘学养蚕，非要他来当面求情。他拗不过，只好冒昧登门。如果娘看春儿是个可以教授的孩子，就收下她这个徒弟吧。

娘怔怔地看着三春父女，一时拿不定主意。

柳家旺从女儿手里拿过书包，掏出里面的石板和石笔递给娘。他说，春儿看到你家老大的石板破得不像样子，就把自己的拿来送给他。

这哪儿行？娘说，这么好的石板，就跟新的似的，三春留着用吧。

柳家旺说，天启嫂子，看这石板没划过几道，你就知道春儿天生是个庄户妮子，打小坐不稳课堂，看不进书。可越看不进书，她对看得进书的人越服气。她最佩服的就是玉楸，说这文具送给他，算是好马配好鞍。

娘还要推辞，柳家旺说，嫂子，你就收下吧，千万别挡回来。这是春儿对玉楸的一片心意，你帮忙递个手吧。

娘说，那好，我替玉楸收下，可这养蚕的事……

柳家旺赶紧说，春儿看见蚕就亲得不得了。她念书不行，可养个鸡呀鹅呀什么的都在行，也开窍。在辕山的时候，她养过柞蚕，而今，她想养桑蚕，你略微指教指教就行。

娘好一会儿没说话。

柳家旺看出娘的犹豫不决，就说，春儿是个吃得了苦的孩子。自打头年起，她娘就一直生病，痨病！谁也不愿意亲近，都是春儿里里外外伺候。天启嫂子，你知道的，人病得久了，脾气就坏得很，春儿她娘就是这样，成天缠住春儿，从吃饭穿衣到拉屎撒尿，就不放她一步。都说久病床前无孝子，可这两年，春儿伺候她娘没一天松懈。全家人的饭食、衣裳，汤汤水水，洗洗涮涮，也全都靠她。眼下她就想跟你学些本事。

我收下三春。娘说，过几天蚕妹儿就到大蚕期了，桑叶吃得多，栗蓬儿忙不过来，三春，你跟玉楸去帮他打桑叶吧。

桑树溪的得名，缘于它的两岸桑树连绵，长得很矮。栗蓬儿拣嫩桑条砍下，指挥玉楸和三春抱着、背着、扛着运回家，供给贪吃鬼们饱餐。蚕妹儿吃得滚肚溜圆，呆呆地，恹恹地，又要就眠了。此时，娘绣花般精心，将蚕粪和残桑一一剔出。死蚕是必须剔除的。每清理一条死蚕，就等于剜去娘心头的一块肉。最后，娘在蚕匾上轻轻撒一点点新鲜的石灰粉。之后双手合十，虔敬非常地退出东屋，将门帘四边掖得密不透风。

娘轻手轻脚地将躺椅搬到屋门外。这把樟木躺椅不知是哪一代祖宗遗留下来的，娘很早就从东厢房里挪出来并绷上了土布，现在把角度调到半斜，心满意足地躺上去，东屋的宝贝们就有了一尊警惕心极高的门神。此时此地，戒严进入最高级别。

娘侧耳倾听，听到了蚕妹儿甜蜜的无声无息。此时无声胜有声，以至于幸福荡漾在她的心里并散发到空中。檐下无风，阳光越来越热，娘飘飘然、昏昏然，渐渐进入就眠状态，跟她的蚕妹儿一样。

娘睡得酣畅淋漓，直到日头落下西墙那边，依然停留在浓密的梦中。

想不想进我家东屋？玉楸跟三春耳语。

想。三春说。

想不想看看蚕？玉楸说。

想，三春说，可我不敢。

玉楸指指熟睡中的娘，悄声说，没事，我带你进去。

别，三春说，要惹你娘生气的。

来。玉楸拉住三春的手，蹑手蹑脚走进堂屋门。他要掀蚕室门帘的当儿，娘醒了。她并未回头，却明白有人要干什么，也不挑破，只轻轻咳了一声，三春马上甩开玉楸的手，快步退了回来。

玉楸和三春的援手给予了栗蓬儿很大的帮助，使他顺利地熬到了桑蚕的三眠，娘让他歇两天，算是犒劳他。栗蓬儿很高兴，有那么多因为养蚕而耽搁了的事，必须在这短暂的时间里完成——蒺藜坡一墩墩草丛下的沙土上，浅浅的鹌鹑窝里容易寻见花色鹌鹑蛋，那可是顶级的美味佳肴，得赶紧去取，不然，小鹌鹑会破壳而出；头道坡上那棵枝杈凌乱、样子很张扬的老梧桐树根部长出了好多根新鲜枝条，笔直顺溜，中空而有节，是做水枪的上好材料，梧桐新枝长得飞快，若不及时割回家，新枝变老不说，怕是要被别人抢先割走了；那窝头年被自己搅扰的长虫怎么样了？有小长虫出壳吗？听说落甲河边的小石榴树林里，飞来一对斑鸠，似乎要在那里安家落户。必须去侦察一番，带上弹弓和新近搓好晾干的胶泥弹子；还有……

还有讨厌的功课。尽管看在娘的面子上，韩先生不计较栗蓬儿的屡屡迟到，却总是不让他轻松，不是强迫他背诵课文，就是让他默写生字。栗蓬儿的注音字母一直没过关，又藏不住厌烦，使得韩先生长时间地站在他的课桌旁边督导并监视，他不得不做出样子，假装在用功温习和默写那些永远也记不住的难看符号。最倒霉的，是他与巴掌再次溜课，被气恼的韩先生捉住，当即卖了"秫秸"①。

两天的歇息一晃而过，到了养蚕大业最后的关头，成败在此一举。娘的眼睛熬得红红的，恨不能昼夜守候在宝贝们近旁不离半步，连累得六月也困得睁不开眼睛。桑叶要加倍供应，栗蓬儿兄弟和三春将最后一批桑枝运回家，娘说够了，终于够了，连枝带叶轻轻覆盖在蚕妹儿上面，足够它们吃最后的大餐。

蚕们养足精神，又一次眠起，继续勇猛进食和果敢蜕变。它们从铺得很

---

① 卖秫秸：对学生的一种体罚手段，即罚站。须站到教室门外，笔直不动，恰如当地农家在集市上卖的秫秸个子——直挺挺杵着——来源于学生的自嘲，后来师生通用。

厚的桑叶中咬出一条路，大头上下左右大吃大嚼，迅速在桑叶上扩展缺口，不经意间，绿色变得稀疏，蚕匾上蠕动着白花花的大蚕，它们生龙活虎，屋里一片沙沙声，像极了春雨。

娘说，三春，你不是要看蚕吗，来，我今天还你的愿。玉楸、栗蓬儿，你们辛苦了这么些天，也来看看。

在娘的监督下，玉楸和三春洗净手脸，栗蓬儿的赤脚更是冲洗几遍，晾干，他们随着娘进入东屋，又进入东厢房，宛若进入了新奇世界。

蚕们正在"上山"，很滑稽地摇动着头、吐着丝，将自己包裹起来。芝麻秆和棒槌秸秆架成的"山"上，凭空生出无数椭圆形蚕茧，屋子被灿烂的黄白色照耀得明明亮亮。

这是娘自到马家铺以来，不多的得意事之一。蚕茧饱满，个头匀称，茧皮厚实，拿出去能卖个好价钱，但卖蚕茧终究不如卖蚕丝划算，娘就自己缫丝，热水沸腾着，在铁锅和铜盆之间来回折，她的双手倒替着在热气里忙活了几天，十指烫得像熟透的大虾，卷绕在圆筐上的银丝闪闪发光。缫丝还没完毕，娘就让玉楸给柳家送去些蚕蛹尝鲜，并让儿子转告三春父女，她决定正式收三春为徒。明年春天，她将与这个徒弟养更多的蚕，多到柳家供得起两个中学生还有余，自家有望盖得起西厢房。

蚕茧能缫多少丝，这些蚕丝能够卖出多高的价码，在娘心里过了几遍，今年的养蚕目标圆满实现，且远超预期。娘迫不及待地让玉楸写信，把这件骄傲的事告诉玉椿。玉楸高兴坏了，说要好好写封信，报喜的同时还要见出文采，这就必须先打"腹稿"。

信还在玉楸的肚子里，玉椿的信却到了。玉椿在信里告诉爹娘一件重要的事，现今工业大发展，她家老苏要以老工人身份调离沈阳，支援新厂。要调去的工厂在西北一座新建的城市，那座城市离沈阳很远，离马家铺更远，是在山西省以北，叫做内蒙古的地方，名字叫图河。老苏已经接到调令，他们全家将很快启程。玉椿在信里说，爹娘暂且不要给他们寄信，等他们到了图河以后，会立即来信告诉爹娘新地址的。

山西以北？内蒙古？那是什么地方？娘很困惑。娘说，"山东山西不见面，隔着直隶一条线"。一东一西，中间还隔着直隶省，山西离咱们山东就够远的了，你姐姐要去的地方比山西还远，这可怎么好。玉楸你查查，你姐姐姐夫到底要去哪里？

毕竟是高才生，玉楸很快查到了姐夫即将调往的城市。回家后，他拿出三春赠予的石板和石笔，青黑色的板面平滑如镜，木框乳白簇新，弯角柔和，小心地放在炕桌上，玉楸给全家人画了一幅很像样子的地图，准确地勾勒出山东和山西弯弯曲曲的边界，两省中间的空白地带，他说他有责任告诉娘，早已不叫"直隶"而叫"河北"了——娘真是老脑筋——之后，玉楸用石笔引导大家的视线穿过山西，进入一片很大的区域，他说，这就是内蒙古。在内蒙古的中部，他划出一个圆圈，用石笔"笃笃"地戳着，姐姐姐夫就要调到这里，玉楸说，一笔一画地填入两个字：

图河。

第十一章

一

春旱持续的日子长，所有的庄稼都盼云彩，所有的地亩都起了浮土，所有的庄户人都忙得脚不点地。

西井井台架起铁斗水车，戴着黑布蒙眼儿、脖子上挂铃铛的白马拉着水车，围着井台永无休止地转圈。它想偷懒，刚刚停下，铃铛声戛然而止，正用铁锨疏通或堵塞土渠引导渠水改变流向的马长楼必会大喝一声，距离虽远，声音仍然震天动地，白马很不情愿地再次拉动水车，长方形的小铁斗绵绵不断地从井底升起，到达最高点，叩头虫似地倒出清凉的井水，旋即掉头下沉。

南井井台上安装的是唧筒水车，粉红色的皮钱儿从碗口粗细的、长长的铁皮圆筒中活塞般挤出，托起井水，皮钱儿的清脆响声节奏分明，与拉水车的青骡子的响鼻一样响亮。南原的春棒槌极其干渴，桶或筲被肩挑手提运到干燥松散的沟垄间，一瓢瓢珍贵的水倾倒在棒槌青苗的根部，霎时间渗入干土，风尘满面的叶子下只留湿痕。水是无比珍贵的，领工马玉衡苛责每个浇水的人，嫌他们用水太奢侈，不体谅挑水人的辛苦；讥讽青州挑水的样子四不像，劲头还不如懒驴，挑来半筲水，够浇几棵苗的？肩膀和腰里的力气哪里去了？这完全是他裤裆里的宝贝坠的，如果把那累累垂垂的东西一刀剜掉，没了累赘，挑起满筲的水腿脚也不会打晃，说不定能飞上天去……

为让庄稼多喝些水，南原打了眼深井，临时安装了辘轳，两人相对摇动辘轳把，粗粗的绳子一圈圈绕紧辘轳轴，将盛满水的倒筲①提上地面，井水顺着临时沟渠，汩汩流入春棒槌地。

东坡没有水源，将几个大木筲捆绑在小车上，简陋却实用的运水车便频

---

① 倒筲：上部为圆柱形、下部为圆锥形的木头水桶，与辘轳配合使用，满水出井后自动歪倒，里面的水就全部倾泻出来。

繁往返于桑树溪与坡上的地瓜、地蛋①和谷子之间。没有路，简易水车在砾石和蒺藜草上沉重碾过，木筲里的水溅出一点点，眼尖的人就远远地喊，水洒了，水洒了，心疼得不得了。此时又是爹的光彩时刻，他的水车从容稳健，多只木筲滴水不洒，而车速并不比别人的慢。

从车上抬木筲进地浇水的多是女人。娘、巴掌娘、百岁娘、马天武"家里的"、砦门里三嬷嬷……好像全社的女人都来到了二道坡。天高地阔让女人变得快活而蛮横，提着的水筲，手里的水瓢，挡不住肆无忌惮的笑声突然爆发。并非所有的女人都爱干活，有的只是来这里寻开心，比如马薛氏，爱说爱笑，爱打爱闹，绝不爱劳动，嫁来马家铺不到半年，就知晓差不多每家每户的厚薄深浅，与几乎所有的女人混得烂熟。每当水车离开或未到的间隙，她的声音是二道坡上最响亮、最脆生的，夹杂着很多或隐晦或显明的荤话，每每引起尖叫和嬉笑。辈分低的媳妇，在长辈女人面前，说些过头过火的话，别人不好说什么，有的女人红了脸。领工马长驿听见了，面无表情，摇摇头，而已。

北洼的麦地亟须浇水。马家铺人就近开源，簸箕湾边忙活起来。

久旱无雨，水从"簸箕"沿口缩回底帮，把大片干泥遗弃在阳光下。在深水中沤了半年，粗如碌碡的一捆麻秆顽强地挣脱拴坠它们的石块，从浑浊的水下翻出泡发了的身躯，报复似地将浓重的腐烂味道飘散到空中。

簸箕湾的中间有一道东西向土坎，水落坎出，地面和水面界限分明，成为戽水的天然选地。戽水是最苦重、最较劲的活儿，也最能检验出男人的力量、技巧和耐力。每当戽水，总有老弱病残来看男人们比试勇力，场面很壮观。

马天茂是好庄稼把式，今天与马天佑结伙上阵，两人相对站立，双手各自紧握短木圆柄，缠缚在木柄两端的麻绳足有两丈长，绳子的正中绑缚着一个硕大的柳编戽斗。两人左手对右手，无须说话，点下头或送个眼神，同时发力，戽斗听令荡起并急速下坠，在空中完成突然的倒转，戽斗吃进浑浊的湾水，间不容发之际，两个人身体后仰到最大限度，双臂缩紧，同时扭动身体，绷紧的绳索将满斗的水拉出水面并使之如炮弹般飞翔。全凭着人力加给绳索

---

① 地蛋：马铃薯。

的弹性，戽斗在运行中将水全部吐出，借助回返的劲力，它再次入水。如此往复循环，水被倾泼到台地，注入一条临时水渠。

水沿着小渠注入一个水坑，是二级戽水的取水处。在这里戽水的马玉德和马玉衡哥俩，与上道工序的戽水者一样，打着赤脚，裤腿挽到膝盖，水淋淋的衣褂，忙不迭地将水坑里的水戽到公路旁侧的排水沟。公路涵洞两侧早已堵上厚实的土，水从这里流入路北的麦田。爹在麦地地头跑来跑去，不住地堵塞和开渠，引导珍贵的水流向干渴的地亩，供给嗷嗷待哺的麦子。

四个男人脚下站定，身子俯仰如钟摆，几根绳索弯如弓、直如弦，两个戽斗高高低低起起落落吞吞吐吐，水声大作，水花四溅。

按老例，戽水是一副戽具四个人，或者更多，歇人不歇马，换着班干活。即便如此，戽水也使很多人望而生畏。这天却是一个萝卜一个坑，绝无人手可换。虎背熊腰的马玉德似乎有使不完的气力，对面的马玉衡已经力不从心，甩出的绳索绵软无力，带离戽斗很不协调地在空中荡歪了。

马玉衡停了手，戽斗啪地溅落到水坑里。歇歇吧，他说。

马玉德被冷不防地闪了一下，很是不快，但他对着上家喊道，漾出来了，漾出来了！意思是让马天茂和马天佑歇歇手。

那两人同时停下，两手并一手，抽出腰后的手巾擦着头上和身上的水和汗。以气力战胜别人，总是让人兴奋的，马天茂是个快乐的人，即使在如此劳累的时候，他也不忘向体力不支的下家发起挑衅。

草鸡了吧？他努力抑制着喘息。

马玉衡的确是"草鸡"了。他的手臂、腰背和双腿似乎都在颤抖，眼见得支撑不下去。

马天茂和马天佑尽管胖瘦高矮迥异，论此时的气力、勤谨，堪称绝配。而一母同胞的马玉德和马玉衡，真算是拉郎配。哥俩拉拽一副戽具，发力不匀，戽绳松紧不一，总之是文齐武不齐，居然出现戽斗倾斜入水或斗底跌坐水面的笑话，惹得上道工序的人喘息着大笑。所以，马天茂的叫板，伶牙俐齿的马玉衡听来并不愠怒，不还嘴，而对于自视为马家铺第一力士且生性暴躁的马玉德，是不可接受的。

都他娘的怨你！他埋怨弟弟。

水蛇腰的马玉衡笑笑，只顾擎着后腰大喘气，断断续续地说，我这腰，再这么绷着劲，就快拧断了！

看你这点儿出息，怪不得惹人笑话！粗壮敦实的马玉德对兄弟很看不起。

断水了！北边的麦田里，爹不合时宜地大声叫嚷。

马玉德朝爹喊，天启二叔，你来，咱俩换换！

不知是听不见还是假装听不见，爹举起并摇着铁锹，继续喊叫，示意快些供水。

栗蓬儿觉得爹即使听见，也不敢过这边来接班。凭爹自小并不强壮的身子骨，不可能拉得起盛满水的沉重戽斗。马家铺人能够与马玉德搭帮戽水的人很少，爹一定有意不应。

马玉德大声命令说，栗蓬儿，去把你爹叫来。

栗蓬儿蹲在地上，理也不理。

去叫你爹！马玉德说，见栗蓬儿仍然不理睬，抓起一块泥巴掷过来，落在虚土上，活像新鲜牛粪，拍起一团浮尘。

栗蓬儿不甘示弱，抓起这团泥巴，团巴团巴，出手还击。他的力气远不及马玉德，但居高临下，泥巴扔得很远，掉到水里，明亮的水花溅到了马玉德身上。笑声从岸坡上响起，连拄着弯头拐杖的马子孝也笑了，笑声喑哑，还带着嘿喽嘿喽的喘息。这么热的日头，他还穿着很厚的裤褶，戴着旧毡帽，月牙样的帽檐太窄，遮挡不住刺眼的阳光，就在下面垫入一张梯形硬纸片，帮助他抬高昏花老眼，看强壮的庄户人在水湾里肆意张扬，看马玉德爬岸坡，作势来抓栗蓬儿，嘴里骂骂咧咧，把你的栗蓬儿，我揍你这混账东西！

栗蓬儿跳上一堵土墙的豁口，站在墙上，可以随时逃走。墙那边是一座废弃多年的园子，草木葳蕤，遮掩了几条蛇形小路，马玉德绝对追不上他。

把你的马玉德！有本事你来抓我。栗蓬儿如法炮制，双手叉腰，和他对骂。

有种你别跑！马玉德真的要上岸来捉栗蓬儿，被马天茂伸手拦下了，他跟马玉衡说了些什么，后者爽快地踏着泥水下到马天佑的对面。一对新搭档得到了片刻休憩，等上头的新组合戽干水坑里"漾出来"的水。

马玉德便不再理睬栗蓬儿，脱下湿漉漉的褶子甩到一边，粗壮的四肢和结实的胸腹，油亮亮的古铜色身子上滚动着汗珠子，拉起戽绳，大喝一声，将戽斗荡得很高又吃水很深。满斗的水奔窜飞行的时候，马天茂和着节奏，喊号子"戽干水呀，浇麦子呀，麦子熟了吃饽饽呀。"马玉德跟着喊了几遍，将号子彻底纳入了自己的节奏，他开心大叫的是"日他妹子日他姐儿呀"，搭档并不合作，马玉德也不理睬不管不顾，一个人反复高喊，调门越来越高，完全不顾岸上看热闹的尊长和女人。

马家铺人把低级下流的语言称为"雄话"，和着很有板眼的戽水节奏，马玉德把雄话喊得抑扬顿挫，笑翻了看热闹的人。

这狗东西！

丛其五低声笑骂道。

骂人"狗东西"，并非全是贬义，在某些特殊场合，是带欣赏意味的感叹，比如马玉锁月夜吹箫，吹"平湖秋月"，吹"雨打芭蕉"，吹"春季里来柳丝长，大姑娘窗前绣鸳鸯"，呜呜咽咽的绵长箫声把马家铺人的心都吹软了。有女人就说："吹得人这么心酸，玉锁这狗东西！"丛其五的心眼小，和他的生意本钱一样小。他在马家铺势单力孤，从来是吃亏不计。他不会真的骂马玉德，他也没有那个胆量，他其实很欣羡马玉德的一身气力。马玉德是个粗人，喜欢炫耀一身使不完的蛮力。栗蓬儿也很羡慕他的力气，要是跟马玉德一般勇壮，会是多么骄傲的事情。

二

立夏前后，下了两场透雨。热风吹拂，麦浪滚滚。

小麦丰收在望，激动了整个马家铺——男人、女人，蹒跚学步的孩子、病骨支离的老人，从碾盘街到斗湾、斜街，再到套街，甚至到那条长年累月阴森幽暗的扁担街，墙头街角，到处流淌着久违了的兴奋。脚步匆匆的人们脸上都有遮掩不住的笑意，见面时的寒暄，也由"吃了吗"变为"熟了吗"或"快了吧"？对方一定会说"熟了"或"快了快了"，双方心照不宣地点头一笑，脚步并不停留。

马家铺磨刀霍霍，磨刀石呲啦呲啦响，铁锈和着浮沫流下地面，镰刀锋刃在五月的阳光下闪烁着刺眼的光芒。把木片楔入刀孔与镰把的缝隙，或将浸湿的布条缠紧镰把的细头，重新塞入刀孔，让镰刀和刀把紧密连接为一体。大拇指指肚拨拨刀锋，试试它锐利到何种程度；瞄一瞄镰把的曲线，再闭起眼睛掂一掂镰刀，掂出它前后的轻重，就知道是否最合手，满意地呼出一口长气，把红色绸缎条缠上镰把，挂到风雨剥蚀的屋墙上。在门和窗之间，利刃和红红的绸缎格外鲜亮。

盘起绳索，修好车辆，喂饱骒马。场院光光，坑洼都被垫平，碌碡的齿沟剔得更深，两端的脐眼用陈年大油重新抹过。将干瘪的口袋抖落干净，缝补上面的破洞或小小的开裂缝隙。清洗空空如也的陶瓮和米柜，抬到天井里晾干并照晒。

庄户人频频到麦地边，掐几个麦穗，以两掌作阴阳磨盘，俗称"拐磨"，极为熟练地磨得麦壳子和麦粒分离开来，吹一吹，麦壳子飞走，看掌上有没有麻线绺子①；把籽粒放入嘴里细细咀嚼，判断它们的饱满程度，并尽享新麦的美妙。马天禧发出紧急禁令：新麦太珍贵，"拐磨"不可多。众人知趣地笑笑，侧耳倾听风从哪个方向来且可能大到让人担忧的地步；频频看天上是否有大雨欲来的凶险兆头，比如被称作"搭桥云"或"龙吊尾"②的云彩。

还好，没有。一切如意，谢天谢地。

南风熏蒸，四野金黄，麦芒已经干脆，香气开始散发。老人们说，有一种快如疾风的长虫名叫"风梢"，能够从麦芒上飞速掠过，到麦芒承受不起它的轻巧分量，在它敏捷如轻风的飘动中纷纷折戟，那就意味着，割麦的时辰到了。

收割小麦的开工酒"灌镰棒酒"，打丛其五的小铺子端到麦地地头，放在白杨树的薄荫里，是一坛地瓜干酒，酒属劣质而烈度极高。开镰的人们依次斟满酒碗，敬酹天地一碗，尊奉稷神一碗，第三碗浇洗镰刀，略略几滴，以示敬意，将剩余的酒仰头喝下，甩步走下麦田。大煞风景的是排在最后的爹，只肯将酒敬奉天地新麦和饮给镰刀而自己绝不喝。他生性滴酒不沾，再三再四推拒劝酒。在众人叫阵的哄闹声里，爹红了脸，说，开镰吧，将酒碗随手

---

① 麻线绺子：干瘪的麦粒。
② 搭桥云、龙吊尾：都是大雨将至之天象，多在夏秋的天际出现。

递给栗蓬儿。

庄户人弯下腰，齐刷刷地开镰了。

栗蓬儿要代爹喝酒，他想重温与马长楼喝酒喝到醺醺然的美好感觉，那感觉至今新鲜得让他迷恋不已。他也不愿意爹被人哄笑，觉得这么多的当家男人都很豪爽地一饮而尽，唯有爹拒绝喝酒，很没面子，自己的脸上也没光彩。他要喝干一大碗酒，让众人看看，马天启门里还有他栗蓬儿。他讨酒，哄闹越发热烈。不待酒碗斟满，就被娘劈手夺下，随即泼掉。

逞能！娘训斥说，回家和你算账。之后，娘和看开镰的女人们收拾起酒具回家。她们要为割麦的人准备午饭。

栗蓬儿不怕娘算后账。他明白，和停留在地头上的所有人——似乎整个马家铺的孩子都聚在这里——一样，自己是来拾麦的。学校放麦假，就是给学生以复收麦子的方便。如果他拾的麦穗多，娘一定会眉开眼笑，他得到的必定是犒劳而不是惩罚，或许是白面饼，说不定还能加个煎鸡蛋。他希望割麦的速度再快些，"放坡"^①就会更早，一俟最后的割麦者的后脚走出麦地，就是拾麦人蜂拥而入的时刻。

马长驿的割麦动作虽然缓慢，却是一气呵成；马天茂割倒麦子的节奏与他的步态犹如行云流水，身后码放得整整齐齐、个头均匀的麦个子，显示出他是多么老到的庄稼把式；而水蛇腰的马玉衡频频直起腰，并不断地扭动腰胯，他割的麦垄被落下，像麦田的长长尾巴。柳家旺加快了速度，追上了割麦子不快的爹，他的药子^②纠结得十分出色，两手各持一把麦子，很利落地铰接扭动，打个花结，很优等的药子不止满足了自己，还能支援别人；青州表现出了不多见的勤谨，但总是叫嚷说，他需要别人来帮忙打个子。

在树荫下等候"放坡"的半大孩子们迫不及待，空空的荆条篮子放在脚边，只等装入拾来的麦穗。栗蓬儿紧一紧缠在腰间的绳子，那是预备捆麦子的——假如拾到的麦子足够多的话。拾坡是争分夺秒的活儿，他们必须在第一时间里把遗落的麦子，不管是整棵的还是麦穗，都要眼疾手快地捡起，放进篮子里，

---

① 放坡：与"拾坡"相联系，意思即开放收割后的庄稼地，允许人们进入复收。
② 药子：收割麦子和谷米的时候，用麦秸或谷秸扭结而成的绳索，用以捆缚"麦个子"或"谷个子"。

同时眼睛疾速大面积扫描。

栗蓬儿觉得麦田是天下最宝贵、最肥沃的地亩，出产天下最可意、最佳美的食粮。他呆呆地望着麦子黄金般高贵的宽厚身躯波浪般起伏，像是它舒缓恬淡的最后呼吸。他听得见麦秆被割断，发出清脆而短促的美妙声响。一把一把的麦子，在"药子"的捆缚中，变成一捆一捆的"个子"。黑色辕马拉着大车驶下大路，胶皮轮子在割出新茬的空阔土地上轧出两行松软的辙印，然后停下。赶车人大声喊叫，让人赶快装车。

马玉德吆三喝五，始而赶着车慢慢走，让手下人抱麦个子擦到车上；继而喝住辕马，自己爬上车，接受并码放下面的人递上去的麦个子；最后，他跳下来，让人从越来越远的地方将麦个子扛来，他用木叉挑起，送到已经码放得很高的大车上。车上的人紧张地垒麦，马玉德还不满意，再次爬上高高的大车，用粗粗的麻绳，左一道右一道，将麦子拴牢捆紧。这家伙的鞭子狠狠抽打在马身上，大车慢慢移动并加速。远远地，栗蓬儿看得见车辙里外散落下很多麦子。他瞄着那个地方，很多双眼睛都在盯着那儿。却见青州顺着车辙，将散落的麦子一一捡起，用药子捆好。

拾坡的孩子们就模仿要饭的腔调喊，青州青州行行好，给咱留点麦子吧。然而，此刻的青州变成了勤快而吝啬的家伙，干活相当精细，将寻捡的范围扩大到全部麦田，而且不忘哄赶飞来觅食的麻雀。

这家伙太抠门了！

栗蓬儿和巴掌垒起个小小的坟样土堆，插根散叶麦秸在顶上权作招魂幡。栗蓬儿做了两个药子，和巴掌分别拦腰扎起，头上各顶一片黄白色的麦叶，权当上坟白布缠头。两个人有模有样地大放悲声：青州你怎么这么快就死了呀！还没吃到新麦啊！青州你死得太不值啊！他们学得像极了，当然不会有一滴泪，他们一个劲干号，朝向青州，强忍住笑。

百岁、站儿、建设、凉河、满生……等待拾麦的孩子们觉得有趣极了。大家站起来，围绕小小的土堆转圈，给它再添几把土，都做出殡状，笑着喊出哭腔，眼睛都去看青州。

青州终于觉察出什么，恶骂着冲来，拾坡的孩子笑闹着四散奔逃。青州一脚踢飞模拟小坟头，犹自不解气，转圈挑选他要追击的坏蛋。马长楼挑了一担绿豆汤，后边跟随着抱碗的狗欢子，来慰劳割麦的人。失去了目标的青州跑近去紧傍着汤桶走，不离半步。马长楼将担子停放在树荫里，无须召唤，人们摘下苇笠做蒲扇，扇着热风，一边将黏在身上的麦芒麦叶扑撒掉，从近处远处，从戳立着或横躺着的麦个子中间走来。

栗蓬儿他们再次聚拢的时候，马玉德的大车又一次装载完毕。帮忙装车的青州不下车，躺在高高的麦个子堆里支"拐磨儿"，任凭马玉德怎样詈骂以至于打了几个响鞭，死活赖在上面。马玉德只好吆喝辕马，将满车麦子及上面的懒汉拉向场院。运力不足，马天禧让爹与马天茂增援运麦。两个老搭档再次驾驭"二把手"车子，头戴苇笠，"披布"①横搭于肩臂，大汗淋漓地往返于麦地与场院之间。

终于，满载的大车最后一次驶上大路。马天禧端一端双肩，兜牢黑褂子，匆忙地追赶转去东坡的割麦人。

这就是"放坡"了，栗蓬儿们呼啸着冲了进去。他们争分夺秒，风一样掠过麦地。

五月里的抢收和抢种，如同天连着地，晴接着雨，紧密相连。麦子收成好，马家铺人心里痛快，早早做好了茬口安排：西堤外和二道坡上的麦地全部换茬，赶种夏棒槌，也种麦地瓜；北洼的地力肥，才收了一季麦子，重茬；南原上多是春棒槌、谷子和黍子，等秋收下来，也换茬，七成种小麦，三成种大麦。老庄户人眼毒，看出夏收丰足，吃饱饭是板上钉钉的了，就去蒺藜坡给那十几亩棉花精心松土、上粪，巴望着秋天多收些新棉，请弓匠弹松，自家絮棉花，都穿新衣裳、盖厚被窝，这个秋冬，定当饱暖。

百般忙碌紧张，马家铺日夜不宁。割麦、运麦、打场、晾晒、入仓、耕地、耙地、拌种、耩地、起垄、扦插、浇水……无论收还是种，都是蹚着露水下地，顶着星星回家，一刻也耽搁不得，"三秋不如一麦忙"，寸寸分分都得掐准，容不得丝毫懈怠。追命似的紧张，迫使马天禧端着膀子满世界飞，爹忙得没了京戏的韵道，马长楼的嗓子完全嘶哑，马长驿的肩颈更加油亮，马天佑每

---

① 披布：夏季推小车的男人披盖在肩臂上，用以抵挡烈日和擦汗的长长粗棉布。此类粗棉布也称"稀布"，透气效果良好。

个日夜都测天时，马天茂也累得没了开玩笑的兴致，马玉衡的水蛇腰再一次濒临累断的险境。牌坊下三嬷嬷虔诚祈祷，在抢收麦子的日子里，佛祖赐福保佑，风不来雨不来。

知了的叫声宛如浮动的红云，热辣辣地升上烤熟了的天空，从一团团白色黏稠物即青蛙卵泡——马家铺人称为"蛤蟆颗索子"——里长出四条腿却残留着尾巴的蝌蚪，一梦醒来变成了青蛙。开镰那天深夜，簸箕湾和斗湾响起了它们怯生生的试唱。第二天夜里，它们放肆地、疯狂地热烈喧哗，把马家铺的日子搅得很乱很嘈杂。

三

有个坏消息悄悄在全村流传，说今年的麦子要比往年分得少，而且少很多。流言乍起时，众人对这个消息很是不屑。怎么可能？今年的麦地比往年都多，亩产比往年都高，只能分得比往年都多才对，怎么会分得少？这么不靠谱、不吉祥的消息，是哪个混账家伙胡诌的？

坏消息说，正是因为今年年景是少有的好，麦子征收就比历年多。征收的劲头远远大于增收的，分到手里的自然就少。

那也不能超出常规。众人说，征收那么多，让不让人活了？

大家用嘲笑的口吻传递这个活该诅咒的消息，对它表示鄙夷之余又有些惴惴不安，在麦地，在场院，在街角，在河崖，在高埠，在所有不显眼不招摇的地方互相打探，用对方的否定印证自己的否定。

不会吧？

不会。当然不会。肯定不会。

我怎么说来着？就是不会。

放心。不会。

麦收以空前的高速进行。黑夜变得太短而黎明来得太早，磨刀石迅速凹陷，绳索频频崩断，大车小车奔走如飞，晌午饭送到地头。来不及掐麦穗，先堆成麦垛矗立在场院边，像凭空增添了好多个仓囤。人们的脸上身上晒成酱红色，掩盖了被麦芒刺出的千百个细细血点。马家铺人跟雨前的蚂蚁差不多，小跑着下地，小跑着挑担，小跑着推车，拖着疼痛欲断的腰和腿，垂着肿胀麻木的手和臂，在偏斜的七星微弱光线的指引下回家。打一个朦胧，天色就发白了。此时此刻最难熬，把累散了架的身子重新组装起来是多么困难的事情，而脑子里空白混沌，晃晃悠悠，哈欠连天，梦游似地上坡。

……

无论人们怎样排斥和抗拒，那个不祥的、令人不安的消息坚定地走来，传遍了整个马家铺。人们极力躲避它，企图远离它如避瘟疫，它却强势如朔风，无孔不入，钻入每个天井每间房屋。从扑朔迷离到有鼻子有眼，恐怖的传言让人沮丧，继而感到了恐慌。

减四成！今年分麦只分六成！

众人焦急地寻找能够灭失传言的证据，但这传言似乎一步步逼近。不久，马天佑证实了大家的猜疑。传言被坐实的根据，是村长马天禧从上面开完会，回村的路上偶遇这位颇懂阴阳的庄户人，两人说的一番话。不过马天佑是有意守候于马天禧的必经之路也说不定。

马天佑嘴贱，给马天禧起绰号为"的卢"，就是《三国演义》里先是刘备刘皇叔后为庞统庞凤雏的坐骑。马天佑说，看马天禧，长着张马脸，额头一绺特别显眼的白发，而眼下有泪槽弯过鼻翼，简直是"的卢"之转世为人。这绰号很不恭敬，屡屡让马天禧反感到斥骂。这天，马家铺掌门人心事重重，脸色晦暗，泪槽越发明显，两肩耷拉，脚步缓慢萎靡，一改收麦以来的急如风火。他平日里很烦恶马天佑，迎面撞上，碍于情面，不得不停下脚步。后者问起什么时候分麦子，马天禧说，快了快了，扬场簸净就分，你着得哪门子急？马天佑的夸张本性再次暴露，说自己一家十几口好几天水米不打牙，只等分下麦子救急。

马家铺就你家十几口？别人家都是老绝户？马天禧没好气，就分你六成麦子，饿死你一家十几口！

这话十分恶毒，很罕见地出自马天禧之口。不识趣的马天佑讨嫌不止，追着马天禧说，不会吧，不会分这么少吧？你戏耍我哪吧？

马天禧是不苟言笑的人，从来不懂得"戏耍"。他心情恶劣，对马天佑说的话格外尖刻：戏耍？对，我就是戏耍你。你这口大舌敞，驴肚子存不住马粪[①]的家伙。

不管马天禧是从乡里还是县里回来，都是从"上面"回来，"六成"分麦必然事出有因，尽管不排除由于他的火气太盛而信口乱说，但他是半个公家人，不会乱了方寸，即使心情不好，说的话应该不会不着边际，所以，"六成"的可怕比例很有可能坐实。此外，什么事情使他如此不快？必是领受的旨意，而但凡收割庄稼的当口，上面发来的指令大都是催粮米的。他的沮丧必定与麦子有关，麦子必定要多缴而少分，必定！

横遭抢白的马天佑将屈辱撇到脑后，迅速将他与马天禧的对话传遍全村，没有夸张而是如实复述。被证实的不祥预感，因了麦收的即将完成而变得更加严重，男女老幼惶惶然起来。

最后的麦穗被掐下，场院里忙乱极了。马天禧再没透露口风，大家也绝口不提那个敏感话题，只管加快手里的活计，其实都暗怀鬼胎。

到了最紧张的日子，全村忙得没白没黑，栗蓬儿也被分派去场院打麦，是个不起眼的小角色：接粪，干一天只挣两分工。接粪者栗蓬儿的全部职责，是在打麦场边守候，手里握个土布粪兜，方方正正，两根苘麻绳子四角连起。一旦牵拉着碌碡轧麦的骒马要拉屎，他必得踩踏着厚厚的麦子，迅速贴近红马的屁股并一步不落地紧紧跟从，将粪兜不远不近地贴在骒马的腚眼下。臭烘烘湿漉漉的新鲜马粪落入粪兜并不时溅到栗蓬儿脸上，他不能躲更不能擦，须将粪兜坚持撑开状态并持续到底，之后兜稳马粪，像端着满兜珠宝，小心翼翼地捧出打麦场，倒掉，保持着麦场的干净。

红马规规矩矩跑圈儿时，栗蓬儿蹲在场院一侧，看着马天茂轻轻挥舞鞭子，不时放长或收紧缰绳，让满场新麦均匀地接受碌碡的压榨。临近晌午，马天茂"家里的"拖着半边身子，和儿子百岁将茶水送到了场院。母子俩揭开双股铜丝提梁高筒茶壶上茶渍斑斑的圆盖，茶叶早已按马天茂的习惯放入，开水在壶内停留片刻，注满印有荷花荷叶的白瓷杯，水色金黄，有细长的茶叶漂浮。百岁娘谙熟丈夫的饮茶规则，将第一杯茶倒回茶壶，稍候片刻，再次倒出。茶香飘溢，并准确地飘向了马天茂。此时的茶就是十香软筋散，马

①　驴肚子存不住马粪：意为心里装不住事，容易泄密。

天茂哪里挺得住，浑身立刻瘫软，已然拉不动缰绳，嘴上说，我回去喝罢了，谁叫你们送来的？脸上却漾出笑来，马上吆停牲口，叫栗蓬儿进麦场，慌慌地卸下身上的鞭索，麻利地拴上栗蓬儿的腰，把短鞭塞到栗蓬儿手里。你来顶一会儿。他说，这马会使力，你让它慢慢走，悠着点儿，别逼它。又说，盯紧点儿，它要是拉屎，我来接。

能顶替大人干活儿，尤其是能接手有名的好庄户人，栗蓬儿高兴万分，极力模仿马天茂，站稳脚下并跟随马的跑圈儿旋转，但马的劲力太大，他不时趔趄，在红马越来越大的离心力的牵引下逐渐偏移。他试图站稳，却不懂得放长缰绳，于是圆圈越来越小，他的旋转越来越快，眼前疾速闪过的是麦垛、场屋、百岁、百岁娘、马天茂、麦垛……

四

社里说要先分些麦子，让大家尝新，每个人头五升。

场院里立即人声鼎沸。分领新粮的喜悦里夹杂着焦急，场面一度失控，为大家计量升斗的爹大发感慨，说马家铺人历来是讲究礼数的，分粮米都遵循先来后到的规矩，从不像今年这样你推我搡，恨不能挤破头，这是怎么了？

娘说，"爹有娘有，不如己有。"场院里的新麦纵是堆得山样的高，不灌进自家的米面瓮里，也是枉然。马天佑的话也许有水分，但听了谁心里不慌？争分新麦，人同此心，栗蓬儿和玉楸不是也争抢着往家背麦子！

不管怎样，喜兴气氛随着新麦的入门而高涨。娘先熬一大锅新麦粥，让全家既尝新又垫底儿。她看准时机，预先跟饲养员借好毛驴，让栗蓬儿早早牵来套上旱磨，磨盘隆隆响起来。

磨房无疑是全家的中心。毛驴在青黑色的磨道上走无穷的路，大红陶盆上放置罗架，娘熟练而愉悦地推拉着铜丝掐目的细罗，白色面粉如雾如纱落入陶盆，圆圆的、高高的罗框撞击罗架的两头，节奏轻快而匀称，与旱磨连绵不断的隆隆声、毛驴重浊的踏蹄声一起，构成动听无比的交响。栗蓬儿和六月种的几棵牙腰葫芦爬满磨房房顶，叶子阔大，毛茸茸的浅黄色大花刚刚萎谢。玉楸拉风箱，栗蓬儿抱柴火，六月按娘的指令，到大门边摘下肥大而厚实的紫荆叶，用水冲干净。一片紫荆叶托一个细面馍馍，被娘稳稳地放在蒸屉的雪白笼布上，排列成精巧匀溜的菱形。蒸汽升腾，混合着新麦与紫荆叶特殊气味的浓重香气弥漫了屋宇，飘散到院落。

娘再用粗罗把粗面筛入大红陶盆。两遍罗过后，新麦就去了八成多。余下不足二成是麸子，也是好东西，珍重地收好。

从磨房里走出的娘全身素白，她幸福地笑笑，面粉簌簌落下，眉眼便露出来。不多时，全身的面粉抖落干净，娘开始预备全家人的美餐。她用九成的新麦面，掺入一成的黄豆面，揉面半个时辰，面团绵软而柔韧。娘用擀面杖擀出薄如纸的面饼，切成细如丝的面条，撒上一层粗面防止粘连，备好作料。为了使美食庆典更加隆重，娘支使爹去种了几畦应季菜蔬的自留地，拔香菜和蒜薹，摘黄瓜和洋柿子；娘和六月把饭桌从堂屋搬到西墙下的梧桐树荫凉里，铺上一领新苇席，饭桌四周不摆马扎，到时盘腿坐。一切准备停当，娘直起身说，今天犒劳全家，现在就等着面条下锅。别光看我忙活，你们谁去弄点荤的？

栗蓬儿说要去河里摸几个螃蟹。娘说，好主意！玉楸也去，给栗蓬儿打打下手。

考试临近，玉楸手不释卷，到河崖也带着书。

在落甲河里捉螃蟹，须选准回水湾的出口处，河岸不高但陡立如壁，柳树和杨树裸露的根须拂弄着流水，这是螃蟹最喜欢打洞的地方。崖壁上的茅草茂盛潮湿，蜻蜓和马蜂胡乱纷飞。栗蓬儿赤条条下河，两手沿着河岸底部摸索。这一带常有水蛇出没，近来水也太深，几乎齐腰，他闭紧嘴巴，警觉地扫视草丛里、树根下，并无异常。他在水下的十指敏捷地滑过濡软的或毛扎扎的河岸，手势的劲力须拿捏得恰到好处，以防被不名尖刺突然划伤。有小鱼轻轻触碰栗蓬儿的腿。他尽力仰起头，不使嘴巴被淹没，更敏锐地触摸着、倾听着水下的细微动静，并不理会玉楸的问询，慢慢逆流而上，他摸到了扁圆的窟窿，洞口滑腻。他试探着伸手进入，似乎触到了螃蟹，那东西一触而退。不是水蛇洞，也不是鲶鱼洞，是螃蟹洞。栗蓬儿的手猛地深入，以致头脸没入水里，没有捉住。螃蟹洞很深，栗蓬儿伸进整条胳膊也探不到底。此时他会用脚迅速替代手，堵严实洞口，然后站起，抹去脸上的水。他感到脚尖痒痒的快乐，这是螃蟹试图夺门而逃。

栗蓬儿双掌并列做铲，用力铲下洞口上方的软泥，脚随时跟进，一步步将螃蟹逼到洞底。当脚趾被螃蟹的大螯夹得生疼，捕捉时机就来到了。长着滑腻腻绒毛的河蟹被扔上河岸，在树荫里念书的玉楸捕捉起来手忙脚乱。螃蟹逮够了，栗蓬儿很快乐，顺手捉几条"浮梢"即鲦鱼，用墨绿色的水草包好，带回家养在瓮里哄六月。

有螃蟹提鲜，有拌黄瓜佐餐，有香菜洋柿子鸡蛋打卤，新麦面美好得空前绝后。

爹从马天禧那里打探消息回来，脸上露出少见的忧虑。面对娘的询问，爹欲言又止，长吁短叹。

夏初昼长，夜色围拢上来的时候，爹点燃挂在屋子里的艾蒿绳，浓烈的气味随着蚊虫飘散出来。归巢的燕子在空中飞几个来回，迎着烟雾飞进堂屋，飞入筑在最高檩子上的窝里。

娘没有像平日里那样，饭后随即收拾饭桌，洗碗筷，关大门，堵鸡窝，而是一任满桌狼藉，盘腿坐在苇席上和爹说话。

对栗蓬儿来说，吃到如此美食，已达幸福的巅峰，但期盼已久的享受过后，总有一种失落的虚空。爹娘的所思所想显然和栗蓬儿的不同。在这个享受新麦的快乐夜晚，他们显得非常不安。

爹带回的是不祥的消息。

娘说，没救了吗？

爹说，乡里的指令，也许是县里的指令，都要"统购"上去，怕是没救了。

娘说，不能"统"得少一点？

爹说，谁能顶得住？

娘说，真愁得慌。

爹说，走一步看一步吧。

之后，长时间沉默。

栗蓬儿今天算是解了馋瘾，玉楸也是。爹说，看看朦胧夜色里的儿子。

别撑坏他，娘说，也难怪，多久没见白面了。

哪怕麦子少交一点呢，爹说，咱家这日子就好过得多，栗蓬儿也不至于这么没命吃。你看看他，吃得动不了窝，都快撑死了。

天禧怎么说？娘问。

爹不说话。

栗蓬儿懒懒地躺在娘的脚边，半个身子压在苇席上。新苇席独有的清新气味以及里面透出来的微甜让他惬意无比。他双手作枕，望着梧桐叶后面的夜空。快到月满，星星很稀，梧桐叶子的边缘，似隐似现缀有几颗亮星闪烁。很淡很淡的夜色里，萎谢了的葫芦花招来一只神秘的大白蛾，嗡嗡响着飞起落下。栗蓬儿不止一次捉住大白蛾耍。与它的大肚子不很般配的双翅让他很困惑，如此单薄的翅膀真的能将滚圆肥硕的身体带上天空？他会放开手，目送吸吮完花蕊的汁液，浑身绒毛沾满嫩黄色花粉的大白蛾，在嗡嗡声里飞入朦胧夜色。

它从哪里来的？它要飞去哪里？它是不是也像蚕蛾一样，一生三变，每次都变得面目全非？

第十二章

一

一男一女从公路上下来，沿着簸箕湾南端的小路，走向马家铺。

男人穿蓝制服，女人穿尖领小腰身的紧身服装，都背着整齐如墙壁的黄绿色背包，背包上挂着搪瓷茶缸，还有白手巾。男人戴着蓝帽子，女人戴茶色眼镜，留齐耳短发。他们走过干涸了的为簸箕湾输送污水的沟渠，来到街口，看到散乱站着的八九个孩子及趴着的一只黑克朗猪。猪是巴掌家的，手拿荆条的巴掌刚赶它从地里回来。还有条狗，是二青，本来卧在猪的脚边伸着舌头喘气，此时不得已站起来，懒懒地叫几声。

像所有光临马家铺的陌生人一样，这对男女需要接受孩子们亮晶晶眼光的集体审视。来人友好地向这些孩子点点头，意料不到的是，孩子们的歌谣突然响起，整齐划一且很响亮：

> 留洋头，不戴帽。
> 镶金牙，自来笑。
> 穿皮鞋，大步跷。

所谓"洋头"，在马家铺人的眼里，就是分头或俗称"一边倒"的偏头，要么就是大奔儿头、大盖头，一言以蔽之，非光头的所有摩登发型，大都可以"洋头"统而称之。马家铺的老少爷们，头发长了，剃光了事，不会让头发长长的动辄挡眼，不得不腾出一只手，费劲地将它们撩到头的右边或左边，或者很洋派地甩甩头，把头发摇到脑后。那些多余的动作真是繁琐之极，从来为庄户人所不取。见过大世面乃至洋世面的马长桥虽然留的是洋头，却不太够数，他的发际很高，大脑门亮闪闪，银发寸把长，似乎永远长不高，稀稀落落的，总是一丝不苟的样子。青州倒是勇敢地尝过新鲜，让游村串乡的剃头匠为他留了洋头，样子不很规范，乱发披撒，有类穿形锅盖，神气十足地顶着到处招摇，被马子孝痛骂一顿，不得不回归非洋头系列。皮鞋也只有马长桥穿，不过只在县一中穿。在村里，他穿的是布鞋，是他的老妻一针一线做好的，与他一身领袖严整的蓝色中山制服极为般配。至于金牙，连马长桥也没镶，他的满口白牙都是从娘胎里带出来的。

歌谣并无恶意，不过略含揶揄，说洋派人物有爱显摆的毛病。两个来人显然听懂了孩子们的歌，觉得很有趣。

摘下帽子，让我看看你的"洋头"！白白净净的女人个子小，仰头看着男人说，不住地笑。

男人也很开心，张大嘴巴问女人，我镶金牙了吗？我镶金牙了吗？

男人没有金牙，满口牙齿洁白而整齐，但他穿的确实是皮鞋，落满灰土。他对横跨碾盘街的庞然大物觉得新奇，说，好大的石牌坊。

女人问，村公所在哪里？

孩子们的手臂一齐指，七嘴八舌地抢先回答，那里，学校旁边。

男人和女人从牌坊下走过，不住地回头仰望，身后不远不近地跟着这些无聊的孩子。栗蓬儿和二青，巴掌和他的黑猪也跟着。街上见不到几个人，青州紧贴牌坊"中柱"，侧身挤着窄窄的须弥座，躺在阴影里偷凉。他的头前卧着黑狗，石狮子身上趴着黄狗，都不是他的狗。青州不养狗，不过全村的狗和他都很友好，正在享受近午热气里难得的凉爽，根本不愿理睬来客，连例行的吠叫也免了。丛其五斜靠低矮的门框，吃力地仰头打量着来人。

村公所在斜街迎头，东边隔着绿油油的菜园，跟学校相距不远，没有院落，没有遮挡，没有牌匾，三间半瓦半草的房子，简陋的屋门斜对斗湾。门户大开，里面没有人。

男人和女人卸下背包，拿出手巾擦汗。

你们的村长是不是叫马天禧？女人问。

就是他爹，孩子们指着凉河说，他叫凉河。

凉河，你爹去哪儿了？男人问。

凉河的聪明伶俐仅次于狗欢子，对他爹的行踪了如指掌。他抹一把淋淋漓漓的鼻涕，说，我给你们叫去。话音未落，他已经沿着斗湾跑向东坡。

男人和女人看看太阳，走进屋子。屋里很空，微风穿堂而过，黄土和胶泥墩硬的地面有些绽裂。他们到长条木凳上坐，背包堆在方桌上，轻声说着话。

孩子们聚拢到门口。村子里来了生人，他们都觉得好奇。

你们怎么不上学？女人问。

散学了。栗蓬儿说。凑巧的是，钟声"当当"响起，那是韩先生亲自拉响的下课钟，女人疑惑地看栗蓬儿。她不明白今年的课程精简，韩先生每天上午只给栗蓬儿开两节课，之后就放他单飞，毕竟还有三个年级的几十个好学生需要老师的浇灌。不过栗蓬儿不想在这里待下去，这对陌生男女索然无味，大家也觉得没意思。二青回家心切，却冲着急匆匆赶来的马天禧大叫。

马天禧离得很远就大声寒暄，啊呀啊呀，失迎失迎！早就听说你们二位工作同志要来。他伸出双手，大踏步迎向来人，肩膀兜着的褂子险些掉落。几只手煞有介事地握在一起使劲地摇，脸上都堆着笑。马天禧的手刚从来客的紧握中挣脱，立即对凑热闹的孩子和狗以及猪作驱赶状。

起开，都起开，滚！他说。

栗蓬儿们一哄而散。

栗蓬儿没有想到，那个戴眼镜的女人住到了他家。

是爹领她来家的。爹在西墙外就喊栗蓬儿看住二青，别让它没事找事地胡乱吠叫。其实二青通情达理，而且记性颇佳，性情并不凶恶，它的大叫大嚷只是虚张声势。爹的礼数周全，替那个女人提着背包，在大门外很恭敬地谦让。等那女人和爹进门，二青便消停下来，很知趣地躲开。

女人姓李，爹和娘称她李同志。李同志摘下茶色眼镜，露出一双丹凤眼，眼角眉梢很干净，鱼尾纹几乎看不出。李同志住东厢房，就是马长楼和栗蓬儿以及"蚕妹儿"们住过的屋子。娘埋怨爹没早些打招呼，屋子里乱糟糟的，炕上的旧席没来得及漂洗，残破的窗户纸让屋子显得破败，怎么住得人？

李同志说，这有什么？完全没有关系的。她说自己走南闯北，什么样的破旧房子都住过，相比之下，东厢房算是很好的住所。不顾爹娘的阻拦，她挽起袖子，帮着娘将炕梢堆放的杂物挪走。之后，打掉墙角的灰坠儿和蛛网、糊窗纸、扫炕、换炕席、扫地、点泼清水，很快，一间干净屋子出现了。李同志的手脚麻利，很受娘的夸奖。

李同志是被"派住"到栗蓬儿家的。所谓"派"，是村公所——说穿了就是马天禧——的指派，既"派住"，也派饭，吃住都由主人安排。吃饭的时候，李同志坚决辞谢爹娘的推让坐上席即爹坐的位置，执意和娘坐在一边，六月换到大哥那里，玉楸就坐到了饭桌的另一端，与爹相对。矮脚饭桌上的碗筷和六双手显得拥挤。盖垫端上来，两个新麦馉馉放在腾热的煎饼上，白黄对比，新颖而醒目，这是李同志的专供，一家人都清楚，连爹也不得僭越享用。一盘酱煲茄子也是娘特意为新来的客人精心焖烧的。

为避免重现当年的尴尬，娘事先严厉地给儿女订下规矩，无非不得乱伸筷子云云。好在栗蓬儿带着六月从田野里剜回苋菜，摘来豇豆，还有很嫩的灰菜，娘下热水焯熟、拌匀并滴上几滴香油，苤蓝咸菜丝里加了点辣菜，还有葱白长长、葱叶挺挺、辣中含甜的大葱，已经是庄户人家的美食，栗蓬儿吃得满头大汗。

李同志突然停下筷子，说不能只她一个人吃馉馉吃炒菜。她说自己到马家铺来，是要和大家有福同享有难同当，派到"咱家"，是十分快乐的事情。虽然起居饮食有些地方不很习惯，比如她很少坐在这样矮小的木凳上吃饭，但她相信会很快适应，希望爹娘待她如同家人，千万不要当作客人。她说桌上的饭菜她都喜欢吃，不过，大葱除外。她还夸几个孩子知礼仪懂规矩，说这都是爹娘教育得好。

饭后，李同志抢着收拾碗筷，并笑着说，吃和住她都适应，不适应的是上茅厕。她知道在苍蒲这一带，手纸于大便后的洁净功能都是用"坷垃儿"块替代，无一例外，对此她早有耳闻并完全不怪，只是觉得新鲜，或者好玩儿而已。她的随和越发让娘喜欢。娘不接受李同志叫她嫂子而执意以姊妹相称，还要女儿去东厢房睡，陪伴她的这位新姊妹，因为六月的畏首畏尾而作罢。

娘与李同志说得投机，知晓了很多事情，比如，娘知道李同志是南方人，念过不下十年书，有很多文化，称得上女秀才。娘还得知，李同志的男人比她岁数大很多，在济南府当大官，住小洋楼，坐小汽车，一动弹就有很多人跟随。娘连最隐秘的事都知道了：李同志已是"双身"，即有了身孕。娘很是感慨，说李同志"开怀儿"太晚，胎儿来得不易，分外金贵，本应该谨慎小心，走路做事都须想着肚子里的孩子。她虽然见过大世面，与庄户人家的女人不一样，终归还是女人，应该加倍小心才是。所以，娘对李同志爱惜有加，特意将躺椅端出来供李同志休憩，而不顾李同志百般推辞。娘说自己是过来人，深知有孕之时身体畅快的必要，让李同志窝着身子吃饭已属难为，岂能让腹中的胎儿伸展不开手脚！

娘杀了一只芦花鸡，熬成浓浓的汤，给李同志"预补月子"；又把平日里不割舍得吃的麦面拿出来，用各式梨木磕子，磕出双鱼、蟠桃、荷花或者蝙蝠饽饽，专供李同志吃。但凡累些的活儿，绝对抢先行动，不许李同志动一根手指头。早晨李同志担起水筲，要去西井挑水，娘大惊失色，就责备爹，也骂玉楸，捎带栗蓬儿，说你们是瞎了还是聋了，怎么没有一点眼力见儿，敢让李同志挑水！李同志要扫天井，娘夺过李同志手里的扫帚，说这可使不得，你是多么金贵的身子，哪能做这样的粗活！

李同志对娘也很关切，送给娘一双白底染有粉荷花绿荷叶的洋袜子。娘喜欢得很，总拿出来摩挲，却迟迟不穿。李同志很诧异，问娘，大热天的，难道这双袜子不比你脚上的土布袜子凉快？娘顿显尴尬，说，我这双脚太难看，就别糟蹋这洋布这花草了。李同志问娘，栗蓬儿为什么总不穿鞋？娘说，从小惯下的毛病，别理他。

栗蓬儿不知道李同志来马家铺做什么，爹娘也不问，这是约定俗成的规矩。大凡工作同志下来，总有要紧的事情，房东是不可以打听的。爹娘深谙其中禁忌，从不越界，不让客人为难，也恪守自己的身份。不过，栗蓬儿觉得爹娘的热情超乎寻常，有些做作，还有点夸张。

吃饭时，主客对话多。李同志讲述南方的风土人情，说那里和马家铺大不一样，她的老家不种秫秫，谷子和棒槌也很少，多的是水田，种稻米。水田里有鳝鱼，很多，长嘴鹭鸶和大个子白鹳在水田里高视阔步，专门叼吃小鱼小虾和鳝鱼，也吃稻米，还吃小甲鱼。甲鱼长大后可以捉来炖汤，很补身子的。

马家铺人把甲鱼叫作团鱼或鳖，从不将它们列入菜肴。夏日傍晚，远远看到有叉鳖匠持一杆方形四齿的器具，在落甲河的浅水处与河滩上凝神叉找，众人就会说，看那个人，他连团鱼也吃！话里透露着明显的鄙夷。爹娘不好褒贬李同志与甲鱼，就不接她的话，只点头。李同志又说她的老家是鱼米之乡，庄稼一年收两季，有的地方甚至收三季，稻米多得吃不了，这让爹娘非常欣羡，玉楸和栗蓬儿听得很入迷。

李同志问，咱家的粮食够不够吃？

爹说，李同志你只管吃饱，你是尊贵的人，要是亏待了你，我马天启哪还有脸见人。

李同志笑着说，天启大哥你误会了。我不是这个意思，我问的是今年的小麦够不够吃。

哪能够吃！我在真人面前不说假话，不够吃，差远了。爹说。

今年不是好年景么？李同志说。

爹娘说是啊，今年的麦子好，是多年来少有的好收成。

那为什么不够吃？李同志问。

分到家里，就太少了，人口又多。爹说。

不是按人头分的么？李同志问。

爹被堵个正着，赶紧喝水，被呛着了，直咳嗽。娘说，新麦在粮瓮里和粮柜里，太太平平。哪天借队里的驴来拉磨，多磨些麦子，她用细箩箩出头遍白面，家里有芦花鸡现下的蛋，再到自留地里割几刀韭菜，给李同志包素饺子。

李同志说，吃不吃饺子不要紧，她纳闷的是，大好年景，小麦空前丰收，咱家反而不够吃？没道理嘛。

娘解释说，爹话里的"不够吃"，本义并非说数量的不足，乃是"不割舍得吃"的意思。庄户人家，家家都有很多张嘴，张张都是无底洞，哪里填得满。没有山一样的存粮，谁家也不敢说"够吃"二字。麦子是多么金贵的东西，谁家敢放开肚皮吃。而爹是个不会说话的人，请李同志别在意，只管放心吃饭好了。

李同志很感谢爹娘的关照，但她无法理解马家铺出现的怪事。

不但麦子不够吃，马家铺缴的夏粮也远远不够，乡里县里都不满意。李同志显出百思而不得其解的样子说，小麦都到哪里去了呢？这么好的年景。

爹和娘面面相觑。爹说，吃饭吃饭。

李同志说，马家铺不会把小麦藏起来吧？

爹娘的脸色变得非常尴尬，他们抢着说，这怎么可能！那么多麦子，谁家能藏得下。

二

这是一个笨拙而浅薄的秘密。马家铺人制造了这个秘密，把很多新麦放入了头道坡上的仓囤。

这个秘密是在某个黑夜制造的。庄户人在小车车轴上抹了豆油，把装满新麦的麻袋包从场院运上东坡。接应的人已经清除尽仓囤里的麦秸，将新麦倒入用苇席围成的圆形粮囤。重载之下的小车很填和人，默默赶路毫不声张。倒是人的脚步声太大，紧张之中的呼吸也急促起来。为降低声响，这伙人曾想绕道桑树溪或村北的大路，无奈要么是沟沟崖崖，要么是遍地庄稼，满载的小车无论如何走不通，只好走套街。马玉德家的黄狗最可恶，竟然大叫大跳追着小车跑。正是下半夜，全村的狗被它招引得吠声一片，把运麦人吓得魂飞魄散。

马家铺人为什么会做下这桩暗事？动机极为复杂。参与者的心里，有让家人多吃新麦的强烈渴望，有占有麦子的莽撞冲动，有不愿多缴粮食却总是被迫多缴的报复性快感，而主要的动因，是觉得夏粮已经缴送上去，且数量比往年高出了很多，从道理上讲，应该让庄户人也分享丰收，他们分到手的实在太少了。

这个见不得人的勾当是马天禧首倡的，爹是热烈的响应者。他们的如意算盘是，这些新麦先不分，都装入仓囤，看事态变化再决定怎么做。倘若上头认可了缴送的夏粮，不再加码，仓囤里的新麦就安全分掉。假令上头责怪，就赶快扫净仓囤全数交上去。迟交的理由嘛，就说是麦子受了潮，耽搁时日全因需要曝晒所致；或者说这些新麦里的麻线绺子太多，精挑细选耽搁了时间。反正，马家铺人没分没吃，现在统统上缴，想来不至于酿成灾祸。

爹让人不可思议的勇敢，是栗蓬儿的吃相激发出来的。儿子吞咽新麦如狼似虎，深深地触痛了他的心；也缘于马天禧的撺掇和引领；当然，根子上还是爹毫无心机而易受蛊惑的天性。此次冒险，连娘也被蒙在鼓里，爹一度独自享受拥有私密的快乐和如影随形的恐惧，但无根无底的勇气犹如昙花一现，匹夫之勇不可能长时间持续，他很快陷入不可名状的害怕。爹的行为屡屡反常，比如突然愣怔出神，连儿女喊他吃饭也吓一跳。比如他说要去榜地，走到大门口，娘喊他说，你手里拿的什么？爹看看手里的镰刀，慌慌张张回来把它挂上墙然后拿起锄头。娘找了个机会盘问，爹被心中的暗鬼闹得度日如年，立即和盘托出。

娘绝对想不到，从来胆小的爹会胆气十足，一出手就做下这等大事，真让她刮目相看。不过，此类壮举成就的并非喜庆之事，实乃犯下了大罪。可怜的是，历来取笑爹胆小的娘发现自己的恐惧之深并不亚于爹，本想说几句大话给爹壮壮胆，自己先浑身过电，筛糠一般颤抖个不停。

事情败露得非常迅速，众人还没来得及反应，就被工作同志人赃俱获。

究竟是谁告的密，无从查找也查找无益，反正李同志和张同志获悉了马家铺这个秘密，首犯是马天禧，必须严办。他们将马天禧押解到仓囤，命令他逐一打开换上不久的新锁，勘验满仓的赃物。勘验完毕，马天禧被押送村公所接受审讯。

对于栗蓬儿来说，发生的一切都是新鲜的。他隐隐觉出村里发生了什么，但变戏法似的，弥漫着腐烂气味的仓囤竟然装了香气四溢的新麦，让他简直不相信自己的眼睛。而马天禧的狼狈不堪，也让栗蓬儿觉得十分诧异和好笑。

大概是有意出村长的丑，李张二同志跟解差似的，押着神情沮丧的马天禧走下东坡，没有直接走斜街，而是由东到西，从套街上的各家各户门前走过，到尽头，往右走马长亭和栗蓬儿他们几家门口，到簸箕湾走碾盘街，经石牌坊下回村公所，等于游街大半圈儿。工作同志很严肃也很得意，像是押送一只捕获的狎虎，在马家铺人面前显示出足够的威严。尾随在他们身后的孩子越来越多，多到他们不耐烦。走到斗湾边上，李同志停住脚步，回过身来用极其厉害的目光扫视大家，孩子立即作鸟兽散，但当村公所的门关闭了，散而不走的小把戏们又从街角、树后或哪个旮旯里钻出，向村公所围拢来。起始逡巡不近，很快凑到门前，从宽宽的门缝里偷窥。屋子里正在发生的事情让他们觉得新鲜极了。

马天禧面向门口坐在地上，准确地说，只有屁股着地，他的双手分开，高举到头上作投降状，两手的虎口里搭着一根芦苇。最怪异的是他的两腿直挺挺翘着离开地面，马天禧成了一座姿势诡异的塑像。他大汗淋漓，呼吸急促，五官急剧错位，四肢颤抖，耐力到了极限。终于，他的腿脚和双手无力落下，整个身体就要顺势躺下去。

啪！李同志将一把小手枪重重拍在桌子上，厉声警告马天禧说，也没打你也没捆你，不过是让你坐着。刚刚坐了这么一小会儿，就扛不住了？如果你马天禧还是铁嘴钢牙，那就这样一直坐下去好了。

坐好！张同志喝道，用手掌重重地拍桌子，也非常威严。

马天禧拼命地"坐"，他高扬双手，那根被再次擎起的芦苇簌簌发抖，但他蹬直的双腿跷起来十分艰难。他仰起头，闭上眼，张大嘴，粗大的鼻孔不停翕动，呼哧呼哧的喘息声很是瘆人。

栗蓬儿跑回家，把马天禧的怪模怪样告诉在家等消息的爹娘，爹的脸色变得十分难看。

真的动枪了？李同志真的有枪？爹问。

栗蓬儿说看得真真切切，是李同志手里的枪。他模仿李同志的样子，"啪"，拍了一下炕沿，没想到把爹吓着了。

别拍！爹心烦意乱，跳下炕，要去坦承自己的罪行，走到屋门又折回来，在"炕前里"来回打转儿。

娘说，沉住气，再想想。

爹从搭杆子上扯下手巾，不断擦去头颈滚滚涌出的汗水，说，是，再想想。他上了炕，坐在炕梢发愣。片刻之后，便沉不住气，再次下炕找鞋。

要不，咱们再等等？娘商量着说。

爹说，算了，别等了。等下去更难受，还是去吧。

也好，去吧。娘说，别让马天禧一个人死扛，别扛出别的祸事来。

"要死要活，就这一坨"！爹勇敢地穿鞋，出门。但他的自首之路终止于大门口，爹又返回了西屋。

再想想。她怎么掏枪了！她的枪从哪里掏出来的？爹说。三通鼓罢，余勇已尽，爹直喘粗气。

娘说李同志那么明白事理的女人，又是"双身"，怎么会动枪？平日里她的枪放在哪里呢，难道带在身上，谁也没看出来，不显山不露水，藏得真深。这么不祥的铁器贴着身子，也不怕动了胎气？不过，娘宽慰爹说，不用怕她，好歹她在咱家住，她应该不能把咱怎么样。再说，犯事的人多着呢，也不是咱一个人，咱也不是牵头的。

那些麦子，咱们一粒也没吃，都放到仓囤里，等于是替政府存起来的。政府收上去就是了，不会拿咱庄户人撒气吧。爹说。

爹最终没走出家门，他太害怕李同志的枪。

爹害怕枪如同耗子怕猫，娘总为此取笑爹，说他但凡见到枪，就会吓得直想躲或藏，还不如女人的胆子大，比如就没有她的大，她也不至于像爹那样畏枪如虎。不过，爹并非天生怕枪，娘说她嫁来马家铺之前，爹还有跟随马天云进犸虎岭狩猎的勇气，虽然只是拿枪砂和火药，毕竟是见血见死的勾当，可见爹当时还是很有些胆气的。爹的胆子破损，最先是日本兵的罪过。当年日本兵在马家铺杀人，开枪打得巴掌亲娘的肠子淌了满地，爹不在现场，他和娘及全家老少跑反躲进了犸虎岭，事后听说日本兵的狠毒和巴掌娘的惨状，爹便怕得脸色七青八绿，按说应该知道自己的胆量是如何小，就当远远避开类似的血腥场面。但爹的好奇心太强，太喜欢凑热闹看新鲜事，这把他害惨了。

栗蓬儿听娘说过，很多年前，大概是自己五六岁的时候，桥头镇开斗争大会，要枪毙地主乔大棒槌，爹看了杀人告示，非要去看热闹。娘深知爹的底细，劝他别去，说杀人有什么好看的，躲还躲不及的事。但爹非去不可，把杀场当作京戏名角出将入相的戏台，自己绝不甘心错过这个难得的机会。娘百般劝阻，心痒难耐的爹根本听不进去，急匆匆地奔赴桥头镇。时近晌午，爹回家了，脚步跟跟跄跄，两眼空空茫茫，一头栽倒在炕上，不言不语，跟死了似的。娘叫他吃饭，爹不应。娘让玉椿把小米稠粥端到爹的脸前。瞥了一眼粥碗，爹挣扎着爬起往屋外跑，扶着水磨呕吐不止。

爹自作自受的全过程，娘是慢慢知道的。娘说，爹的心性太浮躁，忘记了自己姓甚名谁，那么可怕的场面，岂是他能够承受得了的！桥头镇也并非去不得，离开杀人的地方远一点，看个远景，过个新鲜瘾也就罢了，当不至于吓破胆。千不该万不该，爹不该那么早地跑去，导致他超近距离观赏了乔大棒槌被枪子掀掉脑壳的惨烈样子。

爹极少说这件事情，但凡说起，都很后悔自己的孟浪。他唯一争辩的是，自己并非抢在人前而是被人推到前面的。当时看行刑的人太多，好像周边村庄的人都赶到那里，人山人海，自己是被无数个身体拥推到前面的，想回头走开已然无望，身后宛如滔滔海浪，要是自己站不住脚，一不小心被挤上刑场也说不定。那是落甲河过了桥头镇河界下游的空旷沙滩，项后插着亡命牌、绑得跟粽子似的乔大棒槌被押到这里，看热闹的人蜂拥而上，场面混乱之极，担任警戒的军人和民兵十分紧张，横起枪杆阻挡不知死活的看客。爹像一条干鱼，被夹在枪托和人的胸膛之间挣扎不得，惶惑恐慌之际，枪声响起，导致爹精神一度崩溃的可怕景象，活生生地出现在眼前。

从那天起，爹听见枪声或者见到枪，就怕得不得了。凡是与枪有关联的事情，比如子弹，比如鲜血，他都避之唯恐不及。

下一顿饭吃得十分尴尬。爹和娘既紧张又不自然。他们动作僵硬地为李同志张罗饭菜，笑得很勉强，而五官归位的速度惊人的快捷。爹娘不时打量李同志的腰，眼睛又都迅速闪躲，那里很可能掖着爹怕极了的枪；而对于娘来说，李同志的腰眼里，似乎盘着条可怕的长虫。

李同志很快乐，吃饭时嘴不停，话里多是怀念她的江南岁月。她说起自己幼小的时候，在稻田里捉螃蟹，被蟹螯夹伤了手指又弄得浑身泥水的趣事。我哪里像个女孩子家，都说我投错了胎呢。李同志说，马家铺的田亩也很肥沃，要是增加些水浇地，庄稼必定会多收好几成，比如麦子……

仿佛点中了爹的死穴，他的脸色霎时变得灰白。娘也呆住，端碗的手微微哆嗦。

李同志轻松地笑，将蟠桃饽饽塞到六月的手里，说她很疼爱六月，这样瘦小的囡囡，是应该天天吃白面馍馍的。只要大家好好干活儿，就快吃到了。

李同志本来饭量就大，这顿饭吃得更多。她很兴奋，一边吃，一边讲了很多家国大事。她说当今之世，最以工人和农民为重，而工人和农民算是亲兄弟，工人为兄，农民为弟。现在，全国到处是工地，烟囱冒黑烟，机器隆隆响，都是工人领头儿在改换天地，为弟的农民就得供给为兄的工人吃食。不然，"老大哥"没得饭吃，哪里会有力气做工，没有力气做工，哪里会有钢和铁。而没有钢和铁，往大处说，就没有机枪大炮，没了机枪大炮，军人赤手空拳，如何能保卫国家？往小处说，马家铺连犁铧和铁锹也不会有，锄头镢头也不会有，镰刀也不会有，那大家拿什么种田，难道用木头犁铧不成？用木镰木刀不成？那岂不回到刀耕火种的时代去了？刀耕火种后来也得用铁，难不成总用石斧石刀？李同志笑起来。

李同志笑的时候，横眉立目的样子不见了，不大的脸绽开，丹凤眼眯着，长长的，很好看。她笑够了，发现爹娘都拿着筷子恭谨地听讲，就要求大家别耽搁吃饭。她说，把粮食交给国家的道理，姜大姐你最应该晓得的，那就等于交给了工人。眼下，国家大事由工人和农民说了算，而说到底，得由工人说了算。你家马玉椿嫁给工人，工人成了你们的女婿，你家就是"工属"。工人是多么光荣的身份，身为工属，也荣耀得很呢。把粮食给工人吃，就等于给自家的女儿女婿吃，这跟给六月小妹妹吃，是一个道理的。李同志说，姜大姐你想想看，你和马大哥"割舍得"还是"不割舍得"？

从"弟兄"变为"翁婿"，农民与工人关系的突兀变换搅得爹娘很糊涂，但他们点头如鸡叨米，连声说太割舍得了，给自家的女儿女婿，即便自己不吃，也是割舍得的。

到底是知书明理的老村子，大家都懂规矩。李同志夸奖说，连马天禧那样一时糊涂走了错路的人，也没怎么让她和张同志为难。

如果说李同志的一席话算是好心的诱导和变相的讯问，那么，话说到这个份上，爹一鞠而服，全部招供，很难为情地供述，那个夜晚自己运送了麦子。

李同志更加高兴，说早就知晓爹参与藏匿粮食的事，只盼犯案作科者坦白自首。她精确地说出那夜满载的小车，爹来来回回推了三趟。

没计算错误吧，马天启？

爹忙不迭点头，不过，头脸通红汗出不止的爹辩解说，把麦子私放在仓囤固然欠妥，但马家铺的夏粮是按亩产、总产足量缴送的，足斤足两，并没有拖欠。听了李同志的教诲，明白了很多事理，觉得自己真是太自私，做的事真是见不得人。正好，仓囤里的粮食，就送给"工人老大哥"吃。爹表示会尽快驾车，将东坡的麦子全部运到县粮库。

李同志让栗蓬儿带六月到西屋去。她说要在这里，就着饭桌，说说爹的、马天禧的、马家铺的大错。

李同志的脸转而变得很冷峻，栗蓬儿离开饭桌的时候，觉得她的眉眼长得很奇怪，一旦冷下脸，面孔就厉害得可怕，也变得快。马长亭的脸也时不时变换，但他由疯狂转换为平和，或由平和接转为癫狂，中间都有征兆、有过渡，正如秋接续了夏或冬覆盖了秋，过程长得让栗蓬儿很难记起它们的前身。但李同志的喜怒是在瞬间转换的，让栗蓬儿，也许爹娘，都还停留在她的笑容的光照下，威严和怒气的霜雪就从天而降。李同志纤毫不露地完成了这个转变，堂屋变成了大堂，摆放着残羹剩饭的饭桌，变成了李同志的公案。她放下碗筷，爹娘也放下了碗筷。

李同志说，马家铺人胆大包天，几个合作社竟敢联手作弊，犯下这样大的错误。别跟我说什么送够了公粮，哪里有个够？你们差得远；也别跟我说你们没分掉麦子什么的，这种解释并不说明什么。没分掉，不是你们不想分，而是来不及分，或许因为分赃不均才没下手分。把麦子放进仓囤，和你们的种子粮、救济粮，还有不明目的的麦子混合在一起，你们想干什么？居心何在？囤粮不交，这是什么罪名你们晓不晓得？晓得？晓得为什么还敢做？你们以为我们不晓得亩产和总产，那你们就看错了人，你们太低估我们的能力了。我告诉你们，麦子收割前一个星期，我们就把全县所有的麦田都估产过了，当然把桥头镇和你们马家铺的也估过了，精确得很，比你们自己报的数要准得多。你们怎么敢报得那样低！四百斤？还不够别的村子的七成！低得连我都为马家铺脸红。马天禧，连你马天启也有份，瞒产又匿粮，简直是吃了豹子胆。按说，是要一条绳子把你们俩捆结实，交送乡里或者直接送县里的。

爹的脸色再次变得蜡黄，娘的手哆嗦到痉挛。

李同志极有耐心，讲话极具威严。听众只有寥寥两个，她却像面对满堂的人，汹汹滔滔直讲到饭菜全部凉透。她的话直截了当，并不拐弯，也不用很多词语，就将马天禧和爹以及那个黑夜的一干贼盗，在饭桌旁统统拿下，有供词，有人证，有赃物，铁案如山。爹娘听得心惊胆战也心服口服。当然，李同志宅心仁厚，用尽力气要把爹从"悬崖"上拉回来，以免坠入更可怕的境地。她说马天禧已经被她"拉"了回来。现在，就看爹有无认罪和悔改之心。

谢天谢地，李同志最终没有掏枪，她无须掏枪，已经完全降服了栗蓬儿全家人。爹不用说，当堂呈供，认罪服法，被"抢救"一番，很有死里逃生般的感觉，对李同志感激不尽，甘愿听命。他的汗出得十分畅快，溻透了夏布褂子的腋下、后背和前襟，以至于在李同志面前很不好意思。娘收拾完饭桌后，没有重复她惯有的拍褂子拍手。她垂下双手，说头疼得厉害，悄没声地消失在西屋。

三

事情的结局比大家料想的好得多，马天禧被允许"戴罪立功"，继续执掌村长大印；作为从犯身份处理的爹更是蒙恩不浅，李同志说既往不咎，只看爹今后如何痛改前非。别的案犯罪行轻微，一律宽赦。

笼罩马家铺的阴郁气氛散去，整个村子又活转来。出双入对的燕子不知疲倦地飞到田野和河边打食儿，看样子要孵第一窝雏儿。燕窝外，房檩上，地上，白斑点点。娘指挥栗蓬儿一挪再挪，避让着燕子屎，将饭桌挪到安全之地；二青蔫头耷脑了好几天，现在重新焕发破坏器物的无穷乐趣，频频咬噬娘的袼褙儿和爹的绳袢；产下鲜蛋的芦花鸡骄傲地走在阳光下，频频展翅而不飞，高声唱着分娩后的快乐；正是午后好时光，谁家的母鸭带领一队小鸭，摇摇摆摆走到簸箕湾下水；卸下磨杠的黑驴十分解乏地哝哝叫着在地上打滚儿，左滚右滚，灰尘四起；碾盘隆隆响，是谁家不合节令地碾秫秫和地瓜干；庄户人下坡了，从阡陌纵横的田亩里疲乏归来。锔匠挑着担子走过碾盘街，绕过斗湾，走上斜街和套街，一路响亮地吆喝"锔盆子锔碗唻……"绵长的尾音回荡在炊烟四起的村子里。无聊的孩子们听到了，像着了魔法似的尾随担子走。有破损锅碗瓢盆的人家听到了，主妇会跑出大门喊，这里有，这里有，回来回来！疯老九马长亭听到了，傻傻地站在自家大门口，他的怪异目光使锔匠加快了脚步。娘听到了，就叹口气，懊悔被栗蓬儿和六月彻底毁掉的西洋琉璃钟。

在东坡下的牲口棚前，借用最后一抹天光，马玉衡领着几个人在钉马掌。栗蓬儿跟爹一样，有爱看热闹的天性，这样的场面每次必到，看马玉衡怎样拴好马或骡子，大模大样地坐着牲口一侧的杌子，弯起马腿，抬起马蹄放在自己蒙着油布的单膝之上，用钳子拔出钉子，清除破烂的铁掌，随即用一把锋利的扁铲，小心而果敢地片去马蹄上残损腐烂的角质皮，这是极好的花肥。过去，每逢马玉衡牵骡马来，狗欢子必定早于栗蓬儿站在旁边，就为拾取马玉衡丢弃的马掌，用涂满了字的习字纸包得严严实实，给他爷爷就是马长桥带到县一中，深深埋入栽种着兰花幼苗的陶土花盆。

缴送赃物的车队是在清晨出发的。一挂大车，十几辆小车，装载着东坡粮囤里的麦子，走套街和西南方的老桑树下，上了公路。目的地是粮库，坐落在县城北墙外的高地上，与县一中遥遥相望。戴罪立功的马天禧和洗心革面的爹都上了阵，马天禧亲自赶大车，爹还是推他的小车。

马天禧甩了几下长鞭，鞭梢将路边盛开的"一丈红"抽得粉碎。他的骂声不绝，骂驾辕马的新马掌钉得有偏差，马蹄蹭地使不上劲，该死；骂拉长套的红马偷懒耍滑，应该断子绝孙；骂鞭梢太短，连个响鞭也打不脆，临时换新的又来不及，就骂马玉衡不备好羊皮条儿，懒得跟拉偏套的骟马一样，甚至还不如骟马；骂马家铺人没个眼力见儿，不知道躲一躲，害得大车险些撞到人。骂声里，马儿嘶鸣，狗儿乱叫，赶得追随车辆啄食地面麦粒的鸡们腾空跃起，彩色鸡毛乱飞。三三两两的人站得远远的，目送新麦消失。

议论蜂起。

众人一致认为，这桩未遂事件的罪魁祸首马天禧，除了应当承担道义上的谴责，还须接受心智方面的质疑。这家伙胆大妄为，差点把大家领进沼泽全盘覆灭，他这个村长怎么当的！而最愚蠢的，是他竟然将麦子存放起来而不分给大家。假使连夜分光，即便工作同志追查得如何严酷，各家各户大嘴朝天，麦子早就穿肠过肚变作大粪落入粪坑，让他们去那里查好了。全怨马天禧。他就是个菜货，或者真就是妨主的"的卢"。他做事本应该果决，要么不做，要么狠做，可他优柔寡断，进退失据，把麦子放起来算什么，到头来还不是得乖乖送缴上去。偷鸡不成蚀把米，赔了夫人又折兵，岂不是太蠢！

但是，不管归咎于马天禧有无道理，马家铺人特别是参与运粮的人心里都隐隐觉得，这件事的倒霉后果并非他一个人所能担负得起。不光彩的匿粮行为，坐实了马家铺的瞒产大罪。即使按工作同志的估产数目，此次送去粮库的新麦也已超出应该缴纳的数量，超出部分即为惩罚。事情的糟糕，不仅在于竹篮打水一场空，眼巴巴地看着粮食翩然飞走，还在于败坏了马家铺人的名声。不管工作同志如何宽宏大量饶恕了一干人犯，马家铺人的贪婪和不检点，使这个古老村子遭受了县一中校长被废黜以来的又一次打击，马家铺人的尊严和骄傲再度贬值。如果说，马长桥遭放逐是因为他出言不逊以及顽梗不化，但他的放言无忌毕竟是正人君子所为，实属光明正大，纵使是直言犯上罪无可逭，他的行为本身却是干净亮堂无可指摘，足以消弭他的一些传说中的恶毒。而马家铺的头面人物率众藏粮食，这种见不得人的行为实在上不得台面。缴送粮食的车队走上公路，无异于打起一杆高幡，将马家铺的罪过和耻辱流布于天下。

一个人的名声如果受损，改弦更张，做几件好事，也许能咸鱼翻身。要是一个村子沾染了恶名，那可等闲洗刷不掉，没有百年的行善积德，这个村子将一直臭名昭彰下去。周边的村子，无论邹家庄、桥头镇、大小田各庄，还是再远一点的前后昭下村、毕家湾，都按上头的估产顺顺从从地上缴了麦子，即使弄得自己肚肠干瘪也没打折扣。唯独马家铺，自诩有威声赫赫的石牌坊，有活了五百多年的老桑树，有气派不凡的祖先坟茔，甚至出过有资格评点天下的大人物，却利令智昏，做出这等见不得人的亏心事，而且并未得手，落下了让四寨八村笑掉大牙的把柄，算什么礼仪道德底蕴丰厚的老村子！从此之后，再也不要提起。

这真是让马家铺人十分沮丧加十二分失落的事。

也有好消息。

升学考试提前发布金榜，玉楸如愿考上了县一中，在全县考生中名列第三，是大田各庄完全小学建校以来最挣脸面的名次，以致他的班主任田老师在同侪面前扬眉吐气，心情畅快之余，亲自到马家铺报喜。爹娘激动得简直要疯了。

田老师是突然造访的，爹娘没有准备，弄得手忙脚乱。田老师来的时候，家里快要掌灯，正在慢燃的艾蒿绳子熏得满屋子烟气，娘临时决定在天井里接待贵客，就再次在梧桐树下铺苇席、摆桌凳，放些刚摘的玫瑰红杏"六月鲜"，酽酽的茶水端上来，爹一迭声地要快乐到发傻的玉楸拿蒲扇来为老师扇风驱蚊，被老师一把拿去。田老师说，哪里用得着这么客气，我自己扇。

爹娘千恩万谢，说若不是老师调教有方，县一中的大门怎么会向玉楸敞开。这该怎么谢才好。

不用谢我，田老师说，全凭马玉楸同学自己功夫下得深，有焚膏继晷悬梁刺股，才有他的春风得意金榜题名。要说谢，还得谢谢他，是他为大田各庄完全小学挣得了光荣。

哪里哪里！爹娘受宠若惊，争着说，终归是老师教得好。

田老师又说，玉楸未能夺得第一名，与风光无限的彩头擦肩而过，他这个班主任既不知足也有点儿不服气。其实，凭玉楸的功力，本可以当仁不让的。

田老师的做派不像老师，布衣布鞋，快人快语，喝茶的声音很响亮，听得出他心里愉悦无比，爹赶紧续茶。田老师说，我这个毕业班几十名学生，教的课程一模一样，为什么他们的考试成绩不一般齐？有的考得好，比如马玉楸；有的根本就没考上。成绩七长八短，全看他们个人的用功；当然，天分也很重要。

娘把栗蓬儿拉到一边，轻声说，快去瓜地，跟你六爷爷赊个西瓜。咱家现在什么都拿不出手。

田老师的耳朵尖得很，坚决谢绝西瓜，他说有这壶茶，一路的焦渴都解了，十分惬意，不必劳烦玉楸的兄弟。趁时间不算太晚，他想去拜访马长桥，顺便讨教学问。

田老师说，以大田各庄完全小学的教学实力而言，毕业生考上县一中并非没有可能，但位列鼎甲，实在超出了全校师生的预期。玉楸有这样出色的成绩，非高人指点很难想象。他已经知道玉楸得到了马长桥亲炙，说这就是获得出奇成功的关键，见出了老教育家的非凡功力。田老师说自己十分仰慕县一中前校长，早就想当面讨教，现在携玉楸登门拜访，正是好时机。

爹娘说，实在该感谢长桥四叔。玉楸先领田老师去，我们会另找时间，到四叔家里谢他。

不好留客，爹娘满怀感激和歉意送田老师出大门。玉楸为田老师带路，沐着溶溶月色，在一连串的狗叫声里去马长桥家。

玉楸考场高中，收获荣耀的是爹娘，特别是娘，儿子有这么光彩的出息，见证了她的教子方略是多么成功。不过，娘很快冷静下来，吩咐栗蓬儿和六月赶鸡进窝。爹的兴奋劲却持续高昂，靠着矮桌，惬意地将为田老师沏的酽茶倒满茶碗，仰头一饮而尽，越发兴奋，没话找话，喋喋不休，说他念过的书、敬重的师长，还有萦绕在心头至今难忘的同学，又说自己年少时也曾有过远大理想，只是没有玉楸这般幸运罢了，那时是乱世，庄户人没个盼头，谁能安心读书呢。爹对栗蓬儿的不争气深感惋惜，说他哪怕有玉楸的一半用功，自己门里未必出不了两个中学生。而这个愿景假若成为现实，苍蒲县最高学府的两个中学生儿子联袂出现在村里，或者出现在桥头集上，是多么光耀门楣的事，其荣耀比在琼林宴①上畅饮恩赐御酒也差不了多少。

娘无情地打断爹的残梦，说，玉楸该回来了吧。

直到夜深，爹意兴阑珊的时候，玉楸才回家。

玉楸解释回家晚的原因，并非如爹娘所想是逗留在马长桥家接受主人教诲，而是送田老师回大田各庄，往返路长，师生之间又有说不完的话，说一会儿，走一会儿，再说一会儿，跟十八相送似的，都不割舍得分开，才回来晚的，他们根本没见到马长桥。他和田老师恭恭敬敬上门，却遭到不冷不热的回绝。狗欢子娘再次充当门神，挡在大门口，说她公爹年纪老迈，熬不得夜，已经睡下了，不见客。

才天黑，就睡觉了？瞒哄谁！她凭什么不让见？

两位恩师的会面被狗欢子娘无情阻隔，玉楸愤愤然。不过，他的不快很快被幸福取代了。

一夜之间，玉楸高中的消息传遍了整个马家铺，乡亲们纷纷来向爹娘贺喜。不怪马家铺人眼皮子浅，自打马子卿、马长桥父子之后，全村没有谁和那所学校有缘。它矗立在城北的高坡上，几座并不很高的陈旧灰楼显得巍峨无比。马家铺人进城必从坡下经过，总要对它发些感慨。那时马长桥坐掌一中，马家铺人自有得意的本钱。半年以来，马家铺一再遭受重创，村气跌到谷底。当此艰窘之际，玉楸的考中，算是与那个文化高地多多少少接上了茬。李同志和张同志从青州府开会归来，听到这个喜讯，也双双向爹娘道贺。李同志送给玉楸一支很好看的黑管钢笔。玉楸得意非凡，摸遍全身，不知道放在哪里好。后来想起，应该插入上衣口袋。可他穿的是汗褡儿，满是汗渍，胸前全无沟壑。

①　琼林宴：皇帝为殿试后的新科进士举行的宴会，始自宋代，因在琼林苑设宴，故名。马天启的联想与京戏《范进中举》有关。

第十三章

一

栗蓬儿顺利地结束四年级学业继而更加顺利地考入了桥头镇完全小学五年级，得益于这所完小以空前规模扩大招生，升学考试题极其简单，简单得让他从心底感激老师。算术考题只有一道：背诵小九九。这是栗蓬儿的拿手好戏，他差不多刚出娘胎就能倒背如流。所以，他在监考老师也就是桥头镇完全小学的招生老师面前连磕巴也不打，憋红了脸，换了几口气背诵完毕，很让自己风光了一把。语文也只考一道题，默写四个字"机器""模范"并解释其义。老天开眼，栗蓬儿鬼使神差地居然都蒙对了。他的语文学得差极了，每个学期不到一半，他的语文课本就破烂得不成样子，总让韩先生气恼不已。对于学习成绩相当不出色的栗蓬儿，如此顺利地升入高年级，简直是奇迹。谢天谢地！

如果说桥头镇完全小学之于栗蓬儿，与县一中之于玉楸，其门槛之高有某种可比性，那么，栗蓬儿从初级小学升入高级小学，与玉楸从大田各庄完全小学考入苍蒲县第一中学得到的荣耀却不能同日而语，等于星光与日光没有可比性或者麻雀与老鹰没有可比性。此外，栗蓬儿的成功晋级也因为单打一而尽失光彩——没有同学可比。虽然四年前同时入学的有好多个伙伴，却只有栗蓬儿念到最后。缺少了竞争者，在旁人眼里也就显不出他的成功。但栗蓬儿自己觉得露脸，很兴奋地跑向爹娘报告好消息。爹娘没有表示出特别的喜悦，还停留在玉楸带给他们的快活里不愿出来。娘说："好"，爹的嘉勉也是这个字："好"。

栗蓬儿仍然意气昂昂。他的快乐还来自于不愿说出的心事：到桥头镇完全小学上学，可以离家远一些，离开爹娘远一些，这是栗蓬儿早就心向往之并跃跃欲试的。尽管马家铺距桥头镇不过六里路，远远比不上距离县一中的三十几里，毕竟也是离开家。六里路的空间距离，足以让栗蓬儿觉得自己已经长大，到新鲜的地方去，对他是多么大的诱惑，有多么开心的前景。这是栗蓬儿想起来就心跳不已的憧憬，与雏鸟离巢和幼兽出窝是同样的道理。

"升学"的只有栗蓬儿一个人，到桥头镇上学的却是马家铺小学的全体学生。马家铺初级小学撤销，并入桥头镇完全小学。这意味着从一年级的十来个小把戏，二年级的七八个孩子，到三年级的狗欢子、百岁跟凉河，大大小小几十个初小学生，全数转入桥头镇。

韩先生不去桥头镇，他要告老还乡。他的家在河北很远的地方，在一条大河边上的某个村子，比大姑家的薛集还要远。韩先生说，不能把眼下这一拨学生教完，是他教学生涯的最大遗憾。

老了老了，不中用了，老朽已矣。韩先生说。

那个上午是韩先生传道、授业、解惑的最后时光。穿着笔挺的深蓝制服和崭新的黑布鞋，身材矮小、三绺长髯飘飘洒洒的韩先生早早地站上讲台，按四个年级的顺序，缓缓地、完满地一一讲了课文。为三年级的几个孩子和四年级的栗蓬儿留下同样的作业，是篇命题作文，题目是"我的明天"。韩先生平时几乎不留作业，他说这份作业算是他留给大家的纪念，也以此作为与大家的告别礼。做与不做，全凭同学们的兴趣；即使做了这份作业，也只是留给自己看。但是，他希望大家都做，好好做。韩先生在百里之外的老家，一定能够看得到大家很起劲地做作业，并且一定做得很好。

整个上午，韩先生始终在讲台上，没有回他那间教研室兼卧室。课间也如此，他只坐在讲台旁侧的椅子上小憩片刻，并不像往昔那样闭目养神，而是微微眯起眼睛，看着安静了许多的学生。最后一课，他压堂压了很长时间，迟迟不下讲台。他离开课本，说了很多没头没脑的话。栗蓬儿听懂的大意是，他教的这些学生，别看现在蓬首垢面鼻涕过河，不出十年，必定会出现有出息的庄户人。这里面，会不会有一个或几个学生能够走京上府，直追当年这所学校的创建人马子卿先生，或者继任者马长桥？他不敢肯定。他希望出现那样的学生，培育出那样的学生是他做老师的殷切盼望。对栗蓬儿来说，这是个值得留恋的上午。韩先生嘴里不断冒出"己所不欲，勿施于人"啦，"见善如不及，见不善如探汤"啦，"躬自厚而薄责于人，则远怨矣"……啦，栗蓬儿不懂，即使韩先生再三解说也不很懂，但他很认真地听。他很少这么认真听讲。

韩先生说，几十年后，也许会有一个或几个学生记起今天这堂课，记起他。那时，他已经步宾如先生后尘"撒手"了，但他会记得这个上午、这堂课和所有的同学，记得十分清楚。从第一排的巴掌，到最后一排的栗蓬儿，所有二十四名同学，甚至缺课的几十名同学，他将记得每个人的模样，每个人的脾气秉性。而大家的样子——不管是乖乖听话还是调皮捣蛋，都会让他快乐无比，一直到他"不在了"。即便不在了，他在"那边"也会十分心安，乃至快乐。

韩先生罕见地伤感，胡子翘翘的，声音很是低沉，还有点沙哑。低年级有几个妮子哭了，巴掌居然也哭了。这家伙也会哭？那么爱面子的巴掌居然在大庭广众之下掉眼泪流鼻涕！

巴掌是韩先生教过的最特殊的学生。这个学生创造的一项纪录，即从头到尾上满四个一年级，已经成为马家铺初级小学的绝唱。巴掌上课的时间远远少于旷课的时间，巴掌的专有课座十日九空，但他仍是韩先生的在册学生。再者，谁能说巴掌不上学呢。

韩先生任凭这个壮实如熊的孩子出入学堂，甚至欣赏巴掌的粗野天真。曾经出现过这样的场景，韩先生讲课进入忘我之境，四个年级的学生同时被他带入某种佳境，宛若禾苗蒙受春雨的润泽，青嫩枝叶悄然挺起。这是所有老师梦寐以求而有的终生未达到的美妙境界，却有大煞风景的呼噜声响起，是门边座位上巴掌的鼾声。巴掌打鼾的功夫不深，声音不很响，却足以搅乱师生们的幸福交流。

韩先生笑笑，很无奈地摇了摇头，用唇语伴以眼神跟大家说，让他睡吧。他两手大张做压下状，示意大家噤声，别惊醒巴掌，让他睡个够。大家就翻书或默书或在石板上算算术，教室里顿时静下来。有谁不小心，石笔下得重，弄出的响动大了些，巴掌就醒了，像个大豆虫似地蠕动，继而昂起并后仰他的黑发粗硬的头，爆发了哄堂大笑，韩先生也哑然失笑。巴掌不明就里，犹自懵懵懂懂，擦去嘴边的口水，不解地望着老师，又扭转头，目光越过好几个年级，去栗蓬儿那里寻解，于是笑声震天。

马家铺初级小学被撤销，巴掌的快乐学堂就此失去。没有了学生身份的巴掌，将永远与学堂绝缘而与柴草和壳郎猪为伍。他唯一没有失去的，是和栗蓬儿的交情，但栗蓬儿也要离开他了。

天高地广，无羁无绊，两个好朋友不是在树上，就是在水里，要么就赖在青纱帐里，正耍得昏天黑地，却被一道命令无情打断：乡里下旨，桥头镇完全小学的高年级新生暑假暂停，先入学集训一周。暑假是多么可爱的时光，谁都能由着劲儿撒欢儿，现在要去学校报到，栗蓬儿十分郁闷，同时得知一个消息，他们——桥头镇完全小学的师生们——要跑步进入一种"好日子"，那种好日子什么模样？都不甚了了。新生提前入校，集中起来吃喝拉撒一个礼拜，就是率先为庄户人做示范。原本要撤回济南府的李张两位工作同志接到指令，继续留在马家铺，要率领庄户人迎接"好日子"的到来。

事情来得仓促，还未准备好寝室，学生已经挤满。急马行田，临时在干河滩上用土坯加版筑建起屋墙，紧急征调梁檩木料和麦草，搭建了几间很大而空阔的房子当做寝室。每间寝室里用圆木和木板搭起两排大通铺，铺了"稿荐"即麦秸草铺。苇席是赶出来的，编得粗糙，不肯服软的席眉儿挺出尖刺，戳破了不少人的皮肉。好在都是乡下孩子，天生皮实，具有抗热抗冷也抗扎的体质。学生自带的铺盖，不过一个糠皮枕头而已，后半夜夜气凉，把布褂子盖住肚皮即可。很多同学连枕头也不带，只带了一张大嘴。

在整个苍蒲县，上百名小学生同食共宿的壮举，这是头一遭。新生们很快找到了快活，远离爹娘的唠叨，不用干活，甚至连碗筷都不用洗涮，只管吃饭就是。在一起睡觉也很开心，整间屋子吵闹到要爆棚。秃头小子们打闹到半夜，才想起应该睡觉。两排通铺相对，两队共二十个学生头对头躺下，中间由仅可通行一人的过道分隔。学生们都睡不着，拼命睡也睡不着，又开始说话。待寝室总算静下来，大家朦朦胧胧即将入睡的时候，桥头镇本村的同学突然坐起，一惊一乍地说，这地方原来是杀场，曾经枪毙过很多人，有名的乔大棒槌就是在这个地方挨枪子的。没准儿，乔大棒槌的鬼魂就藏在他们睡的通铺底下。

这种要命的事情万万不能联想，但此时大家不可能不联想，越联想越恐怖，乔大棒槌的鬼魂站立在通铺中间，黑暗中浮现出来流着血的惨笑，让很多同学头皮发乍，睡意全无。在战栗和恐惧中熬到夜深，大家好不容易进入睡乡，蚊虫立即扑上来。没有蚊帐，也没有艾绳可烧，赤条条的半大小子成了蚊虫们快乐叮咬的小鲜肉。时辰太晚，新生们都打熬不住，总算睡着了。第二天爬起来，大家争先恐后，乱糟糟地去临时食堂抢早饭，所有人的头脸和身上都出现了若干个红包，很有些同学的指甲缝里有自己的皮肉凝血和蚊子的残骸。

教室里什么都没有，连黑板和讲台都没有，空空荡荡，四壁光光，唯有地上残留的泥水。集中受训的学生们接到命令，由老师带领，到西桥头的坟圈子里捡拾砖头和木板。

乡里下达宏大的计划，要把西桥头的坟墓全数推平。据说，经过精心计算，此举将为西桥头村凭空增加十几亩耕地，同时可为骤然扩大的完全小学新盖的教室提供砖石木料，实在是一举两得的好事，甚至可以看做是几近慈悲的善举，只怪西桥头人死脑筋，不开窍，致使这项造福于乡里并有大益于教育的方略刚刚开张就遭到无声的抵制，任凭上头再三催促，村民们都不动手，至少不先动手。经历千百年风雨剥蚀的祖茔，先人魂灵犹在，万不可轻易惊扰或撼动。待命而动的完全小学的新生们整整等候了两天，也就是说，胡闹了两天。

上头发来紧急公文，急急如律令，不容一刻拖延，乡里乡亲不得不出动。但狡狯的西桥头人并不进入祖茔，他们拆掉看坟人的小屋，以示在听命做事，但把目标转向那些流落在祖茔之外的，没有后人守护、祭奠的坟墓，或者塌陷的坟包。凡是庄稼地里、地头的，无论大小新旧，统统推倒碑石，或拔去木牌。起坟和起骨是天大的事，庄户人不敢太过造次，都要虔诚地默默祷告，希望墓中人的魂灵原谅他们的粗暴无礼。之后，倒霉的墓主人的骨骸被从棺木里请出，墓穴里有用的东西比如砖头、墓志和木头也被挖掘出来，偶尔发现金银铜玉，全数上缴。再将墓主人放入更深的土穴，填土压平。一块面积很小但极有示范意义的新土地就此诞生。

栗蓬儿和他的新同学在老师的带领下，鬣狗追逐腐肉般紧随拆坟大军行动，贪婪地收获坟茔里拆出的棺木和砖石。有的砖头很大、很沉、很凉，冰得扎手，砖上黏着的板结土块结实极了，用尽气力敲掉，才勉强露出原始真容，就有意外的惊喜。有的砖头上面雕刻着穿又长又肥衣裳的小人，或长着人头却尾巴蜷曲的半人半蛇怪人，或轱辘巨大的和有结实顶盖的马车，或小小的院落和房子。老师打断大家正在比对的快乐，说，都运回去，都运回去。学生们赤手空拳，连一副担杖和筐篮也没有，好在人多势众，每人抱几块沉重的坟砖，在炎热的阳光下，一字长蛇阵般细水长流，跟切叶蚁之长途行军十分相似。师生们往返跋涉，多次走过集市不兴的石桥，把阴气极重的坟砖堆放在教室里。

材料备齐的日子，新生们已经筋疲力尽也厌烦透顶，他们的充沛精力被搬运砖石木料和夜里的抵抗蚊虫消耗干净，正好新生集训也走到了头，离家一个礼拜的栗蓬儿飞也似的跑回家。他吃惊地发现，马家铺正在发生巨大变化，比学校还闹得欢。

锣鼓铙钹乱响，琴箫筝笛齐鸣，本来是过年或婚娶才会出现的热闹喧嚣，在伏天里全数冒出来。反时令的事情如果弄出响动，比和时序的事情更加了得，令人血脉贲张魂不守舍。在这惊天动地的响动里，树上、屋脊上、门楼上……出现了数不清的彩旗，红的、绿的、蓝的、黄的、粉的、白的旗子，热风起处，猎猎飘扬。

热闹的缘由是大一统时代的加速度来临，桥头镇乡变为桥头镇人民公社，马家铺成为它属下的大队。合作社取消，庄户人家重新组合，组成大队下辖的几个小队，所有的地亩，包括自留地和白留地，全数上交，自家一分一厘也不得留下。从来不曾入社的牌坊下三嬷嬷还想继续单干，真是一心向佛不知世事，死脑筋，糊涂到家了，哪里由得她？一夜之间，她心爱的几块地亩就变作大家共有。三嬷嬷割舍不下伺候了几辈子的地亩，实在心疼和郁闷，躲在屋里念佛经。倒是马玉锁心眼儿活泛，觉得失去自家的地亩，却与别人共同拥有全马家铺的所有地亩，反倒得些便宜，而与众人一起出工收工，比起和他嬷嬷干活的寂寞单调，是很热闹很有趣的事。所以，向工作同志上交地契的时候，马玉锁很是踊跃，毫无保留，还很快乐。

有李同志一力维持，爹荣任了大队会计，掌管马家铺账簿并兼掌仓廪的钥匙，这让他几乎生出光宗耀祖的骄傲，从而对工作同志感激涕零。他总与马天禧、马玉德等时鲜人物泡在大队部也就是过去的村公所——逢盛世，要事多，头领们需要经常向她请教谋略，不宜在家里进行，为了工作方便，那里业已成为李同志的住所。娘对她的迁居极为高兴——不知道忙些什么，一般来说，是在商讨天下大事。

娘对爹的"会计"能力表示严重怀疑。娘说，工作同志真是瞎了眼，爹的计算能力之低，除了他自己，全马家铺都知道。娘说爹最不懂算账，量入计出在他脑袋里就是糨子，苛刻一点说，过日子，他就是个糊涂蛋，马家铺五六百口人，他怕是连人头也数不清，把全村人廉价卖掉都有可能，怎么可以担当如此重任？爹十分反感娘的酷评，相信自己能够撑起马家铺的财政大事。为不致算错账目，他开始恶补打算盘，死背珠算口诀，算盘珠子拨打得噼里啪啦响，半夜不息。

但爹绝非有定力的人，青少年时的浮浪性子本来减退了很多，很有彻底消除的兆头，被这如火如荼的年月弄得卷土重来且变本加厉。爹坐不住、躺不稳、吃不下、睡不香，哪里能静得下心学珠算，三天不到，丢下算盘和珠算法则，跟从工作同志去做更重要的事情，干得风风火火。

李同志和张同志召集全村人开了好几次大会，告诉大家，今后，地亩不再是庄户人自己的了，种什么，不种什么，也不再由庄户人说了算；怎么种，怎么收，什么时候种和收，做主的是小队和大队，可能最终得由公社当家，也不排除将来交由国家做主的可能。地亩与地亩之间的小路、界碑、地埂、沟渠以及其他所有标志隔阂的东西，统统清除干净。人人拥有簇新的身份，标志终生的荣耀：公社社员。如此，畛域消除净尽，畎亩连成一片，幅员广袤无疆，社员排成阵势，人山人海，天下无敌。有这样的气势，吃饱饭的日子，甚至比吃饱饭的日子更好的"好日子"，就会快马加鞭降临马家铺。

生怕庄户人听不明白未来的日子如何之好，工作同志让马玉锁以图画展示并教谕众人。马玉锁天资聪颖，对工作同志的话领会得极快，马上指派几个人修整屋面和山墙，扫去浮灰，刮掉土疙瘩，填平大大小小的凹坑，抹上白粉。若干块平整如镜的白色墙面就是他的画布。画是黑白二色，并无别的色彩，马玉锁的艺术天分在这里得到了酣畅淋漓的发挥。他起早贪黑，苦打苦熬，调颜料，扛梯子，挥毫泼墨，在马家铺的街壁和山墙上，画出了若干新奇无比的图画。

爹不甘寂寞，很想把过年的诸般技艺重新操练一番，盼望派上用场。工作同志说爹的忠心可嘉，但京戏戏文太陈旧，高跷、旱船、龙灯、舞狮之类，于宣传"好日子"并不十分相宜，希望爹另辟蹊径。爹立时顿悟，一副"七件子"①打得脆脆生生惊天动地，把工作同志为马家铺描画出的美好蓝图，以有韵有节的莲花落一一唱将出来，与马玉锁的天才画作相映成趣：天下归一统，盛世无饥馁。麦穗直冲云天，谷粒落下如雨；秫秫如大树，棒槌似碾磙，肥猪身量之巨大远超大象，牛羊马骡顶天立地之壮硕赛过魔或妖。总之，五谷丰登六畜兴旺，遍地财富淌蜜流油。演唱既久，爹被自己的浪漫遐想激动得不可名状。

最招人的，是歌咏队。领唱是马玉衡"家里的"，兼作歌咏队队长。天下大唱百年不遇，从薛集嫁来的女人躬逢其盛，了不起的潜质被工作同志开发出来，率领青年男女社员引吭高歌。唱的都是过去的日子坏透了，眼下的生活好得不得了，要来的"好日子"神仙般快活。歌咏队队员涂脂抹粉，披红挂绿，歌喉婉转，又列队高唱，又踏歌而行，燕雀惊飞，鸦群盘旋。他们黎明即起与公鸡争鸣，半夜不睡扰得蛇鼠不宁，场面震撼极了，真是古来少见的稀罕事，马家铺的老弱病残相互搀扶蹒跚走来，到街面上观赏这盛大场面，更增加了歌者的兴致。不久，歌咏队拉去青州府，据说是参加盛大比赛了。

李同志跟栗蓬儿说，有件重要的事情要他做，并且说，问遍了村里的人，都说只有栗蓬儿能做这件事的时候，他兴奋得不得了。要知道，马家铺人唯李同志马首是瞻。被李同志信任并委以重任，这种荣耀非同寻常。

栗蓬儿领受的任务，是将一面旗子插上石牌坊顶。对于栗蓬儿来说，轻车熟路而已，难得李同志如此看重他。

栗蓬儿把细麻绳塞在怀里，抬眼望望石牌坊，杀一杀腰，长长地吸一口气，在李同志和一帮小伙伴的注视中开始了攀登。

石牌坊由四根粗大的石柱和多根石梁撑起骨架，尺寸严整的石头榫卯把"正间"和"次间"及整个牌坊紧密连接在一起。三层石檐雁翅般向四角挑起，原本有十几个铁铃铛经常响在风中，为马家铺增添尊贵而悠长的韵味，但如同树上的果子，经不住风霜雨雪，所有的铃铛早已在岁月的摇撼中掉落净尽。

---

① 七件子：说唱艺术"莲花落"的伴奏器具，为分执于两手的竹板，共七片。

栗蓬儿跳上牌坊的青石须弥座，继而脚踩石狮子头上环环相生的螺髻，双手伸到最高，手指紧紧抠住"正间"下额枋上的荷花镂雕，脚趾蹬住下额枋与托起它的铁梁之间的细小缝隙，感觉到锈蚀斑斑的铁梁尖锐的边角。栗蓬儿不断上升，像只大壁虎，手脚并用，肚皮紧贴那些精美的浮雕，赤脚在镂雕的石像头上吃住劲。他的手臂及时伸向"次间"石脊内端的饕餮，像尺蠖前进般，他试一试，把身体提了上去。

这是最艰难也是风险最大的一步，栗蓬儿的伙伴们之所以没有一个爬得上牌坊顶，全折在这里。越过险关，从牌坊的一端攀缘，就变得容易了。栗蓬儿脚蹬吻兽的头，手攀正脊一端的兽身，不顾蹭兽蹭得肚皮生疼，爬上高层的瓦垄，继而跨在正脊两侧，胜利登顶。

正脊两端分别高挑着不知名的吻兽眺望南北，正脊中央的圆雕火狮子的尾巴翘向空中。它的脊背上曾插有一根类似冰糖葫芦的螺旋样石棒，顶端挑着个水滴状的东西，名曰火珠，不知什么年月起，石棒与火珠消失不见，有人说是中了霹雳，也就是被雷劈掉了，火狮子脊背上只剩下很深的圆坑，大雨过后，里面注满了雨水，被日头晒得温热，栗蓬儿以掌作瓢，舀起里面的水泼向自己的脸，大喊，洗脸了洗脸了！也往牌坊下泼。小伙伴们平日里很少洗脸，见有水闪亮飘来，都欢呼雀跃，新鲜得不得了，争抢着让水淋到仰起的脸，也看栗蓬儿在正脊上给自己喊着口令，使劲横甩着两臂走正步，又抬高一条腿作金鸡独立，又靠着火狮子拿大顶。伙伴们的看热闹耍威让他特别来劲，就忘掉了上来的目的，显摆起来没完没了。李同志反复催促，终至失去了耐心，冷下脸来大声呵斥，闹腾够了的栗蓬儿才放下细麻绳，将红旗和旗杆吊上来，发现小指粗细的竹旗杆与圆洞不般配，如同麻秆插入酒杯。他想了想，将旗杆绑在火狮子翘起的尾巴上，一面很醒目的红旗升了起来。

不理睬催促他下去的喊声，栗蓬儿抹去脸上的汗水，跨坐在石脊上，让石狮子高跷的尾巴靠住自己的脊背，他舒舒服服地长舒一口气，扯起衣襟扇风。他要休憩片刻，下牌坊要比上来难得多，稍有疏忽，就会跌得很惨。

他畅快地瞭望马家铺。

马家铺沸反盈天。

整个村子宛若日夜不得安睡的虎狼般躁动不安。鸭和鹅最开心，嘎嘎地叫着满村乱窜。鸡们不分昼夜胡乱鸣叫，完全颠倒了时序，庄户人刚刚睡倒，它们就不知疲倦地频频打鸣，把人从死沉死沉的睡梦中叫醒。狗儿们比鸡还要亢奋，莫名其妙地追逐和撕咬个不停，以至于不知羞耻地公开上演传宗接代的激情好戏。懒汉青州在尽情欣赏之余，弄来一支二踢脚，很老练地用手捏着，"高炮"横向瞄准，点燃药捻儿，随着结结实实的两声炮响，狗儿情侣惨叫着分头逃窜。卧着休息的牛赶紧站起，甩动尾巴驱赶嗜血的牛虻；拴在槽口上的驴拼命吃草，贪婪地找寻槽底的黑豆；马骡满地打滚并拼命嘶喊，仿佛天要塌似的惊慌；牌坊下三嬷嬷的黑猫窜上门楼，竖起枣核般的瞳仁，极为警觉地盯着牌坊上的旧日冤家。栗蓬儿朝它挤挤眼，这个福大命大的家伙拱起腰背，喉咙里发出嘶嘶的怒气；马家铺最多的长虫就是被村人奉为"宅神"的黄颔蛇，从山墙高处的缝隙里露了一下头，鳞片闪烁，更快地缩回了黑暗。

二

某一天，某个人突然说，老九又没影了！大家才惊讶地发现，马长亭再次失踪，且似乎已失踪了很长时间。又有某个人说，似乎听见过马长亭的嚎叫，但没见到他的真身。众人到马长亭家寻找并验证他是否存在，门户大开，檩上燕巢，墙角蛛网。毫无疑问，马长亭再次消失了。

都知道大红大绿的鲜艳色彩和锣鼓铙钹的超级鼓噪，是诱使马长亭疯魔病症复发的两种致命元素，但马家铺人正享受百年难遇的快活，处于极度陶醉欲仙欲死之际，谁还会想到马长亭。即便想到，也没有人顾惜他。再者说，马长亭安分守己已有很长时日，大家几乎遗忘了他可能的性情突变。

如果马长亭真的远走高飞或者干脆死掉，也便万事皆休，麻烦在于，疯老九是凶神恶煞威震十里八乡的人物。他横行马家铺倒也罢了，村里的老老少少深谙闪避之道。现在，极有可能发病而没有被及时禁锢的马长亭，一旦糟践别的村子，天知道会发生什么让马家铺吃不了兜着走的恶事。

马长亭去了哪里？是否祸害了他乡？都不得而知。工作同志起先尚不晓得疯老九的为害之烈及放任他自由行走的后果之可怕，经众人启蒙后深感事态严重，立即组织人到处捉拿。此时，青壮劳力们都在忙大事，李同志命令村里仅剩的半劳力和孩子，携带专门用于钳制疯老九的那副械具和铃铛，到附近的村子搜寻并作口头告示，提醒大家警戒精神病患者马长亭。又到庄稼地拉网似的找，连马长亭的影子也没见到，也听不到他的嚎叫。

栗蓬儿未加入集体行动，自己跑到马长亭可能藏匿的几个隐秘地方，都落了空。他很疑惑，因为从未有过这种事。自己找不到马长亭，别的人更别想找到他。听不到他的声音，看不到他的影子，栗蓬儿十分失落。

夜里，天气热得如同烤笼，缉捕马长亭的人马燥热难熬，亟须洗洗连日的劳乏。落甲河里有个得名"虎孝滩"的河段，水清且浅，流速稍快，是人们夏夜洗澡的绝佳水流。不巧的是此夜虎孝滩被邹家庄的女人们早早占据，正快活无比地恣意洗涮，容不得男人靠近。关东客马长楼冒出了个绝妙主意，他模仿疯老九的步态，重重踏地，同时把铁链子弄得哗哗响，青州按他的教唆，摇动手里的铃铛。两人配合得恰到好处，声效十分逼真，术士禳灾般一步步逼近河崖。传来女人们惊恐的尖叫声，让人称心如意的场景出现了：月光下，河里跳出很多白花花的人影，骂着、哭着、嚎着，抓起衣裳，迅速消失在对岸的秫秫地里。

栗蓬儿也来河里洗澡，迎面撞上了缉捕队。他跟着马长楼，在虎孝滩里躺倒，任凭温凉的流水冲得身体歪斜欲漂。

你去找老九了？马长楼问。

嗯。

你是不是也没找到他？

栗蓬儿没说话。

看来，老九这次凶多吉少。马长楼说。

栗蓬儿躺在浅水处，一动不动，仰望星星稀疏的夜空。

你九爷爷到底去哪儿了？栗蓬儿你到底知道不知道？你要是知道，可得告诉我。马长楼说。

栗蓬儿很想念马长亭，也为老朋友深深担忧。这个时令里，漫山遍野都有马长亭的吃喝，饿不死他。栗蓬儿担忧的是他受到伤害。平和的马长亭无人关注，疯癫的马长亭却名头很响。他是在疯癫临界时出走的，也许出走后会真正发病，天知道会遭遇什么样的无端攻击。

他究竟到哪儿去了呢？

马长楼说，栗蓬儿，想开一点，你心里难受我知道，眼下，只有你还护着他；我也愿意你九爷爷不出事。老天保佑吧。

马长亭不久就被遗忘，好在他消失之后，并没有坏消息传来。李同志和张同志总开会，要么去桥头镇开会，要么去县里或者去青州府开会，要么召集马家铺人开会。一般而言，他们总能从上头带来新的旨意，最振奋人心的消息是，要吃食堂了。一家一户各吃各的日子行将结束，敲钟吹哨聚堆儿吃群食的年月就要来临。全马家铺的人无须在家做饭，都去食堂吃，而且是白吃白喝，放开肚皮吃喝，不收一文钱。

爹沉默下来，几十天来的激昂慷慨减退了很多，连叫他开会，也迟迟不起身。娘说，要是不想开会，那就别去好了。爹哪里敢缺席，也舍不得缺席，大队会计的要职，他怎能撒得下。

传言四起且不囿于食堂事，听说果树林木要归属公家。这是谁家都不割舍的，也不容犹豫的大事，娘带着玉楸和栗蓬儿，在某个夜晚爬上东坡，以干净利落的速率，砍翻自家名下的那几棵栗子树。这些栗子树是娘的珍爱，正值结果丰硕的年龄。秋后籽实丰满，好吃不说，拿到集市上，能够换取不少日常用度。卖不出去的，储存在地瓜井里，来年青黄不接时充饥。此时栗子已经坐果了，也顾不得许多，先放倒再说。砍去枝丫，锯作几段，抬到西墙根儿，用几领破席苫盖严实。整个过程很顺利，但娘心疼得不得了，内火升腾，牙床子肿起来，赶忙按马天佑给出的偏方，让栗蓬儿摘些桑叶放在醋水里煮，冷却后，用凉桑叶贴腮帮子。

那几夜，大凡有主的树木，不管东坡上的、村角地边的，还是房前屋后的，都借着微弱的月光刀砍斧斫，咔嚓嚓轰隆隆倒下。浆液迸溅，怪怪的味道飘散在村内村外。头道坡上稀疏了很多，庄户人家也登时没了大树的庇荫，灰黑的屋脊裸露于蓝天下。打照面的时候，大家都不说树，连"伐""砍""荫凉""枝叶"等等都从言语中消失。半斤对八两，彼此心知肚明，罢了。

树既归公，别的家产当然也须归公。公共食堂说话就要开张，"公共"也者，公而有之共而享之之谓也，要求家家户户的粮米和鸡鸭猪羊，一致上缴，统一调配，统一宰杀，统一烹饪，大家一齐开怀大吃。

爹惶惶然，说社员大都不听号召，食堂几天都收不上粮米，工作同志要大队头目带头缴送。他既为大队会计，理当率先垂范。娘看来头不对，紧急行动，做了一次成功的坚壁清野。她将存粮化整为零，分别藏入谁都不知道的地方。东厢房南屋最可能成为窝藏之处，娘加了一把锁，把钥匙藏得神出鬼没，门框间、墙缝中、风箱里、树杈上、蒲团下、鼠洞内……大半用以防爹。

风声一天紧似一天，县城附近的村庄，公共食堂开饭的钟声响彻百里。落甲河北的大姑也有信传来，他们那里，食堂的牌匾已经挂起来了，眼看就要点火，庄户人纷纷杀猪宰羊，跟过年似的。马家铺人家听得此信，多半连夜下手。自留地在上交之前，里面长成的和未长成的菜蔬早就拔光吃掉，此刻磨刀霍霍，那些中用不中吃的东西比如水磨旱磨、桌椅板凳、镰刀锄头、被褥衣裳，没法子啃咬，鸡鸭猪羊是必须尽快吃光的，也的确差不多吃光了，惟有巴掌家的黑猪虎口逃生，马天佑与巴掌父子说猪还不够斤两，此刻杀掉太可惜，就冒险留了它一条性命，后来成为马家铺硕果仅存的家畜，脾气和身价因而大涨。

娘对畜禽充公的事深恶痛绝，我养的鸡鸭猪鹅，凭什么给别人吃！极端愤慨之余，她和所有的马家铺女人一样，心里打着同样的算盘——赶紧吃光自家的畜禽，再到食堂吃别人的。

爹娘犹豫半天，终于狠下心来，连打鸣的公鸡也不留，家养的鸡鸭全数杀掉。

爹心软，胆子又小，差不多视杀生如杀人，平生见不得血。此时事情紧急，他笨拙地捉住一只九斤黄，提到天井中央，狠狠心，闭着眼摁刀割下，血流到手上，爹立即扔掉菜刀。脖子挨了利刃的母鸡悲愤莫名，奋力飞上屋顶，惊魂不定地咯咯大叫。

爹的手颤动不止，说，这鸡，不吃也罢。

想吃肉想疯了的栗蓬儿自告奋勇，凶狠出手，完成了宰杀的重任。

那些昼夜，马家铺家家都变成了屠宰加工场，鸡飞鸭叫，肉香弥漫。

火速开张的大队食堂让栗蓬儿很开心。

食堂建在原马家铺初级小学。韩先生栖身的西间小屋，改造为伙房。马天武祖上在桥头镇开过酱油铺，从他家调来几口二十八印①大铁锅，让马天茂和马玉锁连夜编了些巨型笼屉；水瓮是从各家征调的。教室自然变成饭厅，因为吃饭的人太多，将一些课桌和长凳倒腾到院子里，食堂就有模有样地起伙开张了。

马家铺人大都习惯坐矮凳或马扎，上了年纪的人喜欢坐蒲团，就着矮桌吃饭。入冬以后，挪上火炕，也是围着炕桌，盘腿而坐，可意得很。如今坐上长凳，两脚几近悬空，饭吃得极不踏实，甚而总感到吃不饱，即使吃饱了也觉得亏欠肚子。面对宽而长而高的桌子，不像在家里可以俯瞰全部饭菜，偶尔出现令人心仪的菜肴，也因为距离过于遥远而不能及时夹取。假令很不文雅地站起抢先吃到嘴，心里也会不自在，索性端碗持筷蹲在地上而将饭菜端下放于长凳，反而从容而自得。当然这很自私，也侵犯了别人的权益。李同志最看不上这种低俗的吃相，几次纠正并亲自示范，但收效甚微。待她一转身，食客们要么直接蹲上高凳，跟鸡上架差不多；要么重操故技，仍旧蹲在地上。操场上高低错落，纷繁扰攘，满足而惬意的咀嚼声，喝汤的响亮呼隆声，吧唧嘴的声音，吐痰擤鼻涕的声音，因为抢不到可口饭菜的孩子的哭闹以及他的爹娘愤愤不平的控诉声，声声入耳。

吃相不雅倒也罢了，可恶的是有些人变得挑剔起来，本是庄户人的肚子，却变成了富贵口味，几口饭下肚，筷子就开始伸伸戳戳，拨弄来拨弄去，不是嫌菜淡，就是怨肉咸，挑肥拣瘦，饭菜也吃不净，碗里盘里、桌上地下狼藉一片。还有，不讲秩序，打饭，占位子，你推我搡，都是扎堆儿乱挤，从头到尾一窝蜂。又不遵守时间，笨槐树上的开课钟如今用作开饭，但不待钟响，众人特别是孩子拿着碗筷早早地拥挤在分饭的窗口，孩子们把碗敲得山响，都是些永远也吃不饱的肚子，终于把大师傅惹恼了。

滚，滚开。大师傅之一，岔门里三嬷嬷说，再"挤香油"，就不做饭，饿死你们！

马长楼和马天武"家里的"及岔门里三嬷嬷被抽调来做大师傅，这也是

---

① 印：民间计量铁锅直径的单位。按通常比率换算，二十八印约合九十七厘米。

工作同志慧眼识珠。马长楼虽说没做过厨师，但走过关里关外，见过大世面，品尝过各种各样饭菜；又没有家小，吃饭得自己经手，年深日久，红案白案都来得。砦门里三嬷嬷和马天武"家里的"虽是女流，却都有了不起的本钱和特技。砦门里三嬷嬷高大的个头、宽宽的身板和阔阔的脸，是尊标准门神，把守厨房固若金汤。她是个半聋的人，人们的抱怨于她毫无干扰，倒增添了她的铁面无私。她像男人那样抱臂而立，挑衅似地望着饥肠辘辘的乡亲，这面柔软的高墙足以抵挡任何试图进入后厨偷摸的小人。

马天武"家里的"则是另外一种角色。天知道她从哪里弄来口罩，像模像样地遮住口鼻。每次开饭，打饭菜的窗口庄严敞开，跟蛇出洞似地，这位女炊事员的灰头土脸从窗口探出，熏得发黑的口罩上方，一对警觉的小眼睛左右巡视被砦门里三嬷嬷击退的人群，仿佛面对的是打劫者。她最不喜欢做却不得不做的事，是分发饭菜，这跟分她家的饭菜一样使她难以割舍。当马长楼把盛满白面饽饽的笸箩摆上案桌，窗外人头攒动叫嚷不已，马天武"家里的"最难过的时刻来临。她想先分发个头最小、分量最轻的饽饽，但在如此之短的时间里挑出并拿准哪个饽饽最合乎心意，是件很困难的事情。这可苦坏了她，每个看起来并非最小的饽饽假如不慎被领取，宛若割心割肉般疼痛。窗口那边，是很多个五官挤作一团的脸，抗议和叫骂声大作。努力抵挡的砦门里三嬷嬷请马长楼解围，后者扎煞着沾满新麦面粉的双手，大声训斥马天武"家里的"：

非得把吃食捂出绿毛你才分是不是！非得人家造反你才分是不是！你个没用的东西。

工作同志很亲民，端着饭碗到处视察，差不多一顿饭要走过几张饭桌，分别与几家人一起吃，一边吃一边晓谕大家，变私为公，大吃食堂是"好日子"的"第一步"，各位乡亲要努力适应。有的人想把饭菜打回家吃，那怎么可以？如果各家各户把饭拿回家，那还叫什么公共食堂？干脆分家算了。场地狭窄，有些拥挤，那可以用换拨儿就餐的方法解决嘛。

李张两同志与民同乐的宽和与亲近使众人感奋不已。可是，爱民如子并明察秋毫的工作同志发现，竟然有人抗命不遵，不来食堂吃饭，实在是不能容忍的行为。这个人是马长桥，就更令人起疑，因为他不来就食而没有饿死，一定有人暗通款曲。很快，马长桥的老妻也就是狗欢子的嬷嬷，企图将煎饼偷偷带回家，被李同志当众拿下。

因为男人的落难和儿媳的作乱，这个老妇人日子过得十分艰辛。她是很要面子的人，众目睽睽下被捉赃，老脸涨得通红，把胡乱叠起来的两个煎饼疙瘩从大襟下拿出，递到李同志眼下。作为同谋，狗欢子娘比她的婆母更觉得难堪，以至恼羞成怒。狗欢子娘是个不要面子的人，她的尴尬和愤怒，在于她本不想供养失去了变相财神身份的落魄公爹。那个老家伙躲在家里，跟老佛爷一样，让她和她的公婆暗度陈仓供养着，现在被揭露出来，她感到非常难看。当李同志不接马长桥"家里的"手里的赃物，而是让做儿媳的她交还原处，并且让她转告在家里等待饭食充饥的马长桥，如果不来就餐，决不宽贷的时候，狗欢子娘把一腔不满泼向狗欢子，呵斥儿子说，不干活，小细脖，光吃现成的，饿死你！

仍然不见马长桥来食堂吃饭，有人担心饿死了他，工作同志说，等着，谅他也撑不了几天。不出工作同志的神机妙算，僵持几天之后，马长桥终于出现在公共食堂，脸色灰暗，稀疏的白发根根直立而略往后仰，近视眼镜后面睁圆的两眼绝不旁顾，径直扑向饭菜，显然是饿坏了。

他以为自己是谁？瞧他那如狼似虎的样！

李同志鄙夷地说。

第十四章

一

这个夏天炎热而漫长。这个夏天发生了很多怪异的事情。这个夏天发生的很多事情闻所未闻，开天辟地头一遭。

李张二同志从县上开会归来，传达给马家铺人最新的好消息：从吃食堂起步，庄户人会一步一步迈向天堂般的好日子，马家铺人不但能够吃饱饭，还将吃到很洋气的饭：吃面包、喝牛奶。

什么是面包？

面包就是跟饽饽差不多的东西，就是方块饽饽。

面包赶得上饽饽好吃不？

不知道。

牛奶？牛下的奶！牛的奶水人也能喝？

哈哈，那谁敢喝？

谁敢喝谁喝。

……

不光是能吃到洋饭洋菜，那"好日子"的好处太多了，说出来会让大家快乐死：要将男女做两个营盘分住，平日里的往来也须持路条或喊口令方可通行。桥头镇完全小学率先进行的生活军事化实验未能成功，原因在于小把戏们尚不成型，不能领会此项伟大计划的绝对意义。当好日子到来之际，马家铺就要学军队的样子，男男女女编成营连排班，大家都是不穿军装的武士，也不排除将来都穿军装的可能，按肚量吃饭，按身量穿衣，哨子一吹或军号一响，令行禁止，老少爷们齐刷刷起炕、吃饭、出操、上坡……

一二一！一二一！

一，二，三——四！

乖乖！这是多么振奋人心的日子，这就是李张二同志见天儿都描画和教谕庄户人的"好日子"。这个好日子有个生疏而有趣的名字，叫"共产主义"。工作同志说，本来，这个日子还远在天边，连栗蓬儿这辈子没准儿都见不到、享受不到；而今，立马就要来了，只要乡亲们照他们的话加劲干活儿，明天就会降临马家铺！或者说，大家加紧跑几步，就会进入那种好日子。

大凡有震古烁今的英雄事发生，便会有数不尽的怪异事出现。

东坡仓囤附近，有人亲眼看见一对老刺猬拖儿带女大搬家。青天白日，明目张胆，它们何曾有过这么大的胆量；全村屋宅里的长虫像听到统一号令似的，突然销声匿迹，致使鼠患成灾，胆子大到不避人，堂而皇之地钻出洞穴，上下房梁张狂得很，进而咬破了谁家新生儿的耳朵；在被不幸吃掉之前，三春家的强壮大白鹅呈现出了末日疯狂，凶猛地追逐和啄咬鸡、鸭和狗，甚至人，撵得它（他）们满街跑，并极为熟练地运用伏击战术捉到了斗湾里的青蛙。它啄吃蛙肉时的兴奋和贪婪，让马家铺人惊诧不已。

有个消息令人紧张得要死：出现了大麻风病人，时常游荡在马家铺附近。听说该患者是前昭下村人，已经呈现出大麻风的鲜明征兆，比如狮鼻、烂脚。有人看见他在桑树溪里泡身子，整天的泡，浸入溪水便不再上岸。马家铺人相信此事属实，因为前昭下村多三教九流，与城乡各色人等往来频繁，行迹遍及周边数百里，不似庄户人本分，染上这种可怕的疾病不足为奇。至于泡澡桑树溪，无非是想洗去病症。传说山泉汇聚而成的溪水有疗病特效，事实上，这一带的庄户人，身上长个痈肿疮疖，如果贴烤烟叶、敷锅底灰、念咒许愿不管用，多去桑树溪里泡，往往就止住了脓水。现在，让人谈虎色变的大麻风也来泡澡，恐慌如风刮遍了马家铺和溪水上游的小田各庄。

还有件事让众人既惊且惧，狗虎岭上空出现了百年不遇的"龙摆尾"。一条云龙头顶乌云密布的苍穹，尾巴几乎扫到峰峦，它盘旋而上，携着雷电和狂风，气势磅礴地飞过山岭。那场面把前昭下村人吓坏了，躲进屋里，藏入树下，还有急中生智跳入地瓜井的。人们惊慌失措的时候，又咸又苦的怪雨从天而降，小鱼小虾铺天盖地，裹挟着浓重的鱼腥气砸在他们头上，众人骇怖之极。老人们说，这种天象百年不遇，看样子必有大事要发生了。

最让众人津津乐道的，是马家铺的民兵排。

民兵排是由工作同志组建的。张同志吹响集合哨，民兵们从各家各户的大门里跳出，飞速跑到场院集合。虽然没有枪械，衣着七长八短，但在张同志的号令下，列队、出操、跑步、喊口令、练格斗，杀声震天，真正是威风八面。不用整天在地亩里干熬，到食堂吃饭有格外优待，单独领饭菜，干粮尽着吃。风光无限，极受瞩目。

马玉锁抢先报名，却未能进入场院上的操练队列。被民兵排拒之门外，他伤心又不解，找到张同志，极力表示参加民兵的热切之心。张同志没说什么，把他领到李同志面前，后者非常遗憾地告诉他，未能成为民兵的原因，在于他姥爷的家庭成分是地主，本就招人恨，而他爹马天云的身世不清白，个人历史复杂，又兼风流成性，也属不可信任。让人不放心的，还有马天云的死因模糊，多年来的疑案未能澄清。人，来路是一样的，去路也是一样的，这一来一去之间，人的善恶能为却是大不一样的，而怎么"去"的，最能见出人的生命成色，所以不能轻易放过。民兵是最信得过、靠得住的人，要干惊天动地的大事，身份清白第一要紧，民兵就不考虑收录他了。

满腹委屈的马玉锁让他嬷嬷到工作同志那里说情，被牌坊下三嬷嬷断然拒绝，不死心的马玉锁找到了爹，求爹为他说项。

娘说，玉锁，你非得当那个民兵？

马玉锁说，这年头，要是连民兵也当不上，谁还看得起，连媳妇也找不到。我得当民兵，我非当民兵不可。

即使不为马玉锁，无关民兵事，爹觉得自己也有义务为他爹马天云洗清嫌疑。在整个马家铺，爹是不幸横死的马天云的唯一知己。往事如烟也非烟，多少岁月如梦逝去，他对亡友的怀念没有丝毫减退。所以，爹向工作同志陈述往事的时候，颇动感情。

爹向工作同志作证的，是马天云杀敌的故事。

那时候的玉锁还小，正是惹人喜爱的年龄，得到两代人的看顾，也受到了村里人的喜欢；马姬氏虽然稚嫩，心地却纯净，加上牌坊下三嬷嬷心善，脾性又好，与儿媳相处得倒也融洽，全家人正融融泄泄过日子，马天云却带着他的土枪偷偷跑进了犸虎岭，和几个胆大包天的人结义拜把子，想方设法跟日本兵作对，这在马家铺，甚至在整个桥头镇，都极为罕见。

马天云是庄户人，春种秋收是他的本分，即便手里有杆土枪，不过是"拾掇完了"之后，到犸虎岭里打野味，从来没有打过人。他揭竿而起的原因，是痛恨日本兵抢运河沙，以及马家铺人遭受的奇耻大辱。

落甲河的河滩和沙洲上，堆满厚厚的匀称而微细的沙粒，夏日的阳光下，闪闪烁烁耀人眼目。耍水的庄户人在水里泡冷了身子，就窜上沙滩五体投地，过会儿再来个鹞子大翻身，让前胸和后背沾满滚烫的细沙，把满身的鸡皮疙瘩和心口的冷驱赶干净。河沙的好处就是这些，没有人想到别的，但日本人想到了，他们驱赶这一带的百姓，把河沙装入麻袋，然后用大车运走。

有人说，日本兵把这些沙子运到关东，或者运回日本国，他们能从这些细小的颗粒里炼出金子；还有人说，金子倒是没有，日本人能拿这些沙子炼出上好的玻璃。不管是炼金子还是炼玻璃，反正沙子是好东西，好东西被别人白白拿走，心里就不痛快。被驱赶到河滩取沙的庄户人就想法子磨洋工，或往沙子里掺土，或在麻袋上扎眼儿，用尽所有的小手段，但沙子还是一麻袋一麻袋、一大车一大车地往火器营拉，河沙在那里装火车。

突然有一天，日本兵命令挖沙运沙的庄户人停工，像赶羊一样，把他们赶到河堤下。河堤上站着很多荷枪实弹的日本兵，架着机关枪，阵势非常吓人。

一个军官模样的日本人叽里咕噜说话，翻译官大声说，近日，发现有人很不友好，很不诚实，暗地里破坏运沙子，必须给予惩罚，现在要枪毙两个人以儆效尤。杀谁？没准儿，挑着谁就杀谁，算他倒霉。因为不知道是谁破坏运沙，就可以认定所有人都犯罪，谁摊上杀头都不冤。日本军官要求大家站立不动并保持肃静，由他来挑选该死鬼。

河堤下顿时鸦雀无声，很多人簌簌发抖。爹从一开始就被押来挖沙，也对日本人窃夺河沙愤愤不平，曾往沙子里掺和过杂物，仅此而已，再无别的伎俩，倘若被挑出来杀掉，真是冤死了。爹缩成一团，大气不敢出。

跪下，快跪下！翻译官说。他是个中国人，做手势让大家赶紧跪下求饶。

众人都愣愣地站着。

啪啪，几声枪响，是朝天放的枪。庄户人仍然站着。

啪啪啪啪，机关枪子弹贴着大家的头皮风也似刮过。

呼啦啦跪了一河滩。那个穿着高腰皮靴的日本军官就是活阎罗，挎着东洋刀走近来，脸上堆着微微笑容，从容地、不动声色地甄别和挑选着。挖沙人都死命低下头，谁都不敢触碰他那微笑着的目光。人们慢慢地、无声地往后挪动身体。前面的人容易被死神攫住，最后面的人已经无路可退——身后就是滚滚河水。

众人把心提到嗓子眼，恨不得把身子缩成小小的蚂蚁或者鱼，能够钻入沙土或潜入水中，从令人窒息的杀场上消失，或者干脆变作沙子。

对于爹来说，那真是惊心动魄的经历，以至于每每说起都不堪回首。对工作同志讲述的时候，还为自己的怯懦感到难为情，但爹没有丝毫隐瞒，全部照实叙述。爹太感激马天云了，说在那个危险的时刻，他就跪在马天云身后，也想悄悄后移，但已经没有了退路。不幸的是，爹跟中了魔似地抬起的眼睛竟然与那个催命判官的骤然相遇。魔鬼的眼睛里射来贼亮贼亮的光，把爹震慑得肝胆俱丧。大皮靴坚定地踩着河沙走过来，狞笑的脸像从空中压下来的黑云，迅速扩大到无边，逼近、笼罩了爹，魂飞天外的爹就要窒息了。此时，眼前矗立起一座山，是身前的马天云挺直了脊梁，用长大的身体挡住了他。任凭被挡的日本军官将目光转向了自己，马天云也岿然不动，宛若在爹的前面竖起了厚实的盾牌。

最终日本兵没有开杀戒。爹说不知道是翻译官不忍心同胞遭受杀戮，对日本人说了好话，还是日本军官人性未泯，抑或别的什么原因，总之没有下毒手。翻译官宣布，皇军饶恕大家，但绝不等于他们下次还如此大度，大家切莫辜负皇军的好意，要诚实做工云云。跪倒在河滩上的庄户人在奈何桥上走了一遭，全部得以生还，可以继续喘气吃饭，能够挖沙运沙。

几天之后的黄昏，一个落单的日本兵在田间瞎撞，旋即消失。次日，他的尸体以可笑的跪姿陈列于落甲河河堤：双膝跪地，胸腹被树枝撑起，头自然是磕向地面的。后来有成群的日本兵杀过来寻找，看到战友被弄成这般卑贱模样，气得发疯。某个深夜，他们闯入牌坊下三嬷嬷的宅院捉拿凶犯。机警无比的马天云顺利逃脱，跑进了狒虎岭。

爹对马天云佩服之至，说谁都痛恨日本兵，特别是落甲河滩发生的场景，在众人心头烙下了至死难消的羞耻印迹。马家铺人只跪天地君亲师，却在小日本脚下屈膝跪倒，这是亘古未有的奇耻大辱。日本兵必须下跪以洗刷马家铺的羞辱，要不他们就得死。杀掉那些日本兵，是经常出现在马家铺人睡梦中的快活场景，让人醒来时脸上还挂着笑意，但全村的精壮汉子不少，真正蹿山越岭与日本兵真刀真枪对打的，只有马天云一人。他跑进犸虎岭，跟几个把弟兄结成一伙，专门偷袭小股的、最好是单个儿的日本兵，尽管日本兵很精明，极少单独行动，他们也很少得手。

我们查过县志，日本兵死在落甲河河堤上的事情属实，曾经风传苍蒲全县，很是鼓舞人心，但没有记录是谁下的手。你怎么能证明这件事是马天云干的？张同志问。

天云告诉过我。爹骄傲地说，他只告诉了我一个。

你？你是孤证。李同志说，还有没有别的证据？

我有证据，马天云的碑文是长桥四叔写的，碑文里有天云的孝，也有他的忠，说的就是杀日本兵的事，天云忠孝两全。咱们可以去高埠查看，其实也不用去查，我现在就可以背给你听。

爹朗朗背诵道："……出必命，返必面。母有疾，药必亲尝……勠力同心，歼顽寇于陌上；侠肝义胆，留英名在汗青……"

张同志打断爹的背诵，说，这些碑文并没有确证杀死那个日本兵就是马天云的功劳。

爹说，立碑的时候，日本兵占着桥头镇，碑文不便明说，要不，马家铺还能留得住？这是长桥四叔的春秋笔法，庄户人心里都明白。

张同志说，马长桥是什么人？一个右派分子的谀墓之词，你也当真？

爹争辩说，长桥四叔写碑文的时候还不是右派，怎么不可以当真？再说，日本人出兵报复，怎么不抓别人，单单对马天云下手？

那，马天启你说说，马天云究竟是怎么死的？张同志想了想说。

马天云死得颇为蹊跷，也是马家铺人心头的憾事。爹跟工作同志说到此处，禁不住嘘唏慨叹，并深切怀念那位可敬的兄长，说真是老天不长眼，那么出众的人物，生生把自己糟蹋了。

寒露时节，深夜，一声枪响，马天云倒在他家爬满丝瓜藤的北墙下。他死得很惨烈，头和脖子血肉模糊，身边撂着他心爱的土枪。暗杀肯定要排除的，他的仇家仅限于日本兵，而日本兵巴不得当着天下人的面杀死他，暗杀断不是他们所为；自杀一说也不合情理，走在刀尖上的日子，别人也许觉得难熬，他却过得有滋有味，怎么会撇下老少三代人；那只有意外说也许站得住脚，他死于土枪走火。经验查，马天云受的致命枪伤，正是土枪射出的铁砂所致。众人断案的结论是，他翻墙时不小心，枪走火打死了自己。这是最说得过去的解释。但是，马天云为什么有大门不走，却要翻墙回家？大家不得要领。

这是困扰马家铺多年的一桩公案，很少被提起。但凡提及，不止说的人解释不清，听到的人也往往困惑不已。所以，即使爹跟工作同志一再保证，马天云是死于走火，与所谓仇家什么的完全没有关系，张同志仍然满腹狐疑。

爹最理解马天云为什么不愿意敲门。他为那位不幸的人辩解说，那夜太深沉，风又猛烈，马天云若叫门，必定会惊醒马姬氏，要不，须得他娘就是牌坊下三嬷嬷，披衣举灯，冒着冷风来为他撤去顶门杠和拉开门闩。他不愿惊动她们，她们都是他最心疼最呵护的人，他愿意她们睡得浓密甜美又饱满酣畅，因此他放弃敲门而选择翻墙回家。在爬墙的时候，被枯干的丝瓜藤扯动了要命的扳机。但爹无法解释的是，马天云是精细人，为什么要让土枪处于临战状态，即黑药和铁砂灌满枪筒而黄药业已置于机头？须知，以他的谨慎，攀爬枝蔓丛生的墙壁，至少应该把黄药取下的。

更让人意料不到的事情发生在当年冬天，马姬氏自杀身亡。她弃用农村女人常用的白布上吊，而是用菜刀把自己的右手手腕砍得只剩一层皮。

怎么会？怎么会这样？张同志说，这简直是杜撰的故事嘛。

不是编排的故事，不是。爹说，我能作证，杀了我，我也得作这个证。玉锁他爹的死不关别的事，他娘可完全是自杀。爹说玉锁他娘亡故以后，有人谴责说，马姬氏也许是好媳妇，却不是好儿媳，更不是好娘亲。自马天云不明暴死，她对儿子几乎撒手，全部交由婆母看顾，连睡觉都让婆母陪着，这哪里是好媳妇、好娘亲做的事。撇下幼小的儿子和老迈的婆母，她怎能忍得下心？娘则深深叹气，为那个短暂知音的突然逝去而惋惜不已。娘说，别看玉锁他娘什么活儿都拿不起来，也不会养育孩子，若论起对丈夫的疼爱，论起心思专一，论起性情刚烈、敢作敢为，全马家铺的女人谁都比不了。

娘说，其实，马天云走后，玉锁他娘死志已决。不然，天下为娘的哪个不疼孩子，她又只有玉锁一个儿子，哪能不把他当心尖儿肉，昼夜看都看不够，怎么会割舍得让给别人带？她将儿子完全交给婆母，是自己在做"走"的打算，免得到生死分离的关口母子都舍不得。她哪里是不疼儿子？玉锁他娘太痴情，把自己与马天云绑在了一起，生生死死也不肯分离。她哪里承受得起丈夫暴死的打击？丈夫一死，她的魂就跟着去了。

爹认可娘的话，全盘转述给张同志。

不可思议，不可思议。张同志喃喃地说。

至于马玉锁的姥爷，成分虽然高，但两亲家从来不走动。爹说，即使玉锁他娘自杀这样的大事，前昭下村姬家也一声不吭，可见马姬两家虽是亲戚，却没有任何瓜葛，不说结怨已深，也属老死不相往来。所以，马玉锁和牌坊下三婶子清清白白，没一处不干净。公社取消单干户的时候，马玉锁还不是痛痛快快地把地契和家里的骡子交上来？再看看他满村子画的画，不都是"好日子"？这样的人，张同志你还信不过？

张同志想想说，他会跟李同志商议，民兵排收不收马玉锁，须由后者定夺。

马玉锁最终如愿以偿，成为了马家铺民兵排的排头兵。为报答工作同志的信任，那杆家传土枪被他偷出，出现在操练的队伍中。

民兵都是从马家铺青壮年中挑选的。他们总在清晨出操，也受训、练阵列，还听戏匣子，念报纸，或听工作同志讲话。工作同志都极会讲话，不讲则已，只要来兴致，讲起来滔滔不绝，每每让列队聆听的民兵们醍醐灌顶般享受，所以很受拥戴。他们教导民兵说，天将降大任于民兵，在奔赴"好日子"的路上，你们的作用大得很，前程不可限量，切切不可辜负了大好时光。将来，也许不久以后，就给大家发放枪支弹药，还会让大家穿一色的黄绿色制服，虽然不是军装，也比庄户人的衣裳整壮、好看。到那时，民兵排是何等成色，何等气派，何等荣耀，大家尽可以放开胆量想象。

不久，民兵扩充兵力，排升格为连，马家铺的青壮劳力，大半光荣入列。玉楸是踊跃报名的，柳家双宝也进入队列，近来特别开心的青州也神气活现地成了民兵。最令人耳目一新且感慨系之的，是女人的加入。获得青州府歌咏大赛很棒名次的歌咏队名气太大，声誉太高，弄得队员们再也不能安下心来，别说地亩里的粗重活计，家里的缝补洗涮也无心再做。这等快活年月，谁个能平心静气，谁个能安安稳稳？歌咏队里的女人摇身一变，再添些人，列为民兵连里的女兵排。马玉衡"家里的"出任排长，领导几十个女人，都把脑后的纂儿打散，剪成齐耳短发。大襟衣裳来不及换对襟的，就弄根牛皮带缠在腰里，弄不到牛皮腰带，就用土布长条替代，也威风凛凛。马薛氏皮带勒得紧，将已经显出富态的腰身勒进一圈，格外神气，迈步、说话、举手投足，都与此前大不同。比如，她学会了李同志爱挥手的动作，站在女兵排前，扬起右手使劲作扇面状摆动，幅度不大，跟检阅千军万马似的，派头十足。

有了女人的加入，民兵气势如虹。一杆红色大纛猎猎飘扬，上书六个金黄大字"马家铺民兵连"。张同志大喊齐步走，脚步踢踏，尘土飞扬。这一彪人马跑出场院，跑出马家铺，跑上公路，跑进了狒虎岭。在那里，他们并入并隶属于桥头镇民兵营，后来全县都来了人，声势更大，弄了个民兵团在山里。民兵团要做庄户人祖祖辈辈从未做过的大事，炼铁，还要炼钢。他们先集中兵力征调前昭下村的平地，顺便将那个不懂稼穑，专以三教九流为主业的村子打散，抛弃婚丧嫁娶所需物件，花轿捣烂烧毁，响器扔入炼炉，戏台夷为平地，前昭下村人的诸般技艺比如吹拉弹唱说书杂耍悉数废弃。扔掉下九流营生，归入正经庄户人行列，艺人和半艺人全都拿起镢头锄头种粮米。地亩不足？就开山劈石，跟狒虎岭要。前昭下村人一夜之间被改造成半农半工的"新人"，也参与冶炼伟业。

在新人的协助下，民兵在山里的平地上盖起简易草房，安营扎寨，开辟炼铁炼钢的工场。没有铁矿石？怎么会？这么大的狒虎岭，怎么会没有铁矿石，这是谁在造谣生事扰乱军心？矿石肯定有，必须有！没有焦炭，也没有煤？那也无妨，用木炭替代即可，山里有大树，只管砍倒烧炭好了。民兵团兵分几路，有的找寻铁矿石，有的砍树烧木炭，有的砌筑炼铁炉，有的催运粮草，有的鼓噪宣传，兵民一体，效率奇高。很快，采矿、运输、炼焦、冶炼，按部就班。歌声响亮，烟火升腾，大片黑云飘过层峦叠嶂，笼盖了百里原野。

民兵们挥汗如雨，烈焰经久不息，但成果不怎么如意。炉子里屡屡扒出炸裂的石头。好不容易把矿石烧成了汤水，但淌出的滚烫液体冷却后都成了灰黑色的硬疙瘩，绝非铁，更不是钢，天知道是什么，看得大家目瞪口呆。往炼铁炉里填入数不清的疑似铁矿石和山一样多的木炭，还是死活炼不出铁水。历经无数次实验，全无进展。从桥头镇到苍蒲县，上上下下急得要死。

有高人指点说，炼铁无果的根由，在于矿石中"铁素"太少。有一个方法可以点石成铁，那就是往炉子里加铁引子，正如好大夫开的汤药里必有药引子一样，有此一引，药方可成。何谓铁引子？高人说，就是铁嘛！

立即征集铁器，兹事体大，李同志亲率几十个人回马家铺，召集全村老幼，再次开启民智。她站在碾盘上，拿一个马口铁喇叭罩住嘴巴，向被驱赶来的马家铺人讲征集铁器的必要。她讲得最动情的是，钢铁乃国之根本，有了钢和铁，老百姓的"好日子"就不远了，悠悠万事唯此为大。当此重要时刻，大家万不可护着自家的私利而置国家伟业于不顾。她相信，经她几个月来的教诲和启蒙，马家铺人应当开窍，定会自动将家里的生熟铁器物件交来。锅，铲，锁，钥……都在征集之列。锅是生铁，是最好的铁引子，多多益善。犁铧、镢头、锄头、镰刀、洋镐、铁锨、铡刀，原本也在征集名录上，但考虑到还得用这些家什干活，这次就不收缴了。菜刀是一定要缴送的，有公共食堂，家里放菜刀做什么？也没什么菜可切，聋子的耳朵，摆设而已。此外，称量用的秤砣，新旧马掌，也一定要送来。大喇叭说，如果藏匿不送，那就对不起各位乡亲，要到各家各户搜缴。反正，铁是必须要炼出来的，为此，砸锅收铁也在所不惜。

与搜缴铁器同时执行的还有一项重要任务：搜寻粮米。犸虎岭中人的一日三餐，需要从各个民兵连所属的大队调出。大队的仓库并非聚宝盆，能够取之不尽，总得留些作储备。羊毛理应出在羊身上，粮米，向庄户人家要！炼铁炉等着吃铁，炼铁人等着吃粮，都是刻不容缓的事，容不得马家铺人迁延或抵触。

这是让人胆怯的消息，更让人冷汗淋漓的，是马玉德带领的几十个生龙活虎的后生，并非马家铺民兵连成员，尽是生疏面孔。这也是工作同志的高明之处，他们深知庄户人目光短浅，难以理解大炼钢铁之煌煌伟业于家国天下是何等重要，怕是不肯乖乖配合，而粮米更是要命的东西，等闲弄不到手。带领县城那边的旗下堡民兵来马家铺，就避免了乡里乡亲面对面的尴尬，也就是说，容易下得去狠手。作为对等交换，去旗下堡完成同样任务的，是马家铺的子弟兵。

两件大事一起做，时称"调拨"，就是"调"取粮米和铁器，"拨"付犸虎岭里的炼铁人。说白了，就是起获庄户人的家底，故庄户人自称为"起底"。

工作同志号召各家各户主动缴送，响应者几乎没有，比食堂开业之初还要冷清，庄户人的自私自利和狭隘意识暴露无遗，真令人齿冷，如此不明大义？"起底"势在必行。

狗欢子家第一个被"起"。

狗欢子家被作为首选，得益于他家旧时产业的丰厚。虽然近来屡遭风雨，但瘦死的骆驼比马大，不信"起"不出好东西；也得益于马长桥多年的可观进项，谁知道他家藏有多少粮米和银钱，今天就要让它们见见天日；马玉德的进言也起了作用。马天武是记仇的人，衔恨于早年被马长桥詈骂，将仇怨传承给儿孙，两家人龃龉至今，终于，马天武父子的怨怼之气有了出口。工作同志一声令下，民兵们齐齐开到牌坊东那个门楼下，却逡巡不前——尽管来的民兵与马姓不同族，毕竟都是庄户人出身，闯门入户，与老年间的"抄家"似乎并无不同，一时犹疑不决。紧要关头，马玉德大喊一声，身先士卒，率众闯进了藤萝繁茂和竹子青翠的古老天井。

遗憾的是，没能从狗欢子家搜寻到足量的粮米，搜刮的铁器也不多，但铁锅还是有的，当场揭下，就着石块摔破，算是旗开得胜，为在全村起底开了个好头。后来的进展顺利多了，民兵所向披靡，很有些收获，谷米、秫秫、棒槌、地瓜干、麸子，还搜刮出些麦子，表明马家铺人的家底尚且厚实，铁引子也搜集了不少。但凡带铁味的，无论是门上的、屋里的、天井里的，一概拿走。

娘的全部精力用于保住锅灶。娘说自己是妇道人家，见识短，可明白铁是死物不是活物，不会像麦子谷子豆子那样，把种子撒到地里就会发芽生根开花，结出那样多的籽粒；不会像天上飞的水里游的地下跑的生灵那样，下蛋抱窝生出伢子崽子。把铁炼成金子或把石头炼成铁，那叫真本事。把铁炼成铁，这算什么？世上没这个道理。

参说他何尝不知道炼铁成铁在道理上说不通。不过，这世道，道理上说不通的事情太多，庄户人懂得侍弄庄稼足矣，无须事事都懂。进一步说，人要是懂得太多，反而容易生出祸事，属于自讨苦吃，马家铺不是有了现成的范例！庄户人，安安分分做拉磨的驴，戴蒙眼儿、听吆喝、走磨道就是了，犯不上费那个脑筋。再进一步说，庄户人如果事事都懂，那县里、府里、省里的大官还做什么？

娘说，我看，他们这是拿不着鱼就撮落浑水①。

爹说，咦，声音小点！栗蓬儿他娘，可不敢乱说。

娘说，那，你就答应人家来家里胡乱翻腾？

爹说，山里的人走投无路，人和炉子都在等米下锅。人家不讲道理，咱们讲不起道理。我身为大队会计，肩负着炼铁民兵的后勤供给，责任重大，要是一两铁器也不交，一升粮米也不交，在工作同志那里也说不过去。这样行不行栗蓬儿他娘？我领马玉德来，任凭他搜，凭他拿些什么走，事情就消停了。咱就权当东西扔了、丢了、毁了，成全马玉德一次？

娘再次紧急行动，先藏须臾离不了的刀、剪、铲、勺乃至铁笊篱等等，接着将东厢房里的火炉拆掉，铁箅子、炉圈、炉盖、炉钩、火钳和通条一概藏起。马玉锁抹得极平滑的灶台只用多半年，眼见得要被揭锅，这是必须放弃的——得让马玉德弄点什么走，那家伙是属贼的，但凡入室，绝不走空。

马玉德来的时候，北屋门大开，娘端坐在蒸腾的雾气中。娘说，找吧，你们任意找，找出来的粮米和铁器，但凡能吃的、可用的，都归你们。

风箱在响，火舌在灶坑里伸伸缩缩，锅里的水滚滚沸腾，蒸汽冲出颤抖的锅盖，从堂屋飘溢到屋外。三伏天气，马玉德的人马热得跟日头暴晒下的狗一样，佝偻着腰，从蒸汽下钻入屋子。柴火是湿的，烧不干净，灶里的烟和锅里的蒸汽混合起来，呛得民兵们无法久留，很快退回天井。马玉德跟爹道一声对不住，便指挥部下翻磨房、摸鸡窝、捅狗窝、搜茅厕，柴火垛也恨不得扒开来搜检。

游荡了半天，百无聊赖的栗蓬儿走进自家大门，看见马玉德带些生人来"起底"，很不高兴。桃树和东厢房之间的角落里，民兵们正翻动碎砖破瓦。墙根下倚着他的冰车和冰杖，那是他跟狗欢子学着画样，动用斧锛刨锯，用了好几天做成的。三九天里，他曾经驾乘这架冰车，在簸箕湾的冰面上纵横驰骋，或从冰冻的桑树溪上游飞速而下直到溪口，是他的心爱之物。

别动我的东西！栗蓬儿没好气地喊着说。

---

① 拿不着鱼就撮落浑水：把事做砸了，就拿别的事胡乱撒气。

什么东西是你的？马玉德说。

栗蓬儿说，反正别动！

爹说，栗蓬儿别急。你那东西不是他们要的。

栗蓬儿冲了过去。冰车的滑轨是粗铁丝，冰杖头上嵌入的粗长铁钉，庄户人家平素并无储备，这两样东西是他费了九牛二虎之力才淘弄到的。冰车正在马玉德手上，他扑上去抢下来，紧紧抱在怀里，直直瞪着马玉德，摆出一副拼命的架势。

马玉德不屑于为这么点儿东西跟栗蓬儿撕破脸，也怵这小子的死缠烂打，但不死心，再次望望北屋。风箱依旧不紧不慢地响，白色烟汽不绝如缕，从门楣下婉转翻向天空。

东厢房的南屋是娘锁闭多年的禁苑，此时，铁将军已经卸下，落满灰尘和结满蜘蛛网的柜橱、箱奁、柳条包、棉花套及成堆码放的古书等等杂物，都呈现在民兵面前。

旗下堡民兵看马玉德的眼色，后者对古书和杂物毫无兴趣。他退出南屋，不要别人动手，自己揭下灶台上的铁锅，双手端到屋外，举起铁锅砸向地上的石头，"砰"一声响过，铁锅四分五裂。随即，他揭起炕席，让几个膀大腰圆的邹家庄人捅开火炕，什么也没找到，除了厚厚的炕灰。

捡起碎铁。马玉德说，走，跟我去南边那家！

民兵们呼啸而去。

在马玉德横行乡里的那几天，娘一再祭起烧炕妙计，时不时往灶坑里添进柴火，风箱没白没黑地适时响起。锅爆干了添水，添了水再爆干，火灶几乎烧成了陶器，让全家人吃够了苦头，三间北屋热比蒸笼，全家人在梧桐树下铺展苇席睡了两夜。

永远烫手的铁锅，使民兵们最终没能得手。至于粮米，那是娘的命根子，早就藏得神鬼莫测。民兵们推着、挑着搜刮到的铁器和粮米奔赴犸虎岭后，娘熄了火，冷了灶，揭开锅盖，在开水里熬煮几天的一应铁器外加体量更小的将军锁、钥匙、剪子、锥子、顶针……统统躺在水下。

有消息说，去旗下堡揭锅的马家铺子弟兵，含马玉锁、马玉衡夫妇、青州、玉楸等，都很卖力气。旗下堡是吕姓，马家铺民兵紧随吕姓头目，把他的老乡亲翻了个底朝天，所"起"之"底"远远比马玉德的丰硕，受到了工作同志的嘉奖，这让马玉德很不服气。

毕竟也立下了功劳，马玉德被提升为副连长，做事更加卖力。他爹跑青岛倒腾烤烟和鲅鱼的事已被严厉禁止，工作同志征调大国防脚踏车，拨付给民兵连当坐骑，马玉德一力拥护。自此，在马家铺和桥头镇及狍虎岭和苍蒲县之间的小路和公路上，经常见到通讯兵马玉衡骑着装有大飞轮、大牙盘、大扣链子、吊簧鞍，以"倒蹬闸"刹车深受人们喜爱的"大国防"脚踏车，风驰电掣，一骑绝尘，速度赛过神行太保。马玉衡神气极了，有鬼使神差，便风光无限，也是这个夏天的新鲜事，乡亲们直看得眼晕。

二

处暑以后，玉楸和柳家的双胞胎一同进入了苍蒲县第一中学。玉楸的岁数比柳家哥俩的大，反比人家低一年级，好在他的入学成绩出众，很受老师的青睐和同学瞩目，入编新生第二班第一名。不过，新生上的课程并不在教室里，而是在操场，操场也变成了炼铁工场。玉楸从狍虎岭炼铁工地学到的知识在这里派上了用场，很内行地指导同学如何用砖头和穰筋泥砌筑炉体。晴天烈日，县一中炉火熊熊。

狍虎岭里的日子却越发不好过了，又扑腾了好些天，半斤铁也没炼出来。上头传下命令，再不见铁，拿人是问。

炼铁工地一片沮丧，百十个炉子无视民兵的汗水淋漓和沮丧咒骂，贪婪地吞进他们尽心竭力供奉的宝物，吐出类似于硬狗屎样的东西，让他们呆若木鸡。

如果不是另一位高人的点拨，民兵们无论如何也想不到，他们屡遭挫败，根由竟然是木炭不济。这位高人来自于济南府，是有名的冶炼专家，极其鄙视此前来狍虎岭验查督导的同行，指斥他们简直就是炼丹术士海外妖人，方子近于邪说。济南府高人说，木炭未尝不可以代替焦炭，但一般木料烧成的炭却万万不可以，这是炼铁炉荒产的症结。须得松柏木烧成的木炭，高热量，有劲力，炼铁炉才有望打破几十天无寸铁产出之窘局。年头越长、树龄越老、茎干越粗的松柏树越可心。就烧成的木炭成色而言，松柏树与别的树相比或老松柏与嫩松柏相比，就等于人参比胡萝卜或野山参比园参，模样都差不多，效力可是差得天上地下。本系冶炼常识，无须他在此喋喋不休。但民兵们的不辨贤愚和愚昧胡来让他无法容忍，不得不唠叨几句。肺腑之言，听与不听由民兵自己决定。济南府高人说。

民兵们拉网似的在犸虎岭里搜寻，渴望老龄松柏树会突然在眼前矗立，其实心灰意冷，知道根本没有，一棵也不会有，但都不明说。自上百个炉子熊熊燃烧以来，覆盖犸虎岭的葳蕤葱茏急速消失。大树都被截去枝丫，抽筋剥皮，裁作木段，烧成焦炭，最后化为黑烟。现在，别说老树，别说松柏，目力所及，漫山遍野是锈迹斑斑的树墩。犸虎岭宛如被拔光毛发而疮痍遍身的老狼，趴卧在阴沉天空下静默无语。

督战的张同志很失望，但绝不甘心，他从来信心满满，见民兵们垂头丧气，就说，再找，这么大的犸虎岭，不信找不到，总会找得到，一定能找到。

副连长马玉德开口说了一句话，为张同志解了围而让马家铺厄运当头。这话也许是他蓄谋已久，也许是焦急之时冲口而出，不管在何种情势下说出口，都让不经意间听到的爹脸色骤然大变。

伐我们的老林吧，老林全是松柏树。马玉德说。

爹是奉命来山里送给养兼劳军的，卸下了粮米给养及菜蔬瓜果，"伐老林"，如同晴空霹雳，惊出爹一身冷汗，他瞅个空当拉张同志到一旁，说马家铺人的祖茔都在老林，大树遮蔽着阴宅里的先人，是顶顶重要的林木，不比山里的，也不比东坡的，这片林木动不得。

动不得？怎么动不得？凭树下埋着死人，就动不得？岂有此理！张同志说。

我知道山里的炉子要吃什么，可咱们能不能想想别的办法？爹说。

你有什么办法可想？告诉我。张同志说，不砍你们的老林，到哪里找合格的木头烧木炭？你说说看。

爹说，张同志你这是难为我呢，我哪能找得到。不光我找不到，也别说在桥头镇，就是全苍蒲县，或者到再大的地盘去，都找不到高埠上这么大、这么老的树，所以老林才金贵。张同志咱们能不能缓一缓，暂且不动老林？

张同志训斥道，你这是站着说话不腰疼。缓？怎么缓？缓几天？缓到哪天是尽头？马天启我告诉你，你缓得起，我缓不起，这些炼铁炉缓不起，县里省里的任务缓不起。你再也别开这个口。

劈头盖脸的话把爹打蒙了。他顿了顿，强打精神，再次求张同志手下留情。爹说老树长了千百年，根都扎到祖茔里去，和阴宅合为一体了。伐老树，如同掀翻祖宗的老屋，或剃光祖宗的毛发，都于先人大不敬，于后人极不祥。

马天启，看你平日里挺明白一个人，怎么这么糊涂。张同志说，活人的东西都"一平二调"①了，你怎么还护着死人的东西！什么"阴宅阳宅"，什么"不敬吉祥"？这是科学昌明的时代，你竟然一肚子老皇历！

爹还要说什么，张同志厌弃地摆摆手，意思是别再啰唆，赶快走开。他招呼马玉德近前来，让他兄弟马玉衡骑上大国防脚踏车，到上头报告炼铁工地的最新进展，同时调兵遣将，紧急开拔，兵发马家铺老林。

急于挽救老林的爹，悄悄潜回村子，先叫栗蓬儿立马出动，赶紧去告知马长楼、马长驿和马长郡等老辈人以及碰到的所有人，只说一句话，爹附耳告诉儿子。

谁要砍老林，爹？栗蓬儿问。

你别问，就照我教你的说，告诉的人越多越好。告诉完话，你扭身就跑。你跑得快，别让人追上。别的事，你别管。说完，爹踅进了高门楼。

老林，是马氏祖茔的别称，位于马家铺村与桑树溪之间耸起的宽阔高埠上，所以被称为老林，缘于马家铺将人的寿终正寝称为"老了"。"老了"之人的聚居之地，有数百棵高大的泰山松和侧柏集结成林，错落有致地站立在坟墓、碑石之间，树根盘曲纠结，树皮如鳞如网，枝叶繁茂，苍绿深沉，傲骨峥嵘，庄重肃穆，"老林"由此得名。

老林在马家铺人心里，像是恒久安宁的后院及自己将来躺卧的暖炕，而对于栗蓬儿来说，老林是个好耍的去处。坟圈子里有老长虫，有坡兔子，有久闻大名却难得一见的火貔子。坟茔上下生长着酸枣、荆棘和丰茂的杂草，

---

① 一平二调：系平均物产和无偿调拨的简称。"平"是指在人民公社范围内把贫富拉平，搞平均分配；"调"是指对生产队的生产资料、劳动力、产品以及其他财产无代价地上调。

爬满了拉拉秧，也多有茂盛的狗奶子①。秋天，他到老林里搂柴草，绕着坟茔拉动草筢子，不一会儿，草筢子被塞得满满的，就拉不动了。不急着剔出干草，他小心地避开棘刺，从繁密的枝条上摘那些晶莹小果子吃，也常常被悬钩子②勾引得欲罢不能，还总让另一种浆汁饱满的不知名小莓果弄得满嘴蓝紫色。有时下脚重了，就有野猫从塌陷的坟里跳出来飞也似逃走。吞咽着酸甜美味，栗蓬儿从树冠间望上去，天空蓝得清朗澄澈，风从北方来，松涛声响起，飒飒然，萧萧然，一阵接一阵滚滚而来又飘然远去，起伏有致，韵律悠长。秋风热烈的时候，松涛大作，有若千军万马从空中奔驰而过，风却不刮到他身上。这时候，栗蓬儿喜欢闭上眼睛，听大风与松柏的同声和鸣，想漫山遍野的谷子、黍子、秫秫、棒槌、大豆、绿豆和地瓜，还有地蛋、山药、南瓜、甜菜、芋头、花生、芝麻，在一波又一波的松涛里迅速成熟，籽粒饱满，个头壮硕，色彩斑斓，香气扑鼻……

要砍老林了！栗蓬儿跑到食堂，告诉马长楼。

你胡说些什么？马长楼问。

你到牌坊下就知道了。栗蓬儿说，迅疾跑开。老林要受刀斧，像在他的心头笼罩了浓重的乌云。

民兵要砍老林了！栗蓬儿跑到巴掌家，没看见马长郡，就对砦门里三嬷嬷说。半聋的三嬷嬷睁大眼睛，莫名其妙的样子。

栗蓬儿告诉跟出来的巴掌，让他赶紧告诉嬷嬷，最好让他爷爷明白有大事要发生了。如果不明白，赶紧去牌坊那儿。

要砍老林了！栗蓬儿跑到蒺藜坡，离得很远，就大声朝马长驿喊。

孤零零的马长驿以手作扇张在耳边作倾听状，栗蓬儿手指村子，大声喊着，你去牌坊吧，快去牌坊吧，那里有人告诉你。

他们要砍老林了！

跑过马家铺的街巷，对遇到的所有人，和所有门户，都扔下这句话，甩下身后若干追问、追跑以及不解的骂声。

---

① 狗奶子：枸杞。

② 悬钩子：一种攀缘灌木，果实可吃。

栗蓬儿跑回碾盘街，石牌坊下聚集了很多人，都围着老迈的马子孝。

请马子孝出山，请这位年纪最老、辈分最高的人出面挽救老林，是爹能想到的最好办法。爹以为，马玉德再怎么浑账，民兵再怎么勇猛，作为晚辈，他们在马子孝面前，野蛮行径应当有所收敛；而工作同志从大地方来，是明事理的人，总得顾虑老人的辈分。有马长驿们同去最好，马家铺长字辈人的声望很高，总能相帮马子孝；如果他们不能出面，只要把马子孝这尊神请到老林，马氏祖茔的劫难就有可能推迟到来。哪怕只是一时挡住伐木者的刀锯，争取时间，再想别的办法，老林未必没有保全的可能。

听过爹的紧急求救，马子孝恼怒异常。千百年来，马家铺不止一次遭受兵燹劫掠，但老林始终安然无恙。谁家没有死去的先人？谁家不对祖宗三拜九叩？谁会对遮蔽坟冢的树木大开杀戒，谁会惊扰和得罪九泉之下的灵魂呢？青天白日，朗朗乾坤，怎么会跟老林过不去！

马子孝走上碾盘街，聚拢来的人在石牌坊下窃窃私语，彼此打听并求证栗蓬儿传来的信息。人越来越多，愤慨的，恐慌的，沮丧的，绝望的，都想跟马子孝一同去老林看看。

人一多，就吵吵嚷嚷的，不满与激愤迅速聚集和升高，马子孝的信心大增，觉得保护老林有望，且大有舍我其谁的气概。他吩咐将各家各户能来的人都叫来，人越多越好。终于聚了百十号人，虽多是老弱妇幼，吵嚷起来也颇有气势。鉴于砍伐老林者来头不善，马子孝预想了可能遭遇的几种难堪场面以及应对之妙计，比如让众人——妇幼老弱冲在前边——冲散伐木者的阵仗，自己严厉教训动刀锯的后生。在万分紧急的时刻，就对忤逆之后辈痛责和大骂，可以允许自己骂得狠毒一些。假令仍然镇不住来人，就舍出老脸，倚老卖老，往刀锯前送自己这架衰朽的老骨头，不信他们敢把自己怎样。

马子孝没有想到的是，自己率领的这帮虾兵蟹将还没完全走出碾盘街，就与民兵迎头相撞。工作同志神机妙算，预料到马家铺会有人到老林捣乱，先调遣兵力围堵。嗨，哪里去！堵了个风雨不透。

民兵全是陌生面孔，这是工作同志乾坤大挪移手法的再次应用，将别姓民兵调来，堵死马氏一族可能的反抗。在虎视鹰扬的陌生民兵面前，马子孝的所有计划都几近流产。他鼓起余勇，对围堵者述说老林的神圣以及忌讳，多少辈子以来，没有人敢将刀斧锯锛带入老林，杀伐之气绝对不可以出现，连在老林中大声说话都是犯忌的，因为那会惊扰静静长眠的先人，云云。说到痛处，马子孝颇为动情，几乎要流下老泪。但民兵根本不为所动，他们看马子孝的眼神如同看个怪物，而高埠上的古树轰然倒地，老林里升腾起滚滚烟尘。烟尘铺天盖日，登时覆盖了山岭原野，并直扑马家铺。恰逢大雨倾盆，浑身泥水的民兵轻易地打散了更加狼狈的老弱病残，并将主要的闹事者分别押解回家。

老林被严密封锁，马家铺被严密看守，人们被封闭在村里，严禁接近高埠，连同各家的狗。

二青喜欢凑热闹，听到老林那边响彻云霄的"呼儿嗨哟"，就拼命使力，想挣脱栗蓬儿的怀抱，娘就说，栗蓬儿你松手，放二青走，看它敢去？没眼力见儿的，给我老老实实卧着！你多大了？怎么还跟狗伢子似的，就不知道懂点事儿，想去找死是不是？

老林尘埃落定之日，是马子孝们接受批判之时。对他们的教训和斥责，就在老林里进行，你们不是要上老林么，这就成全你们。不想去？你们这几个老顽固想什么哪？想去就去，不想去就不去？世上哪有这等便宜的事？必须去，不去也得去。不走？你当这是儿戏，已经够宽大你们的了，还不领情？走，快走！枪支棍棒频频在头顶晃动。

跟赶羊似的，民兵将马子孝们赶上高埠。老家伙总算直面祖宗的沉睡之地，并被惊得目瞪口呆：老林完全没有了旧日的温厚模样。几百个树茬面朝苍天，毛扎扎的，灰突突的，失去庇荫的坟茔突兀站立，大风刮过，满地枯萎了的枝叶簌簌响。太阳要落山了，金色的余晖打上空旷的祖茔，显出一种惨烈的诡异。

在几座高大的坟茔中间，在众多民兵的环绕中，被押解来的马子孝和马长驿、马长楼等人，见到了不肖子孙马玉德。

为人和行迹与父祖大异其趣，是为不肖。就这个意义上，说马玉德是"不肖子孙"也算恰当。历经烟火锤炼，他变成了炼铁工人，走路和作派不知道和城里的工人像不像，却明显地与庄户人的很不像了。他脚蹬不知从哪里淘换来的翻毛皮鞋，还讨到一顶破鸭舌帽扣在头上，配以满脸炭火黑灰，完全没了庄户人的模样。马子孝开始没认出他来，认出原来是马家的后人，浑身都不自在，就扭过脸，羞于与他对视。

马玉德说，哈，大家都来了，好，站好，都站好！听我给大家讲几句。

这个人是谁？站在我前面的是什么人？我怎么没见过。马子孝问马长楼，马长楼摇头；问马长驿，马长驿摇头；问别的人，也都做懵懂状，且都背过脸。

马玉德说，七老爷爷，我是马玉德。

马子孝说，你叫我七老爷爷？可别，你别这么叫，我可当不起。马家铺没出过你这样的人，我也从没见过你。

马玉德说，我是马天武门里的。我是马天武的二小子，我兄弟是马玉衡。你不记得我了？

马玉德？马子孝说，天武门里是养出个叫马玉德的，但不是你这个样子。那可是个孽种，净做断子绝孙的坏事。你不是装的吧？肯定不是。要装，你也不会装扮成坏蛋的模样，对不对？

马子孝仰头闭眼，万念俱灰。

第十五章

一

家不像家，村不像村，庄户人也不像庄户人，全乱了套——这个夏天是栗蓬儿的，无人管束，也少人关注，自由得"跟空气一样"，耍得昏天黑地，真是"好日子"。

玉楸整个暑假都在犸虎岭里接受烟熏火燎。爹两头瞎忙，经常连轴转，几天几天的不着家。娘和村里所有的女人一样，天没亮就下地上坡，锄草、耪地、打底叶、翻地瓜蔓，有时连六月也带到庄稼地去，也曾要栗蓬儿跟她同去，但如此热闹的年月，谁有耐心啃地皮？栗蓬儿口头上应了，佯装听命，娘扭脸的工夫，他就如飞逃窜，只要出得大门，鬼也逮不住。

后来娘更忙了，就把六月交给栗蓬儿，告诫儿子必须照管好妹妹，六月要是磕破点皮，就拿他是问。

六月八岁了，可太瘦小，身体弱得很，又娇气，事事都得让人管。栗蓬儿带她耍了两天，被缠得处处不自在，总放不开手脚，实在费脑筋，觉得妹妹简直是累赘，就跟六月商量，她可不可以自己耍，六月不干，更不想留在家里，非要跟他一起到外头耍。

你别缠我，六月，你要是自己耍，我今天就给你抓些蝈蝈、戏子、大刀郎、臭大姐、波螺牛子①，把它们都养起来，让它们打仗给你看，好耍得很。栗蓬儿说。

我不喜欢养蝈蝈，也不爱养戏子，六月说，我不爱看打仗。

栗蓬儿说，我给你找只鹌鹑，你养着。要不，我到东坡给你掏个小刺猬，再挖个地羊子②，让你耍个够。

---

① 戏子：即天牛；大刀郎，即螳螂；臭大姐，即臭橡蟒；波螺牛子，即蜗牛。
② 地羊子：即鼹鼠。

我不。六月说。

这样好不好？你要是不跟着我，自己在家耍，我把二青给你留下，再给你摘瓜蒌回来。你知道吧，现在的瓜蒌正好吃。

才不吃瓜蒌。

那我给你打乌米[①]。栗蓬儿说。

六月也不吃乌米。她是个打小就挑食的妮子。

那你想要什么？栗蓬儿问。

你带我去桑树溪。六月说。

桑树溪的确是个好耍的去处，清凉的溪水，温热的穿谷风，从白色巨石上方倾泻而下的小瀑布，在水面上挺起半截身子进进出出瀑布、被淋得乐不可支的两条绿色小蛇，走路屈弓如豆虫的黑色蚂蟥，水蝎子长着一对镰刀样的前爪，抓人咬人很疼，水黾有六条细长弯折的腿，踏水如履平地，还有指头肚大小且永远如此大小的灰黑色溪蛙……都给了兄妹俩很多乐趣，也使他们困惑不已。浅水处茂密的"五嫂"即花蔺，长有棱角分明的叶子，拔出它水淋淋的根茎，嚼起来很有味道，可六月就是不吃，她对吃食的极端挑剔使栗蓬儿非常气恼。

头天刚去过，我不想再去了。栗蓬儿说。

我要去河滩，你领我逮虾去。六月说，她知道通体透明的小虾米有时会乱蹦乱跳，从水里冒冒失失地跳到河边的浅草中，容易逮到手。

河滩里的水蛇多着哪，一窝挨一窝，油绿油绿的，都有一庹长了，栗蓬儿尽量张开两臂，夸张地比画着水蛇的长度，满水洼爬，专缠小妮子的脖子。

你干什么？六月问。

我去戳青蛙，烧着吃，栗蓬儿说，恶心死你！

吃青蛙是马家铺人的大忌，六月不相信二哥会做这等大逆不道的事，就说，才不信你的话，反正我和你一起耍。

栗蓬儿你还去不去？巴掌在大门外不满地催促。

[①] 乌米：患黑穗病的高粱、玉米。通常特指高粱丝黑穗病，系受感染后生长而成的灰白色棒状物。幼嫩时的高粱乌米常被孩子们食用。

栗蓬儿不再跟妹妹啰唆，他从磨房里拿出事先做好的标枪，精心挑选的秫秸秆硬实而修长，叶片剥光，顶端绑定一根尺把长的铁条尖刺，握在手里，快乐得心突突跳，他急不可耐地与巴掌跑向簸箕湾。

刚下过雨，簸箕湾岸下生长的茅草和苘麻，只剩下不长的尖梢露出水面，被涟漪推得倒来倒去。藏垢纳污、满满当当的簸箕湾养育了无数青蛙，树根下、土岸边、石块旁，或漂浮着的枝条上，它们在高声歌唱，唱得动情而快活。

栗蓬儿悄无声息地没入浑浊的水中，像条潜游的大鲶鱼。他的两腿悄悄搅动，不溅起水花。水中的能见度很低，栗蓬儿轻轻推着水皮下的投枪，距离青蛙歌手很近了，抬起头，看得见它们耳边两个气泡有韵律地迅速凸起又瘪下，他猛地发力，标枪弹簧似射出，尖刺戳入一只兴高采烈唱歌的青蛙体侧，全湾的歌声被噗噗的跳水声取而代之。栗蓬儿踩着水，举起标枪，把仍在挣扎的小生灵擎得高高的，递给岸上的巴掌，后者从铁条上撸下抽搐着的猎物，随即扯住青蛙的两条后腿，肚皮仍在凸凹鼓动的可怜家伙被一撕两半，麻利地清理出内脏。痛快，巴掌说，栗蓬儿你可得多戳点儿。

栗蓬儿给巴掌做了个手势，悄悄游开去。

片刻安静后，不长记性的青蛙就恢复了独唱、对唱、齐唱和轮唱。这是它们的季节，它们不能放过稍纵即逝的好时光。栗蓬儿找到它们很容易，不断有青蛙被刺中并升起在空中。

巴掌不住地催促说，还不够吃的，栗蓬儿你再多戳几个。

有人匆匆跑来，是站儿。

哈，你们还在这儿耍哪，站儿说，马长驿那老家伙刚才还骂你们俩，没准儿要来逮你们，让他逮住的人都往地里赶。

栗蓬儿说，不理他，站儿你跟我们去烧青蛙吃。

站儿的爹娘极其渴望有儿子传宗接代，不料头几胎全是闺女。马家铺称生男孩为"大喜"，生女孩为"小喜"，对站儿的爹娘而言，接二连三不请自来的女儿不但非喜，简直是灾，赶紧给老四取名"站儿"，用意很明白，即霉运就此"站住"，让开大道，"大喜"快点儿降临。然而，妮子们依然络绎不绝。"赔钱货"本来就不受待见，姊妹太多，爹娘更加不喜欢，任她们自生自灭，无人管束的站儿养成了野性子。这时，她扯片苘麻叶，包裹住青蛙绿白混杂的破碎肢体，并且让栗蓬儿歇手，她来接着干。站儿连水温也没试就下了水，悄没声地潜行到很远，准确地推出标枪，青蛙的联唱再次沉寂下来。

爬上岸的栗蓬儿嘘着气，双手摩挲着胸膛上的鸡皮疙瘩，赶紧穿起衣服，让冷得发紧的皮肉暖和过来，突然发现站在远处的妹妹不见了，栗蓬儿意识到自己要倒霉。果然，当天夜里娘回到家，累得要死，上炕抬腿都吃力，让女儿帮着捶肩、捶腿，自己揉着肿胀的"放大脚"，说起青蛙，她厌恶地皱了皱眉。

有你这么不懂事的孩子没有，栗蓬儿？怎么总做伤天害理的事！娘说，青蛙是能吃的？它招你惹你了？那么活泛的生灵，你就下得去手！你十三了，该懂些事了，也该体谅大人的辛苦。你就知道成天价疯，看看你的样子，哪天回来是全翅全翎？你就不能替我操点心？六月是个多么听话的孩子，你连她都带不好，你的心野得没边了。你不明白这日子多么难过，没心没肺的东西！

必须想个法子拴住六月。

六月你听我说，想不想养燕子？栗蓬儿问。

想。六月说。

家里的燕子还在抱窝，栗蓬儿就从马长亭家——只能从他家，从别的任何人家掏燕雏儿，如果被主人逮住，极有可能挨一顿胖揍——房檐上的燕子窝里掏了只雏儿回来。马家铺的麻燕每年抱两窝蛋，这是今年孵出的第二窝雏儿，正是拿出来养的时候。

燕雏儿的模样难看极了，全身皱皱巴巴，肚子却是鼓鼓的，细细的红色血丝爬满薄薄的肚皮。光秃秃的肉红色翅膀上有些黑点，摸上去麻酥酥的，是快要长出的翎管。两条细腿短而无力，不得不用裸翅帮助支撑臃肿的身体。在栗蓬儿兄妹俩为它建造的窝里，这个丑陋的家伙只要听见有动静，不管是门闩响，还是脚步声，抑或水筲里的水倒入水瓮、六月瞥见耗子蹿过时的尖叫，都会使它从半睡半醒的蛰伏状态中清醒，镶着白边的黄色三角形大嘴朝天直叫，短粗的脖子抻得老长。它在要吃的，它无时无刻不要吃的，只要含住食物，不管那食物多么粗笨狼夯，哪怕是栗蓬儿的小指肚，它也毫不犹豫地含紧，眼睛闭紧，拼命吞咽。

燕子只吃活食儿，栗蓬儿回家的时候，总带回它爱吃的食物，肉虫儿、蚂蚱、蝈蝈、知了，交给喂养燕雏儿的六月，但他发现，燕雏儿在妹妹手里是危险的，憨儿的肚子滚瓜溜圆，乱线一般的血管和青色的肚皮从稀疏的绒毛中显现出来。它的头无力地低下，懒懒地抵住窝沿，恹恹的，原先的生猛不见了。

六月你是怎么喂的！栗蓬儿很恼火，看你快把它撑死了。

第二天回家，见燕雏儿又被撑得直翻眼皮。

六月不懂得或不忍心限制燕雏儿无休无止的进食，又毛手毛脚，总爱把燕雏儿捧在手里，甚至让它的脚爪抓稳她的手指，逗弄它，亲它，栗蓬儿十分恼火 ①。

叫你别抓它，也别老擎着它，你偏不听，栗蓬儿训妹妹，非得把它弄成老残腿你才称心是不是！

六月哭了，抹眼泪把小瘦脸抹得更瘦。

娘骂儿子没气量，说，燕雏子不是还好好的吗？犯得上你吆三喝五。六月不会养燕子，你不能耐心教教她？别动不动就咋咋呼呼，好像别人都存心跟你过不去似的。看栗蓬儿要顶嘴，娘训斥说，你就不该弄个燕雏子哄六月，让这么费工夫的东西拴住她，你好自己上天入地满世界飞。看看，它拉的屎都弄进炕席缝儿里去了，怎么擦也擦不净！扔掉它算了。

爹捧起燕雏儿，拨弄着它讨吃的大嘴巴，爱惜地看了半天，说，我看栗蓬儿倒也不是光图自己轻省，六月不是也稀罕它么。这鸟儿好养活，也不用太费工夫调教，你就让栗蓬儿养吧，栗蓬儿他娘。你也不必这样恶声恶气。

娘说，你说我恶声恶气？你没看我没白没黑地干活儿，累得骨头架子都散了，亏你说得出口。哪怕他俩让我松快些，我至于这么堵心？

爹说，我不也累？都一样。

娘说，不一样，你和我不一样。我好歹还干点正经庄户人的活儿，你干什么了？你就知道往犸虎岭里跑。多少天过去了，山里头添油似地添进了多少庄户人？可没听见你们的报喜锣鼓响，还有脸一趟趟回来拉粮食！

---

① 燕子的体温比人的高，但人手温热，不宜被燕雏儿长时间抓握，否则，可能导致它的脚爪终生拘挛。

爹说，山里的人不也张着嘴等饭，就跟这燕雏儿似的，我不得紧着催粮米？

娘说，还以为山里的人都炼成钢铁不坏的身子了呢，怎么着？肚子里空了也知道难受？

爹说，哪里的话！都是庄户人的肚子，不都得吃五谷杂粮？

娘说，啊，你也吃五谷杂粮？还记得吃五谷杂粮？不是吃钢吃铁？既是吃五谷杂粮，就得干五谷杂粮的活儿。可你睁眼看看，马家铺还剩几个男人？让我们这些妇道人家干壮劳力的活儿，可工分给的连半劳力也不如，也不怕丢人。

我是官身不由人哪。爹说。

少跟我提你那个官儿，那连兵头将尾都算不上，你也就跟耍把戏的那根竿子上的猴儿似的，铜锣"当"一声响，你就得爬上爬下。娘说。

这话真难听！爹说，你的嘴太刁钻，我说不过你，不跟你一般见识。这样吧，这几天我带六月，她跟着我，吃的总归好一点。又说，栗蓬儿，我看这个燕雏儿不赖，精气活神的，你可得好好待它。它毕竟是个活物儿，是条生灵，你要么不养，要养，就得养熟活①，养得它通人气。

燕雏儿长得很快，毛尾橛儿②长出不久，细细绒毛很快覆盖它的头、脖颈、翅膀、大腿，以及肚皮，臀部的毛长得最晚，迟迟不"合拢"的裸露屁股，往往把灰白色的稀屎拉到栗蓬儿手上。不几天，它嘴巴的浅黄色开始变深，全身长出了灰黑色的短短绒毛。最填和人的是，燕雏儿开始认准并亲近栗蓬儿。听到他的脚步声，它会从炕梢浅浅的窝里爬出，挪到炕沿，可笑地抖动着毛羽稀少的翅膀，冲着他大叫。栗蓬儿把它捧回炕梢，用新揪下的蚂蚱肚子逗弄它。燕雏儿趔趔趄趄冲过来，在炕席上栽了几个跟头。

这笨拙模样让栗蓬儿开心极了，他给憨头憨脑的燕雏儿起了个名字：

憨儿。

调训憨儿的功课非常严格。

它被放到梧桐树下，栗蓬儿退后几步，亮出手里捏着的肉虫儿，用嗯哨——

---

① 熟活：喂养鸟兽，养到任意放飞、放跑但能听从人的随时呼唤，称为"熟活"。
② 毛尾橛儿：幼鸟身上长出的翮管儿。

因为二青总来捣乱，栗蓬儿召唤憨儿的嗯哨声就吹得尖利而悠长，与呼唤狗儿的区别开来——呼叫它，逗引它，憨儿勇猛地追赶目标。不久，憨儿被放到二尺高的水磨桁架，放到三尺高的水磨，放到更高一些的窗台，放到西墙墙头，它从上面一跃而下，之后，从南墙，从梧桐树的树杈……从越来越高的地方舍命跃下，直奔栗蓬儿捏着的蚂蚱、蝈蝈或者扭动着的肉虫儿。贪吃的憨儿长得很快，不到一旬，它的双翅已经覆满毛羽，尾部羽翮坚硬挺括。终于，它被栗蓬儿送上门楼，嗯哨响起，憨儿斜刺里落下，在几乎跌落地面的时候划一条由低而高的曲线，迎面飞向栗蓬儿。

和所有的麻燕一样，憨儿的腿爪天生软弱，弹跳力严重不足，必须借助于足够的高低落差，或者借助于人手的推力，它才能完成一次成功的飞翔。这种肢体上的不健全是麻燕放弃檐下而选择房檩搭窝的原因。渐渐长大的憨儿，将因这个天生缺陷而与栗蓬儿永不分离。

两旬以后，栗蓬儿翻转小指含入嘴中，运气如风，鼓腹呼吸之间，尖利而清亮的嗯哨响彻云霄。

一个小不点儿穿云破雾，流星般飞来。

是憨儿。

憨儿看到了栗蓬儿光光的头，补丁摞补丁的黑布褂子，沾满泥水的双脚和嘴边的手，熟悉而亲切的嗯哨声就是从那里发出的，那是专属于它的声音。如风驰电掣，倏忽之间，憨儿修长雄健的身影滑过蓝天，快了，近了，它以一个很长很优雅的弧线降低高度，在栗蓬儿切盼而喜悦的目光里，它贴着地面平行飞翔并减缓速度，依然很强的惯性把它抛向栗蓬儿。它最后一次收束双翅，旋即伸开，不停拍打，并不强壮的双爪准确地紧紧抓握他高高举起的、缠了几层布条的弯曲食指。前冲力使憨儿摇晃了一下身体，它站稳了，轻松地抖抖全身羽毛。

栗蓬儿栗蓬儿，给我！

憨儿转动脑袋，呼扇呼扇钢蓝色的双翅，蹶蹶尾巴，快活地说。

栗蓬儿从褂子兜里摸出一条肉虫，立刻被憨儿叼走，尖利的喙叨得栗蓬儿的手生疼。

看你这急性子，没人跟你抢，你不能轻点儿么！栗蓬儿说。

憨儿不理会朋友的抱怨，它满意地转动粗短的脖子，雄健的双肩高高耸起，突起的胸脯抖动着，暗褐色的眼睛晶亮而锐利，炯炯地环视蓝天。

那是憨儿的天空，是它纵横驰骋的浩瀚天宇，它再次起飞，在无形、无色、无味、无声的空中，钻出一条长长的黑色通道。尽情飞翔之后，憨儿如风如箭，冲向簸箕湾波光潋滟的水面，瞬间变平飞，双翅扇动雾样的水汽，衔起清水，留下迅速扩展的伞状涟漪，快速飞近栗蓬儿，把水洒到朋友的光头顶，也撒下了它开心的笑声。

憨儿是栗蓬儿的魂儿。憨儿飞得高远，飞到他完全看不见听不到的地方，等于把他的魂儿带到了天外。不论做什么，栗蓬儿的眼睛、耳朵和心，都在蓝天白云里，等候、瞭望、呼唤、牵挂，神不守舍。

二

上午还是晴空烈日，吃过晌午饭，东边天上一团黑云翻滚升腾，迅速膨胀、扩张并不断推进，不长时间就布满天空，天地立时暗了下来。燕子贴着簸箕湾水皮儿飞去飞来，无数蓝蜻蜓和红蜻蜓兴奋异常，散散乱乱地上下翻飞。乌云遮顶，蝙蝠争先恐后出动。当凉森森的湿气随着大风来袭，娘急叫栗蓬儿登梯子上房顶，把被风刮走的麦秸补齐压死；又喊他赶快抱来苫席，苫盖严实柴火垛。肆虐的狂风把沙土、碎叶和鸡屎狗粪刮到人的脸上，水瓮上的圆莛盖被风掀翻，滚到墙根去了。

刚来得及收拢鸡鸭，闪电就撕裂了天宇，乌云中金蛇狂舞。第一声霹雳在头顶上炸开，旋即雷声轰隆隆滚过上空，似乎听到了云沫响[1]，大而稀疏的雨点就重重砸下来，噗噗响着，在浮土上炸开千百个圆圆的小坑。人们咒骂着、奔跑着，躲避不及，大雨如注，檐下的水帘白闪闪的跟宽宽的瀑布一样。不久，雷霆渐隐而雨声大作，水雾升腾，天地白茫茫的，阔大的天井蓄积了一拃深的水，千万个雨泡小伞漂流碰撞随即破灭，柴火垛像漂浮在水上的圆形草屋。娘说，快去打开阳沟。栗蓬儿跑进雨里，趟着没过脚踝的水，到大门边，紫

---

[1] 云沫响：当地人将大雨也称为"云沫"。云沫响，即远处传来的降雨的声音，预示大雨即将来临。

荆树旁，搬掉西墙根儿下阳沟里的石块，眼见得雨水夹带着草梗和碎叶急匆匆拥挤着冲了出去。

百十户人家阳沟里流出的雨水，汇集成街面上的股股激流，几条干壕沟顿时汹涌澎湃，往东西两个方向倾泻。收纳四面八方的雨水，斗湾溢满了，垂柳枝条浸入水中。簸箕湾两层阶地上的条形砧石沉入了水下。不到傍黑，水面涨到了最高，涌来的水开始回流。

入夜，又一场倾盆大雨落下。没有闪电霹雳，只是哗哗的雨声，瓢泼似的，天上地下全是水，整个村子被泡起来了。半夜的时候，栗蓬儿被惊醒了。窗外疾风骤雨，满村子的狗都在叫，铜锣敲得急，栗蓬儿的心咚咚跳，他想到了犸虎岭里的爹和哥哥，这么大的雨，山里太平吗？

栗蓬儿醒醒，发大水了。娘推推他说。

娘又说，落甲河发大水了，听见锣响了吧，栗蓬儿你拿上铁锨，赶快去河堤。

栗蓬儿跌跌撞撞赶到落甲河，夜色里的河流让他心里慌慌的。

在灯笼、火把和马灯纷纷乱乱的光照下，看到河水逼近了堤顶，大堤的低矮地段已经漫水。抢险的人嚷着喊着，在被雨水和河水浸泡得泥泞不堪的大堤上奔来跑去。有滑倒的人惊恐尖叫，灯笼火把和马灯一齐照过去，滑下河旋即被救起的马天佑惊魂未定，惊叫"蓑衣蓑衣"，哪能捞得住蓑衣，水流湍急，早已消失在黑暗里。

落甲河水凝重如油，隐隐听得见水底隆隆的可怕声响，让人心惊胆战。

在栗蓬儿的记忆中，落甲河从来没有这样黑暗和凶险，以及涌动着的神秘力量，似乎能够不动声色地冲破堤坝。他知道大堤崩溃的后果，他和堤上的所有人会成为水上漂浮着的草，而河东的庄稼和整个村子，村子里的娘和六月，都将被洪水冲到不知哪里去。他心里很慌，觉得洪水正在阴险地淘空脚下的堤坝，甚至觉得堤坝会在顷刻间坍塌。洪水好像积聚力量迅速膨胀的巨兽，一旦涨破了河槽，什么都挡不住它的凶猛扫荡。

雨丝斜飘乱洒，对岸出现了亮光，手电筒跳跃闪烁，人影幢幢，是邹家庄抢河险的人上了大堤，这边随即将灯光打过去，高声呼唤，互相应答着。

在马长驿的指导下，灯光照着让人极度不安的河堤，勘察和验明它们的牢靠程度。灯光亮处，紧张观察河水的马长郡，闷头培土的马天佑，大叫大嚷的丛其五，滚落到堤下又拼命爬上来的凉河，还有巴掌、百岁、建设、三春、站儿……有人举起马灯，照到了马长桥满是雨水的脸，旁边跟着狗欢子。

马玉槐，你给我找把铁锹，洋镐也行。马长桥说。

洋镐在马长桥的手里极端笨拙，横竖不是个样子。马长驿过来说，都来了？

能来的都来了。马长桥说，摘下眼镜，抹脸上的雨水。

马长驿说，老四，你别拿洋镐，你抡不动，小心别碰伤自己，更别碰伤人。给你这个马灯，你跟栗蓬儿和狗欢子顺着河往下走，看大坝有什么不对的地方，赶紧叫人。

跟执行军令一般认真，马长桥极其仔细地巡察河堤。眼神不济，加上灯光微弱，可害苦了前一中校长，岸坡是爬上爬下巡看的，他手脚并用，磕磕绊绊，绕过铁锹、镢头、洋镐、扁担、圆筐、麻袋、草袋、绳索……在不足两庹宽的坝顶和坡度不大的斜坡上，他和两个孩子浑身泥水，扑蹶趔趄，从河湾开始，仔细监看着泥泞坎坷的河堤，忽然听到对岸的喊声，有人冲走了，救人啊！

邹家庄的灯火和人影向下游挪动，渡船上的灯笼亮了，有人驾船顺水追了下去，灯光一闪而灭。

拂晓来临，从黑暗中渐渐清晰起来的落甲河，河面宽阔，水流凶猛。芦苇和蒲草消失了，沙洲消失了，河湾消失了，河岸似乎也消失了。优雅的、清澈的、温柔的，有金光闪烁的河滩的落甲河不见了，只有满河槽子的水，打着旋儿，冒着泡儿，拥挤着，推搡着，漂着枯树、烂草、破鞋、衣裳、柜橱、梁檩、死狗死猫……时隐时现，一泻千里。

看呆了、看晕了的栗蓬儿觉得自己正乘风破浪逆流而上，河水在身边流得越来越急，他慌慌地抱住白杨树，赤脚紧紧抓牢泥土，慢慢地，他从眩晕中恢复清醒的知觉，眼前，动的在动，静的还静，太太平平。

湿漉漉的庄稼，湿漉漉的河岸，湿漉漉的天空，湿漉漉的对话。越过马家铺，越过东坡上的杂树，灰色的云层依然厚重，云隙里露出熹微的浅白色，不久又被湿漉漉的浓云遮盖。夏季的这个清晨，就是从天边这条长长的浅灰色云絮开始的。

没有一个人的脸色不是铁青、颧骨高耸、浑身泥浆、眼光呆滞，正如落甲河的面目全非，人们彼此之间也变得有些陌生。栗蓬儿和巴掌笑一笑，满脸的干泥巴掉了渣。

在马长楼的引领下，村里的女人抬来了姜汤。娘也在里面，也披蓑衣戴苇笠，还拿着草袋子。姜汤是救命的汤，喝下去，寒气从毛孔被驱赶出来，心口不再紧绷着，佝偻着的身体挺直了。

三

栗蓬儿栗蓬儿，送我！憨儿命令。

憨儿修长的身体被举起，栗蓬儿的手从它脑颈轻轻将向翅羽和尾羽。在如缎子般顺滑柔软的羽毛里，憨儿浑身滚热，簌簌抖动。栗蓬儿托高憨儿，一扬手，把它送入清风荡漾的天空。

天启家的，栗蓬儿在不在？马长驿在大门外喊。

娘走出屋门叫了两声栗蓬儿，不见回应，就说，刚才还在天井里，怎么这会儿没了呢。五叔进来坐坐吧。

不了。马长驿说，这人都到哪儿去了？秫秫和黍子得锄，地瓜蔓得翻，棒槌地里草都长得缠腿了……哪里不要人手？都火上房了！

我拾掇拾掇，这就上坡。娘说。

我不是催你，天启家的，我是想把村里的半大小子弄到坡上去。这帮狗东西，听到我的声儿，都跑得跟坡兔子似的。

我找见栗蓬儿，就叫他去找你。娘说。

那敢情好，可他哪会去找我？你要是逮住他，就督着他去东坡翻地瓜蔓。马长驿说，天启又进犸虎岭了吧？没白没黑的烟熏火燎，弄得人心都野得没了边儿，谁也不上心侍弄庄稼了。

五叔别急，总会有办法的。娘说。

马长驿说，我不急？这都什么时令了？除非闭眼不看，只要往地亩里打量打量，都急得我打团磨磨儿①。天启家的，要是还这么闹腾下去，我可就真的不急了。

寂静了会儿，响起了娘送别马长驿的声音，五叔，慢走。

马长驿很少说这么多话，今天怎么这么啰唆！栗蓬儿躲在东厢房南屋的黑暗旮旯里，大气不敢出。多亏房门是掩闭的，没引起娘的怀疑。栗蓬儿听到脚步声在窗前停留了一会儿，是娘透过窗棂往里面瞧。

栗蓬儿！

娘再次呼叫，接着是无声的等待，听到娘失望地嘟哝了什么，过了片刻，娘的脚步走向北屋。不久，脚步声再次响起，加了六月的小碎步。最后，是掩闭大门的声音，天井里静下来。

好了。栗蓬儿放直身体，到南屋找到了麦子，抓一把塞进嘴里不停咀嚼，浆水频频咽下，舌头搅动有生涩气味的糊糊。几次三番，糊糊变成了一团面筋。面筋粘手，到天井里扯片蓖麻叶子在水瓮里浸过，把它包裹严实。

在修长而匀称的竹竿上端接上柔细的柳条，在柳梢儿粘紧一点面筋，粘知了的装备就齐了。

天阴天晴，雨水说下就下，忽然又停了，被雨水打蔫儿的知了，又开始高声喧哗。

栗蓬儿站在斗湾岸边的柳树下，循着蝉鸣望上去，长长的、密匝匝的垂柳枝条垂荡下来，让他觉得像沉在水底，头上是漂浮来去的绿色水草。透过飘拂的枝叶，他看见一个，又一个，另一个……附着在枝子上的知了们震颤双翅，抖动着尾部，叫声高扬，撩得他心痒难耐。他举起颤巍巍的粘竿，从枝叶之间悄悄伸向知了，面筋在蝉翼上轻轻一点，被牢牢黏住的知了发出绝望的滋啦滋啦的声音。栗蓬儿退回粘竿，把面筋从它的翅膀上剥下。知了在他的手里挣扎，四扇翅膀和六条腿特别是两条前腿狠命地支撑，栗蓬儿的手心麻酥酥的。他用纫好长线的钢针，从知了厚实的胸部一穿而过，再把针插到树干上，让垂死挣扎的知了飘来荡去。栗蓬儿转移到另一棵树下，跟来跟去的二青觉得无聊，自顾自跑开，伸出爪子拍打铺满了水面的浮萍，溅得满

---

① 打团磨磨儿：急得团团转，快要发疯的样子。

头满脸的淋漓绿色，觉得有趣，又跑到水湾对面看巴掌的收获。

栗蓬儿选定一棵大树爬上去。这是棵树干粗壮枝叶繁茂的垂柳，繁密柳叶间的知了静静地伏在树皮上。他小心地踩实树杈，舒舒服服地靠着一根粗大的旁枝，赶开嗡嗡来去的马蜂，打飞一只鸣声婉转名为"榆钱儿"的小知了，瞄准忘情高唱的目标，精确地伸出粘竿。高空飘来一股细细的闪亮的水，呲到他的脸上，凉凉的，栗蓬儿抹了把脸，明白是知了尿而非壁虎尿[①]，放下心来，粘竿穿过枝叶，面筋再次粘紧了知了。

他今天要粘取很多知了，这是全家人都喜欢吃的荤腥。食堂的饭菜红火热闹了一气，很快变得越来越不中吃，清汤寡水不说，分量也不足。栗蓬儿想象着，娘眉开眼笑地接过他的知了，一五一十地数数，像盘点战利品，然后放进盐水罐。几天之后，这些腌制好的知了被放在烧热了的鏊子上，顷刻间变为黑红色并透出香气，就是滋味很好的大餐了。

栗蓬儿稳坐钓鱼台，这棵树是猎物数量众多的宝地，那些惊飞的知了很快就会回来，他要守株待兔，并示意二青，安静点儿，别叫。

栗蓬儿栗蓬儿，狗欢子气喘吁吁地跑来，说，有事找你。马天茂找你。

什么事？栗蓬儿问。

狗欢子说是好事，但必须栗蓬儿下树，才肯揭开谜底。栗蓬儿不想听他的，还想待在树上，他收获颇丰且优哉游哉。

真的是好事。狗欢子说，你要还赖在树上，那我就走了。

狗欢子的心眼多，栗蓬儿从来不是对手。他想了想，手脚并用下了柳树。

狗欢子说，有个从犸虎岭那边来的人，推着一小车重物，要推回在蓝旗寨那边的家。栗蓬儿你知道蓝旗寨吗？不知道吧。看你也不知道，你什么都不知道。

蓝旗寨在大田各庄以东很远的地方，离马家铺二十八里地。小车装载的东西太沉，那个人推不动，他推到马家铺已经累得快死了，要雇个人拉车，说是拉到头儿给一块钱。他碰到了马天茂，马天茂说，这年月，村里唱空城计，哪里找得到人？我给你找个孩子，找栗蓬儿吧。

---

① 当地传说，淋了壁虎尿，人的皮肤会发生病变。

是马天茂打发我来找你的。狗欢子说。

嚯嚯，赤脚大仙。马天茂说，指栗蓬儿给推车人看。这是焦大叔，他告诉栗蓬儿。

焦大叔和他的小车停在簸箕湾西边的公路上。小车两侧车架上显然载有重物，都严严地蒙着麻布。焦大叔是个中年汉子，眉眼很阴郁。拿着粘竿和蓖麻叶包，腰里挂着一串垂死的知了，褂子裤子上补丁摞补丁，光光的头和光光的脚，带着一条老狗的栗蓬儿，显然不中他的意。推车人询问似地看马天佑，再看看栗蓬儿身后的狗欢子。

他就是栗蓬儿，他有劲儿，也肯下力气。马天茂说。

太瘦了。焦大叔说。

要不，巴掌也算一个。你们俩人倒替着拉，轻省些，不过，一个人就只能挣五毛钱了。马天茂对跟来的巴掌说。

狗欢子说他也想拉车，不分给他钱也愿意拉。

狗欢子家不养狗，可他喜欢狗，特别喜欢二青，栗蓬儿说，你把二青看住，别让它跟着我。顺手把粘竿和知了递给狗欢子，让他把狗儿看管到自己从蓝旗寨回来。

栗蓬儿跑去食堂讨要点吃的，并且试图进入后厨。砦门里三嬷嬷把门堵得风雨不透，栗蓬儿觅不到任何空隙，只好说明自己要出远门，来不及吃午饭，能不能给点干粮。砦门里三嬷嬷耳背，听不清楚，怔怔地看着他，马天武"家里的"从打饭菜的方形窗口里钻出肮脏而疲惫的头脸，警惕地说，干粮？什么干粮？"湿粮"也吃光了。起开！

四

公路很宽，通向东北，车辙里和马骡蹄窝里的雨水蒸发得只剩浅底，踩下去有些烫脚。烈日曝晒下，小杨树的叶子蔫蔫地垂下。路左路右都是秣秣地，积水很深，秣秣大半倒伏。青纱帐连连绵绵，公路起起伏伏，望过去越远越窄，直到没入青绿色。没有风，阳光似乎很重地压在身上。前面是长长的慢坡，麻绳绷得很直，栗蓬儿觉得吃力，小车重得出乎意料。车上是什么物件，这么沉？他扭回头，看见了焦大叔的汗气腾腾，正在尽力平衡着车把。栗蓬儿两脚蹬地，绳子吃住劲，肩膀立即有麻麻的痒痛。

悠着点劲儿，上去这面坡，就轻省了。焦大叔说。

栗蓬儿很早就懂得，干"长活"，即需要持续很长时间的活，必须使"长劲"，切忌刚上手就使出全部力气，那样会很快透支体力。均衡分配体力，是把长活做长、做到头的要诀，也是爹推小车的心得。爹说过，如果推车走一百里地，头九十里只用七分力，别贪图快，悠着点走，留下三分力气以备万一。要紧的是，千万别把猛劲用在开头。提早使尽了全力，怕是要走不到头。拉车的道理也应该是这样的，栗蓬儿得爹的真传，原也打算"悠着点儿"，但今天的小车太沉，他不得不使出全身力气。走上大坡之后，肩上的绳松缓些，栗蓬儿能够稍稍喘口气。

走到小田各庄近旁，焦大叔说，右拐右拐。

小车拐入小路，窄窄的，弯弯的，杂草遮盖路面，乍看已经干爽，叶子下面却滑得很。假令脚吃不住劲，就会打趔趄。暗红色的蚯蚓缓慢爬行，被车轮和赤脚碾踩为肉泥。两边的秫秫、黍子高低错落绵延不断，犹如进入绿色甬道，密不透风，闷热极了。小车走得越发不稳，歪歪斜斜，几次差点歪倒。

歇歇吧。焦大叔说，放稳小车，扯下毛巾擦汗。太累也太热，推车和拉车的人一屁股坐在湿漉漉的草上。

地里涝得厉害，半尺多深的水把庄稼淹得七倒八歪。栗蓬儿帮焦大叔扯去黏滞在车轮上的泥巴和烂草，仰头看天，犸虎岭那边的空中，几团墨染似的黑云，翻滚着，旋转着，势不可挡地涌向北方。

> 云往东，一场空。
>
> 云往西，披蓑衣。
>
> 云往南，跑旱船。
>
> 云往北，发大水。
>
> ……

这是马天佑教的夏秋季节看天象的口诀，栗蓬儿看见那几团云彩挡住阳光，中心地带浓厚得发乌，棉絮状的边缘在互相撕扯和咬合，金色射线打得栗蓬儿的眼睛生疼，却转瞬即逝。

好像要下大雨，他告诉焦大叔。后者认真看天上飞奔的黑云，然后说，那咱得赶紧走，别淋成落汤鸡。

该换巴掌拉车了。巴掌吃得苦，从不吝惜力气，但他说又渴又饿，饿得没劲了。

栗蓬儿肚里也空空落落的，亟须垫补。你们慢慢走，我去打点吃的。他说，钻入了秫秫地。

秫秫叶子繁密，地里野草疯长，最阴险的是黄蔓子①，它们的黄色长须缠绕着秫秫棵子盘旋而上直至露水裤儿②。被它纠缠的秫秫犹如被魔鬼吸血，非但不能结实，连茎干也会干枯掉。从密密匝匝的枝叶间望上去，紫红色穗子静静披散。栗蓬儿寻找到了没有穗子也没有打苞③，茎上只有形状类似蒲棒的灰白色乌米，扳倒秫秫棵子，取下乌米，一口咬掉半截，久违了的美好滋味让咕噜咕噜响的肚子安静下来。他找到不少乌米，追上小车，把乌米送给巴掌和焦大叔，自己再次进入青纱帐。他要弄点解渴的东西。

他记得这片秫秫地里有几墩"屎瓜"，按时间推算，应该长成了模样。

"屎瓜"，是人或牲口在庄稼地里拉屎，粪便里没有消化的瓜子落地生芽、拉蔓、开花结的瓜，名字虽然不雅，与正路货的滋味并无区别。"屎瓜"大多是西瓜、黄瓜或梢瓜，水分大，很解渴。庄户人勤谨的年份，是见不得"屎瓜"自由生长分享地肥的，一旦出苗，立马锄掉。眼下，庄户人正忙着做更重要的事情，无暇顾及地亩，五谷便荒了。"屎瓜"得天时地利人和，不受干扰，在秫秫地和棒槌地里疯长。

栗蓬儿记得很清楚，这里的"屎瓜"有西瓜也有梢瓜，自己是做了记号的。他数着秫秫行数进入青纱帐腹地，"屎瓜"还在，但让他大失所望的是，枝蔓上只有几个很小的西瓜，跟鹅蛋似的，梢瓜更不成形。这是他的瓜吗？看样子是的，每一墩的周围，等边三角形放置的几块石头还在，这是宣示此

---

① 黄蔓子：菟丝子。
② 露水裤儿：高粱穗的鲜嫩苞叶。
③ 打苞：庄稼即将结穗。

瓜有主的符记，别人不得擅用。不知道谁不懂道理，严重践踏既定规则，摘走了很可能已经成熟的瓜。栗蓬儿很不高兴，为这几棵"屎瓜"摘去赘叶，拔去近旁茂盛的杂草，重新培了土，撒给它们一泡尿，再次摆放好记号。再等些天吧，但也别等到再被人摘走，自己得掐准时机来吃。他想。

栗蓬儿找到几棵结乌米的秫秫，一一扳倒它们，踹断根茎，从根部的第二节"个档儿"算起，往上几节的秫秫棵子也是解渴的好东西。他抱了些秫秫棵子，尽量侧过脸、低下头，躲过如刀刃般的叶子，穿过绿色丛林，跑上小路。

小车走出了很远，一棵孤零零的大白杨矗立在阴沉沉的云下，告诉栗蓬儿，他们已经进入大田各庄的地界。

雨要来了，焦大叔对赶上来的栗蓬儿说，咱们得加把劲。

栗蓬儿换下巴掌。

小路两旁是大豆、地瓜和棉花，路越来越泥泞，栗蓬儿觉得肩膀勒得生疼，像拉一座山那样沉。走入小路，是谷地中的甬道，谷穗微微低了头，时而触碰着拉车人的身体。狗尾巴草混在谷子里，举起了浅绿色的茅穗，另有"枪杆"[①]也与谷子挤在一起，都需要庄户人一棵棵拔去，今年无人搭理，任凭它们疯狂做大，看上去让人心里麻麻的。栗蓬儿没去过蓝旗寨，但知道拐过白杨树，有一条通往蓝旗寨的砂石路，好走得多，为什么偏走眼下这条窄窄的田间小道？

黑色的烟雾从犸虎岭上空飘来，与翻滚着的乌云会合。当日头被乌云遮挡，天地骤然有了凉意的时候，栗蓬儿好像听到了二青的叫声，真的，是它的叫声。没等栗蓬儿反应过来，二青像从庄稼地里射出的子弹，根本收不住脚，把自己扔出去老远。兴奋极了的它，跑回来又蹦又跳大吵大叫。

一侧的棒槌地里，传出异样的动静。栗蓬儿吐出嘴里的秫秸渣滓，说，狗日的狗欢子，别在庄稼地里钻了，出来吧。

狗欢子抱着满怀的嫩棒槌，头上身上乱七八糟地粘着叶子、缨子，出现

---

① 枪杆：谷子一种病株的俗称，病状为部分叶子卷成筒状，叶尖儿由绿变白、变褐进而枯干，此类病株不能抽穗。

在大家面前。

栗蓬儿你别怪我，狗欢子说，你家的破狗我根本看不住。

五

吃过生棒槌，身上都有了些劲，栗蓬儿拉短绳，等于是驾辕马，在车前系根长绳，挂在狗欢子肩上，算是拉长套，车走得快了些。狗欢子一改平时的偷奸耍滑，身后的绳子绷得很紧，栗蓬儿明显感觉到了生力军的力量。

路很窄，几个迎面走来的人早早地避让到棒槌地，肩背上缠绕粗绳，手里提着担杖，站在没膝深的草里，问，大哥，去哪里？

蓝旗寨。焦大叔说，停下车，直起身子擦汗。

还远哪，十多里呢。一位老者说。

推的是什么，这么沉？另一个人问。

石头。焦大叔说，你们去犸虎岭？

老者说，这年月，都得去犸虎岭。又说，雨要上来了，找个地方避避吧。前头有间石头屋子，快点走，兴许能挡挡雨。

两拨人交错而行，前头的二青突然冲着栗蓬儿疯狂地叫。

二青，你怎么了？栗蓬儿觉得有什么事发生。

二青跑前跑后，焦急地朝向天空狂吠。栗蓬儿直起腰，顺着它望去，看到了憨儿。

看上去只是个黑点儿，但它是憨儿。栗蓬儿知道，就是憨儿！

憨儿正处在危急之中，从浓重黑云里冲出并疾速下坠，后面，有只鹞子紧追不舍。

栗蓬儿的心猛然悬空，他用尖利的嗯哨告诉憨儿，往这儿飞，往这儿飞！然而鹞子如影随形，一个猛冲，几乎啄到了憨儿，憨儿用突然的跃升暂时摆脱危急，往斜刺里飞去，眨眼之间，穷追不舍的鹞子再次迫近憨儿。憨儿的翅膀闪一闪，间不容发之际拐个弯，拼命向这边飞来。它的双翅拍打得如此疾速，以至于身边似乎裹着一团轻微的烟雾。寻常日子里的潇洒滑翔不见了，如一道黑色闪电般飞来的憨儿来不及向老友求救，也错过了栗蓬儿高擎着的手指，只在他耳边划过"嗖"的风声。鸟儿的敏锐直觉告诉它，鹞子的双爪已经挨近它的剪刀形尾羽。千钧一发之际，憨儿以令人不敢相信的急转弯同时降低高度，在贴近地面的瞬间做了个漂亮的悬停，灰鹞子的白色肚皮从它上方一掠而过。

栗蓬儿伸出两手迎接憨儿。但因为距离太近，重新飞起的憨儿无法以这样小的半径转弯，它不得不再度蹿升。而当不死心的鹞子返身袭击的时候，憨儿被迫做出极罕见的飞行动作——猛地翻转双翅，极度倾斜身体如刀刃立起。这几个动作都是在高速飞行中完成的，再次将鹞子甩开。憨儿来不及在栗蓬儿伸出的手上降落，它一头钻入小车下，翻了几个跟头后站起来。

栗蓬儿蹲下，轻声呼唤憨儿，等憨儿镇定下来，才把它接到手上，觉出憨儿的滚热身体颤抖不止。栗蓬儿将憨儿很短的腿温柔地夹在指缝中，手背托起它腹部柔软的绒毛，另一只手轻柔地捋它的翅羽和尾羽。

不怕不怕，栗蓬儿安慰好朋友，没事了，没事了。

憨儿还在剧烈颤抖，不停转动扁圆的脑袋，惊魂不定地扫视着天空，仗义的二青冲着飞远了的鹞子汪汪大叫。

焦大叔看呆了，说，是麻燕吧，公的还是母的？你养得这么熟活！

还看不出公母，栗蓬儿说，再过半个月，就分得清了。

几道白练迎面掠过来，四面八方全是庄稼叶子"蓬蓬蓬蓬"的响声，瓢泼大雨从天而降。

空屋子接纳了仓皇奔入的人们。这是间只剩下框架的屋子，石瓦千疮百孔，没有门扇，小小窗户也只剩下简单的纵横木棂。风雨长驱直入，将人们身上最后的热气驱赶净尽，屋子里凉气阴阴，唯一干燥的地方，是坍塌几成平地的火炕，凌乱铺着的青草还算干爽。二青抖动皮毛，把身上的雨水甩得到处都是。

都过来，挤挤。焦大叔说。

遍身湿漉漉的，谁都不愿意挤作一团。大家脱下滴着水的衣服，拧干后用手撑着晾，再也不想穿上身。焦大叔也脱下衣服，晾上破损的窗台。他发现一个火镰，就说，要是有火石就好了，咱们生堆火，就在青草里乱摸，什么也没摸到。

在瑟瑟发抖中，栗蓬儿把憨儿放到干燥的地面，接过火镰仔细打量。火镰乌黑，半月形，是马长亭的，就是他的。他想起马长亭取火的样子，食指和中指指缝里夹着火镰的右手并不高举，在左手拿着的火石上猛地切擦，电光石火倏尔闪耀，火星会点燃火石下的火绒，火绒会点燃干燥的、剥去了外皮的秫秫莛，马长亭的烟锅里会升起缕缕青烟。

马长亭还活着，一定活着！他是住在这间石屋里吗？即使不长住石屋，也一定在这里吃过烟。眼下他在哪里？在青纱帐里？在犸虎岭崖壁下的石洞里？在癫狂、安静和懦弱畏缩的几种不同状态中，此刻，他是哪一种状态？栗蓬儿看看风雨交加的世界，盼望此时此刻，安静中的老九突然出现在门前，然而没有。屋子内外，风雨飘摇。

暴风雨持续的时间不长，阳光从乌云的缝隙里射下，满坡细碎的亮点闪闪烁烁，被雨打蔫了的蝈蝈重新叫得撩人。蝈蝈警觉得很，离人老远它就默不作声了，二青走在前面，找不到蝈蝈，一肚子气，就把蚂蚱从草丛里赶得满天飞。憨儿恢复了勇气和精力，再次飞上天空。路更加难走，一步一滑，两步一跌。栗蓬儿庆幸狗欢子的加盟，如果这家伙不追来而且肯下气力，他和巴掌两个人不知会累成什么样子。三个人倒替着拉车，也都累得七倒八歪。

栗蓬儿一直没敢使尽力气，当焦大叔说，总算快到了，他才不再保留，弓身发力，把死沉死沉的小车拉出青纱帐。

天地豁然开朗。有很大的束腰形池塘横亘在前面，蝉鸣蛙鼓，垂柳依依，粉红的、乳白的荷花高高擎起，宽大的荷叶遮满水面，叶片上滚动着晶莹的水珠。间或有娇小的紫红色睡莲和平铺在水面上的叶子，上面几只蹲坐的青蛙扑通扑通跳入池水。焦大叔精神焕发，快乐地说，走那个木桥。

木桥那面是很宽也很深的葱郁果木林，梨树、苹果树、海棠树繁盛葳蕤，隐隐约约见出星星点点的红。林中是沙土路，曲曲折折通向树林深处。小车在林荫下沙沙走过，晒爆到疼痛的皮肤被荫凉轻轻抚过，浸入凉水般的感觉真好。

有条黑狗冲出木栅栏，和迎上去的二青缠斗得难解难分。

焦大叔的家在蓝旗寨西边很远，是个藏在果木林深处的小小院落，木栅栏围起三间低矮的黑色草房，都掩在绿荫下面。焦大叔停下车，把拉车的人让到屋里，说，喝水吧。

栗蓬儿他们从门后黑暗处的水瓮里舀起一瓢水，阴凉滑润，解渴极了。

到了家的焦大叔跟出发时判若两人，先前愁苦阴郁的样子完全不见了，眉眼开朗，一脸轻松，话也多起来。他热情地招呼大家坐下，说，歇歇，快歇歇。

拉车的几个人站着，都不知道说什么。焦大叔说，要是没有你们小哥儿几个帮忙，我就是推车到天黑，也无论如何到不了家，累倒在半路也说不定，看把你们累坏了吧。又说，乌米的滋味真不赖。

栗蓬儿、巴掌和狗欢子确实累得不轻，都摸自己的肩，那里又痛又痒。

我不留你们了，你们仨得赶紧往家赶。这雨，保不齐还得下。焦大叔说。

他送三个人出屋，手里拿着两张五毛的票子。这是你们的工钱，他看着栗蓬儿说。

能分成三份吗？栗蓬儿说。

好。焦大叔说，走进屋里。

你们多赚了我五分钱，焦大叔再次走出低矮的屋门说，看看，我给你们分好了，一人三毛五，不多也不少，免得你们掐架。

快走出栅栏门的时候，栗蓬儿、巴掌和狗欢子都看还没有卸载的小车。焦大叔说，车太沉，多亏你们了。

不想看看你们拉的是什么？焦大叔又说。

在栗蓬儿们的沉默期待中，他揭去麻布包裹，露出厚厚的石块一角，角落里塞着布包。

别怕，是墓碑，有人把它打断了。还有我爹娘的骨殖。焦大叔轻抚着碑石说。

石碑一断两截。

他们还要砸，要拿去砌炉子。焦大叔说。

焦大叔的爹娘为什么埋在犸虎岭？谁砸断了他爹娘的墓碑？他怎么和马长楼一样，三间屋子空空的，只住着他一个人？栗蓬儿不明白，他也没时间想明白，还要赶二十八里路回家，时间已不宽裕。衣裳被体温刚刚熨干，最好不要再次淋湿，他们着急赶路。

二青，走了！他叫已经和黑狗不打不相识的老顽童。乐不思蜀的二青很不情愿地跑来，又几次跑回去与新朋友蹭耳根，依依难舍的样子。大家准确地找到了来路。栗蓬儿到地埂上捋了些嫩豇豆，大雨洗过，新鲜可口。他用尖利的唿哨召唤憨儿，它箭一般飞过头顶。

憨儿在天上飞，二青在地上跑，风在耳边呼呼响，脚下的路、路边的树和庄稼飞也似的闪过，泥泞的土地弹性十足。跑回家的路上，栗蓬儿浑身轻快无比。

三毛五分钱攥在手心里，一张两毛的，一张一毛的，还有一张五分的，卷在一起，手上汗津津的。生平第一次，栗蓬儿挣到了现钱，他得好好谋划一下用来买什么。

买芝麻烧饼？一个烧饼五分钱，买四个，玉楸不在家，爹娘和自己加六月，一人一个，还能剩一毛五。不过最解馋的是肉饼，肉饼的滋味是烧饼的一百倍都不止，分量又足，顶是过瘾。栗蓬儿看得见它们吱吱冒油的可爱模样，不由得频频咽口水。桥头集上的肉饼一毛钱一个，可以买三个，那吃不到嘴的人是谁？不能是爹娘，六月太小，也不能是她，更不能是自己。这是自己挣的钱，肉饼盛宴上无论如何不能缺席。丛其五铺子里的糖块不知道什么价，一分钱一块应该能买到的吧？手里的钱可以买三十五块糖。不但全家人可以吃个够，也能让玉楸对自己另眼相看；还可以匀给百岁、三春一点。建设和凉河如果听话，也可以割舍给他们几块。这个主意最好，就买糖块，但肉饼的香气残忍地撩拨着他的神经……

频繁计划并废掉若干方案，把三毛五分钱花了不下十遍，买了无数好吃的，最终还是把攥得几乎湿透的纸票交给了娘。已经是掌灯时分，娘的惊讶和欢喜超出了栗蓬儿的想象。栗蓬儿能挣钱了，她点了钱，骄傲地告诉来串门的牌坊下三嬷嬷，挣了三毛五！

娘给了栗蓬儿意想不到的奖赏，把扣押半年多的电棒给了他。栗蓬儿反复推电门，总不亮。他退出电池，电池长了绿毛，生锈了。他想讨回拉车挣的钱去买电池，但钱进了娘的大襟掩盖下的衣兜，想要回来比登天还难。

你去丛其五那里赊几节电池，就说是我赊的。娘说，

公共食堂开张，丛其五迎来他的美好时光，无须缴纳分文，就可以到食堂吃个大肚儿溜圆。这样的日子让他惊喜不已，小铺子的经营不像以前那样

精心，他与栗蓬儿的交情又好，听说要赊电池，满口答应。

丛其五帮助栗蓬儿把电池装入电棒，转动电棒的尾部，把电光焦点调得小而圆。于是，在这个没有星月而风雨暂歇的夏夜，一束明亮的电光抖动着掠向四面八方。

最先被吸引来的是狗欢子，继而是巴掌，再后是百岁，都想拿一拿电棒。栗蓬儿不割舍得，但拗不过，只好一一满足大伙儿的要求，大家就轮流拿在手里按电门过瘾。不长时间，三春、凉河、站儿、满生……街面上的孩子差不多都聚集在电光内外，还有十几条狗。

这是栗蓬儿荣耀的一夜，他和电棒享受着众星捧月般的簇拥，耀武扬威地从牌坊出发，电光明灭跳跃，追随者大呼小叫，走过自家门口，走过马长亭家的门口，走过巴掌家的门口，后面跟随着越来越庞大的队伍，呼啸着巡游整个村庄。他们横冲直撞，所向披靡，狗儿们蹿前蹿后，用打斗撕咬来发泄兴奋情绪。走上套街，也走进扁担街。扁担街只有一庹多宽，都叫它"街"，其实不过是条极窄的巷子，两边的墙却很高，大家跑成一条弯曲的线。狗欢子说，前头是马子孝家，栗蓬儿咱砸了他的高门楼！于是都挤上来捶打带脚踹，厚厚的木门砰砰乱响，听得见里面有人发问，他们撒腿就跑，跑出街口，都笑得打跌。栗蓬儿只恨电棒的光不能任意调整长短，要不，他相信手里拿着的不是电棒而是一柄锋利无比威力无穷的电剑，能够随心所欲，剑指处，房屋、牌坊、碾盘、土墙、大门、门楼以及所剩无几的树木……轰然倒塌。

第十六章

一

桥头镇是大村落，乡政府所在地，现在乡社合一，公社管理委员会设在这里，但它的巨大名气主要成于集市。桥头集是旬集，就是大集，逢十开集。每月逢十的日子，十里八乡的人们犹如被磁石吸引，呼儿唤女涌向桥头镇。鼎鼎大名的桥头集，就以这里的石桥为中心向两端铺开。不高的粗壮桥墩，托起很宽的桥面，爬上岸坡，深入东西两个村子，形成了长长的弯曲的街市。

以河为界，东边的村子稍大，叫东桥头，河西的村子小一些，叫西桥头。其实，落甲河流到这里，已是北东流向，长长的桥身斜斜地担在河上，并非严格意义上的横跨东西。石桥下游不远的干河滩上，栗蓬儿们曾经住过的寝室梦幻般消失，浅浅的稀疏杂草里，残留的碴基依稀可见。大规模扩充后的桥头镇完全小学分作两部，二部即初级小学部在西桥头；本部即高级小学部，坐落在东桥头有名的地主乔大棒槌的旧宅里。

这是座南北向的两进宅院。扒掉了外院与内院之间的院墙和垂花门，天井就出奇得大。大门外有多级石阶，门楼高耸，装饰繁复，砖雕异常精美，门洞很阔很深，门口有上下拴马石，门楣上突出几个精巧的门簪。推开两扇沉重的朱漆斑驳的大门，原有的青砖影壁已被清除干净，学校本部一览无余。

正房五间"四面青"，即通体青砖青瓦，屋脊略高于东西厢房，正中的堂屋是办公室，紧邻的左右两间分别作五六年级的教研室，而尽头的两个暗间，俗名"房屋子"的，东头的是校长的寝室，西头的做了两个单身老师的宿舍。西厢房腾空一间，做老师的伙房，厨师乔师傅是个秃头胖子，原本在集市上小饭馆里掌勺，被校长聘来做饭兼杂役，挑水、摇铃、清扫、打更等一应杂务全部承担起来，和善而勤快，就是话太多，不管老师还是学生，逮着谁跟谁说话。门口一侧的高大楸树下摆个大水瓮，秫秸莛圆盖遮住半个瓮口，上压半块砖以免被风掀翻。清晨，瓮里的水总是满的，水瓢高高漂着。

　　数量与面积都增加一倍因而变得极长的东厢房和西厢房，就是教室了。学生数量骤增，教室不够用，便把大门东侧的南房推倒铲平，再加扩展，盖起三间瓦房，成为五年级一班的教室。露天茅厕改建在院子西侧一角，简陋之极，晴天里臭气冲天，下雨时污秽遍地。男女厕之间用很薄的砖墙隔断，拉屎撒尿之声相闻若雷。男生解手特别是解小手毕竟省事，如果没有后来人蜂拥而入，如厕者不是你推我搡，撒尿的人就可以找干燥的方寸之地站稳脚跟，只管酣畅淋漓地一泻千里，并从矮墙上远远俯瞰石桥上的热闹风景。这年集市不兴，原本很长的交易地段严重萎缩，退守于石桥。石桥上的货品也稀疏了很多，只有不多的几个小贩懒洋洋地守着摊位。

　　栗蓬儿入学的时候，教室依旧毛糙，还没有进化为成品。他们从坟圈子里捡拾来的砖瓦板材凌乱堆放在正在安装门窗木框的屋子里。班主任老师拉着校长来到无所适从的学生们中间。校长胖胖的身材，面大耳方，白白净净，佛态佛相，留着和班主任老师一样的分头。他说，没想到学生一下子增加得这么多，也没想到现在请个砖瓦匠这么难。还好，木匠已经请到了，砌课桌垛和抹黑板的瓦匠也将到位。大家放心，用不了多长时间，师生们就可以坐在这间教室里授受学业了。课业是天大的事，绝对不能耽误，委屈大家几天，暂且到另外的地方上课。

　　穿过正房东边的夹道，是这座宅院的后园。后园名副其实，就是在乔家房后的大园子，曾经闻名遐迩，盛传是地主乔大棒槌的销金窟，其实园子里只有树，树种很杂，杨树、槐树、梧桐、皂荚、臭椿，也有梨树、核桃树、柿子树，夹杂着几棵丁香……原来确有一座似僧似道又不僧不道的小建筑，土改的时候，人们认定这下面就是乔大棒槌藏匿金银宝物的密室，费尽牛劲"挖浮财"，镢头洋镐一通乱抡，把这座不伦不类的屋子夷为平地又挖地三尺，最终一无所获，留下块平坦土地，成就了五年级一班的临时课堂。

　　黑板挂到一棵笨槐树的主干上，树冠很大，树荫里却积了些水，一些新生挑选稍微干燥的地面席地而坐，另外的人忍着干晒，等候阴影赶紧挪移过来。班主任老师介绍自己姓李名明舜，是去年从辕山那边调来桥头镇小学的，希望与大家共同勉力，教学相长，将来全部升入六年级而不使一人蹲班云云，然后开始点名，说要一一认识全体同学。

李老师的个子瘦高，念出一个名字，董双来！他停顿一下，从花名册上抬起黑黑的长脸，盯着那人看，认准是谁，颔首示意，让董双来坐下，点下一个名字。他把每人的名字拉得很长，同学乐得如此，从倨腿而坐或盘腿打坐的姿态站起并再次还原，需要的时间远远超出简单的起坐。

乔子坡！李老师念道。

到！应声站起的是个很魁梧的大个子。李老师扫视全场，郑重宣布，他，西桥头来的乔子坡同学，担任临时班长。正式班长要到一个月后选举产生。

马玉槐！栗蓬儿大声喊"到"并忙不迭地站起，被李老师盯得浑身不自在。

马家铺就你一个？李老师问。

栗蓬儿点点头。狗欢子、建设念四年级，百岁和站儿"蹲班"蹲到了三年级，都去了西桥头分部，别的小把戏上更低的年级，可以忽略不计。

李老师继续点名。

乔芳！

怯怯的报到声。栗蓬儿回头看，是一个好看得不能再好看的女孩子，皮肤透明般润白晶莹，圆圆的脸，眼睛大得能把人装下。栗蓬儿心里一动，觉得在哪里见过这名女同学，长长睫毛掩映下的眼睛，只要看过来，人就无处可逃。蓦地，蓝天白云，波光粼粼……

李老师念名字：

贾云英……邹宝轩……

正式开课，枝叶间撒下星星点点的阳光。李老师整整衣襟，做庄重状，说，同学们，我们上第一课。席地而坐的新生们专注地看他在黑板上写字"第一课……"粉笔"笃笃笃"响着，写得黑板不断晃动，临时班长乔子坡赶紧跳起，上前帮忙把住。

李老师的板书很潇洒，写完课文题目，转身开讲。

风起处，拖着明亮丝线的吊死鬼飘然而来，有的女生下意识地摸自己的头发，触电般抖手，其实碰不到虫子，但好几个人惊叫，坐在栗蓬儿前边的贾云英嚷得最凶。一条俗名千足虫的马陆也来凑热闹，栗蓬儿跳起来把它用脚碾死，有几个女同学急着闪躲，课堂就乱了。李老师垂下拿课本的手，等学生们平静下来，让乔子坡把黑板挂到一棵梨树上，临时课堂随即乔迁，学生们大都暴露在阳光里。

栗蓬儿很快就被晒得出了汗，本来讨厌语文，更加没了心思，看看周围，频频擦汗的同学不少，把大家绑架到日头地里的乔云英也被晒得脸红扑扑的，正在认真地跟着老师念书、写字。下课后，大家跑到前院水瓮那里争抢着水瓢牛饮，栗蓬儿喝了个肚胀，再舀起一瓢水浇到头上，跑回树林课堂，这里还是乱糟糟的，上课铃再度摇响了。

贾云英挪到全班的最前列，并把乔芳也拉了过去。隔着几个同学，栗蓬儿瞥见她跟几个同学往这里指指点点，好像是在说他的脚，很夸张的厌恶样子，他的粘着泥水、也粘着千足虫残骸的脚突然痒起来。

栗蓬儿想和她开个玩笑。处暑已过，吊死鬼们早就应该爬下大树，钻进土里养育后代，但它们还在荡秋千，栗蓬儿捉一条放在嘴里，它在里面翻跟头竖蜻蜓，散发出很恶心的味道，逼得他不得不尽量扩充口腔，坚持着走到正在整理书包的贾云英和乔芳面前。他撑起古怪的笑容，用食指轻敲着鼓鼓的腮帮子，又指指自己微闭的嘴。一脸不解的贾云英凑近他，两眼盯紧了他的嘴，栗蓬儿仰起脸，将张大到极限的嘴巴和挺起的舌头送了过去，刹那间，课本、笔记本、石板、石笔、书包，劈头盖脸砸到了自己的脸上、身上，同时听到哭声大作。

贾云英大哭不止，蹲在地上，浑身抖作一团，说这课没法上了，她要罢课回家，好些女同学围过去安抚，捡拾地上的学习用具，为她理顺蓬乱了的头发。树林课堂正对着学校办公室的后窗，极易被校长听到，或许已经被听到，第二节是算术课，任课的女老师姓陈，赶到出事现场，掏出手绢擦受害者汹涌的眼泪，又轻轻摩挲她的脊背，让她尽快平静下来。这个女同学的反应大出栗蓬儿意料，她的胆子也太小了，是想借这个机会逃课吧？不过，事情闹大了，自己可能要挨板子。果然，返回后园救火的李老师批评他欺负女同学，看把人家吓得要死要活。栗蓬儿突然想起，在嘴里腾挪翻滚的虫子，慌乱之际被自己咽了下去，顿时肚子里有点异样感觉，好在罪证消失，就说自己并没做什么，是贾云英疑神疑鬼，吓唬她自个儿而已。李老师沉下黑脸说，马玉槐，你当我是傻子？告诉我，虫子藏到什么地方去了？见瞒不过去，栗蓬儿双手捂胸，弯下腰做痛苦状，说吊死鬼正在肚子里作乱，此刻他的心口疼得要命。他以为借此就能逃过惩罚，因为很有几个同学表示诧异，围过来问长问短，乔芳则蹲下来，很关切地看他的脸，问疼得厉害不厉害。栗蓬儿暗暗得意。

马玉槐，你给我站起来，别做出这个样子欺骗大家！李老师站在栗蓬儿跟前，面色很严峻，他说，扰乱了课堂秩序，是很严重的错误，而说谎做假——你连谎话都编不圆，你捂着胸口干什么？谁吃下的虫子能走到那里去——性质更加恶劣，错上加错，实在要不得。给你个改正的机会，去，把地上的书包捡起来，收拾好，送还贾云英。

栗蓬儿将书包拍打干净，讪讪地递给贾云英，后者背过脸去，压根儿不接受，情绪总也不能平复，抽抽噎噎的，像受了天大冤屈，弄得算术课上上停停，终于，陈老师不耐烦了，停下讲课，不满地说，贾云英你能不能消停会儿？都是庄户人家的孩子，平时不也得跟虫子打交道，怕也不能怕成这个模样。

课间操分作两地，六年级就在学校天井里做，五年级的操场是由学校门外原先的大场院改建的，学生都跑来这里做。解散以后，都不愿意回教室，无教室可回的五年级一班更是如此，大家都抢门洞里的荫凉位置，最理想的是门担提子①，坐在上面说笑吹牛，风吹过来，凉快干爽，真是享受。喊操喊得得意，以至于嗓子哑了的乔子坡跑来，通知正在快活的栗蓬儿赶紧去办公室，说校长叫他。

校长姓佟，济南府毕业的正牌大学生，从教多年，喜欢作画，画的没骨荷花很有名。校长太太在县供销社卖货，每个礼拜六晚上都来和丈夫团聚，聚在一块就打架，又摔碗筷又扔笔墨，还撕校长的荷花。教导主任姓毕，是毕家湾来的，特别爱管事，什么都管，不该管的也管，厉害得要命，是最需要小心提防的人。学兄们揶揄老师，早有绰号给了三位尊长："铜校长，铁主任，烟袋锅子李明舜"。"铁主任"是因毕老师的严厉而起，系铁面无私不好通融之意，有趣的是，嗜烟如命的是他，李明舜老师却不吸烟，得名"烟

---

① 门担提子：大门不设门槛，两边镶嵌带有槽沟的方石，平时用很厚的长木板横向插下，有类于门槛，人可抬脚迈过，车辆通过时须提起木板，故称。

袋锅子"，本意是说他皮肤黑，黑脸跟烟袋锅子似的。至于"铜校长"，则取自其姓氏的谐音，没什么实际内容，无辜陪绑罢了。

乔大棒槌家的堂屋比寻常农家的堂屋进深要大，青砖墁地，刚点泼过水，进屋就觉得周身凉爽。八仙桌居中而设，后面的墙上挂着没骨夏荷立轴，大概是校长的得意之作，高高挂起，得以逃过他太太的毒手。沿桌品字形摆放着太师椅，分别坐着"铜""铁"和"烟袋锅子"，俨然三堂会审的阵势。栗蓬儿知道为什么被叫来，却发现他们都盯着他的脚看。

马玉槐，立正站好！教导主任厉声说。

马玉槐，你是不是总不穿鞋？寒冬腊月也光脚？班主任老师说。

马玉槐，久闻大名。校长说，早听说马家铺初小有个学生四季不穿鞋，原来是你。

栗蓬儿不知道该说什么。

你有个哥哥叫马玉楸？校长问。

栗蓬儿点点头。

不像，一点也不像。校长说，好像他见过玉楸似的。

毕主任说，兄弟之间，品性、学业相差如云泥，这样的事例我们见得不少了。

言归正传，我们说正事。校长说，马玉槐你应该知道，桥头镇完全小学是所很规矩的学校，教学质量好得不得了，组织纪律严明，同学团结友爱。不过，开学第一天，五年级一班就发生了这种混乱的事情，影响非常恶劣。这是你马玉槐引起的，实在要不得。

本来要狠狠批评你，在全校大会上点你的名，考虑到你是初犯，减轻处罚。你向贾云英好好道个歉，认真写个书面检查交给班长，保证今后不再犯类似的错误。马玉槐你还要记住，做人做事，一定要诚实，不能撒谎。撒谎是学生最要不得的毛病。毕主任说。

做错了事，要勇于承认，好汉做事好汉当，不该逃避责任。记住了吗？李老师说。栗蓬儿点点头，想赶快离开。

校长说，还有件事，就是你的脚。这是学校，不是庄稼地，光着两脚进进出出，成何体统！

桥头镇小学立校多年，我当教导主任也有多年，从来没有哪个学生的穿戴敢这样随便。学生守则你背过没有？里面的"衣冠整洁"还记得吗？我告诉你马玉槐，这"衣冠整洁"里就包括穿鞋，光着脚算什么整洁？毕主任说。

这是高级小学，是讲究规矩和培养文明习惯的地方，不像在初级小学——初级小学也不可以目无纪律自由自在。李老师苦口婆心。

毕主任说，马玉槐你要明白，赤脚并非长久之计，你总得长大成人吧，你总得成家立业吧，你总不能终生光着脚吧。既然终归要穿鞋过日子，那就从现在穿，从明天就穿，早穿早习惯，好不好？

全校几百名同学，我不能偏袒哪一个。公正地讲，你不能搞特殊，你真得穿鞋，马玉槐。校长说。

听话，听校长的话。李老师说。

明天开始，要穿鞋来上学。校长说。

我没有鞋。栗蓬儿说。

毕主任说，怎么会没有鞋？你娘不给你做鞋？

先买双鞋吧，马玉槐。你总不能特殊，是吧？李老师说。

我家没钱。栗蓬儿说。

栗蓬儿说的是实话，他的确没有鞋，娘为他做鞋是半年以前的事，现在必定小得穿不下了。他家也没有钱，即使有钱，也不会买鞋穿，更不会给他买鞋。全家的鞋都是娘一针一线做的。

三位老师面面相觑。李老师说，过几天，他到马家铺家访，和栗蓬儿的爹娘谈一谈。不管有没有钱，都不能成为栗蓬儿赤脚的理由。这是关乎学校纪律和形象的大事，家长不可以如此漫不经心。

栗蓬儿最反感老师到家里去。

我爹我娘不在家，都到犸虎岭炼铁去了。他撒了半个谎。

总要回家的嘛，李老师很有耐心，等他们回来，你必须及时告诉我。

二

第二天的算术课是做小测验，陈老师来到树林课堂，她齐耳短发，笑起来眯眯眼，样子特别和善。她说，新生从不同的学校来，需要摸摸大家的"底"，看谁的成绩更好，谁的成绩稍差及差在何处，以供她"因材施教"。她口述给乔子坡几道测验题，让班长发布并代为监考。课堂的方位因日照角度而不时变换，但还是躲不开"秋老虎"的热烈爪牙，陈老师怜恤大家，恩准同学们别挤在太阳地里挨晒，可以隐蔽到树荫里去，但必须拉开彼此的距离。陈老师又说，大家不必紧张，测验题容易得很，她在教研室里等待大家的好成绩。

陈老师刚刚转身，林子里立马豕突狼奔，荫凉地盘很快被瓜分净尽，也有的一屁股坐进了泥泞。于是乱窜着抢大树，抢先坐下或背倚树木，也有的双手合抱树干，都宣示了对此树的主权，别的人只好掉头。栗蓬儿相中的是棵粗大的笨槐，刚要奔过去，被董双来抢先一步坐下，旁边的椿树也不错，人影一闪，眼见得自己已然没份，待左右找，剩下的树太瘦或太小，都不中意。正犹豫间，尘埃落定，凡像样些的树干的阴影里都躲着人。栗蓬儿想了想，爬上一棵桃树，在树杈上坐下，四周和头顶颤动着枝叶，拿出纸和笔，等待班长公布考题。班长跑过来很不高兴地说，下来！

我在这里一样测验。栗蓬儿说。

不行，下来。乔子坡说。

栗蓬儿说，陈老师也没说不让上树

那也不行，下来。乔子坡寸步不让。

栗蓬儿不想下树，觉得这里挺好。

大树后探出很多张脸看他，下地很伤面子。桃树很矮，树杈上的他竭力躲闪和推拒班长的拉扯，有同学喊，快说题吧。

乔班长宣布，算术测验与马玉槐在树上不共戴天。他无法接受某同学坐在树上答题，也没有权利给一个行为举止类似猴子的同学发考题。有两条路提供给大家和树上的同学：要么马玉槐下树，他立即发布考题；要么大家就这样僵持下去。请大家选择。

在哄闹声里，栗蓬儿跳到地上，急切间无树可依，正在尴尬，听到一个声音说，到这里来吧。声音怯生生的，是乔芳。栗蓬儿赶紧走到白杨树荫里，挨着主人坐下。白杨树很高，主干的浓荫落在校墙内外。班长用树枝在长长的影子上横割两条线，权做楚河汉界，中间为鸿沟。你在这边，不许过来。

他赶开栗蓬儿，并下达禁令。

考题很简单，加减乘除而已，栗蓬儿很快写好答题。他要抢先交卷，并异想天开，生出得老师夸奖的念头。他想让班长、陈老师特别是乔芳知道，自己并非只会给大家添麻烦而是有真才实学的人，至少，他的算术课不赖。

日脚悄悄移动，考生们随着树影挪移身体，以躲避灼人的炎热。来回走动的班长示意栗蓬儿不要动，他来收试卷。看到班长手里已经回收了很多卷子，栗蓬儿求赞扬的念头消失得无影无踪。

上午的最后一堂课是音乐，老师特许按学习小组分散就座，大家都往树荫里挤，以树荫的大小浓淡，自然分作多个群落。正如图画老师暂缺而由佟校长亲自出任，桥头镇完小也没有专职音乐老师，李老师便来教唱歌，很勇敢地教唱"歌唱二郎山"。他的五音不全，"米"拔高八度的时候，明显差了半个音阶，特别难听。但李老师自我陶醉而不能自拔，学生太分散，他走来走去指挥，手臂节拍打得像蝴蝶上下翻飞，似乎在指挥整个树林。今年虫子多，树林成为鸟儿的狩猎场，家雀、喜鹊、鹁鸪、啄木鸟、斑鸠、画眉……枝叶间有很多猎手飞来飞去，叽叽喳喳里听得出它们满心快活，也为争食吵闹不休。李老师先唱出一句，之后两手一扬，说"唱"。全班学生便放开嗓门，虽是七长八短，声音真够洪亮：

二呀么二郎山呀
高呀么高万丈……

鸟儿们惊惶飞起。

新教室竣工，迎来五年级一班全体同学。栗蓬儿与董双来同坐一条窄而长的条凳，也共用一张课桌，是一扇宽厚的柞木旧门板，搭在用坟砖垒砌的四方垛上。门板太长，锯去一段，与砖垛平齐，不影响人在过道里交错来往。但门板课桌太阔，与砖垛搭得不十分合隼，前后都凸出宽边，栗蓬儿和董双来不得不把条凳后撤以免胸腔紧贴课桌，也减少对前边同学空间的侵犯——她们的脊背总躲不开后面的触碰。好在栗蓬儿前面坐的是乔芳，文静而谦和，不像她的同桌贾云英那样，时不时用脊背使劲顶横空出世的门板，又摸自己的脊背，很不满地转身看后面的董双来，也看栗蓬儿，好像是他们俩存心和她过不去。栗蓬儿不喜欢看她，喜欢看乔芳。乔芳坐在他的前面，他觉得幸运极了。

乔芳的头发让栗蓬儿觉得有趣，颜色发黄，又细弱，细细的辫子上扎着红绸子条扎结的小花。最有意思的是她的耳朵，玲珑剔透，薄得透明，沁出弯细的血管，整个像香油炖鸡的肉冻。栗蓬儿看得出神，几次伸出手要捏一捏揪一揪，验验这双耳朵是不是真的。乔芳甩甩头躲开，或背身拨开他的手，跟脑后长了眼似的。乔芳的身体很瘦弱，浅粉色方格子布的薄衬衫里，不时透出若有若无的香气。栗蓬儿就探过头，跟狗似的，使劲嗅那莫名其妙的、缥缥缈缈的香。

李老师在讲语文。课文里的什么小鸟小白兔，一点意思也没有，栗蓬儿心不在焉，李老师却沉浸在课文的美景中，摇头晃脑，极富激情。他带领全班朗读的时候，董双来的声音高得震耳朵，这家伙成心大声吼，是想显摆给老师特别是乔芳听。乔芳的声音又细又低，像蚊子哼哼。

栗蓬儿挨着窗户坐，窗上的木头格栅新镶了玻璃，玻璃清爽明净，能瞧见铁主任走出办公室，嘴角叼着洋烟，白色烟雾从鼻孔里袅袅流出。他踱着方步，望望南房，再望望东厢房、西厢房，果断走到六年级二班门口，拿下嘴上的烟卷，耳朵贴近木门侦听，见隔壁五年级二班门口走出个高个子男学生，直挺挺地站立在门旁，跟站岗似的，是个被"卖"出来的倒霉"秫秸"。

铁主任饶有兴致地走近"秫秸"，摇摇头，又笑一笑，不知道什么意思，犹豫片刻，转头朝五年级一班走来。他走得很慢，似乎在选择贴近门扇窃听还是从窗户直接侦看。栗蓬儿盯着他看，铁主任的瘦脸步步逼近，终于四目相对，且只隔着一层干净透明的玻璃，清晰地看得出铁主任意外且生气，猛地后退一步，狠狠瞪了瞪他，放弃侦察，转身回北屋去了。五年级二班门口的"秫秸"仍然呆站着，教室里的朗读声突然高起来。

来了。端坐不动的乔芳轻轻发出警报。

栗蓬儿转回脸，李老师正从空中俯视他，眼睛里全是生气。

他慌忙地翻找课文，急切之中找不到。李老师探过身子，单手代他展开书本，食指狠狠地戳在诗行上。

咱们大点儿声，把二班压下去，李老师命令，预备——开始！

全班一起大吼。

栗蓬儿爱上算术课，只有在这门课里，他才能够和同学平起平坐。他也喜欢看优雅的陈老师在擦得很干净的黑板上写下算术程式。写毕，陈老师转身，和善地扫视全班，最后把目光停留在乔芳身上。乔芳，你来写答案。陈老师说。她喜欢乔芳，正如全班的男生都喜欢乔芳。

沉静的乔芳走上讲台，在黑板上写字。她的粉笔字写得特别秀气，总能让全班安静下来。

几天以后，算术小考，董双来答不出，把嘴贴在栗蓬儿耳朵边上许愿，说只要让他打小抄，作为报答，他将送给栗蓬儿一个白面馍馍。如此丰盛的诱惑力谁能挡得住？他就得以抄写栗蓬儿的现成答案。董双来极为认真地作弊，抄写得不差分毫，以至于陈老师讲评成绩的时候，批评五年级一班出现了奇怪的事：试卷答案一模一样，分数一模一样，连错处都一模一样，真不希望我的学生刻板到这种程度，连作弊也笨到家了，哪怕你们换点花样，别弄得跟双胞胎似的。你们是把老师看得和你们一样笨了吧？

陈老师没有点出违纪的学生姓甚名谁。董双来便沉不住气，下课就跑到五年级教研室，承认犯下了大错，顺手将栗蓬儿廉价卖掉。因为自首并检举有功，陈老师没有处分他。这家伙心情愉悦地返回教室，并不把这勾当通报给同桌。待栗蓬儿被面色严峻的铁主任亲自叫去办公室，才意识到被可恶的叛徒出卖了。

董双来的个子瘦高，头的样子很特别，正中高耸如尖峰，与他枣核形的小脸般配得极好。来到桥头镇高小第一天，他就荣膺外号"尖头"。董双来便再不剃头，让头发长起来，减缓头顶至两鬓的坡度，使脑袋看起来不再尖锐如锥。不幸的是，栗蓬儿这个年龄段的孩子，娘胎里带来的残忍天性正鲜活蓬勃，尚未被后天的文明教化、抑制或掩盖，无度无休地虐待旁人乃至虐待自己都让他们快乐无比。做功课又是沉闷的寡淡事，这家伙给大家提供了乐趣，哪肯轻易放过他。董双来做的全是无用功，"尖头"的叫唤不绝于耳。

董双来求助于李老师，后来把状子告到毕主任那里，诉说被同学欺侮，声泪俱下，很是动人。他求告的结果，是五年级做完课间操，继而接受训导完毕，按常例是要全体解散，进入放风一般快乐的自由活动时间。教导主任不顾大家心里的恨意，严令师生保持队列留在阳光下，高声宣布要整肃校风：即日起，哪个同学胆敢再叫一班的董双来同学"尖头"，必定给予严厉处分。铁主任说他的话是算数的，"勿谓言之不预也"。在如此高压下，那个外号在栗蓬儿他们班一度销声匿迹，但墙里开花墙外香，铁主任的禁令激起全校学生好奇目光的搜索。特别是在课间操或散学的时候，人人争睹董同学的风采，他的名声由此大噪。这是铁主任和尖头本人都极不愿看到的后果。

挨训完毕，栗蓬儿提醒董双来兑现诺言，董双来装傻：饽饽？什么饽饽？我什么时候说过饽饽？马玉槐你馋昏头了吧。

有铁主任撑腰，他料栗蓬儿不敢把他怎样。后者决心报复。

栗蓬儿拼命削铅笔，上课下课都在削，碎屑落满桌面。因为太想得到最佳效果，铅芯被他削断了无数次，十指都染黑了。栗蓬儿只有这一支铅笔，也不惜血本，最后只剩不足两寸长。在短短的深蓝色笔杆上，长长的铅笔头如针尖般锋利。董双来不明白即将大难临头，一再惋惜地提醒栗蓬儿，好好的铅笔，看让你糟蹋成什么样子了！

栗蓬儿端详着大半天的劳动成果，即将到来的快乐痒痒地撩拨着他的心。他得下死劲才憋得住笑。

下堂课是历史，全班同学肃然端坐，等候教导主任兼历史老师毕鸿翔的到来。这个间隙是栗蓬儿瞄好的。他跳上讲台，高举铅笔，大声说：看这里看这里！看见了没有？这头，尖不尖？

等于在严厉而枯燥的历史课前加了道好玩的抢答题，得到的热烈响应正合栗蓬儿心意。很多同学们大呼：尖！全班笑成一锅粥，又都看受害者。

哇！董双来趴在课桌上大哭。

栗蓬儿再次被叫到办公室接受毕主任的严厉训斥，任凭他怎样辩解没有违反禁令，"尖头"二字并未出口，根本不管用，他受到差不多等同于严重警告的处分。董双来则坚决拒绝与他同桌并坐，栗蓬儿被遣送到教室最后面的独立座位。所谓独立，是只有方凳而没有课桌，书本没地儿搁，手也没地儿放。朗读的时候还容易对付，要在石板上写字，只好借用膝盖支撑。最可恶的，是这个位置夹在左右两排课桌中间，正对过道，等于赤裸裸地面对讲台和老师，中间无遮无拦，任何松快的"小动作"都失去了屏障。这规矩捆绑得栗蓬儿浑身刺挠，难受极了。好在董双来并不记仇，几天后禁闭解除，他邀请栗蓬儿回归旧座。

为了栗蓬儿与董双来的恩怨分合，李老师特地对他们两人训话，大意是你们有这么好的学习环境，竟然不加珍惜，太不应该了。李老师说，整个苍蒲县，别的完全小学，师生们要么没白没黑地砌炉子炼铁，要么被派去犸虎岭"观摩学习"，还有的去蹦跳说唱，算是慰劳炼铁炼钢的人，教学大纲根本没法实施。桥头镇完全小学按部就班的教学秩序，是佟校长全力争取到的。你们知道不知道，佟校长为大家的学习不致中断，送出去多少张荷花，挨了上头多少批评？别看他总笑眯眯的，他身上还背着严重处分呢。你们俩怎么这么不懂事！

尤其是你，马玉槐，校长特许你光着脚上学，你打听打听，整个桥头镇完全小学，高年级的学生，自打建校以来，上下学都不穿鞋，你是不是独一份？李老师说，不努力上进，你对得起他么，你说？

栗蓬儿的语文底子太薄，注音字母还没记牢靠，又赶上改学拼音字母。同学们已经背得滚瓜烂熟，他还生疏得很。小测验的时候，他因为再次不及格而被罚。还好，没被"卖秫秸"，只是重复抄写拼音字母五遍。他哪有这份耐心，迟迟不抄写，大限已到，再次被点名批评，惩罚翻倍。这使他懊丧加不满，更加厌恶拼音的洋腔洋调，连抗拒到底的念头都有，就不写，爱怎怎，干脆开除我好了，反倒痛快。想不到否极泰来，李老师钦命一名同学为他补习，说这叫"拉后进同学一把"。这个指令把他高兴坏了，谨遵师命"拉"他的人是乔芳。

乔芳极其认真。为了提高"拉"栗蓬儿的效率，她制作了些硬纸小卡片，在课桌间，在操场上，不时捉住他，不厌其烦地测验、示范、讲解。栗蓬儿喜欢跟乔芳在一起，但对那些洋码字还是没兴趣，记不住发音，又没耐性，总是懵懵懂懂，于是卡片变戏法似的从乔芳身上不知什么地方现身，正面写的是注音字母，反面是对应的拼音字母。

来，念这个。乔芳说，圆圆的卡片令牌似地竖在栗蓬儿的眼前。

卡片的正面是ㄅ，反面是b；正面是ㄆ，反面是p；正面是ㄇ，反面是m；正面是ㄈ，反面是f。依此类推。乔芳的字写得好，卡片上的注音字母和拼音字母如同印出来的。然而，单面还好认，翻转过来，栗蓬儿必定将读音忘到脑后，只会看着这些怪模怪样的字母发呆。全部好玩儿的时间都被用来做这件无聊的事，栗蓬儿才勉勉强强认得出、念得出几个，乔芳就拿出分别写有"ㄧㄨㄩ"的三张卡片让栗蓬儿记诵，之后将反面让栗蓬儿看，是"I——u——ü——"

"一——呜——淤——"乔芳声情并茂地示范，听栗蓬儿发音还好，就说，就这样就这样，别走样。再来。

栗蓬儿因为总是读不准an（ㄢ）、en（ㄣ）、ang（ㄤ）、eng（ㄥ），恨透了这些字母。勉强学会了读的单个符号，哪个坏蛋把它们连成了一长串，让自己死活记不牢，再也不愿背下去，就两手作践卡片，乔芳生气了，要回卡片，扭过脸对着院墙，很长时间不理睬这个没长进的同学。

礼拜六上晚自习，学生各自带油灯照明。人到得不齐，可以自选座位组合。温习完课文，栗蓬儿和乔芳到教室前头的课桌学拼音。挑亮栗蓬儿的油灯，乔芳一本正经地教课，"庵庵嗯嗯"的声音轻轻发出。栗蓬儿凑近了认真看她的嘴，忽扁忽圆，扯动了很好看的唇腮。有时候，她的脸在灯影里看起来显得怪异，大眼睛、小鼻子、圆下巴交替闪现。当她的嘴巴张大，发出ang的读音的时候，栗蓬儿扑哧笑出来，灯焰晃晃差点闪灭。临时班长乔子坡已经转正，坐在教室后面的暗影里，赶紧制止说，别出声。

到外边去吧。乔芳说。

他们来到门洞，坐在门担提子上，墨水瓶做的油灯擎在乔芳的手里，有微风吹过，灯光摇曳，照得她的五官明暗不定。

你自己拿卡片。念！乔芳说。

栗蓬儿在灯下一张张捻开卡片，绝望地瞪着那些可恶的符号。

拿稳这张，认准了吧。注意，念的时候，"舌根抵住上腭"。明白了没有？那，看我的嘴，念ang……

乔芳满口的细碎白牙不见了，灯影里再次张大着黑窟窿。

栗蓬儿乐不可支。

乔芳很生气，任凭栗蓬儿怎样保证不再笑场，她再不开口。冷场了很久，她说，她要回家，天晚了。

乔芳的家在东北方向，离学校很远，栗蓬儿送她。乔芳平时不太合群，也不爱说话，栗蓬儿更不知道该说什么。两个人都没话，沿着河堤走，只听脚步踏灭了一路虫鸣。走了很久，乔芳说，我到了，你回去吧。

乔家小宅院后面紧傍着的河堤下，长着一棵高大的核桃树，月影婆娑，夜宿的鸟儿还巢，枝叶间传出梦呓般的咕咕声。

是鹁鸪叫吧？栗蓬儿说。

是鹁鸪，一家子，好几只呢。乔芳说。

哪天我上去掏了它。栗蓬儿说，要不，我明天带弹弓来打，我打弹弓最准。

谁让你打的！乔芳说，我娘天天晚上都得听它们回窝。

河堤上下的虫鸣又响了起来，小宅院静静的，两个人站着，又没了话。

过了会儿，乔芳说，我得回家了，要是太晚，我娘会着急的。

她把灯瓶还给栗蓬儿，要回自己的书包。

你明天还教我不？栗蓬儿问。

乔芳说，我讨厌你笑。

我又没笑你，栗蓬儿说，我笑我自己呢。

那也不行，乔芳说，也不许你笑董双来。

三

乔芳是乔大棒槌的女儿。

杀场上的枪声响过，乔大棒槌的妻子儿女就被扫地出门，驱赶到现在住的偏僻角落。那时乔芳四岁，虽然尚不明晓世事，也隐隐知道河滩里那山呼海啸般的吼声对她和全家意味着什么。

死去了丈夫，净身出户，乔芳娘带着未成年的儿子和年幼的女儿，日子过得自然艰难，但最让他们难过的是人们的冷言冷语和指指戳戳。乔芳跟她娘赶集，不时有人指点说，看，那就是乔大棒槌的家眷！跟指评怪物似的。碰到这种场合，乔芳娘就揽过女儿快步走开，但乔芳还是听到了，尽管不完全理解，她也明白听到的绝非好话，就拽着她娘的衣襟，紧跟着走，不回头，也不问。七八年过去，乔芳出落成模样好看的女孩子，偶尔听到的话变成了"她就是乔大棒槌的妮子？长得这么水灵，可惜了的！"未尽之言，言外之意，乔芳是慢慢懂得的。"乔大棒槌的女儿"，是总也摆脱不掉的梦魇，就觉得前世欠了谁、该了谁，而这无头债像是一辈子也还不清。

乔大棒槌"家里的"出身于书香门第，识文断字，非庄户人家的女人可比，曾在某个学校教书，受丈夫的丑陋名声连累，学校不要她了，原本不懂得侍弄庄稼的她不得不下地上坡。几年过去，日子渐渐有了起色，不幸的是，乔芳的哥哥得了重病，本来指望他挑起生活重担，反倒拖累了全家。乔芳娘更加艰辛，家里的、地里的，活儿无论轻重都拼命做，后来做到了像模像样。她管儿女很严，尽管劳累，尽管酸苦，仍坚持让女儿上学，对她的功课看得很紧。

乔芳开窍早，悟性高，并不需要很刻苦，门门功课都在年级里拔尖。每次把考试成绩带回家，她娘和她哥哥争着看试卷，是乔芳最快乐的时候。这种快乐会延伸到别处，帮她娘缝衣做饭、拾掇天井，为她哥哥抓药、熬药，跟同学到大田里干活儿，乔芳都很开心，特别是上课，上什么课她都开心。然而，一旦沉静下来，乔芳就显得郁郁寡欢，眉眼之间没有了神采。栗蓬儿觉得她的心事太重，特别是在下学以后，同学们散去，热闹的院落房舍寂静下来。

乔芳，想不想看好东西？站在门担提子上的栗蓬儿说。

乔芳已经走出门洞，蓝布书包带斜挎在她瘦削的肩上。与同学互道分手，她停下脚步，回过头来探寻似地看栗蓬儿。

来，给你看个伴儿。栗蓬儿跑出去追上她。

日头西沉，几条无比长阔的镶着金边的奶白色梭子云，气势雄伟地从西向东横穿过广阔无垠的浅蓝色天宇。河崖下的木杆拉着电话线，线杆间距长，微微下垂的线路轻轻荡动，上面排列着很多燕子。

你看，在那儿。栗蓬儿指着它们说。

你说的是燕子？乔芳疑惑地问。看栗蓬儿点头，她有些不高兴，说，马玉槐你又捣乱，要看燕子，我家里就有。

不瞒哄你，真的。栗蓬儿指给她，你看那只，那只中间的。

栗蓬儿指认给乔芳看，他能从燕子群中一眼认出可爱的朋友。此时此刻，看得出憨儿正在尴尬中。它很想加入队列，却不被同类接纳，两旁的燕子都离它很远，交头接耳窃窃私语，似乎在商量着排斥它。它断然飞起，看准两只燕子中间的缝隙落下。紧邻的燕子忙不迭地向左右移动，再次把不请自到的憨儿晾在空旷处。厚脸皮的憨儿不知趣地挪动脚爪，左右摇摆身体，很亲密地靠近一只，那只燕子立即起飞并召唤伴侣。顷刻间，燕子全部飞起，微微荡动的长长电话线上，只剩下形单影只的憨儿。

就是它。栗蓬儿说，看见了么？那只落单的，就是我的燕子。

乔芳说，你的？怎么能是你的？

你等着。栗蓬儿吹响了口哨，见憨儿起飞，却并不听从召唤，它冲入燕子群，双翅分合，蛮不讲理地横冲直撞，搅得它的同胞四散飞逃。憨儿仍不罢休，追上一只，几乎啄到它的尾羽，并压迫人家低飞，直至乱了阵脚，憨儿才侧身飞起扬长而去。

憨儿矫健、勇猛而莽撞，它不理睬栗蓬儿的呼叫，犹自飞个不停。它对轻佻的麻雀穷追不舍，极近距离地欺负停在草尖上的豆娘，吓唬飞飞停停的蜻蜓，逼迫飞行轨迹诡异变幻的黑色蝙蝠躲闪翻飞，随即从大团大团嗡嗡轰响的蚊子中反复穿越，把天空搅得动荡繁乱。

栗蓬儿把唿哨吹得尖利而焦急，他有些生气了。在乔芳半信半疑的期待里，憨儿迎着他飞来，轻盈落在他擎起的食指上，对送到嘴边的，还在卷曲扭动的肉虫儿不屑一顾。

栗蓬儿栗蓬儿，我饱了。憨儿甩甩尖锐的喙，开心地说。它昂起头，翅羽交叠，翅尖儿微微翘起，神气十足。

没听见我叫你么，怎么不听我的话？你是不是要疯了！栗蓬儿训它，然后骄傲地对乔芳说，看见没有？这就是我的燕子，叫憨儿。

乔芳惊讶地睁大了好看的眼睛。

栗蓬儿把憨儿举到乔芳面前，说，你擎着它，叫它。

乔芳有些胆怯，在栗蓬儿的不断鼓励下擎起燕子，小声地叫"憨儿"。

憨儿歪歪脑袋，亮晶晶的眼睛盯着乔芳。

憨儿！乔芳叫道。

憨儿再次歪起脑袋，眼睛盯着她，轻声呢喃。

它听得懂，它答应我了！乔芳惊喜地叫着，它这么轻，可爪子劲儿真大！

你再叫它，大声叫它。栗蓬儿说。

憨儿应答乔芳的呼唤，并温顺地让她把粉红的脸颊贴近它的钢蓝色羽毛。它抖抖脖颈，撅撅尾羽，扯起一侧翅羽，歪下头颈，坚硬的喙爱惜地梳理细细的绒毛。平日里它很少这么捯饬，这是在乔芳面前显摆。等卖弄够了，憨儿蓬松了全身羽翮，在乔芳手上左右磨磨尖喙。这是告诉擎着它的人，她是值得信赖的。在她手上，它很放松很快乐。

乔芳，憨儿喜欢你，栗蓬儿说，你跟它多要一会儿。我教你打唿哨，你学会了，什么时候想憨儿，就打唿哨，它就来找你耍。

我不想打唿哨。乔芳说。

栗蓬儿想想说，那，你要不高兴了，心里闷了，想憨儿了，我就叫它来和你要。

真的？乔芳说。

真的。憨儿也是你的，它是咱俩的，栗蓬儿说，咱俩也是它的，咱们仨是一伙儿的。

憨儿雄赳赳地站在乔芳的手上，双眼炯炯有神，昂首天外。

憨儿憨儿，你能记住我么？乔芳对憨儿说，我叫乔芳。

憨儿收紧全身羽毛，身体霎时精壮锐利，咕哝了两声。栗蓬儿告诉乔芳，憨儿说它记住了，它已经把你当作朋友了。

你到我家去要吧，憨儿！我让你见见我娘，还有我哥哥。乔芳高兴极了。

憨儿，你可得记住乔芳的话。现在你好好飞，给乔芳飞一个，好不好？栗蓬儿说。

憨儿挪挪脚爪，抖抖翅膀，表示准备起飞，无须老友啰唆。

栗蓬儿教乔芳放飞憨儿，托举她的手臂，手臂高扬轻摆，飞了！憨儿配合得恰到好处，在手臂后摆时稍稍后挫，旋即借助于推力奋力蹬起，加速度飞入天空，转瞬间消失。

两人仰着脸找寻和等待，栗蓬儿告诉乔芳，憨儿会回来的，憨儿认定乔芳是朋友，要给她飞一个出彩的。

果然，憨儿出现在云端，双翅展开，像鹰一样滑翔。很快，它朝这边轻盈地飞来，轻抖翅羽，从高空到河堤只用了极短的时间。它的一侧翅膀稍微翻转，便完成极其潇洒的转弯，带着轻微的风声，箭一样贴着他们的头顶飞过，同时扇扇翅膀，提醒朋友们注意，它要展示高超的飞行技巧，身体稍稍偏斜，加快速度并微微晃动身体，跃起、升高、拐弯、回旋……河滩上的绿草在夕阳下金光闪闪，憨儿降低高度，贴着草尖起起伏伏飞行，似乎与自己疾速掠过的影子比翼竞翔。在栗蓬儿和乔芳紧密相随的注视中，憨儿拿出了它的独门绝技——疾风般飞行，突然静止，在电光石火般的瞬间，骤然悬停的憨儿在草地上留下了秀美而雄健的清晰剪影，旋即疾速扇动双翅，身体拔地而起。

憨儿！乔芳大声喊道，笑得灿灿烂烂，眉眼飞动，波光闪闪。这是栗蓬儿第一次见到她如此开心的笑容。深受鼓舞的他扬起手臂，向高空做个手势，憨儿飘然掠过。

栗蓬儿、乔芳，跟我来！憨儿笑着召唤朋友。

乔芳撒腿追了下去，她在大堤上跑，两根小辫儿在脑后甩打起来，红红的辫结火焰般跳动。她一面跑，一面仰头呼喊憨儿。她跑得非常快，栗蓬儿追着跑。他们追过大石桥，追过西桥头，跑上大片大片荒了的地亩，终于跑累了，跑不动了，停下来仰望天空。

憨儿飞远了。

不断赶起色彩斑斓的蚂蚱，栗蓬儿和乔芳蹚过疯长的星星草、肥马草、野青茅、山麻子、老鹳草、姜姜毛、野苜蓿、狗牙根、旱莲草、虎尾草、白头翁、花旗杆、铁扫帚、和尚头……栗蓬儿跑开，找了几个瓜蒌，剥开青黄色的表皮，把瓤子给乔芳品尝，又避开阴险的荨麻，推开剑簇般的茇茇草，钻进浓密茂盛的苘麻丛林，摘了些晚生苘麻的蒴果，冲出团团蚊虫的围剿，捧到乔芳手里，俩人都抠奶白色的苘麻子吃。后来他仰面躺下，两脚交替搓洗，把尖硬的蒺藜狗子扑撸干净，跷起二郎腿，一只脚高高跷起来并不紧不慢地摇着，惬意得很。落尽了汗的乔芳坐在草丛中，慢慢地咀嚼着微甜的苘麻子，艾草和蒿子没过了他们的头顶，几株狗尾巴草的穗子有的还在淡青，有的已变为浅紫，她身上的幽微香气与热乎乎的草野香阵阵袭来。

憨儿真好看，真懂事。乔芳说，它是天下最好的燕子。

就是。栗蓬儿说。

人要是会飞，跟燕子似的，想飞哪儿就飞到哪儿，该多好。乔芳说。

就是。栗蓬儿说，咱俩跟憨儿一起飞，飞得远远的，飞到天南海北，再也不用上学了。

乔芳说，你怎么那么不喜欢上学？我喜欢上学，上学多好，我一到学校就高兴，可我也许要退学了。

啊？栗蓬儿吃惊地翻身坐起，不会吧？乔芳你不会退学吧！

乔芳说她哥哥吃了很多付汤药，病总不见好，好像越发严重了。她娘太累了，起早贪黑地忙活。退了学，学费和书本费都能省下。她下地干活，挣点工分，也许年底能分到几个钱，给她哥哥看病。

你可不能退学，你要是退学就太亏了。栗蓬儿说，咱们全五年级，数你有把握连考连中。你肯定能考上县一中，将来，你还能考上大学。

我才没希望。乔芳说，整个五年级谁都有可能考上大学，就是我不能。

那怎么会！栗蓬儿说，陈老师和李老师都说你最有希望。

乔芳说，我知道。

那你还退学？你不能退学，你得接着上学。栗蓬儿说，我这么笨，还上着学。

你就是成绩不好，可你不笨。乔芳说。

哈，你别瞒哄我了，成绩不好还不算笨？谁都说我不是念书的材料。栗蓬儿说，我家供我哥哥上学就足够了。我哥哥你知道吧，县一中高才生！我娘说，家里可以供我到高小毕业，我就能认得三千个字。认得三千个字，这辈子就不被别人欺瞒了。

你现在认得多少字了？乔芳问。

不知道，也没数过，也许不到一千字，没准儿连五百都没有。栗蓬儿说，我死活记不住生字。你认得多少了？

我也不知道。乔芳说。

你认的字比我的多多了，也许你已经认得三千个字了呢。栗蓬儿说，就凭认得这么多字，你也不能退学。

乔芳说，马玉槐你这么不爱念书，怎么跟我娘说的话差不多。我娘非让我上学，我要说不上，我娘就气得吃不下饭。

你娘的脾气可太坏了，也太笨了。栗蓬儿说，生气就不吃饭？换了我，比不生气还多吃两碗。

你怎么不知道愁，成天都高兴？乔芳说。

有什么不高兴的？只要吃饱肚子，我就没有愁事。栗蓬儿说，乔芳你好像成天发愁，你愁什么呢？

乔芳没有说话，出神地望着渐渐暗淡的天空。

憨儿应该飞回来了。

第十七章

一

雨水连绵,农活儿紧迫而干活儿的人手太少,桥头镇的夏播大豆虫灾猖獗,大队要求学校协助灭虫。佟校长和毕主任调整教学计划,把本应在期中上的劳动课调到现在,课程内容是去地里拿豆虫。

所谓"拿",就是弄死,班上有几个女同学当即表示干不了这个活,说怕豆虫,不敢出手拿。贾云英和乔芳不敢拿不足为奇,她们就是胆子小的人,好笑的是班长乔子坡也做胆怯状,跟着几个女同学申请回避。栗蓬儿觉得他是偷懒,找借口不愿意干活,还想乘机和乔芳在一起。李老师盯着班长看了半天,说好吧,你带这几个女同学在家里自习。别的同学,统统跟我去豆地。

栗蓬儿对乔芳说,要借个葫芦做葫芦罐。乔芳说不用借,给栗蓬儿也可以。她家别的东西都缺,唯独葫芦多,多得很。

河堤下的那个小天井,喇叭花和扁豆花开满了篱笆墙。推开虚掩的柴门,最显眼的是东窗前一架茂盛的葫芦,黄绿叶子的掩映之中,有很多硕大的青白色果实,被吊挂着的棒槌皮编的绳圈托着,显得十分沉实。院子里飘散着中药味道。葫芦架前,坐着乔芳的哥哥乔园。

乔园得的病叫"鼓症",肚大如鼓,是他身上最引人注目的地方,四肢因而显得纤细。他干不动重活,家里的活也很少做。尽管阴雨连绵,毕竟尚在仲秋,人人还穿单衣,乔园却穿着夹衣夹裤,坐在葫芦架前发呆。看到陌生的栗蓬儿,他的眼神专注起来。

娘呢?乔芳问。

上坡了。乔园说,眼睛盯着栗蓬儿,片刻不离。

你的药煎过头了!乔芳突然说,赶紧跑进屋,从火上端下熬药的陶罐,用筷子拨开中药,看药罐子底,划一划,很光滑。她用手巾包住罐耳,将不多的药汁慢慢倒入黑碗,之后对着亮光,再次检验罐底起没起嘎巴。

你就不会精心看着？差点熬糊了药。乔芳说，娘怎么嘱咐你的！也不关窗户，雨都溅进来了。

乔园不好意思地笑笑。他十八岁了，看起来更老。

乔芳关严东西两间屋子的后窗，拿过乔园递上的手巾擦脸上的雨水。

屋子不大，整洁清爽。阴天幽暗，码了白布边儿的炕席微微泛光，放在炕梢的被垛整整齐齐。"炕前里"顶头的柜子上放着书，栗蓬儿拿起来翻，封皮上有两棵互相依偎着的树，白色枝干精瘦精瘦的，叶子翠绿如云，书名是洋码字，翻开，里面也是一行一行的洋码字，既不是注音字母，也不是拼音字母，怪模怪样的，都没见过，先就心烦了。

是你哥哥的书吗？他问。

是我娘的书。乔芳说，这是俄文书，我娘说是诗集。

真的？你娘可真厉害，栗蓬儿说，能看外国书。

乔芳说，我娘从前当老师，能教好几国外语，我娘还藏着好些书呢。来，我给你看看。

娘的书，不能让人看。大腹便便的乔园站在堂屋中间，挡住了栗蓬儿和乔芳。

你的药喝了没有？看看，又忘了，光管我的事。乔芳顿了顿说，领栗蓬儿来到葫芦架下，仰起头挑选中意的。乔园慢慢走过来，轮番看妹妹和栗蓬儿，眼睛里全是疑问。

摘个葫芦。乔芳说。

摘葫芦做什么？乔园问，声音很小，生怕被人听到似的。乔家兄妹说话的声音都小。

你别操心，乔芳说，喝药去吧，再不喝就凉了。

摘得太早了，乔园说，葫芦还没熟透。

熟透的太老，不好用，眼下的正好。栗蓬儿说。

哥哥你放心，我们找熟了的摘，不会糟蹋的。乔芳说。

拨开大而黄的稀疏葫芦叶，逐个挑选着，摸着一个却觉得另一个更好。栗蓬儿要摘这个，乔芳说，留下吧，摘那个，那个更熟。待栗蓬儿拨开头顶的叶子弯腰过去，乔芳又说，还是旁边那个吧，那个大。

我看看！乔园蜡黄而瘦削的脸再次出现。他端着药碗蹒跚走来，药汤溅到手上。这个不行，还没长成，不能摘。他鉴别着、品评着，再也不离开，亦步亦趋跟着妹妹和栗蓬儿，监视着他们的举动。

顾不得乔园的密切注视和惋惜不已，栗蓬儿和乔芳摘下个硕大的葫芦，放到木凳上。栗蓬儿让乔芳按住葫芦，他用菜刀刀尖在葫芦肩胛处砍出两寸见方的沟痕，用小刀彻底划透。栗蓬儿斜着向内用刀，这样，用作葫芦盖的方块硬壳不至于掉进葫芦里。乔芳手脚麻利地往葫芦盖上钉紧一截细绳。后面的工序是把白色的、柔软的、黏滑的、包夹着葫芦籽儿的瓤子掏干净。不长时间，一个硕大的葫芦罐宣告诞生。

弄这葫芦罐做什么？乔园又问。

装豆虫。栗蓬儿说。

装豆虫做什么？不都踩死吗？乔园说。

哥哥你别管了，马玉槐得赶到豆地去。乔芳说。

你呢？乔园问，你也去？

乔芳想想说，我也去。我和马玉槐一起去。我不进豆地，在地头上看他们拿虫子好了。

雨点大起来，乔园从屋里拿出苇笠给妹妹戴上。

乔芳说，还有呢？

乔园迟疑不决，再次进屋拿出个苇笠，提着不动，只看栗蓬儿，显然很不情愿。

我不戴苇笠，栗蓬儿连忙说。栗蓬儿真的不需要，他耐风吹雨打，有时还觉得是乐子；也看出乔园不高兴，阴沉着脸，再也不理睬栗蓬儿。

劳动课"课堂"是西桥头大队的豆地，过石桥很远。所有爱唱的虫子，不论是庄稼地里的、草丛里的，还是泥土里的，都被雨淋哑了，沙沙响的是雨声。四野寂静，脚前猛然飞起只鸟儿，扑棱棱的吓人一跳。雨中的田埂难走，踩上去跟滚刀肉似的，又泥泞不堪，两个人跌跌撞撞。乔芳担心耽误的时间太长，要挨老师剋，提议穿越庄稼地，抄近路。

他们冲入棉花地。棉花地是最缠人的，横冲直撞后突破重围，跑进地瓜地。地瓜蔓绊脚，视野却开阔，栗蓬儿站住了问，乔芳，咱俩没走错吧？

乔芳四周望望，说没有，咱们从那儿转过去。她指向远处绿森森的棒槌地和秫秫地。

两个人钻进了青纱帐，庄稼遮天蔽日。他们碰撞七倒八歪的茎秆，漫天绿色泼下来，小雨变成了暴雨，浇得俩人睁不开眼睛，只好停下来甩水。乔芳早把苇笠拿在手里，挡开纷乱交错的叶子。

乔芳穿的是白底浅粉小方格的褂子，湿漉漉地贴在瘦削的身上，黄头发上粘了些紫色的棒槌缨子。栗蓬儿弹掉她褂子上的几个金龟子，把葫芦罐放在地上，脱下自己的土布汗褡儿，拧出雨水。

要迟到了，李老师肯定得批评你。乔芳说。

栗蓬儿说，我才不管他。

快点把衣裳穿好，咱俩还得快走。乔芳说，这块地横着穿太难了，咱们出去，找条近路……

嘘！栗蓬儿加手势打断乔芳。他听到某种奇怪的声音，乔芳也听到了，两个人顿时僵住。细微的雨声里，秫秸被碰断的声音渐次响亮，有隐隐迫近的黑影子，从密密实实的枝叶间浓重起来。

乔芳惊叫一声，躲到栗蓬儿身后。

栗蓬儿站立不动。

在重浊的、拖泥带水的脚步与秫秫秸秆的断裂声里，他听到了粗重的喘息，以及重重地咳嗽。

老九！栗蓬儿喊道。

马长亭！出现在他们面前的真是疯老九马长亭，吓坏了的乔芳把脸贴住栗蓬儿的后背，大气不敢出。

夹杂着草屑的长头发，乱七八糟的长胡子，褂子撕成了布条，裤管稀烂，全身都在滴沥雨水，双脚赤裸，整个人似乎是从泥水里钻出来的……野人马长亭看到扑上去的栗蓬儿，眼睛里闪过瞬间光芒，像狂风中的夜间灯火，一闪即灭。

栗蓬儿！我觉得就是你。马长亭喃喃地说。

你去哪儿了？这些天你到哪儿去了？你怎么不告诉我一声就跑了？栗蓬儿兴奋地大吵大嚷，我找你好多天也找不见你。

马长亭看乔芳，眼里充满疑问和敌意。

这是乔芳，我的同学。栗蓬儿说，你怎么不给我个信儿？这么多天你在哪里过的？

马长亭不说话，显得非常疲惫。

栗蓬儿说，老九，回家吧。然而，他想起被马玉德劫掠而去的破碎铁锅，也想起了食堂里的清汤寡水。

乔芳趴在他耳边问，是你们村那个疯子吧？

栗蓬儿说，他才不疯，他是我九爷爷。我有几十天看不见他了，我得送他回去，你跟我一起送他吧。

栗蓬儿快乐异常。见到消失多日的马长亭，悬着的心终于放下了。现在，乔芳不再害怕，而马长亭松弛下来，一屁股坐下，手里捏着编织了一半的麦秸宫灯随即撂到了泥泞里。

我不想回去，我心里还乱糟糟的。马长亭用双拳顶紧了太阳穴，说他头也疼，耳朵里还响得受不了。

这是你耳朵的毛病，没声听声。栗蓬儿说，村里早就消停了，没人弄那些动静了。你尽管跟我回去，保你耳根清净。

马长亭说，真的？可我眼前还是红红绿绿的。

你是什么眼神啊老九？你仔细看看，这不都是秫秫棵子！栗蓬儿说，走，跟我们回家。不由分说，他和乔芳连拉带拽，直接把马长亭送到食堂，引起砦门里三嬷嬷的高声惊叫。

啊呀长亭，你还活着哪？你怎么活着的？看你的衣裳，烂成这个野熊模样儿！又是满山胡窜了吧。

有没有吃的？给老九弄点。栗蓬儿说，他多少天没吃像样的饭了。看砦门里三嬷嬷没反应，他贴近她的耳朵大声重复了一遍。

这时辰，到哪里弄吃的！砦门里三嬷嬷说，嗓门大得震耳朵。

马天武家里的说，栗蓬儿你抱个大葫芦罐做什么？跟我们要吃的？你这是跟姑子要孩子①，真没个眼力见儿。

---

① 跟姑子要孩子："姑子"即尼姑。此语是要求别人做不可能之事或使人难堪之意。

砦门里三嬷嬷说，长亭要是饥困得厉害，就在这里等等，等关东客，他的本事大，去淘换粮米去了。看他能不能弄到吃的。

栗蓬儿决定先让马长亭回家，他和乔芳一左一右，护送着马长亭走过碾盘街。街上人不多，破衣啰唆的老九很招眼，有几个顽劣小子捡起石头子儿，瞄瞄马长亭，扬手就要投掷。

嗯！

栗蓬儿瞪圆眼睛，轻声喝道，那几个小子扭头就跑。

马玉槐你真够厉害的。乔芳说。

在乔芳面前显示威力，栗蓬儿得意得很，而最得意的是他将失而复得的马长亭带回来了。娘从短暂的愕然中认出"九叔"，欣喜得不得了，连二青也高兴异常，亲密地围着马长亭左跳右跳。二青有分得清亲疏的天赋异禀，能判断出谁好谁歹，并不把乔芳看做生人。

几个人把马长亭领回家，娘找出他的几件干爽衣裳，让栗蓬儿带他进里屋，帮他换下身上的泥水破烂，同时吩咐六月去找马天茂，要为野人般的马长亭剃去蓬乱的须发。娘退到天井里，留意到了不言不语的乔芳。

你叫乔芳吧？我猜你就是乔芳。娘说。

乔芳点点头。

娘说，栗蓬儿老说起你，说你功课好，总在年级里拔尖儿。栗蓬儿的脑子笨，念不进去书，你可得多帮帮他。

马玉槐也帮我。乔芳说。

他帮你？你这孩子真会说话，他不欺负你我就谢天谢地了。娘说，你别怕他，他要是欺负你，你告诉我，看我收拾他。

乔芳嘻嘻地笑。

娘说，还有这个老九，吓坏你了吧。乔芳你放心，他不疯的时候，连三岁孩子都不如，谁都能欺负他。就算他疯病犯了的时候，只要你和栗蓬儿在一起，他也不会伤到你。栗蓬儿打小就和他九爷爷亲，总护着他。老九也只和他一个人好，全村几百口子人，他就听我家栗蓬儿的。

他饿坏了。乔芳说。

最愁人的就是这个。娘深深地叹气，你们桥头镇食堂开得好不好？饭够不够吃？我们马家铺食堂一天不如一天。栗蓬儿的饭量大，老九的饭量更大，这年月，哪里有填饱肚子的地方。人是平安回来了，可哪儿能喂得饱他？往后的日子该怎么过？

二

虽然挨了李老师的狠尅，葫芦罐却很填和人，栗蓬儿抱着它，在豆地里跑来跑去，请拿豆虫的人将扭动着的豆虫放入小小方孔。劳动课结束，他把盛满豆虫的葫芦罐送给巴掌。这件事就是应巴掌的要求做的。紧急宰杀和大吃家畜家禽的风潮过后，他家那口黑猪属马家铺硕果仅存，身份尊贵得很，脾气随之大涨，巴掌到食堂挑泔水喂它，可那泔水里没有一点点干货，也看不到一星星油花，闻闻泔水桶，黑猪连忙逃开，再也不愿靠近，即使被巴掌的竹条抽屁股。豆虫，是巴掌为它想到的最佳饲料，也确实让它吃了个痛快。

黑猪得享豆虫之后，口味更加刁钻，既然家里和村里没有合口的东西，索性自力更生。它跑出圈栏，跑到村外，村外是广阔天地，有无人看顾的各样庄稼。倒伏在烂泥中的秫秫，稀稀落落的棒槌，"枪竿"簇簇密如阵云的谷子，特别是地瓜地，成为它的首选目标。身为马家铺绝无仅有的猪，它用强壮的鼻子拱开土垄，迅速而准确地锁定目标，哪怕地瓜埋在地下很深。它生猛劲健，长嘴巴探进土里叼出地瓜，愉快地仰头大口咀嚼，口沫横流。它的快意饕餮持续下来，直到地亩黄绿成片，庄户人开始起地瓜的时节。

大秋庄稼看起来要歉收，二道坡和蒺藜坡上的大片地瓜地，算是马家铺较为整壮的收成，很被全村看重。壮劳力打头，半劳力跟上，镢头雨点般落下。妇人孩子紧随，拿起地瓜，抹去浮土，一部分运去食堂，一部分聚拢成堆切地瓜片。向阳坡面上每个大的地瓜堆旁，都摆放着地瓜床子，镶嵌在床面上的刀刃锋利无比，迅速切割被手柄推挤过来的地瓜，厚薄均匀的地瓜片从锋刃下的扁圆空洞落到床子下的簸箕里。看簸箕满了，栗蓬儿就得吃力地端起它，将切面上布满新鲜汁液的地瓜片泼水似撒出。地瓜片泼撒遍地，有的如车轮般跳跃着飞速滚下。这一刻是很痛快的。

娘的手臂摇动得飞快，切地瓜的咔嚓咔嚓声音总在提醒儿子，簸箕又满了，该端走了，或者手边的地瓜没有了，需要儿子快点续上。稍有间隙，看儿子心不在焉，娘会大声说，栗蓬儿别闲着，去，把地瓜片弄匀溜点儿，意思是地瓜片别挤在一起，而互相叠压是不允许的。他走得远点儿，又会听到娘的喊声，栗蓬儿你在耍哪，簸箕满了你也不端！

给娘当下手实在累得慌。她切得快，不给儿子片刻的空闲。堆得山一样的地瓜，在咔嚓咔嚓声中迅速缩小变矮、最后消失，漫山遍野的地瓜片在秋天的阳光下闪闪发光。佛一般端坐而两手片刻不停的娘停下手，从棒槌皮蒲团上艰难地起身——先是两手撑地，继而缓慢地站起，两腿抖了抖，终于站直并伸展腰身，麻木的双腿和僵硬的身体开始活泛起来。

栗蓬儿，把床子搬到那边去。娘活动着腰身说。

那边，又是大堆的地瓜，栗蓬儿懒懒地搬动床子。娘看出他心里不痛快，斥责说，栗蓬儿你别不知好歹，有地瓜切，不知是多大的福分呢。

当地瓜片切面上沁出的液体珠粒被阳光晒干，粉红变为粉白，就需要将它们翻转以让另一面接受阳光照晒，千万片地瓜得一片片翻身，需要人们的极大耐心。栗蓬儿哪有这份定力，几次逃脱都被娘喝止。娘喊叫说，栗蓬儿你就这么没耐性！你看看六月，看她是怎么干的？

不声不响的六月一边翻动手边的地瓜片，一边蹲着走动，似乎没听见娘的褒奖和二哥的厌烦。

可恶的事情会不期而至。头顶本来湛蓝如海，突然飞来一片乌云，翻滚着、涌动着、膨胀着，不一会儿就塞满了天空，凉风乱刮，有大颗的雨滴落下。马家铺喊声四起，呼儿唤女，扶老携幼，呼啦啦来到二道坡和蒺藜坡，一边骂着马天佑的天时预测不准，连雨也测不出，淋了地瓜片，坏了大事，要断送全村的活路，一边慌慌地由下向上，沿着坡面捡起地瓜片。马长楼的尖利嗓音催命般响起，砦门里三嬷嬷声嘶力竭地喊叫，马天茂"家里的"拖着半个身子，一只手的劳作效率并不比别人差；连懒汉青州也跑前跑后忙活。此时最得力的是孩子们，速率极高地在坡上穿梭，将地瓜片放入簸箕、筐箩、麻袋，再帮着抬到马长楼指定的平地。为了防止地瓜片淋雨生出霉菌，为了让它们顺利地变成"地瓜干"，老老少少窜来窜去，蚂蚁般乱纷纷，不敢有丝毫马虎。

然而更可恶的事情发生了，当漫山遍野的地瓜片终于集零为整，堆成大堆并盖严苦席，正要歇口气的庄户人明显感觉到风向大变。干爽而劲健的西北风吹来，顷刻之间，遮天蔽日的黑云全面退缩，退出的天宇变成了辽阔的海，海边有纯净无比的蓝色港湾。重见天日的庄户人来不及诅咒或是庆幸，以极快的速度，再次将地瓜片铺满山野。

最后一车地瓜送往食堂，娘停下手里的活儿，侧耳听听阴坡的动静，说，栗蓬儿，快，拾坡去。

地瓜收得干净，栗蓬儿并未"拾"到什么，肚子里火烧火燎起来，亟须吃点东西垫补。蒺藜坡上的蚂蚱肥硕胖大，乱蹦乱飞。他翻过山梁，逮住几只蚂蚱，正吃着，看见有个人赶在了前头，是马长亭，也在逮蚂蚱——弓下腰，两掌如扇，整个身体猛地朝前扑下去。他得了手，坐起身，怔怔地看栗蓬儿走近，似乎有笑意，握着蚂蚱的手递过来，对栗蓬儿说，你吃。

你吃。栗蓬儿把他的手推了回去。

马长亭指头粗大的手里握着好几只蚂蚱，挑出一只，十指合作，熟练地掐掉翅膀，扯断长腿，揪下它的头，扯出粘湿的黑色内脏，把肥美的肉丢进嘴里，咀嚼得十分香甜。一只接一只吃完手里的蚂蚱，在吧唧吧唧的品咂声里，马长亭站起来，满地砾石拉长了他瘦高的影子。

马长亭问栗蓬儿，吃饱了没有？

哪里能饱！几只小小的蚂蚱不够塞牙缝，反倒钩起了肠胃激烈的反弹。栗蓬儿慌慌的，瞄着几只起起落落的蚂蚱追了过去。

夕阳照着蒺藜坡上稀稀疏疏的衰草，蚂蚱的活力大减，却也经不起试探，拿脚去蹚，它们就会惊恐地飞起。翅膀扇动得啪啪响的，是一种翼翅粉红的大蚂蚱，俗名"呱嗒板子"；大腿红色经节后面长着两列尖锐的硬刺，握在手里，它会猛力蹬踏，力气非常大的，是大名鼎鼎的"蹬倒山"；"扁担钩儿"宛若仪态雍容的贵妇，身材修长而动作优雅，其实很傻，落在草里先自歪了身子，好逮得很；"粉娘子"名不副实，大头，两眼瞪得灯笼似的，仅仅是飞起来时，遍布麻点的长翅膀下的粉红色短翅颤动得撩人，才荣膺如此美名。还有"蓖麻翅""梢母角""黄条子""赛老鹰"……秋天的蚂蚱虽然远不如夏天的多，却更容易逮到。只是它们的肉太少，人的肠胃却催命般要求填补。

马长亭蹲在地上抠饬什么，专心致志。栗蓬儿跑过去看，原来他从土里抠出了地老虎，又将一只急速逃离的蝲蝲蛄摁在手下。这两种家伙喜欢躲在地下祸害庄稼，翻起的土壤里，庄稼根部，会发现穷凶极恶的地老虎；而蝲蝲蛄两只宽而带齿的前足能在浅土里挖出长长的弯弯的隧道，地皮就隆起松松散散的条痕，暴露了它们的行踪。让栗蓬儿想不到的是，与收拾蚂蚱的手法相似，马长亭如法炮制，张牙舞爪的蝲蝲蛄很快被吞下，凶恶翻滚着挣扎的地老虎也在片刻之间被收拾利索。马长桥询问似地看看栗蓬儿，栗蓬儿摇了摇头。马长亭把它塞进嘴里，肥白胖大的地老虎的浓汁滴答在嘴角，马长亭的长舌灵活婉转，一滴不剩地舔进口中⋯⋯

"生吃螃蟹活吃虾，掐掉翅膀吃蚂蚱"，栗蓬儿吃东西百无禁忌，爹娘视为绝对不可沾染的龟鳖蛙鼠之类，他早就尝过新鲜，但他还没把蝲蝲蛄和地老虎列入食谱，看着疯老九的贪婪吃相，栗蓬儿有些发愣。

马长亭向栗蓬儿笑笑。

在缓慢起伏的山坡上，破裤腿上沾着些苍耳子的马长亭奔跑着，扑打着，吞吃着。他不时俯下身，极有耐心地寻找和捕捉所有能进嘴能咀嚼的生物。不久，他的身影隐没在了慢坡那面。

三

吃早饭的时候，娘说，燕子走了，该卸风门了。

全家人都抬头看，乌黑的屋梁、檩子和椽子，燕子窝空空，寂静无声。显然，燕子全家已经飞离。

夜里我好像听见它们呼呼地飞。娘说，奇怪，这才过重阳节，它们怎么就走了呢？栗蓬儿赶紧去你九爷爷家看看。

栗蓬儿看过后跟娘说，老九家的麻燕和油燕也都飞走了。娘说，我看憨儿也沉不住气了，好像它也要走。

栗蓬儿说，憨儿跟我好，它不会走。

娘说，栗蓬儿你别犯傻，你把憨儿养得再熟活，它终究也是燕子，总要跟别的燕子一样飞走的。

憨儿是我的，我不叫它走，它就会留下来跟我在一起。栗蓬儿说。

这几天，憨儿从栗蓬儿的手上飞向空中的时候，蹬踏的急切和猛烈，展翅的疾速和频密，都是空前的。憨儿在空阔的天空中寻找和呼唤，然而，没有一只燕子出现。孤独的憨儿上天入地。蓝天辽阔，找不到伙伴。

栗蓬儿栗蓬儿，我想飞走了。憨儿说。

那不行，你得留下来，和我在一起。栗蓬儿说。

别的燕子都飞走了，憨儿说，我连个伴儿也没有了。

我不是你的伴儿吗？憨儿，你和我在一起怎么不快活了？栗蓬儿说。

憨儿说，天上地下，都快没食儿了。

有我呢，我给你准备好了很多好吃的，你满冬天都吃不完。来，跟我来。栗蓬儿擎起憨儿到东屋，看看，这满筐篓的青草和葱叶，这些活蹦乱跳的蚂蚱，还有大肚子蝈蝈和大刀郎，肥肥壮壮的，都是给你养着的。我拿筛子罩住，它们逃不了。这就是你的饭桌，管你吃个够。

只剩我一个，我怕。憨儿说。

你怕什么，有我呢，还有乔芳。栗蓬儿说。

冬天要来了，憨儿说，我会冷得受不了的。

栗蓬儿说，我给你的窝里添棉絮。憨儿你放心，冻不着你。

憨儿说，可我不能整个冬天都躲在屋里呀，要是不飞不动，我要闷死的。

那你也不能走，栗蓬儿说，你走了，我怎么办？

憨儿怏怏不乐。

存有戒心的栗蓬儿不再放憨儿上天。他擎着憨儿到落甲河堤坝下，让憨儿在草丛里觅食吃，尽管它在地上笨拙无比。

憨儿焦躁不安，一次次扇动双翅，企图将自己提升到空中，但这是无望的努力，憨儿的腿脚天生不擅腾飞。它死命地抓栗蓬儿的手指，尖利的喙啄得他叫起来。

憨儿你小点劲儿，叨得我手疼！栗蓬儿说。

憨儿说，栗蓬儿，送我！

栗蓬儿拒绝放飞它。

憨儿垂下头，耷拉下羽翅，再也不和栗蓬儿说话。

第一拨南归的大雁从空中飞过，深远的蓝色天幕上，它们变换着人字形和一字形的飞行队阵，"勾嘎—勾嘎"的叫声撒落马家铺。娘习惯性地手搭凉棚，望着远去的雁阵，说，今年这是怎么了，怎么连大雁也走得这么早呢？

夜里，初起的秋风从窗棂吹入，憨儿显得很焦躁。它再也不像往常那样在炕上蹦蹦跳跳，跳到栗蓬儿腿上、胳膊上、手上，磨它的喙，也轻轻地叨他，逗弄他，和他耍个不停，更不像往常那样与栗蓬儿说个没完，咕咕哝哝，耍脾气，使小性儿。此刻，它把身子埋入堪称华丽的窝里，却不睡觉，倒替着双爪，不时发出栗蓬儿听不懂的声音。栗蓬儿把它从窝里捧出来放到炕上，它立即走开，有气无力地呆立在炕梢，刻意与栗蓬儿拉开距离。

放它走吧，让憨儿飞走吧。娘再次劝导儿子，到了冬天，马家铺冰天雪地，庄户人多么皮实，还不知道去哪里淘换吃食。燕子是吃活食儿的鸟儿，光靠你那一筻笭活物，憨儿怎么能够熬过去！

我有办法！栗蓬儿胸有成竹，只要憨儿留下和他一起过冬，他会让它吃得饱，吃得好。

他已经做了周全的准备。天气转冷之后，空中飞的、草棵子里蹦的，自然没有了，不过，济南府大伯父家的老屋，砦门里三嬷嬷的废屋，自家的东厢房，年久日深的磉基下、墙缝里、小洞穴中，都隐秘地生活着数量众多的小小居民，全是憨儿的候补伙食。还有，场院里的谷垛和麦秸垛，以及自家的柴火垛下面，滋养着不知多少活物。把垛子掏出个空心，从空心挖下去，底下是一个生机勃勃的世界，有蚰蜒、蛐蛐，甚至蜈蚣和蝎子，虽然土腥味重了点儿，加加工，憨儿必定喜欢吃。

憨儿最大的后备粮仓在东坡。

有种官名"螳螂"的昆虫，马家铺人叫做"叮当"的，黑褐色，肚皮上有七条好看的白色横线，一年到头住在自己挖的地下洞窟里。它们不像同类那样在空中张网捕猎，只把粘网做成的精巧圆盖罩住不大的洞口，一旦小虫子和蚂蚁什么的路过，洞盖瞬间翻转，倒霉的猎物就自投罗网。有如此高明的暗道机关捕捉猎物，螳螂们的日子很是滋润，所以它们懒极了，成年累月藏在洞里，不出头，不动窝，不干活儿，饱食终日，由此被马家铺人当做懒汉的代称。论断哪个人懒，懒到极致，懒到不可救药，就会把他与螳螂等量齐观。比如说到青州，老一辈人往往说：那懒虫，懒得跟"叮当"似的。

把蝗螳的头、腿掐掉，圆滚滚的肚子肥嫩、鲜活，是老天为憨儿储备的过冬粮草。头道坡和二道坡的阳面有成百上千个蝗螳的洞穴，即使别的活物都死光，只要保住这两片阳坡，足够供得饱憨儿的肚皮。

娘，怎么样？栗蓬儿信心十足。

娘说燕子春来秋走，是它千万年来一成不变的习性，容不得人硬生生改变。所以，栗蓬儿为憨儿备下的可口食粮再多，憨儿也断断不会快乐，强留憨儿，它也许会死在马家铺。这不单单是吃食的事，燕子本不是冬天的鸟儿，或者说，马家铺的冬月里，人就不应该见到燕子。违反时令的事物总是让人心里不安的。

你放飞憨儿，就是放它一条生路，娘说，再说，憨儿明年还会回来的。

憨儿明年能不能飞回来？就算飞回来，能不能还认老朋友？栗蓬儿心里一点谱也没有。他忧愁地问娘，那，憨儿要是飞走的话，飞到哪里去，哪里才是头儿？

那个地方叫南洋，娘说，天下的燕子，秋天都会飞到南洋过冬。

南洋？南洋在哪里？栗蓬儿问。

南洋在地的尽南头，也是天尽头，是远得不能再远的南方。娘说，你不是认得字吗，没听说过"一点一横长，一撇到南洋，南洋没儿子，怀里抱个'黄'"。南洋，不就是那"一撇"的地方！

栗蓬儿一头雾水，讨问确切方位，但娘能给出的已全数给出，且自信满满。我说得够明白了，她说，你就是个不好好认字的孩子，难怪你听不明白。

栗蓬儿描画了会儿，悟出娘说的是个"廣"字，于是他猜测，南洋，也许就是地理书上说的广东那边的大洋。

那太远了，得有一万里路吧。他说，憨儿得飞多少天啊。

娘说，就是啊，让你赶快放飞憨儿。憨儿再不走，就太迟了。

憨儿要飞那么远，得碰到多少老鹰和鹞子啊！再说，它路上总得落脚歇会儿吧，憨儿的腿脚那么软、那么笨，要是让大雨打落到地上，想再起飞怎么办？有谁能帮它呢？栗蓬儿迟迟疑疑，不放心让憨儿走。

夜里，月光从残破的窗纸里照进来，撒在炕席上，斑斑驳驳，飘飘忽忽。秋虫唧唧，叫得纤细而凄清。憨儿精神沮丧，不言不语，不时无力地看看窗外，平日收拢的双翅散落下来，尾羽耷拉，突然显得娇小的身子，在清冷的月光里微微颤抖。

栗蓬儿说，憨儿，去睡吧，我送你进窝。

憨儿把头扭到另一边，仍然拒绝与栗蓬儿对话。

秋风起了，草木萎黄。

河堤上，栗蓬儿让六月捧住憨儿，自己腾出手，捉些蚂蚱。

六月你小心点，千万别送憨儿飞。他告诫妹妹。六月说她明白，用不着栗蓬儿没完没了地叮嘱。她双手捧着憨儿，不断地给出笑脸，讨憨儿高兴。

这里聚集来马家铺的很多孩子，巴掌、百岁、站儿、满生……河水变凉了，云彩走得飞快，大家张口闭口之间，大葱或青萝卜的味道播散在空气中。秋天的恩典丰盛，大家的肚子里总有东西。

他们嚷嚷着要要一要憨儿。

二哥，他们要拿憨儿要！六月喊栗蓬儿。

河滩里的栗蓬儿回头望去，六月和憨儿被围在伙伴们中间。

都别动！栗蓬儿大声说，六月你别使劲，别把憨儿掐死了，把它给巴掌吧。又喊着说，巴掌你得拿住了，别让憨儿飞。

栗蓬儿用脚蹚去，草滩青黄一片。大蚂蚱已经很少见到，栗蓬儿希望逮一些"油蚂蚱"，即只在水边潮湿的草丛里过日子的袖珍蚂蚱。翅膀短小、遍体绿油油的油蚂蚱不会飞，但跳跃得迅疾，跟跳蚤似的，并不容易到手。栗蓬儿专心致志全力以赴，突然扑上前捉到一只，很小心地握在手里。

二哥！

栗蓬儿！

六月和巴掌的喊声既突然又焦急。

坏了！栗蓬儿意识到，憨儿飞了。

憨儿是巴掌放飞的。

巴掌送憨儿上天，完全是出于好奇和新鲜。他特别喜爱憨儿，很想逗弄憨儿，却极少得手，终于有机会亲近欣羡已久的燕子，怎能不开心至极。他从六月手里接过憨儿，亲了亲憨儿交叠的双翅，随即放在河堤上，拍打着憨儿身后的土地赶它起飞，说飞啊飞啊，你怎么不飞？

憨儿歪歪扭扭地走，呼扇翅膀，但飞不起来，天生缺陷让它深感屈辱。后来，它被一双粗糙的手握住，高高举起。

巴掌举起憨儿，做送它飞行状。围拢来的伙伴叫嚷着，让它飞！让它飞！心眼实诚而性格莽撞的巴掌就势推动并松手，把憨儿送上了天空。

憨儿向着蓝天白云飞去，如斜刺里拉出的一道轻烟，在傻傻呆住的栗蓬儿的视线里，瞬间变成了黑点。

憨儿在飞翔，双翅疾速扇动，它要飞向温暖的、丰饶的、遥远的南洋，但它不忍心就此离别。它出没于轻薄的白云，背负蓝天，掠过大地，俯瞰熟悉的家园。

田野空旷寂寥，秫秫檟的尖顶直指上苍。有不多的庄户人赶着牛马收拾地亩，憨儿听到了吆喝牲口的长长尾音。飘带一样的公路上，见不到大车、小车、挑担杖的。那个肩颈凸起、挎着粪篓、手拿粪铲的老人哪儿去了？憨儿很想跟他打个招呼，但很久没见到他了。大风起处，黄尘滚滚。

憨儿飞过桥头镇，石桥上没有了熙熙攘攘的赶集人，完全小学的宽大天井里也没有人。它快速飞向东北方的偏僻院落。

小院落里，葫芦架枝叶稀疏寥落，那个病病歪歪的年轻人懒懒地坐在墙根晒老阳，乔芳和她娘在菜畦里忙活。憨儿降低高度，飞过她们身旁，它要和乔芳告别。乔芳和她娘正在用小锄锄去杂草，憨儿绕着她们转圈飞行，半径很小，几次掠过篱笆墙、柴门、葫芦架、屋门，叫着乔芳的名字，并不断扇动翅膀，终于，乔芳听见了它的呼唤，与憨儿亮晶晶的眼睛瞬间对视，她直起腰，惊喜地叫道，憨儿，是你吗，憨儿？

是我呀，你好吗？憨儿说，飞去又飞回。

你要走了吗，你要飞到南方去吗？乔芳问。

是的，我要走了。我要到暖和的地方去了。憨儿说。

你要想着我，憨儿，我想着你呢。乔芳说。

我会的，乔芳，我会记得你的。憨儿说，放慢速度，飞过她的耳边。

明年春天，你要回来，一定回来！乔芳大声说。

再见！憨儿再次绕飞一圈，向乔芳告别。

憨儿飞过大田各庄和小田各庄，村子寂寂无声。憨儿飞过犸虎岭，葱茏的绿色消失了，荒草稀稀落落，空山显出清晰的山石和褶皱，唯有在崇山峻岭中蜿蜒穿行的落甲河，还和从前一样默默流淌。憨儿飞回马家铺上空。不言不语的石牌坊，水面缩小了的簸箕湾和斗湾，高高低低的屋脊和门楼，但听不到风箱拉响，看不到炊烟升起，碾磙和磨盘凝固不动。憨儿在全村最大的天井上方绕飞了几圈，没看到自己家的人，它怏怏不乐再次高飞，飞过高埠，飞过老桑树，飞临落甲河河堤，看到了仰望守候的栗蓬儿。

栗蓬儿含住小指，转动身体，眼睛盯住绕着他飞的憨儿。

憨儿缩短飞行半径，栗蓬儿清楚地看到了它饱满雄劲的头，粗短有力的脖子，修长劲健的身体。憨儿的双翅轻盈一点，飞近了朋友。

栗蓬儿栗蓬儿，你好好的，我走了。

憨儿把温柔的呢喃留给栗蓬儿。

它知道栗蓬儿渴望它降落，渴望它留下，但它做不到，它必须飞离马家铺，它最后一次俯冲，在朋友的头顶做了个漂亮的悬停，旋即，一飞冲天。

栗蓬儿吹响口哨，怀着最后的希望召唤憨儿。他在河堤上跌跌撞撞地奔跑，荆棘刮破了他的衣衫，赤脚踏碎了土坷垃。他跑过河滩，撞开密密实实的芦苇丛，蹚过垂着头的紫红色蓼花，任凭茅草划伤手臂，翻越河堤，急速跑上通向犸虎岭的大路。他的心一片苍凉，绝望的目光追随着越来越远的憨儿，把长长的嗯哨送到高空，送到憨儿的耳边。

像一粒黑芝麻撒进大海，憨儿消失在浩渺无垠的苍穹。

第十八章

一

这一年，马家铺的秋粮严重歉收。

大秋庄稼本不该如此不争气，大半年风调雨顺，它们的长势是少见的好，曾经让马家铺人明里暗里欣喜不已，之所以弄成一塌糊涂，可以反用娘育儿宝典中的人同草木论来解释：庄稼幼苗也如同"人芽"，离不开"父母"的管教看护。庄户人就是庄稼的严父慈母，侍弄和管理儿女是他们的天职。假令父母在小儿女的成长过程中缺位，那么，无人疼爱、管束和教诲，任由儿女自生自灭，即使侥幸没有萎谢夭折，长起来也必是良莠不齐，长成歪瓜裂枣也未可知，看看涝在水里的，倒伏在风里的，因为无人收割、掉落土地而重新长出了嫩芽的⋯⋯

当当当当，钟声响起，食堂开饭了。

每天只此一顿饭，也不给吃饱。放开肚皮胡吃海塞的日子早已远去，食堂米面屡屡告急，菜蔬更无从谈起，马长楼的烹调技艺没了施展的机会，也没了炫耀的心情，曾经招招摇摇的围裙再也不穿在身上。锅里焖煮的是地瓜，箅子上蒸的是三分棒槌面七分米糠的粑谷，另有看不见面条只看见几片绿叶漂浮的面汤。切勿小觑饭食寡淡贫乏，对于肚子里空荡荡的庄户人，厨房里飘出的味道具有天大的诱惑力。马家铺人仿佛从地下涌出来的，眨眼之间将"饭厅"塞得水泄不通，更多的人被甩到院子里，拼命往里挤，求告的、骂街的、哭嚎的、唉声叹气的，乱象丛生。各家各户打头阵的是孩子，挤不进饭厅的，直接向伙房发起冲击。

粑谷、地瓜及"面汤"，今天的饭食算得上丰盛了。粑谷，每人一个，整劳力分大的，半劳力分到手的不大不小，中等个儿。像栗蓬儿这样年纪的孩子，能从马天武"家里的"手里拿到一个像样的粑谷算是运气。食堂不景气，这个自私妇人的悭吝天性被激发到极致，她递出窗口的地瓜无一不减掉一个量级，并不理会汹涌的埋怨、质疑、争吵和詈骂。

栗蓬儿让妹妹在人群外边等，自己鲶鱼似地钻在前面，拿到了全家人的那一份：五个大小不等的粑谷，五个煮地瓜，以及半瓦罐汤水。

聚堆儿吃饭已是繁华往事，各家都把饭菜打回家。等待已久的娘让栗蓬儿和六月吃还有热乎气的地瓜，自己将粑谷揉碎，掺入灰菜籽磨成的细粉，五个粑谷变成了十个，再次装屉，烧火。不久，个头差不多大的新粑谷出笼，不太结实，颜色变得更黑，味道似乎还行。娘与儿女分吃三个，将留出的七个切片，早晚分吃一点。另外留出几片，放到磨房里晾干，用水笼布包严实，留给玉楸。

栗蓬儿的饭量本来就大，为了填饱肚皮，他搜寻枝叶凋零的柿子树，吞吃掉所有残存的柿子。赶去河边那片小石榴树林，发现果实早被人扫荡一空，只好胡乱扯些桑树溪和落甲河里的荇菜嚼，哪能顶饿？饥饿如影随形，高低驱赶不走，甚至刚刚放下碗筷，就觉得肚里已经空了，邪门！

他带妹妹去地里找"飞地瓜"[①]。

是六月先开张的，栗蓬儿也挖到了几个，个头都很小。栗蓬儿就地挖出前后比邻的两个土坑，前头的浅而后头的略深，把两坑中间的土壁下方斜着打通，一个简单实用的野灶便大功告成。敲火石，点火绒，加细柴，添干柴，待灶坑里的火势渐旺，切成段的地瓜放在火上，只等烤熟享用好了。

六月走过来，贴着栗蓬儿的耳边说，她又发现了一燉"飞地瓜"，土包很大，看样子地瓜很大。

六月领栗蓬儿走出很远，走到另一面山坡。在起得十分干净的地瓜地附近，有一堆干土微微隆起，顶端有几道绽裂。栗蓬儿正端详的当儿，一只耗子昏了头，慌慌张张跑过六月脚边，吓得她跳着尖叫，栗蓬儿追上去一铁锹拍死。这是只母耗子，又大又老，灰色鼠毛几乎掉光，样子越发难看。它的两腮鼓鼓的，胀得耗子脸都变了形。栗蓬儿掰开它流血的嘴巴，黄豆粒掉落下来。他前前后后搜寻，在一丛茇茇草下面找见了洞口，酒盅粗细，口沿浑圆而溜溜光。

这不是飞地瓜，是耗子洞！

---

① 飞地瓜：地瓜的根茎远离植株，从地下钻向远处，在那里膨大成果，故称。也叫"跑地瓜"。

从某种意义上说，秋后的野耗子洞称得上是马家铺人的微型粮囤，它的价值远远大于飞地瓜，在这个怪诞的年份里更是如此。野耗子虽与家耗子同族，但两者差异很大。野耗子体格壮硕，毛色灰中有黄，手段高强，会偷庄稼且偷得特别多，聪明、勤奋而有远见。为了储存过冬的口粮，它们极为勤勉地奔跑于庄稼地和它们在地下的家之间。黄豆是它们储粮的首选。月朗星稀的夜里，豆荚在轻微的莘剥声中开裂，黄豆跳脱着落到地面，给耗子们降下现成的食粮。假令豆荚沉稳老练，拒绝配合窃粮者的行动，耗子们会用不大的头或很大的身体使劲触碰豆棵子，撞得它们簌簌抖动，豆荚耐不住震动，不得不吐出籽粒。耗子们含起尚在地上滚动的豆粒，直到贪婪地塞满两颊，迅速运回地洞。

栗蓬儿望望四周，发现这个洞口离黄豆地不远。那块豆地约有二三分的样子，黄白色豆叶低垂披撒。看来今天要交好运，他有幸发现了梦寐以求的耗子仓囤，并将有吃到肉的极大快乐。栗蓬儿心花怒放。

耗子洞的后门一般不远。这窝耗子只有一个后门，距正门三庹有余，比前门略小，洞口也不如前门光滑，周边长有掩蔽洞口的衰草。后门是耗子们的应急逃生之路，平时很少从这里出入，除非遭遇强敌入侵。栗蓬儿遍地找石块，急切中没找到。他让六月守住洞口，堵死耗子逃跑的通道。六月胆小，怯怯地退后以至于远远躲开，最后跑去野灶那里等地瓜烤熟。栗蓬儿着急地张望，看见了马长桥。前一中校长闻到了烤地瓜的香气，正往野灶那里走。

栗蓬儿喊叫说，四爷爷，你家狗欢子呢？

马长桥站住了。

狗欢子呢？他怎么不来？栗蓬儿问。狗欢子跟自己一样，也是有名的馋鬼，如果在这里，是个好帮手。

玉麒在家，不肯跟我出来。马长桥说。

四爷爷你想不想吃肉？栗蓬儿说。

肉？哪来的肉？马长桥问，慢慢走过来。

那你帮我个忙，栗蓬儿说，咱们这就有肉吃。

马长桥疑疑惑惑地看着栗蓬儿。

帮我堵住耗子洞的后门。栗蓬儿指着那个隐蔽的洞口说。

你是说，要吃耗子肉？马长桥问。

这一窝全是大耗子，栗蓬儿抑制不住兴奋，用手比画着说，它们肥着哪。

马长桥犹豫着。

栗蓬儿说，你要是不想吃肉，那就算了，我再喊别人帮忙。

我来，马长桥说，你是说堵后门？我来堵。

马长桥满地找堵门的东西，没找见，向着栗蓬儿把两手摊开，意思是没找到。栗蓬儿说，用脚，用脚堵。马长桥逡巡片刻，果断地踩住洞口，同时将国字形脸膛仰向天空，其舍命也似的神情跟踏上即将喷发的火山口差不多，黑布鞋上面的腿瑟瑟地抖。

这样行不行？他紧张地问。

你别动，四爷爷你千万别动，别让耗子跑了，一只也别跑了，别的事不用你管。栗蓬儿说，我来挖洞。

好家伙，马玉槐你这是在挖陷空山的无底洞哪。我堵住了，看这帮老鼠精往哪里逃？镇静下来的马长桥说。

栗蓬儿从耗子洞挖下去。

野耗子洞很深，粮仓却不建在最底下。野耗子爱惜粮食，一般都把粮仓建在比洞底高的位置，从而尽可能避免被雨水淹没，至少不先被淹没。它们也爱清洁，地下茅厕单独设立并且与粮窟拉开距离。栗蓬儿沿洞窟一路挖下去，土越来越潮湿，洞口总被掉下的暗土掩盖。偶尔有耗子探头探脑，顶开湿土偷窥，又迅速退回。堵后门的马长桥突然无声地笑起来，见栗蓬儿停下手看他，就伸长脖子做悄声状，说耗子在顶撞他的鞋底，弄得脚心直痒痒。

六月送过来几块烤熟的地瓜给哥哥。栗蓬儿与马长桥分吃了，自己加紧挖洞。

挖到大腿深，臭气浓烈得呛鼻子，是耗子屎被雨水泡烂而发出的恶心味道。

耗子洞开始由斜向变走横，并且分岔，一个洞稍稍下行，是通向茅厕的；一个洞横走相对的方向，是栗蓬儿的最终目标。即将见到猎物，他直起身擦汗，看看马长桥，前一中校长恪尽职守，矗立在那里纹丝不动。

洞越来越粗，栗蓬儿觉出了耗子们的惊慌纷乱。他没想到的是，这窝耗子非常多且全部退守粮仓，意识到大祸将至，它们据守粮仓以求最后一搏，乱糟糟的灰色皮毛挤做一团，大颗大颗的豆粒滚出来。

栗蓬儿毫不留情地挥动铁锨，把这些耗子全部弄死。他迫不及待地掘开洞窟，果然是个储量富足的粮仓，清一色的黄豆把洞穴撑得满满的，黄豆已经胀大，还好，没有生出胚芽，晾干之后，和新鲜黄豆没有区别。

获取的黄豆之多，大大超出了栗蓬儿的期望，苦于没有东西盛黄豆，他将耗子弄得远一些，招呼六月过来，看牢丰盛的收获，自己先弄肉吃。

八只死耗子并排摆开，打头的最大，是那只最先落难的母耗子，看样子，别的七只是它的儿女。个头差不多，分不出弟兄姐妹，跟多胞胎似的。

马家铺人从来不吃耗子肉，栗蓬儿是个例外。早几年，当他跟着马长亭满山转悠的时候，就尝过耗子肉的滋味，他得意地在爹面前吹嘘，没想到爹的反应如同听到蛮族生啖人肉，厌恶到恶心，弄得栗蓬儿觉得自己简直就是野人。眼下，马长桥也要吃耗子肉，让栗蓬儿非常开心。县一中校长是多么了不起的人物，又傲气得很，先前见了栗蓬儿，离得老远就转脸看别处。这当然也没什么，马长桥那么大的学问，那么高的辈分，不拿正眼瞧他太正常了，然而，敢吃耗子肉，能吃耗子肉，四爷爷如今和自己站在一头！

他们提着耗子的尾巴，把它们提到桑树溪。

马长桥选棵酸枣树，试图把死耗子挂在枣针上。枣针的角度和位置不理想，马长桥又笨，挂不稳，倒被枣针扎破了手，还弄得满头大汗。后来八只耗子总算被挂了上去，高低错落，活像酸枣树结出的奇异果实。栗蓬儿用锋利的小刀先逐个剥掉鼠皮，继而豁开耗子的肚皮，取出内脏扔掉。他把耗子拿到沟底，以石块作砧板，切去它们的头尾和脚爪，在溪水里洗净，将暗红色的精细瘦肉摊在平展开的蓖麻叶上。

怎么办？马长桥说。

烤着吃。栗蓬儿说。

怎么烤？马长桥说，把肉串起来烤么？

不……是，栗蓬儿骄傲地拉长语调，是包……着……烤。他领马长桥在桑树溪崖壁上找到了合用的黑胶土。马长桥说要自己动手，从薄薄的胶土层中抠出一些，堆在沟底的小块平地上，捧起溪水浇在上面，很卖劲地和泥、拃泥，把泥团摔得噗噗响，不长时间，三个黑色胶泥饼拍好了，圆圆的，厚薄均匀。看得出，后面的工序马长桥也不陌生，手脚虽笨，但入手很快，将耗子肉裹入胶泥饼，封包严实。他做得有板有眼，也很有兴味，胶泥团很饱很圆，再蘸水在表面抹过，严密结实。一整套工序的圆满完成使马长桥很得意，他洗净近视眼镜上的泥点子，往溪水里甩着水滴，甩得兴起，抓起块石头扔出，没扔远，水花溅到自己脸上，便激动起来，感慨地说，这也是聊发少年狂了，我年少时，抟胶泥的本事不亚于你马玉槐。牌坊上的醉八仙，我拓下来的泥模摆了半炕呢。人真不经活啊，一晃，五六十年过去了……

三个泥团放入野灶，再次填进柴火，升腾的黑烟中，火星四散飞溅。

四爷爷，你吃过耗子肉没有？栗蓬儿问。

马长桥说，没吃过，但听说有人吃过，咱马家铺吃耗子肉的人可不多。滋味怎么样？

栗蓬儿说好吃，只是耗子肉全是瘦的，吃起来不太过瘾。

那我得尝尝，看它的味道究竟如何，想来不至于太坏，也许还算好吃。马长桥说，猎吃野鼠这类勾当，他年少时多有耳闻，遭遇大荒之年，任何能吃的东西，都可能列入人的食谱。相比之下，鼠肉算得上是好吃食了。

栗蓬儿说，我爹娘就不让我吃耗子肉，说只有邪性的人才吃，还说它的味儿不正。可我觉得好吃，肉红红的，很香。

味道的正与不正，多在习俗使然。因为不吃，所以禁忌；吃得多了，鼠肉未必不比牛羊猪肉好吃。你看我，现在馋得恨不得连生肉都想啃一口，哪里还顾得肉味正不正。再者说，大肉好吃，可你看猪什么脏东西都吞，而田鼠，只吃粮食和草根，肚腹里干净得很。耗子肉的味道我不知道怎样，但我说句极端的话，野耗子的嘴比猪嘴干净，比人的嘴也清洁得多。马长桥说。

六月，你过来吧，到这儿等肉吃，用不着看豆子了。栗蓬儿大声召唤小山坡那边的妹妹。

才不吃你的耗子肉。六月的回答从晚风中传来。

听说你妹妹挑食，是真的？马长桥说。

栗蓬儿说，我最恼火她了，好多能充饥的东西她都不吃，看她瘦得跟嘎牙子鱼似的。

天性若此，也不能怪她。世上挑食的人可不止她一个，有的人比玉柳还挑剔得多，马长桥说，玉楸如今怎么样，是不是也吃不饱？

栗蓬儿说，玉楸在我家最得意了，我娘把好吃的都留给他。

听说县一中的师生都吃得不好，又是那么紧张的学习节奏，你哥哥的确应该补充些正经的食物。马长桥说。

栗蓬儿说，一到礼拜五，我娘就半夜里起来摊煎饼，等玉楸礼拜六回家，塞给他吃。

这年月，还能摊得起煎饼，你娘真是会过日子的人。马长桥说，马玉槐，索性，你好好读书，也考上中学，你娘也会给你吃煎饼的。

我？我可考不上中学，我连完小能不能念完都不好说。栗蓬儿笑笑说，我的功课差，语文成绩在班里倒着排名，头几号准有我。

不会吧，马玉槐，我倒看你有些灵性，怎么会落得那么远？马长桥说。

栗蓬儿说，真的，不瞒哄你四爷爷，我就是不行。

这也许就是你的学习跟不上的症结所在——对自己没信心。马长桥说，马玉槐我告诉你，古人说，"非学无以广才，非志无以成学"。你先得有志向，像你哥哥那样；有了志向，就有了学习的愿望。你不妨先从语文课开始学起，这门课有趣味，能培养你的学习兴趣。只要你喜欢学习，以后的路就越走越宽，功课和成绩就能日渐精进了。

我最不喜欢上语文课，没意思透了。栗蓬儿说，语文课也没什么用。

那，什么课程"有用"？你现在学的是基础知识，虽然没有直接效用，不能马上见出成果，但打下厚实的底子，对你的识见、心胸、成长，特别对你的做人，都有说不尽的益处。多少人因为无知误入歧途而不自知，还洋洋自得。千万别小看了语文，那可是小学生的看家课。当然，也别轻视任何一门课程。马长桥说，马玉槐，你看得应该远些，别只看眼下，别只看马家铺，也别让桥头镇限制你的眼界和心思，未来，很可能有比庄户人更适合你做的事。然而，如果你不思进取，今后的庄户人，怕也是当不好的。

栗蓬儿不太明白这些大道理，因为觉得新鲜，所以不反感。

马长桥说起韩先生，说他是极为出色的老教师，自己对他十分钦佩；又问起桥头镇完全小学的几位老师，说与佟校长虽然缘悭一面，却看过他教学相长的经验交流材料，觉得他的心得很有见地。有他当校长，桥头镇完小应该有很好的发展。不过，今年苍蒲县的升学率一下子高得惊人，无论初小、高小、初中、高中，门槛莫不降低，学生一窝蜂地升学，看起来振奋人心，内里怕是有些"糠"，质量难以保证，这使县一中前校长深感忧虑。当然，农家少年求学心切，学校敞开大门，总是好的，村里辍学的孩子所剩无几了吧？你的好朋友，就是天佑家的那个马玉霸，他怎么样？

你是说巴掌？他还赶不上我呢，连着上了四个一年级，哈！栗蓬儿说，巴掌干活儿还行，下力气，能吃苦，现在是队里的半劳力了。我要是退了学，干活比谁劲大也赶不上他。

不要总想着"不行""退学"，那多没出息，你的品性还好，但一辈子的路很长，你总得有安身立命的知识才行。马玉槐，愿不愿意跟我打个赌？你在学习之余来找我，我教教你，以半个学期为限。你跟我半个学期之后，不敢打你考上中学的保票，我保你的语文课成绩在班里拉木犁①。敢不敢？

对于栗蓬儿来说，这是做梦也梦不到的事，梦到了也只会笑话自己。他说，四爷爷，我不跟你打赌，打赌准输，我哪是上学的材料？

我不要求你此刻答复我，你先考虑考虑，哪天你考虑好了，就到我家里，告诉我你的决定，顺便也能和玉麒耍耍，他盼着你呢。马长桥说，不管你答复我的是什么，马玉槐我告诉你，由古至今，要做像样的事，做有出息的人，"未有不由学而成者也"。你明白这个意思吧，就是说，人不经过学习，就会一事无成，这是至理名言。玉槐，听我的话，相信你四爷爷的眼力：你不是差生，也不应该是差生。只要你想学习，肯学习，会学习，在成绩上，不敢说一定会成为优等生，但你必定会是个好学生，也必定能做出像样的事。

六月在那边喊话，天色暗了，催栗蓬儿去收拾豆子。

马长桥沉默下来，栗蓬儿也不再说话。苍苍茫茫的暮色笼罩四野，夕阳一下子落入远山，霞光如灿烂的云幔，东坡转瞬明亮了片刻。

我闻到香味了，耗子肉熟了。栗蓬儿对马长桥说，你站到上风口去，我来掏。

撒些土到野灶里，让灰烬尽快冷却，拨出火烫的泥团，马长桥勇敢地捡起，吹着拍着，丢到地上，晾凉双手，再次捡起，终于打开硬实的外壳，迷人的

---

① 拉木犁：考试成绩领先之意。

香气随晚风飘散开来。

马长桥吃耗子肉的贪婪不比栗蓬儿逊色，肉很烫嘴，也不管不顾，要不是栗蓬儿下手也很快，八只耗子的肉，说不定一多半会进入他的嘴巴。但马长桥对黄豆很谦让，只接受栗蓬儿捧了几捧豆粒，放入他中山装上衣的两个口袋。

足矣足矣，马长桥说，这些大豆来之不易，我也没做什么事，受之有愧，受之有愧。我腆着老脸收下，算是代玉麒领你玉槐的朋友情分。天色已晚，你们兄妹俩赶快把这些宝贝运回家吧。

二

又往粮库送粮米，车载人挑送往县城，换来的却是令人沮丧的消息：马家铺大队被插了"白旗"。

什么是白旗？白旗不是旗，是落后的意思、丢脸的意思、丑陋的意思，是倒霉的意思、要挨板子的意思。白旗插到哪里，都等于抹白了那里的人脸，那里的人差不多就成了白脸奸臣。直说吧，马家铺被插白旗，是说它上缴的大秋粮食数量少于别的大队，在全公社垫了底。其实马家铺缴送的秋粮并不少，但别的大队缴送的更多。比如桥头镇大队、大小田各庄大队以及邹家庄大队，甚至后昭下大队也彩旗高擎，锣鼓喧天，将粮米运到县城粮库，那是何等的风光！须知它可是连一亩水浇地也没有的穷队。唯有马家铺不争气，弄了面"白旗"回来，对于马家铺这样的老村子来说，是奇耻大辱，而对于李张二同志来说，更是颜面尽失。

往事不可追，寄希望于来年。明年的庄稼必须高产，无论夏粮还是秋粮，无论亩产还是总产，明年的公粮、余粮，必须在整个公社拔尖，拔掉白旗，挽回马家铺的名声，粮食高产的如意法宝已经有了，就是深翻土地。

土地要翻多深？须一尺五寸深，或者还要再深些。老式木犁太笨，达不到深翻的标准，连双轮双铧犁也无能为力。那该怎样翻？用大板铁锨翻。大板铁锨简直赶得上小门板般宽大，锨刃锋利，蹬住锨肩一脚踩下，撅土半尺有余，太出活儿了，极是过瘾。深度仍然不够，怎么挖？有办法。工作同志请新近走红的茅草店人来现场示范。茅草店是个寂寂无名的村子，原本不为人所知，入夏以来，凭借高得让人眼花缭乱的小麦亩产一鸣惊人，不但上了报纸，戏匣子里也喧嚷得厉害，说他们的收成十分了得，所有的仓囤都装得满满的而且仓外也堆积如山，缴送的粮食在全县拔了头份，他们的食堂天天早饭发煎饼馃子，午晚两顿也都领干饭，尽着全村人敞开肚皮吃，三日一小宴五日一大宴，不但顿顿有肉，隔三岔五还要喝一壶老酒，整个是人间天堂。

据说地亩深翻法本是洋法子，被茅草店人学到手并添加了自家创造，实属绝技妙法，他们教起马家铺人来很热心，详细地解释并示范地亩深翻的时新秘籍，其实也简单，视同挖水沟即可：把此沟挖出的土填入彼沟，再挖新沟，往复循环，简言之，就是把上层的熟土和下面的生土换个个儿，事成！

翻土新规让庄户人咋舌不止。

马家铺无一人响应或效法茅草店人的示范，虽也挂着大板铁锨观看这新鲜绝技，待到上手时，却都不动声色地往别人身后躲藏，其极度畏缩之状使工作同志很不屑。更让他们不屑的是，第二天，出工的人数大大减少，稀稀落落的场面让工作同志大为光火。

当是时也，狍虎岭里偃旗息鼓，闹腾了几个月的钢铁冶炼伟业彻底告吹，寸功未建的民兵铩羽而归，来得正好，民兵连一分为三，一部改作民伕，会合村里被征调的壮劳力，赶往辕山完成水库的收尾工程。一部星夜调往平川，听说去为飞机场拉碌碡压跑道，任务十万火急，耽搁不得。余下一部人数虽然不多，救急还算够用。这些民兵在工作同志的率领下进入庄户人家的大门，剔牙似地，将不出工的劳力尽数赶出，赶到落甲河堤坝下，都用新法翻地。在呆立的庄户人面前，茅草店人挖了几铁锨，量出深度，以此为基准，往两边延伸。工作同志命令大家散开，按划出的地段，一人一段，快干！

不管是谁，都得硬挺起饿得前胸贴后背的身子，将大板铁锨深深插入地下，将下面的生土翻上来。工作同志如影随形监视着，由不得你磨洋工，都闷声干活儿。拒绝翻地新法的，只有马长驿。他也被赶到这里，却脸色阴沉地站在地头，死活不进地亩，肩颈上两块肌肉顶起了黑色夹袄，格外显眼和难看。

马玉锁将铁锨塞到马长驿手里，声音很小地劝他说，五爷爷，你拿上这铁锨，翻几锨给大家看看，千万别死扛着。李同志厉声喝道，马玉锁你跟他说什么哪？给我走开！从现在开始，谁也不许理睬马长驿，看他能站到什么时候？马家铺总有人不听话，马长驿就是一个，保守顽固，倚老卖老，不把人家的宝贵经验放在眼里。我看他是被惯坏了。

马长驿的脸涨得通红，一把将铁锨插到地里，头也不回往家走。

哪里由得他！甩脸子、撂挑子，罪过大了，还想回家？把他便宜的！马长驿被关进了地屋子。

被关入不见天日的临时监牢，说起来怨不得别人，只怨马长驿自己太勤谨和节俭。本来，地屋子是一年一建，入冬开挖覆顶，使用一个冬天，开春即废弃填埋，一般不保留。这年春天，马长驿觉得挖挖填填的未免浪费，力主留存已建的地屋子，入冬后填补缝隙，增厚覆土，打扫打扫，完全可以使用，功能并不减弱，省下了不少材料和工时。老庄户的主意得到了大家认可，地屋子保存了下来，虚席以待，正好迎接他的入驻。脏是不必说的了，大半年的闲置，很有些粪尿在里面，顶部也出现了缝隙，稍有震动，灰土便很潇洒地撒下。有保留地屋子的首倡之功，马长驿成为首位被囚禁在里头的庄户人，真是种瓜得瓜种豆得豆。马天茂和百岁想送被褥给老人，哪能得到允准？这又不是车马店，他想四仰八叉睡大觉不成？看守他的民兵只准递个杌子下去，让他坐坐吧，坐着的人脑筋清醒，能更深刻地反省自己的罪过。饭是允许吃的，水也可以喝，都由儿孙送来，就是不许见天日，临时加了门锁，拉屎撒尿只好就地解决。

一个礼拜以后，马长驿获释，钻出了地屋子。蹒跚着腿脚，重新走在阳光下的老庄户性情大变，让人觉得非常陌生，不仅因为他拒绝儿子儿媳好心的劝告，将请他换上的干净衣裳扔得很远，捂了七天恶浊臭气的衣裳仍旧穿在身上，似乎很自得、很享受；也因为他曾经的固执到家，现在变得极端顺从，叫他翻地，他就翻地，叫翻多深，就翻多深，不变的是干活的速率，任凭工作同志怎样大声催促，在他就是耳旁风，依旧与干任何活儿一样缓慢。而马长驿最大的变化，是再也不拾粪了。他照样起大早，照样去公路，却不挎粪篓，不拿粪铲，只背着手，低着头，在路上不知疲倦地走，嘴里嘟囔个不停，也与过去的沉默寡言对比鲜明，让马家铺人觉得奇怪极了。

有人听清了他的嘟囔，是马长驿一辈子也没骂出口的脏话：

操他娘的，都饿死了罢，饿死了就利落了，操他娘的。

马长驿是不是得魔怔了，这不跟马长亭有一比了么？ 众人说，并且不无惊讶地发现，不知疲倦地走路也不停口骂街的马长驿，他的凸起的肩颈，即那两坨筋腱肉疙瘩，神奇地塌陷了下去。

再也没人敢不听话。为了将土地来个鹞子大翻身，壮劳力和半劳力们都要轮动铁锹，没白没黑连轴转。某日，上头要派检查团来核查地亩翻覆的"深度"，李张二同志亲自拿着样板一段一段测量，宣布通过或返工，一丝不苟，任何蒙混过关的企图都被揭穿并将施工者拿下严惩。白昼变短了，黑夜正好接续上。支差的民伏太多，劳动力严重不足，就驱赶着全村的老弱病残上阵，少到一十五，老到六十五，不分男女，统统下地。为了鼓舞士气，沉寂了几个月的歌咏队又开始唱歌，领唱者马玉衡"家里的"重操故技，歌喉亢奋，听得人浑身起鸡皮疙瘩。栗蓬儿六月兄妹不在拿铁锹之列，也别想闲着，半夜起来，从食堂抬热汤，水里漂着几片葱花、几汪油花，时称"神汤"，送到工地——没错，是"工地"而非庄稼地——夜色深沉，远远近近灯火闪烁，周边插了很多旗子。影影绰绰活动着的都是人，翻地的、验收的、监工的，还有唱歌的，虽无盛夏时的热火，也把黑夜搅得骚动不安。

马家铺流年不利，小雪刚过，马长桥被逮走了。逮他的可不是工作同志，而是全副武装的警察。

逮马长桥的场面很壮观，相对于他潜回马家铺时的悄无声息，堪称气势雄豪，震惊了马家铺的同时，也让众人见了大场面。

来了二三十个警察，扛着的长枪刷刷齐，枪刺亮闪闪的，远非马玉锁的土枪可比。一辆大卡车把他们拉过簸箕湾，在牌坊前停下。警察们跳车的灵巧劲真让人叹为观止，飘然落地，顷刻间列队完成，整齐划一进入战斗状态。他们的行进动作迅捷之至，在当官的指挥下，单列跑过牌坊，毫无阻碍地进入马长桥家。眨眼之间，马长桥双手被铐，在警察们的推搡中，摇着一头稀疏的银发，跌跌撞撞地走出街口，又在眨眼之间被推上卡车。卡车抖着车身噗噗乱响，喷出股股黑烟，扬长而去。

即使往上数几辈子，马家铺也没来过警察。一下子见到这么多头戴大檐帽，身穿藏青色制服，荷枪实弹的人，庄户人眼界大开，也使马家铺的民兵羞惭无地——跟警察相比，自家不过是乡野之民而已。单说人家的气派和枪械，就看傻了他们。对非民兵的村民而言，突然杀到马家铺的警察带来的震撼是极大的，牌坊下三嬷嬷赶紧关门，把自己藏在门后，一个劲地念佛许愿；小铺子里的丛其五浑身筛糠；即便是见过大世面的马长楼，也被这凛冽的阵仗震慑得哑口无言；刚从辕山水库支差回来的爹远远瞧见枪刺如戟在阳光下闪烁，跑回家的速度快极了。也有远远观看的人，或抱臂注视，或零散尾随，默默目睹了前一中校长大难临头的可怕过程。

为马长桥送行的只有他的老妻即狗欢子的嬷嬷。这位老妇人着急忙慌地为丈夫收拾衣物，迟了片刻。当她抱着马长桥的洗换衣裳和盥洗用具跑出大门，卡车已经远去。狗欢子嬷嬷不死心，拧着小脚歪歪拐拐地追，追到牌坊西，再追到簸箕湾，看到的是公路上飘散的烟尘。

狗欢子嬷嬷回到巷子口，将手里的包袱砸向儿媳。

你个败家的东西，你这个败家的坏东西！老实懦弱了大半辈子的老妇人骂道，把你爹卖掉你觉着舒坦是不是？将来你怎么跟天谋交代！你爹要是不能活着回来，天谋不收拾你，我跟你一命抵一命。

狗欢子娘毫无防备，躲闪不及，一下子被砸懵了，双手招架着且战且退。但揭竿而起的婆母不依不饶，继续疯狂地追打，将从来不吃亏的儿媳打得极为狼狈。待披头散发的狗欢子娘稳住阵脚，嘴里骂出一连串的脏话，欲以壮实的身体作飞弹撞击敌手的时候，马家铺人不约而同地拥上去，拉住她，围住她，安慰她，劝解她，大哭着的狗欢子也从家里冲出来，将自己当作了他娘和他嬷嬷之间的缓冲地带。

当晚开大会，全村的老老少少被赶到场院听李张二同志训话，人们才明白原来是马长桥又不安分，竟然写信告工作同志的状，说了很多"不识相"的话，闯下了大祸，没伤到别人的一根汗毛，反把自己关进了大牢。李同志给大家解释马长桥的被逮，很有些快意。她说，咱们村不是有句老话，叫做"编筐作篓儿"①？他马长桥就躲在家里编筐作篓儿说谎话；咱们村还有句老话

---

① 编筐作篓儿及下文的"打鬼吊琵琶"，均为无中生有、造谣生事的意思。

叫"打鬼吊琵琶"，马长桥就是打鬼吊琵琶的老手，写了好几封信，寄到济南府，还寄去北京城，字字造谣生事，全都是对着她和张同志来的。李同志把手里的信纸抖得哗哗响，看看，这些信，白纸黑字，铁证如山，足以证明马长桥罪行累累。李同志说她含辛茹苦，远离锦绣江南的可爱故乡，远离济南府舒服优裕的家，到马家铺和大家同吃同住同劳动，为的是什么？难道为的是马长桥的暗算和栽赃？她为此感到非常难过，委屈极了。

李同志说，公共食堂好不好，他马长桥说了不算。除了他，没人说不好。大家都满意，他凭什么不满意？炼钢炼铁好不好，深翻土地好不好，也不能由他说了算。他的专业是历史学，不好好研究历史——凭他的榆木脑袋，就算好好研究他也研究不出个所以然来——倒对农业生产说三道四，不觉得自己可笑吗？他点过豆还是种过麻？扶过犁还是摇过耧？没干过吧？那他一定挖过簸箕湾和斗湾的肥泥，也没干过？那，石牌坊是因为他建起的？也不是。啊，他有什么本事？你们谁说来我听听？没有？那他凭什么把自己看成一朵花，自以为人见人爱。他不就是会几口外语能写几个颜体大字嘛，那没什么了不起。通晓外语的人多得很，少了他一个，天塌不下来，说不准还要更高更蓝。至于写字，谁不会写？难不成只有他的字才好看？笑话。

工作同志对马长桥的底细了如指掌。比如他用哪只手拿筷子吃饭，用什么砚台磨墨写字，寄出去几封信，甚至，他镇日里想的是什么，为什么想那些什么，全在工作同志的肚子里装着。李同志说，我们没不让他吃，没不让他喝，没剥掉他的衣裳，没禁止他睡觉，没加给他五花大绑，没动他一根手指头……对他这个早就被打断脊梁骨的人，我们给予的是多么优厚的待遇，多么丰盛的恩典。可是他不但不知足、不感恩，反而恩将仇报，四处告我们的黑状。他，马长桥，被拷走纯属自作自受，罪有应得。

张同志也讲了些话，大意是马长桥不自量力，想告倒他和李同志，简直跟某种小虫子想晃倒大树一样，野心和能力根本不成比例。而马长桥的眼界之狭小、眼力之近视，跟另一种虫子差不多。那种虫子春末出生，秋天还没到就死掉，怎么能知道冬天的冰和雪呢。不知道冰雪的虫子，有什么资格评说冬天呢，他马长桥有什么底气说马家铺的未来很糟糕呢！还有一种虫子也和马长桥好有一比。这种虫子自己不干活，让别的虫子给它干活。它自己活得轻省，倒把卵下在干活的虫子体内，让人家替它养大孩子，同时害死了人家。马长桥就是这样的虫子，你们说他坏不坏！

李同志和张同志都了不起，知识太渊博了，口才太出众了。仅凭这两项过人的才情，马家铺人就不得不服。散场以后，大家都不说话。聆听高明之人的训话之后，谁也没有资格说话。还有，谁还敢说话，谁敢做摇晃大树的虫子呢，你想尝尝铁铐子的滋味不成？要不就是作死！黑夜里，光听得脚步纷乱踢踏，四散远遁，寂静无声。

栗蓬儿送狗欢子到牌坊下分手，回到家，娘关严门，问，栗蓬儿，这些日子，你和狗欢子胡说什么没有？

栗蓬儿说没有。

娘说，好。你要是和他乱说，看打死你。

栗蓬儿摸不着头脑。爹说，栗蓬儿平日里就不爱说话，不会和狗欢子胡说八道，你就别难为他了。

不是我难为他，也不是不放心狗欢子，我得防着他那个娘。娘说，她跟个家贼似的，什么话都和李同志说，难怪长桥四叔的心思都攥在人家手里。

四叔遭这样的大难，她脱不了干系。爹说，四婶子让她欺压了这些年，真让人看不过去。听说四婶子今天扯旗造反，把狗欢子娘打得只有招架之功。

活该！娘说，只是长桥四叔这一去，不知道能不能活着回来。拿他的架势这么大，真吓死人。

爹说，四叔要是心思活泛点儿，给上头认个错，也许不至于问成重罪。

那他还是长桥四叔么？娘说，他那个执拗性子，看准个死理，大骡子大马也拉不动。别说认错，他不教训人就算好的了。

爹说，四叔的禀性是忒拗了些，也忒傲气，可总不能凭人的脾气禀性治罪吧。唉，也不知道他怎么个下场。

在栗蓬儿心里，先前那个高傲的、不爱理人的县一中校长，已经变成了友善而随和的四爷爷，满肚子学问，一出口就是大道理，就算听不大懂，也觉得受用。最觉得亲切的，是他吃耗子肉的劲头不亚于自己。还有，自己居然得到了他的夸奖，这让栗蓬儿得意非凡。自小到大，极少有人说他也能念好书，而"有灵性"的评语，更是破天荒第一次听到。可惜还没想好怎么答复马长桥，自己敢不敢和他"赌"一把。他毫无"赌"赢的信心，但只要想到马长桥的话，心底都有跃跃欲试的冲动。马长桥是最有学问的人，最有学问的人这么看重自己，看别人怎么说！

没几天工夫，好好的四爷爷，迈着八字步，挺着腰板，国字脸，白头发，戴弹簧腿儿近视眼镜，村里人至今大都敬畏着的四爷爷，怎么被逮走了，而且还跟虫子连在了一起？栗蓬儿问爹娘，张同志说的三种虫子，马家铺好像没有，它们长什么模样①？

正在铺被窝的娘说不知道。

爹坐在炕沿上闷头想什么，没理睬儿子的问题。后来他问栗蓬儿，那个野耗子洞，就是你前些天起获豆子的那个耗子洞，是不是在蒺藜坡，离三春她娘的坟不远的地方。

是啊。栗蓬儿说。

是不是块刀把地，往东种的是棉花？

是啊。栗蓬儿说。

爹说，栗蓬儿你知道不知道，这豆子是你牌坊下三嬷嬷的。

怎么是三嬷嬷的？栗蓬儿叫起来，是我的。

爹解释说，地洞里的黄豆是野耗子从豆地里含回去的，那块地是牌坊下三嬷嬷和马玉锁开垦出来并种上大豆的。因此，栗蓬儿挖洞得到的黄豆，应当属于牌坊下三嬷嬷。

得送回你三嬷嬷家去。爹说。

娘探过头去正要吹灯，停下来寻思了一会儿，表示赞成。娘很是惋惜，说豆子三升有余，荒年里，添进野菜，足足能让全家人过半个月。但是，是谁的就是谁的，这些豆子是你牌坊下三嬷嬷的，咱家不能留下。娘说。

栗蓬儿不干，说豆子是从耗子洞里挖的而不是从豆地里摘的，当然是他的。退一步说，即便是从豆地里摘的，眼下地亩早就归了大队和公社，跟三嬷嬷也没了关系，所以，黄豆不能算作牌坊下三嬷嬷的。

娘说，人家祖孙俩人一个坑一瓢水点的豆子，你栗蓬儿出过半分力没有？

---

① 张同志说的三种"虫子"，分别是蚜虫、螟蛉、赤眼蜂或小茧蜂。

栗蓬儿还在争辩，理由是，尽管黄豆是三嬷嬷和马玉锁种的，但被耗子偷进地洞，和人就不沾边了。如果非要理论黄豆归谁所有，应该归给耗子。耗子的口粮，谁挖到，就属谁。

反正，豆子是我从耗子洞里起获的，就算是我的。栗蓬儿说。

娘说，豆子是耗子偷进地洞的。"偷"！你听听，你听听这个字，多难听，你怎么说得这么轻省！耗子洞里的豆子，它的来路就不正，算在你头上，这些豆子就干净了？要是咱家留下这些豆子，不就等于耗子和你手递手？栗蓬儿你说这话就是找打。

栗蓬儿不再说话。娘说，他爹，你看怎么办？

爹说，栗蓬儿，你吃耗子肉，我和你娘就不跟你计较了，毕竟总也见不到个油星儿，你肚子里欠得太多，别拿到我和你娘眼前吃就行。可吃了耗子肉，你还是栗蓬儿，不能跟耗子似的，拿人家的东西算成自己的。

娘说，就是，他爹你这话说得好。

爹说，不是咱们的豆子，吃起来亏心。

娘说，栗蓬儿，不管你乐意还是不乐意，这些豆子都得还给你三嬷嬷。

栗蓬儿梗着脖子看顶棚，心里还是不割舍的。

就味道而言，黄豆远远不如麦子。饿极了的时候，吃一把生麦粒，很可口；生黄豆的豆腥味太重，不好吃。不过，黄豆做成的豆腐，可是天下无双的美味。小田各庄的豆腐坊很多，清晨摸黑起来到桑树溪里取纯净清冽的水，做成的豆腐享誉四方。小田各庄人会挑着豆腐担子走村串乡，从午后卖到入夜。他们的生意做得活泛，可以拿钱买，也可以赊账，还可以拿黄豆换。换豆腐，是栗蓬儿盼望并激动不已的时刻。

秋冬的后响，肩挑豆腐担子的小田各庄人走进了马家铺。他并不吆喝，一手搭在桑木扁担上，握着空心梧桐木梆子，接受另一只手里木棒槌的响亮敲击。梆—梆，梆梆梆，梆—梆！节奏分明而快乐，是小田各庄豆腐送上门的佳音。年景好，娘会提议说，咱换豆腐吃，好不好？在孩子们的欢呼声里，娘从粮瓮里挖出半瓢黄豆交给儿子。栗蓬儿端着瓢，高声喊着"买豆腐"！心急火燎地冲出大门，追上停在马长亭大门口的小田各庄人。

那是个温和的中年男人，轻轻放下担子，前挑后挑各挑有间隔支托的四板鲜豆腐，醇厚的香味让栗蓬儿陶醉。小田各庄人会微微笑着说，又拿豆子换？并不等待回答，称出一斤黄豆倒入担子头上挂的布口袋，揭开洗得发黄然而十分洁净的水笼布，用长长的、窄窄的豆腐刀横一刀竖一刀，切下方方的一块，旋即用刀麻利地托起送进秤盘，略称一称。二斤十二两，高高的！小田各庄人说，把温乎乎的豆腐放在栗蓬儿举起的盖垫上。有两次，这男人顺手从方方正正的豆腐块上切一小角递给栗蓬儿，开心地看他狼吞虎咽。

收成不好的年月，梆子的声音远远地来了，近了，在大门外停留并敲得越发响亮。栗蓬儿黑亮亮的眼睛跟着娘走，心里满满的期待。娘四处忙活着归置东西，高低不接儿子的眼神。半晌，梆子声远了，渐渐远去了，终于听不到了，娘便坐下来，长长吁出一口气，说，栗蓬儿，关鸡窝去。

曾严重威胁小田各庄生计，让他们的豆腐坊不得不歇业的麻风病患者，已经被送到一个叫百泉谷的地方。听说那是条山水清秀百鸟啁啾的山谷，麻风病人或疑似麻风病人集中住在那里。桑树溪恢复了清洁，小田各庄的豆腐坊又开始从溪谷里取泉水，然而，即将到嘴的豆腐，就要飞走了。

第二天夜里，娘把黄豆口袋提在手里，让栗蓬儿在前头探路。望见人的话就站住不动或者往回走，娘会想法子躲闪，她不想让任何人看到粮食。

马家铺的街巷冷冷清清，鬼头鬼脑的栗蓬儿向隐在墙角的娘招招手，轻轻推开了牌坊下三嬷嬷家的大门。

三

冬小麦出苗不好，工作同志忧心忡忡。

事关马家铺人的饱饥甚至生死，必须筹划出应对之策。李同志和张同志苦思冥想，终于想出了好主意。这个主意能够免除马家铺人的饥饿之虞，甚至可以拔去马家铺的"白旗"，一举洗刷掉耻辱。

这个主意非等闲人物想得出，一经说出，全村皆惊，马家铺人的嘴巴大张而半天合不拢。民兵排跑进犸虎岭的时候，大食堂敲响开饭钟的时候，歌咏队唱歌不上坡的时候，全村劳力深翻地的时候，马家铺人的激动程度，比起这个主意带给大家的冲击，简直不是同等级别。它由李同志天才首创，经张同志严密计算，结论令人极其震惊。

杀狗。熬汤。喂麦子。

麦苗出不齐，不值得大惊小怪，往年也有缺苗，补苗就是了。要命的是麦苗瘦弱如发丝，黄衰如秋草，如人患了"黄病"，整日恹恹的。这个烂样子，来年如何能有像样的收成？大雪即将来临，如果小麦在土地上冻之前没有几顿好饭吃，那它们进入冬眠的储备必定严重不足。谁能说它们会不会一觉睡死！明年返青的时候，它们能不能如期醒转，很难说的。所以，必须追肥，追加富肥，追狗肉肥。

既杜绝狗与人争食，又使来年麦子丰收有望，还能让恼人的吠叫就此灭绝。一举三得，何乐而不为！

李同志说，她和张同志精心统计过了，马家铺一共六十二条狗。不论公母大小，每条按新秤三十斤计，概有一千八百六十斤。弃其皮毛，其他部位能要全要，约有一千五百斤之量。旺火煮烂成汤，以一比五十的比例兑水，当有七万五千斤肥力无比的汤水。全村冬小麦共计二百二十六亩，均分而浇灌之，每亩麦子可以畅饮狗肉香汤约三百三十二斤。按说，这个量少了点儿，还不足以确保明年小麦获得大丰收。但马家铺的狗只有这些条，狼多肉少，让工作同志遗憾万分。

第十九章

一

狗通人性，知晓了工作同志下达的必杀令，惊慌失措，纷纷逃窜。狗儿们腿脚健硕而头脑简单，最不济的是心眼儿。它们很少策略，也不太懂得玩阴谋，在人的百伶百俐和老谋深算面前，它们太笨拙、太傻。它们躲进狗窝，蜷缩在灶台旁边，钻入柴火垛，躲进废弃的老屋，在高埠上的坟圈子里绕圈，藏到桑树溪的崖下……

它们简直在做无用功，知趣些的话，它们应该认命，快些束手就擒引颈就戮，因为与人较劲，它们哪有一点胜算。人会假装喂它们好吃的，乘它们贪贪地看的时候给予致命一击；或者佯装不理睬它们，靠近后突然抛出圈索套住它们的脖子或腿；人还精通很多只有人才具有的谋略，比如欲擒故纵、笑里藏刀、以逸待劳、暗度陈仓，还有更多的妙计，打草惊蛇、声东击西、十面埋伏，等等等等，每一条妙计都能把人置于死地并彪炳史册，置狗于死地更不在话下。人百无不能，狗会什么？它们哪里是人的对手。人追上来，人追近了，它们张牙舞爪，做出吓人的模样。那能吓得了谁！它们跳着狂吠，吠声激烈得不同寻常，是在向杀手示威，这也是徒劳。人不为所动，大棒当头抡起，试问狗的头硬还是柞木大棒硬。乖乖，打不死你！于是它们瑟瑟发抖呜呜哀鸣，向主人求救。它们不知道主人此时或面如死灰，听凭它们被无情拖走；或惶急祷告，求上苍保佑让它们死里逃生。倘若主人胆敢保护它们，免不了被绳索吊上大队部的房梁。马天茂不割舍得跟随了自己多年的花狗，冒险运送出村企图放生，可怜人和狗难舍难分，依依惜别之际被民兵发觉，人狗俱获。花狗当即被击毙，人虽然不至于被杀，高悬于空中的滋味却让他哭嚎得比狗哭还难听；也有的主人摇身一变，变成了追杀它们的催命判官，比如马玉德。

马玉德勇悍有余而谋略稍显不足，装模作样的本事仍欠火候，他家的大黄狗从他的眼神里看到了杀气，当断则断，毫不犹豫，在第一时间逃出家门，让马玉德懊悔不已，就把怒火烧到别的狗儿身上。

他手持狼牙大棒，亲率新成立的打狗队，追捕狗儿如追逐仇雠。虽说要是撒欢儿跑起来，两条腿的人追不上四条腿的狗，但凶猛的气势和围追堵截的不舍让马玉德和他的队伍成绩斐然，陆续有哭嚎着的狗被他们拖向簸箕湾。

青州是打狗队里最为踊跃也出力最多的人。青州不养狗，他连自己都养不好，但村里的狗待他都很友善。他吃百家饭的时候，不论登谁家的门，大半会受到这家的狗很友好的对待，很少发生被狗叫着追赶的事。但世易时移，天地翻覆，经过神灵附体，就变幻了很多事情，比如友谊的变异，青州与狗就是例子，这家伙全然忘却了跟狗的交情，却把绳索一次次套紧它们的脖子。之所以如此不计情面，其实就一个心思，吃狗肉，但得说些很冠冕的话，他就说对麦子的不争气长相十分不安，为了获得好收成，情愿出力帮助马玉德逮狗、烹狗，等等。此伎俩谓之假公济私，也属人远胜于狗的智慧之列。青州本不善于作假，世事变易频频，他的长进就快，耳濡目染学会了作假。马玉德看出了青州的心思，警告他说，所有的狗肉都是用来熬汤的，所有的肉汤都是用来浇麦子的，你这狗东西赶快打消吃狗肉的念头。

青州利令智昏，相信自己能够享受美味，依然奋勇打狗。有些逃得很远的狗儿，需要动用非常力量追而捕之，并通报附近的村落，要求人家协查并抓捕。李同志让马玉锁再次扛出土枪，调青州做他的跟班，为他装填黑药和枪砂，拖死狗也是青州的职分。这次调动兵火是不得已而为之，狗儿们坚决不配合人的行动，以至于身怀六甲的李同志亲自披挂上阵。她从腰里掏出小手枪，并不勾扳机，朝天举着挥舞，说，跑得过你们的两条腿，它还能跑得过子弹！很是鼓舞士气。

屠场选址在簸箕湾岸边，岸柳正好用来作绞架，横枝上垂下美丽的椭圆形绳套，用以悬吊狗儿们的脖颈。李张二同志原想击杀或绞死了事，马玉德献出老而弥新的行刑方式：灌杀，这个颇为人道的取命刑法受到工作同志不吝啬词语的赞赏。

巴掌家的四眼儿、建设家的黑狗、凉河家瘸了一条腿的黄皮、站儿家的小癞皮狗……纷纷落网，哭嚎着被拖来，陆续吊上套索。马玉德手拿水瓢，从簸箕湾里舀起一瓢瓢脏乎乎的水，举起，灌入，立毙狗儿们于瓢下。

后期加工选地也十分适宜：在屠场旁就近处理，从食堂搬来一口大铁锅，架在离刑架不远的位置，离道路也近。这样，行刑、剥皮、开膛、洗涮、熬煮、兑水、运输、浇地，一条龙完成，各工序衔接严密，省下很多人力和时间。工作同志指示，狗皮留下，不得毁坏，最好返还主人，算是对他们的精神抚慰。主人若是拒绝接受，由屠狗手马玉德包圆儿好了，他很高兴照单全收。

马玉德看青州一味献殷勤，就命令他用刀、提水、搬柴火、烧火，都是打下手的勾当。青州极卖力气，将死狗大卸八块，装入铁锅，土灶烈火熊熊，锅里热汤沸腾，狗肉翻滚，大风刮来，肉味飘撒全村，熏得马家铺人个个没了胃口。

终于，青州渴望的美好时刻即将来临。他和几个帮凶眼巴巴地等候灶坑里的火熄灭，锅里的肉凉下来，他们要放开肚皮品尝美食，只听马玉德说，掉过头去！

干什么？青州不解。

叫你掉头你就掉头！

青州把头脸转向另外的方向，看着寂静无人的村口。他听到背后响起了一种不祥的声音，禁不住想回头看，极其想回头看，他终于果敢地回头，看见一道高扬的明亮曲线落入还在冒热气的铁锅。那是马玉德的骚尿。

这是浇麦子的，看谁还想吃！

马玉德说，凶狠而得意地系紧腰带。

二

杀声大起的时候，二青异常惊恐，瑟缩在堂屋里，死活不出家门一步。栗蓬儿更是惊慌失措，二青是他的伙伴和好友，他绝不能让人把它逮走。他把二青藏入地瓜井。地瓜井在梧桐树近旁，井口不大，井壁两侧凿有交互脚蹬，栗蓬儿送二青上下出入方便。

在这里老老实实待着，别嚷嚷。栗蓬儿对二青说，给二青留下一些吃的，上井后侧耳听听，井里悄无声息。栗蓬儿很满意，把盖井口的石板挪开一条小缝，怕二青被闷死。第二天大清早，狗欢子溜进栗蓬儿家大门，神情紧张，频频回头探看有没有人跟踪，之后轻轻拉紧门闩，耳朵贴在门缝上听，没有人的脚步声，这才敢和栗蓬儿说话，把嘴巴贴近栗蓬儿的耳朵，还用手捂着，跟做贼似的。

你家二青是不是藏到地瓜井里了？

栗蓬儿吃了一惊，狗欢子果然聪明，猴精猴精的，居然连二青的藏身之处也猜得出。

狗欢子说，栗蓬儿你真笨，你不会给它找个好地方？我告诉你吧，藏进地瓜井是最笨的主意，谁家都往里头藏狗，打狗队那帮人算得准着哪。要是找不见二青，他们肯定下地瓜井，一逮一个准儿。抓走了狗，他们还笑话你笨。

我得走了，狗欢子说，栗蓬儿你赶紧想办法，给二青换个地方。

狗欢子的嬷嬷和他娘撕破了脸皮，婆媳势同水火，弄得家里有类阿鼻地狱。狗欢子想念他爷爷，觉得他嬷嬷可怜，又不敢得罪他娘，索性躲进厢房，堵住耳朵一心念书。他喜爱二青，想帮栗蓬儿一把，此时风声紧，他最怕通风报信被人发觉，在栗蓬儿的帮助下，跳东墙走了。

娘很忧愁，连连说可怜的二青，可怜的二青，难道它逃不过这一劫？它在咱家这么些年，跟咱一起吃了多少苦。去的年岁多了，来的年岁少了，二青还能活几年？二青不该是这个命。

找个稳妥的机会，你把二青送到三十里铺，到你姥爷家藏些日子，等风头过去再回来，不信杀狗就没个尽头。参对栗蓬儿说。

这个提议立即被娘否决。娘说有人传信，三十里铺对狗也一概捕杀，那里的人也想把狗送到别处避难。

这可如何是好？参没了主意。

第二天清晨，栗蓬儿一咕碌爬起来，三下两下穿好衣服，匆忙走出家门。

天色还早，启明星在东坡上空闪烁。栗蓬儿走近簸箕湾，停下脚步，看看四周，碾盘街、公路、小路，空无一人，他回过头打了个手势，二青从隐蔽的墙角飞快跑来。

这是险恶的时刻，二青忍住所有的诱惑及冲动而绝不叫，走路悄无声息，跟栗蓬儿的影子似的。他们走得很快，飞快地逃离了马家铺。

秋末的田野空旷寥落，邹家庄、桥头镇，以及很远的毕家湾，在逐渐明亮起来的浅蓝色背景下显得分外清晰。一条小路弯弯曲曲穿过谷茬地，到乔家祖茔那里分岔，偏西的小路走河堤，通向学校，另一条通往东北方向，栗蓬儿带着二青，匆匆走上了这条小路，一直走到乔家小院落。

二青与乔芳只见过一面，却很亲切地扑向她，吓了乔芳一跳，但她很快镇定下来，任由二青绕着她转圈儿，并伸出手，让它不停地嗅。听过栗蓬儿的简短请求，乔芳把二青领到一个女人面前。这个女人长着清癯的脸，留的是短发，有白发夹杂在黑发里格外显眼，都梳理得一丝不乱，大大的眼睛看人很沉静。她听过女儿的请求，好一会儿没言语。靠着门坐的乔园向二青招招手，二青犹豫着，不住地看栗蓬儿，看乔芳，后来它静下来，饶有兴趣地观察着陌生的天井。

你是马家铺的？你父亲是不是叫马天启？乔芳娘问，看了一眼栗蓬儿的脚。

你见过我爹？栗蓬儿说。

倒也没见过，不过，乡里乡亲的，总有耳闻。乔芳娘说，你们村的马玉麒，现在还好吧？

他家不养狗，没人找他们的茬儿。栗蓬儿说，现在，谁家养狗谁家的日子不好过。

狗肉和麦子有什么关系？人怎么和狗过不去？非得赶尽杀绝？这么残忍的事，不该出在你们马家铺。乔芳娘说。

乔芳娘抬起眼睛的时候，栗蓬儿顿时觉得乔芳什么地方与她像极了。清澈圆润的嗓音，听上去显得比娘年轻。

二青懂事，从来不给人惹麻烦。栗蓬儿说，你家留下它吧，留它一辈子也行，留几天也行，等我们村消停一点，我就来把它带走。

娘，留下它吧。乔园说。

让二青和我哥哥做个伴吧。乔芳说，哥哥总是一个人在家，咱家早就该有条狗了。

你们这几个傻孩子，不懂得现在是什么时候。不是我不留它，是留不住，也留不得，现在风声正紧，桥头镇虽说还没开始打狗，也和马家铺串通好了，谁家都不准私藏你们村的狗，民兵的耳目清醒着呢。乔芳娘说。

娘，咱就藏二青几天，不会有事的。乔芳说。

我不能收留你的二青。乔芳娘对栗蓬儿说，我这个家，哪里藏得住狗？怕是连只猫也藏不住的。

二青回家就得死，它太可怜了。娘！乔芳说。

让二青留在家里吧，它和我投缘。乔园跟着求情。

乔芳娘轮番地看儿子、女儿和二青，最后，目光再次落到栗蓬儿身上，说，马玉槐，你的心不坏，好好上课，把心放在学习上，别糟蹋了年轻好时光。

栗蓬儿无奈地和二青起身离开。

即将走出大门的时候，乔芳娘突然叫了一声"二青"，二青马上站住了，回过头，依次打量着乔家人，不停地摇着尾巴。

乔芳娘走过来，抚摸着二青的头，思索了好一会儿，对栗蓬儿说，我这里不太平，只能让二青住几天。等风头过后，你要立即把它取走。你我一言为定，好不好？

云散日出，栗蓬儿说好。

乔芳娘说，你嘱咐二青，别让它乱叫。

二青不肯独自留下，任凭栗蓬儿反复告诫，说只需要在这里藏几天，等马家铺太平了，就来领他回家，它还是一次次挣脱乔园的手，跑向栗蓬儿。后来，还是乔芳的爱抚，勉强留住了它。

晚上，爹问栗蓬儿，藏二青的，是不是乔大棒槌家？

栗蓬儿说是。爹就说，栗蓬儿他娘，你说说看，我觉得栗蓬儿这事做得不大妥当。

娘说，是不大妥当。

怎么不妥当？栗蓬儿很不服气，乔家偏僻，别人很少上门，二青在她家应该是安全的。

栗蓬儿你知道不知道乔家的成分高？地主！不光成分高，乔大棒槌怎么死的，栗蓬儿你也知道吧，那叫横死。那年桥头镇开杀戒，一次就枪毙了九个人，他排在头一个！你说他的罪名有多大。别看乔家活得不声不响，有人盯着也惦着呢。眼下咱村的人心太狠，上天入地逮狗，你敢让乔家藏二青？

侥幸藏得好，真的没人发现，倒也罢了，要是败露——谁知道什么时候打狗队才住手，现在都杀红了眼——二青丧命不说，乔家孤儿寡母的，必定又得受欺负。你说说看，你做得妥当不妥当？娘说。

看儿子歪着头不说话，爹说，这是紧要的时候，栗蓬儿你可别犯死犟的毛病。听话，赶紧把二青从乔家门里领出来，别给人家添麻烦。

爹又说，你也别让二青回家。你把它送到什么地方都行，就是别回家。你跟它好好说说，让它明白，不是咱家不要它，是咱家保不住它了，咱家现在不是家了。二青能明白，它从来就听你的话。它要是任性，你就狠下心赶它走，骂它打它踢它都行。我没出息，下不去这个手。你心硬手毒，就下狠手打它。这个时候它挨揍也值，把它撵得远远的，离马家铺越远越好。最好赶过落甲河，赶到河北去，那里也许有它一条生路。也别惊动你大姑，她那里未必太平。

娘说，二青能不能逃过这一劫，看它自己的造化吧。不管怎样，都别让乔家为咱担这个风险。乔芳是个多好的妮子，要是被二青连累，咱家可是作了孽！光顾自己，妨了别人，这事你可千万做不得。

这一夜，栗蓬儿翻来覆去，睡得很不踏实，总有二青在耳边叫。第二天早晨，下雾露毛①。栗蓬儿又没吃饭，惶惶地赶到乔芳家。正要敲门，门开了，二青猛地窜出来扑到他的身上，像失散多年的亲人，亲热得不得了。乔芳扯扯他的袖子，把他拉进门。

马玉槐你来得正好，二青在我家好像也不安全。乔芳把声音压得很低，几乎是耳语，昨天夜里，有人在门外探头探脑，还往天井里扔石头。我哥哥抱住二青，没放它出来，亏得它没叫。

我就是来领二青的。栗蓬儿说。

乔芳娘说，二青是仁义的狗，也懂事，不声不响的，可好像真的有人盯上我们了。在我家待了不足一个昼夜，大清早让它走，真对不住你，也对不住它。

你要把二青送到哪儿去？乔园问。

_____

① 雾露毛：介于大雾与小雨之间的极细微的毛毛雨。

送到河北吧。栗蓬儿说。

也好。事不宜迟，趁现在河边清净，赶紧让它过河。乔芳娘说。

咱俩一起送它。乔芳说。

二青很高兴，却不忘与乔家人告别。它拱拱乔芳娘的腿，走到乔园身边，听凭乔园双手捧着它的头，又轻轻地挠它的下颌。

尽管有雾露毛的遮挡，他们也不敢上河堤。他们从堤下急急地赶路，雨雾里传来刺耳的哨子声，乔芳小声说，那是民兵吹集合哨呢。

毕家湾渡口静静的，没有人，也没有船。渡船在对岸，对岸的村子离河远。河面白茫茫一片，但愿摆渡的人今天早来驾船。

啊——欧——栗蓬儿大声呼唤，啊——欧……

这是栗蓬儿跟马长楼学的呼号，用来召唤艄公的。

没有任何反响，雾露毛变成了小雨，是秋末的雨，也夹杂着雪霰。雨雪茫茫，看不到对岸。

等了会儿，对岸仍然没有动静，栗蓬儿不敢再高声喊叫。

二青你听着，他说，你不是会凫水吗，今天就看你的本事了。你赶快凫水过河，凫到那边就没事了，没人找得到你，听明白没有？栗蓬儿又说，河这边没一处太平，马玉德他们正在到处拿你，快走。

二青的蓝黑色眼睛盯着栗蓬儿，湿漉漉的舌头舔他的手。

乔芳拿出两块粑谷说，二青，你赶紧吃掉，肚子里有食，身上就有劲了，快点过河，听话。

再不走，你就没命了。栗蓬儿说。

二青应该听得明白，但它望望河水，犹豫着，不肯动身。

乔芳费劲地抱起二青走下几级石阶，洪水残留的杂草、烂鱼网、破布条以及树的根须堆在水边，水沿结出了薄薄的冰碴。她轻轻放下二青，把它推下河。

二青不愿下水，栗蓬儿果断地抱起它走进河里。河水乍凉，栗蓬儿觉得自己登时小了一圈。渡口的水底脏，有什么东西尖尖的扎脚。没有风，雨变大了，雪霰也密起来，密密麻麻的雨雪撒在河面，使劲望过去，怎么也看不到对岸的轮廓。他把二青放到水里，推着它往前游。二青不听话，跟巨大的水耗子似的，扬起头，一次次转身，游回到栗蓬儿身边。

栗蓬儿走向河水深处，身子渐渐漂起来。他踩着水，使身体保持直立，最后一次把二青推出去。快滚！他凶狠地说。

二青消失在雨雪里。

冷水顺着湿淋淋的衣服流下地面，栗蓬儿和乔芳冷得发抖，湿冷的衣服与皮肉越发贴得紧，心口也很紧。他们加快了脚步，前方隐隐传来学校的铃声。

他们爬上河堤跑起来，河堤上泥泞不堪，他们跑得不快，跟跟跄跄的，不时打滑摔倒。

离学校还远，栗蓬儿听到了熟悉的却是此刻最不愿意听到的叫声。他停下脚回头看去，二青逃命似的跑了过来。

还把二青送到我家去吧。乔芳说。看栗蓬儿犹豫，她说反正二青也没更好的地方藏身，索性回她家去。她娘下地干活，她上学，让乔园反锁大门，外人不一定能发现。

栗蓬儿心里很乱，他从来没这么乱过，理不出个头绪，完全失去了主张。他不喜欢这样的心境，但无法跳出来，呆呆地站着，任凭二青蹭他的腿。

到我家去吧，乔芳说，快点走吧。

我们不去你家。栗蓬儿说。

乔芳说，去吧，我哥哥能把二青藏严实。

不去。

那，二青去哪儿？

你上学去吧，预备铃响过了，栗蓬儿说，要迟到了。

乔芳再次邀请，去吧，去我家吧，你让二青去我家吧。

说不去就不去！栗蓬儿的心情突然恶劣之极，去上你的学，二青不用你管！

乔芳吃惊得张大嘴，雨水流淌的脸上褪去了最后的滋润，脸色变得惨白，大大的眼睛惶惑地盯着栗蓬儿。

看什么看？上你的学去！栗蓬儿不管不顾地爆发。

乔芳不出声地抹泪，青夹袄下瘦削的肩膀颤抖着，走了，雨雪慢慢遮蔽了她。

栗蓬儿不知道自己怎么了。在这一刻，他想到了河对岸的大姑家，三十里铺的姥爷姥娘家，济南府的伯父家，甚至远到天边的图河，姐姐玉椿家，当然有乔芳家，甚至狍虎岭。然而，哪儿都去不了，某种可怕的东西看不见摸不着，却如铜墙铁壁般矗立在他四周，他和二青无法逾越。四顾茫茫，走投无路。民兵的呼号不时传来，柳树悬下的套索盘踞在心，如蝎如蛇，他的头疼得跟裂开似的。

雪霰没有了，雨仍在淅淅沥沥地下，泥猴似的栗蓬儿坐在堤坝下，二青也是浑身泥水，淋成条缕的毛发间露出发皱的肉皮。它紧紧地依偎着老朋友，身子在不停颤抖。两个从小的伙伴互相搂抱着，任凭雨水浇透了全身。

秫秸穰，成为了二青最后的藏身之地。

栗蓬儿故伎重演，从旁边的秫秸穰里抽出一些秫秸，填补最大的秫秸穰的缝隙。秫秸穰里的土地开始湿起来了，二青很不情愿地卧下。

撕扯下很多沾了泥水的秫秫叶子，草草铺在地上。栗蓬儿说，二青你听着，你得在这里住一天，千万别出秫秸穰，出来你就得死。你也别叫，千万别叫，不管外边出什么事你都别叫。听见没有？

二青似懂非懂，也许是装作不懂，抬起一只爪子挠老朋友。

没事的，二青，沉住气。栗蓬儿说，你在这里藏到晚上，就藏到晚上，不会让你在秫秸穰里多待的。等天黑了，我就来接你走。

栗蓬儿计划半夜来与二青会合，避开打狗队的耳目，乘着夜色，领着它再次往河北方向逃，他要与二青一同凫水渡河，把它送到薛集，送到大姑家。尽管大姑不喜欢自己，她的心肠其实和爹差不多软，只要薛集不把狗往绝路上赶，收留二青应该是有希望的。再说，二青就是从她家抱来的，说不定会在那里会见到它的兄弟姊妹呢，大姑也总会记得吧，要是她不念旧情，那把二青放下就走，谅大姑不会赶二青出门。如果能在薛集藏过最险恶的日子，二青就有望活下去。

他又抱了一些秫秸来，不顾二青的抗议和试图冲出，把进出的窄门堵死。听得见二青在狭小的空间里转圈儿，呜呜的声音表示它是多么不甘心。

栗蓬儿抹了把脸上的雨水，血水流了下来。他的手被秫秸刺得鲜血淋漓。

二青终究没能逃过这一劫。它太不安分太好动，不愿意被闷在局促、寒冷、潮湿的秫秸穰里。雨停了以后，极想回家的迫切心情，诱使它拱出一条缝隙，从摇摇欲倒的秫秸穰中钻出来。二青不能长时间忍受孤独和忧闷，敞亮的天地使它禁不住拉长并倒弓身体，头尾翘起，伸了个长长的懒腰。

短暂的思考之后，二青决定回家。它选择了一条自以为稳妥的路线，先绕路到村东，由东坡转向桑树溪，从那边爬上光秃秃的高埠，有坟圈子做掩护，可以拐着弯儿、俯下身偷偷潜回家去。它的计划没有纰漏，至少可以避开簸箕湾边让它心惊肉跳的死亡套索，还有被烹同胞的恐怖气味。二青的失误在于它太恋家，这注定了它步步皆输，无论怎样挣扎和逃窜。所以，秋后的田野本来为它灰黄色的修长身体提供了可靠的保护色，条件是它必须保持在静止状态，但对于二青，这根本不可能。它没有人那样坐禅入定的了不起修为，它就是一条狗，而即使在狗里面，它也算是不安分的老顽童。它没有深思熟虑的习惯，做事冒冒失失，总是想到一出是一出，它必死无疑。

追踪并最终捕获二青的是马玉德。他最先发现田野里有条狗，随即认出那是二青，从这一刻起，二青的命运再无改变，尽管它跑过公路，跑过砦门里三嬷嬷家被烧毁的废屋——躲藏在里面的狗同胞已被全数歼灭——还跑上了东坡。东坡幸存的树可以掩蔽二青，但在一棵粗大的椿树后面，先一步赶到并隐藏在树后狞笑着的马玉德抛出的绳套成了二青最后的梦魇。

马玉德很得意自己的漂亮伏击战，对他的打狗队队员说，二青早就该死了，就算它绕到小田各庄，也逃不出我的手心。青州，把它拖到簸箕湾去！

那天，栗蓬儿全家都没吃饭，谁都吃不下。

第二天，爹说，算了算了，都别难受了，明年开春，我到青州府那边转转，找找熟人，看谁家有狗伢子，就再抱一条回来。

娘说，栗蓬儿上学去，你的功课别落下太多，你已经落下太多了。

栗蓬儿默默地坐在屋门门槛上，他不想上学，什么也不想做。

爹跟娘商量说，二青一死，你看栗蓬儿跟掉了魂儿似的，就再让他歇一天吧。他昨天淋了雨，冻得不轻。反正，他的功课怎么赶也赶不上别人了，不差这一天半天的。

娘想了想，说行吧。又说，也别闲着，栗蓬儿你去把狗窝拆了，我早就想把它挪个地方。

去拆二青的窝吧，爹对栗蓬儿说，那都是半头砖，你拆的时候手脚轻点，别弄碎了，盖新窝的时候省得再到处淘换。爹又说，二青是条仁义的狗，阎王殿里不会长留它，它该托生了吧。它托生成什么都好，千万别再托生成狗了，最好托生成鸟儿。

栗蓬儿恍恍惚惚走到狗窝，闻到一股熟悉的气味，是暖暖的，混杂有狗毛味、柴火味、土腥味的气味，是二青独有的特殊气味，全村的狗里，只有二青有这种气味。栗蓬儿为老朋友捉秕虱的时候，二青喜欢在他身上惬意地蹭来蹭去，这种味道就如轻烟般弥漫，久久不散。温馨的气味打开了紧锁的闸门，栗蓬儿放声大哭。

栗蓬儿似乎从来没哭过，至少不曾这么大哭过。他咧开大嘴尽情号啕，哭声震天动地，泪水澎湃汹涌，一如落甲河水冲决了堤坝，几天来的紧张、难过、挣扎、绝望、伤心，滔滔滚滚，倾泻而出。

三

要是手里有一杆枪，哪怕是马玉锁手里那样的土枪，栗蓬儿会毫不犹豫地装好黑药、枪砂和黄药，对准马玉德扣动扳机，不一定非得打死他，但一定得为二青报仇。打马玉德的脚，打他的腿，打他的屁股，打他的胳膊，打得他满脸开花。这个念头如此强烈，搅得栗蓬儿坐卧不宁。他拿出闲置很久的弹弓，胶泥弹子的弹出速度和准头都极好。打那个狠心的家伙，必须一弹中的，自己要立即逃掉，不给他留下还手的时间。栗蓬儿把一个牙腰葫芦放在水磨磨盘上练习准头。他拉紧了皮筋，单眼瞄出去，那是马玉德的头，马玉德的脸，马玉德的眼睛……自己退到水瓮边打出弹子，继而退到东墙下的桃树那里，对准它一次次弹发，一次次把它打落，直至弹无虚发，牙腰葫芦斑斑驳驳，惨不忍睹。

娘看出栗蓬儿的心思，告诫儿子说，别想二青了，你也别总惦着找马玉德报仇，你打不过他，你和你爹加起来也打不过他。

也不全是马玉德的错，他也不是跟二青有仇，看他杀了多少条生灵！他天生就是狠心的人，杀二青，不过是他禀性难移罢了。他自己的那条黄狗，不也逮回来一瓢水灌杀！爹说，栗蓬儿你别跟他较这个劲。

娘说，什么年月！人和狗过不去，全村一条狗也没剩下。

爹说，如果明年的麦子真的有个好收成，二青倒也不白死。

不提二青好不好，提起来我心里不好受。娘说拿狗肉汤浇麦子，真是千古奇闻，她压根儿不相信这种蠢主意能让麦子长得壮实，也怀疑明年的日子会好过。娘问，好像工作同志要回济南府，是不是真的？要是真的，那可得烧几炷高香谢天谢地。

你乱说些什么！爹赶忙小声喝止。看到娘脸上的愠色，爹改换口气，说李同志张同志确实要撤回上头去，这几天就动身。杀狗的事尽管离谱，也不论肉汤浇麦子管不管用，从狗嘴里总能省下点粮米。工作同志做事荒腔走板，却都是好心，人家可是一心想让马家铺过好日子。

好心坏心，我看不出来。娘余怒未息，放低了声音。

为了说服娘，爹列举工作同志的很多苦衷。粮米加倍征收，并非李张二同志立意，而是上头的指令，他们违抗不得的。爹说，知足吧，栗蓬儿他娘。也是咱的祖先保佑，派来了他们俩。要是当初来马家铺的是别的工作同志，没准儿什么吓死人的鬼点子都能想出来，马家铺四散分崩了也说不定。没听栗蓬儿的大姑说么，河北那边，有的村子整个断了烟火，这还没入冬，就拖儿带女去逃荒了。薛集的日子也好不到哪里，看这光景，她家也躲不开那条路。还有，爹说工作同志反复叮嘱大队头目，必须在大雪来临之前轧好麦地，明年的丰收是板上钉钉的。李同志对马家铺恋恋不舍，说了好多肺腑之言。

李同志说，她并非不了解马家铺遇到了困难：食堂入不敷出，人心萎靡不振，冬春怕是不太好过，但困难是暂时的，相信大家会很快度过，"好日子"总会降临。李同志的临别赠言语重心长，说她来马家铺半年，受乡亲们喂养和拥戴，没有什么像样的回报，为此深感内疚。除了寄希望于浇麦新法能够换来惊天大丰收之外，她告诉马家铺的当家人，视野要放得广远一些，别只盯着眼前这点困难。

今冬农闲，都别闲着，除了继续侍弄好庄稼，壮劳力都要集中起来办大事。其中之一，便是拆掉石牌坊。李同志说，在未来马家铺的新格局里，石牌坊成了狼夯笨拙的废物，它本来就是废物，毫无用处，还有碍观瞻，阻碍交通，任由它站在碾盘街上几百年不动窝，真是咄咄怪事。

你们没看见犸虎岭里的那座木桥？那也能叫做桥？过满载的大车都摇摇晃晃，早已腐朽不堪。李同志说她每次路过木桥，都会想到拆石牌坊。石牌坊的四根石柱和须弥座全都是大青石，作桥墩太合适了，简直是踏破铁鞋无觅处，得来全不费工夫，其他物件也都能派上用场。拆掉石牌坊，就有了建桥的基础材料，真正的物尽其用。拆掉它，一定要拆掉它！大家齐心协力，一座高大的石桥，比桥头镇的石桥还要坚固而且漂亮的石桥，将会在犸虎岭里的落甲河上巍然屹立，同时为马家铺修筑宽阔大道清除了障碍，是多么令人向往的事情。石牌坊是必须要拆掉的，拜托各位了。

李同志说，因为某些缘故，内中多是马家铺某些人太过自私及保守的缘故，那种兵民一体、令行禁止、天下一统的美妙生活未能在她任内完全实现，是她的绝大遗憾。不过，不会让大家等待很久的，她安慰大家，等马家铺走进"好日子"，她一定回来看望众乡亲。

爹说李同志很喜欢马家铺，想把孩子生在马家铺，甚至想让孩子认马家铺人做干爹娘。爹说，栗蓬儿他娘你想想，人家都把话说到这个份上了，咱还能挑剔她的人品？

娘再无话说。

爹对栗蓬儿说，明天，你老老实实上学去，收收心，别惹事。我把弹弓收起来了，你下手太狠，要是打瞎马玉德一只眼，事情弄大发，就没法收拾了。过几天还你。

娘说，栗蓬儿你有几天没好好上学了，去跟老师好好说说，看能不能补补假。多给老师鞠几个躬，请老师消消气。

必须为二青报仇，必须！这是头等大事。在反复权衡之后，栗蓬儿放弃掷石块、下绊马索、往刽子手家里扔马蜂窝——挑那种恋窝的蜂子多的——乃至放火等手段，选择了老式武器。

从地瓜井里，栗蓬儿找出几根梧桐枝，这是春天的时候，从东坡老梧桐树根部萌生的新芽新枝，不枝不蔓，一线溜直，在阴凉微潮的地瓜井里保存至今。他选定一根合手的，仔仔细细摩挲过，没有裂纹，放进水瓮泡半天，之后取出，看上去宛若当初砍下时一样周正。他用菜刀将一端的结节处砍断，留下另一端的结节，用娘纳鞋底的锥子，在顶端的结节凹处扎出一个直通梧桐枝内部的小孔洞。单眼窥进去，内壁光滑笔直，顶端的小孔清晰明亮。

再找根比梧桐枝长的细竹棍作拉杆，在一头绑紧破布，这个裹絮就是活塞。好，一个形制简单但威力很大的唧筒暨简易水枪大功告成。

栗蓬儿试射几次，非常满意。

簸箕湾水面的薄冰一敲即破，栗蓬儿把水枪枪头浸入水中，慢慢地、稳稳地抽动拉杆，听得见湾水被真空吸入时吱吱的声音。他把沉沉的水枪提在手里，寻找仇人马玉德。听说这几天马玉德总在大队部，栗蓬儿想去那里找机会袭击他。刚走到石牌坊，看见一伙人从斗湾那边说说笑笑地走来，马玉德就在里面，真是天赐良机。栗蓬儿跳上须弥座，藏在石牌坊的"中柱"后面。

那伙人走得很慢，是为工作同志送行。李同志戴上了茶色墨镜，挺着大肚子走在前头，她和张同志的简单行李和盥洗用具由村里的几个人拿着。走在最后面，手提豆腐块似的行李的是马玉德。没错，就是他！

栗蓬儿屏住气，以石柱和石狮为屏障，绕着转圈以掩蔽自己。近了，近了，马玉德走近了，近在咫尺，近在眼前。

坏蛋马玉德！

栗蓬儿大喝一声，从石柱后猛然闪出，水枪瞄准目标，用力推动拉杆。马玉德惊恐得变形的脸上，溅起了灿烂的白色水花。

第二十章

一

春天又来到了马家铺。

公共食堂走到了尽头，年后不久就衰败到连一天一顿饭也供应不起了，开饭钟再不敲响。没人敢说散伙，院门一侧的名牌依然高挂，但有"堂"无"食"，锅灶冷清得很。大队头目尽了最大努力，最后的午餐还是挡不住地到来了。好家伙，比起伙的场面还要壮观，全村人把偌大的院落挤得满满当当，甩出院子去的更多。饭是"面疙瘩"，真难为了后厨，他们用最后的地瓜面和秫秫面，掺入不知什么东西，总算勉强成形，而汤里的货色更受欢迎，是间下的小白菜苗。这是马长楼和他的几个帮手同厨半年多的告别盛宴，用足了案上功夫，白菜苗油绿可人，加了炼油渣子，食堂里飘起绝迹已久的迷人香气，勾引得马家铺人百爪挠心。谁也不敢回家，大家就地站立，端着饭碗吸溜着吃，呼隆声起，呼隆声落，霎时间，碗里就光了。

日子怎么过，全看各家女人的了。

娘把豆皮、麸子和灰灰菜籽掺和起来，用旱磨磨过，细罗粗罗一律弃之不用，直接加水加盐，拌得均匀，摊到锅里厚厚一层，等到煎干了，就做成了"嘎渣"，加工过程叫"起"。"起嘎渣"是马家铺女人的压箱底本事，最能见出她们的持家功夫，荒年里更是如此。嘎渣的黏性不足，娘小心翼翼地翻个、压实，直到熟透，端上面板，切成菱形。因为有豆皮担纲任主料，娘此次做的名曰"豆皮起嘎渣"，全家人都珍爱，双手捧着吃。

头年秋天晒干并叠成烤烟把状的白菜帮子，显示出娘多么富有远见。娘很珍惜地取出一把干菜卷，菜叶很脆，连细碎的叶屑也恨不能捧到锅里。开水焯过，切成碎末，和入点棒槌面，待拳头大小的新式粑谷团子出笼，全家人又可以熬过几天。

娘还有迫切的忧愁，就是为玉楸上学提供粮米。每个礼拜大的后晌，玉楸都要背着，或挑着自己下个礼拜的伙食到县城上学。可以带干粮，也可以带粮米入伙，由学校的食堂统一制作成吃食，按缴送的品种和数量发还缴送者本人。玉楸是读书郎，手里的书本、石板上的字、口中的朗读、脑子里的学问，都是娘极为看重并为之陶醉的享受，寄托着她的美好希望。娘说，家里再穷，也不能让玉楸在人前穷，再饿，也不能让玉楸在学校饿。然而，家底已近虚空，玉楸肩上的小扁担看起来很沉重，其实很少干货，一头挑着地瓜干，一头挑着苤蓝疙瘩咸菜、半捆大葱和洗换衣服。

在玉楸挑着的地瓜干口袋里，有一摞煎饼，是娘专为他做的。娘用秫秫面、棒槌面、地瓜面和成糊状，支起鏊子，烧热，舀起一勺混合煎饼糊，轻轻倾倒在鏊子中央，响起了"滋啦滋啦"勾动食欲的声音。娘的手法老到，木刮板由内向外转圈拉动并逐渐扩大，将煎饼糊均匀地布满整个鏊子面，片刻，用短剑模样的木杖挑起煎饼，极其娴熟地轻抖，翻了个儿的煎饼便薄云般落到鏊子上。又片刻，煎饼再度被挑起，飘上旁边的盖垫。鏊子窝里的火渐渐暗淡，娘把两个地瓜埋进灰烬，对眼巴巴的栗蓬儿说，这是你的，睡觉前就能烤熟。待煎饼稍稍放凉，娘把它们折叠成长方形状，用水笼布包起，这是专供玉楸的细粮。

栗蓬儿非常想吃煎饼，坐在西屋门槛上呆呆地看着娘的劳作，他很久没吃到煎饼以至麦黍粟菽做成的任何吃食了。不过他知道，这摞煎饼，自己别存非分之想，都是玉楸的，连爹也不能染指，尽管爹一再说，成天吃地瓜干和干菜，他的胃口直泛酸水。

娘借来队里的驴，把棒槌芯子用石碌反复碾过，再用旱磨磨过，就在磨坊里放好陶盆，支起罗架，用粗罗筛罗棒槌芯子的碎屑，收获了很少一点粗糙食料。她把少量芯子屑和入地瓜面，再掺入地蛋粉——那是爆炒前的地蛋丝在水中浸泡，沉淀在盆底的粉末，被娘小心地刮下来晾干、藏起，积少成多，此时正好救急——做成三合一饼子。当娘从锅里很虔诚地揭下自创的吃食，还没有摆上矮脚饭桌，发现一个高大的身影矗立在屋门前，是马长亭。老九不说话，眼睛盯着饭桌。娘说，九叔，进屋坐吧，马长亭不动。娘又说，九叔，吃饭了没有？马长亭仍不回答。娘拿个饼子，让儿子递给他。马长亭把酥松的、还热着的饼子小心地放进脏乎乎的夹袄和肚皮之间。

火石没了。马长亭对栗蓬儿说。

栗蓬儿有些气恼，说，又没了又没了，总是丢！

怎么能用这种口气和你九爷爷说话！娘说，栗蓬儿，你把秫秫萼落子①给我端到套街，先占住碾盘——碾盘街上的那盘碾子早有人套上了牛。

把秫秫萼落子一再碾压，也上旱磨磨过，加添少许地瓜面，放点盐，用煎饼鏊子摊出一团一团红黑色的东西。爹问，这叫什么？娘说，别管叫什么，吃下去算真本事。

娘吃得津津有味，爹和栗蓬儿都觉得难以下咽，六月说，刺嗓子，咽不下。娘说，你从小就挑食，这不吃那不吃，弄得自己跟大小姐似的。咱是庄户人，不是金枝玉叶，怎么这么娇气！有刺嗓子的东西吃也是福分。使劲嚼，使劲咽，咽下去！

毕竟太不中吃，拼力吃下后又弄得肚子里极端难受，这种东西和棒槌芯饼子后来再也没有出现。

百折不挠地进行食品试验，是娘的头等大事，矮脚饭桌上，不断出现前所未有的新鲜吃食。这个不寻常的春天，激发出了娘的创造性天分，她用地瓜面和草籽面搭配，擀出的面条宽大粗犷，壮观得很。把地瓜切块直接上水磨，磨出的浆水掺入麸子，熬出让栗蓬儿和爹喝得近于饕餮，喝后肚胀如鼓的地瓜麸子粥……也有失败的案例，是剥去秫秫莛杆的光滑硬皮，砸碎绵软的瓤子，放在热水里熬煮。几个时辰之后，娘迫不及待地捞出，只吃了几口便宣布此路不通。头年桃树枝干上流出的"粘粘胶"已经变作胶痂，娘精心剔下，热水化开，充作黏合剂，以完成将松散的麸子黏结起来的尖端试验，终因原料不中用、味道太怪异或配比不合宜而宣告失败。

娘带着栗蓬儿和六月，在屋角、地头、废园、东坡、河堤内外和桑树溪岸坡剜野菜。正值倒春寒，地衣和苔藓绿的绿紫的紫，苋菜、蓴菜、白蒿、苣荬菜、马齿苋、扯根菜、牛尾菜、灰灰菜……刚刚破土露头，其身量太过微末，还不足以进入"野菜"之列。只有荠菜顶着乍暖还寒的天气，在仍然寒凉的土地上热烈生长，给了马家铺人一线生机。

———————————

① 秫秫萼落子：高粱粒外壳。

栗蓬儿什么都吃，凡是娘摆到饭桌上的，他都吃得急不可待。他吃得越来越多，饭量越来越大，却越来越饿，饿得频繁，饿得厉害，饿得不可抑止、不可理喻，似乎刚刚放下筷子，就觉得肚子空空荡荡。咽下去的满肚子糠菜，不知道吃到哪儿去了。他觉得奇怪，后来居然有些难为情。上完两节课，他就饿得头昏眼花。课间操已经取消，一则老师和学生都饿得有气无力，无法完成操练，只保留大门里的六年级专用操场，师生们可以在这里晒晒老阳；二则无处可操练——大门外的大操场被开垦出来种地蛋。

没有犁具，全校师生用铁锨翻土，地蛋的催芽、切块，以及栽种，都是按课本上的要求严格执行的。教自然的吕老师拉着皮尺测量，说高垄栽培是地蛋高产的要诀，一丝不苟地要学生按规范的间距和高度起垄，约十五公分，沟深须七公分，按二十公分的间距挖坑，等等等等，严格得很。有他的严密监控，地蛋种植堪称科学典范，苗子跟出操队列般整齐，给了师生们很热烈的盼望。

操场改成的地亩，土壤容易板结，翻土须及时。学生都是农家子弟，不但草锄得干净，连翻土和培土也做得十分内行，无须老师的指导或监督，浇水、上粪，把地蛋地侍弄得熨熨帖帖。粪是从简易茅厕掏出的，用粪桶抬来，用长柄大木勺浇灌，臭气弥漫。有几个男生不怕臭，最踊跃，也很仗义，比如董双来，抢着从乔芳手里拿走木勺，浇起粪来格外卖力气。

栗蓬儿比别人更容易感觉到饿，将最后一担粪水抬到地垄，刚刚放下扁担，眼前金星乱冒，肚子里火辣辣地疼起来，双膝发软，几乎直不起腰身。

歪歪斜斜地挪到家，栗蓬儿跟娘要吃的，无论吃什么都行，不立马吃点什么就像要死了。娘正发挥她的天才想象力，全力以赴研制新吃食。她是个做事容易上瘾的人，一旦入港，精神专注度之高世所罕见，对儿子的呼求颇感意外。她停下手里的铲和刀，翻翻栗蓬儿的眼皮，凑近了看。

我儿，你是饿坏了。娘说。

娘起身去济南府大伯父的老宅，栗蓬儿尾随。娘说，别跟着我，在家等着。

娘爱藏藏掖掖，把她认为宝贵的物件分散存放在无数个隐秘的地方，最珍重的是粮米，娘不许任何人特别是爹窥见这些秘密，连她最疼惜的六月，也每每因了不识趣的尾随而遭受训斥。每当揭不开锅，全家人不知所措之时，不经意间，娘会蒸发不见，不久后现身，手里端着一碗小米，或半瓢面，或一点豆子，很自得地亮给大家看。在全家人的惊喜和期待里，一顿可以延续生命的快餐端到大家面前，在呼啸声中快速消失。

饥荒在延续并日日加深，娘从她的隐秘宝窟中拿出来的东西越来越少。这次，娘从怀里掏出的是一块"麻山"①，她悄声对栗蓬儿说，蒸热了，全家吃。

马家铺没有油坊，娘居然能弄到麻山，真是神通广大。

栗蓬儿拿到手的麻山有菜盘大，约二指厚，残余的豆腥味里有无法抗拒的诱惑，饿到干瘪的他实在忍不住，先啃下一小块，艰难地咀嚼着，美如醴酪的汁液给了他喘息的力量。

风箱轻轻推拉着。水沸以后，文火慢慢烧，让笼屉上的麻山在蒸汽的浸淫下化散松软，从坚如磐石变为可啃可嚼。不久，仿佛来自另一个世界的热烈香气把全家人都熏醉了。

爹咽下最后一口麻山，意犹未尽，一边响亮地吧唧着嘴回味香气的悠长，一边询问似地看娘。娘说，别看我，看也没用，没有了，像样点的吃食都没有了。娘又说，要不是看栗蓬儿饿得腰腿都软了，她断不会把救命的麻山拿出来。而鉴于全家人的脸色如同干菜，她才会让大家"纯吃"麻山。如此珍贵的东西，其价值完全比得上肉，必须捎带些糠糠草草"杂吃"。纯吃，为的让全家人接一口气，这口气缓过来，日子就有得过。

没有了。娘摊开双手，再次声明，咱家如今是瓢磕瓮磕②，什么像样的粮米也没有了，真的没有了。栗蓬儿不相信娘会山穷水尽，觉得娘必定留了后手，不一定是麻山，毕竟麻山是罕见的珍品，但应该会有别的吃食。一次六月饿得哭，栗蓬儿下了狠心，说，跟我来。

栗蓬儿领着六月搜寻娘可能藏匿吃食的地方，瓮、罐、缸、盆、柜、地瓜井，都已经空空如也，东屋西屋天棚上面看过，大伯父家的犄角旮旯也搜过，没发现吃食的任何迹象。在茅厕墙角的缝隙里塞着个很旧的小布包，包着几块大洋、几枚铜板和卷成卷再用细绳捆着的灰蓝色纸币，上面印有"拾萬圆"字样。栗蓬儿明白这些钱都废掉了，只拿了一枚铜板，把别的原封不动放回

---

① 麻山：系黄豆榨油后的渣饼，圆形，锅盖大小，十分坚硬。

② 瓢磕瓮磕：当地俗语，盛粮食的容器空空如也，意为没有一点粮食。

原处。栗蓬儿想为马长亭做个实用的取火器，铜板是绝佳的原料。这是他从课堂上学到的不多的知识之一，现在要派上用场了。

娘没有发现儿女的侦察，还在进行最新的创造。她把刚从地里剜来的荬荬毛剁细，添加米糠，变戏法似的拿出几个长了芽的地蛋，剜去嫩芽，切碎，擂成水糊糊，放入浅盆，与糠菜搅拌均匀，上屉，点火，蒸熟，出锅，大家的反应之热烈是娘的欣慰。她并不吃，疲乏地、满足地看着她的粗陋新作品被爹、玉楸、栗蓬儿还有六月风卷残云般吃掉。

二

又到了玉楸返校的时候，这次他带什么，成为摆在娘面前一道很难过得去的沟坎，愁得她半夜没睡好。玉楸说，不想再带地瓜干和麸子而希望带干粮。他的理由是，干粮，放在身边自己掌管，按天交给食堂大师傅，热一热，返还到自己手里，囫囵去囫囵回，别人无从插手。而食料从交给学校食堂入大伙，到做成饭食领回，中间经过很多关卡。以地瓜干和麸子为例，先得粉碎，接着磨成面，再混合别的什么做成粑谷。这样多的环节，形态又几变，每道程序被截流一点，最后自己吃到肚里的似乎严重短斤缺两，成天价饿，还找不到揩油的人。

爹对玉楸的申诉不以为然。爹说，当今之世，人的饭量不知怎地大到不可理喻的地步，九曲十八弯的肠子好像变成了直筒，吃什么拉什么，一路狂行下泄，不留片痕，当然觉得吃不饱，其实饭食并未减量，是玉楸的肚子增容的缘故。玉楸的猜疑，大半没有根据，堂堂县一中的食堂，怎么会克扣学生的伙食。这等下作的事情不是那么尊贵的地方做得出的，玉楸不可以无端猜疑。

娘说，玉楸的饭量大小，全在她心里装着。他的伙食，娘是仔仔细细换算过的。多少地瓜干合一斤麸子，多少麸子合一斤米面，都有严密的算计。一个礼拜六天，他在校一共吃六顿早饭，六顿午饭，五顿晚饭，礼拜六一般赶回家吃晚饭。如果礼拜天返校早，晚饭到学校食堂吃，就算六顿晚饭了。她三番称量五番加减，儿子带上的食料是足量的，不应当吃不饱。

娘坚信有人在玉楸的饭食上做了手脚。这年月，人跟饿红了眼的狼似的，见到什么都要咬一口，学校食堂肯定有人雁过拔毛。然而，尽管严重猜疑，儿子的饭食还得置办。娘使尽浑身解数，又一次为玉楸备办好吃食，仍是以地瓜和地瓜干为主。后晌，玉楸挑着小扁担奔了学堂。

刮了一天的风，傍晚，风停住了脚，家里凉意森森，早该掌灯，全家人还笼罩在黑暗里。无声无息地躺了半天的娘，强打精神下炕。听得见她的脚在"炕前里"找鞋，继而是娘撩门帘带起的微风。

他爹，你说说，怎么办？娘说。

什么怎么办？爹问。

玉楸在学校里总也吃不饱，饿得受不了。娘说，玉楸说县一中的炼铁炉子拆干净了，炼铁场又变回了操场。学校现在赶功课赶得紧，他总挨饿，肚子里空，腿软，连一套体操都做不下来。

爹说，眼下，有饱饭吃的人没几个。别说玉楸，你问问他老师，有几个能吃饱的？

那不行，总得弄个是非出来。娘说。

能看到爹坐在屋门门槛上的半截身影，但听不到他的回答。

娘说，玉楸在学校吃这么大的亏，你当爹的就不能想点办法，帮他讨还公道？

是不是有失公道还没弄清楚，有什么办法可想？没有凭据的事情，不好说。柳家的大宝二宝，不也和玉楸一样，哪个礼拜六回家，都得垫补饿空了的肚子？爹说，你别光听玉楸的一面之词，他怕是饿得发昏，就疑神疑鬼。

那，你把"另一面之词"说给我听听。娘很焦躁。

爹不回话。

半晌，娘说，你要是有本事，就去县一中跟老师说说，别让玉楸受人欺负。

爹说，他真要是受了欺负，就自己找欺负他的人理论。那么大的人了，他没长着嘴？就不能跟学校论个公理？

玉楸多大？玉楸再大也是学生，学生怎么能跟老师争家长里短？你当爹的理应替他出头。娘说。

爹说，栗蓬儿他娘，你成天咒"贫家出娇儿"，最看不上"娇儿"，说别人家的孩子这个也是"娇儿"，那个也是"娇儿"，依我看，你快把玉楸惯成"娇儿"了。

反正，学校不能白白克扣玉楸的吃食，那是我从全家人的嘴里省出来给他的。娘说。

爹说，我看你也是疑神疑鬼。

说你"草鸡"，你就是"草鸡"，遇到大事不敢出头露面。娘说。

我是玉楸的爹，玉楸是我这一门里的长子长孙，我难道不心疼他？要是他真的受人盘剥欺负，我自然会出面替他讨还公道。可现在你要我怎么做？兴师问罪打上门去！别说事情还没弄明白，就算弄得明白，去不去那里也得三思而后行。爹说。

娘说，你要不敢去，那就明说，别壮自己的胆说大话。娘还说爹胆小如鼠，却死要面子，瘦驴拉硬屎，强充好汉。

爹的嗓门陡然升高，说，那是什么地方你不是不知道，那是县一中，是文化人的学校，哪是我说话的地方！我去讨公道？这从哪里说起。长桥四叔那么有学问的人，还当着校长，都被掀翻了。不止掀翻，他还被拿到人牢里去了，怕是死无葬身之地。我去？我去找死？

爹极少发脾气，跟娘发火更是罕见。娘被爹的嚣张气焰震慑住，黑暗里好半天没有还口，还口的时候声音发颤，显然被气坏了：

马天启你跟谁甩脸子。你没甩？别以为天黑我看不见你的脸拉得那么长，跟驴脸一样难看。

爹大光其火，说，栗蓬儿他娘，你说这话就是欺负我、压迫我。你压迫了我多少年？从你嫁到马家铺那天起你就不把我放在眼里。你说我的脸难看，那我今天就难看给你看。栗蓬儿，点灯！

你敢！娘气急败坏地喝止儿子，说她才不看爹的脸色，索性大家都这样摸黑耗着，饿死了算。

爹的身影从门口的半明半暗中升起，气咻咻地消失了。重重的脚步声，咣当山响的大门，听得出他余怒未息。

可怕的静默，低低的啜泣，预示着娘的大哭将要来临。

这一次，娘的酝酿阶段很短，大哭迅速爆发。

依然是抑扬顿挫的声调，依然是清晰的思路和字正腔圆的口齿，依然是惯常的开场锣鼓——从骂爹开始。娘数落爹是不成器的人，从她嫁到马家铺的那一天就看出爹没出息，半辈子过去了，果然没出息，而且看不到有出息的任何迹象，永远没出息是一定的。

娘詈骂爹荣任会计以来的种种愚蠢言行，举凡马家铺坏透了的举动，无一例外，全被划归爹的名下。头一个被咒骂的，是其兴也勃焉、其实也烂焉、其亡也忽焉的公共食堂。

有三分颜料你就开染坊，没有颜料你也敢开染坊，不让自家起伙，弄什么破食堂！大呼隆吃大呼隆喝，你不觉得那和喂猪有一比？马天启你个败家子！打小你就是败家子，爹当年就没看走眼，那顿打要是打疼了你，备不住你还能懂点事，千不该万不该，娘不该夺下爹手里的绳襟儿，惯得你半辈子烧包。人家烧包有家底托着，你拿什么烧包？谁都拦不住你撒欢儿烧包胡折腾，不把家底儿折腾光不歇手。末了怎么样？娘控诉道，食堂连耗子洞都不如。耗子还知道存些过冬的粮食，看你那破食堂里存下了什么？存下了西北风！

犸虎岭里的炼钢炼铁位居榜眼。

你炼出什么了？炼出太上老君的仙丹了？娘的哭诉里不乏揶揄，还弄什么铁引子，引出什么了？引出你娘的铁屎来了！你马天启炼成满脸黑，你炼得没一件像样的衣裳，怎么不把你扔到炉子里去炼一炼！要不是我留住锅护住灶，你怕是早就饿死了。凭你的没头没脑，你早就没日子过了。我没和你甩脸子，你倒跟我甩脸子？你有什么底气甩脸子？你拿什么像样的东西跟我甩脸子！

砍老林的松柏树本不属于爹的过犯，由于罪孽深重，被列为讨伐榜上第三。

娘哭骂道，你马天启怎么有那么大的胆量，吃了豹子胆也没有那么大的胆量，砍老林的树，你让大油蒙了心了！你睁眼看看，老林可剩下一棵松柏树？砍光了老树，那老林还怎么称得起"老林"！先不说列祖列宗，单说死去的爹娘，九泉之下也为你臊得慌。

娘说自己再见公爹和婆母的"那一天"会毫无惭色。你马天启就不行，你心亏，亏大发了，你也愧得慌，爹娘坟冢旁连棵遮阳庇荫的大树也没有，日晒雨淋，弄得他们没头没脸的，你将来到爹娘面前怎么说？

娘为自己开解，声称自己不过是马家的媳妇，说到底，她是姜家的女儿，马家人逆天行事的恶劣后果不应由她承担，她也担不起。爹任意胡来，发神经，砍老林，毁家业，还要推平马家铺，和她没有瓜葛，她完全可以隔岸观火，乐得看爹胡作非为的下场。不过，你做这些烂事就没想过孩子？这几个孩子是不是你的骨血？你不想想他们还活不活得下去？你还跟着人家吹大牛，说着唱着亩产高到了云彩里，马家铺十辈子也种不出那么多粮米，遭报应了不是？你不得照你吹大的数送到粮库里头去！你觉得风光了不是？怎么人家没给你披红戴花！你说上头打了保票，只管放心送粮，这叫"统购"；马家铺要是没吃的了，上头保准会"统销"下来。可我光见"购"上去，怎么不见"销"下来？饥荒这么深了，怎么没见一粒粮。我们娘儿几个吃什么？你个天杀的马天启！

公正地说，娘如此痛骂爹有失公允。爹没有参与犸虎岭炼铁，与那件"走了下溜"的事之间的联系不过是"后勤供应"，带鱼肉菜蔬和瓜果去犒劳民兵而已；老林的擎天松柏纷纷扑倒的时候，爹痛心疾首如丧考妣。他曾冒着风险极力拯救，但全无用处。高埠上下到处找不见爹的踪影，惹得工作同志很发了一通脾气，责备爹临阵逃脱。爹辩解说，他拉肚子，很厉害，跑回村里上茅厕去了。工作同志半信半疑。事后爹曾对娘透露过自己所做的努力，并将老林的消亡视为终生憾事；至于高报亩产，爹也是出于无奈。头年的秋粮起初是照实报的，被工作同志骂得狗血淋头，说马天启睁开你的眼睛看看别的大队，谁不放几颗"卫星"[①]？只有马家铺不声不响。我们已经严厉批判过马天禧，看来你的会计能力也十分可疑，不堪大用。我看你们俩是不见棺材不落泪，要不要新账老账一起算？爹哪里经得起恐吓，反正大家都下了水，自己就别在河崖上站着了。眼一闭，心一横，咱也放，放几个大大的、高高的，反正吹牛不犯法，是死是活由他去，天塌下来先砸个儿高的，还轮不到自己顶缸，于是马家铺的"卫星"一飞冲天——亩产和总产高得空前绝后。至于粮米的"统购""统销"云云，原是工作同志的话，爹不过是鹦鹉学舌，光

---

① 放卫星：当时"浮夸风"猖獗，各地争相夸饰、伪造农作物丰收景象，虚报的单位面积产量远远高出实际数值，谓之"放卫星"。后来百业竞放，泛滥成灾。

头跟着月亮转罢了，其实自己没主张。娘的哭诉达到极致的时候，骂锋所至，玉石俱焚，没什么道理好讲的。

娘的哭声高扬，恶毒的詈骂范围扩而广之，执株连之酷律，施蔓引之恶刑，谁挨边儿谁中枪。

娘直呼马天禧的外号"的卢"，说他不愧是"妨人"的货色，天生就"妨人"。都说我家栗蓬儿"妨人"，栗蓬儿妨的不过三间老屋几垛谷秸，你马天禧妨的是什么，你妨掉了马家铺！大队长当了不到一年，要面没面，要米没米，全村的家底被你妨了个净光。你就是妨人的的卢，你比的卢还坏三分。人家的卢是匹马，不过妨了一个人，你可把整个儿马家铺都扔进了火坑，你马天禧理该千刀万剐；娘骂马玉德是土匪，禀性和行迹都和土匪无异，比土匪还要野蛮。由古至今，没听说土匪揭庄户人家的饭锅，你马玉德就揭了，还砸了。你觉得砸锅砸盆的响声好听是不是？你不觉得那是摔老盆[①]？那就是给你的爹娘摔老盆。你个伤天害理的土匪头子！马家铺连吃饭的家什都让你砸光，你还有什么脸面在村里人五人六？你也不怕天打五雷轰！青州也没有逃掉。娘骂他是懒鬼一个，横草不拿竖草不动，靠别人养活，还跟着人家瞎哄哄，那也算男人？比女人也差得远。"娇儿"之名还算是抬举他。他整个儿就是只会吃、只会喝、只会睡觉也只会"妨人"的废物……

娘哭得酣畅淋漓，骂得痛快决绝。

马家铺的头面人物和时鲜人物，被娘和着眼泪跟鼻涕的恶毒詈骂逐一敲打过，而工作同志被讨伐，是娘此次责骂的崭新内容。

娘哭骂说，李同志你也是女人，可你哪里还像女人，怎么那么喜欢闹腾？你把马家铺闹腾得鸡飞狗跳——眼下连鸡飞狗跳也没了——你拍拍屁股走了。你要临盆，回你的济南府生孩子坐月子，你就不想想你扔下个什么样的烂摊子。你不比我们庄户人，你是公家人，你金贵，你了不起。可再了不起你也是人，是人你就得做人事，那你做的是不是人做的事？你不明白？你不明白谁明白！眼下你也是当娘的人了，我不咒你不妨你，不拿狠话来妨你的孩子。可你的心里就这么干净？你吃了我蒸的，喝了我炖的，睡了我铺的盖的，你给庄户

---

① 老盆：系旧时出殡时的一种仪式，由死者后人在起棺或入葬前摔碎一个陶盆，以求平安。

人许下了天大的愿，如今在哪里？你过你的"好日子"去了，就不想想马家铺往后的苦日子！往后的日子有多苦多难你知道不知道？我不信你不知道。你就一点也不愧得慌？你的良心在哪里？

娘的诉说渐趋低沉稀落，哭得抽抽搭搭。

栗蓬儿，给你姐姐写封信，明天就送桥头镇发出去。娘的哭诉以下达命令终结，告诉你姐姐姐夫，家里让你爹害得揭不开锅了，全家都要饿死了。你就这么写，你非得这么写：爹把咱家祸害得好苦。

对栗蓬儿来说，这真是个大难题。一则他的语文功课实在差，没法跟玉楸相比，又从来没有写过信，能不能如娘所愿写好这封信，他心里没底。二则娘向玉椿告状，爹的罪名太大，姐姐看到他满纸全是爹的罪行，会怎么想？他觉得爹有些冤枉，扛不起那么重的罪责。

娘的懿旨是要遵行的。栗蓬儿不会像玉楸那样"打腹稿"，他找了张纸，绞尽脑汁，想不出信该怎样写。他在东屋熬了半夜，跪在炕上的矮桌前，桌上一灯如豆，他对着白纸苦苦思索，舔铅笔舔得满嘴黑，除了把从爹那里趸来的"玉椿见字如面"改成"姐姐见字如面"，再也不知道往下写什么。

这桩活受罪的差事无疾而终——

娘病了。

三

娘先是浑身寒热，头疼得厉害，继而说"心口疼""胸背紧"，哼哼了一晚上。第二天，娘的症状没有丝毫减轻，胸口和后背疼痛难忍，还加添了胸闷的症状。牌坊下三嬷嬷听说娘病，送来几个鸡蛋。如此贫乏的时日，这可是稀世珍宝。以往娘有病比如喘不过气的时候，喝几个生鸡蛋，立马缓解。此次照老样子，娘吩咐栗蓬儿把鸡蛋两头敲出一大一小两个眼儿，连吸带吮，把蛋清蛋黄几口咽下。少顷，娘艰难地把头伸出炕沿，将黄的灰的汤汤水水全数呕吐出来，犹自大口大口喘息不止。

爹请马天佑来看。马天佑看看娘的舌苔，按按娘的脉象，摇摇头说，不好说。爹请他有话直说。马天佑说，看症候，像是羊毛疔，但拿不准。马天佑说如果他的诊断没有大错，这病可是急症，一刻也耽误不得，还是赶紧请公社卫生院的医生来。爹就去桥头镇，很快返回，说卫生院的医生不出诊，非要把病人送到那里去。娘此时痛苦万状，难受得身子在炕上盘成弓形，忽而做反弓形的翻转，呻吟声细若游丝，断断续续，并不回答爹的问话。爹方寸大乱，急急忙忙收拾小车，吩咐栗蓬儿看顾吓哭的六月，他要推娘去桥头镇。

天启，天启！马天佑再次出现，扒着西墙叫爹，来救星了，蔡东阳先生路过。快跟我走，咱们去截住他。

爹急匆匆地跟着马天佑走。半袋烟的工夫，一个身材瘦小的老者，在爹和马天佑恭恭敬敬的引导和揖让中走进大门，是苍蒲城立仁堂大名鼎鼎的坐堂先生蔡东阳。栗蓬儿感到意外的是，名气如雷贯耳的蔡先生竟然是不起眼的小老头，头脸干净，目光温润，一身清气。花白的头发所剩无多，脑后却留着细细的一束发辫，辫尾很倔强地翘着，也让栗蓬儿觉得诧异。蔡先生穿黑色对襟夹袄，裹腿布一丝不苟地缠紧裤脚。走到屋门，他接过爹手里的鸡毛掸子，轻轻掸净腿脚上和布鞋上的浮土，喝了两口栗蓬儿捧上的温水，说，先看病。

娘的病的确凶险，蔡先生诊脉的时候她浑然不觉，让她伸舌头，娘也毫无反应。蔡先生问，你们谁是家主？马天佑醒悟过来，边下炕蹬鞋边说，我到外边等，有事叫我。爹就解开娘的大襟褂子。

栗蓬儿闪开点儿，别挡着亮。爹说。

蔡先生从怀里摸出老花镜戴上，在透过窗纸的温和而明亮的阳光里，在娘的胸前找到了他要找的症状。栗蓬儿帮着爹翻转娘的身体，像翻一条巨大而沉重的鱼。蔡先生轻按娘的后背，几个黑紫色斑点忽隐忽现。

快一些，蔡先生说，给我根纳鞋底的大针，再拿把剪子。

他用针鼻按按黑紫色斑点四周，旋即用针尖轻轻挑拨斑点。在栗蓬儿惊异的注视下，几根雪白的羊毛状丝线被蔡先生手里的钢针挑出。当他用剪刀剪断这些不名纤维的时候，栗蓬儿听到了清晰的声响。爹拿白布频频擦拭创口的黑色瘀血，蔡先生继续挑出并剪断令人恐怖的丝线。

"前七后八"，前胸还有七个，蔡先生说，翻身。

蔡先生的手法高明，剪断神秘纤维的声响不紧不慢地响起，娘的胸窝不断涌出黑血。到第七个毛孔里的丝线被剪断之后，娘长长地舒出一口气，似乎是长长的叹息。她的脸色平静多了，舒展开紧皱的眉头，呼吸明显匀称起来。

你诊得差不离，是羊毛疔。尊师是哪一位？在铜盆里洗净手，用手巾细细擦拭的蔡先生问马天佑。

马天佑受宠若惊地红了脸，说自己是自学，未曾拜师，在先生面前实在是献丑。蔡先生说，也亏得你拦下我，要是再晚一天半夜，这病怕是没救了。

蔡先生对恭谨侍立的爹和马天佑说，他挑断"羊毛"，只是紧急处置，"羊毛"须得"擀出来"，祛除净尽，方有望进一步诊治。

怎么擀？拿什么擀？爹问。

蔡先生看马天佑。

是蓖麻仁和卤水吧？马天佑请教。蔡先生点头，对爹说，赶紧置办。

蓖麻仁几乎家家有，卤水可到哪里去找？马天佑自告奋勇去小田各庄，豆腐坊里缺不得卤水，他的连襟是那个村的人，弄点回来问题不大。蔡先生说，还要紫花地丁，捣烂，糊在娘的前胸后背，把毒气逼出体外。惟有如此，病人才算闯过险关。

紫花地丁？爹摸不着头脑，蔡先生恍然，说，就是"米布袋"。

爹就看栗蓬儿。不待爹发话，栗蓬儿飞也似的跑出家门。

二道坡和蒺藜坡的南面得阳气之先，是地暖最先回转的地方，坡上的大麦已经在春风里摇曳着茎叶。这里也是剜野菜的人最先集中的地方，野坡上、麦垄里传来妇人和孩子此起彼伏的呼应。马家铺的、小田各庄的，甚至大田各庄的人，如蝗虫般落在坡地蚕食。

在大片尚未被开垦的、布满沙砾的地方，紫色的小花在砾石间灿烂开放，并率领繁茂的绿叶一举遮盖了白色枯草。米布袋长不高，长得最壮的也不过栗蓬儿的两拃高，但紫花和青绿叶子在地衣和苔藓中间很显眼。这本是极普通的小花，今天成了栗蓬儿全部的希望。他走得急，不曾带剜菜的铲子，也没来得及带篓子。他的眼里只有米布袋，别的世界不再存在，米布袋是他的救星，紫色的米布袋花霞光闪闪。

马长楼说过东北山林里的人是怎样恭敬而小心地挖人参的，而在此刻栗蓬儿的心里，米布袋比人参要宝贵不知多少倍。他吹去花叶上的浮土，拨开根茎旁的碎石子，食指和中指抠掉周边的土。米布袋的根扎不深，栗蓬儿稍一用力，不损伤根须和叶子，便轻轻地拽了出来。

栗蓬儿剜出很多米布袋，多到他不得不脱下褂子，把全枝全叶全根须的米布袋包成一个包袱。光着膀子背着包袱的栗蓬儿气喘吁吁跑回家，马天佑的卤水业已到了。

剥去蓖麻壳，把白色的蓖麻仁放在面板上用擀面杖擀得稀烂，加卤水，抟成蛋黄大小的圆球。在蔡先生的指导下，爹用这个蓖麻仁球轻轻放上娘的后背，用掌心轻压，在布有八个伤孔的后背上滚来滚去。

好。蔡先生说。他从爹手里取下蓖麻仁球，对着明亮的窗户，对等撕开约一指宽。在两个半球中间，有根根银丝闪闪发光。

在前胸如是重复一遍，娘慢慢睁开眼睛，一一打量着爹、栗蓬儿和六月，最后，无力的眼神停留在蔡先生脸上。

这是蔡先生，爹说，是蔡先生救了咱们的命。

娘向蔡先生微微点点头，招呼爹把耳朵贴近，悄悄说了什么。爹把娘的秘藏——半碗小米碴子以最急速的方式拿出，并不淘洗立即煮粥，很快，久远到陌生的氤氲香气冲决而出，恶魔般折磨着所有人的神经。爹捧上粥，抱歉地对蔡先生说，实在拿不出钱，也拿不出像样的饭来报答先生，用碴子粥酬谢先生的活命之恩，不成敬意，实在不成敬意。

啊呀，说什么酬谢？这比什么酬谢都好，这是最好的酬谢。蔡先生说。

看得出蔡先生饿坏了，他并不谦让，很随和地坐了马扎，就着萝卜条咸菜，光秃秃的下巴凑近碗边。滚烫的稀粥，在他的嘘溜声里，被极其迅速地喝光。

还有么？他有些不好意思，舔入嘴边的碴子碎渣。

有，有有。爹忙不迭地盛满黑碗。

蔡先生感叹说，眼下，不论走到哪个村子，走进的都是有灶无火揭不开锅的食堂，久矣乎未曾吃粮米，肠胃都饿瘪了，这是半个多月里他吃得最好的一餐。没想到，在可怕的灾荒之春，马家铺居然还有如此丰裕的人家，能够喝得起小米碴子粥。他早知道马家铺是富裕的老村子，果然家底丰厚，当得起盛名。

给病人端去了么？蔡先生突然止住话头，也停下了兴致勃勃的啜吸。

爹怔了怔说，这是专为先生熬的。

还是让病人一起吃吧，这粥最宜于她喝。蔡先生说。

爹说，她的饭不急，先济先生吃饱。

蔡先生把竹筷担在粥碗上，依次看爹、马天佑、栗蓬儿和六月，看到的是一双双眼睛里掩饰不住的异样光芒。他站起来，掀开锅盖，看到了干净的锅底。

是我的疏忽，是我的疏忽。也是我饿昏了头，竟然如此鲁莽。蔡先生说。他不理睬爹和马天佑的恳切劝说，再也不动碗筷。他吩咐赶快把粥送到病人枕边，让病人尽快喝下。他指导马天佑将业已浸泡干净的米布袋从水里捞出，放在蒜臼子里，用石头蒜锤捣烂。他让栗蓬儿找来一块薄薄的木片，掐成圆头，将散发着清冽药味的米布袋杂色药膏均匀地敷满娘的前胸和后背，再覆盖干净的白布。

再次洗手，蔡先生洗了很长时间，一边洗手一边思忖什么。慢慢将手巾搭上巾架，慢慢地抻抻齐，蔡先生叮嘱说，入夜以后，当米布袋药膏干透结痂，及时揭下，照他做的样子再敷一次。明天，如果病人觉得饿，那就是病症好转的迹象，应该立即进食，进软食、流食，小米糁子粥就很好。

不过，蔡先生沉吟说，他的诊治只是救急。本来，倘若羊毛疔发作的时间短，"羊毛"尚嫩之时，可不动刀剪，用蓖麻仁加卤水抟球就能直接将它们全数搋出来。但他来得迟，"羊毛"已经"老"了，老到不得不动刀剪，这是不得已的办法。虽说再加"米布袋"的拔除，"羊毛"已从体内被"逼"出来了，但痈毒残余还在，而病人的体质实在虚弱得不能再虚弱，本属长期劳损过度，心火太盛而骤受寒凉，其远因却是饮食不足，即得不到最低限度的吃食。蔡先生说羊毛疔是重症、急症，来得快去得也快，倒也不会留下尾巴，不必太过忧虑，但从面色、脉象和症候看，娘或许还有别的毛病，他一时也把不准。倘若病情出现反复，那必须尽快送到县医院，请那里的医生做全面诊治。蔡先生说，大医院的治疗手段未必比他的强，但人家的诊断，比起他的望闻问切，直达内里，也许更准确、更抵实。

蔡先生不幸而言中，病情一度好转的娘，再次陷入昏迷。那是子夜时分，栗蓬儿从睡梦中惊醒，屋里灯影人影纷乱，都压着嗓子说话。牌坊下三嬷嬷和马玉锁、砦门里三嬷嬷、马天茂、马天禧、马长楼、马天佑甚至马长亭，还有柳家旺，还有丛其五，还有青州，屋内屋外都是人。堂屋里的地上放着临时扎结的担架，铺上了棉褥子，爹把娘抱到担架上躺下，马天佑帮助把棉被盖在娘的身上，把身边掖严实。爹说，这次抬病人到县医院，两个人就够了。马天禧说这哪儿行，大家的肚子里没食儿，都虚弱得很，两个人根本不行，去四个人，连你，换着肩抬。于是，马天茂、马天佑、马玉锁，被爹请出一同抬娘。青州自告奋勇，说也要抬担架，要不，提马灯、打灯笼也行。

匆匆点亮的马灯，照引着担架和前面的路，人事不省的娘躺在晃晃悠悠的担架上，急匆匆的脚步，消失在黑暗里。

四

娘是不是要死了？

六月哭着问。她蜷缩在炕头，哭得很伤心。

长到十四岁，栗蓬儿第一次意识到娘也是会死的。娘也许会离开他，离开家，永远不再回来，这个发现让他极度恐慌。他也是第一次觉得，娘是座高大而温暖的山，他是山上的一棵小树。娘是他赖以站立、行走、吃饭、穿衣、睡觉和所有快乐的支撑。

他无法想象娘死去。娘是全家的定海神针，如果娘没有了，全家就会风雨飘摇，他的世界将立即坍塌。

娘死不了，娘不会死。栗蓬儿安慰妹妹。

他给油灯添了些洋油，剪去灯花，小小的灯焰顿了顿旋即伸长，屋里明亮了一些。得让灯亮着，千万别熄灭。这个夜晚，此时此刻，栗蓬儿害怕黑暗，他生来第一次害怕黑暗。他凝视着摇曳的灯火，灯光里全是娘的病容。他陷入从未有过的恐惧，这恐惧是如此剧烈，以至于栗蓬儿有些精神恍惚。

担架走到哪里了？一定走过落甲河上的木桥，走到犸虎岭那个巨大石壁下的拐弯处了。娘苏醒了吗？还不能睁眼吗？一床被子太单薄，娘冷了吧？一定冷，娘很冷，娘怕冷，爹给娘再盖件棉袄吧。

娘不会死。娘不会死。娘不会死！

栗蓬儿极力安慰自己，拼命抵抗无边的恐惧，但他如同面临深渊，仿佛天要塌下来。寒风嗖嗖，刮得栗蓬儿浑身凉透。天是黑的，风是苦的，世界是冷的，只有一处明亮的光，娘在光亮里。娘叫住众人，从落地的担架上缓缓坐起。娘笑容满面，说，栗蓬儿，我没事。你看，为娘的没事。

栗蓬儿突然想哭，他使劲憋回去。六月哭累了，已经睡着。栗蓬儿睡不着，也不想睡。担架走过粮库和县一中了吧？县医院在什么地方？离北门远不远？最好离得不远，千万离得近一点。玉楸会知道县医院的位置的，爹会不会半夜里把他从学校里叫出来领路？那里的医生最有本事，肯定能把娘救过来。

娘很少生病，偶尔有个头疼脑热，找马天佑拔拔火罐，扎扎针灸，就戴着额头和太阳穴的几个紫红色圆印，做饭缝衣，拾掇家什，喂鸡喂鸭，推磨拉碾，下地上坡，什么都不耽搁，连敲打儿子也不耽搁。更多的时候，娘给自己看病，比如喝生鸡蛋，比如让爹用在油灯上烧红再冷却的针逐一挑破她的十个手指尖放血。但这一次，娘的病来势凶猛，看样子凶多吉少。

栗蓬儿害怕极了。

前些天，娘撩起裤脚，轻轻按一下小腿，迎面骨旁顿时出现一个凹坑，半天也不复原。再按，又是几个深深的坑凹，固执地长久停留。爹看了说，他的两腿也是这样。娘在爹虚胖的腿上轻按，坑洼比娘腿上的还深、还大。娘说，这叫浮肿，是马天佑告诉她的。马天佑的两腿也浮肿，全村的人都浮肿，很多人浮肿得特别厉害，不过并非什么大病，纯属肚子里没有油水而又短米缺面所致。娘从马天佑那里得知，浮肿的险恶程度与性别和身体部位有大关系，即"男怕穿靴女怕戴帽"，男人腿脚浮肿即"穿靴"最是不祥。娘说自己的浮肿并不可怕，因为肿的是腿而非头脑和胸背，还不致危及性命，不必太过惊慌。而爹已"穿靴"了，是凶险的征兆，他的肿胀得发亮的两腿使娘放心不下。

娘被抬到哪儿了？抬到县医院了吗？

娘会被医院留下治病吗？娘能吃饭了吗？县医院里有饭吃吗？

一只猫头鹰古怪地笑着，惊醒了栖息在树上的鸟雀，引起一阵骚乱，渐而复归寂静。阒寂无声的深夜格外瘆人。

第二天栗蓬儿没上学。他和六月到老桑树那里，自己爬上去眺望通往县城的公路。公路逶迤远去，没入犸虎岭的起伏山峦。路上冷清得很，看不到几辆车和行人。近午时分回到家里，兄妹俩都饿得不得了。六月领哥哥到济南府大伯父的旧宅，打开厢房里自己的秘窟，其实就是个废弃了的灶坑，极想发现点吃的。她从里面翻出了泥拓小仙人、马长亭用麦秸编的绣球、粮囤和星星，以及针头线脑——六月在跟娘学针线活儿——连斗草胜出的大白杨树叶子，叶片叶柄已焦干弯折，以及用来染指甲、业已干枯了的凤仙花，也宝贝似地收着。六月大有母风，喜欢藏东西，不过她的道行浅，小小秘窟中什么可吃的东西也没有。她很失望，又饿，大眼睛无神地看哥哥，一遍遍地说，我放了块粑谷来着，我放了块粑谷来着，肯定是叫耗子拉走偷吃了。

栗蓬儿下地瓜井，拿出最后的几个地瓜，煮熟，和妹妹吃掉。

晚上掌灯的时候，门外一片嘈杂，依旧躺在担架上的娘，在众人的簇拥下回来了。

第二十一章

一

夜已深沉，娘从长长的熟睡中醒来，依次看过打盹儿的爹、睡着的六月和委顿的玉楸，还有依偎在身边紧紧抓着她的衣角的栗蓬儿。

去睡吧，娘的声音十分虚弱，栗蓬儿睡去吧，娘跑不了。

爹打了个冷丁，睁开极度困乏的眼睛，连声问娘怎么了。

我好了，娘轻声说，扶我起来坐坐。

在爹和栗蓬儿的扶持下，娘艰难地坐起来，倚着摞起来的枕头喘息。

娘对往来县医院的记忆很模糊，记得最清楚的片段，是在医院里输液。那玻璃瓶里的水是爹娘一致认定的神药并对其感恩不已，说那水吊挂在高处，一瓶输完，娘就苏醒过来，觉出饿了，这真鼓舞人心。蔡先生吩咐过，庄户人也知道，认食儿，要吃饭，是病情见好的明显迹象之一。娘还记得穿白大褂的医生是这样批评爹的：

你是患者家属？你还知道自己是患者的家属？那我问你，病人得的什么病你知道吗？怎么才能治好她你知道吗？不知道？好，我来告诉你。

医生说羊毛疗的残存毒害已所剩无几，娘亟须的不是药物而是饮食营养。医生说他不理解娘为什么这么长时间没有进食，而作为家属的爹何以如此冷漠，或者竟是狠心。医生说他并非不知道乡下正闹饥荒，但总不至于饥荒到这步田地。

抬回家去！医生说，把病人抬回你们村去吧。让病人卧床休息，短期内别劳作。给她吃些流食，热的，软的，记住，少吃甜食。最好吃些有营养的东西，有肉最理想，别总把菜根菜叶子当主食。听我的话，我保她不出一个月，就能下地干活了。

娘说知道自己的病根儿，也知道只要有饭吃就能祛病强身，娘让爹和全家人别担忧，她心里有数，自己能挺得过去。

　　娘让爹把她的宝贝妆奁盒子从炕琴里取出，摩挲了一会儿，很是割舍不下，但终于打开，拿出一支银簪、一个绿手镯。

　　爹把娘的这两样心爱之物送到马天武家，看能不能换回几个钱。他带回的消息让娘十分沮丧，马天武说镯子是稀罕物件，成色也好，银簪子也不错。不过，这年月，没人看重这些东西，不收。爹转而到丛其五那里。丛其五留下镯子，给了爹一块钱。爹即刻花掉，从小铺子里买了五块巴掌大的麸子饼。

　　栗蓬儿要为娘的身体补充"营养"，跑去东坡逮鹌鹑。

　　鹌鹑下蛋和抱窝的时节，也是庄户人饥肠辘辘，搜寻和翻检它们的时节。绵延起伏的东坡，任何一丛可能藏匿鹌鹑的野草下面都被人梳篦般爬梳过，再也见不到蹦跳着逃离或归巢的秃尾巴鸟儿了，桑树溪崖坡上的沙鸡也没了踪影。失望的栗蓬儿改变主意，跑去跟马长楼借鱼篓。马长楼纳闷地问，河水还冷得很，鱼可不喜欢出头露面，你拿鱼篓有什么用？栗蓬儿不答话，拿起鱼篓跑向落甲河。

　　去年冬，爹曾推着小车，与马玉衡、马玉锁一干人等支差去辕山，直干到水库大坝封顶。蓄水后的辕山水库水域广，水位高，落甲河立马减了大半水量。眼下是春天，河水更浅，水落沙出，绿草见缝插针，庞大了的沙洲再一次郁郁葱葱。

　　栗蓬儿找见一个两铺炕大小的水洼，从水里捞起几块矸均[①]，再就地挖些泥，堵住河水的入口和出口，然后跳进齐胯深的水里，河水凉得扎人。栗蓬儿咬紧牙关，双脚搅动水底的泥沙，也沉下身子，极力摇晃并以手臂来回划动。不久，清澈的河水在他的奋力搅拌中变得浑浊不堪，平静下来的水面出现了若干气泡。气泡瞬间破灭，下面是鱼的嘴巴。这是被困在河汊里的小鱼"浮梢"，身子细长，极度缺氧，昏头昏脑地贴近水面张口换气。此时的它们几乎垂直于水中，任凭渔夫伸手捉拿而毫无反抗之力。

　　浑水摸鱼的方法极其有效，水洼里的浮梢鱼被栗蓬儿全数活捉。遗憾的是鱼儿太小，仅有一拃长短，柳叶状的身体几乎透明，差不多看得见脊刺。

---

① 矸均（gōu）：河底泥沙中沉积的不明硬块物质，似石非石，大如篮球，小若鹅蛋。

十几条小鱼盖不严鱼篓的底，栗蓬儿意犹未尽，但在落甲河上下再也找不到理想的湾汊，只好提着鱼篓回家。爹欣喜非常，说鱼虽少，给娘熬碗汤还是够的。

大受鼓舞的栗蓬儿跑到簸箕湾。

簸箕湾里热闹非凡，巴掌、百岁、凉河、建设、三春、站儿、满生……好像马家铺所有的孩子，甚至马长亭，都在泥淖里翻腾。这个原本很开阔的簸箕形湾底，你推我搡，泥巴甩得满天飞，人人跟泥猴似的，挖尽了泥里的河蚌，都在全力捉泥鳅。

人太多了，比泥鳅还多，栗蓬儿只好另找出路。

春天的虫子小而少，鸟儿们便不常来，没食儿吃的鸟儿都机灵得要命，稍有风吹草动，立即消失无踪。栗蓬儿的弹弓打遍河堤下的小石榴树林、东坡上不多的杂树，以及斗湾边儿上的柳树，除了树叶中弹飘落，没打到一只鸟儿，回到村里蹅摸，连麻雀也少见。栗蓬儿想到桑树溪南岸那窝家族兴旺的坡兔子，收拾它们正是时候，就找到马玉锁，提出借土枪一用。

借枪？你用枪干什么？马玉锁说。

那枪是你能使的？你借枪你爹娘知道不知道？警觉万分的牌坊下三嬷嬷说，玉锁我告诉你，不能借枪给栗蓬儿，千万别给他枪！

栗蓬儿不得已讲出坡兔子的秘密，马玉锁立时同意并要一同出猎。他不顾三嬷嬷的阻拦，从屋里拿出土枪，连同铁砂、黑药和黄药，说，走。

他们迟了一步，老红毛[①]觉察到风声紧急，已经率领全家老小连夜迁徙。

栗蓬儿怂恿马玉锁进犸虎岭，说山里有坡兔子，或许还有野鸡、刺猬，甚至有獾，无论猎获什么野物，都能让娘从极度虚弱中康复。马玉锁说，栗蓬儿你想什么哪！你说的那是树高林密的犸虎岭。现今的犸虎岭跟癞痢头似的，怕是连野耗子都没有，什么野物也没有。

明天，跟我打雁去。马玉锁想了想说，打不到便罢，打到了，我不亏待你栗蓬儿，不论多少，咱俩对半分。

---

① 老红毛：年老的坡兔子。

二

清晨，大雾弥漫。

提着土枪的马玉锁和为他当跟班的栗蓬儿在簸箕湾如约见面的时候，都拿不准这样的天气对打雁是有利还是有碍。望着海市蜃楼般的石牌坊和雾气缭绕的房屋，还有簸箕湾周边隐隐约约的杨树和柳树，马玉锁犹豫不决。

走啊。栗蓬儿催促说，按捺不住急切的心情。

这是大雁北飞的时节。与南飞的大雁总在白天飞过马家铺不同，北飞的大雁总在夜里飞行，星月间经常撒下"勾—嘎，勾—嘎"的叫声。也许是飞行得疲累之极，也许因饿得不可抑止，它们偶尔会降落地面歇息和进食。早起的庄户人经常发现成群的大雁出现在麦田里。它们兴高采烈地践踏麦田，大吃大嚼青嫩的麦苗，屙下豆虫似的绿色雁屎。

栗蓬儿和马玉锁行走在似有若无、巨大无比的雾气帐帏里。雾穿透了他的薄薄衣裳，淡淡的、潮湿的、绵软的气息萦绕并黏滞着他的肌肤，浸入了他的五脏六腑。

远处的雾有形有色，布成白色的、温湿的穹形大帐，具有无所不在无所不能的魔力，把两个猎人笼罩在中央，保持永恒的距离，深邃无比浑涵汪茫。无论往哪个方向走，雾脚撑起的白色雾障都会随之进退，不远不近，不声不响，不卑不亢，严严地围堵封闭，不留一丝缝隙。

大雁，在哪儿呢？

南原的大片麦子长势好，应该是大雁落脚和进食的理想地点。他们猜得很准，刚走过桑树溪上的小木桥，就听到雾里传来雁群不安分的骚动。

马玉锁说，脚放轻点，跟在我后面。

栗蓬儿学马玉锁的样子，弯着腰，脚步轻轻地迈过地瓜垄。这是春地瓜，挪秧已经有些日子了，青紫色的小叶片湿润润的。他们极其谨慎地前进，终于看见了，在混混沌沌的大雾里，涌动着成群的大雁。

他们跑近了一些，快，马玉锁说，给我火药。

栗蓬儿递上火药和铁砂，马玉锁单腿跪在地瓜垄里，往枪筒里装填黑药、枪砂，之后掰开机头，把黄药小心地放入机碗。就在此时，喧嚷声起，大雁先是在麦垄间飞跑，之后加速度起飞，嘎嘎叫着，消失在白茫茫的浓雾之中。

娘的！马玉锁说，咱俩太大意，倒让哨雁先一步报了警。

马玉锁告诉栗蓬儿，大凡雁群落在地上进食或休憩，必有一只充当哨兵。这个家伙极端忠于职守，当它的同伴埋头大吃或大睡，抑或彼此吵闹的时候，只有它毫不松懈地警惕着敌情。刚才，必定是哨雁看到他们迅速逼近，便预先发出警报并抢先起飞，带动了雁群的胜利逃亡。

怎么办？栗蓬儿问。

马玉锁说，别动，等等看。咱们看不透大雾，大雁也看不透，说不定还会回来的。

然而没有，大雁一去不返。纹丝不动的麦苗，似乎凝结了的大雾，没有大雁回归的迹象。

把麦子糟蹋得够呛，狗日的！雾里传来骂声。

有双脚在大雾下面走动，人的轮廓从雾里清晰起来，是马天禧，他的高挑身材从浓雾中出现，那缕招牌式的白发湿漉漉地贴在前额。

马天禧昼夜记挂着麦苗，总也放心不下，怕旱，怕虫，怕草长莺飞，怕大雁落地，而大雁果然不期而来，生生把大片麦苗啃吃得七长八短，使大队的当家人心情恶劣，嘴里不停咒骂，骂天气太凉，麦苗长得慢，骂大雁与人争食，他恨恨地对马玉锁和栗蓬儿说，你们就留在这里守着，不信那些家伙不回来，不信收拾不了它！

这枪太笨了，装火药费了好长时间。栗蓬儿说。

我看看枪。马天禧说。

马天禧当过兵，去朝鲜打过仗，复员回村子的头几年，总在地屋子里吹嘘他的转盘机枪打死过多少西洋兵，也说他的战友挨了西洋兵的炸弹，肠子被炸得挂上了树枝，眼前一片红，跟天上下血雨似的，等等等等，乡亲们听过他的战场故事，开始夜夜做噩梦，听得次数多了，不再表示惊奇或恶心，马天禧的讲故事兴致也就淡了。

到底是经历过腥风血雨的人，马天禧对枪有持久的兴趣。他端起土枪，横来竖去看过，再没有目的地瞄瞄远处，最后下结论说，这枪连准星也没有，不太中用。不过，打个雁什么的还行。

我还没来得及瞄准，它们就惊炸了营。马玉锁说。

你这杆枪太长、太招眼，难怪大雁跟见了鬼似的跑。马天禧说。

马玉锁说，头些年也打过雁，大雁没这么胆小，如今可好，离得远远的，还看不清呢，一眨眼它就飞了。

你看不清它，它可看得清你。马天禧说大雁和庄户人并无仇怨，如果不是祸害麦子，几乎可以把它们看作良禽。而大雁原初也不怕人，更不懂得怕枪，只是这些年吃的枪弹太多，胆子变得奇小，怕枪怕得要命，见到长枪，必定早早地逃避，就连棍棒它都怕。不信？你俩拿根烧火棍子试试，它才不让走近！

马玉锁说，这倒霉的南原，也找不出个东西能挡挡枪。大雾也不争气，屁也挡不住。

你再想想办法，人终究比雁鬼多了，你马玉锁心眼又活泛，还对付不了它？说起来，大雁的心眼其实很少，就记得吃喝拉撒，哪里是你的对手！马天禧说马家铺的小麦虽然种得多，且灌过狗肉汤——就是个笑话，谁也别当真，赶紧忘了吧——但有望得到好收成的却少，最不堪的是播在深翻过的地亩里的麦子，出苗率低得让人不敢看。南原的麦地没受折腾，虽是旱地，地力也弱，却最有可能得到好收成，是几个月后马家铺能否"缓口气"的希望所在。

你俩警醒着点，别再让大雁落在麦地里，看啃倒的那一大片！马天禧说。

那可不行，得让它们落地，要不，怎么能打中？栗蓬儿说。

马玉锁的提议，他和栗蓬儿分作左右两路，拉开距离搜寻。马玉锁说，假如栗蓬儿发现了雁群，只消打个嗯哨，他就立马赶来。

南原是犸虎岭的北麓，麦田步步走高。他们在穹形帐幔中赶着雾走，不久，栗蓬儿听到有些响动，立即站住屏息瞭望，远方的雾脚处隐隐有大雁活动。再走近点儿，看得出这是由几十只大雁组成的群体，正蜂拥纷抢吃着麦苗。正如马玉锁所说，在你争我抢的雁群旁边，一只大雁昂起长长的脖子，很小的脑袋警觉地转向栗蓬儿。

栗蓬儿想打嗯哨，立即意识到与马玉锁的约定真够蠢的，嗯哨一响，不惊飞大雁们才怪，放在嘴边的手就放了下来。他只恨土枪不在手里，兜里怀里只有枪弹和火药。如此要紧的时候，最好马上去找马玉锁来，但他不割舍得这个雁群。哨雁极端警觉的注视，使栗蓬儿像中了魔法，呆呆地与它对视着，他渴盼马玉锁快些到来。这种等待太难熬了。

没有马玉锁的任何声息，栗蓬儿既激动又紧张，努力让呼吸平稳下来，他看到哨雁身后，群雁仍在大吃大嚼。

如果马玉锁总也不来，如果他来的时候动静过大，如果大雁们吃饱喝足扬长而去，如果后昭下村也有猎手从雾里钻出来，这群大雁……该死的马玉锁！不能等下去了，栗蓬儿决定采取行动。

栗蓬儿试探着向前走几步，哨雁不为所动。他又走几步，忠于职守的哨兵头昂得更高，不飞，不叫，也不退。栗蓬儿继续慢慢逼近，看清了哨雁肥大壮实的身躯，长长的白脖子，黄白色的胸脯，黑色的头面和喙。栗蓬儿继续靠近，人和雁同样不转眼珠，彼此打量着，揣摩着。

娘的骨架子似的干瘦身体，苍白的干枯脸色，有气无力的说话，一步三晃的走路，都亟须大雁拯救，只要一只，一只就够。这是绝好的机会，老天给的机会，绝不能失去这个好机会。栗蓬儿距离大雁只有一箭之遥，也许还能再接近一些。为了迷惑哨雁，他把目光转向别处，同时慢慢弯腰，两手满地踅摸，踅摸到一块石头。他用余光瞥着哨雁，脚步很慢然而不停，近了，又近了，似乎听到了大雁怪异的鸣叫。凭直觉，栗蓬儿意识到那是报警，雁群必定要飞逃。说时迟那时快，他疯狂地冲了过去，不失时机地掷出石块。

大雁们疾速扇动巨大的翅膀，先是惊恐地跑动，继而掠着麦苗飞起，渐而飞远，渐而升高，没入了白茫茫的大雾。

砰！

是马玉锁的枪响。

他那里一定有斩获，希望重新燃起，栗蓬儿朝着枪响处跑了过去，然而马玉锁也没得手，他转动着手里的一根长羽毛。

好大的一群雁！可枪太长了，藏不住。马玉锁遗憾万分。

马玉锁说，他发现的那群大雁足足有四五十只，落在麦地里好大一片。为了不惊到雁群，他在离它们很远的地方，就把土枪藏在身后，仅仅露出一截枪管，但大雁们还是惊惊乍乍地一哄而起。马玉锁是朝雁群的尾风开枪的，他明白枪子儿追不上大雁了，也要扣动扳机，就是为了出一口闷气。

看栗蓬儿垂头丧气的样子，马玉锁说，栗蓬儿高兴点儿，今天没打着，咱们明天再来。

栗蓬儿不想拖到明天，更不想回村子，他担忧大雁会不再来。也许，雁群今天夜里飞越马家铺，但不降落；也许，它们落到别的村子的麦地。最让他担心的，这也许是最后一拨北归的大雁，今天夜里，今后的夜里，再也听不到它们悠长的鸣叫。

栗蓬儿跟马玉锁说，好不好再去别的地方看看，比如东坡、北洼和落甲河堤外，都有麦地，说不定有大雁落下。

马玉锁说，起得早，没来得及吃饭，饥困了，得弄点吃的垫垫肚子。

这是最难找吃食的季节，旧粮已告罄，新熟还遥远，地里长的、树上结的，凡能进嘴的东西，都差着很多成色。栗蓬儿想了想，跑到瓜棚那边的菜地，南井附近，有青青的小葱最好，便薅出几把，跟马玉锁揉巴揉巴，很香甜地大口咀嚼。

吃过了大葱，马玉锁精神抖擞，说，走，咱去东坡。

三

大雾似乎被早晨的阳光驱赶净尽，或被高天抽取一空，天地变得明净清晰。田野、树木、山峦，依山而建的小田各庄，甚至遥远的大田各庄的房屋轮廓，清清爽爽。

两个猎手走上坡地，搜索大雁的蛛丝马迹。他们最留意麦地，也不放过棒槌地、秫秫地。地势起伏，微风荡漾，春苗摇曳，哪里有雁！是不是它们都飞走了？希望越来越渺茫，栗蓬儿心急如焚。

坡上的棒槌地里有人锄草。

老叔，好勤快，马玉锁大声说，这一大片地，就你几个人锄？

锄草人直起腰，扶着锄擦汗，都看他手里的土枪。

找雁哪？一个中年男人用同样高的嗓门问。

马玉锁问东边有没有雁群。

坡上的人说，他们走来的路上，从雾里赶起不止一群大雁。此刻天已大亮，大雁怕是都飞走了。大白天的，哪还有雁群留在地上！

马玉锁很是灰心丧气，但栗蓬儿不死心，说要是马玉锁不想继续搜寻，就将土枪借给自己用好了。他请马玉锁尽管放心，晌午前他会完璧归赵。如果自己打到雁，也和他五五分成。

马玉锁不想再做无用功，更不想把枪借给栗蓬儿。他说，这枪可不是省油的灯，你看我使唤它挺利索是不是？其实很费事。你比枪杆高不了多少，拿在手里调来调去的，弄不好走火伤了你，我怎么跟二叔二婶子交代？你断了这个念头吧，跟我回家。

从热切盼望到彻底失望，犹如从高山跌落深谷，整个早晨都兴致勃勃的栗蓬儿萎靡了下来，他的心凉透了，再也提不起精神，跟在马玉锁后面，落下了一大段路。

娘的病容再次出现在眼前，最可怕是，娘的两腿肿得像水筲般粗。家里总是有一顿没一顿，全凭娘拖着两条肿胀的腿，极力搜刮一切可吃的东西。栗蓬儿知道，在这个关口，让娘吃顿好饭是天下最重要的事情！哪怕自己饿着，哪怕全家人都饿着，哪怕全马家铺都饿着，也得让娘吃顿饭，吃顿饱饭，吃顿好饭。这顿好饭似乎近在咫尺，却又远在天边。眼看有望到手，转瞬竹篮打水……

快看！栗蓬儿快看！马玉锁叫道。

栗蓬儿朝北洼望去，绿意盎然的麦地里涌动着灰褐色的雁群。是的，没看错，是大雁，是很大的雁群。

有绝处逢生的欣喜，有跃跃欲试的焦急，也有生怕再次失败的紧张和谨慎。老天有眼，给了他们最后的机会。他们急急走向那片麦地。让他们惊讶的是，有个高个子男人，正在用长大的手臂，动作笨拙地赶着雁群。

马长亭！

是马长亭，他晃动着身体，好像去捉大雁，大雁纷纷闪避着他，却并不飞走。他往前走，雁群往后退，他站住，大雁也停下，并不停止撕扯麦苗。突然马长亭发力追逐，雁群像幼儿躲避大人的嬉戏追赶，或像群鹅闪避牧鹅人，跑着，叫着，与他保持着距离。在几次迎迎送送的追逐之后，马长亭似乎厌倦了，趟过麦苗，走上去桥头镇的小路。有几只雁挺起脖子目送他远去，宛如行注目礼。

快点儿，马玉锁催促说，栗蓬儿快点儿！

他们的尝试再度失败，根本无法接近猎物，离得很远，哨雁已经盯上了他们。那是一只高高大大的雁，从埋头于麦苗的同伴中走出来，面对不怀好意的来人昂首而立。栗蓬儿感觉到了它极为警觉的眼神，也觉到了它的双翅迅速收紧，似乎要发出警报并带头起飞。

站下吧！他无奈地说。

哨雁的疑惧并未消除，更对马玉锁保持高度警觉，尽管后者早已把土枪放在身后，只露出实在无法掩蔽的半截枪管，那家伙太精明，目不转睛地盯着马玉锁，并不把栗蓬儿放在眼里。马玉锁悄声说，退后，栗蓬儿，要是把它惊飞，今天咱就没指望了。

他们退到公路，趴在护路沟的沟沿上。从此处到麦田，与雁群之间全无遮挡。

两个猎手商议了各种对策，比如栗蓬儿端枪走在马玉锁身后，比如把枪裹在衣裳里，都因不够万全而不得不放弃。万般无奈之下，他们将开枪的所有程序做好，铁砂、黑药、黄药，全部到位。没了退路的猎人决定，实在不行，就强行直突。这是可能到手的猎物，不能白白放过。

从村口出来了马天佑，褡裢搭在肩上，脚步急匆匆。今天初十，他显然是去赶桥头集。后面跟来了马天武，这家伙重新骑上了大国防车，迅速超越了步行者，两人打个招呼，并不停步。骑车人轻快地越过公路，驶上小路，瘪瘪的长布袋搭在车后架上，脚踏车从麦地边飞快驶过。

雁群如同顽劣小儿，撕扯麦苗全凭兴致，撕三分，弃二分，吃一分，把麦地搅得乱七八糟。它们兴高采烈，对疾驶而过的马天武毫不在意，对大步行走的马天佑也视而不见，尽管，两个人离小路并不远。

玉锁，动手吧！栗蓬儿等不及了。

等一等，马玉锁望着远处说，再等等看。

栗蓬儿急得抓耳挠腮。

风中传来铃铛声。

西南方向的公路上走来一头黑毛驴，驴的大脑门上挂着朵硕大的红绸子牡丹花，项下的铜铃节奏分明地叮当响着。穿红戴绿的女人一摇一摆地骑在驴背上，赶驴的是个庄户人。待走近了看，驴背上披着红毯子，模样俊俏的女人怀里抱着花包袱，脑后有很大的发髻，斜插着一枝晚开的粉红色桃花，很像是新媳妇回娘家。赶驴的年轻男人留着分头，汗津津的脸上满是喜色。

恭喜恭喜，早早迎上去的马玉锁说，走亲戚？

送媳妇回娘家。男人说，让黑驴停下。

从哪里来？

前昭下。

真是好地方，前昭下都是好人家。马玉锁说，嫂子是哪里的？

桥头镇的。

桥头镇？桥头镇谁家？

赶驴的人说出那家，马玉锁怔了怔，随即欣喜地叫道，啊呀，知道知道，早就知道西桥头那家门里净出好看的闺女，今天见到嫂子，果然人家说得不假。大哥你真好福气。

新媳妇笑得很羞涩，前昭下人笑得很幸福。

兄弟，拿枪拿刀做什么？前昭下人问。

刚从东坡那边打坡兔子回来，没有打到，正要去桥头镇。今天是大集，有说书的说《小五义》，想去混半天。马玉锁说，这几天饥困得慌，去听个热闹，好汉侠客权当干粮，就便拿来充饥。

没听说有人到桥头镇说书啊，再者，早就不让我们前昭下村说书了，现而今，谁还敢干那些营生！那人说，不过，说老实话，论种五谷，我们姬家比不得别姓旁人；要说百戏杂耍，任谁也不放在我们的眼里。说书这一行，方圆百里之内敢拍着醒木张口的，出不了我们村。

要不，一起去听听？马玉锁说。

一起走吧，听不听书再说。可我还真有点耳痒了呢。前昭下人乐意与人做伴。

铃铛重新响起。

晨风微拂，麦苗摇曳，马家铺人和前昭下人都拐上小路，两侧有绽开的黄白色小花和匍匐在地的青绿色杂草。

前昭下的男人傍着黑驴的头，马玉锁走在黑驴的另一侧。驴背上的新媳妇回头看看跟着的栗蓬儿，说，那孩子，我好像见过你。栗蓬儿说，我怎么不知道，我没见过你。新媳妇笑笑，再不理会他，去看前方不安分的雁群。

兄弟是马家铺的？

前昭下人问，松松的缰绳在他身后的手里晃荡。其实黑驴自己会走路，它很驯顺、很尽责，胸有成竹、不紧不慢地走着，大头一起一伏，很是有趣。

马玉锁说，是马家铺的。他小心翼翼地提着土枪，紧贴着黑驴走。

你这枪是不是马家铺最大的？前昭下人问。

马玉锁说，马家铺只这一杆枪。

拿给我看看，兄弟。前昭下人隔着驴对马玉锁说。

不敢，大哥。火药和枪砂都装好了，别不小心走火伤了你。马玉锁说，把枪拿得更隐蔽。

从马玉锁摽上黑驴并特意走在与雁群相对的一侧，栗蓬儿就明白了他的用心，打心底佩服马玉锁想出这么高明的主意。此时已经离雁群很近，他拿眼角去瞥哨雁，看出了它的焦躁不安。

也许是旅途遥远耗尽了大雁的体力，也许是一夜休息麻痹了它们的警惕天性，抑或麦苗儿青青让它们吃得过瘾而欲罢不能，总之，这个雁群违反了黎明起飞的习性。日头升得很高了，该是上路的时辰，小路上走来的几个人和一头驴的背后，似乎有可怕的阴谋，哨雁看不明白，但意识到了什么。天性所致，职责所系，伙伴们可以大吃大嚼，它却不能丧失警惕。它的很小的眼睛盯着黑驴和黑驴那边的马玉锁移动。

前昭下人说了一句什么，栗蓬儿没听清。他看到马玉锁有意落后一步，驴背上花色鲜艳的鞍鞯边缘、骑驴人的屁股后边，伸出了长长的枪管。机敏的哨雁急促惊叫并疾速拍打翅膀，雁群立即大乱，栗蓬儿紧张得喉咙发干。

快开枪！

大雁跑动着起飞，麦田里翻动着大片褐色翅羽，扇起的风刮得麦苗七倒八歪，如同疾风吹过绿色水面，激起闪亮的层层涟漪。在雁群炸营似地争抢着飞离的瞬间，马玉锁扣动了扳机。

惊天动地一声响，黑色烟雾散开，眼见得大雁们伸长脖子嘎嘎叫着起飞，有中枪者跌落下来，还在麦垄间翻着跟头逃跑。

比猎豹还要敏捷，比鹰隼还要迅疾，栗蓬儿冲进了麦田，只听见耳边呼呼风响，他掠过齐膝深的麦苗，直扑受伤的猎物。那只大雁跌跌撞撞地跑，显然丧失了飞起的力气。栗蓬儿一跃而起，把它扑倒在麦垄里，脸上溅上了温热的血。大雁在他身下做出最后的挣扎，嘶哑地叫着，翅膀扑打，脚蹼乱蹬，哪能逃得脱栗蓬儿的死死拥抱。

皮质粗糙的橘红色脚蹼还在踢蹬，栗蓬儿不得不死死抓牢。手上很沉重，他觉出了它的壮实肥硕。狂喜的栗蓬儿要把大雁拿给马玉锁看，这是他们两个人的成功收获。半天的辛苦没有白费，娘要喝上雁肉汤了。

激烈的吵嚷声让栗蓬儿回到现实。

那匹惬意而轻松的黑驴受不得炸响般的枪声，被惊得高高窜起，将稳坐鞍鞯的新媳妇狠狠摔了出去。

继而出现的是混乱之极的场面。前昭下人一边大骂猎人，一边跑去安抚媳妇，还得呼唤跑远了的驴。看到媳妇脸上有血有肉的惨样子，男人愤怒之极。他将女人搀扶到路边坐下，好言抚慰之后，把一腔怒火发泄给马玉锁，上来抢夺土枪。嘴里骂骂咧咧，说非得摔碎它才肯罢休，后者死死不放手。

大哥，有气往我身上发，别跟枪过不去。马玉锁护住了抢说。

怎么发，你说怎么发？怎么往你身上发？那人质问道。

马玉锁不住地打躬作揖，堆起一脸歉疚的笑容，大哥，你说吧，你要兄弟我怎样，我就怎样，绝不还价。

我能把你怎样？我也不会把你怎样。我和你无冤无仇，你不该藏一份害我的心思。前昭下村的人说，你们马家铺喜欢使枪弄棒我管不着，你打雁不打雁也不关我的事，可你去看看我媳妇的脸，那还叫脸！还有你，小兄弟，你也揣着一份害人的心思是不是？

栗蓬儿发现这个人的眼睛盯住了他提着的大雁，他的心狂跳起来。

他最担心的事情发生了。

马玉锁说，大哥，我拿雁赔你行不行，赔嫂子的伤行不行？

在马玉锁和栗蓬儿帮助追回黑驴后，恨恨不已的前昭下人才不情愿地接受了马玉锁的补偿提议。铺好垫子，摔得面目狰狞的新媳妇重新骑上驴背，死去的大雁倒挂在驴侧，长长的脖子垂下来，橘黄与黑色相间的喙和凝固了的血迹格外醒目。

前昭下人拍一下黑驴，头也不回，径自走向桥头镇。

大哥，常来常往。马玉锁朝着人家的背影喊道。

凌乱的麦地，寂静的小路。

两个垂头丧气的猎手。

第二十二章

一

跑个门子起吧。娘说。

娘是对上门要饭的人说这话的。要饭的是个手捧破瓷碗的中年庄户人，迟迟疑疑地不愿离开，娘就说，跑个门子起吧。

这是马家铺打发要饭者的规范用语，典出不明，语义很客气，意思是"请到别的人家看看吧"。若出自穷乏人之口，这句话里就含有歉疚，是"我家实在拿不出东西给你了"的意思。娘说这话的时候就很有些歉意。娘的心肠在这种时候很软，又要面子，若不是山穷水尽，她不会让上门讨吃的人完全失望，总要递给人家一点东西，哪怕是几片地瓜干或者小块的嘎渣。

人家五尺汉子，开口讨要点吃食是件难为的事，娘经常说，不到活不下去的地步，谁好意思张这个嘴呢！

娘说"跑个门子"的时候，正躺在那张樟木躺椅上晒太阳。时近晌午，阳光温煦，照耀得娘通身暖和。自打生病以后，她总说自己身上凉，彻骨彻心的凉，因而她很享受躺椅上的时光。娘从这把庄户人家罕见的奢侈家具上微微欠起身子，手搭凉棚遮挡住阳光，仔细打量仍然站在大门旁边的要饭者。紫荆花开得灿烂，粉红色的条条花串招引来很多嗡嗡叫的蜜蜂。

喝碗水吧，看这天，说热就热起来了。娘说，叫栗蓬儿从锅里舀出温水倒入那人的碗。

那人大口喝水，用破袖口擦去下颌的水滴。

听口音，你可是东边来的？娘说。

茅草店的。那人说。

茅草店？茅草店也出来要饭？不是说你们的粮米多得吃不了，到处想法子给它找出路么？你们的深翻地还上了戏匣子呢。娘说。

茅草店人长着一张枯瘦黧黑的苦脸，笑笑说，那要是真的，那要是管用，我犯得上端个破碗到处磕头作揖！大嫂千万别再提那些败家的事，真是羞煞人。戏匣子嘴贱，管戏匣子的人更贱，都是祸害人的东西！茅草店比不得你们马家铺。过日子，终究是本分一些好。

娘说，都差不多。

娘这话说得很丧气。娘轻易不说丧气的话，非要撑到最后，走投无路、毫无希望的时候才会说这样的软话。与茅草店相比，马家铺眼下的处境确实差不多，没有几户人家还能揭开锅，没有几家的风箱拉得响，没有几家的烟囱里还能升起炊烟。本是一天三顿饭的时令，都吃两顿，不久，再次减顿，只在中午填补些能够进嘴的东西，早晚就只好委屈嘴巴和肚子。

清明前后，赭红色的毛毛狗儿掉落满地，柳丝飘荡起来。柳絮还没散尽，娘就叫栗蓬儿爬上树，将柳枝撩上去，捋下嫩嫩的柳叶。娘把它们泡在大红陶盆里，不断滗去旧水换新水，两天之后，娘说柳叶的苦味已经泡没了，就捞出来，沥干水分，切碎，撒上薄薄一层豆面，放到锅里大火焖蒸。软如发糕的灰绿色东西吃到嘴里，残留的苦味还是让栗蓬儿难以下咽。娘说，喝水，往下冲。于是全家仰头大口喝水，把柳叶饭冲下肚。没吃几顿，栗蓬儿眼睛发花，见到绿色就恶心。

大队号令社员挖野菜。哪里用得着号令，家家倾巢出动，人人挽着篓子拿着铲子，呼啦啦涌向一切有野菜的地方。开始只在自己本村的地亩及周边搜寻，很快就扑向山野与河滩，争先恐后，都弓着身子，睁大眼睛，抠饬野菜的细心一如妮子们篦头发。都是庄户人，马家铺的、邹家庄和东西桥头镇以及毕家湾的，溯落甲河而上直入犸虎岭。人无分长幼，地无分南北，菜无分老嫩，跟蝗虫似的，漫山遍野搜寻。庄稼之外的绿色多半被连根挖起，地面上熟悉的叶片被席卷一空。都说"三月茵陈四月蒿"，得趁早吃掉，空肚皮也等不得，争抢着下手，先剜出来再说。可恨萋萋毛、婆婆丁、苣荬菜、苋菜、灰灰菜……生长得太慢，刚刚生出嫩芽即被剜到篓子里。要说再等一旬半月，这些野菜能够产出不止一倍的数量，但人们哪里等得及，肠胃就是催命鬼，容不得人长久不送点东西给它，否则就居中作乱，让你不得片刻安宁，腿脚发软，脑筋发木，眼睛发绿，心慌慌的，眼直直的，连吃人的念头都有。

这个青黄不接的时节，人们将感官能效发挥到了极致，视觉、听觉、触觉、嗅觉、味觉乃至第六感官高度进化。他们能看到远处的某棵野菜已经长成，那本是鹰眼的绝技，也如同老鹰一般飞去攫取；能听到荻草拔节的声音，新鲜荻根，就再逃不脱马家铺人的手爪，这功夫是何等的不凡；任何可触摸的物体，都立即判断是否有填进嘴里的可能，必要时连眼睛都可以省却；鼻子之灵敏跟狗的很有一比，闻得到三十多里外苍蒲县城里的肉香，诱得肚子里山呼海啸；至于动用味觉，马家铺人跟传说中一位远古圣贤名叫神农的同样勇敢和智慧，甚至有胜于蓝的创举。他们尝遍了一切可尝或不可尝的物品，连簸箕湾台地上龟裂的黑土也被开创性地试吃过，那是有人听说观音土可以充饥而苦于马家铺没有这种珍贵资源，不得已的尝试。不过结论是吃不得，不但味同嚼蜡，反不如嚼蜡，而且不顶饿，弄得肠胃板结如铁石，几天拉不出屎，憋得人直叫唤，于是果断放弃。

榆树！天啊，总算还有榆树，等不及榆叶长大，先把榆钱儿捋光。这可是好东西，一把把捋下，直接塞进嘴里，来不及送回家由娘精工细作。盼日月加速轮转，但榆树叶长得太慢，小得可恼，索性剥榆树皮，从上面横向割出一刀，用力顺势往下扯，布条似的树皮就剥离下来。主干剥光，就剥树枝，转圈螺旋形环环剥下，剥下的榆树皮呈螺旋状，悬空垂吊而不断裂，颇似城里人削苹果的优雅技巧。榆树皮是相当诱人的美味，可泡，可剁，可磨，可煮，可蒸，当然，可吃，黏黏的，没有邪味，是可以充分信任和享受的食品。可恨先人种的榆树不够多，在极其短暂的时间里全部被施以剥皮酷刑，都赤裸了枝干，跟被剔净皮肉后的骨头架子似的，白惨惨的极为瘆人。

洋槐花成为最后的盛宴，一嘟噜一嘟噜悬挂于瘦硬的洋槐树枝上，在嫩绿而秀气的槐叶间灼灼闪耀，比榆钱儿和榆树皮还要美味。把洋槐花从树上撸下来，有点言不符实，用"拧"或"绞"更形象。这方法也简单，找一根越长越好的秫秸，把顶端的梃竿分劈为叉，塞进一根小木棍撑住，就是可以大显身手的绞杈，能够叉住洋槐花的花托甚至小枝，轻轻转动秫秸秆，一穗穗的鲜嫩洋槐花就被连枝带叶拧下来。

这是一场关乎生死的争食大战。无数根秫秸绞杈伸向洋槐树，连同花蕊、枝丫及嫩绿叶子一起，将一穗穗洁白花簇收到筐子里，行动之疾速，技术之高超，手法之娴熟，必定成为马家铺史上之最。洋槐花刚刚绽开于绿色之中，眨眼间，白色迅速减少以至于消失，满树恢复了稀稀疏疏的绿色。倒霉的洋槐树遍体鳞伤疏朗稀落，宛若突然跌入秋天。

在洋槐花开的短暂时间里，栗蓬儿如同生活在树上的灵巧猴子，攀爬腾挪，在连针带刺的枝叶间蹿跃。他把秫秸绞杈探向高高的树尖，迅速地将那里的白色从绿色中剪除，拎回家的篓子里总是很饱满。娘拖着病体，施展毕生绝活，烹制洋槐花极见功力，无论焖还是蒸，都能让变了形和色的无名吃食刚端上矮桌就被吃光。洋槐花珍贵而不可多得，就掺些熬煮后的叶子进去，饭食的体积增大了一倍不止，虽多有苦涩但尚可下咽，口齿、嗓子、肠胃很得安慰。洋槐花所剩无几的时候，娘再次打开她的妆奁盒子，拿出个精致的白银长命锁，让爹送到马天武家，换不来像样的东西，好歹对付了半小碗腥气很冲的虾酱。将加倍的洋槐叶子掺入洋槐花，出笼后颜色和味道有变，就抹一点虾酱上去，别有一番风味，都大口咀嚼咽下。不久，肚子里唧哩咣当山响，使尽胯下气力也锁不住腚眼，恶臭一泄如注，颜色好像水墨汁，稀得如同瘟鸡屎。

大队头目屡屡跑桥头镇甚至跑县城求救，连把糠皮也没求来。境况紧急之时，马家铺病死了一匹马，人心大喜，按户头分肉到各家，狼多肉少，连肉带骨，每家分得的只有新秤二斤。这是救急的肉，全家人视若天赐异珍，恨不能当牌位供奉起来，不可人意的是马肉不能久存，病死的马肉更让人不放心。天气渐热，得赶紧吃掉。于是换菜不换肉，让一锅又一锅的野菜沾染迅速衰微的马肉油香，全家人过了几天好日子。

马长禧喻示全村说，该马老迈年高，耕不得地，耙不了田，拉不动碌子，更驾不了车，它已经沦落为废物，算是死得其时，正好省下饲料喂养别的牲口，或者干脆一点说，不死不足以让全村人渡过难关。

马长禧的话很受拥戴，众人都说马命该绝，马家铺人吃它的肉是顺应天意，会长久地记住它的牺牲。尽管如此，当钉挂在墙上的血淋淋马皮等待风干，瞥见它的村人还是嗒然若丧。

当然，活命要紧，马家铺人为不幸老马的伤感只持续了极短的时间。饥饿到麻痹的肠胃被肉香激活，吃肉的欲望便如恶魔般横空出世，四处攫取目标。鸡鸭鹅狗早已绝迹。巴掌家的猪也被宰杀了，他家门里人多，远远近近的宗亲都赶来吃肉、分肉，连皮骨也没剩下。自此，马家铺村两条腿的、四条腿的活物，有点模样的，除了人之外，剩下的只有大牲口。"大牲口"，是人们对牛马驴骡的爱称，这种称呼很有爱惜甚至尊重的意味。吃过马肉，尝到了久违的肉香，众人越发爱大牲口，对它们垂涎三尺，频频去牲口棚看牛，看马，看骡子和驴，心里蹿动着的都是刀斧，看到的全是鲜活的肉，眼里都冒出火来。

肉香具有不可抵御的魔力，钩得人心变歪，都撺掇再杀大牲口。春耕已过，因为人人无力，也无心，该种的，该栽的，只长出不足七成的秧苗，荒了地亩三成有余。人心动荡不安，保牲口的事往后放放，先保住人命再说。

突然听说要杀牛分肉，栗蓬儿飞也似的往屠场跑，全村的人都往那里跑。屠场设在早先是祠堂、后来是学堂、最终以食堂作古的院子里，砸牛的大石槌，留有老马血痕的切肉砧板，剁骨钢斧，剔骨尖刀，秤杆、秤砣、秤盘，件件到位，桌椅、算盘、账簿和笔墨业已摆放停当。万事俱备，只欠牛来，但该死的牛迟迟不来，临时屠夫马玉德与负责记账的爹，以及执掌大牲口生杀大权的马天禧也不露面。从天傍黑等到天全黑，仍然不见动静。人越来越多，院落外，斗湾边，黑压压的，静默着，等候着，后来嚓喊[①]着，都支起耳朵听东坡下的动静，大队牲口棚就建在那里。

终于听到了牛的哀鸣，长长的，颤颤的，低沉而凄惨，绝望的长嚎响彻了整个马家铺，栗蓬儿打了个寒战，很多人都打寒战。有人赶紧在笨槐树上挂起盏汽灯，呲呲地打进气去，点着，惨白的光亮照着半个阴森森的院子。

牲口棚那边沉寂下来，众人耐着性子等，等来的却只是马天禧，老远就大声嚷，散了散了，都散了，堆在这里干什么？

有人问杀牛和牛肉的事，马天禧说，你说什么哪，我怎么听不明白，谁要杀牛？找死是不是？

栗蓬儿垂头丧气回到家，巴巴等候的娘也很失望。当夜迟归的爹带回来些萝卜干，说是自己过河跑到邹家庄，到某个老赌友家弄到的，娘脸上有了些喜色，立即用热水泡煮，很筋道，全家人嚼得入迷，肚子里总算有点垫补，

---

① 嚓喊：低声说话，私下议论。

不至于饿得在炕上烙饼一样翻来覆去。

说起牛肉最终未能到手，爹说那头要被杀的牛已经被拖出了牲口棚，但牛通人性，明白要走的是黄泉路，所以拼命抵炕，四只牛蹄死死蹬地，任凭青州手里的缰绳拉豁了牛鼻子，鲜血甩到人身上，也高低不走。它立定身躯仰天长哞，弄得青州和马玉德以及马天禧又焦急又气恼，正在商量就地宰杀算了，马子孝颤颤巍巍地赶到，痛骂马天禧，说饥荒再深，也不能拿大牲口充饥，将来不还得靠它们出力，要不，怎么耕耙耩耧拉碾驾车？又骂他记吃不记打，好了疮疤忘了疼，不作则已，一作就往死里作，杀大牲口可是要命的大罪，是给自己也是给马家铺找不自在，你马天禧是不是非要把马家铺带到绝路上去！直说得马天禧冷汗淋漓，老牛因此逃过了生死劫。

爹不赞成开杀戒，他见不得血腥场面，这是他早早避走邹家庄弄吃食的缘由。他也饿，饿得前胸贴后背，却表现出少有的清醒，说要是杀了牛，没准儿哪天上头派下工作同志，弄不好再把警察带来，要命的铁铐子铐了人走。再者，一头瘦牛能有多少肉？五六百口子人能撑几天？总不能杀空了牲口棚吧？要想度过这么重的饥荒，还得想些靠谱的法子。

但靠谱的法子是想不出的，终于撑不下去了。娘反复算计，得出的结论是，把所有能吃的和即将能吃的——家里的、地里的、水里的、河边的、树上的、开花的、长叶的、带根的——全都算在内，断顿之日距离麦熟还有四五十天。简而言之，未来这些日子里没有任何东西可以塞进肚子。这四五十天不是单纯的时间概念而是兼有空间概念，是横在全家人面前的一道深渊，深不见底；也可以看作一堵绝壁，壁立千仞，无路可攀。

深渊也好，绝壁也罢，闯过去，得以存活；闯不过……

总不能坐以待毙。

逃荒去，要饭去！

二

遍地饥荒，哪个村子也不好过，甚至更难过。姥爷姥娘本来还算厚实的家底，也让头年的折腾弄得净光。舅舅来马家铺借粮，看到爹娘的难处，连求告的话也没好意思出口，苦脸相对，说了些不咸不淡的闲话，唉声叹气了一会儿，赶紧打道回府。目送他渐渐远去的背影，娘失去了硬撑着的气力。即便如此，当济南府来信询问家乡的灾情，娘让爹回信感谢大伯和大伯嫂子的关切，却坚决阻止了爹的求援。娘说，眼下济南府未必有多宽裕，咱一大家子五张嘴，可别没喂饱自己，先连带人家跟着挨饿。

比比谁更穷，比谁谁就穷。比比谁更饿，全都一样饿。逃荒，是唯一可望活下去的路。

往哪里逃？

爹娘的意思是往南走，这个选择见出他们的过人才智。选择南逃的根据是，最近到马家铺讨饭的人多从别的方向来，还没有见到南边过来的。爹娘据此推断，那边大概没饥荒，日子好过，往那里逃，也许是条生路。有未经核实的消息佐证了爹娘的判断是何等英明，东南方向有个叫海北的县，这几年很安静，庄稼人有吃有穿安居乐业。

爹赶紧张罗去海北县的准备。

在断顿的日子里，绝望的栗蓬儿不止一次想到了饿死，这个念头让他十分恐慌。他怕的主要不是死本身，而是死亡的方式。饿死是他最不能接受的死法，死得不甘心，虚岁才十四，死得太早了，还没见什么世面，亏得慌。死得也太窝囊，连顿饱饭也吃不到，空着肚子上路，到阴曹地府也是个饿死鬼。也会死得很难看，他想到了头年从无主的墓穴中挖出的骷髅，心里冷森森的。如果必须死，栗蓬儿很想被撑死。他使劲想象，想象满桌子冒着热气的大块肥肉和整条的红烧鲤鱼，听凭自己放开肚皮狠吃，天哪，只要饱吃那一顿饭，即便是死，也不冤了。眼下，有出路可走，怕什么！只要能逃到饿不死的地方，只要讨到可以活下去的吃食，天涯海角也去得。

饿过了劲儿的人，胃口会一度麻木，栗蓬儿就饿过了劲儿，他倚靠门框懒懒地坐着，阳光暖暖地照着，他不知不觉睡着了，做了个香甜的梦，梦见了肉、鱼、鸡、鸭，梦见了饺子、双饼、卷子、馎馎、打卤面、小米干饭……还梦见了授虫。

"授虫"是种神虫，它驾临哪里，哪里的粮米就滚滚涌流取之不尽。授虫在马家铺人的口中流传了千百年，很让一代代饥饿的村民凭空生出饱暖的期盼。在人们梦幻般的传说中，授虫是可爱的小长虫模样，却长有高高的冠子，见出它的非同凡响。它通体红色，晶莹剔透，绕有青色环纹。这也是出现在栗蓬儿梦里的授虫的样子。它驾着祥云飞临天井，眨眼之间，家里的米瓮、面柜、粮缸、麻袋、陶盆、铁锅、水筲乃至筐箩，所有容器里，米面泉水般流淌不绝，授虫在粮米中快乐地翻腾着，娇小玲珑的细长身躯不时浮现……它腾空而起，转眼之间变成了燕子，是憨儿，整个春天栗蓬儿都在等待的憨儿，它到底飞回来了。

憨儿！栗蓬儿喊道，你这坏蛋，怎么才回来？你不知道我多想你！

憨儿飞近了，轻轻笑着，在他举起的弯曲食指上飘然而落。

栗蓬儿，去把磨房墙上的那盘绳子拿来。是爹的声音。

憨儿消失了，被叫醒的栗蓬儿抹去嘴角的口水，心里十分懊恼。他懵里懵懂呆头呆脑，半天才明白爹的吩咐，这也是因为他太饿的缘故。饥饿的人脑子迟钝得很，反应总是慢半拍。

爹又做了个英明决定，就是做第一拨出门讨饭的人家。在爹看来，逃荒要饭跟看京戏很有一比。看戏，最好抢个先，占个好位子。去得迟了，离戏台远而又远，听不清戏文，不能尽赏唱腔，更看不清楚生旦净末丑的眉眼，那滋味才叫难受。爹说看春里这架势，逃荒要饭的人必定多得乌秧乌秧的。所以，要么不逃荒，要么早逃荒，第一拨逃荒的人，要到的饭应该比后到的人要到的多，这道理跟看京戏抢到最前头的长凳是一样的。

栗蓬儿急于跟随父母逃向海北，他向李明舜老师告一个月的假，说要出远门要饭，不能来上课了。李老师的黑脸垂了半天，把他带到毕主任面前。

毕主任很为难地说，马玉槐，你算给学校出了一道难题。要是不准你的假，学校也帮不了你，给不了你吃的，老师也是有上顿没下顿，要是准你的假，可这准的是什么假？哪个是合适的名目？春假？已经放过了。病假？哪能批一个月长的病假，除非得了什么治不好的大病——呸呸，我这张破嘴，谁也别当真。事假？什么事由？总不能写"要饭"二字吧。

李老师喃喃地说，再想想办法。

毕主任说，请假去要饭的不止马玉槐一个，咱们始终拿不出合理的事由。还有些同学擅自离校却不请假，这是蔑视校纪校规。毕主任说他并非不知道学生缺课是因为逃荒要饭，可规矩毕竟是规矩，不能因为没饭吃就可以违犯，即使是逃荒这样的大事。就算不写书面请假条，总得和我们当面说一声吧。不辞而别，成何体统！将来也许考虑要追加处分。毕主任又说，马玉槐你去外面等着，我们和校长商量商量再答复你。

栗蓬儿在门洞里等三巨头的商量结果。

旧日的操场里，地蛋长势茂盛，有蜂蝶在初开的白色小花上翩翩飞舞。课间操时间用来为地蛋浇水，同学们个个饿得蔫头耷脑，也拿起担杖，去河里挑水。董双来个子高，由于肚子里太空，挑来的水筲里只一半水，浇水的女同学叽叽喳喳，说他偷懒，董双来委屈得差点撂挑子。栗蓬儿没看见乔芳，问班长，乔子坡说，乔芳好几天没来上课了。

快响上课铃的时候，栗蓬儿被叫到办公室。

还是"铜""铁"和"烟袋锅子"三个人。

佟校长说，马玉槐，学校批准你的假，就不写请假的事由了，反正请这假的也不只你一个，请假表上的这一格就空着，也没什么大不了。你跟你父母逃荒去吧，别挂念功课，先渡过这个难关再说。佟校长还表扬栗蓬儿，夸他"有进步"，懂得请假就是很了不起的进步。

毕主任说，现在学校里学无所学，教无所教，但我不能放任自流。马玉槐你给我记住，回来第一天，必须立即到学校销假。

马玉槐，无论你怎样不喜欢听课，无论你多么不爱听我的批评，无论你有多少缺点和毛病，你都是我的学生。我的学生因为逃荒要饭而缺课，我当老师的心里是什么滋味你可能不知道，你不知道也好。我想让你知道的是，你一定得平安回来。你落下的课，我，还有别的老师，都会给你开小灶补上。

李老师说。

马玉槐！

惊讶的乔芳从河边站起来，捣衣裳的木棒槌在她手上提着，河水淋淋漓漓滴落，石砧上的槌洗衣服被水流拉到了河里，待乔芳发现，已经漂出很远。乔芳怕水，追了几步，见水深，赶紧退回岸边。栗蓬儿赶上去，蹚着没膝深的水，将衣裳捞起来，重新堆在石砧上。

栗蓬儿告诉乔芳，自己要逃荒去了。

我也想逃荒，我娘也想，我家也没吃的了。乔芳说，可我哥哥的病越来越重，肚子上跟扣了口锅似的，吃了很多付中药，总也消不下去，连说话都上气不接下气，看了都让人害怕。我和我娘撇不下他。

那你们怎么办？栗蓬儿问。

你来。

乔芳说，领着栗蓬儿往下游走了一段路。辕山水库拦河蓄水，落甲河来水少了，河中心出现了一大块沙洲，有人乘机在上面种些早熟的粮米和菜蔬，多是现种现吃的品种。隔着浅浅的水流，乔芳指给栗蓬儿一片豌豆棵子，趴在他耳边说，那就是我和我娘种的，你看，分枝分得多好，肯定能结很多豆荚。过几天，就该开花了。豌豆熟得早，就是我们家的接口儿① 了。

都说豌豆吃到肚子里膨胀打横，特别耐饥，但离豆荚鼓饱还得熬很多天，栗蓬儿问，你这些日子吃什么呢？

我吃的少，有口猫食就能吃饱；要是没吃的，我喝凉水也能活。乔芳说。她的圆脸饿瘦了，窄窄的，黄黄的。

栗蓬儿问乔芳，你总也不上学了吗？

不知道，我娘赶我上学，可我想在家帮我娘忙过几天再回学校。乔芳说，这些天我的功课没落下，是我娘教我，语文算术她都能教，连图画也能教。我落不下课，你呢？

栗蓬儿说，我也不知道，可能我以后就不上学了。我不开窍，脑子笨，好几门课总也跟不上趟。

乔芳说，马玉槐你不笨，真的不笨，只要用心，你的功课肯定跟得上。反正，你不能退学，你得上学。

你要上，我就上。栗蓬儿说。

你在这里等等我。返回洗衣裳的地方，乔芳说，让栗蓬儿和她对头儿把湿衣裳拧干，自己送回家。再次回到河堤上的时候，她手里拿着注音与拼音的硬纸卡片，用两根橡皮筋十字形套紧。

---

① 接口儿：用新产的粮食充饥以接续生命，故称。一般指青黄不接之后的头茬粮食。

你带上这个。你要出远门了，路上有空，就拿出来念念。乔芳说，要是你把拼音字母学会了，就会念很多字，你的语文课就跟得上大家了。就算没有老师教，你也能认很多字。

栗蓬儿不太情愿地接过卡片。他的拼音字母仍然半生不熟，逃荒去海北，不知道会遇到什么，带上这东西，哪有工夫看？但乔芳异常认真，他就接下，揣在布褂子的兜里。

声母二十一张，韵母十六张，总共三十七张，你先把这些认熟。乔芳说，韵母还缺一些张，我会给你写，写齐了就补给你。

栗蓬儿点点头。

海北离咱们远么？有多少里路？乔芳问。

有几百里路。栗蓬儿说。

得走好多天呢。乔芳说，去那么远的地方，能要到饭么？

肯定能！栗蓬儿说，我们家是第一拨逃荒的，我们要着饭去海北。

我们东桥头已经有好几家出门逃荒了。乔芳说。

栗蓬儿想说些什么，可不知道说什么。最后，他说，我要走了。

你要走了吗？你明天就逃荒去吗？乔芳说，你明天一大早就走吗？

栗蓬儿点点头，走了。他的心里空落落的，耳边全是乔芳的声音：

栗蓬儿，你好好要饭，早点回来。等你回来，麦子就熟了。

玉楸拒绝和全家一起出外逃荒，说自己要留守在家，坚持上学听课，不管多么饿，他绝不中断上课，一定要完成学业。再说，即使请假，学校未必批准。

爹说，栗蓬儿能请准假，你怎么不能？

桥头镇小学哪能和县一中比！玉楸说。

爹正在收拾小车，站起身来训斥玉楸说，哪里的学校不是学校？人都快饿死了，还比什么高下。这是什么年月，你还能听得进去课？

玉楸说，无论他多么饿，只要坐进课堂，他的精气神都会凝聚起来。老师讲课的声音对他来说具有不可抵挡的魅力，他能因此忘了吃忘了喝，忘了肚子空空如也。玉楸说他寒窗苦读多年，费力巴哈才考上县一中，现在要请这么长时间的假，即使得到恩准，落下的课业也是弥补不了的。一步跟不上步步跟不上，将来完不成学业，他有何面目见江东父老。

家里已经弹尽粮绝，再也拿不出干粮或者食料给玉楸带往学校。爹说，全家得离开一两个月，这么长的日子，你吃什么？

还有几斤地瓜干、几串茄子干、几卷白菜帮子，娘说都留给我。玉楸说，我再想别的办法。

这几样东西能让你活几天？你有什么办法可想？全家都奔生路，撇下你一个人在家挨饿，那我和你娘在外乡怎么能安心要饭？爹说。

玉楸摆出视死如归的架势，说学业对他重要到比天都大，要是半途而废，那他觉得还不如饿死得好。

什么话！爹说。

娘的秘藏又一次化解了困境。

夜里，栗蓬儿蹑手蹑脚地拉上大门门闩，跟做贼似的，侧耳听东墙西墙外没有了脚步声，月光下打个手势，等候在屋门外的娘便带爹和玉楸走入磨房，点起油灯，却罩住大半的光亮，让哥俩和爹把墙角的一摞大灰盆逐一拔起。扇形的微弱灯光摇摇欲灭，大家看见最下面的盆里，藏着一小口袋豆面。

老天爷！爹的瘦脸在灯光里越发消瘦。

这是娘最后的珍宝。她每次磨豆面，都藏起小半瓢，集腋成裘，攒了一两升私藏。娘藏东西的手段神出鬼没，面对全家人的饥饿样子，能硬着心肠将豆面留到最紧要的关头，也真了不起。

把我和栗蓬儿的枕头拿过来，都打开。娘说。

枕头是娘给全家人分别刻意做的，给六月做的是蚕沙枕 ①，爹和玉楸枕的是茶根儿枕，娘自己和栗蓬儿睡糠皮枕。玉楸用剪刀把两个枕头线缝统统挑断，散发着汗馊味的糠皮全部倒入陶盆。在扫净的炕席上稍稍晾晾，也趁夜色粗粗磨过。关紧屋门，不拉风箱，油灯用黑布挡住，只把光亮朝向灶台。灶坑里的火焰跳跃着，娘把豆面与细糠勉强做成粑谷，这些干粮是逃荒路上的吃食，也能给玉楸留下些保命。

---

① 蚕沙：即蚕屎，下文中的糠皮即谷米糠秕。不同的枕芯有不同的保健作用。

第二天一大早，全家人正在做启程前的准备，默默不语的马长亭又在屋门外高塔般矗立。

娘犹豫片刻，拿出一块粑谷让栗蓬儿递给马长亭。看这个可怜人迫不及待地大口咀嚼，娘说，九叔，我们要出远门，得好些日子才能回来。这些日子里，你要善待自己。

马长亭吃下粑谷，恋恋不舍，不愿离开。后来，他看看栗蓬儿，说，火石。

无论给他弄多少火石，都跟不上他的糟蹋，近来更是如此，他饿得暗无天日，就拿敲火石、看火星、吃旱烟熬时辰。栗蓬儿答应走前再给他弄几块火石，够他敲些日子的。栗蓬儿没告诉他的是，等自己逃荒回来，马长亭将得到最新的取火器具：聚光凹镜，头几道制作工序已经走完——把铜板放上碾盘磨光一面，平平地放进碌碡脐眼儿，用木棍的尖顶慢慢"刨"，刨出弧度匀称的凹坑，搁进点儿粗砂，用破布摁住使劲研磨；继而放入细沙，之后要用木炭，眼下正要走这道工序，他的兜里装好了几块木炭。

娘不知道栗蓬儿在忙什么，就说，九叔少吃点烟吧，看把嗓子都熏坏了。

顶饿。马长亭嗫嚅着说。

小车在爹手里收拾完毕。车架、车盘、车龙背、车辕、车襻，全部榫卯一一验过，必须保证严丝合缝结结实实，倘若路上散了架子，求天不应求地不灵，那可惨透了。绳索结扣都弄停当，胶皮轱辘充气很足，车轴上了油。小车一侧装上简单的铺盖和衣裳，以及讨饭用的一应物件。打狗棍子是必不可少的，爹让栗蓬儿精心挑选一根椿树枝，砍下来修剪成齐眉短棍，他拿起试了试，长短粗细十分合手。一把油伞，放在铺盖旁。另一侧铺上褥子，那是娘坐的地方，娘现在一步三晃，实在走不动，何况几百里的路。重新系好车襻，试试长短松紧，爹说，路上得走四五天，豆面米糠粑谷是全家的命根子，用屉布左一层右一层包得严严实实，娘抱在怀里。

快出大门的时候，娘说停下，打开那屉布，抽出几块粑谷交给玉楸。玉楸说不要，已经留下了他的，爹娘和弟弟妹妹路途遥远，赶路又辛苦，不比他守家和上课，"穷家富路"，还是带在路上吃吧。玉楸说。

娘拉起衣襟擦眼泪，病体过于虚弱，她连说话的声音都很小。给你留下，你就收好，她说，别让人看见。玉楸赶忙把粑谷藏进他的卡其布学生蓝制服下，用手捂紧，送全家到簸箕湾。

簸箕湾边聚集了五六家人，都要奔着有饭吃的活路去，有和爹一样推小车的，有一副担杖挑起行囊的，青州是单身汉，最为简洁明快，就是一身破烂衣裳，而黑瓷碗是必须拿在手里的，那是要饭的第一行头。

送行的乡邻不多，也没多少话说，要说，声音都少气无力的，无非是些互道平安和但愿吃到饭之类的话。马长亭早早来了，站得远远的，傍着他的是站儿，默默地看着。

走和送的人都很平静，唯一伤感的是牌坊下三嬷嬷，她把一小块麻山塞到小车上的铺盖下面，拒绝娘的道谢话，说她会为所有上路的人烧香念佛，而佛祖一定会保佑大家。马家铺人自古以来乐善好施，周济过数不清的落难之人，善得善酬，保准能度过这次劫难，一定会福报绵长。

快走吧，牌坊下三嬷嬷擦擦眼泪，看看天色说，赶路要紧。

三

村子里有几家人早已逃荒走了，但论组合起来出发，这是马家铺的第一拨，就有了些阵势，遮儿护女，衣衫怪异，但无一不是腿脚酸软，无一不是面黄肌瘦，与小车、担杖、铺盖、包袱很自然地混在一起。这个小小的队伍起初走得很快，走进犸虎岭，怪石嶙峋，杂草丛生，千万个灰黑色的树桩素面朝天，大的如磨盘，小的如碗口，刀斫锯割的痕迹仍在，触目惊心。有新生的枝丫通体翠绿，从树桩旁侧顽强长出，在越刮越猛烈的山风里摇摇曳曳。

坐在小车上的娘再次捂紧了身上的被子。

走过落甲河上的木桥，砂石小路走向长长的上坡，爹说，栗蓬儿拉紧。栗蓬儿肩上的绳子就绷直，赤脚吃住劲，听得到爹的粗重喘息。栗蓬儿突然想到，爹也很虚弱了，他的两腿肿得比娘的更吓人，明晃晃的发亮，且颤颤地站立不稳。要不，小车上的娘骨瘦如柴，铺盖也没有多少分量，以爹的推车技艺，当不会如此吃力。自从娘生病，似乎没见爹吃过什么像样的东西。另外，上路以来，很少听到他说话，而沉默寡言并非爹的禀性，他必定疲乏到极点了。

栗蓬儿使出了最大的力气。

近午时分，逃难的人们有些疲乏，脚步慢下来。走在寸草不生的开阔地边，栗蓬儿见到了闻名已久且名气如雷贯耳的炼铁炉。偌大的空地上，矗立着百十个砖土砌的破败炉子，极像坟包，而且是空虚、塌陷或干瘪了的坟包。遗散在工地上的，有尚未填入炉膛的山石和木炭，还有一杆废弃的颜色变黑了的烂旗，整个是古战场的凄惨景象。

爹说，别看，都别看，快走！

全家人加快了步子。

快到前昭下村了，路在这里岔开，往右的一条通县城，另一条向南。

青州和大家分手，他要去县城讨吃的。这家伙悟性很高，说县城里的人都吃国库粮，再怎么穷，也会有吃的，自己到县城讨饭，怎么也比到庄户人家要饭容易，离马家铺也不至于太远。他是个恋家的人——其实他走到哪里，哪里就是他家，两只脚板就是他的家——如果离家太远，他心里慌。

眼看着独行的青州远去，爹说，走了。

走上平川，小车轻快了些，爹不用栗蓬儿拉车了，他就和六月走在爹身后。远方的丘陵和山野烟岚在慢慢旋转，太阳升高，身后的影子短了，频频回头的栗蓬儿看得着迷。

影子真是琢磨不透的东西，从人的脚边生出，却随着太阳升高和移动而倒向不同的方向，扁扁的、薄薄的，柔软如纱，形态变幻，透明得跟水似的，却毫无分量，更没有质感，随着地面的凹凸起起伏伏，看得见、踩不住、摸不着、赶不走、断不了，你走它走，你停它停，不离不弃、不声不响地飘浮在人的身后、身旁、身前，不知不觉变短了，又变长了。曾经是很多人、几辆车、几根担杖的杂沓纷乱的影子，长长短短，拖了几十丈长，移动、重叠、融合、黏结、错位，飘浮到岔路，漂浮到小道，飘然远行。

影子阵列渐渐松散、拉开、分离，行列越来越短，最后，只有栗蓬儿一家人和小车的影子随地起伏，无声无息地飘过路边的砂石和乱草。

傍晚，全家人幸运地找到一座小庙歇息，满是灰尘的匾额上露出"忠义千秋"几个字。

庙很小，破败得很，门窗都没有了，屋脊下面有个大洞，泥塑关公身上挂满了蛛网和灰坠儿，把残存的赤脸绿帻遮盖得若有若无，没有周仓也没有关平侍立。爹说这是关老爷在手捧《春秋》深夜研读，但关老爷只剩下一条胳膊，拿书的那条胳膊齐根儿不见了，断口处只有毛扎扎的伤口。

带上毛毡并把它铺在墙角背风的地方，是爹做的得体事情之一，在最需要的时候派上了用场。在小车上颠簸了一天，娘的全身快要散架，躺在毛毡上一动不动，跟死了似的。爹到镇子里讨来点热水，要把粑谷在水里蘸着让娘吃，粑谷还没浸水就散了，娘说这也嚼不动，就喝碗里的汤水，其实她连喝水的力气也快没了，咽下几口，再也不端碗。但娘说没事，她躺一夜就能好，都睡吧。

走了一天的路，栗蓬儿却睡不安稳。黑暗中，爹的鼾声响起来了，栗蓬儿看到娘坐起身，将爹的裤腿向上推了推，轻轻地为爹揉浮肿的腿，一边无声地抹着眼泪。栗蓬儿想起了马家铺，哥哥，巴掌，狗欢子，百岁，家，天井，牌坊，柴火垛，水瓮，炕梢，被褥……走马灯似地变幻。后来，一切都模糊起来，他睡着了。

第二夜没了好运气，头晌在一棵大槐树下避雨耽误了行程，后晌爹非要赶回时间和路程，把小车推得很猛，以至于天黑下来也没找到睡觉的地方，夜风阵阵，爹很心焦，脚步越发急迫。这一段路坑坑洼洼，两边地亩里也多积水，有一个接一个的碎月亮闪闪烁烁。爹提醒跟随在后面的儿女说，小心，"明水、暗路、黑泥窝"，跟着我的脚走，别踩进水里和泥里。泥水还是干路对栗蓬儿来说没什么区别，一路走来，双脚糊满泥浆，完全不必理睬，很快就会风干脱落的。六月倒是很听爹的告诫，不时跳着走，或绕开泥水。

在一个废弃的瓜棚里安置好娘和六月，栗蓬儿和爹从地边堆放的秫秸里挑选干爽些的抱到瓜棚外就地铺好。爹说，睡吧栗蓬儿，将就着睡吧。

第三天走进大山，大山巍巍峨峨，羊肠小道坎坎坷坷，绕着山转来转去，爹让六月也坐上小车，说栗蓬儿再加把劲，快要出山了。纤绳勒进栗蓬儿的肩膀，小车爬上了山岬，两侧石壁如门扇，风声大作，道路自此走下坡。迎面上来几个挑担杖的男人，放下担子擦汗。

爹问，大哥，离海北县还有多远？

八九十里路吧，一人说，兄弟是去投亲戚？

爹说，嗨。

第四天穿过一个镇子，正赶上开集，爹把小车停在村口，让栗蓬儿守护娘和六月，他自己拿碗到镇子里走了走，试水回来的时候，碗里有两片麸子做的糙饼。爹说他探了探底细，这地方看样子也不富足，东家出手很小气。走了十几家，才要到这么点东西。娘接过碗，珍惜地把麸子饼裹起来说，蚂蚱腿儿虽小也是肉，有这一口口讨来的食儿，咱全家就饿不死。知足吧，我看这饼子，比座金山也差不到哪里去。

第五天天气好，晴空朗日，远看群岭逶迤，近处豌豆花正开，麦苗长到二尺高了，在风里懒懒摇曳。

爹娘的心情好起来，小车走得快而轻巧，赶上了一个行色匆匆的老者。爹的语气恭敬之极，求问海北县。老者笑笑说，咱们脚下走的就是海北的路。爹顿时力气大增，一鼓作气把小车推上高坡。

山峦缓缓起伏，散乱地分布着几个村庄。白墙灰瓦，掩映在茂盛的绿色之中，炊烟袅袅升起，隐隐传来狗吠和鸡叫。

到了。

第二十三章

一

大爷大娘行行好！

院子里的中年女人抬起头，望望大门外的栗蓬儿、六月和爹。她坐在屋门前的灰色陶盆旁，正往冷水里浸泡焯熟的菠菜。

爹犹豫一下，不再喊。栗蓬儿提高了嗓门：

大娘行行好，给口吃的吧！

女人说，进来吧。

爹和儿女走进大门，自己抢先走前几步。

过来。女人说。

她站起身，两手攥紧一个很大的菠菜团子，挤出最后的绿色汁水，放在栗蓬儿端出的碗里。

别嫌弃，家里的粮食也不够吃。她说。

爹千恩万谢，珍重地把菠菜团子放入褡裢。褡裢搭在肩上，前后又各分作多层多袋，分别装要来的不同吃食，这是娘连夜改做的讨饭行头，她的创意得到了爹的欣赏，说，咱这叫七宝褡裢。

退出大门，爹的汗水淋淋漓漓。

往后就容易了，栗蓬儿、六月，往后就容易张开嘴了。爹频频擦拭着汗水开导儿女，要饭，最难的就是开第一次口。栗蓬儿这头一次做得好，比我胆子大，豁得出脸面，嗓子也脆生。

栗蓬儿倒没觉得讨饭有多么难，他不加思考，讨饭人的惯用口语便脱口而出。倒也不是无师自通，离家前的那些天，到马家铺的要饭人不绝如缕，这一行里的开口行话他已经听得耳朵起茧子了。不过，如此从容的完美开局，也得益于爹的启导和临时培训。

带领栗蓬儿和六月出发乞讨的路上，爹脚下很沉，走得很慢。他一遍又一遍告诉儿女，栗蓬儿、六月，无论进哪个人家的大门，东家都不会把咱们怎么样，顶不受用的，不过是给些恶言恶语。那也没什么，要饭的人，难道还想人家唱给你听不成？你俩还是孩子，更不会把你们怎么样。

不管栗蓬儿和六月听得进多少，爹都不停地说，有时候他突然愣怔片刻，继而哽哽不止。他说，把全家人领到讨饭路上，是他心里最难受的事情。他对不住娘，也对不住儿女，对不住全家。

栗蓬儿、六月，你俩是好孩子，别怨恨爹。爹说，汹涌而出的汗水暴露了他的焦躁不安。

大爷大娘行行好！

爹冲着两扇紧闭的红漆大门，提高了嗓门。半天，没有动静。

爹试着推推门。乡村人家的大门，白天大都是不上门闩的，他小心翼翼，生怕惊吓到主人。大门发出轻微的吱呀声，出现在栗蓬儿眼前的是一个很大的天井，卵石砌的略微凸起的小路通向屋门前的台阶。

谁呀？屋里一个沙哑的声音。

要饭的。栗蓬儿说。

声音从东屋发出，栗蓬儿认定卷窗儿后面有双眼睛看着他们。

打发不起了，你们到别家去吧。

爹说，给口水喝吧。

谁让你们进来的？出去出去！

随着呵斥，东厢房走出一个邋邋遢遢的妇人，挥动双手，像是赶鸡和狗。

爹赶快把儿女带出大门，并不忘记把门轻轻掩上，汗水再次汹涌而出，爹浑身热气蒸腾。

用袖子擦拭流不尽的汗水，爹说：

栗蓬儿、六月，你们记住爹的话，咱这是有求于人，咱这是万般无奈。人家给咱们一口饭，这是恩情，咱们永世不忘；人家不给咱们，那是常情，别姓旁人，谁认得谁呢？人家给个好脸，那是人情，咱们也得记下，做个好人报答人家；人家扔过来几句糙话，咱们接着就是了，谁让咱们搅扰了人家呢。不要怨谁、记恨谁。过日子，谁家都不容易。

爹惦记着重病的娘，总是说，不知你娘怎么样了，又说，还不如推着她一起要饭呢。

娘身体弱，走不动路，留守在全家落脚的一座掀掉了屋顶仅有四面破墙的"屋子"里。找了些秫秸和麦草堆在避风的墙角，把毛毡铺好，当门支起小车，算是屋门，不管能否遮挡住什么，心里的安全感陡然增强，否则，全家人就得露宿旷野。四个人挤在简易地铺上，身上盖两床薄被，倒也不至于冷得活不下去。深夜冻醒的时候，栗蓬儿就看暗蓝色天空里的繁星。星星压得很低，离得很近，闪闪烁烁，也透着寒意。这个住处挨近村子，村子坐落在山脚下，几十户人家局促在一条宽沟里。早晨出发的时候给娘留下了地瓜干和水。娘的身体实在太虚弱，两条腿跟没骨头似的，站也站不稳。地瓜干干硬粗糙，没有热水，她能咬得动、咽得下吗？

大爷大娘行行好！

先是爹，继而是栗蓬儿和六月，喊的是同一句话，谁也不顾忌这句行话乱了辈分。不过，当主人把一卷干海带放到栗蓬儿的碗里，爹的道谢话改了称谓，说，多谢大哥了。

这个"大哥"明显比爹的岁数小很多，脸膛红黑，棱角分明，口气硬得很。哪来的？他问。

苍蒲的。爹回答。

苍蒲？红脸膛男人想了想说，够远的，饥荒厉害吗？

一言难尽，爹说，你们这里还好？

也不行，不比你们苍蒲强到哪里去。那人说。

哪里哪里！和你们比，我们是差得天高地远。爹说。再怎么不济，这里还有吃的。

红脸膛男人说，那得看吃的是什么？要不是靠海，不瞒你说，没准儿得逃到你苍蒲地界要饭去。

那怎么可能？大哥可别说这晦气话，我们摊上大难是命里注定，海北可千万别像我们。爹说。

退出大门后的爹感慨不已，说这是碰上了好人家，看得出这家人并不宽裕，可还是没让咱们白伸手。栗蓬儿、六月，这个时候，人家就是往咱手里放根棒槌芯子，咱也得记住这家人的好处。至于海带，爹说马天武倒腾黄烟和鲅鱼干的时候，也曾用他的脚踏车从青岛驮回一些，但又咸又腥，桥头镇人不认，后来再也没见过。爹说，人家吃得，咱家也吃得。能吃进肚子，就饿不死。饿不死，咱这荒逃得就值。

几天过后，爹和儿女的乞讨声音达到了高度契合。爹的虽非训练有素却哼唱多年的男中音，因了京戏老生腔的锤炼，浑厚润泽且不乏苍凉，用来要饭可谓得其所哉。六月还是清脆的童声，最能惹人怜惜。栗蓬儿承袭了爹的好嗓子，正在变声前夕，发声具有金属般的质地。三个声部的组合堪称完美。

大爷大娘行行好！他们对着紧闭的大门，用绝佳的讨饭组合声喊过几遍，门里毫无动静。爹轻轻地推了推门，没有推开，他叹口气说，走吧。

爹指点说，凡是主人不应的人家，就不要反复叫门。里面无人应答，大半是人家不愿意见咱们，连见也不愿见，何况给吃食。咱们得知趣点儿，别没完没了地敲门，那只会讨人嫌。另外，也许这家人有难处，没心思打发要饭的人。碰到这种时候，就算叫开门又能怎样？还不是给他添堵？也有的门不开，是主人不在家，那更不能冒失。咱们再落魄，起码的礼数，也都得有的。

咱们已经是落魄之人，不能再让人把咱们看成化外之人。爹又说。

爹说人家不欠咱们、不该咱们，凭什么给咱们吃的？凭的就是人家心里那一丝善念。人，心里的念头千奇百怪，而善念很弱很小，稍遇拂逆就会转瞬不见。守规矩，有礼貌，说拜年话，察言观色，绝不让人家为难，最好让主人愉作。人愉作了，善念就会生出得多，打发的也就多。这，就是讨饭的秘诀。

相邻的一家，主人很和善，打发了半个煎饼。这是极难得的东西，爹撕下两小块，让儿女安慰一下唇齿。这是全棒槌面煎饼，香气迅速扩张，瞬间调动了肠胃和全身的神经，松一阵紧一阵。栗蓬儿不住地看爹肩上的褡裢，他知道自己没出息，所剩无几的煎饼是留给娘的。可他越是不想煎饼，越是控制不住眼睛往那里瞄。

翻过不高的山梁，几十户人家走遍，爹摸摸褡裢，很内行地下结论说，这个村子的人家良善仁义，可并不富裕，咱得换地方。

锄棒槌地的人从齐腰深的绿色里直起身，疑惑地打量讨饭者，几辆小车满载柴火从后面走来，推车人嚷着，借光借光！七长八短的柴火擦着栗蓬儿的胳膊过去了。

蒙村边的好人家舍了碗热水，爹和栗蓬儿、六月进入一座神庙。这座神庙让栗蓬儿觉得很生疏，不知供奉的是哪路仙尊，只认得庙额上的四个字"泽沛苍生"。三口人蹲在旮旯里吃刚讨来的饭。饭是熟地瓜干，还有麸子糠饼，松散得没了饼的模样，得用手捧着吃，爹吞下几口就说吃饱了，吃饱了的爹坐着发呆，他发了很长时间的呆。后来，爹给儿女讲了一通高论。

爹说，他脑子里打了几天的架，如今想开了，看开了，觉得要饭其实是很平常的事。说起来，要饭古已有之，岂但有之，而是很多，岂但很多，很有些要过饭的人后来成了了不起的人物。这话倒过来说，就是很有些了不起的古人是逃过荒、要过饭的。

爹说很久很久以前，有位先贤叫做伍员伍子胥的就讨过饭，有出京戏叫"文昭关"说的就是他的故事。伍子胥先是向一个浣纱闺女要饭，那个闺女也不富足，却把篮子里的干粮都给了他。后来，伍子胥为口饭食，一杆洞箫吹彻长街，那样子比咱们还落魄。

韩信，那是多么有名的人，统帅过千军万马，也要过饭。爹说他比咱们还没出息，咱们是跟庄户人家要，他只会跟"漂母"就是在河边漂洗丝絮的老妇人要，那个老妇人自己也未必吃得饱。韩信后来发达得不得了，非要做大将军，不给大将军做就撂挑子走人，于是有了月下被追后来终得拜将封侯的千古佳话。

爹说，朱元璋朱洪武你俩不知道吧，那是真命天子，年少时候也是要过饭的。也跟咱们似的，端着个碗走庄串村吃喝，也许他的景况还不如咱们，咱们好歹老老少少在一起，朱元璋他有什么？他是孤身一人沿门托钵，连个说暖心话的都没有。皇帝要过饭，皇帝的老子也要过饭——宋太祖赵匡胤和他兄弟赵匡义哥俩的爹，也曾挨门挨户说奉承话，也得看人家的脸子是阴是晴。

古往今来，倒霉落魄之人多了去了。秦琼秦叔宝如果没有那匹黄膘马可以卖钱，他也得沿街要饭。就连孔圣人，穷困潦倒之时，不也让学生去跟人家借粮！什么借粮？不过是说起来好听而已。有五年国小文化的爹考据得出的结论，其实就是要饭。因为人家是圣人，做事说话都矫情，而后人也为他遮脸，说是"借"，哪里是借嘛，他们何曾想到"还"了？那就是"要"。

所以，要饭固然是很难堪的勾当，但想想，要饭的人里面有如此之多的古圣贤、大英雄，要饭而不出名的古人那必然多得如同海量。

不管是英雄还是狗熊，也不管是古人还是今人，在饭食面前都得折腰。一文钱难倒英雄汉，一口饭也难倒英雄汉。假令伍员和韩信当初没有人家周济的那一口饭，后来怎么能名满天下彪炳千古。而假令洪武皇帝朱元璋没有得到那一口饭，如何能成就一代霸业。别说开国皇帝，也许他就是凤阳县的一具饿莩而已。爹说，要饭，不也要出大明一统江山来了么！说起来，要饭，算得上三百六十行里的一行呢。咱们是平头百姓，也不求有什么大出息，不就是想活下去才沾了这一行？再者说，咱们不偷不抢，不骗不谎，在落难的时候求人一口饭，有什么罪过？没罪过！做人不亏心就没罪过，没罪过就不丢人，要饭不丢人，不管进谁家的大门，咱都把心放得宽宽的。

爹的脸色开朗多了，腰杆挺直，不再大汗淋漓。

大爷大娘行行好！

没等要饭者反应过来，一条黄狗从门里窜出，走在前头的栗蓬儿和六月本能地后退，但已经迟了，黄狗一个猛扑，把六月扑倒在地，惶急中的栗蓬儿飞出一脚不中，自己反倒失去重心跌倒，妹妹的呼救既凄惨又绝望：

爹！

爹在瞬间惊慌后爆发出的勇气无与伦比。他愤怒地冲上来，挥舞齐眉短棍逼退了黄狗，栗蓬儿赶紧将六月搀扶起来护住。此时，更多的狗乱窜着跑来支援黄狗。爹把从伍员或者韩信或者朱重八那里承袭来的本事发挥到极致，水火棍耍得风雨不透妙到毫巅。栗蓬儿和六月紧紧贴在爹的身边，被飞舞的短棍罩得严严实实，狗儿们欲进反退，唯有大呼小叫而已。

起开！有人大声呵斥，黄狗挨了一砖头，委屈地叫着跑走，帮凶的狗儿们也被驱散。赶狗的是个青年庄户人，很关切地问栗蓬儿和六月是否挨咬。所幸没咬到皮肉，只把裤脚撕裂了。他对爹说，真要命，我们这里的狗太欺生，也欺贫。你这两个孩子要小心，也找根棍子拿在手里吧。

青年人在爹的长揖致谢中离去。

爹双手拄着打狗棍，胸口起伏默默无语。爹喘息不定，仰头向天久久伫立。爹不理会栗蓬儿和六月的呼叫，不想让儿女看到他脸上纵横奔流的泪水。

大爷大娘行行好！

二

从某种意义上说，逃荒要饭就是走路，不停地走路，走永远走不完的路。公路上，干硬的、两侧如刀刃般耸起的车辙与清晰而散乱的骡马蹄印重叠交错，路边是没有大树遮挡的山冈和梯田。大路生出小路，小路窄窄弯弯，不断分出岔路，在丘陵和山谷间上升、下降和交叉，将山峦和村子连接起来。不管是大路还是小路，都在人的匆匆脚步下一尺尺地被丈量和缩短。在很多时候，路是飘飘忽忽、荡动不安的。在荡动不安的路上奔走，眼里的一切都摇晃不定：庄稼、房舍、树木、山峦，还有蓝天。

盘桓交错的路连接着鸡叫、犬吠、骡马嘶鸣、人声喧嚷，连接着人烟。大路穿过较大的镇子，小路的尽头是小小的村落。

爹带着儿女沿着小路走下去，进入陌生的村子。他们挨家挨户地拜访，高声喊出讨饭行话，或轻轻敲响大门，惴惴不安地、声音由弱到强地说出求告的声音，防备狗儿突然窜出同时支起耳朵倾听着任何可能出现的动静，大门里或屋门里永远是揣摩不定的人，善良的、凶恶的、慷慨的、吝啬的、性子急躁的、性子绵软的、说话和气的、横眉立目的……呵斥和白眼自是常常遇到，讨饭日久，胸中全无挂碍，就会觉得被人呵斥和鄙视，也算是一种幸运，岂止是幸运，简直就是幸福。能够开口乞怜讨饭食，能够有点东西塞进辘辘饥肠，能够走路，总之一句话，还活着，就是幸福。逃荒要饭的目的就是活着，活着就是没饿死，这就是讨饭者的成功，是他们最终的胜利，其意义之重大直追将军战场大捷或士子科场高中。

像大年初一的早晨，按辈分给尊长磕头拜年似的，他们逐家敲门，谦卑地送上颂赞的话，生怕失礼漏了谁家，但一般不擅自走过影壁，而是停在它的一端，顶多往前走几步，却不让脊背离开影壁太远，不过，海北的人家，有影壁的不多，多是进了大门一览无余。待梳头一样进出过了每家每户，他们便毫不留恋地转移，走向下一个村子。并无特定的目标，一切都是随机，站在这个村口，抬头看看天色，打量远处起伏山峦里的村子，判断哪一个更好。爹说，往东走，或往北走，于是就上路，往东，或往北。前路遥遥，永远是陌生的村子在尽头等待。春风荡漾，山野青翠，鸟儿鸣叫着飞起，落在远一些的树上，向着讨饭的人不停啁啾。

要是带弹弓来就好了。栗蓬儿想，懊悔半天。

这一带的房屋和马家铺的不同，草房很少，再不济的房子也都挂满红瓦，尽管都已褪色，有的已经破烂。大门很少有门楼，门框加门而已。不同于马家铺的还有，这里的院墙多是石块、石片和圆石垒砌而成，很厚，但不高，风却是比马家铺的凶猛而生硬，几乎天天刮，三个人迎风走路，侧着脸，或低着头、弓着腰，捂住衣裳，将自己的身量尺码尽可能地缩小，像顶着汹涌的水流，稍一松懈，会被冲得歪歪斜斜。风沙狂乱的时候，爹都把六月护在自己身侧。少说话，别呛了风。他叮嘱女儿，频频吐出刮进嘴里的沙土。有时，三个人索性背过身子，缩紧脖子倒退着走路，耳边的风声更大了。

开门的也许是妇人，也许是壮实的男人，也许是孩子，也许是老者。老者和女人心善的多，即使不愿打发或没东西打发要饭的人，也多不疾声厉色，像有些抠门或性急的中年汉子那样。要饭的人记不住东家的模样，也不希望被东家记住模样，彼此陌生，就总有新鲜感。选择要去的村子，先要判断来没来过，要是不久前已经讨要过这个村落，那必得绕过它，到下一个村子去。

以临时的"家"和留守的娘为中心，讨饭者的路向四面八方呈放射形延伸，且半径越来越长。若以道路为丝线，村子为节点，爹与儿女就像三只不停织网的蜘蛛，将一张巨大无比的网覆盖了这一带的山冈。当他们的脚印网线般连接遍近处所有的村子，当半径长得当天赶回"家"很晚，以致病弱的娘极为担心地翘首以望的时候，就该举家迁徙了。

告别临时的"家"，小车轱辘碾压着陌生的道路，依然往南走。饥饿中人的嗅觉灵敏非常，闻出风里有从来不曾体验过的丝丝味道，是淡淡、潮潮的咸腥味，娘让爹推车慢点，栗蓬儿跟狗似的迎风使劲嗅了嗅，说像鲅鱼味儿，娘说，是，就是那个味儿，爹就说，那，咱们应该离海不远了吧？

小车在一个废弃的院落前停下来。院墙坍圮大半，大门只剩下歪斜的木头框架。不过，三间正房还在，虽然破墙穿风，窗户只剩下了隔棂，但炕还完好，锅灶居然也齐整，全家人喜出望外。离开马家铺半个多月，都还没有吃过一顿真正的热饭。这所孤零零的房子立在山坡上，跟最近的人家有一段距离，也让爹娘十分满意。房檐下的一对燕子，正忙忙乱乱地衔泥垒窝，给这个阒寂残破的庄户院落平添了许多生机。

爹娘感谢上苍，有这么现成的住处，是上天的恩典，是全家的福气。

天色还早，娘的精神好了一些，挣扎着动手，指挥全家人赶走鬼鬼祟祟的耗子、爬土墙如平地的壁虎、左右逡巡谨慎探路的红头蜈蚣、傻乎乎跑来找活儿干的屎壳郎、四处张设网罗的蜘蛛以及横行霸道的蚁群，清除干净屎尿，顺便到四处找些柴火，弄了点水。灶中火熊熊燃烧起来，驱赶着寒气。

天刚擦黑，热起来的炕头让娘睡了出门以来从没有过的沉觉。娘睡醒的时候，爹和栗蓬儿正要睡觉，黑暗里的栗蓬儿听见娘长吁短叹，她想玉楸了。

玉楸没事，爹安慰娘说，他毕竟在家里，东抠抠西抠抠也能抠出点东西填肚子，饿不死他，你放心好了。

你怎么知道他饿不死？家里早就一干二净了，还能抠出什么能吃的东西？娘说。

爹无话，娘低声哭了会儿，唠叨生病以来的种种不如意，比如身上的病痛，比如撇下玉楸背井离乡，比如身子太虚弱加腿脚不利落因而只能躺在这里，跟树上鸟窝里的病老鸹似的，单等着别的老鸹给她打食儿，真没出息。还好，娘的哭自生自灭，没转化为哭骂，声音渐渐低了下去，爹拉拉栗蓬儿的衣服，耳语说，快睡。

第二天早上，娘说出个想法，这是她思谋了半夜的创意：现有的要饭组合最好一分为二，爹带六月算一拨，走一路；栗蓬儿自己算一拨，单独走另一路。娘以她精确的算计指出，爹和六月进过的人家，栗蓬儿依然可以上门讨要而不致招来主人反感，反过来也是这样。娘说，六月又瘦又小，让人一见生怜，足能惹得庄户人善心大起而给口饭食。假令她的岁数或个头或力气再大点，全家的讨饭力量可以分作三路，而第三路即六月这一路的收获保准大过她的父兄。当然她还太小，身子单薄得叫人心疼，必得由大人带领，要不，没准儿会被狗叼了走。若是兄妹一路，当是讨饭实力最强的组合，但爹那一路弄不好只会吃人家的闭门羹。让栗蓬儿自成一路，全家的进项一二得二，凭空翻倍，除了当日吃的，也许还能省下点儿。

天天富余一点，积少成多，咱们就可以早几天回马家铺。娘说，不知道玉楸眼下怎么样了。

爹说，栗蓬儿还小，我再带他几天吧。

带到什么时候才算大？娘说，你给他弄根打狗棍子。

为实施娘的锦囊妙计，全家歇工半天。娘为栗蓬儿做了一个挎兜，斜挎在肩上，也可以挂在胸前。兜特别大，差不多十碗饭也装得下，见出娘的心思缜密和殷切期望。娘说，栗蓬儿你听好，你要的饭，先尽着自己吃，别先往兜里放，不要顾及我和你爹还有六月。填饱你自己，你要饭就很值。饭不管剩多少，你带回来给我。哪怕我吃你的一口饭，就能活下去，也算你尽一份孝心——可恨我走不动路，让你受这份苦。

娘缝补栗蓬儿衣裳的几处破绽，揭开破处，将花苴苴的棉花重新塞入，用针线勾勾连连，尽可能封闭起来。爹等栗蓬儿洗过脸，用指头从锅底抠了点灰，抹在儿子的脸颊上，说要饭的如愿与否，不在于穿的衣裳是不是齐整，满身长棉花未必就能讨得来吃食，要紧的是别惹人嫌。爹说，要不是没了活路，谁家肯把栗蓬儿这样大小的孩子赶出门讨要饭食？进人家门，头脸干净点，但不要太白净。逃荒要饭的人，脸上总得有点脏——却不能脏过头，得脏得是地方，脏得巧妙。比如你鼻头上黑乎乎一大块，或者眼角嘴边脏乎乎的，那谁见谁厌，没准把本想打发你的心思换成了快点赶你走。在脸颊上抹条黑，显得你更瘦，这才脏到妙处。衣裳破旧不怕，哪个要饭的穿新衣裳？要紧的是嘴儿要甜，会说话，而这是栗蓬儿的短缺之处，也是他最为儿子担忧的。爹说，要是遇见凶恶之人，劈头盖脸甩些难听的话过来，也要听着、忍着。栗蓬儿你就当是天上下了一阵雨，或是刮过一场风。这是什么时候？是咱们在矮檐下的时候，是要活命的时候，这可不是你耍犟脾气的时候！

爹还想替栗蓬儿做的，是把他根根直竖的头发弄得驯服一点。儿子很久没有剃头，又不洗，顶着满头乱发，直愣愣地站在人家脸前，难免让人生出怕意。他的头发被爹用湿手巾很多次抿倒，但坚决不屈服，总是顽强地站立起来上刺苍穹，爹无奈地放了手。

爹又说，咱们得往远处走了，这一带的村子经过反复讨要，已经"熟透了"，而最近的这个村庄暂时不能惊动，这叫"兔子不吃窝边草"。窝边草不是不好吃，不是不愿吃，而是暂且不吃，这是爹的远见卓识：不吃窝边草，一则不在这个村子里伸手讨要，村里人会更加容得全家人。二则，碰上狂风暴雨，走不远的时候，讨饭者就能以"窝边草"应急。

下午，爹带六月向西走，西边的几个村子离得近，半天可以打个来回。爹让栗蓬儿尾随，但离他和六月远一点。都是苍蒲口音，间距加大，就能给人以互不相识的样子。

三

栗蓬儿很快就开了张。

站在半开半阖的大门口，栗蓬儿喊"行行好"。稍等了会儿，听见有人说，进来吧。他迈进门槛，两个人正在往地上的苇席摊铺麸皮，都抬起头看他。

哪里来的？他们问。

苍蒲的。栗蓬儿说。

苍蒲？北边的吧？女人问。

栗蓬儿点点头。

女人说，看样子你们那里真的遭大灾了，要不，这要饭的一茬接着一茬。

男人说，苍蒲县的风箱做得好，鸡毛扎得茂实，箱板卯榫严密，有劲儿，风大，从前，我们这里的铁匠炉都从你们那里买风箱，是不是？

栗蓬儿又点点头。他没觉得家乡的风箱好，但被人夸奖总是好的。

怎么你一个人出来要饭？你家里人呢？女人问。

我娘病了，栗蓬儿说。那两个人便不说话。

拿什么给你呢？男人四下里看看，捧起一捧晾晒的麸子，招呼栗蓬儿过去。

别嫌弃，孩子，都过苦日子。女人说。

栗蓬儿学爹的模样，嘴里千恩万谢，退出大门。

旗开得胜，讨到的居然是难得的麸子，他满心欢喜。麸子磨细了，可以拌进野菜，做成好吃的菜粑谷，是很久没有品尝的美味。

第二家打发了一把黑色的东西，像大枣的模样，但硬实得多。主人说，这是海物，叫海红，可以炖汤喝，吃起来也是好味道。

吃了几家闭门羹之后，在下一家门口，栗蓬儿敲门的声音大了一点，惹得少东家非常恼火。这是个和栗蓬儿差不多大的男孩子，横着身子挡在栗蓬儿面前，眼里全是警觉和疑惧。

你干什么？那个孩子说。

行行好。栗蓬儿说。他觉得有点难为情，这是讨饭以来的第一次，有很生疏很不舒服的感觉。

没有没有！对面的孩子说，关闭大门，听得见他随手拉上了门闩。

愣怔了好一会儿，栗蓬儿才回过神来。跟着爹走的时候，不止一次被人拒绝和驱赶过，但都没有这一次让他发憷发窘。他看看偏西的太阳，把破袄的扣子解开，敞着怀，让身子凉快一点，敲响下了一家的大门。

不久，栗蓬儿的道行大长，行走在或宽或窄的街巷里，徘徊在高低错落的屋檐下，等候在或开或闭的大门前，挎兜渐渐有了重量。人家施舍的东西，无论是可以当时吃的还是需要加工后才能吃的，抑或加工以后也没法吃的，都跟宝贝似地装进挎兜抱在胸前，晚上回到住处，忙不迭地掏出来交给娘。看到娘欣喜的神色，栗蓬儿很有成就感，更起劲地走向越来越远的村子。后来，他决定不随爹走而另辟蹊径。爹带着六月往西去，栗蓬儿就偏往南走，山高水远，一双赤脚留不下任何痕迹，但他记得，永远刻在心里。宽大而深邃的沟壑，不断探底和攀爬，他走过连绵起伏的冈峦，穿行于大山脚边的村落，走进红漆木门、秫秸门、柴棍扎成的门，以及无门的院落，熟练地回答主人的问话，捧出那个很大的黑碗。

哪里来的？为什么要饭？你的爹娘在哪里？

这是栗蓬儿遇到的最多的问题，因为重复得太频繁，他后来简化成的标准答案是：从苍蒲来；因为那边歉收；娘病了，爹伺候。

有不闻不问的主人，见惯不怪似地看着栗蓬儿，或不声不响递来一点吃食，或挥手作驱赶状。也有的主人，说，孩子，实在没东西打发你，给你碗热水吧。栗蓬儿牢记爹娘的嘱咐，送上虔诚的祝福。

饿的时候，他珍重地掏出点收获放进嘴里，很慢很慢地咀嚼。口腔里有东西咀嚼，是一种踏实的、幸福的感觉，绝对不舍得很快下咽，他得让吃食在口腔里多停留一会儿，在舌头灵活的充分搅拌下，安慰赋闲已久的唇齿和咽喉。

赶在人家吃饭的时候讨要，最能见出要饭者的功力。此时进入人家的门，等于明明白白地告诉主人，要分他们的一杯羹。眼见得敞开的屋门里热气腾腾，饭香已然弥漫到近前，由不得主人说"没的打发"。不过，犹如逼宫般的举动，往往取得非此即彼的极端效果——要么特别惹人厌烦，以极快的速度被吵喝出门，要么能够得到一口热乎饭。当然，此时主人家的狗格外凶狠，维护家主的天职守得极其到位。栗蓬儿知道，千万别因它们的气势张扬而退缩，要镇定站立，把打狗棍子斜着拿在身前，眼睛要看着这家的主人，而用余光留意狗儿的动静，任凭它狂吠和蹿跳。一般来说，主人是不允许狗儿咬到要饭者的。

一天中午，栗蓬儿进入的像是个大家院落，堂屋里很多人围着大饭桌呼隆海吃，都停下碗筷看栗蓬儿。看家狗凶猛地跳跃吠叫吓唬讨饭的人，有个苍老的声音说，去，把狗赶开。又说，那孩子，你过来。

栗蓬儿走近屋门，见正位上坐着白发苍苍的老者，用后辈人递上的手巾把胡子上粘的黄色糊糊抹去，并不问栗蓬儿，只审视似地端详他，之后说，舀碗糊糊给他。

喝吧。老人说。

栗蓬儿没有喝，想把这碗来之不易的糊糊带回去给娘。

老人说，给你喝，你就喝吧。

饭桌边有人也说，孩子你喝了吧。

栗蓬儿谢了。愿老天保佑这位老人寿比南山。

他端着碗像端着给娘熬好的汤药，小心翼翼地往外走。

站到街口，栗蓬儿突然犹豫不决。他记起这天走了很长的路，讨过了几个村庄，即便送到娘的手里，这碗糊糊也会凉透。最让他举棋不定的，是他一时想不起来时的路。刚才那位老者真是大善人，给的糊糊满到碗沿，栗蓬儿怕溢出来，转着碗边喝了几口。

不喝则已，一喝就止不住。他很饿，正是晌午，看到街上有个不大的碾盘，那里空无一人。栗蓬儿走过去，卸下挎兜和棍子放在碾子上，靠碾墩背着太阳坐下，也是饿极了，用手指当筷子，美美地享用多日以来未曾有过的吃食。

糊糊甘美如饴，他喝得忘乎所以，以至于没有听到叫喊声。

要饭的！小要饭的！

滚出韩店子！

石子和土坷垃飞来，有的落到碾盘和碾磕上。狗儿们狂吠。

栗蓬儿气恼之极，以极快的速度将糊糊喝下，并不忘舔干净碗帮碗底上的残渣，任凭石子落到身上。他仔细放好碗，抄起棍子。

一群和栗蓬儿差不多年龄的孩子，笑着、跳着、骂着，不断将石子和土坷垃抛掷过来。但可怕的是狗，它们很激动，张牙舞爪，很想在主人面前立功讨赏，终于在某条狗的带领下，勇猛地冲向了碾盘。

三面受敌，一面临墙，还挺远，靠不上，几乎没有退路。栗蓬儿急切地四下里看看，全是充满敌意的眼睛和蓬松的狗毛。讨饭棍子是他为自己砍削的，枣木，刮干净了皮刺，沉实而合手，是可靠的武器。他攥得紧紧的，跳上了碾盘。

与打野仗相比，此次不期而遇的争战，无论人数、时机和士气，栗蓬儿都处于绝对劣势。没有同伴，没有援兵，没有狗，势单力薄，那就硬着头皮打到底。栗蓬儿不断地将试图跳上碾盘或已经大胆跳上来的狗赶下去，被击中的狗很委屈地呜呜叫，掉到地上打个滚儿，再一次勇敢地冲上来。有条狗十分卖力，咬到了栗蓬儿的裤脚，即使被踢开，也不忘朝向主人叫几声邀功。

栗蓬儿疲于应付，浑身大汗。在狗儿们一次次的攻击下，他打红了眼，心底的恶气被激发出来，就变得周身有力，手心发痒，心明眼亮。他娘的，豁出去了，打就打个大的，打个狠的。王八蛋，看打不烂你们！他心里告诫自己，看准了，先打掉领头的狗，而比打狗更有效的，是打痛领头的人。此时此刻，切切不可慌乱，否则要吃大亏。他在打斗的间隙里留神观察，锁定领头的是一条花狗，继而锁定了它的主人是不远处最嚣张的一个半大小子。那家伙最鲜明的特征是留着大盖头，个子很高，正在嘻嘻笑着指指划划。于是，看准时机，栗蓬儿的枣木棍子狠狠地敲中了花狗的头，花狗惨叫着逃走，别的狗儿气焰顿减，这是绝佳的时机，栗蓬儿抄起自己的家什，旋风般冲到大盖头面前，枣木棍子准确直击，将那个家伙捅翻在地。绝对不给他以喘息之机，趁别的对手尚在惊愕之际，栗蓬儿的棍子乱舞，眼前火红一片，只听得人叫狗也叫，隐约觉得很多条狗在身边跳跃攻击。栗蓬儿锁定挣扎爬起的大盖头，不管他反击还是逃跑，手里的武器闪电般击打和横扫，总不放过他，即使自己同时被击打，直到这个家伙彻底放弃抵抗，双手护头号叫着逃跑。这正是栗蓬儿要的效果——大盖头的同伙们集体溃败了，都尾随他而去。

韩店子人落花流水，栗蓬儿抓住这稍纵即逝的机会，朝相反的方向拔步飞逃。

有几条狗不死心，狂吠着追了一段路，后来它们追追停停，终于站住，只是悻悻地叫几声而已。栗蓬儿跑得很快，身后的村子渐渐远了，前头是起起伏伏的山地，终于安全了。突然，他觉得右腿火辣辣的痛，并且立即痛得忍受不住，低头看，有血流到地上。他拽起破碎的裤脚，腿肚子上有条很长的伤口，翻出红白色的肉，鲜血汩汩流出。

是狗咬的，也许就是那条花狗咬的，那家伙最凶悍。栗蓬儿记起，在和那几个仗势欺人的对手打斗的时候，右腿似乎被什么击中了一下，并不疼，混乱中没顾得，原来如此。

他娘的韩店子！狗日的韩店子！栗蓬儿记死这个让他倒霉的村子，整条腿都疼起来，且全身冒虚汗。他不敢大意，一瘸一拐走上山冈，先用手将唾液抹遍伤口内外，又在不知名的野草中间，找到几棵赶山鞭，捋下嫩绿的枝叶放进嘴里，嚼成糊状，敷到伤口上。

栗蓬儿侧着身子，在背风的凹处，忍住口腔里的不适，很别扭地半卧半坐，让赶山鞭的药力慢慢浸入伤口。

四月的阳光明媚灿烂，山雀叽叽喳喳飞起飞落。它们在觅食，它们也在挨饿——虫儿们还没长大，而野草结籽遥遥无期。栗蓬儿看腿上的伤，血已经凝固，盘曲蜿蜒如红色的蚯蚓。赶山鞭糊糊业已半干，伤口火辣辣的疼。

今天倒霉透了，栗蓬儿想，饭兜里并没有多少收获，却被恶狗咬伤了腿。这个可恶的村子！这个不善良的名字——韩店子！但是，这个村子里还有那位让他喝糊糊的老人。那是多么和善的老人，比马子孝要和善得多。他姓韩吗？自从走上独自要饭的路，这位老人是待栗蓬儿最仁慈的。栗蓬儿会记住他，长久地记住他。他不明白，为什么这个村的孩子把他当做仇敌，非要驱赶他走，甚至连狗都满怀敌意。

还好，碗、挎兜、棍子都在，但腿被咬伤了，该怎么跟爹娘说？看样子伤得不轻，瞒不过去，不能不说。烦人的是，娘没准儿会说他太顽劣，被咬是自己找不自在，"狗不咬，使棍捣"，逗弄得狗起了杀心，就像从前二青被他逗急了也咬人那样。

二青要是不死该多好。栗蓬儿想起老顽童般的二青，它的黄色毛发日渐稀疏，两块圆斑的乌青色开始变白了，湿漉漉的鼻子总爱凑近来闻他的手。栗蓬儿最忘不了它的蓝黑色眼睛，二青那么老了，眼神仍泉水般纯净，每当它盯着老友看的时候，栗蓬儿觉得它能看透他的五脏六腑和所有心眼儿。它什么都知道，只是不说罢了。假令二青活着，假令它在身边，自己断断不会受这窝囊的咬伤。尽管它不够聪明，太好耍，且已衰老得总想晒老阳，也一定会为朋友豁出老命，与韩店子的恶狗咬成一团。

二青！

栗蓬儿觉得鼻子发酸。

天很蓝，两只苍鹰在傲慢地盘旋。它们伸展巨大的黑色双翅，斜刺里跟从或交错翱翔，它们是在寻找坡兔子吧。山风很猛，野草在呼呼响的风声里倒伏一片，有尖利的呼啸从山冈上传来。

栗蓬儿躺卧着，突然想家了，想马家铺的家，想哥哥，玉楸有吃的吗？还在念书吗？想远在图河的玉椿，姐姐知道不知道爹娘和弟弟妹妹正在逃荒要饭？外甥小崽儿长什么样子呢？都说外甥随舅，那小崽儿随自己吗，难不成也是一头硬发？想桥头镇完全小学五年级一班的教室，泼过水后的青砖地散发出来的好闻气味；想跟董双来争抢课桌，粉笔标示的分界线总会霸道地划进对方的地盘，也屡屡将长凳当做跷跷板坑对方，都多次一屁股跌落在地上，也都大笑不止，那家伙的尖头变得可爱起来；想"铜""铁"和"烟袋锅子"三巨头。新学期开学那天，他们带领全体老师分两列站在学校大门口，眼巴巴地迎候学生；想与大家放开嗓子朗诵"白云飘啊飘啊，飘过去了……"

栗蓬儿仰望着浩瀚无际的苍穹，蓝天如海，白云飘飞，蓦地，乔芳出现了。薄薄的浅粉色方格子布衫的一角被风吹起来，窄窄的双肩上搭两根麻花短辫，红绸子辫结跳动着，像绽开的两朵红花，圆圆的眼睛和长长的睫毛，清瘦的脸微微笑着……从高天缓慢降临，有弱弱的声音从风里传来：

栗蓬儿，等你回来，麦子就熟了。

栗蓬儿摸摸衣兜，乔芳送他的注音暨拼音卡片没在身上，兜里只有几颗石子。卡片肯定是娘洗换衣裳的时候掏走的，娘是敬惜字纸的人，卡片不会弄丢。栗蓬儿不担心，但遗憾地叹口气。

日头西下的时候他才动身，打狗棍子变成了拐杖。他慢慢走下山岗，腿伤震得疼痛，血又流出来。山影如神鸟的巨大羽翅覆盖了栗蓬儿，风很凉很硬，吹得他打了个寒噤，而他居然渴了，渴得厉害。栗蓬儿听到潺潺水响，就循声下到谷底，趴在山溪边，拨开乱草，跟牛马饮水一样，痛痛快快地喝了个透心凉。

他在这里耽搁得太久。

山里落日早，血红的夕阳眼看着落到了山后。栗蓬儿还没走出山的巨大阴影，暮色已经压了下来。他记得来时的路是在韩店子西北，可他此刻好像跑到了南边。也就是说，他需要绕过这个该死的村子才能重新走上回"家"的路。但栗蓬儿实在不想穿越韩店子。他有些恐惧，也有些厌恶。他不知道在这个村子里又会遇到什么，要命的是腿的疼痛不但没减轻，反而有加重的势头。多亏手里的棍子，杵在地上吃得住劲，多少减轻了腿的重负。

天色完全黑下来之前，栗蓬儿总算绕过韩店子，然而，他迷路了。

该往哪里走？哪个方向通向爹娘所在的地方？

栗蓬儿记得是从山路走来的，就沿着这条山路再次爬高。一弯新月，星繁云轻，风变小了，晚春的虫儿们兴奋鸣叫。小路曲曲弯弯从很矮的谷子中间穿过，引着栗蓬儿走向春地瓜地边。一棵有着五根粗壮分权的千头椿是记在栗蓬儿心里的，那是向右转的路标，路宽起来，容得下大车碾压，栗蓬儿忍住疼，走得快了些。

在三岔路口，栗蓬儿再次停下了。路左右分岔，相距越来越远，都消失在夜色里。是从哪条路上来的呢？栗蓬儿全然忘记了。有人背着草捆，赶着山羊晚归，好心地问栗蓬儿去哪里。栗蓬儿说，回家，却答不出"家"在什么地方，有什么名字。他闭上眼睛，使劲想上午走到这里时看到的景物，但脑子里全是庄稼。天下的庄稼是一样的，谷子和谷子，地瓜和地瓜，秫秫和秫秫。此地的麦田不多，这是栗蓬儿唯一的特殊记忆。

早上动身的时候，太阳从左边照过来，也就是说，当时是从北向南走的，栗蓬儿抬起头，很快找到了斗柄指向东南的勺子星。他记起马天佑教给他的办法，"认星先从北斗来，由北往西再展开。"以斗口两颗星为标尺，打五个折返，就有一颗星星闪闪烁烁，就是北极星。岔向左边的这条黑黝黝的小路尽头正在北极星下，应该通向爹娘和妹妹。再看看西边，长庚星已经闪亮，好了，走对了，腿疼似乎变得轻了些，他只需轻点儿落脚，不再用棍子支撑。

轻松下来的栗蓬儿顿时觉得很饿。他掏出挎兜里一根棒槌，那是他在棒槌秸秆垛根儿歇脚的时候找见的，此时正好救急。棒槌上的籽粒稀疏，也不够饱满，干硬干硬，很难咀嚼，他每次只啃不多几粒，把它们想象成一根牛筋在唇齿间热烈翻滚，于是口水汹涌澎湃。

这是一条艰难而漫长的路，可恶的是它不断起落，刚刚登高，转眼又得下行，栗蓬儿觉得自己翻越的是几个无限大的碌碡。栗蓬儿使出了吃奶的劲，不敢停留，不能停留，他必须回家，即便走到半夜，走到拂晓，他也得让爹娘见到自己。他能够在随便什么地方包括庄稼地里酣睡，沉沉一觉到天明，但爹娘必定彻夜不眠。

不断地定位，不断地寻找和修正路径，栗蓬儿走了半夜。他再次抬头看北斗七星，斗柄已经转移了方向。蓦然，他听到了爹的焦急呼唤：

栗蓬儿……

第二十四章

一

这天是逃荒以来值得爹怀念的日子。

开始并不顺利，爹带着六月走了好几个村庄，没有要到像样的饭食，爹很沮丧，六月很累，她的身体还没长成，起根儿就纤弱，入春以来越发瘦得不成样子。但论起要饭，六月的小巧、羸弱以及怯生生的说话，总能被怜悯被施舍，其收获之丰远在爹之上。爹总结说，在这个地方要饭，十成人家里，差不多有两成拿吃的打发你，而不是用吆喝或斥责打发你，要是没有六月打头阵，单单他一个人沿门托钵，恐怕连一成也不到。不痴不傻四肢健全的汉子，往人家门前一杵，你好意思开口要饭，人家没准儿不好意思给你。然而，尽管有六月打头儿，这天上午向他们施舍善意的人家很少，连六月的乖而怜的模样也没能讨喜，不论男女老幼，不论家贫家富，大都对父女俩很不耐烦，说"去去去"！

碰壁碰得心灰意懒的爹和六月坐下休息。他们坐在石壁的影子里，落了汗就觉出受不得阴凉，六月打了几个喷嚏，说，爹，我冷。

小满已过，这里的阳光比马家铺的还强烈，但气温似乎反而低一些。六月穿团花薄棉袄，按理不该这么怕冷，但她的身体实在太虚弱。爹心疼得恨不得脱下身上的薄袄给女儿披上，但没穿衬衣，爹是要脸面的人，不能光着膀子要饭，就说，六月咱们起来，起来走走，走走就不冷了。

就在这个时候，爹看到了海，看到海上有几条渔船正向岸边驶来。

爹急匆匆走向大海，走向那几条船。七宝褡裢拍打着他的前胸和后背，里面有他和女儿讨要了半天的可怜收获。

爹认定那些渔船鱼虾满仓，饱载而归，他要在这里扭转上午的颓势。趁人家卸船的当口，多说些拜年话，如果运气好，遇上好心人，给条鱼，给只虾，那就是意外之喜，足以让全家人的肚子里进点荤腥船都很小，甚至比不得落甲河上的摆渡船，却从容自若地穿行在波峰浪谷中。打鱼人的脚板像是钉在船板上，人和船同时浮起和落下，它们直接冲向并停在礁石遍布的沙滩。

迎接渔归的人们很多，他们和打鱼人一起，用荆条筐把渔获从船上卸下。跳下船的一个渔民看到了爹和六月，看出了父女的身份和眼里的渴望。

哪里来的？他高声问。

苍蒲的。爹回答说。

没吃的了？那人问。

爹说，行行好，大哥。

那人说，你在我这筐里拿吧。拣你中意的，不论什么，拿一样去。

自己还没开口，好运凭空飞来，爹忍住刺鼻的腥味，打量着筐里蠕动不已的各类渔获。面对长的、圆的、扁的、张大嘴喘气的、挤在一起不动的海物，爹一时不好下手，抬头看看那人，那人正微笑地等候。爹心里踏实下来，发现渔获中有鲅鱼，挑中一条，抠住腮，提出鱼筐。

那人说，拿条大的吧。

多谢大哥，就这条吧。爹说。

来了几口人？那人问。

四口。

再拿几条吧。

够了，够了。爹心满意足。

爹非常珍惜这条鱼，这是他为娘要的。娘最爱吃马天武从青岛倒腾回来的鲅鱼，那是她吃饭的一大嗜好。一年里总有几次，娘用不割舍得吃的鸡蛋去跟马天武换。娘的鲅鱼吃法极其简单，洗净，用树枝挑着，放入灶坑或直接埋进鏊子窝烤熟，就成了难得的珍馐。就着烤鲅鱼，哪怕最粗粝的饭食，娘也吃得津津有味。

爹拉上六月，快步离开喧闹的沙滩。鲅鱼咸腥，又粘湿，无法放入褡裢，可世上哪有提着鱼要饭的？爹在溪水里洗净鲅鱼，扯些青草，把它包裹起来，塞入七宝褡裢。

爹特别开心，穿过村走过庄，依旧兴致益然。和女儿在背风的地方吃过午饭，爹问她累不累，六月说老爬山有点累，爹就说，六月歇会儿，歇够了咱们起身，再给你娘要点好吃的去。

进入眼生的村庄，狗叫得都很欢实，爹拿稳打狗棍，极其警觉地观察任何方向的可能威胁。再跟紧点儿，他叮嘱女儿。

这里的村庄都不大，稍不留神就走过了。日头西斜，父女俩翻过山冈，又一个小村庄出现在眼前。微风里，传来了爹暌违已久的京胡琴声。

有如高阳酒徒长年抱渴，要死要活之际闻到酒香；有如千里跋涉黄沙大漠，蓦然望见了水汽闪烁的绿洲，爹循声迎了上去。

那是京胡拉出的二黄小开门。

琴声是从一个小院落中传出的。六月赶上去的时候，爹侧身站在极简陋的大门前，摇手示意她别出声，免得搅扰他的享受，更怕惊动操琴的人。那段小开门拉得舒缓流利，听得出操琴人的心情不错。如此妙音对于爹，无异于醍醐灌顶，他整个身子都软了。

接下去，京胡转了调门，是爹非常喜欢并烂熟于心的"鱼肠剑"，不由得在心里随着哼唱：

> ……一事无成两鬓斑，叹光阴一往不回还。日月轮流催晓箭，青山绿水常在面前……

爹后来说，那人的琴拉得真到了顶尖，并不比县剧团里的琴师差。他想不到，在这个不起眼的村子，在自己落难之际，竟然听到如此精湛的琴音，有若天籁，直入肺腑。爹说琴声真的是出神入化，自己的唱纯属三脚猫功夫，却被它带到不曾有过的高度。

一个门里，一个门外，一个操琴，一个默戏，一个明，一个暗，爹说真想就这么无休无止地听下去默下去，饥饿、疲乏、苦痛、忧愤、迷茫和哀伤，一扫而空。

然而，琴声戛然而止。

大门无声开启，出现在爹面前的，正是那位施舍鲅鱼的渔民。

如此近距离面对面，两个人都很惊讶，爹多了些尴尬。

大哥，你住在这里！爹说。

让你多拿几条鱼，就用不着跑百家门了，你偏不拿。那人说。

爹赶紧说，自己误打误撞登门，绝非再次开口讨要，而是被琴声牵来的。

那人说，他这次出海收成不赖。此刻家里没人，趁清静拉几段琴，心里愉悦。只是拉得不好，见笑了。

爹说，大哥，你拉得一手好琴，我都听得挪不动步了。

那人说，过奖了过奖了，手指头冷得跟冰凌似的，弦都按不准了，连自己听着都不成样子。拉了半天，这才暖和过来。

爹说刚才这段西皮原板，一板一眼，动听之极，有幸听到如此妙音，比打发他好吃的都让他快乐。

那人的眼睛登时闪亮，说，快进来，进来说话。

爹连忙辞谢说，已经受过大恩，哪里敢再叨扰。

那人问六月多大，爹说，快到九岁了。那人盯着六月说，这小妮子模样真耐看，可看起来怎么像七八岁，是受你们这当爹娘的不待见了吧。又问上没上学，爹说这年月还上什么学，家里有个把上学看得比天大的儿子，眼下正不知死活。

啊呀，你也割舍得？

割舍得，不割舍得，只好委屈他了。

我看你是个懂道理的人。那人说，你听我一句劝，世上千条路，无论走哪一条，无论多么艰险，都不能舍了孩子，舍弃孩子可是条死路。

爹突然悲愤交加，说，唉，大哥，我活得比那伍子胥还要不易，但凡有一点办法，我也不至于撇下他一个人在家，自己拖家带口跑到海北来。不瞒你说大哥，我没想到这世事这么变化无常，一步错，步步错，我做也得做，不做也得做，凡事都由不得我，走到后来我是无路可走寸步难行。大哥你是明白人，你看得清楚，"马行在夹道内我难以回马，这才是花随水水不能恋花。"[1]

那人拉住爹，再也不放开。

---

[1] 京剧《捉放曹》中陈宫的唱词。

在离家数百里的海北县遇见一位同好，真是他乡逢知己，是爹的意外之喜。两人惺惺相惜，大有相见恨晚之感。那人拉爹进天井，问询爹眼下的饱暖起居。爹一一作答，并说真是老天垂怜，海北比他想象得要大度慷慨得多，自到"贵地"，不论到哪个村子，叫开哪家的门，大都能得到好脸，哪怕人家没东西打发。只是跟来的小儿子被狗咬伤了腿，眼下正陪他娘在家。不过，平心而论，善心的狗要多于恶狗，儿子也许没事找事，招惹了人家的狗才惹祸上身。大哥，你这里是好地方。爹说。

哪里哪里，那人说，兄弟进屋说话。

爹在兴头上，客套几句，便随那人进入正屋。两人说家事、说儿女、说逃荒、说京戏，也说海，说得投机，忘了时辰，猛然见天色暗了下来，爹才和那人依依不舍地告别。

那人姓于，半农半渔为生，对京戏的痴迷不亚于爹，却只是操琴，并不擅唱。不过，听过穿屋绕梁的音质，再看他手边那把白紫竹琴担子的京胡，爹深知，自己遇见了高手。

爹说起这段奇遇颇为自得，又说，栗蓬儿他娘，于大哥说一定要来看看咱们。咱们这地方乱糟糟的，是不是打扫一下？

倘若被爹新结识的朋友看到"家"里杂乱无章，娘的颜面何在！她强撑病体，亲自动手，将凌乱的东西归类和归位，吩咐栗蓬儿尽快打扫门里门外，必得门庭干净清爽。

栗蓬儿这几天养伤不出工，正忙着用木炭研磨那个凹镜，没完没了地磨，成功在望，按马玉锁的指教，接下去的工序是用绸缎研磨，还需要用牙膏做最后的抛光。出门在外，哪里去找绸缎？牙膏更是无从谈起。不管他，先打磨明亮再说，栗蓬儿磨得手指发烫，很不情愿地拿起娘用芨芨草和竹条做的简易扫帚。

有人高声问道，是苍蒲马兄弟住这里吗？

一张宽宽的、紫红的脸膛出现在短墙外，旁边是张黝黑的孩子脸，大大的眼睛探寻似地看栗蓬儿。栗蓬儿看过去，那孩子就低了头。

这是爹的异乡知己于大伯和他的独生子小海。

他们造访的后果，是栗蓬儿全家乔迁到他家住宿。于大伯给出的理由是这里太潮湿，他说，昨天听马家兄弟说起你们在这里住，我就知道得赶快过来，接你们到家里去住。别看这屋子建在山腰，可离海太近，潮气重得不得了，怕是对弟妹的病有坏处。

爹娘对于大伯的盛情邀请敬谢不敏，说这哪里使得，逃荒要饭的人，就算你家不嫌晦气，我们也不能忘了自己是谁，怎么敢登堂入室住到府上，万万使不得，绝对使不得。

于大伯再三相邀，说他家里两间屋，就住三口人。他出海打鱼，有时几天也不回来，儿子小海上学，他家内掌柜缺个说话的人，娘养病，正好和她就个伴儿。马家兄弟和弟妹就别推辞了。

爹娘说，于大哥的善心我们记下了，不过，我们就住在这里吧。我们在这里住得惯，心里踏实。屋子虽然破败，能挡风遮雨，还能起伙，有炕，已经是老天眷顾，到新地方反而住不惯。

到我家去吧，我家空着间屋子呢。腼腆的小海对栗蓬儿和六月说。

看看，孩子都说话了。小海也想请你们住过去。于大伯说。

爹娘仍是不敢应承，逃荒要饭之人，怎么可以住到人家里去？于大伯的心意已是无法报答，哪还可以领受一起住的建议，此事万万不可。直到于大伯说出一个秘密，这个秘密让爹娘再没推搪，当天，把所有的破烂收拾齐全，娘再次坐上小车，全家搬入了于家。

秘密非常简单——这间破屋子"妨人"，是"凶宅"，妨主的邪僻凶宅。

屋子的三任主人，都是勤谨无比的庄户人。与于大哥和这一带所有的庄户人一样，山岭多，地亩少，粮米不够吃，他们须得驾船下海，把另一半吃食从海里打捞出来。可叹的是，第一任主人父子俩死在海里，导致妻女投奔了远方的亲戚。第二家人和第三家人不听乡亲们劝阻，先后冒险入住，无一不重蹈覆辙。家主出海以后，留守家里的妻子和孩子盼他们平安归来，盼到海风惨淡，盼到眼睛迎风流泪以至红肿，然而，出海者生不见人死不见尸，那是何等凄惨的景况！三家人的厄运都坐实了这房子的昭彰恶名，这等不祥之地，谁还有胆入住？不但无人敢住，经过此地时，都离得远远的，生怕沾染晦气。

于大伯说，马家兄弟，我的话你听与不听我不管，但你得搬走，这里不能住人。哪怕你不愿意搬进我家，搬到山上，头顶着月亮星星住，这几间"妨人"的屋子，也是住不得了。

二

小海问，栗蓬儿你为什么老光脚不穿鞋？你的腿上那么大的口子，是叫狗咬的吧？

小海又问，栗蓬儿你上几年级了？你的功课肯定比我的好吧？

小海说，海里什么都有，陆地上有的，海里都有，海米、海菜、海兔子、海狗、海蛇、海龟、海牛、海马、海狮、海象……海里有的，陆地上不一定有。海里长海带，能长几丈长，地上就没有吧。

小海说海里的出产多样而丰足。他说离他家不远的海里有一条弯曲的海沟，是盛产海红的地方，赶得上地上的良田。年景好的时候，海红黑压压地长满了海沟，也长满了礁石。落潮后，露出水面的礁石跟葡萄架似的，海红跟葡萄似的，一嘟噜一嘟噜挂得密密麻麻。有一年落大潮，于大伯他们赶着大车下到海沟，跟起地瓜似的，用大板铁锹铲下海红，装满大车运回来。挖了好几天，都没挖净那条海沟。

小海又说，今年海里的出产并不算多，但离岸不远有个叫梭子岛的小岛，发现了蟹子窝，蟹子多得不得了，已经拉了几船回来。蟹子个个活，海岸上爬了一片。

光吃海红和蟹子你也饿不死。小海说。

小海说海里有龙王，统辖虾兵蟹将，掌管天下大海大洋，云升雨降，潮落潮发，都得听龙王的号令。小海说他爹出海打鱼，先要给龙王烧香，祈求平安。而出海人的忌讳多得不得了，吃饭、睡觉、说话都得守规矩，谁也不敢违反。小海说渔船最怕的是西北风。虽说好艄公会使八面风，但前些年，他们村就有好几个人碰上西北风，再也没有回家。

小海又说，明天满月，落大潮，栗蓬儿你明天早晨跟我赶海去吧。我告诉你栗蓬儿，你腿上的大口子没事，到海里泡泡就好了。

小海娘说，小海，你别老缠着栗蓬儿，人家烦不烦啊。又对娘说，小海怎么这么多话？平日里他很少这么啰唆。看样子，他和栗蓬儿的缘分深。

娘说，让栗蓬儿跟小海去吧。他的腿还没好利索，我让他歇些日子。

小海娘说，六月也去，让她也去赶海，她会喜欢的。

小海娘是个快乐的妇人，团团脸上总带着笑意。她的仁善之心不输于丈夫，且与娘一见如故。要不是娘的坚辞，她差点要两家并作一家吃饭。即使未能如愿，她也热心地将海螺干煮熟，用碗盛好，端到为来人打扫干净的西屋，监督着娘吃掉海螺肉，喝下海螺汤。娘说从来没喝过这么美味的汤，小海娘高兴得眉开眼笑。不过，娘的命苦，她是吃五谷杂粮的肠胃，拒绝接纳海物美食，当夜跑肚拉稀，晃着虚弱的身子跑了多次茅厕，见好的病又变得厉害起来。这让小海娘很自责。她格外喜欢六月，将瘦小的六月揽在怀里，好言好语抚慰，说她要来服侍娘，有她照料，保管娘没事，爹尽管放心。小海娘将六月的前额弄出刘海，脑后梳两条细细的小辫，脸上搽了粉，抹些胭脂，六月顿时鲜亮起来。

不行，爹说，六月这么亮彩，哪像要饭的，谁还打发她吃食？

小海娘说，她要代爹娘做主，让六月也歇一天工，跟小海去赶海。

第二天，爹孤军远征，收拾好他那一套行头，独自走了。

小海黑黑的，眼白格外明亮。他比栗蓬儿小，赶海却是老手，顶着启明星，他带栗蓬儿和六月奔向海边。

栗蓬儿从未见过海，上学期的语文课本里有一篇"火热的心"，李老师据此滔滔不绝地讲了半堂课的海，其实，他也没见过海，却讲得比见过还动情。李老师的讲述传达给栗蓬儿的印象是海很大，人在海里很小，海是蓝的，海水又咸又苦，海浪高得不得了。

走下光秃秃的崖岸，走过沙石与野草丛生的荒凉地带，拂晓的薄光里，小海带栗蓬儿和六月来到一处长长的海滩。他说，大潮还没退够，咱们在这里等会儿。

东方微明，先有橘红色的羽扇霓裳向高空展开，继而黑红两色的云团聚合分离。海面碎浪翻滚，近处涌来的则是黑色的浪峰。天尽头，强劲涌动着的广阔无垠的深海里，孕育、分娩出巨大的红色珍珠，在海水中频频跳跃。

当她一跃而出脱离海面，以雷霆万钧之势缓缓升起，一条断断续续的暗红色长廊明灭闪烁，从她的脚下铺展到了栗蓬儿脚前。那个瞬间，他觉得海水凝结了，沙滩却微微摇晃起来。

旭日东升，大海金光璀璨闪闪烁烁，耀得人睁不开眼睛，天地穹庐光明澄澈，黑色的船帆乘风远去。海风劲吹，吹得衣襟扑啦啦响，有孩子的声音被风送过来，问小海带的俩人是谁。

我家亲戚！小海高声回答。

翻滚的波浪有翡翠般的颜色，浪花却是雪白的，节奏分明地盛开和凋落。海浪哗哗响着，撞向白斑点点的礁石，化作绿色水流，在狭窄弯曲的石缝间进退回旋。涡流中、泡沫里，漂浮着深色的海草。海水越退越远。栗蓬儿想尝尝海水的滋味，验证李老师的话是不是真的，问小海可不可以跟着下去，小海只是笑，说根本用不着尝，天下的海水都是咸的，看栗蓬儿一心要尝，就摇摇头，说再等等，大潮还没退到底。栗蓬儿等不及，跳出去追赶海水，海水报复似地卷土重来，栗蓬儿迎着浪努力站定身体，任凭海水打湿了裤子，掬起一捧灌进嘴里。

又咸又苦，又腥又涩，呛得他直反胃。

我娘，咸的，真是咸的！他叫喊着。

小海笑弯了腰。

小海把为栗蓬儿和六月特意制作的三齿小铁耙放到篮子里，教给他们赶海的要领。栗蓬儿觉得赶海很像拾坡，但后者是收一茬庄稼"拾"一次，一年顶多两次，而海则天天可以"赶"，甚至一个昼夜可以赶两次。这太新鲜，太有趣，太好耍了。

赶海的确像拾坡，赶海人也像拾坡人那样呼儿唤女。不过，海岸之长之阔远非庄稼地可比，也多了海的有规律的喧哗，"赶"到的海物，比"拾"到的庄稼驳杂得多。

人越来越多了，乌秧乌秧的，从衣衫、口音以及笨拙的动作，认得出很多不是海北人而是与栗蓬儿一样的逃荒人。大家唯恐落后，反复追赶着退向深海的潮水，从水坑里、沙滩上、礁石间捕捉、打捞、挖取带壳的、长鳍的、八条腿的、不长腿的、肉乎乎的……一切可以吃的东西，又在海浪驱赶下返回高处。一次次追逐和被追逐，渐渐地，海水越来越远，越来越深。

怎么这么多的人？从来没有这么多人赶海，咱们到别的地方去吧。小海望望满海滩蠕动着的人，不解地说，你们俩跟着我，我有个好地方，保准人少，咱们到那边去。

三个伙伴转过岬角，眼前蓦然出现一个月牙形小海湾，浪花在远处翻滚，几块形状奇特的黑色礁石矗立在沙滩上。

快，跟上我！小海加快脚步。

海浪退得远了，小海从岩礁上敲下一片灰白色硬壳当作羹匙，从仍然附在岩礁上的另一片硬壳里取出又柔又粘的瓤子，连肉带汁递给六月，你尝尝，鲜着呢。

六月闻了闻问，这是什么？

海蛎子，小海说，喝吧，顶个地瓜。

六月不敢喝。

小海说，我喝给你看，一扬手，把海蛎子全倒进嘴里，再敲下海蛎子给六月，六月轻轻沾沾唇，说太腥，闭紧了嘴，高低不喝。

小海非常失望，拔脚追赶着海浪跑向远方，从激荡廻流的海水里不断地弯腰打捞。很快，他跑回来，递给六月一颗很大的蓝色海星。

我还是不想吃。六月扭开脸说。

哈，不是给你吃的，小海说，是给你耍的。你要是喜欢，我还给你打捞，这里的海星多得很，有黄的、红的、粉的、紫的、青的、花的，反正什么颜色的都有。我都捞回家，放在大木盆里，给你打海水养着，你随意摆着看。

这是六月赶海最开心的事。

小海是好性子，不厌其烦地教给新伙伴赶海的技巧，绝不因栗蓬儿兄妹的笨手笨脚而厌烦。怎么抓水洼里落单的小黄鱼，捡海水遗落在沙滩上的海带和海白菜，说这都是能吃的，不可放过；怎样用耙子挖出沙子里的贝类，并如何分辨赗贝、沙蚬、蛏子、青蛤、毛蛤。没头没脑满沙滩乱跑的香蟹可以不理会，它们全身都是硬壳子，剔不出一丁点肉；通身长刺的紫色海胆是好东西，要小心翼翼地放进篮子。

三

于家住的虽是挂瓦的房子，其实很简陋，院墙由山石、石板、石片和卵石垒砌而成，凹凸不平却很坚固，两扇大门很破，门扇开阖默不作声。那天傍晚，大家蓦然发现，讨饭归来的爹，在院子里默默坐着，也许已经很长时间了。

爹马不停蹄地讨了一天饭，水米没打牙，此刻仍然不想吃饭。娘把煮熟的地瓜干端到他面前，爹轻轻推开，说他不吃，他没脸吃，因为他今天要的饭太少，愧对全家老小。不仅如此，爹好像还有心事。爹是个什么事都挂在脸上的人，阴晴雨雪一目了然。娘看出爹的忧闷并非全由讨饭失败所致，必定另有隐情，稍加诱导，爹便很快说出了实情。

爹说他今天出师不利，与他不辨路径重走老路有关，也与没带六月有关。往日父女联手乞讨，人家看六月天生的讨饭样貌，再硬的心肠也会软下来，舍把菜、给勺粥或打发块地瓜干。爹说他独自讨饭，是自到海北县以来最失败的一天。他一次又一次叩响不同人家的大门，可就是得不到施舍，哪怕最粗粝的吃食。连一口饭也不割舍得给，难道自己就这么招人厌弃？当然，爹也明白，也接受，也无奈：自己不缺胳膊不缺腿，不是疯傻痴呆，在这么严酷的年月，人家凭什么把活命过日子的吃食舍给你？

爹想得开，但感觉很凄凉。

处处碰壁，几无收获，等同于庄稼绝收。爹很郁闷，难道自己走了老路，被东家认作不知餍足的叫花子？他再次打量村落和房舍，仔细搜寻记忆，没有任何细节证明自己曾经来过这些庄子，就举步踟蹰，几乎失去了再次敲响人家大门的勇气。他坐在地角，望着麦子在风中摇摇曳曳，有几个人的背影佝偻着从村子那边走出，继而三三两两，络绎不绝，虽然离得远，却一眼看得出是同道，爹顿时恍然大悟，自己真是起个大早，赶了个晚集。在爹前面，刚刚有讨饭者啃食过这些房舍！越是春深，灾情越重，同行的骤然增多是情理中事，再慷慨大度的人家，也打发不起蜂拥而至的无数饿汉。

被难兄难弟抢了先手，爹不抱怨。毕竟，拖儿带女满脸菜色，刚逃出深渊的人比他更有理由讨到活命的口粮。没有讨到饭的爹，见到难中的同行，容易生出同病相怜的亲切。爹与他们交流，得知这些逃难者有从苍蒲县北边的地方逃来的，有从苍蒲县东边的地方逃来的，也有从苍蒲逃来的。爹打探到一家前昭下村的人，询问马家铺的消息，前昭下人一无所知。

不知道玉楸怎么样了！爹喃喃地说，他的心里焦虑得很。

娘的忧惧空前加深，性情变得很坏，生出许多残酷的幻觉，都是与长子有关的。长时间得不到音讯，意味着什么事情都可能发生。海北距马家铺几百里地，假如玉楸有个好歹，即使连夜往回赶，怕是也救不了他。

爹劝娘别急，越急越上火，明天，他还是带六月出去，定会让七宝褡裢满满的回来。只要攒够了回家的本钱，立马动身回马家铺，一天也不耽搁。

小海娘跟爹娘商量说，她喜欢六月，不是寻常的喜欢，而是亲娘对闺女的喜欢。她说自己和六月才是亲母女的命，只是当时六月不认路，投错胎投到了马家，填和了爹娘。六月秀气而恬静，样样都可她的心。看六月出门要饭她就心疼，割肉般的疼，比她自己去要饭还难受。能不能不再让六月出门，这小妮子的吃喝全由于家供给，说白了，就是让六月上她家的饭桌。

娘说，嫂子，你的好意我心领了，但我得说声对不住。我是真想让六月跟你家吃几顿饭，可她长了个和我一样的肚子，吃不得海里的出产，不像栗蓬儿的肠胃，什么都能吃，怕是连石头也能化掉。再说，六月她个小小的人芽儿，撇下全家去吃好饭食，这于栗蓬儿不公平，对她自己也不好。

那，从今天起，我带六月几天，让我过过给她当娘的瘾。我不管你们同意还是不同意，不同意也得同意，反正你们得让六月当我几天的亲闺女。小海娘说，这事就这么定了，不许不点头，你们别怨我霸道。

晚上，于大伯拿出一瓶烧酒，非要与爹同饮。爹生性不沾酒，高低不肯喝，可他不愿拂逆了主人的美意，后来只得勉强抿了一小口，于大伯便叫起来，说爹一定是好酒量，只是没有喝酒的胆量而已。今天晚上心里不快活，应该喝点酒发散发散，把不快活赶出去。拗不过于大伯的好言相劝，爹仰头把半碗烧酒倒入嘴巴，登时喘气粗重，声音也沙哑了：

嫂子，拜托，你把栗蓬儿和小海他们今天赶海弄的海物端一碗来，我今天要和大哥一醉方休。

好！你得喝个够。你就是个能喝的，马家兄弟。于大伯说，我明天出海，一会儿还得去船上看看，就陪你喝三盅。

那不行，三盅哪够？你得多喝。爹拿酒盖脸，说话很愣，你也得喝个够，咱兄弟俩都喝个够，不许不喝够。

真难为爹，能发出这等豪言壮语。其实他既没酒量，也不喜欢吃海里的物产。他喝酒喝得生猛，却很少吃菜。当小海和栗蓬儿把煮熟的海红、蚬子盛在铝盆里，连同姜末加醋汁端到龙爪槐下的桌子上，爹已醉意朦胧，不知今夕何夕，哪还吃得下东西。

我心里难受，我心里苦。爹说，再次把酒倒入海碗。

于大伯说，我知道，天启兄弟，你不容易，你遭了大难。

爹说，大哥，我马天启家里虽不富足，也将就着够吃够穿。够吃够穿我就知足。可大哥你看，我不过是打了个晃儿，转眼之间就落到了这步田地！

怨不得你，兄弟，我明白。于大伯说，这年头，走到这一步的，不光是你一家人。

爹不顾娘的劝阻，一仰脖又灌下一大口酒，仍不吃菜。咳嗽过了，半晌沉默，再次开口，他的话很是凄凉。

大儿子，就喜欢念书，一心想往上走，怕耽误功课，非要留下上学，不肯随我逃荒，至今音讯全无不知死活。小儿子，本来要饭要得好好的，不成想小腿肚让狗嘴撕开那么长的口子，多亏咬人的不是疯狗，可到今天都没好利索。闺女，打小挑食儿，太难养活，你看她瘦得像不像根鱼刺儿？还有孩子他娘，病了一路，我拿小车推了她一路，我不知道还能不能推她平安回家。爹说，不瞒大哥，也不怕大哥笑话，我几次让狗追得无处可逃，几次咬着牙忍住，到底没敢动手打。我连欺负我的狗都不敢打，大哥你说说，我活得瘪刖不瘪刖[①]？

于大伯说，不说这些，不说这些苦命的话。咱说点高兴的事。

哪有高兴的事！爹说，他思来想去，觉得活得太憋屈。爹坦承自己本事

---

① 瘪刖：刖，为古代砍脚的酷刑。"瘪刖"为当地方言，形容器物被挤压变形、果实不饱满或人身体不适；用以表述情绪，则为委屈、窝囊之意。

不大，绝非好庄稼把式。年少时心性浮躁，把书念歪了，也曾好赌，进了赌场便昏天黑地。那的确是没出息，但他早已金盆洗手。这些年，他是尽心尽力做事，并没有偷奸耍滑。最重要的，爹说，他敢拍着胸脯面对天地起誓，他活了大半辈子，没做过一件妨人的事，一件也没有！从来没妨过人，凭什么老天爷让他这样的好人遭此大难！

我一眼就看出你是好人，于大伯说，要不你我怎么就成了兄弟。

爹说，遇上大哥你，是我马天启的福气，是我全家人的福气。要不，我马天启一家病的病，伤的伤，小的小，还在那个妨人的凶宅里过日子，说不定哪天倒大霉。多亏你，大哥，多亏你救拔我全家人远离危难。

于大伯说，大家都有难念的经。他们这个于湾村，打的粮食也不够吃，家家都得去海里要吃的。前几年有五条船出海，遇上台风，打翻了一条，四条人命，都是生龙活虎的汉子，怎么也救不起，就那么没了，连尸首也不见。兄弟你说，也不易是不是？

爹带着哭腔说，是啊是啊，不该说这些丧气的话。说点高兴的。

再喝一碗。于大伯说。

爹一饮而尽。

醉醺醺的爹如在无人之境，一手轻拍膝头权作檀板，摇头晃脑，轻声哼起不知哪出京戏。

娘说，栗蓬儿他爹，你什么时候喝过酒，还喝了这么多。醉成这个样子，还唱京戏，想不想过日子？唱也要唱吉利的、喜兴的，怎么唱得这么凄凉！

爹已经浑然忘我，压根儿没听见娘的劝诫。

于大伯从屋里拿出胡琴，在爹的等待中，拉了一段过门。

小海娘对娘说，难得他们快活，随他们去。

平生第一次畅快喝酒的爹醉得厉害。烈酒使他毫无顾忌，京戏便唱得鬼斧神工。在异乡恩人的家里，在月明星稀的夜晚，他先念白大贤人伍子胥的"今日又是一天，好不愁闷人也"，之后，爹叫道：罢、罢、罢儿啊①！随即在于

---

① 罢罢罢儿：当地人的感叹语，通常连读，多用于发泄懊悔或沮丧心情。马天启此时断字顿读，也用以叫板。

大伯的胡琴伴奏中，用略带沙哑的嗓音，中气十足地唱道：

  ……我好比哀哀长空雁，我好比龙游在浅沙滩，我好比鱼儿吞了钩线，我好比波浪中失舵的舟船。思来想去我的肝肠断，今夜晚怎能够盼到明天……

第二十五章

一

栗蓬儿你长个儿了。爹说。

爹说这话的时候，正和儿子走在去集市的路上，他毫无来由地停下脚，回头定定地看着儿子说，栗蓬儿你长个儿了，又长大了，喝西北风也挡不住你长大。

父子的"赶集"，并非去买或卖，而是去集市上乞讨。

在爹的眼里，以于湾村为中心，方圆几十里之内的村子几乎都"老"了，也就是"熟透了"，或者说被反复"扫荡"过了，只因为于大伯这样的善心人家天下难觅，以及娘的病尚未痊愈，爹才迟迟不肯向别处转移。所以，与儿子重新组合上路，爹提出去赶集。

集市名泊首，沿着一条镰刀形的弯曲街道展开。集市开得密，每逢二、五、八，总有海陆两地干鲜货品进入这条街。

爹和栗蓬儿出师不利。

集市不如想象中的热闹，而赶集的人里已经有了多个同行，甚至在他们开口讨要之前，就有初入江湖的稚嫩讨饭者向他们伸出手说"行行好"，弄得父子俩哭笑不得。爹很遗憾地告诉对方，很是对不住，自己两父子肚腹空空落落，也正有待开张。

没眼力见儿的年少乞讨者悻悻然离去。爹看出尚未繁荣起来的集市里，有众多同道已经开始作业。有拖儿带女的，有单人托钵的，有病病歪歪的，有昏头昏脑的。无论高矮老幼，有一特征为大家所共有，就是形销骨立面有菜色，眼睛里溢满饥饿的恐慌，与买卖之人的安详判然分明。

坏了，爹说，没想到泊首集上也有这么多和咱们一样的人，泊首集还这么冷清，谁能打发得起？

开不了张就意味着挨饿，父子俩的肚子不约而同地发出了不争气的响动。

集市上有家粥店，热腾腾的大米粥极具诱惑力。爹明白如此珍稀的东西是讨要不到的，便上前打听价钱。粥店伙计一脸不屑，说，一碗，五毛！

乖乖！

太阳升高，海腥味浓重的空气热起来，爹有些焦躁，头脸汗津津的。他站着想了一会儿，说栗蓬儿你忍着点饿，咱们过会儿就有吃的。他带栗蓬儿到镇子外边，找到两块比手掌略大而厚薄均匀的石片，互相敲击几下，声韵干硬而沉实。爹说，就是它了，就拿它当"七件子"了。

爹要显示并出售他的艺术才华。

爹的罕有才华，在差不多一年以前曾短暂闪耀，现在流落外乡，他决心重操旧业，凭借这种与满集市同行不同的方式，换来活命饭食，倘能遂愿，还能为寄宿在于家的娘和六月带点回去。在准确的意义上，爹和栗蓬儿是出外打食的鸟儿，先得把自己喂得有了力气，还要衔些回家，才见出爹的真本事。

其实，爹原本有更能出彩的本事。泊首集没有戏台，也不见说书的或杂耍的，这意味着此地此时并没有桥头集和苍蒲县所有集市上都有的吹拉弹唱。爹说，人们赶集，除了买和卖，谁不想凑个热闹看个乐子？要是于大伯能携胡琴而来，与爹摆个场子，一个操琴一个清唱，那是多么招人的光景！"饿唱饱吹"，此时五脏六腑空空洞洞，喉头肠胃畅通无阻，丹田气升沉如意且值最佳状态，正是唱功最出彩的时候。用这样的嗓音唱他最拿手的老生，无论二黄还是西皮，也无论摇板还是流水，肯定能让七宝褡裢鼓鼓荡荡。可惜，你于大伯驾船出海了。爹说，即便不出海，我也不好拉他来这里。栗蓬儿你不知道你于大伯的京胡拉得多么好，他的琴能把我托得多远、领到多高。现如今，我是孤掌难鸣。

把七宝褡裢搭在儿子肩上，爹振作精神，要用莲花落来获得集市中人的青睐，从而慷慨解囊。爹说，我唱莲花落的时候，你要看人的脸色和眼睛，不用开口，你只找个差不多的空当，把碗递到他的眼下，不信换不来咱父子俩一顿饭！

泊首集的街面不宽，呈不对等的左高右低地势。从入街口始，右边多是海货，摆放着许多盛满海水的大盆，分别养着海螺、海蛎子、沙蚬、毛蚶子、扇贝、贻贝，也有赭红色的海蜇头以及跟煎饼般大小也和煎饼般摞成摞的、乳白色的海蜇皮，到处汤汤水水，整条街上弥漫着咸腥味道。左边，稀稀落落的粮米、山货和菜果占据着起伏不平却干爽的土坡。

爹在一副担杖前停下来，担杖搭在两个盛着地瓜干的筐上，后面站着主人，是个精瘦的汉子，双手抱臂，冷冷地看着爹。

爹很有节奏地敲响了石片，才要开口，被那汉子粗暴地打断。

去去去！那人说，我不听。

爹的脸上现出瞬间的羞赧和不快，然而他谦恭地微微颔首，表示不再叨扰，转到下一个目标。地上端放着一个小布袋，主人正在拣选里面装着的栗子，栗子都还饱满，爹不容主人发话，先将石片敲得很响，随即唱道：

泊首四月风光好，街上的东家真不少。这位大叔人心善，有佛手佛眼佛身还有佛的面。

卖栗子的人有尖削的脸和瘦虾米样的身材，与栗蓬儿心里的肥头大耳的"佛"怎么看都差得远。不过此人被爹恭维得善心大起，顺手拿起几个栗子，放入及时递到他面前的碗，说，拿去吧，能充饥。

开张大吉！尽管得到的不是干粮，毕竟有实物以供唇齿咀嚼，很是增长爹的信心。他挤挤眼睛，传递给儿子一丝得意。

粮米是爹钟情的目标，他很敏锐地看中了停放的小车上放的米袋。米袋子敞着口，金黄色的小米诱人之极。一把米，只要一满把米，就可能让娘和六月喝上热乎乎的粥了。

爹抢步上前，石头"七件子"节奏分明地响着，他唱的是从桥头集上说书人那里茛来又加以改造的词儿：

春夏秋冬又一年，人生如梦忙世间。燕飞南北知寒热，人走东西只为钱。君不见，石崇豪富今何在，披枷戴镣沈万三……

谷米的主人并不接茬，挥挥手，让爹和栗蓬儿离开。

爹不死心，脸上堆起灿烂的笑容，继续唱：

海北是个好地方，又有海物又有粮。天下最香是谷米，最香的谷米在海北。海北的谷米数第一，不用淘来不用洗。又做干饭又熬粥，香在大叔你的屋里头。你发发善心给把米，我走遍天涯也忘不了你。

卖米的人看样子不比爹的岁数大，却也不领受爹的谦卑，半点施舍的意思也没有，说，实在打发不起，你再走一家吧。

下家给了几块地瓜干。地瓜干很硬，有的出现了霉点，显然是受潮了。栗蓬儿赶紧干嚼两块，安慰安慰不安分的肠胃，心也不那么慌慌的。

爹没吃，他要保持"饿唱"嗓音的纯净。

左边仅有的小店铺门前，站着个衣着整洁的中年女人，守护着满筬子浅黄色的棒槌粒，正东张西望，心神不宁的样子。爹慢慢接近她，敲响了石片。

打竹板儿，迈大步，前面来到棒槌铺。棒槌铺的东家好，年又少，手又巧。家大业大福气多，老老少少有吃喝。

女人怔怔地看，突然打断爹，说，快走吧。

爹不走，还想唱，石片又响起来。女人抓起把棒槌粒，栗蓬儿赶紧递上碗接住。听到棒槌粒落到碗里的声音，栗蓬儿高兴得心突突跳。他很佩服爹。这是今天在泊首集最辉煌的收获。如果再能讨到些，可以借用于家的旱磨，将棒槌粒磨成踏子，全家的晚饭会特别惬意。

下家门户不对，爹和栗蓬儿被大铺面粗暴驱逐。那是卖米面的粮食店，店员们凶狠得没道理，毫不留情地驱赶他们说，知道这是什么地方吗？你们也敢进来？你们的胆子也忒大了点儿！栗蓬儿由此明白，公家的地盘，他们是进不得的。他也很快明白，任凭爹的唱功怎样出众，粮米也极难讨到。倒是那些可以当粮米充饥的东西，比如豆渣团、菜团子、麸子饼、麻山块、海兔子、海白菜，多多少少，总能由碗里转移到七宝褡裢。最让栗蓬儿满意的，是讨到了一块豆腐，卖豆腐的人递到他的手里的，虽说只比鹅蛋略大，也是金贵无比。

天热起来，爹擦把脸上的汗，栗蓬儿让他吃点东西，爹说，过会儿吃吧，再要点儿。

坡崖的中段，有一摊黄豆售卖。守摊的是个老妇人，有着赶得上砦门里三嬷嬷的阔身板，本来对栗蓬儿有微微笑意，瞥见爹，赶紧用双臂围护住豆子，紧张得要命，下意识的防贼动作，使爹的脸腾地涨得通红：

竹板儿打来叫大娘，大娘见我不用忙。我不是强盗不是贼，不偷不抢不妨谁。只为我父子能活命，我把石板儿当做竹板儿用。我知道黄豆最金贵，大娘你想给你就给，不想给你就给碗水。

老妇人松了口气，说，你别怪我。不是我不打发你，今天要饭的实在太多了，我给不起。又说，我是连水也没的打发。

给个好脸就是善心肠，没有水你也是我的好大娘。爹唱。

前面出现了豌豆棵子，给了爹新的希望。此时集市上人渐渐多了，往来于狭长的沟底，声音喧哗起来。爹的讨饭手段居然招引了几个闲汉和身份不明的人，还有狗，都跟着爹和栗蓬儿挨个儿走到新的摊铺。栗蓬儿攥紧枣木棍子，时刻提防着狗的攻击，特别是对爹的攻击，他要护着爹，让爹太太平平地唱莲花落。爹毫无防备之心，说，栗蓬儿，跟紧。

豌豆摊主是个慈眉善目的老者，胡须皆白，见讨饭人后面跟的人多，有些紧张，直说豌豆是自家院子里种的，其实还没熟透，并非真正的买卖。

说豌豆，唱豌豆，豌豆收在小满后。豌豆好，豌豆香，豌豆最能充饥肠。房前屋后豌豆花，正南正北好人家。爹唱道。

老者笑起来，说，看你，口齿这么伶俐，心思这么快，怎么要起饭来了？

爹受不得夸，不论谁夸他，夸他什么，在什么场合夸，都会使他精神焕发，才思喷涌。

豌豆花白，豌豆花紫，豌豆花开在大叔你家的地亩里。爹唱道，"七件子"响得铿锵有力，砖墁的路，灰抹的墙，十里外就看见了你老的青砖大瓦房。

受不了受不了，我可没你说的那么排场。老者说，拿棵豌豆吧。

爹道过谢，取了连枝带叶的一棵豌豆，交给栗蓬儿小心翼翼地举着。招招摇摇的豌豆棵子引得更多的人跟随并围观爹的即兴莲花落，助长了爹的兴奋。有人高声说，有没有来劲的？唱一段。

有这么多热情听众，爹的石片击打声越来越响亮。

人若求人矮一头，伍子胥一夜白了头。人不求人一般高，猛张飞喝断了当阳桥。人外有人，山外有山，吕洞宾三戏纯阳白牡丹。时运有通有不通，想一想当年的姜太公。运败时衰无钩钓，掌印白发一老翁。别看我眼下走背字儿……别看我眼下走背字儿……

爹在这里卡了壳，石片还在敲，响声却小了很多。有人起哄说，往下唱，往下唱。

爹再次涨红了脸，说，栗蓬儿，走。

栗蓬儿跟着爹匆匆走开。他不住回头看，那些帮闲的人渐渐被甩远，他松了口气，走到空旷的地方，是泊首集的最高处。没有人到这里来，他们可以清净地俯瞰半条山沟。

爹，咱去哪里？栗蓬儿问。

爹说，栗蓬儿你饿了吧？吃点东西吧。

栗蓬儿吃东西的时候，爹无言地望着川流不息的集市。

半晌，爹说：

栗蓬儿，你爹我真是个无用之人。

栗蓬儿不明白爹为什么说这句没头没脑的话。他觉得爹很有本事，两块石片，一连串不打磕巴的莲花落，让栗蓬儿肩上的七宝褡裢里有了些分量。

爹，莲花落真管用，我要是也会唱，咱俩就从东西两头儿对头唱，要的饭准能翻番。栗蓬儿说。

爹说，栗蓬儿，不许说这话，这话不吉祥，永远都不说。都说技不压身，可你学别的什么手艺都行。这莲花落，你别学，离得越远越好。

栗蓬儿从褡裢里掏出块麻山递给爹，自己摘下豌豆棵子上的豆荚，仔细收好。

爹珍惜地啃下一点，咀嚼了很长时间。

栗蓬儿跑下崖顶，到一家铁匠铺讨来热水。爹满意地喝水，摸摸七宝褡裢里的进项，抬头看看近午的日头，说，栗蓬儿，咱俩还得动弹起来，你娘和六月在家等着，咱们还不到歇息的时辰。

再次进入集市，已是熟门熟路，甚至熟人。凡开过口的摊铺一概略过，绝不再加讨扰，只在生疏的摊位、门面和人前驻足，爹的石板莲花落从米粮摊、干菜摊、虾米摊、海鱼摊……一路响过去。爹于算计完全不通，会计一职做得极差，屡屡遭受诟病，但他对讨饭生活测算得很精到。爹说，在集市上讨饭和在村庄里讨饭，两者差异很大。与村子里大概两成的慷慨人家相比，集市上顶多半成。九成多的主人打发的是不耐、冷漠甚至厌恶。不过，爹的要饭心得与他的莲花落联手，已近炉火纯青，有望提高成功儿率。

有家摊主表示出极度的不耐烦，爹刚刚唱了几句拜年话，无非恭喜他发财啦当大官啦能长寿啦运气好啦，此公便恶声恶气地驱赶：

起开起开！

爹唱道，叫我走，我就走，天南地北任我走。我干净的心，干净的口，干净的脚还有干净的手，脏不了你家的大门口。

卖烧饼的摊主很和善，但看得出他实在舍不得打发金贵的烧饼，犹犹豫豫地看着栗蓬儿和爹。

爹拱一拱手，知趣地和儿子离开。爹不会让主人太为难。

倒是那些海物摊的主人出手大方一些，有的从水里捞出几个栗蓬儿不知道名字的贝类，有的递给栗蓬儿一把干货，最大方一摊给了条鱼干，仅有巴掌大小，却是难得的珍品。施舍者是个模样好看的媳妇，把鱼干放到栗蓬儿手里，并不说话，只笑了笑，那花色三角头巾下的温煦笑容在栗蓬儿的记忆里停留了很长时间，让他觉得和风吹拂晴空万里。

守蛤蜊摊的是个半大小子，指着走远了的爹问栗蓬儿，他是你爹吗？见栗蓬儿点点头，就捞出一把蛤蜊，说，拿去吧。又问，你要的多吗？够吃吗？你吃得惯海物吗？

不多。还不够吃。吃得惯。栗蓬儿一一作答，又得到小主人的一把蛤蜊。

爹走远了，被越来越汹涌的人流遮挡得看不见了，栗蓬儿拔脚就追。他从人缝里钻过，听见前边又响起了抑扬顿挫的莲花落：

我的家，在苍蒲，大名鼎鼎马家铺。

有听众很疑惑，说，苍蒲？我知道，苍蒲离这里少说也有几百里，你那里出了不少人物呢。

爹好像准备好了现成的唱词：

村子小，牌坊大，我祖上也曾威名震天下。山又高，水又深，春种秋收一代一代到如今。

日子过得好好的，怎么跑到海北来唱莲花落？莫非真的遭了大难？有人问。

站成半个圆圈的临时听众，围拢着爹站在一堵土崖下。难得有这么多的人听他的莲花落，爹就把嘈杂的声音当做叫好，很想博个头彩。但听众的提问让他一时难以回答。"七件子"迟迟疑疑地响着，爹在斟酌。有人催促：

说呀，说呀，都等着哪。

爹唱道：

> 列位看官听我说，我说起往事太啰唆。太啰唆我就不再讲，讲一讲
> 青黄不接饿断肠。过了清明是新春，揭不开锅那叫个愁煞人。囤里找不
> 出一粒粮，万般无奈我跋山涉水来逃荒。左牵男，右牵女，牵男带女我
> 顶风又冒雨。难开口，开口难，病饿交加我是难上难。眼眶子高，房檐
> 子低，人撵狗咬受天欺。从早到晚跑断腿，我家里还有等着吃食的两张嘴。

没听说苍蒲遭天灾，倒听说你们的粮食多得吃不完呢。有人说。

呔！爹扬声喝道，极似京戏里的叫板。他已进入物我两忘的艺术境界，
唱词脱口而出：

> 不敢说风调雨又顺，不敢说不是我懒和我笨，只能说天上打雷不下雨，
> 凭空里大河涨满了水。砸锅灶，去炼钢，地长草，田撂荒，把我的祖宗
> 老林也都踢蹬光。日头短，影子长，有人酸辛有人狂。白变黑，黑变黄，
> 一亩地要了我十亩的粮，你说荒唐不荒唐！
>
> "好日子"，真不赖，大锅饭，大锅菜，许下了面包和牛奶，却原
> 来都在那阴阳外。没钱买，没的卖，东乡坏完西乡坏。大风刮，日头晒，
> 天不盖来地不载，没奈何我勒紧了裤腰带。
>
> 捞水中月，栽镜中花，人和猴子成了一家。碰"鬼打墙"[①]，做黄粱梦，
> 竹篮打水就是我的命。别说我言语太伤悲，我好似凤脱翎毛怎能飞……

集市轰然炸开，人群如波开浪裂，有几个臂戴红箍的人猛烈扫荡过来，
泊首小车飞驰，担杖乱跑，谷米撒了，豌豆散了，地瓜干满地滚……戴红箍
者如入无人之境，从沟底向沟口一路横行。

---

① 鬼打墙：早先，夜走荒郊的人，有时会陷入某种可怕的迷阵，觉得走了很远的路，天明却发现还
在原地打转。此类怪异事件多发生在坟圈子或岔路口，更增添了它的诡秘，其实是人意识混乱或模糊
导致的迷失。

有好心人边跑边提醒爹和栗蓬儿说，快跑！没收东西的人来了。爹初始不以为然，把儿子护在身后，说，栗蓬儿，不用跑。咱们逃荒要饭，有什么可没收的！但看到戴红箍的巡查队里似乎有枪杆晃动，爹登时脸色煞白，顾不得别的什么，拉起儿子拔脚飞跑。他跑得实在太快了，连平日里跑得飞快的儿子也被落下。栗蓬儿追出集市很远，才在一棵小枫树下见到脸色苍白的爹，双手扶着膝盖，仍在大口大口喘息。

二

入夜，娘和六月正在听爹讲述泊首集的历险，屋门被撞开，油灯差点被闯入者带起的风扑灭，正在兴头上的爹吃了一惊，就听见熟悉的声音说，二叔二婶儿，我可找见你们了。话音未落，来人扑倒在地纳头便拜。

爹赶紧下炕，要扶起来人。

那人伏地不起，哭声震天。

玉锁！

爹娘惊叫。

来人正是马玉锁。

爹托着油灯端到马玉锁跟前，再次确认，不错，正是老家的马玉锁。即使颠沛流离，继承了其父洁净习性的马玉锁的脸并不像旁的讨饭者那样脏，穿着依然齐整，最显眼的，是他戴着孝——腰间缠了白布。

马玉锁哭着说，我嬢嬢死了。

爹说，玉锁快起来，快起来，到炕上慢慢说。

牌坊下三嬢嬢是马家铺第一个饿死的人。

按说，她不该享有这个"第一"，相依为命的祖孙二人家底颇为厚实，然而，马玉锁急于加入民兵，为表白忠诚和热切之心，向食堂缴送粮米最是踊跃，掏空了自家的储存。即便如此，从箱柜里、粮囤里、粮袋里、粮瓮里，不论哪个盛粮食的器具里搜刮搜刮，略微搜刮出点米粒面屑，再配些野菜，以牌坊下三嬢嬢猫一样的饭量，应当能够挨过这几十天。但三嬢嬢就是与众不同的人，对生命并不眷恋。活了七十多岁，足够了，活得太多了，活得自己都不耐烦了，"你三叔怎么总也不叫我过去？"是她对娘说过很多遍的话。如果不是孙子尚未成家立业，没准儿她早就想方设法到"那边"与三爷爷重逢了。遭逢这么艰难的年月，牌坊下三嬷嬷定会把活下去的所有可能都留给爱孙。马玉锁知道嬷嬷的心思，就格外在意她的健康状况。也许因了牌坊下三嬷嬷活得安安静静，马玉锁才忽视了老人家生命即将耗尽的迹象，以至挨到不可收拾的地步。

即使在最缺粮的日子里，牌坊下三嬷嬷总能做出一点饭，对孙子说，玉锁你赶紧吃，吃完了还要上坡。马玉锁要和她一起吃，三嬷嬷说，她要念诵般若波罗蜜经，近来颇有解悟，不可中断功课。

偏要在吃饭时念经，别不是有心饿自己？心细的马玉锁就不吃尽，给他嬷嬷留下一点饭，尽管他远远没吃饱，留下的饭不过是蒸熟的几片地瓜干。而当马玉锁饿得直不起腰，抖索着两腿从地里挣扎归来，一个麸子饼，或一碗野菜汤，或几片地瓜干，总会在饭桌上候着他。此时，牌坊下三嬷嬷咕咕哝哝的诵经声音从她住的东屋里传出，并没有任何异常。直到有一天晌午，东屋阒寂无声，马玉锁觉出有什么异样，赶紧奔进去，牌坊下三嬷嬷已是一佛出世二佛涅槃，眼见得要往生于佛国了。

我太粗心，粗心得没道理！马玉锁追悔莫及，我嬷嬷把嘴里的都省给了我。

马天佑匆匆赶来为牌坊下三嬷嬷号脉，老人已然丧失了说话的力气，浑浊的眼睛从马天佑挪到孙子脸上，直视不动，居然现出一丝笑意。马天佑说声不好，老人的眼睛暗淡了下去，脸上密布的皱纹平展如水。

我嬷嬷死的时候，就剩身上一张皮。马玉锁忍不住又掉了泪。

娘无声地哭，爹长吁短叹。半晌过后，娘问，玉楸怎么样？玉锁你见他没有？

玉楸好好的，二婶儿你不用担心。马玉锁说牌坊下三嬷嬷的葬礼极为简易，他守孝三天，家里真真正正弹尽粮绝，家外完完全全满眼青绿，任何能吃的东西都找不到，饿得连笤帚苗、破炕席、桌子腿、窗户纸都想啃几口、嚼一嚼。后来，马玉锁心一横，不能在家等死，赶紧出外找条活路。至于讨饭到海北并找寻"二叔二婶儿"，也因他担着马天禧的托付。

马天禧交给马玉锁四十块钱，说这是图河的马玉椿寄给父母度荒年的，马天禧代为从邮政所取出，让他尽快找到并转交给主人。逃荒路上的马玉锁顺便拐到县一中见玉楸，说给他留点钱。玉楸不多留，只留下了五块。

马玉锁从缝在贴身内衣的口袋里掏出钱，郑重地递给爹，说，三十五块整。你们数一数，收好了。

娘把钱珍重地放入大襟里面的口袋。

二叔二婶儿，玉椿大姐寄来的是六十块。马玉锁说。

啊！全家人吃惊地张大了嘴巴。

那二十块被马天禧扣下了。马玉锁说。

马天禧把钱交给马玉锁的时候，并不讳言扣下了钱。他告诉马玉锁，他家也有些日子揭不开锅了，而最要命的是凉河得了急症，他亟须这笔钱救儿子。此举实属无奈，算是强借，让马玉锁代他请爹娘谅解。

爹娘面面相觑。娘恨恨地说，这是玉椿给我的钱，几千里地寄过来，他马天禧真下得了手！

爹说，嗨，他也是把钱用在了刀刃上，都用作救命，要是救得了凉河的命，这钱就算没用瞎。就当存在他那里了，早晚都得还咱们，也免得咱一下子花光。爹知道马玉锁饿着肚子，赶紧张罗饭食给他垫补，一边问老家的消息。

老九饿死了。马玉锁说，栗蓬儿的头"嗡"的一声。

马长亭是从来不知道什么叫吃饱的大肚汉，且又不时疯傻，正常人尚且保不住命，他哪有本事养活自己，饥荒这么重，谁还顾得上他。他死在落甲河堤坝上，侧卧在大杨树下。一具薄皮棺材，与马周氏同穴而葬。装殓的时候，这位远房九爷爷一身硬皮包着的骨头架子，使马玉锁过目不忘。

像根粗木头似的，抬起棺材来，里头咣里咣当响。马玉锁说。

玉锁快别说了，听着受不了。爹说，栗蓬儿，别太难过，你九爷爷走了也好。这年月，他比谁都活得艰难。

马玉锁说，都别难受，难受有什么用？死的又不是他一个，哪还难受得过来！

丛其五死了，埋入了蒺藜坡；站儿也死了，死在斗湾里。谁也不知道她是怎么掉进水里的，直到把浮尸打捞上岸，她爹娘才想起好几天没看见自家的这个妮子了。他家六七个"赔钱货"饿得大眼瞪小眼，爹娘根本顾不过来，还以为站儿跟上哪个要饭的自寻生路去了。

站儿怎么会淹死？栗蓬儿表示怀疑，她的水性不亚于村里任何男孩子，而斗湾的水面并不大，扑腾几下就可以抓住岸边裸露的柳树树根。马玉锁说，村里的老少爷们最终的解释是，站儿被一条鱼引进了斗湾。她饿晕了，饿糊涂了，一心要逮住它，紧追不舍，终于沉落水底。

柳家旺家那个叫三春的闺女，跟玉楸要好吧，就要出阁了。马玉锁说。

娘说，她才十几？怎么能够成亲？

马玉锁说，三春被西桥头出身的一个军官相中，转着圈儿托人上门说媒。柳家旺开始不割舍得，说三春刚刚满十六岁，太小，哪会做媳妇？

十六岁还算小？不小了，二八佳人，正是花一般的年龄。大媒说，这时嫁人，而且嫁个岁数大的男人，那还不把三春当成宝贝一样哄着。那军官许诺，只要三春过门，他就将新媳妇带到能吃饱饭的地方去，不让她在马家铺忍饥挨饿。

乔家大媒颇有苏张之辩才，凭三寸不烂之舌，说得柳家旺频频点头。

不够成亲岁数，怎么办登记？爹问。

马玉锁说那军官的手段绝非一般，他爹是县里的大官，他的亲戚把着桥头镇公社的印戳子，那印戳子还不等于把在那军官的手里？给三春加上两三岁，轻省得像喝碗面汤，"登记"绝无障碍。

那，这门亲事，三春能点头？娘问。

由不得她不点头，她也没来由不点头。这年月，嫁个能给她吃饱饭的男人，不挨饿，是天大的福分，还能给她那俩宝贝兄弟换点粮米和钱，想都想不来的好事！马玉锁说。

可惜了的三春！娘说。

狗欢子和他娘被他爹接走了。马玉锁说，马天谋回到村里，把他"家里的"和儿子一同带去了关东。据说，马天谋晋升副团长本是手拿把掐的事，因受他爹的祸事牵连，不但升官儿的机会吹了，还另受了些委屈，心灰意冷之际决定转业。又据说，因为马长桥的罪过太大，恶名远播，不止全省皆知，还波及安东那里的军营，弄得马天谋没脸面转回老家，最终在大兴安岭里的林业局谋了个差事。此次返乡接老婆孩子，等于把故乡的家连根拔掉。

狗欢子的嬷嬷早被她百里之外的妹妹接去了，要在那里终老。马天谋拖家带口赶到小姨家，流着眼泪央求他娘跟他去大兴安岭，好尽最后的孝心。狗欢子的嬷嬷说，她留在这里，非要弄明白马长桥的去处，生要见人，死要见尸。她对跪在地下磕头磕破脑门求她一同迁徙的儿子说，她满口的牙都已掉光，身子又极怕冷。那么天寒地冻的地方，她实在去不得了。

你对我的孝心我领了，狗欢子的嬷嬷说，你对你爹要是还有几分孝心，就好好地把狗欢子抚养成人。不管你爹是死是活，就算他到了阴曹地府，听到狗欢子的好消息，也能给他添几分愉作。

巴掌呢？栗蓬儿问。

巴掌好好的，全村就属巴掌家好。什么人什么命，巴掌就有个好命。马玉锁说，巴掌的二爷爷马长城，在南方某个火车站当官儿，隔三岔五，托人借用铁道两条线运回马家铺些吃食。还有，前公共食堂炊事员砦门里三嬷嬷看似颠顸，其实很有心计。她主管食堂的粮米出入，把粮米偷偷弄回家不少。要是没有她暗中做手脚，就凭巴掌和那几个猪一般能吃的兄弟，不饿死几个才怪。

不会吧？砦门里三婶子挺好的一个人，她哪会有偷粮米的心思？爹说。

马玉锁说，这事，全村谁心里都明白，就二叔你不明白。大队会计是你当的，粮米都从你手里走，你就没察觉到砦门里三嬷嬷的手脚不干净？

爹说，她每次从我这里领走仓囤的钥匙，带几个人去东坡运粮米到食堂，就把钥匙还我。来回就走这一条线，哪有"做手脚"的可能？

嗨，二叔你真糊涂。马玉锁说，人要是动了贼念，鬼主意多着呢。砦门里三嬷嬷哪天不回几趟家？大襟底下藏几把粮米，神不知鬼不觉，细水长流，积少成多，一天天下来，你知道她拿了多少！

娘说，玉锁你别埋怨你二叔，他哪能看出山高水低，谁在他眼里都是好人。就是打死你二叔，他也不相信砦门里三婶子会偷粮食。

爹问起马天茂，玉锁说还好，他的茶瘾戒掉了，这年月，肚子里空空的，怎能经得起茶汤的冲刷。马天茂上有老父下有小儿，旁边还有个半残的老婆，全靠他硬挺着过日子，活得着实艰难。

娘问，马玉锁看到的玉楸，脸色如何，瘦了没有，说话有力气还是没力气。又问，玉锁你带着箫，是一路吹过来的吧？

玉楸还在学校上课，二婶儿，他应该没事。马玉锁说，这杆箫是路上的盘缠，自己当时只知道爹娘往海北来，不知道究竟在何处，只好一路乞讨一路打听，全靠呜呜咽咽的洞箫古曲，他三饥一饱地走到海北，已经在这片地面上要了好多天的饭。他到泊首集的时候，日头已经偏西，集市散得寥落，凭他的洞箫吹得天花乱坠，听众也很少，没挣到几口像样的东西。正在懊恼之际，听有人说起，上午有人带个孩子在这里说唱莲花落，很招人，差点被巡查集市的民兵捉到。

我猜就是二叔你，一准是二叔你。马玉锁说，我一路找过来，果然是二叔你。

"家有千金，不如百技在身"。爹感叹说，到了这种节骨眼上，看得出技艺的好处了吧。

娘没兴趣听这些，她的心思已经飞向了马家铺。

回家！娘坐卧不宁，说，我一天也等不得了。

玉椿的三十五块钱是全家还乡的保障。

于大伯领着爹，到村里挨家挨户看货谈价钱，把这些钱全部买了粮米。虽然比起泊首集的价码要低，三十五块钱也不过换回几十斤黄豆、几十斤棒槌，一些秫秫，半布袋谷米，一布袋地瓜干。都花光？一分钱也不留？于大伯总问。爹总回答，全换，全换成粮米。于大伯就说，太贵了，这粮食的价码怎么翻着跟头涨。爹就说，顾不得了，买吧。

爹收拾小车，于大伯帮不上手，就在旁边搭讪：

非得走？迟几天不行？

爹说，家里那个儿子不知死活，实在是迟不得、捱不得了。

于大伯说，麦子得等些天才熟，苍蒲那边更得多等些日子。

爹说他留心对比过两地的麦子，说起来，开镰的时间差不多。虽说海北在苍蒲以南几百里，可这边的地气似乎不比苍蒲暖和，就抵销了两地麦收的时间差。爹说，马玉锁，就是那天找我们来的那个人，等不及和我们一起走，自己起身先回去了。

小海娘舍不得栗蓬儿家离开，最舍不得六月走，看爹娘执意返乡，干脆向爹娘挑明心思，说他们于家看中了六月，能不能认个干闺女？

爹娘高兴地表示同意，说一个闺女两家疼，真是六月的福气，也是两家的美事。

拜干亲的仪式极其简单，扫干净堂屋，请小海的爹娘面南端坐，六月跪下，磕了三个长头，礼成。六月倒没什么，不过就此改口，叫于大伯夫妇"干爹干娘"而已。小海娘却激动得要命，褪下腕上的银镯子，刚给干闺女戴上，早已泪流满面。

六月说，小海，你到我们马家铺去耍吧。

小海问，你们马家铺有什么好耍的？

六月说，跳房子，斗草，弄蛐蛐，还有我二哥从牌坊上弄下来的小泥人，我都给染上色，红的绿的，有鼻子有眼，你肯定喜欢。

小海想了想，说，不好耍。你还是来我们于湾，咱们还去赶海。你们再来，就夏天来，最好秋八月来，我带你去赶八月十五的大潮，海水得退出好几里地去。能抓好多海物，你没见过的。

六月说，我家要是有饭吃，就不来你们这里了，还是你去我们马家铺吧。

小海说，你们马家铺离我们有多少里路？

六月说，不知道，反正，我们来的时候，路上走了四五天。

小海说，我不认得路。

六月说，小海你让你娘带你去，让你爹娘带你一起去。

那肯定能行，我娘说要到你们家去呢，我娘说以后咱们就是好亲戚。我爹早起出海了，他说要打些海物给你们送行。

当天晚上，于大伯没回来，爹娘很是不安。小海娘说，没事，渔民出海，当天不回家是常有的事。这些年，鱼越打越少，要想鱼舱里多些海物，就得往远海使船。

凌晨，睡梦中的全家人都被风声惊醒了。

大风刮进没有糊严实的窗户，吹得残纸片抖动着发出尖利的响声。像有人在摇撼屋门，两扇原本不严实的门咣当咣当响，一阵紧似一阵。

爹焦急地说，于大哥还没回来，这可怎么好？栗蓬儿他娘，你去那屋里，看看小海娘，她肯定还醒着，你和她说说宽心话。

娘披上衣裳去了东屋。天明了，娘回来，轻声告诉爹，小海娘整宿没合眼，给天后娘娘烧了半夜的高香。

爹娘都沉默了。

大风丝毫没有减弱的迹象。阴沉沉的天地，乌云剧烈翻滚，似乎有雨丝随风而来，却终于没有，也没有浮尘，风刚硬、犀利而猛烈。娘陪着小海娘赶到海边等候和眺望，两人被吹得一溜歪斜。近晌午，大风越发狂暴，涛声如雷，巨浪滔天，看不见水天交接处。娘没见过如此凶猛的波涛，惊骇得呆立不动。海边寒凉，娘和小海娘披头散发，脸被冻得又青又紫。

吉人自有天相，大哥会平安回来的。娘的话哆哆嗦嗦。

小海和栗蓬儿去叫娘回家吃饭。小海娘说不吃，娘对儿子摆摆手，打着寒战说，这是什么时候，哪吃得下。爹久等不至，也带六月来到海边。娘和小海娘站在一块巨大的岩石上，呆呆地望着连天浪涌。风卷动她们的衣角，噼啪作响。爹把带去的衣裳递给她们，都赶紧穿上。

天色晦暗，小海娘眼见得消瘦下来，颧骨高耸，脸颊凹陷，整个脸变成了青灰色。

小海他爹的脾气犟得很。前天月晕，风圈儿又宽又黄，我说别出海了，他偏不听，非要驾船出去。小海娘说。

傍黑的时候，退二遍潮，风的势头明显渐弱。娘说，"晓风夜住"①，这风刮了一整天，该消停了。

乌云突然裂开缝隙，瞬间，金黄色的阳光打在波涛汹涌的海面，波峰浪谷间，似乎有条船瞬间出现，却又不见了。苦苦等候的人们全部站起来紧张眺望，祈盼那条船再次露面。

是我爹的船，小海叫起来，我看见了！

渔船被浪峰托起，在人们的焦急盼望中又倏忽隐没在起伏山峦一样的浪涛里。

是我爹的船！小海大叫，就是我爹的船！

平安归来的于大伯喝下烧酒烘暖了身体，睡了整整一圈儿，醒来后，舒

---

① 晓风夜住：苍蒲农谚，意为凌晨刮起的大风一般会在入夜前平息。

展舒展筋骨，全身嘎巴嘎巴响。他很不满意自己，说，我这趟海走得远，只想弄点海物为你们送行，最不济，也为弟妹打几条鲅鱼，可连根鱼毛也没捞着，空空一条船回来。这怨不得海，也怨不得风，更怨不得天，得怨命，怨你我的命。天启兄弟，不知是你的命苦还是我的命苦。

爹说，于大哥，这是你的命好，也是我的命好，是咱两家的命好，好得不能再好了。你得给龙王爷烧炷高香，我也得烧三天高香感谢老天爷。要是你有个三长两短，大哥，我马天启死几次也对不住你于家！

咱不说这些了，兄弟，你准备得怎么样了？于大伯说。

备办得差不多了，爹说，明天就动身吧。

有若干吃食在手，爹的胆气增长了很多。借用于家的旱磨，父子俩磨出些棒槌面，掺入些地瓜面，娘摊出一摞煎饼，大半用作路上干粮，预先留出小半，在答谢于家的分手饭上吃。

第二天离别的时候，小海娘把些鱼干和干海带卷放到小车上，又拿出一小包大米。她说，海北原先不种稻谷，去年来了工作同志非叫大家种，说稻谷的产出要比别的庄稼高，大家拗不过，只好种这东西。由于手生，稻谷产量很低，反不如谷子和小麦。最要命的是，凡种稻谷的地亩，今年差不多都泛盐碱，就是说，变成盐碱地，荒废了。

小海娘把大米塞给娘，说，栗蓬儿他娘，你别挡我的手，无论怎样，你得拿上这两斤大米，这是好东西，算是我于家人的心意。你们吃这大米的时候，就会想起我，想起我一家，我也会想到你们一家，想到我的干闺女。

爱说爱笑的小海娘很伤感，拉着娘的手久久不愿放开，一再叮嘱路上抻着点劲儿，别拼命赶路，把已经见好的病再累犯了，又感慨不知道哪年哪月才能再见一面。她最不割舍的是六月，看六月离开，比割她的心还让她受不了。她把六月又亲又抱，频频替干闺女更替自己擦泪。

栗蓬儿和小海很尴尬，眼看要分手了，却不知道说些什么来表示难过，其实心里挺难过，鼻子都酸酸的。栗蓬儿不会像娘那样说很多话，只能和小海靠得很近，一起默默地走路。于大伯却有送佛上西天的架势，一程一程地送，恋恋不舍地送，送出足有几里路。爹的反复劝阻起了作用，于大伯停住了脚步。

小车停在岔路口。于大伯说，天启，送君千里，终须一别，我就送到这里了。

大哥，你的大恩大德，这辈子我怕是报答不了了。爹说，来生吧，来生我结草衔环报答大哥全家。

于大伯说，言重了言重了。咱不等来生来世，也不用你谢我，要说谢，你过好日子就是感谢了。眼下虽然难过，可我不信这日子就没盼头。等兄弟你日子过好了，要不我去你马家铺，要不你再来我于湾村，咱兄弟俩再聚一次。我拉你唱，你唱我听，也不要旁人，弄一折快快活活的"甘露寺"，就遂了我平生大愿。

爹说，那没什么难处，一准的，一准的。

于大伯给爹指路说，前面这两条路，一条通公路，顺着走，拐几个弯儿就能上路。公路平坦溜直，小车好走；另一条通向大山，走山里的小路。你看前面的山，看着很近，其实远得很，这就叫"望山跑死马"，你得推半天小车才能进山。你对着那个笔架似的山尖走，就是奔山里的路。天启。这条路坑洼不平，小车难走，比起公路，还要绕一点远，不过，这条路太平，公路怕是走不得。

爹问为什么。

于大伯说，刚刚发下告示，公路上每个路口都设了卡子，有民兵严严把守，要截住从这里往饥荒地界倒卖粮食的人，说那是"投机倒把"，是大罪过，见一个抓一个。

我又没倒卖粮食，我车上载的是救命粮！爹叫道，我拿闺女给我的钱买的。

天启，你是干净的人，只是心太浅，不懂得世道险恶。于大伯说，谁分得清哪些粮食为救命哪些粮食为赚钱？要是截住你，你能说得清道得明？也没有人听你分辩。往苍蒲那边走的车和担杖，但凡有粮食，统统没收。

爹倒吸一口凉气，说，我走山路。

青山不老，绿水长存，兄弟保重。于大伯说。

走出很远，栗蓬儿回头望去，于家父子仍在朝他们挥手。

三

与来时的茫然无主和无所凭依相比，返乡的心很踏实，再不必栖栖惶惶飘零无着。肚子里有食儿，人就有了底气。车上装载的不仅是全家人的吃食，也是主心骨、还魂丹，是明天的旭日和晚上的圆月，是可以理直气壮活下去的本钱和凭据。这个可怕的春天，拖儿带女、背井离乡、沿门托钵者满眼皆是，却少有像自家这样全枝全叶归回故里的。想起来时满目凄凉的恐慌，推着小车的爹很有衣锦还乡般的骄傲。

娘的病情缓和了许多，能够下车走一段路，走累了，腿脚打晃之际，再坐上小车。不过她的心情有些烦躁，恨不能一时三刻抵达老家。再次坐上小车的时候，娘每每唉声叹气，嫌爹推车不用气力，嫌小车走得慢，嫌山路太颠簸，颠得她的骨头架子都要散了。爹的心情正好，并不理会娘不讲理的抱怨。

六月跟娘一样，巴不得立马回到家，紧紧跟随栗蓬儿一步不落。逃荒的路山水迢遥，一来一回，六月几乎全程跟着小车走，从没拖累大人，让栗蓬儿对她刮目相看。小海给了六月一个大海螺，时间久了，螺旋形的硬壳里发出一种不好闻的味道，但六月很珍重地拿在手里。

栗蓬儿想到了哥哥，他还活着吗？一定活着的，那他还拿书当命看吗？必定还是老样子，拿起书就忘掉了昼夜晨昏。突然想到柳三春，想起她帮着砍下桑条，打成一捆，刚刚背起，玉楸必定抢过去，把她身上的重量挪上自己的脊背。三春说，我的手心扎刺儿了，哥哥就从树上掰下棘针为她挑刺儿，挑得三春直笑，抽回手，说痒痒。又想到玉楸用石笔在石板上写字作示范，而伏在他肩头看的三春嘎嘎笑着，丝毫没有学字的意思，可哥哥总是那么认真。一转眼，三春竟然要出嫁了！小小年纪就嫁人，她情愿吗？玉楸怎么想？

突然想到马长亭，想到空荡荡的薄皮棺材，想到了长身玉立的疯老九瘦成秫秸秆似的尸骨。凹镜接近完工，要是能淘换到牙膏，精细地研磨研磨，它定然明净如镜，就能借助于日光，把焦点对准干燥的秫秸梃竿瓢子，暗红色的火头就会在瓢子上烧出黑色。摇一摇秫秫莛，黑烟一缕，火苗如灯焰般亮起，马长亭的烟袋锅会凑近就火，喷出大口烟气。可是，他永远看不到马长亭了。栗蓬儿很难过，他不割舍得马长亭，那个很多时候无知无觉的朋友，那个五服以外的九爷爷，那个被他一直守护着的大个子疯老九。

栗蓬儿跟上。娘在小车上喊。

进大山了，薄暮降临，天色一下子暗下来，凉风霎时吹冷了全身。

当夜很幸运，一块镶嵌在土壁上如山墙般的石头为全家人提供了庇护。石头下的凹处背风，为逃难的人提供了绝好的宿处。这一夜，全家人歇息得十分安稳。次日早上爹娘儿女彼此呼唤着醒来，觉得身上冷得发紧，赶快收拾，准备上路。眼前开阔得很，沟壑纵横，身后的巨石已经染上了橘黄色的日光。

第二天的行程很顺利，只是受到了惊吓，碰见了死人。

那是距离山路不远的草地上，有个人仰面躺卧。爹推小车走得快，发现他的时候已经离得不远。乍看上去，爹以为那人在睡觉，觉得怪怪的——睡得这么深沉，也不怕身子受潮落下病根儿——蓦然意识到那人可能已经死去，爹吓得面如土色，脚步趔趄，用最后的气力撑住，小车才没歪倒。

栗蓬儿跑了过去。

那是个中年男人，两只大大的没有了生命的眼睛直视天空，脸上落满了灰土，整张脸更显得死灰色。最扎眼的，是张开的黑绿色的嘴边，沾着些半枯的草屑。他的衣裳还齐全，黑裤脚下面露出麻秆似的腿，鞋底和鞋帮裂开了口子。

死了。栗蓬儿向爹娘报告。

爹愣愣的，半天说不出话。娘把六月抱紧，说，可怜见的，他是哪里人，是饿死的吧。他要去哪里？不知道他家里人知道他遭难了没有？

爹努力镇定自己，叫栗蓬儿拔些青草覆盖死人全身，特别要把他的脸盖严实点儿。爹说，人死了，也没个遮挡，他就这样仰面朝天，风吹雨淋的。天理何在！想来他生前太艰难，不知道受了多大的煎熬。死者为尊，栗蓬儿你就当是他的晚辈，多拔些草，给他盖厚实点儿。再别让人看到他这个样子，心里难受。

栗蓬儿从山坡上扯了很多青草，堆放在死者身上和周围，顺便捡几块石头和掰一些树枝压住，把不幸的逝者盖成一座长长的绿色坟茔。栗蓬儿此举受到了娘的夸赞。娘说，栗蓬儿像个有出息的，不像你爹那样胆子小。

虎死如羊，人死如虎。爹说，我怎能不怕。

那，栗蓬儿为什么不怕？娘说。

他岁数小，还不到害怕的年月。爹说。

暗宿①了两夜，已近苍蒲地界，爹娘的心越发紧张，全家人走得很快。其中有些路段引导小车走向平原，路也变得宽一些，爹不时让小车慢慢走着，支使儿子先到前头打探敌情。栗蓬儿跑得飞快，爬上大树，爬得很高，踩着摇晃不止的树枝，放眼搜寻一切可疑的迹象，比如大路小路的交接地、拐弯处，或类似瓜棚的马架子旁，有没有形迹可疑的人，有没有长枪大刀的光影。事实证明，爹娘的谨慎小心极为必要，高树上晃动着的栗蓬儿不止一次发出警报——手臂跟风车似地绕大圈——远处静观吉凶的爹娘便早早闪躲。好在道路及早分岔，再次将逃难的全家驶入山岭。

爹的手掌无端疼起来。

爹自述说，先是隐隐作痛，继而跳跳地疼，不到中午，眼见得左手中指和无名指之间的肉掌部位，出现了豆粒大小的一颗红疮，爹的整个手掌都肿胀了，连带的小臂也疼痛不已，小车抛锚在后响的山路上。

久病成郎中的娘捧起爹的手细细察看，说，不好，这可能是"穿掌疮"，最是厉害。掌心出疮，却烂透到掌背。弄不好，这只手和这条手臂算是废了。爹急得快要傻掉，话说得绝望：只要让我回到家，哪怕烂掉胳膊也不悔了。误在这荒山野岭？老天爷！

我来推车。栗蓬儿说。

爹很犹豫，说栗蓬儿你可想好了，不行的话，别逞能。

娘说，让栗蓬儿推吧。

爹让娘帮着，把车襻尖梢绾两个猪蹄扣，弄得它短一点，拴在靠近车身的车辕上。车辕在这里的间距窄，是栗蓬儿双手能够握紧的距离。重新调整车载，把粮食和铺盖均分，分别放在车龙背两侧。栗蓬儿学着爹的样子，抬起车身，煞有介事地用肩头顶起车襻。爹叫住他，把粮食等什物略略向车前端挪了挪。你试试，别着急。爹担心地嘱咐儿子。

走了。栗蓬儿说。

小车一溜歪斜，胶皮轱辘跳跃着碾过铺满砂石的山路，推车人的耳后传来爹焦急的呼唤，慢一点慢一点！

---

① 暗宿：在无人处过夜。

满头大汗的栗蓬儿把小车停下。爹赶上来教导儿子说，推重车，走快容易，难的是走慢。什么时候你推得跟我和你娘走得一样快慢，你就算是出徒了。

一定是爹的遗传基因起了作用，山间小路也最能考验推车新手，而栗蓬儿具有这种劳作的超常禀赋，不长时间，他的推车技艺大有长进，可以独立操作。收放自如，快慢随心，他很得意。

六月，你上车，我来推你。栗蓬儿让妹妹坐上小车。

又推了一段路，自信心陡增，想显摆显摆的栗蓬儿请娘也上车。娘笑着谢绝，说自己的病快要好利索了，慢慢走，也许能徒步走回马家铺，就不仰仗儿子的力气了。爹鼓励娘坐上车，说应该让儿子推着回村，让马家铺的老少爷们看看，这才是爹娘养儿子的荣耀，也显出栗蓬儿的出息。

于是重新调整车载，让娘和包袱在一侧，另一侧坐六月和粮食、铺盖。栗蓬儿要求娘和六月尽量靠前坐稳。他从爹的教诲里知道，车头部位略沉，肩头手臂都可轻省点儿，推起来省力。

小车满载，推起来并不容易，但栗蓬儿已经驾轻就熟。他的赤脚很着力地蹬紧砂石，推着娘、妹妹和海北之行的所有收获，一路疾行，将爹落在后面。娘和六月很开心，六月嚷嚷着要他推得快一点。

栗蓬儿把小车推得飞快，越来越快，以至收不住，冲得迎面的来人疾速地闪到路边。栗蓬儿使尽力气把小车拖住，稳稳停下。

对不住，真对不住，没碰伤人吧？娘下了车，向路边人表示歉意。

闪避到路边的是个破衣烂衫的大家庭，年纪不很老的夫妇领着惊魂未定的一群雏儿。仅凭男人拄着的木棍和五六个孩子灰白脸色的饿相，可以断定他们正在要饭路上。女人怀里的幼小孩子哭得上气不接下气，男人诧异而不满地冲着栗蓬儿说，好，够猛的。

大兄弟你担待着点儿，他刚学会推车。娘说，你们这是要去哪里？

还能去哪里？哪里有吃的，就去哪里。男人说。

娘说，这孩子多大？是饥困了吧？

无人应答。

娘从包袱里掏出个煎饼，递给女人，说，快嚼嚼给他吃下去，像是饿坏了。又说，都是一条路上的人，我们也是吃百家饭的，正忙着赶回家。小车上的吃食不多，家里还有个饿得要死的儿子等着接济。

男人的脸色缓和下来，问赶上来的爹，听口音，你们也是苍蒲人，是否忙着往家赶路？得到爹娘的肯定回答，他说，改路吧，别往前走了，前头的山口设了卡子，专抓往北带粮食的人。又说，狠着呢，连一粒米也不放过。

爹娘大吃一惊。

这可怎么好？看样子咱们插翅难逃。爹说。

娘想了想，问，到山口前，有没有岔路，能避开那个鬼门关。又说，小车上的粮米是全家人的命根子，要是被劫走，那全家五口人，有一个算一个，谁都活不了。

女人说，他们来的路上，似乎有一条小路从山南过来，只是没看见有人走，不知道是死路还是活路。

男人说，你们往前走一袋烟的功夫，转过这座岭，就看得见往左手岔出去一条路。你们走走试试——老天保佑你一家人，你们是好人——小兄弟你记住，别推那么快，弄不好你一头推到卡子里去，那就是羊入虎口。眼睛放机灵点儿，望远处看着点儿，要是那条路上也设了卡子，就能早点儿发觉。别硬闯，早早停下，再想个妥当办法。眼下，粮米就是命。我要是有粮米，宁死不让人家劫走，哪怕生吃掉，也比让人没收了好。只要绕过那个卡子，往北，就是咱们苍蒲地界，保你们全家一路平安。

于是，撕下夹袄的里子做绷带，吊着一条胳膊，像极了伤兵的爹改作前哨，走在小车前面很远，十分警觉地瞭望前后左右的动静。他总在山路的拐弯处停留，鬼鬼祟祟地打探前方有没有可怕的哨卡，任何风吹草动都让他紧张万分。谢天谢地，前路正常，没有可疑迹象。爹挥挥那只好手，娘便发出指令，说，走。栗蓬儿就发力推车。

爹是很称职的斥候，准确地找到了隐秘小道。他招手指引小车走上荒凉但并不冷清的小路。杂草丛生，几乎遮满路面，各色小野花开了，早生的蚊虫、苍蝇和很小的花色蝴蝶在午后的热烈阳光下乱飞乱舞。

这是转山的小路，坎坷曲折。一边是梯田，风吹过去，坡上的麦子争抢着涌向天空；风再刮来，麦浪翻滚，似乎要倾泻而下。另一边是深沟大壑，酸枣枝、荆棘、茅草蹿出老高，掩蔽着深渊并告诫行人，这是危险的边界。

娘提高嗓音，问麦田里干活的人说，大哥是苍蒲人吧，这条路走不走得出去？

高高在上的庄户人从麦浪里直起腰，指着大山说，顺路直走，转过这几座山去，就是苍蒲了。

山连着山，路串着路，转过这座山，道路开始缠绕下一座山，将行路人引到阴气很重的背阴面。这里的山岭模样都差不多，区别在于，比起向阳的山坡，背阴面的麦子长势得相差一个节气。深沟却是如影随形，总在路边张开狭长的裂口，让行人心惊胆战。而垒砌梯田的石堰更高、更陡，石块更加嶙峋突兀。

到犸虎岭了么？娘问。

爹说，不像，不像犸虎岭，犸虎岭不是这个模样。

娘问犸虎岭什么模样，爹说，反正不是这个模样。

娘就不高兴，催促儿子推快点儿。

张大到极限的双臂和兜紧车襻的肩头，让栗蓬儿觉出了从未有过的酸痛。不过，日头快要落山，傍晚即将来临，无须爹娘提醒，他也知道，最好在天黑下来之前走过这险峻的地段。他忍住疼痛，拼力将小车推上高点的转弯处，放下车，甩甩胳膊，活动活动双肩，让血脉重新运行到指端。爹依旧走到前头，频频回头。看爹走得远了，栗蓬儿抓起车把，让娘和妹妹坐稳，说，走了。

这是长长的弯弯的下坡路，小车在崎岖不平的路上不时弹跳。栗蓬儿告诉娘和六月坐稳，怕是要颠簸得厉害。不经意间，小车越走越快，像在拖着驾驭者疾走，以至于飞速超越了诧异不已的爹。栗蓬儿觉出不妙，拼命想把小车停下来的时候，局面已经不可收拾，顷刻之间，小车撞到石堰凸出来的一块石头上，车身登时歪斜，向另一侧的深渊倾倒过去。栗蓬儿头脑里"嗡"的一声巨响旋即一片空白，只看得见六月被颠了起来，而岌岌可危的娘双手扳住了小车龙背。

娘和六月的尖叫惊醒了爹，但爹离开小车足有几十步，而他并不具备飞翔的本领，即使腋生双翅，此刻也无济于事，独臂难支的爹全无疾速赶来救援的可能。栗蓬儿的意识全部丧失，他只知道自己全身压上了左边的车把，但深渊如巨型的黑色嘴巴张了开来……

一团黑影扑到车头，抱着六月扑倒在车上，小车因此而停止倾倒，并在那黑影的重压下复原。不可思议的奇迹发生了，栗蓬儿眼前的一切清晰起来，娘、六月、小车，稳稳地回到了原位。

那团黑影是个老妇人，千钧一发之际，挽救了逃难者全家。

跪下，爹说，谢老人家的大恩。

栗蓬儿端端正正跪在老人面前，额头触碰砂石山路，重重地磕了三个响头。此时，老人还坐在地上喘大气，一手揉胸，一手紧着摆，要栗蓬儿起来。等她从惊恐导致的短暂瘫痪中恢复，爹娘也差不多能够活动自如了，都不敢回想刚才的险情，真正的对话是从后怕里活过来才开始的。

老人是走亲戚返家，看天色太晚，就抄这条平日里谁也不走的小路，没承想救了一家人。老人为此深感欣慰。她说，不用谢，谁赶上这事都会伸把手的。老天让我恰好赶上，算是积了份善行。不过，刚才真是险极了，假令我不是不早不晚在这个节口碰到，那，大兄弟，你这个家算是扔在这条沟里了。

爹娘要送些吃食报答老人，老人坚辞不受，说，你一家人讨要点东西太艰难，我不能要你们的。看这天，就要黑下来了，你们赶快走，赶快回家。

那是归程中最后的凶险。后来的路上，爹娘感叹不已，并给栗蓬儿加载了一项艰巨而沉重的任务：他将来有出息之日，必须到这里来重谢那位老人的救命之恩。这使栗蓬儿深感人生不易。他不知道怎样才叫有出息，更不知道自己能否有出息，何时会有爹娘中意的出息。尤其让他难为的是，爹娘并未得知老人的姓名。他们曾再三求问老人的名字，老人说，妇道人家，哪里会有名字。自己年少时候或许有过名字，如今老到这个份上，即便有名字，也记不得了。这意味着，纵然将来栗蓬儿真的有什么"出息"，再到这一带寻觅并感谢老人，也是件分外艰难的事。

爹娘只打探出老人的村子叫崖边。

崖边，栗蓬儿你可要牢记在心，千万别忘了。爹娘说，崖边！

在爹娘的教诲和慨叹声中，栗蓬儿牢牢记住的是救命恩人的样子：与牌坊下三嬷嬷差不多大的脸，同样纵横交错的皱纹，同样慈祥泰和的眼神。在这柔和眼神的注视里，栗蓬儿把小车推得很稳很快，一直推到离马家铺不远的地方，望见了光秃秃的"老林"。

　　已经是晚上，很晚的晚上，朦朦胧胧的月光下，黑魆魆的墓冢显得神秘莫测；那棵以七十五度角倾斜生长，却依然蓬勃繁茂的老桑树肃穆地守候在那里，迎接流浪归来的儿孙。

第二十六章

一

玉楸很伤心地哭，抽抽噎噎的，话都说不出来，看样子遭受了天大的委屈，其实就是饿的，饿得快要死了。

玉楸花姐姐的钱太潇洒。当时他饿得头晕眼花，在课堂上坐也坐不稳，脑子里一片混沌。夜里，玉楸躺在寝室里辗转反侧之后，大着胆子——他从来没有这么大的胆量——跳出县一中的校墙，偷偷溜到县城北关大街，循味追踪，寻觅到高价售卖的肉饼。玉楸饿昏了头，出手就是一块钱，买了一个肉饼，转眼之间溜进了肚子，咂咂嘴，似乎没品尝到滋味。久饿之后的食欲闸门一旦开启，玉楸这样的书呆子根本没有能力关闭，不间断地出手，五个肉饼片刻之间被他吞掉，居然意犹未尽。

从常理推断，饿得不辨南北的玉楸，猛然吃下五个甘肥丰腻的肉饼，怕是要撑出毛病，但玉楸安然无恙，饱足感和饫甘餍肥带来的精神畅快，使他幸福之极。玉楸是马家铺的才子，但凡才子都不懂买卖行里的水深水浅，而这是人心急剧变坏的年月，不排除那家饼店在黑心涨价之后还偷工减料，比如肉馅减少三成而面和油也狠命缩水，玉楸因此躲过一劫。不管怎么说，玉楸的快意饕餮花光了马玉锁留给他的救命钱之后，很快就陷入了绝境。

大师傅勉强收下玉楸缴纳的茄子干和干白菜帮子，返还他的"未名饭"是灰秃秃的一坨，盛在大黑碗里，但玉楸吃得有滋有味，可这样的日子也因原材料告罄而宣告终结。没有食料继续上交给食堂，意味着县一中再也没有玉楸的一杯羹，他也没法觍着脸看同学吃饭，那会使同学不自在而使自己难过，其难过的劲头不亚于讨饭，还不如干脆讨饭。上课是别指望了，孜孜以求的课业优秀、屡受表彰、如期毕业乃至高升深造的人生设计只得放弃，他回到了马家铺。艰难时刻，玉楸想到了娘的秘藏嗜好，心存侥幸，一寸一寸地抠遍了正屋、厢房及济南府大伯父的房子，箱、柜、瓮、缸、盆、口袋，连茅厕的内外墙也没有放过，仔细搜寻了所有的小洞穴和每条缝隙，炕席依次掀起，围囤几遍拆散，巴望出现奇迹，找到活下去的粮食，但一粒米也没见到。

玉楸想到了家里的半坛子苤蓝咸菜疙瘩和墙上挂着的半辫大蒜。毕竟是高才生，活命心切的玉楸很有创意，把课堂上学到的知识运用于烹调，见出他的不凡功力。他在饭锅里放很多水，烧光了柴火垛最后的秫秸，拼命熬煮蒜瓣和切成薄片的苤蓝咸菜疙瘩，那劲头和头年他很起劲地炼铁炼钢可以媲美。他得到的回报是，两样不入流的吃食原料的咸味和辣味空前削减，已经能够吃下肚子，这使玉楸绝处逢生。总算有东西充填肠胃，一面拼命喝水。他不但不上学，连屋门也不出，躺在炕上屏息养命，或蹲在屋门前晒老阳，以节省最后的体力，等待爹娘的救援。

玉楸饿昏了头，以为爹娘很快能够回家，饿得有出气无进气，盼来的不是爹娘，是三春。

马家铺家家自顾不暇，没有人想到倒卧着等死的玉楸。不过这家伙洪福齐天，听到天井里响起了久违的脚步声，凭声音，他立时听出来人是谁，同时明白，这是救星来了。果然，三春跑进西屋，并不让主人点灯，从褂子下掏出煎饼，递给玉楸。

煎饼是新摊的，细细咀嚼，纯粹的棒槌面煎饼温热、薄脆而香甜。

你家哪里弄到的煎饼？

慢点嚼，别噎着。

三春你是找婆家了吗？

吃你的，你别问。

是拿你婆家的钱买的粮米吗？

你要么吃，要么说。再说，我可要走了。

三春陪着玉楸，直到他饱足地睡下。

就这样，凭着文曲星般的聪明和三春的救援，玉楸活着熬到了亲人归来。在饿得三魂七魄欲离未离之际，眼见得爹娘带了不少吃的回家，他怎能不激动以至于哭得跟李三娘似的。不过，兴许是太饿的缘故，玉楸的哭声很不响亮，让栗蓬儿联想到牌坊下三嬷嬷家那只老猫的嘶哑叫声，而且哭声结束得极快，玉楸要求爹娘马上给吃的。

娘知道怎样才能让饿到危险地步的儿子平安渡过难关，而且要隐秘地做这些事。她分了工，栗蓬儿去弄柴火，爹去西井打水，六月拉风箱——这些事做起来都要不显山不露水，极为悄悄密密，目的是防止被乡亲们发觉。在娘的低声指示下，六月把风箱拉得慢极了。风箱的进风方板只抽开一条缝隙，绑紧的鸡毛拉杆活塞在风箱内壁慢慢滑过，把不可或缺但不可张扬的风力送进灶里，火苗暗红，舔舐着黑红的锅底。烟汽袅袅，给这个鬼魅的夜晚增添了不少暖意。

娘不允许玉楸狼吞虎咽。事实上，娘为他熬的是小米稀粥，而且绝对禁止饿鬼般的爱子连续吞咽。她精确地计量玉楸应该喝多少而实际喝了多少稀粥，并在玉楸极想畅饮的时候断然出手，坚决拒绝儿子恣意喝粥的强烈要求，亲自严把锅灶和碗筷，让玉楸馋得难过。

歇会儿，歇会儿你再喝。娘说，粑谷，明天给你吃。

次日清晨，爹再次推起小车，将一些粮米和几个粑谷送往三十里铺，娘照例攀坐在小车一侧。看小车走远了，栗蓬儿跑向学校。离开学校一个半月多了，这些日子过得特别漫长。他渴望见到老师和同学，这种渴望特别新鲜，他也从来没有这么早上过学。

望见学校高大的门楼了，望见校门前有人瞭望，望见那两个人在向他招手。是佟校长和李明舜老师。

离得很远，就听见李老师高声叫着，又回来一个，又叫，是马玉槐！栗蓬儿快步跑过去，见师长早早张开了双臂欢迎。这是从未见过的隆重和亲热，他不习惯亲昵，有意偏离方向，从老师身侧跑过，径直跑进了教室。

教室里坐着几个同学，简单打过招呼，都有说不出的生疏感觉。栗蓬儿掸干净书桌，打开书包，将课本依课次放在书桌的右上角，语文、算术、历史、图画，旁边放好擦洗一新的石板及磨尖了的石笔。之后，他心满意足地坐下来。

从颠沛流离回到课堂，栗蓬儿感到从未有过的安静和惬意，甚至有点慵懒。重新坐在窄而长的木凳上，他环视着教室干净的窗户，敞着的门，还有不干净的黑板，上面有李老师的板书，字字张牙舞爪，不过看上去顺眼多了。值日生跳上讲台擦黑板，残留的粉笔字被移动的板擦逐一消灭。

要是总能这样坐着，多好，栗蓬儿想。

前桌的乔芳还没到，也不见同桌董双来。透过玻璃窗，他看见铁主任毕鸿翔站在办公室前的砖阶上，跟尊虔诚祷告的佛似地凝望着大门。二班的学生断断续续进入教室，自己教室里也有同学陆续进来，有热烈打招呼的，栗蓬儿心不在焉地应对着。预备铃遽然炸响，最后几个学生跑步进入教室，天井里霎时冷冷清清。铁主任的失望显而易见，走回办公室的脚步沉重得很。

乔芳仍然没出现。她可从来没迟到过。

李老师是踩着上课铃进教室的，班长乔子坡喊"起立"，栗蓬儿失望地发现，前排座位还是空的，身旁也是空的，两排桌椅，只有自己一人。他环顾教室，稀稀落落地站着一些同学，座位空出来不少，落座的声音也轻微了很多。

班长乔子坡开始点名，有答"到"的，也有的名字没有回应，班长就略等一等，再念下一个名字。

……马玉槐……贾云英……董双来……

点名完毕，李老师说，好吧，不管今天来多少同学，咱们开始上课。按这个学期的教学大纲，五年级一班的课程进度长短不齐，本来已经学到第十二课"祖国，我回来了"，不得不照顾落下课的同学。现在，请没缺课的同学自己默习第十二课，要求背会整篇诗行。我给缺课的同学讲解第五课"皇帝的新衣"。

把乔芳的名字落下了，班长真够粗心的。栗蓬儿想，突然心里一动，乔芳不是退学了吧？是不是她哥哥拖累了她？乔园现在怎样了，是不是病更加重了？不会也是逃荒去了吧？她全家人还好吗？

李老师失去了汹涌澎湃的讲课激情，神情出奇得严肃。他念一段课文，之后逐字逐句地解释，有时，眼睛扫过来，稍作停留，转瞬闪开，并不理会栗蓬儿胡思乱想时灵魂出窍的样子。

……"可是他什么衣服也没有穿呀！"

一个小孩子最后叫出声来。

李老师念过这两句课文，问道，皇帝没穿衣裳，满街的人都看得清楚，可为什么只有小孩子才能说出真话呢？同学们想一想，看谁来回答这个问题。

课间操的半小时足够用了，栗蓬儿想，等第二节课的下课铃一响，他就头一个冲出教室，乘大家列队前的混乱时刻溜走，不管谁叫也叫不住他。三十分钟，在学校和乔芳家跑个来回，还能富余出时间和乔芳说说话。好，就这么办。

主意已定，栗蓬儿静下心来。有同学站起来回答老师的提问，栗蓬儿抓紧时间看课文，皇帝还在光着屁股游行。哈！

栗蓬儿对语文课开始感兴趣，最填和人的，是他的拼音字母已经全部拿下。他从来没想到自己会学得这么快，在海北歇工的几天里，他将乔芳写的卡片反复对照着读，不知什么缘故，这些总跟自己捣乱，一把抓不住就跑得没了影子的字母全都鲜活起来，模样清秀，且极为友好，争着抢着跟他打招呼。就在那一刻，自己的心明明亮亮。不止如此，晚上睡觉前，字母们神气活现，抬胳膊踢腿，排着队从他眼前走过，跟接受检阅似的。现在，他熟悉它们每一个的名字、模样和脾气。听凭自己调度，让声母领头，韵母跟上，按不同顺序作各种拼装组合，上头分别加四种声调，就会出现千变万化，就会组成千军万马，好耍！开心！今天，栗蓬儿要把这一切告诉乔芳，让她也高兴。她一定高兴极了。

栗蓬儿摸了摸口袋里的卡片，还有块粑谷，这是带给乔芳的。想象着乔芳那明净清澈波光粼粼的笑，以及细细嚼粑谷的样子，得跟她要那些缺了的韵母卡片！栗蓬儿心里涌起了学习的热望，蓬蓬勃勃，庄重而神圣，不可抑制。这感觉太新鲜了，太刺激了，太隆重了，弄得自己有些难为情。

就到这里罢。今天下午，缺课的同学散学后先别走，暂时留在座位上，我要来个别辅导。李老师说，合上课本，在轻微而杂乱的响动中，他扫视过起立致敬的学生，夹起教具，默默离去。

栗蓬儿翻开算术课本，打算预习。六七个礼拜的缺课，课程落下太多，好在算术底子扎实，他相信能够赶得上去。他甚至萌生了野心，算术成绩要超过没缺课的同学，最好学到与乔芳平起平坐。他信心十足，向刚刚赶来的贾云英讨教，算术上到第几课了？

贾云英不耐烦地说，你就不能等等，没见我还没放下书包？

等她坐定，归置好上课的物件，栗蓬儿再问。贾云英说，马玉槐你也知道着急了？你总得让我擦擦汗吧。

栗蓬儿心里很恼火，不由得嘟哝了几句，意思是你摆什么架子，你的算术成绩没什么了不起。要不是乔芳没来，才不问你。

贾云英停下手里的摆弄，侧过身来，怪怪的眼神盯着栗蓬儿。你不知道？她问。

知道什么？栗蓬儿问。

乔芳！你不知道乔芳？贾云英说。

那谁不知道……栗蓬儿突然停下了，觉得同学们全部转向了自己，目光里闪烁着奇怪的、可怕的陌生。他意识到了什么，不祥的感觉如同电击，他的心抖得剧痛难忍。滔天巨浪把他打入深渊，头顶压来黑沉沉的山，意识到大难不可避免的同时，还抱着重见天日的微茫希冀。

乔芳死了，贾云英说，死了七八天了。

乔芳死在"接口儿"上。

如果不是风传，庄户人在坡崖、沙洲上私自种植的小块庄稼要被大队无情收割，乔芳母女俩不会割舍得那片豌豆，尽管饿得前胸贴后背。早早晚晚，在没人注意的时候，乔芳会和她娘或者自己踏过浅水到沙洲，拔去豌豆地里的杂草，上些粪肥。眼看着豌豆花谢了，豌豆荚结了，豌豆粒鼓了，再有几天，只需几天，籽粒就能鼓胀饱满，就能"接口儿"了……

有好心人悄悄递过话来，大队要派人动手了，赶快收了吧。等不到十成熟的豌豆，将就着吃吧。再不割舍得，连豌豆棵子也没了。

她们决定拂晓动手，立即收豌豆。

蹚过不深的河水，乔芳和她娘潜入沙洲，正是夜色正浓的时候，她们摸索着摘下半鼓的豌豆荚，放入筬子。毕竟是偷偷摸摸的勾当，生怕被人发觉，没法子做得从容，筬子装满了，乔芳娘费力地提起送回家，再次回到豌豆地，女儿只穿着肚兜，褂子铺展在地，上面堆着摘下的豌豆。乔芳娘双手捧着豌豆往筬子里装，女儿说，兜起来倒，娘，兜起来倒。她扯起褂子的领袖和衣角，慌慌张张地将豌豆倾倒进筬子，紧张中将女儿的褂子顺手盖在筬子上，似乎觉得脚下微微颤动，她悄声说，赶紧摘，摘干净。听见乔芳说，娘，豆荚还没胀饱，不割舍得摘呢。乔芳娘说，别心疼了，赶紧的，天就要亮了。她挎着沉重的篓子再度涉入河水，河水近膝，且劲力很足，自己摇摇晃晃险些被冲倒，不久前下了大雨，她心头闪过疑惑，却没有往深想。待乔芳娘满头大汗地从家里返回，刚上大堤，骇怖之极的场面使她瘫倒了。

河水汹涌，波涛滚滚。哪里有沙洲？哪里有乔芳！

辕山水库泄洪放水，大半个水库的存量放出闸门，洪水一路狂奔横扫，水头高，势头猛，如同张开巨型大口的妖魔，吞没了河道里的所有生灵。

呼唤着女儿的名字，乔芳娘沿着河堤狂走到黑夜，走到黎明，走到落甲河汇入大河。大河水流浑黄凝重，河面广阔而平静，无声地流向东方。

几天以后，乔芳娘挣扎着回到了家，等待她的是死去的儿子。

不停地念叨着儿女，不停地念叨着豌豆、洪水、坟，将乔芳的褂子和平日里喜爱的衣裳，书包、课本、石板、石笔及所有的学习用具全部投进了落甲河，并草草埋葬了乔园之后，乔芳娘失语了，人们再也没有听见她说过话，她也再没走出自家的小院。

栗蓬儿见到乔芳娘，是在复学的当天傍晚。乔家柴门大开，小院无声无息，葫芦藤蔓上的丝须缠绕着木架凶狠上升，菜畦里杂草丛生，旁边胡乱丢着铁锨、小锄和铲子。倚靠屋门，矮凳上坐着头发散乱、满面尘灰的老妇人，像一尊干瘪的泥塑：形同鸡爪的双手，皴皮连筋的脖颈，陌生的瘦脸，枯干的眼睛盯着进门的栗蓬儿，盯着他走近，盯着他站立在面前，眸子动也不动。栗蓬儿觉得她根本没看见自己，空冷的目光穿过他的身体，望向他身后的什么地方，他觉得自己只是有形的风，浮动的尘，飘散的影子，或者什么都不是，以至于他把粑谷放在老人身旁，她的眼珠都不掉过去。

天色暗下来，房后核桃树上撒下回巢鹁鸪梦呓般的咕咕声，刹那间，栗蓬儿眼前浮现出了乔芳波光粼粼的笑，那是腊月里她来马家铺玩儿，妹妹把染得七红八绿的泥拓小仙人送给她的时候；年三十他跑进这座小院，乔芳领着他站在东屋炕上，从顶棚取下藏书的时候；正月里他俩去给"铜校长"拜年，校长夸栗蓬儿"有长进"的时候，乔芳的笑容如春水般荡漾，然而浊浪浩荡，绵绵的红色兜肚，细细的麻花短辫，红花样的绸子辫结在滚滚波涛里载沉载浮……

栗蓬儿拼命挽留乔芳的笑，用以驱赶和抵挡恐怖的洪水，但没有用，笑容一点点远了，淹没在汹涌而去的波浪里。

流淌在栗蓬儿心里的河，黑暗无边。

二

吃饭的时候，多有乡亲来探访，都不进屋，呆立在屋门前，瘦弱的身影交融混合，把阳光推到北墙，饭桌上摆放着姜姜毛做的小豆腐，地瓜面掺着马齿苋做的贴饼子，以及碗里的棒槌面稀糊糊，都笼罩在薄薄的阴影里。从前的日子，假令乡亲们来串门，爹娘一定会热情地说，进来吧，坐下，一起吃。乡亲们并不一定吃，大都笑着谢绝，说吃过了。眼下的乡亲们乐于入席而爹娘断断不敢贸然邀请，这场面很有些尴尬，爹娘便顾左右而言他，与乡亲们有心无心地说麦子说风雨，或者催玉楸骂栗蓬儿，一面拼命加快吃饭速度。只有一次，凉河、满生，还有那个不大不小的建设，在懒汉青州的旁边，站在门外不转眼珠地盯着饭桌。娘叹口气，说，来，分着吃一口吧。爹赶紧说，都进来，别在门口站着，"卖秝秸"呢！

爹很少幽默，只有在特别放松特别开心的时候才偶尔开开玩笑。爹这天因为善行而快乐，而且意犹未尽，建议拿出一点吃食，由他悄悄地塞给村里几个要饿倒的孩子，被娘严词拒绝。

乡亲们的饥饿注视让娘惶恐不已，好在乡亲们的饭时围观没有维持很久，他们的视线很快转向田野。麦子即将开镰，意味着最凶险、最绝望的日子有望度过，庄户人饿不死的季节即将来临。

每天早晨，总能发现地边成片的麦穗被掐掉，失去穗子的麦秸直挺挺地掺在麦子中间，十分不协调。都断定是头天夜里被人无情斩首，但并不见谁家的烟囱冒烟。恼怒的马天禧下令，民兵日夜执勤，守护全村的麦地。马玉德抱怨说。手里没有枪，怕镇不住饿红眼的偷麦子的人。马天禧说，怕什么，一人拿一根水火棍，就在麦地里守着，抓住偷麦子的人，逮一个打一个。别打要害，就冲着他的腚和腰或腿猛敲，不怕打不出他的粪来！

再也不见地边的麦子被人狠心戕害，麦地中心却出现了异常。热风刮过，失去穗子的大片麦秆岿然不动，在顺风而伏的麦浪里格外刺眼。相比偷偷摸摸的地边窃贼，到中心区域吃麦子的人胆子大到让人害怕，而损失的麦子远远大过地边的小偷小摸。因为没有抓到案犯，民兵监守自盗的嫌疑大增。回答马天禧的愤怒质询时，马玉德坦然承认，是守夜的民兵吃掉了麦子，民兵也要吃饭，但没的吃，外加昼夜值勤，铁打的汉子也支撑不起。不支起"拐磨"磨些麦子吃，谁有力气防范偷麦子的贼！

终究面对的是民兵头领，马天禧虽然气得抖落了兜肩的黑褂子，额前的白头发跳动如烟，也无可奈何。这时，辈分最高且最年长的马子孝死了，村人的眼睛都投向了高门楼，马玉德和他的属下偷吃麦子的事，也就不了了之。

三

这个春天，马家铺死了好几个人，大都是饿死的。这得怪他们的命不好，同样没吃的，别人怎么不死，偏偏他们成了短命鬼？马子孝就不是死于饥饿。他的子孙众多且十分孝顺，任凭自己忍饥挨饿，也把最后的吃食端到他的炕头。春荒如此严重，也没饿倒这位老人。

但马子孝"改常"了，这是个可怕的词，只用于某些高龄且病重、病危之人，意思是他们的生活习惯和脾气禀性突然出现了变异。说某人"改常"，等于说此人大限将至，马子孝就是如此，他的饭量空前减少，脾气变得格外急躁，凡他想做的事，必是刻不容缓，晚一刻就大发雷霆。又嗜睡，睡得没白没黑，醒来后只会呆坐，满屋子弥漫着极难闻的气味，却对儿女们搓起卷窗儿透透气儿的建议十分气恼。儿女们背地里叫他"老悖晦"，意为倚老卖老蛮不讲理。有识途老马提醒说，别埋怨你家老人，他这是"改常"了，预备后事罢。马长郡这才意识到大事不妙，伺候得更加上心，并赶紧叫回嫁到外乡的妹妹和在某火车站工作的兄弟马长城全家。这些事做得很及时，某一日，马子孝要吃黄瓜，儿女们一窝蜂地去找，终于捧到他面前。顶花带刺的黄瓜很鲜嫩，马子孝用仅剩的几颗牙齿费力地啃下一块。他只吃了这一块，而这一块黄瓜要了他的命。后半夜他拉肚子，拉出的不过是汤水，却臭气熏天。都说好汉架不住三泡稀，半个晚上的腹泻彻底弄垮了他的身体，马子孝一命呜呼，享年八十有四。

倚仗长寿和辈分之尊，马子孝堪比一棵老树，盘根错节，枝叶繁茂，他的后事牵动着半个马家铺。如果恪守老规矩，将小殓、暂厝、停灵、守灵等一应程序走过，待出殡之时，恰是麦子收割正紧之日，寸时寸金的关头，容不得闪失。要是刮场大风，或者下场暴雨，那将如何是好？

孝子马长郡决定丧事从简，不请鼓乐班子，也无须另起坟冢，打开他娘的坟，傍着旧棺，扩充出新室即可，打拱券所需的青砖等一应物料均已备齐，石碑和碑座都是现成的，至于墓表文字，只好等麦收过后请人撰写，并连同逝者名讳一同凿嵌。如此"撵时辰"，安葬程序可在三天内完成，绝不耽搁麦收。其他各种规矩也做便宜处理，比如纸人纸马和纸车及纸制宫室需要大量的黄纸，来不及也没那么多钱置办，就用谷草扎成，包括冥府的其他所需。村子里手巧的女人很多，完全能够扎制齐全。

多亏马子孝的寿器置办得早，节省下很多时间。那个猩红色的柏木棺材沉得要命，现在装入主人，简直沉重如山。孝子贤孙们生怕地下的寒冷和寂寞委屈了老人，往棺木里塞满被褥软枕，同时塞入他的所爱与所需，几本旧书，一个老瓷瓶，那柄不伦不类的长剑，等等。最不可理喻的是把座钟也放入棺材，似乎要为逝者报时。其实马子孝绝非守时之人，他只按自己的习惯行事，座钟完全是个摆设。他的子孙也是如此，日出而作日落而息，养成了绝难更改的散漫习性。散漫的人往往有无数穷讲究，繁文缛礼多得不得了，紧要关头就出了岔子：杠夫们早早准备就绪，肃立在棺材旁边，准备随时起灵，但因为停灵时间过短，有违于祖制，几个远道奔丧而来的族人挑礼，为此和马长郡争执不休，几乎吵翻。在马天禧的再三调解下才按部就班。悲痛中的马长郡笨头笨脑，总为些小事瞎耽误工夫。时近傍午，送葬的中心阵容仍挤在马子孝的天井里没有动窝。

看看日头，执事马天禧高声喊起灵了。披麻戴孝的儿孙们挤在扁担街的街筒子里苦等多时，总算盼来开哭的口令，嚎哭声立即炸响，马子孝的重孙子巴掌跟着大人干号。四个杠夫使出浑身气力，却未能挺直腰身。棺杠稳稳地压在他们弯曲的肩背上，放置在长条木凳上的棺材纹丝不动。

加人！马天禧说。另有四个人守候在旁边，以备随时增肩。

使不得使不得。哭声说来就来说止即止的马长郡说，寿器太大，迎面墙又太近，四抬杠尚且很挤，八抬杠，肯定出不了大门。

带着哭腔，马长郡恭恭敬敬地请大家再使把劲。抬棺人只要驮起重量站直身子，就应当有气力抬到高埠。杠夫们等待马天禧的号令再起，棺材刚刚悬空，又沉重地落在长凳上。

这样不行，马天禧又说，得加人。

于是有四个人加入杠夫行列，捆缚棺材的绳索重新调整，木杠增加到四根，宛若一只红色巨兽的八条触角，静静地趴卧等候。

口令再次喊起，马子孝仍旧岿然不动。

一定是逝者怨气深重，不肯饶恕后人的过犯，所以拒不动身。身着重孝的马长郡流着眼泪，绕着棺材转圈儿磕头，边告饶边请示，爹呀爹呀，你老是不是对儿孙有成见，假令有，请你老放小辈们一马。此时此刻，是你老上路的嘉时嘉刻，万万不可为不如意耽搁了好时辰。你老在那边还有好日子，你得按时赶到。爹呀爹呀！

马长郡的个子小，在硕大的棺材旁显得更小。他把耳朵贴近棺材的大头倾听，期望听到他爹的嘱咐，哪怕是责备、训斥或詈骂，然而没有，没有听见马子孝的任何动静。

是不是日子和时辰不合阴阳？马长郡问儿子马天佑。

不关阴阳和时辰的事。马天佑说，动土、起穴、砌拱、入葬的一应程序，他都按阴阳八卦精心测算过，绝不会出错。棺材抬不动，是因为它太沉；而杠夫们肚子里没食儿，哪里有力气！

马长郡说，早晨不是给大家吃了些饭？这还没出气力，腰怎么都塌了。

你那也叫饭？马天禧说，几口汤水，早化没了。

先歇歇，先歇歇。马长郡以手势辅佐，告诉家人暂且收起哭声。他靠近马天禧，两个人低声商议片刻，叫马天佑带几个人跑出大门，片刻之后飞跑回来，怀里抱着煎饼和青叶白茎的鲜嫩大葱。他将这些珍贵的吃食分发给杠夫们，解释说这本来是预备给大家事后吃的，就提前吃吧。肚子里没食，他们父子怎能对得起出大力的乡亲。

至于事毕之后的酬劳，早已备办下了，有酒、有饭、有菜。马长郡说，他已求得马天禧首肯，请人连夜开镰，把二道坡上的大麦割了半亩。来不及磨面，就做新麦粥，让杠夫和送葬的人们喝个饱足。

大家使把劲，有好酒好饭伺候。马天禧说，天佑算得很准，最迟要在午时以前封坟。大家使把劲。

煎饼卷大葱从杠夫们的手上迅速消失。再来口酒，马天佑喊叫，于是都灌了几口烧酒，顷刻之间，精气神全部高涨。

哭声轰然响起，棺木在马天禧威严的号令声里，慢慢挪出大门。然而，它再次停滞不前。暗巷太窄，棺材太大，无法转弯，它被卡在门里门外。马天禧喊叫着往前、往左、往右、往后，麻烦的事情发生了，巨大的棺材停滞在这个狭仄、窄小且弯曲的空间里，宛若一只庞大无比但四肢僵硬的螃蟹，被生生地卡住了身体，杠夫们的喘息越来越粗重急促。

火速将两条长凳塞入棺材下垫住，卸了载的杠夫们不住地摩挲肩膀。

你喊的什么杠？一个杠夫十分不满意马天禧，光扯嗓子嚎，步子都让你喊乱了，路也让你喊死了。

这寿器太大，拐个弯儿也这么难。马天禧说。

马天佑说，去请长楼六叔吧。

马天禧再一次与马长郡商量，是否可以把大门扒掉。拆门并不复杂，先拿苫布护住棺木，支起高梯，拆掉门楼，再扒去半个门框，送葬主力定能畅行无阻。

不行，那不行。拆大门？不吉利。马长郡绝不情愿拆掉全村最高也最体面的门楼。他说，快去请长楼。

半路换马，很伤马天禧的面子。不过，半截棺材和满巷子的人都滞留等待，由不得他迁延不决。

随栗蓬儿匆匆跑来的马长楼，前后左右仔仔细细端详过送灵队伍进退两难的窘境，张开手掌，一拃一拃地丈量棺材的长短和宽窄，继而丈量大门的净高和净宽，拇指与中指短促接触后立即最大限度张开，如同尺蠖前进般弓身又弹起。再迈开标准的步子，测量老巷子的宽度。丈量已毕，马长楼默默不语，眼睛朝天，在做精密计量。之后，他显得胸有成竹，问杠夫们吃饱了没有，觉得气力大小如何。得到的是肯定的答复，他说，没事没事，能转角，能拐弯儿，能走出去。

听我的号令。他说。

第三次响起的哭声，气势减弱了许多，其音量和音质大不如前，倒反衬出马长楼下达的口令是如何高亢、短促和清脆。他口气沉稳指挥若定，八个杠夫进一步退两步，巨大的棺材左挪挪右蹭蹭，如死而复生的巨大爬虫，在马长楼高亢的号子里活转过来。它很神奇地蠕动着，看似不够宽敞的大门竟然容得庞大且沉重如山的棺材一寸一寸地挤了出来。棺材皮肉未伤，门楼、大门和高墙完美无缺。这真是奇迹，光滑的青石板上，响起了重浊、混乱的脚步，以及渐渐高扬起来的哭嚎。

整条巷子由死长虫般僵死，到流水般畅通。在马长楼颇为得意的号令里，很多面三丈高的白幡飘飘飓飓。在棺材前后，是拥挤不堪的草人、草马、草车、草扎的宫室殿堂，男人们擎起的高竿上飘垂着一串串纸做的金银元宝。孝子贤孙拉长了队列，缓缓走向劫后的老林。

祭文是爹花费了大半夜心血精心撰写的，大体依马长桥的旧时文章照葫芦画瓢，也不乏爹自己的创意，堪称马家铺近年来少见的杰作。马长楼放高了嗓门，诵读得声情并茂：

亚东亚西

大中华人民共和国

山东省苍蒲县桥头镇人民公社马家铺生产大队 不孝男

马长郡

维 汉历己亥 五月初七

率弟马长城、媳韩氏、田氏，妹马长缇，子马天佑，侄马天举及长孙马玉霸等一干孝子贤孙，特备清酒庶馐之奠，致祭于先考灵前。曰：

呜呼，我父高风，既严既慈。何以微恙，倏忽仙逝？生我育我，恩德永忆。子孙后辈，怆然涕泣。忠愍贞义，仁爱宽和。信诚恭谨，敬谦勇卓。克勤克俭，胸怀家国。器质深厚，禀赋雄长。德望山斗，品比圭璋。

披星戴月兮，风霜雨雪。春种秋收兮，丰茂四野。流年不利兮，青黄不接。七灾八难兮，生离死别。

幸哉我马氏，运哉我马氏，天降福祉于马氏。天佑我马氏一族，血脉绵延而不断，人丁繁盛而不绝。灵前告慰慈父：熏风渐热，小麦已熟。青天白日，开镰在即。噩梦不再，饱腹有望。外逃诸辈，已陆续归回田亩。青壮妇幼，当不致重蹈覆辙。

呜呼！慈父千古，后辈心痛。胡天弃我，不允侍奉。不孝男马长郡率众孝子贤孙伤恸泣血，为慈父西行特备行旅盘缠与仙府用度如左：

白马三匹，轿车一辆。御夫二人，服侍前后。仆童婢女，敬立左右。天井三进，瓦房廿间。麦粟菽黍，充斗盈仓。绫罗绸缎，积庭满箱。鸡鸭鹅狗，马牛猪羊。瓢罗釜鳌，碾磨白缸。金十锭，银百锭，铜钱千贯，纸币百万。文房四宝，帐帷花烛。日常家用，一应俱全。账册簿籍，悉数随行。我父当可放心西去，不必为仙府诸事忧心，亦不必为后辈衣食操劳焦虑也。

爰具牲礼，祭奠于堂。仰祈灵侃，是格是尝。伏维

尚飨

之后的仪式简单得近乎于草草。长子高叫三声爹，把老盆举过头顶，在事先备好的石头上奋力摔碎，孝子贤孙们最后一次集体号哭。三根粗绳索被多条壮汉的手臂拉紧，将兜着的棺材徐徐降入墓穴。早已备好干柴，空地上燃起一堆熊熊大火，马长郡率孙子辈重孙子辈一干男丁端起一根粗粗的麻绳，高声干号，吼着爹呀爷爷呀老爷爷呀，一路横队大踏步前进，勇敢坚定地蹚过大火。纸人纸马、草人草马以及谷草扎的所有物件，统统扔进火堆。火势增大，风也随着大起来，呼呼作响。黑色的灰烬飘飘飏飏，宛若千万个疾速抖动薄翅的蝙蝠，飞入暮霭四起的天空。

四

玉楸退学了。

如果在从前，谁要说玉楸退学，就等于说簸箕湾是圆的而斗湾扁长，或者等于说树是朝下长而水往高处流，必然让村人嗤笑。怎么可能？众人会说，

别的学生，不论村东村西村南村北的孩子，也不论他小名官名是谁，都有可能退学，唯独马玉楸不能。他是个书虫子，是村里这些年所仅见的好学生，其远大志向直追当年的马子卿，至少赶得上马长桥。若要他退学，简直比要他死还难。

但玉楸真的退学了。

没吃的，是玉楸退学的根本原因。

他想继续学业，但知道家里的艰难，爹娘弟妹讨来的饭食，不好拿去交给学校食堂，但心不死。某天，玉楸说，娘，今天是礼拜六。次日，又说，娘，今天是礼拜天了。娘就说，玉楸，去把你的镰刀磨磨，明天麦子就开镰了。

玉楸什么都明白了，不声不响地磨着镰刀，再不开口。

玉楸的命好。姐姐托人捎来的信，为他打开了一扇崭新的门。

玉椿在信里说，她原以为爹娘逃荒回来，有新麦接济，灾荒就能平安度过，没想到，从一位老乡的嘴里，她才知道家乡的饥荒还在延续，且有加重的态势——报纸上和戏匣子里天天都是喜报，哪里有一丝一毫灾荒的影子——她的心跟火烧着似的，睁眼闭眼都是爹娘和弟弟妹妹在忍饥挨饿。

玉椿说，图河并不富裕，也不太平，吃的穿的都缺，粮票越来越金贵。不过，粮票再紧张，毕竟月月有供给。老苏是铸铜工，一个月有四十五斤定量，连做家务的她和不晓事的小崽儿也都顶个人头领得到粮票，这就是做城里人的好处。所以，姐姐想让玉楸去当工人，当城里人，城里人有吃的，饿不死，眼下正有个让玉楸当城里人的好机会。

玉椿告诉爹娘，比起去年，现在图河冷清了很多。去年好多厂矿派人到火车站，摇着小旗、响着喇叭，争着抢着招收工人的火热场面已成明日黄花，但某个很大的兵工厂还留着半扇门，招收少量的学徒工，条件是出身好，还须最低有高小毕业文凭，一旦录取，就给上户口，有了户口，就有了粮食定量供应。咱家成分是下中农，玉楸高小毕业，不高不低，正好够格。玉椿建议玉楸尽快去图河，并随信寄来三十块钱，给玉楸当盘缠。

玉楸念完玉椿的来信，全家人半晌没话。

爹问玉楸，你去不去投奔你姐姐姐夫？

玉楸看娘。娘说，别看我，你自己拿主意。去，还是不去？

去。玉楸说，很激动的样子。

你的学业可就荒废了，爹说，你不在意？

玉楸不说话，低着头。

娘说，这是什么当口，我都不在意，玉楸更别心疼。心疼也没用，书反正是念不成了。玉楸，投奔你姐姐去。

我去。可是，爹，我走得成吗？玉楸说。

并非玉楸胆怯，此时，严禁庄户人进入城镇，缘由是吃国库粮的人太多，城镇里的粮食也不宽裕，城里人恨不得到乡下来找吃的，哪里容得乡下人进城争食？上面已发布命令，火速派遣民兵，在各交通要道，比如东南通往县城的狒虎岭，往北通向青州府的毕家湾渡口，以及通向火器营车站的必经之路，连一些羊肠小道和纵横阡陌也不放过，立即设立关卡，拦截、捉拿企图到城里添乱的庄户人。据说这事项比暴风骤雨来临前抢收麦子还要紧急。马天禧透露给爹这个消息的时候，马家铺按常例派出的民兵已经与桥头镇的大队人马会合，手持木棍和绳索，死死扼守住了所有的要津。

爹说，玉楸你先准备着，我想办法送你走。

娘说，玉楸别怕，千难万险，你也得走这条路。

栗蓬儿，这些书，还有这些东西，都留给你。你拿去吧。玉楸说。

炕上摆放着玉楸的书包、石板、本子，分门别类地摞着他用过的书，展示着玉楸的学习历程——从开蒙到中学的所有课本，都精心包着书皮，题写着书名：语文、算术、历史、地理、物理、化学……下面都写有主人名字与几年级几班字样，颇有马长桥颜体大字的风范，整整齐齐，干干净净，甚至最早的课本也没有卷边折角。在栗蓬儿眼里，这都是奇迹。

玉楸所有的学习用品，从来都警惕着弟弟，哪怕摸摸书包，都会引起他的紧张不安，甚至不满。栗蓬儿好奇心重，手又贱，有时纯粹出于给哥哥捣乱的心理，会抽冷子翻看书里的画什么的，难免留下印迹，那真比扎玉楸的肉还让他疼。今天，被他当作命根子的书，要全部送给栗蓬儿。

给我，我也没用，我又考不上中学，栗蓬儿说，我也不想考。

你就不能争口气？玉楸说。

栗蓬儿说，你的书太多了，我念不过来。

娘说，这些书我给你收着吧，存放得妥妥帖帖，肯定跟你自己保管的一样。玉楸你放心，再过十年八年，它们也能和今天一样新。

晚上，玉楸哭了，哭了很久。

玉楸这副样子是栗蓬儿从来没见过的。他趴在东屋的炕上，脸埋在弯起的两臂中间，哭得伤心透顶，听起来肝肠寸断，哭声却不高，呜呜咽咽，如同冰下泉流，从他痉挛扭曲的身体中汩汩涌出。栗蓬儿看见的是他的起伏颤动的脊背。

爹在堂屋里听见了，问，玉楸怎么了，哭得这么难听？

栗蓬儿说，伤心着哪，没书念了。

爹说，要哭就痛痛快快地哭，压着嗓子算什么？不怕憋坏自己。

你别去拦他，让他哭个够。娘说，打小玉楸就把念书当成命根子，他付出的心血太多，心劲也太盛，现在全打了水漂。你没见他的满嘴燎泡？那都是心疼的。

要是哭得震天动地，那就不是玉楸了。娘又说，自己先红了眼圈。

说话玉楸就走了，要不要告诉柳家一声？爹悄声说，人家闺女待咱家玉楸可是一片真心。

娘想了想说，算了吧，三春现在有了婆家，咱们就别给人家添事了。就男婚女嫁来说，玉楸和三春八字还没一撇。看起来你有情我有意，可都没有挑明。没挑明的事，终究难以算数，真可惜了三春那么好的闺女。眼下的大事是玉楸平安离开马家铺，紧要关口，还是不说给柳家的好。

不断传来逃亡者被捉的消息，听起来都弄得鲜血淋漓。在家里准备远行的玉楸惴惴不安，总是疑神疑鬼，甚至出现民兵破门而入捉拿他的幻觉。娘看出儿子的慌乱，宽慰他说，没事，出远门的人都这样。前年你爹去沈阳，那还是有去有回，不也早早地慌慌了半个月，临走时丢三落四，跟掉了魂儿似的。你比你爹强多了。

行装备办齐全，玉楸更加犹豫和胆怯。他懂得此行的风险，又不好说请爹护送，就跟爹商量说，要不，让栗蓬儿送送我，送我到火器营就行。

栗蓬儿跃跃欲试。爹看看他，对玉楸说，这事，栗蓬儿就别掺和了，有人送你。

护送玉楸的人竟然是马玉锁。

这出乎娘的预料也出乎栗蓬儿的预料，更出乎玉楸的预料。他说，马玉锁？马玉锁是民兵副班长，听说上头正看好他，没准儿还往上升呢，他能送我？

爹原本是要将玉楸出走的秘密掩藏到底的，但他心里素来装不住大事，再说，爹对马玉锁最是看重。当马玉锁问起玉楸的课业，爹几乎不假思索，就把隐秘计划以及全家人的疑惧和盘托出，并问马玉锁，在通往火器营火车站的几条路上，哪里有可能钻得过去的缝隙。

爹真是福人福命，马玉锁在短暂的诧异之后，说，二叔，多亏你问的是我。

爹和马玉锁的对话是在牌坊下三嬷嬷家天井里开始的。马玉锁极警觉，拉爹到屋里，关闭门窗，然后才对爹说，通向火器营车站的每条路都设置了关卡，称得上天罗地网，怕是连只鸟儿也飞不过去。

这可怎么好？爹说。

二叔，你要信得过我，就把玉楸交给我。马玉锁说他能将玉楸送到火器营，送上火车。火车几点几分到火器营，几点几分开车，坐多长时间到北京，换乘哪趟车去图河及怎样换乘，他全都了如指掌。

爹大喜过望，有马玉锁护送和引路再好不过；却不无疑虑，马玉锁是民兵，而且当了小头目，协助玉楸逃离马家铺是件非常险恶的事，假若被人识破，岂不等于监守自盗，也许还得加上协同造反的罪名。稍有不慎，走漏了风声或被擒住，他的前程将彻底毁掉，下场会很惨。

爹请马玉锁慎重掂量，再做取舍。马玉锁说，他掂量过了，结论是，如果玉楸由爹护送，恐怕往东连大田各庄也不过，往北连毕家湾也不过，往南连犸虎岭也不过，父子俩必被擒住无疑。马玉锁说全马家铺，甚至全桥头镇，能将马玉楸安全送上火车的，只有他马玉锁一人。他熟悉所有的哨卡和布防，连口令和暗号也了然于胸。爹只管放心好了，他保定玉楸如意顺遂，万无一失。

为彻底打消爹的顾虑，马玉锁透露一个秘密：马长楼也要离开马家铺，关东客正在筹措盘缠，凑够盘缠就走人。

爹放下心来。

玉楸是在凌晨出走的。那一夜，全家人几乎没睡。娘一遍遍地叮嘱儿子，怎样小心行路，怎样防备贼偷，怎样辨识好人坏人。有过坐火车经历的爹把怎样放行李，如何向列车员讨水喝都一一教给玉楸。等到马玉锁来会合，娘让爹把大包袱的两个活角由肩到腰交叉绑在玉楸胸前，往玉楸手里塞了些吃的，反倒没了话，只不停地擦眼泪。

马玉锁背上的长长包袱有点刺眼，不过，渡口那边捉住好几个外逃者，弄得这一带风声鹤唳，逃跑者失败概率大增，大家的心思都在玉楸身上。走到屋门口，马玉锁拦住爹娘说，到此为止，都别出门，人越少越太平，只让栗蓬儿跟一段路就行。

娘说，玉楸，一到你姐姐家，不管怎么忙，你得立马打封信回来。

玉楸说，嗯。

娘说，路上小心，听玉锁的话。

玉楸答，嗯。

娘抹着眼泪，又说，玉楸，路上吃娘给你带上的饭，别吃人家的饭，免得吃坏了肚子。

玉楸已经出了屋门，返身回来，长跪在地，向爹娘郑重地磕了三个响头。这家伙磕头也和念书一样认真和用力，头磕在青砖地上咚咚山响，几乎让人生出怕意，也差点催发娘新一轮的哭。

栗蓬儿担任的又是前哨角色。他照着马玉锁的吩咐，快步走过北洼，继续向北，在离落甲河河堤不远的地方，折向东。他们从麦茬地里纵横穿过。

重新走上公路，他们走向东北方。栗蓬儿甩下后面两个人一箭之遥，以便及早发现险情并及时报警。月色昏暗，隐隐可见北斗横斜。有马玉锁的指点，一切顺利。前头是大田各庄了。后面有鹁鸪叫，这是马玉锁让栗蓬儿停步的暗号。

栗蓬儿警觉地观察四周，没有发现异常，就等哥哥和马玉锁赶上来。

蹲下。马玉锁轻声说，三个人立即蹲伏在麦茬地里动也不动。听到有人从远处走来，并不重的脚步声让哥俩紧张得口干舌燥。影影绰绰的，看上去来人和熊一样粗壮。

是二哥吗？马玉锁问。

小点声！来人说，把声音压得更低。

起来吧。马玉锁说，栗蓬儿和玉楸站起身。

看不清来人的面目，看得出他手里攥着一杆带樱子的矛枪。

不是说就俩人么？他问。

这个小的不走。马玉锁指指栗蓬儿说，前头怎么样？

要是直走，前头有个小土地庙，是个卡子，值班的人是大田各庄的，我递不上话。我带你们绕个大弯，从山脚下过去。那里我走得惯熟。那人说。

多谢了。玉楸说。

别谢我，我看的是玉锁的面子。那人说，让栗蓬儿不要再跟着，只管回家。

栗蓬儿说要送到火器营，玉楸说，就送到这里吧。马玉锁也说，最危险的地段已经过来了。有他这位盟兄保驾，一路都能顺顺利利过得去。

栗蓬儿很想跟到火器营看火车，那可是开眼界、见世面，值得跟伙伴们吹牛的事，但陌生人说，火车站里也有民兵值守，他虽然打点过了，也不敢保证畅行无阻。少个人比多个人好，你就别去了。

玉楸说，栗蓬儿，你赶快回家，给爹娘报个信，就说我平安到了火器营，太太平平，让他们放心。你以后少闯祸，别给爹娘添乱。再有，你还是多念些书吧。别学我……

马玉锁打断他说，这些没用的话以后再说，赶火车要紧。这里有封信，栗蓬儿你给我带回去，明天交给我二叔二婶子。记住了，掖严实点儿，明天再拿出来。

玉楸、马玉锁和陌生人的身影，很快融入拂晓前的暗夜。

夜里栗蓬儿睡得很不踏实，做了好几个破碎的梦，都是玉楸被民兵逮住，被五花大绑押解到碾盘上干晒，晒得满头满脸冒汗。

嗨，这信是怎么回事？

栗蓬儿睁开眼，是爹娘在问。

信？头脑不清爽的栗蓬儿，突然想起玉楸和马玉锁，腾地翻身坐起。还好，屋里只有爹娘和还在睡觉的六月。

娘从栗蓬儿的褂子里发现了马玉锁留下的信。这封信禀告"二叔二婶儿"，他，马玉锁，决定离开马家铺，奔赴图河去也。

马玉锁说，他并非不知道图河对庄户人关上了大门。然而，天下之大，不是庄户人能想得到的，不怕找不到活路。他随身的包袱里，只有一套洗换衣服，而木匠的锛子、刨子、墨斗、吊线，瓦匠的抹子和托盘，理发用的剃刀、钢刀布以及"唤头"①，五行八作的应手器具，能带上的都已带上。只要有个地方能容下他的七尺之躯，他都能凭着这些家什刨食吃。他还带上了心爱的竹箫，就算是吹箫要饭，马玉锁也坚信，凭他的"平沙落雁"和"苏武牧羊"，也断不会饿死。他说，把玉楸平平安安地送到玉椿家，自己就离开，独自去闯世界找营生。他绝对不会给玉椿添麻烦，不会让老苏姐夫为难。

马家铺实在活不下去了，马玉锁对爹娘直抒胸臆，他说小麦统购的指标已经下达，他偷窥到那个要命的指标，觉得头皮发麻，如同掉入冰窟窿。本以为麦收以后，这倒霉的日子能缓一缓，料不到"指标"高得离谱，几乎等于挖地三尺，给咱们留不下多少粮食的。他告诫爹娘，饥荒肯定要持续下去，看不出什么时候才有转机。苦日子不是到头，而是刚刚开始。

马玉锁说，其实他早就有了离开马家铺的心思，只是不得要领。玉椿给玉楸机会，也算是给了他机会。一封图河来信，救了玉楸，也捎带救了他马玉锁。

马玉锁说，不怕爹娘笑话，他所以下定决心离开马家铺，还有个拖不起的心事。他已经二十足岁，就男人而言，在马家铺已是超大龄，而他还没讨到媳妇。放眼今后，连饭也没得吃，成家立业更是遥遥无期。到图河去，到能吃饱饭的地方去，到有媳妇可讨的地方去！这，就是他打定主意借机远遁的最重要理由。

这一步迈出去，是活命人；迈砸了，就下地狱，那是他活该，他不后悔。他是拼了命要成功的，业已将逃亡的所有步骤安排周密。如果今早一切平顺，不被绑住押解回桥头镇或马家铺，那就意味着玉楸和他已经远走高飞，哥俩一定在火车上了。只要火车开动就是成功。那时，纵然被公社察觉，派民兵追赶，也只能看着两条铁轨干瞪眼。他们难道撵得上火车轮子不成！

最后，马玉锁再三对爹娘致歉：没有当面明说自己与玉楸"摽在一起"

---

① 钢刀布、唤头：均为剃头匠的用具。前者是一宽条皮革带，背面衬有帆布，用以磨快剃刀；后者系剃头匠使用的响器，形似音叉，走街串巷时，以铁棍挑拨而发"市声"招徕顾客。

的逃亡计划，绝非信不过二叔二婶儿，其实玉楸也是不知道底细的。此事太过重大，太怕走漏风声。得罪了！两位长辈。

马玉锁虽然上学比栗蓬儿还少，学问可比栗蓬儿大得多，写信的要点他都懂得，中规中矩，一点也不走样。信的最后，他写的是"愚侄玉锁叩禀"，栗蓬儿不懂，一个字一个字念，使劲猜那意思，猜出个八九不离十，就觉得好看极了，对他佩服极了。

第二十七章

一

柳三春的出嫁日期定在六月底，仪程很简单：接亲的人从西桥头来，接上新娘，先到县城，稍稍驻足，一对新人就再度出发，到新郎官服役的驻地去，那里安排他们入洞房。新郎官常驻之地严格保密，是个村民都不知道连柳家旺也不知道的机要处所，离马家铺也离苍蒲县城很远，有个很拗口的洋码字代号加"信箱"，听起来非常神秘。但凡神秘的地方，不是军营，就是公家，那里的人不是穿军装就是穿制服，都会在马家铺人心里生出些敬畏，或神往。这两身衣裳，不管穿哪样，都能吃到国库粮，吃饱吃不饱另当别论，起码，见天儿都有粮米进肚，所以，尽管柳三春嫁去的地方虚头巴脑没面目，尽管她还是个妮子，与新郎官年岁不般配，马家铺人仍然欣羡得很。当然，不般配的婚姻，总会生出种种流言，加上人们因为饥困而懒散，懒散人的闲话就多，街边、墙角、屋后、炕上，汹汹涌涌的热议，挡不住的嚓喊。

听说了吗，辕山来的那家人，收了女婿一百块钱，外加一百斤粮票！

不是一百斤，是二百斤。钱也比你说的多，多得多，谅你也没见过那么多票子。柳家那个军官姑爷，满把攥的粮票，腰里有的是钱。

听说是个团长，管着千百号人呢。

比桥头镇那些官儿还大，说不定比县长官儿都大，怪不得出手那么大方。

啧啧，柳家算是养了个值钱的闺女。

柳家旺很在意马家铺人的议论，尽管那些不中听的话他从来听不到，奇怪的是，他都了如指掌全无遗漏，因而备感委屈，以至于在跟娘说起这些的时候，抑制不住心里的酸苦和愤懑。他说自己并非不疼爱三春，她就是自己的心尖肉。三春出嫁绝非他卖闺女，而他收到的钱粮也绝对没有人们嘴里说的那么多。柳家旺说，嫁出春儿，我实属万般无奈。我也是五尺高的人，我柳岱出来的人家也明白礼义廉耻，马家铺指戳我的脊梁骨，我都认下了。可是天启嫂子，你知道我柳家的难处，外人看起来荣耀风光，其实全家人都不自在。真人面前不说假话，我真是没了话说。

娘说，家旺，这用不着你说，我明白。

柳家旺又说，这件婚事，春儿的确难受过，她的心里想着谁、偏着谁、亲着谁，我的心里明镜似的。把春儿从她心里的人身边拉开，嫁去百里外的地方，弄得她几天没吃饭，昼夜都黑着脸，我这当爹的，于情于理都说不过去。但三春最终还是点了头，让柳家旺在欣慰之际很觉歉疚——他拿不出像样的陪嫁给女儿，而三春对此并不埋怨。这个瘦脸汉子说，什么叫孝？孝顺孝顺，孝就是顺，顺从父母的心思就是纯孝至孝。春儿答应了这门亲事，又体谅他当爹的难处，就是孝顺的孩子，倒是当爹的心里总不安稳。

娘说，你就别说这些抱屈的话了，我都明白。

柳家旺是来请娘出马，充当女儿的暂时娘亲角色，为女儿启导做媳妇的道理的。他说，我那口子死得早，该跟闺女说的话没来得及说；我是当爹的，有些话不便说。眼看要给人家当媳妇了，可春儿整个儿是生瓜，懵里懵懂的，到了婆家怎么过日子？嫂子你出面教她些道理，别弄出什么笑话来。

娘问，新姑爷人品怎样？待三春怎样？

柳家旺说，看上去还实诚，出手大方，像是个靠得住的人，特别喜欢三春，一再许愿，娶过三春后，他家里的所有钥匙，都交到三春手里攥着。

娘乐意为三春恶补男婚女嫁的启蒙课程，她对柳家旺说，做坡上地里的活儿，我比不上你们壮汉，要说教诲儿女，我还真不让别人。家旺你放宽心，赶紧请人给三春做几件像样的衣裳。这年月，没嫁妆不要紧，没人笑话，你亲家那边也不会怪你。但再穷再苦，再急再忙，别再在穿戴上亏待了她。我也准备准备。

这样的角色娘并非首次担当，有关婚娶的所有程序和出嫁女的应知应会，她全部烂熟于心，信手拈来即可派上用场。但柳家的托付很是郑重，三春又是她看重的闺女，娘还是认真地想了半天，在心里捋出一套清晰完整的教诲方案，包括衣着穿戴、起居应知、礼仪禁忌、秘事启迪和道德训诫，等等等等，举凡出嫁女面临的陌生课题，尽在其中。娘踌躇满志，要显一显身手，帮助柳家女儿平安度过人生的重大时刻，以期将来的日子如意顺遂。不料计划有变，柳家旺匆匆赶来说，新郎官因公事紧急，决定提前娶亲，日期定在明天，皇历辛未月，癸卯日，六月十五，宜嫁娶，时辰好，请马家铺这边提前做好准备。

柳家旺又对娘说，希望婚事不事张扬，能早点儿办、特别是能在最小的范围内完成所有的程序，最是功德圆满。为此，他打发大宝二宝回柳岱那边走亲戚，预先躲开，避开家里的繁杂，也省去了骨肉分离的尴尬。

娘说，家旺，你什么都不用说，我明天早点儿过去就是了。

当夜，柳家旺再次来找娘，请这位重要角色最好次日一大早走马上任。他说西桥头那边来人，告知接亲人等要在早晨到来，一则避开这说热就热的天气，二则要赶县城那边的长途客车，稍迟就怕来不及。

这可真是急急风，多么大的事，怎么说变就变！

娘一边埋怨柳家旺亲家的莽撞轻率，弄得她措手不及，精心准备的很多内容难以尽数教授，一边大幅削减全程辅导计划，只拣最要紧的，列为出嫁女必知速成；心里直为三春惋惜，因为这个妮子跨越从少女到新妇的道路太过急促，脑子里应该装的东西太少，宛若一片荒地，急待开垦并补苗，而要命的是，娘走进斗湾边上的柳家，发现三春住的西屋里既没有铺新席，也没有焚香烛，简陋程度超出了她的预期，心里很不以为然，也只好与新嫁娘面对面坐在铺着旧席的炕上，紧着忙活绞脸、修眉、理鬓，同时开讲女人成亲后如何侍奉男人、孝顺公婆以及勤俭持家的老话，时间紧张，已然删繁就简的教案仍显臃肿乃至多余，三春也似乎无心聆听，门外有人来报，柳家的乘龙佳婿已经进村了。

天气还算凉快，蝉鸣尚未大规模叫响，身穿崭新的蓝布干部制服，分头油亮，脚穿黑皮鞋的新郎官蹬着崭新的脚踏车，率领四五个同样骑车的伙伴，由簸箕湾进入碾盘街，都放缓速度慢慢蹬车，歪歪扭扭驶过牌坊，之后，车铃一齐摁响，车子蹬得飞快，一路响到柳家门前。

刚刚度过饥荒，饿肚皮的日子还未走远，明天乃至未来怎样过日子，谁的心里也没底，有鉴于此，柳家嫁女，没有花轿骏马，没有锣鼓铙钹，也没有小鞭炮仗二踢脚，连喜宴也不摆，喜酒也不喝，接亲队伍来，洋烟一支，清茶一杯，小坐片刻，说些吉利话，接起新娘走人。这也是时尚，叫做"移风易俗"。其实，不移也不行，前昭下村人全盘改换了模样，弃旧业如敝屣，这一带的村子，老风俗已经消失殆尽，由不得你不移不易，倒是很让乡亲们开眼界。

尽管娘有心理准备，面对如此简约的婚礼仍难免手忙脚乱，她的训导课程刚刚开讲就告结束，外面寒暄声高起来，接亲的人已经在柳家旺的客气迎接中进入了东屋。

让我再看看，娘托起三春的脸，细细打量着，说，都说女大十八变，真不是虚话。三春，看你的眉眼多俏，你男人还不知道怎么疼你呢。

一老一少盘腿坐在炕上，少的歪着身子，俯首在老的手下，等待"上头儿"①程序的最后完成。三春的两条辫子已经绾成了脑后的纂儿，娘觉得它略显松软，干脆打散，重新绾起，让它结实饱满，看起来精神、利索。

三春说，大娘，你来马家铺的时候，坐轿了吧？

娘说，当然。那年月，要是马家铺来的不是顶尖的花轿和高头大马，你天启大爷休想让我迈出娘家的门。你说是不是？

三春没答话。

娘说，三春，没坐上花轿，也没戴红盖头，门外也没铺红毡子，你就成了人家媳妇，是不是觉得冤？这可别怨你爹，他过得不易。再说，今天这么出门虽说算不上风光，可你是马家铺头一个坐脚踏车出嫁的闺女，咱也算体体面面。其实坐花轿也没什么好，轿里头又捂，又颠，也没个人说话，多闷得慌。

我不怨我爹。三春说。

娘说，早点做人家的媳妇，早点学会做媳妇的规矩。女人嘛，早早晚晚，都得走这一步。早一步走，未必不比晚一步走强。做闺女自由自在，能在爹娘面前耍小性子撒撒娇，没婆家那么多管束。不过，做媳妇也有做媳妇的好处，是当闺女没有的好处。三春，你只管高高兴兴嫁过去。

三春说，嗯。

好孩子！娘说，回门那天，叫你男人多给你爹买点吃的用的，反正他腰里不缺钱，让你爹也高兴高兴。

---

① 上头儿：为出嫁女化妆，主要内容之一是将发辫改为脑后的纂儿，昭示闺女即将出阁变成媳妇。

三春说，我回不了门。听我爹说，我婆家离这里一百多里路呢，"回门"就免了。

娘怔了怔，说，免了好，咱就不回门。说实话，回门也没什么好，不过是让爹娘再难受一回罢了，咱就踏踏实实给人家做媳妇。那么远，省得来回跑路，又累，又不省心。

沉默了一会儿，娘问：

三春，养蚕那些事，你还记得不？

三春说，都记着呢。

娘说，好。不知道你婆家那个地方长桑树还是柞树，不管长哪样树，都难不倒你了。明年春里，我听你养蚕的消息。

三春又没了话。柳家旺在堂屋里问，天启嫂子，怎么样了？

三春的身体轻轻颤抖了一下，娘轻轻拍她的膝盖，说，不怕，三春，不怕。

三春说，大娘，我不怕。

娘说，坐好，我给你理理这两道眉，挑得太高了，婆家的人会说你是个厉害媳妇。

对门屋子里传出嘈嘈杂杂的声音，有个人的嗓门盖过众人说，爹，今天就到这里，过些日子，我会让三春回来看你。

听得出来，宾主客套着，都往大门走。

娘拔下头上的银簪，插入三春乌黑挺脱的纂儿。

不行，大娘。我不能戴你的簪子。三春伸手去拔，被娘挡住。

三春，看你的耳朵眼儿，早就扎好了的，是你娘给你扎的吧，今天是你的好日子，两个耳朵都空着，头上总得戴点东西出门子吧，这根簪子就算是我代你娘送给闺女的。娘说，我把镜子拿过来，你自己照照，看这簪子插在头上，吊着这绿松石的坠儿，是不是更好看了？

镜子里的三春有些羞赧，低了头，娘笑笑说，三春，我再给你的腮上搽点胭脂，咱就得起来了。下了炕，出了这三道门，你就不是闺女，是去给人家做媳妇了。

柳家旺在窗户外说，天启嫂子，让春儿下炕吧，都等着呢。

大娘，玉椿大姐好吗？我听说她唱歌好听。三春说。

玉椿唱歌？你听谁说的？娘说，玉椿倒是喜欢唱曲子，不过，这年月，怕她也没什么心思唱了。

玉椿大姐吃得饱，还有什么烦心的，怎么就没心思了？三春问。

她离我几千里地，我管不了她的事。娘说。

我听说图河那里的人都能吃饱，是不是，大娘？三春说。

娘说，吃饱吃不饱我不知道，能吃得上饭我是知道的，他们都吃国库粮。

那，玉楸能吃饱不能？

如同雷电闪过，刹那间，娘的心头被照得清澈明亮，就回答说，能，玉楸能吃饱饭。他月月有定量的粮食。顿了顿，娘又说，玉楸有文化，在一家大工厂给钳工师傅当徒弟，一个月能拿十六块钱。三年出徒，工资能开更多。他再也不怕饿肚子了。

是玉楸来信说的么？三春问，他想家不想？

你看看，你看看，我真是糊涂了。娘拍拍额头，作自责状，说，玉楸来的信里，还问到三春你呢。

真的？大娘？玉楸问我什么？三春问。

玉楸在信上问你如今可好……玉楸说要不是你的几张煎饼，他必定饿死了。他心里总惦着你……问你如今有没有吃的……还有、还有，问你那两个兄弟的功课……

柳家旺敲响了窗棂。

起来吧三春，咱真的该出门了。

娘慌慌张张地说，手足无措地先下了炕，弯腰在"炕前里"找鞋。经过一番乱趱摸，娘的"放大脚"才踩进鞋里。

娘撒了谎，撒得很是蹩脚。编排谎言需要强大的心理素质，娘是新手，毫无底气，谎话刚出口，自己的心就乱了。玉楸的确写来很长很长的信，满纸都是当了工人的兴奋、有饱饭吃的满足、对父母的思念，也写了玉锁未能进厂当学徒，落不上户口，只能到处打短工，还好，他木工瓦工样样来得；也为当地的红白喜事出力气；剃头手艺也用上了，"唤头"一路响过去，剃头铺子要价两毛，玉锁只要一毛五分钱，遇上兜里缺钱的，一毛也给剃，五分钱也给剃，总有头发长的人坐在他的简易剃头挑子旁边，让他在头鬓上走刀。

只要不被当"盲流"①逮住，玉锁还是有饭吃的，却并无一字提及柳三春。此刻，在三春出阁前的庄重时辰，娘不得不撒这个谎，不然，无法面对柳家闺女。而撒了这个谎，自己也亏心到了家。她有些心虚，也有些羞愧，无语地站在"炕前里"，等候着三春起身。

眼看三春要下炕了，却突然说，大娘，我给你磕几个头，你可得接着。不容分说，她跪在炕上，头抵着炕沿，向紧着抹眼泪的娘认认真真地行了三叩大礼，然后扬起脸说，大娘你再看看，要是没毛病，我就走吧。

走出屋门，在自家天井里略停一停，柳三春让人们眼前一亮，两根长辫子不见了，齐额的刘海跟门钱儿似的垂着，遮掩了很鼓很亮的大脑门，被娘精心绞过的脸就不显得过长，这是娘的得意之作，但三春的脸显得太白，凹陷的脸颊红得过分，这是娘的败笔，其原因是娘试图掩盖新嫁娘的泪痕，搽粉过多，胭脂也抹得太艳了。

红褂红裤穿得很臃肿，绣花鞋倒是合脚，一身鲜亮的柳三春，在昔日伙伴的围观中显出短暂的窘迫，手脚也无处安放。然而，不多的工夫就现了原形。不管新妆如何打眼，长长的柳叶眉，长长的吊吊眼，与平常并无两样。她在娘的搀扶下——哪里用得着搀扶，她的脚力比娘的劲健得多——迈出大门，笨拙地坐上脚踏车后架，所有的车铃铛一齐摁响，算是点燃了喜庆炮仗。新郎官的脚踏车摇摇晃晃，柳三春摇摇欲坠，不得不两手扯住男人的腰。

看热闹的人不多，聚集在柳家门口的多是顽皮孩子，好像头天还在一起厮混，突然她就成了媳妇，真让人新奇不已。看到柳三春的崭新模样，站在自家房角伸长脖子瞭望的凉河大声喊：

柳三春，新媳妇！柳三春，新媳妇！

不知怎么，新郎官的骑术打了折扣，动作生硬笨拙，脚踏车不住地画龙，终于歪在倒闭了的丛其五小铺前。差点倒地的三春扶着车子站直了，狠狠地瞪着不识趣喊叫的凉河。

脚踏车纷纷停下并支起脚架，迎亲的人七手八脚去扶新人。柳三春甩开

---

① 盲流：为逃荒、避难或谋生，从农村迁徙到城市、无稳定职业和常住居所的人们，曾被视为"盲目流入城市"的人口，简称"盲流"。

他们，从地上摸到一块石头，冲向了凉河。凉河正喊得来劲，没料到"新媳妇"会有如此野蛮的反应，赶紧逃回自家天井。亏他逃得快，石头和斥骂同时掷向了大门。后来，拒绝搀扶，自己重新坐上脚踏车后座的柳三春向娘点了点头，一丝笑容，电光石火般明灭在她的脸上。

车铃叮叮，迎亲队列消失在街口。

孩子们高声唱起了古老的歌谣：

　　楸木根
　　柳木根
　　一只眼
　　看得清
　　……

二

八月，图河电报：

　　楸工伤父速来椿

七个字如同晴天霹雳，轰然击倒了全家人。爹娘一时震惊得乱了方寸，娘伤心，爹慌乱，娘六神无主，爹大汗淋漓，又都为电文的简易而极度不满。爹大骂玉椿糊涂，天大的祸事，你只写七个字！玉楸到底伤在何处？伤势重还是不重？你做姐姐的只说"工伤"，伤个脚趾头跟伤到要害，能是一样的？谁不知道拍电报论字计钱，可在这个节骨眼儿上，你这么俭省没道理，这不是让我和你娘打哑谜么！爹又气又急，扬言要跑趟县城，到县邮电局打个电报问玉椿，玉楸究竟伤得怎么样？娘盘腿坐在炕上，频频撩起大襟擦眼泪。

玉楸的成功出走，曾经使爹娘暗暗得意，也有某种歉疚。毕竟，玉楸和马玉锁出逃的方式近乎于阴险。玉楸不但自己抛弃学业和老家，而且顺便拐走了马玉锁，偷天换日，鬼鬼祟祟，突然消失，让桥头镇的头头脑脑十分恼火。两人结伙出逃，首犯是马玉楸。现在，报应来了吧！

乡亲们纷纷上门安慰。马天茂作为爹的老相知，非常忧虑和焦急。电文为何措辞如此简略，他断定是玉椿的慌张所致，看样子，玉楸伤得不轻。如果玉椿心平气和，定会多写些字，让爹娘知道详情。也不排除另一种可能，电文不写清楚伤情，是故意含糊其辞，怕写实了惊吓着爹娘；用了"速来"二字，见出玉椿心情的急切，紧迫地要爹赶去。几千里地哪！赶紧的，赶紧去图河。他对爹娘说，这么要紧的事情，我看天启怕是应付不了，索性，栗蓬儿他娘你和天启一起去。你们不在家的日子，栗蓬儿和六月跟着我过，有百岁吃的，就有他兄妹吃的。你们只管放心去，把那边的事应对好就是。

马长楼拿起电报反复看半天，默念了一遍，再度拿起，又看一遍，之后说，不像要命的伤情。若是玉楸伤得很厉害，电报里必会写明，不会如此含混。只说"工伤"，也许，顶严重，不过是断胳膊缺腿，看样子没有伤到性命。天启，图河，你还是赶快去得好，但不必太过慌张。

缺胳膊缺腿还不算厉害？非得要了命才算？赶来和爹娘说了半天慰藉话的百岁娘，对爹娘同情之极。在百岁娘看来，即使缺根手指头，那也是要命的伤病。她说，在家里老老实实地当庄户人多么好，虽说不时遭遇饥困灾荒，却也少有伤筋断骨的事，在土木水汽里讨生活，总归是太平。她虽然没见过工厂，但不知道从哪里得到的印象，她脑子里的工厂到处是铁块子、铁柱子、铁架子、铁箱子，都是不通人性的坚硬物件。常在河边站，哪能不湿鞋，"工伤"在所难免。当下最要紧的，是爹赶紧去那边的工厂里看看。假令玉楸伤得不重，索性别在那边干了，把他接回马家铺，踏踏实实做个庄户人。只要饿不死，总归是老家好。

青州也来了，他的宏论对爹娘颇有安慰。

工伤怎么了？没准儿玉楸不过是伤了指甲盖儿，眼下他是城里人了，城里人总把自己看得金贵，一点小伤也看得比天大，倒把你们吓成这个样子，真是没见过大世面！青州说，他极其羡慕玉楸，甚至玉楸的"工伤"也是他向往的。要是世界上有调换一说，那么，全须全尾的他宁愿顶替受伤的玉楸，做个带伤但吃喝不愁的工人，也比在马家铺挨饿强。

匆匆赶来的马天禧对爹说，赶紧动身。这么紧要的时候，青州的胡言乱语，你还有心思听！玉椿叫你去，你赶紧去就是了。

那，我就去图河？爹说。

你还等什么？马天禧说，把电报给我，我去公社给你办路条。

夜里，探望和慰问的人散尽，家里冷清下来。爹催娘再次检点行装，娘劝他睡会儿，养足精神，留给路上用。爹说，玉楸不知死活，我哪能睡得着！

栗蓬儿他爹，你把心给我踏踏实实放回肚子里。娘说，玉楸没事，你放心吧，玉楸一点事也没有。

爹的眼睛在灯下显得很黑很大。没事？怎么会？他满腹狐疑。

娘说这封电报写得如此简洁，并非玉椿粗疏，其实是大有深意。除非存心惊吓父母，不然，图河的儿女绝不会把紧要万分的大事写得这么不明不白。娘说，玉椿和玉楸的真实意思不在电报里，他们的心思你该懂得吧，他爹？

什么心思？爹一头雾水。

娘说，他们叫你去图河。

是叫我去图河，电报的意思我明白。爹说，盯着娘，大惑不解。

是让你到那边干活过日子。娘说，玉楸根本没受伤，“工伤”，是写给大队和公社看的，那是唬人的幌子，是让你去图河的凭据。

不会吧？爹说，这么简单的事，用得着打电报吓人？

没有这封电报，大队和公社谁能放你走？娘说，单说到火器营这一路，有多少民兵把守。没有路条，头道卡子就截你个死死的。

爹恍然大悟，但仍放心不下，问娘，你是说，玉楸真的没事？

娘说要是不了解儿女的心思，包括儿女的歪心眼儿和坏主意，那算不得称职的亲娘。听念电报的时候，她也被吓坏了，但从惊恐慌乱里冷静下来，反复揣摩那七个字，总觉得里头有些蹊跷。后来，娘瞥见马长楼偷偷地给她使了几次眼色，真是福至心灵，脑子忽然敞亮，明白了藏在电文里的秘密。娘似乎看到玉椿和玉楸斟酌电文时的样子，必定是紧张和快乐交集。一双儿女知道老家的饥荒和全家的灾难，因而想把爹弄到图河吃国库粮。但爹没有远赴图河的勇气，马家铺特别是桥头镇也不会准许爹离开。要让此事成功，谎报工伤是绝妙办法。拍一封瞒天过海的电报，爹定会乖乖入彀，在骗倒手持棍棒枪支的民兵之同时，也让平日里不敢惹的爹娘上一回当，何尝不是件乐事。他们一定在等待享受爹慌慌张张到达时的窘态。

他们俩，小把戏，还想骗过我？娘说。

从紧张万分中松弛下来的爹先是埋怨玉椿和玉楸，说这俩孩子的欺瞒行为太鲁莽、太过分，吓得他的腿脚软了，脑筋浑了，想事完全失去了板眼，"一轮明月照窗下，陈宫心中乱如麻"。姐弟俩想出这等馊主意，让当爹的无端受天大的罪，该打！继而爹轻松地躺倒在炕头，说，这下好了，不必着急忙慌地走了。我吓坏了，浑身的筋被抽走了，没一点劲了，要先歇歇了。

不能歇，千万别歇，得赶紧走人，越快越好。娘说，玉椿和玉楸的小伎俩只能骗得了一时，如果爹迟迟不动身，必定使众人疑窦丛生。爹走得越早、越快，电报的效力越高。谁会阻挡一个奔波几千里去看望因公受伤也许伤得很重的儿子的亲爹呢？这是玉椿和玉楸两个孝顺孩子的天才主意，是老天赐下的绝佳机会，爹不能辜负了儿女的孝心。千载难逢，过了这个村就没这个店。要是此刻不走，时过境迁，再拿旧电报说话，谁还听得进！所以，早走一天，心里早安稳一天。反正路条也拿到了手，今天半夜动身，赶拂晓那趟火车，就是把玉楸和玉锁拉走的那趟火车。

那么说，我就这样去图河？

你还想怎么样？娘说，难道要八抬大轿抬你！

爹的心事很重。他说，看样子，图河是非去不可了，但到了图河，他能做什么？祖祖辈辈是庄户人，自己庄稼把式做得好不好另当别论，总归是一路做了下来。现在，抛家舍业去什么也不懂的地方，不能坐吃玉椿和玉楸吧。可是，他会什么技艺？唱得几口京戏算得了什么，自娱自乐消愁解闷而已。马玉锁那么年轻，讨生活尚且用了十八般技艺。自己年近半百却百无一能，靠什么过日子？总不能去那边种秫秫糯麦子吧，那还不如在马家铺。在老家，穷归穷，饿归饿，生死大家都在一起，心里踏实。

娘说，我可不想饿死，更不想让你们爷儿几个饿死。你摸摸自己的腿，浮肿消下去没有？还不是一摁一个坑，看着都吓人。你到图河吃几顿饱饭，说不定一下子就好了呢。栗蓬儿他爹你别想太多，尽管去就是。娘说知女莫若母，知子也莫若母。儿女的心思，唯有她做娘的看得最准。这种眼力，她比爹强得多。玉椿和玉楸都不是莽撞的人，特别是玉椿，随她的禀性，做事有章程，没有备好下一步，不会催爹千里迢迢赶去。爹虽然没本事，图河却一定有爹吃饭的地方。

那，我走了，你们娘儿几个怎么办？

娘说，放走爹，是让他去图河做做看，天可怜见，说不定就站住了脚跟，将来把娘儿几个也接去，当然那只是个梦，不能太多指望。要是爹真的干不好，连自己也养不活，那就回来。她守着这个家，就是守护着老窝。也说不定马家铺最艰险的日子已经过去，一家人就不会相距千里牵肠挂肚了。

那你说，我非得走？

娘白了爹一眼。

出走前，爹对娘和栗蓬儿说，他忐忑得很，格外心虚，十二分不安稳。要是玉楸真的出了工伤，他虽然不安以至于悬心悬胆，巴望一步到达图河，心里却是坦坦然然。眼下不太担心图河那边，心里倒生出了暗鬼——跟做贼似的，觉得生生亏欠了谁。爹说他这大半辈子，毛病归毛病，活得却是理直气壮，此时可倒好，以看顾儿子之名，行逃离故乡之实，瞒天过海，骗老乡亲。这事做得亏心。

娘说，都什么时候了，你还守着这些穷讲究？先给自己找条活路再说吧。

爹，你就当玉楸真的工伤好了。栗蓬儿说。

打住！爹说，这等不吉利的话，谁也不许再说。

爹潜逃的那个凌晨，残月如钩，夜色迷离，老笨槐的浅黄色小碎花落了满地，村子里弥漫着清新而苦涩的味道。

三

爹走后不久，马长楼也走了，再度闯了关东。他不是一个人走的，还带走了青州。青州活不下去，找到马长楼讨教"闯关东"的路数，其实他很难有"闯"的勇气，却正好与后者一拍即合。

他们走得十分诡秘，悄无声息地穿过犸虎岭，夜行晓宿，避开道道关卡，直奔海边，还是马长楼当年乘船的那个码头，搭乘的还是当年那样的木帆船，但马长楼少了当年的志向和锐气，多了些无奈与苍凉。

来向娘告别的时候，马长楼说，我从关东回来，为的是过日子，过太平日子，过饱暖日子。人谁不死？我就是不想死在千里之外，不想成为孤魂野鬼，想死在自己的老家，埋进老林，和父母祖宗在一起，那心里多踏实、多宁帖。可没想到饿死，饿死算怎么回事？我得走，再去我那侯家窝棚。再有，我想儿子了。天启家的你别笑话我，我真是想他了。他如今怎么样了？长得壮不壮、高不高、灵巧不灵巧？想得我整宿整宿睡不着觉，一袋烟接着一袋烟。天启家的，你看我，老了老了，倒真是没出息了。

娘说，六叔，过去了这么多年，你那孩子必定是个大汉子了，也必定早娶媳妇了，你这次去，能得大孙子磕的响头了呢。

马长楼说，不知道他娘还活不活着，也不知道他认我不认？

必定活着，也必定认你这个亲爹。娘说，天下人再亲，能亲过亲父子去？六叔你放心去，找到他们，还有你几十年的好日子过。

不敢想那么好的运气，只求平平安安度过这场饥荒。马长楼说，天启家的，我说句实话吧，马家铺待不得了，活不下去了。先别管有没有吃的，你看眼下有几个人干活儿？不说别人，单说我那五哥，勤快了一辈子，苦了一辈子，总共歇息过几天？张开两手数数，他这一辈子就没歇过满数。现在可倒好，歇了，成天歇着，懒得跟"叮当"似的，不拿锨，不拿锄，更不拿粪篓粪铲，就蹲在墙根儿吃烟晒老阳。他变懒了，他怎么变得那么懒！连带得天茂也不勤快了，成天没精打采的，哪天不是睡到日上三竿？人变了，变得叫人不敢认了。人心散了，就没什么指望了。天启家的，你看看全马家铺，谁家还安得下心来过日子，可又有谁像你家这样，在城市里有孝顺的儿女，有你们投奔的去处？这真是天启门里几辈子修来的福气。我看，你也带栗蓬儿和六月走吧。

娘说，我在，这个家还有个模样，栗蓬儿他爹要是回来，好歹还有个家接着。我要是也走那一步，他这一支，可就连根儿拔了。

马长楼说，天启是明白人，但凡有活路，他就不会回来。再说，你拖儿带女的，可太难了。

六叔，你还回咱马家铺么？娘问。

马长楼说，谁知道呢，我倒是想回来呢。也许会回来吧，也许就老死在关东山了。

日子越来越难过，随着凉意的加深，娘的眉头总是紧锁不开，显得又愁烦又焦虑，有时还无端对栗蓬儿发脾气。栗蓬儿长大了，真的长大了，懂事了，眼见得娘的身体越来越弱，白发越来越多了，就明白娘的艰难，垂着头，不还嘴，站在娘面前老老实实地听着，直到娘没了力气。

马家铺人都眼巴巴地盼着分秋粮，但知道分到手的会很少，比头年还少，这使娘犹如仓内空空的野耗子，因了对寒冬的恐惧，想尽一切办法积攒度过漫长苦寒的储备。娘搜寻各种能够塞进嘴的东西，但谁不怀着与她同样的心思和使出更加出奇的手段，将本来极为稀缺的吃食搜刮净尽，她的竭力挣扎成效甚微。

寒露过了，娘再次上门讨要马天禧欠下的钱，马天禧被逼得走投无路，就说，栗蓬儿他娘，我半路劫下玉椿寄给你的钱，不管当时多么无奈，也是做得不地道，早应该还你。那些钱救了凉河的命，加倍还你我都值。可你也知道眼下是什么日子，就是打死我，我也拿不出一块钱。马天禧指着他家天井和屋子说，你仔细看看我这个家，屋里屋外，有没有东西值二十块钱，你尽管拿走；要是几样东西合起来值这些钱，也行，你都拿走。要是你拿不动，我帮着拿到你家去。

娘不要东西，只要钱，要不到，拿粮米顶更好。但娘心里清楚，就算把马天禧家翻个个儿，也找不到粮米。这年月，全村没几户人家有粮米，即便谁家有，也都藏到神不知鬼不觉的地方，这本来是娘的独门绝技，现在家家精于此道，娘无可奈何。

两手空空回到家，娘躺在炕上翻来覆去，叹气了半夜，也没想出好法子。白白丢掉了二十块钱，实在于心不甘，就想再去马天禧家，拿些什么物件回来，虽然不顶吃，也许不顶用，心里总会舒服点儿，没想到马天禧的大队长被撤掉了，全村都在传这个消息，就不好在他倒霉的时候打上门去。想想那么多钱永无返还的希望，等于打了水漂儿，娘更加郁闷，难受了好几天，闷气了好几天。

秫秫和棒槌堆上场院，分粮在即，娘急中生智，想出个自以为成立的理由，声称玉楸的工伤痊愈了，爹在图河看顾儿子的使命已然完成，即将打道回府，说不定已经启程，不几天就要回来，因此，自家并非三口而是四口人，粮米当然应该分四份而非三份。

娘的拙劣伎俩瞒哄不了乡亲。爹一去不回头，等于宣告那封电报不过是骗人的把戏，玉楸的"工伤"就是图河那边做的局，而爹好不容易跳出苦海，哪能回来再进火坑？但娘逢人必讲，从碾盘街说到套街，自簸箕湾说到斗湾，不管人家听不听、信不信，只要碰到人，总要靠近去喋喋不休。说得多了，听的人还没怎么着，娘倒觉得爹真的要回来，没准儿已经登上了火车，也说不定在傍黑，就像前年冬初那样，天井里突然响起他拖着长长怪异尾音的"我回来了"……

娘找到马天禧的继任者马玉德，理直气壮地要求多分粮米，新任大队长没心思听娘的鬼话，打断娘的絮叨，明确宣告，除非爹立马出现，分粮米的磅秤上，断不会有爹的份额。

娘说，玉德，要是你前脚分净了粮米，你二叔后脚就进村，你拿什么补他的？你让他一冬一春吃什么？我可告诉你，我要是揭不开锅了，就到你家锅台边守着去，只怕你不揭锅盖，只要揭锅盖，就短不了我吃的。

马玉德说，二婶子，你别跟我放狠话，我才不信你的，你也做不出那没理翻缠的事。我明说了吧，天启二叔回不来，他不会回来，谁心里不明白？你还拿这不着边儿的话来瞒哄我！

娘说，玉德，谁说我做不出来？那是太平年月，眼下我什么没模样的事都做得出来。我今天就没理翻缠一回，我把狠话放在这里：要是不分给我够数的粮米，我和六月就一根绳子吊死在你家门楼里。

马玉德说，你别吓唬我，我也不怕你吓唬。干脆，你连栗蓬儿也带来，一块上吊算了，我把门楼给你腾干净。

娘恼羞成怒，说，我家栗蓬儿才不死，我要他平平安安长大，长大了找你算总账。

马玉德不再理睬娘，"哐当"，关紧了大门。

恐吓不起作用，粮米没指望，弄得自己灰头土脸没了模样，娘想哭，却不能让人家看了笑话，这场哭就拖到了傍黑，简单的后晌饭吃过以后，娘收拾了一半家什，无力地停下手，坐在饭桌边的矮凳上，哭得哀哀凄凄。

娘真是太虚弱了，虚弱到失去了大哭的气势而无限接近巴掌娘的哭泣风格。伴随着断断续续的抽泣，她在絮絮叨叨地说些什么。

娘想爹了，盼望爹赶紧回来，最好即刻出现在家里。娘喃喃地说，她对即将到来的冬春非常害怕，觉得前面是阴气森森的大水，无边无沿，没船没桥，什么也没有，就是汪洋一片，看不到渡过去的任何指望。娘说，粮米少得可怜，柴火也不够烧，真到了弹尽粮绝的时候，怕是叫天无路，叫地无门，她一个妇道人家，哪能应付得了。

"兔子满山跑，总得回老窝"。栗蓬儿他爹，你还是回来吧，要不你把我们娘儿几个赶快接走，接到图河去，接到别的地方去也行，只要离开马家铺，娘低声哭着说，这个家，我是实在撑不住了。

不止娘撑不住，桥头镇完全小学也快要撑不住了。虽然上课铃摇得跟从前一样响亮，但学生越来越少，每间教室都严重缺员，春雨一般翻动课本的声音和暴风一般的朗诵再也听不到了。每天清晨，好几个班级的老师站在大门外傻傻地等，期待那些不声不响退学的学生突然出现，但是，老师们望穿秋水，学生只减不增。情急之下，老师和学生分成小组去退学的同学家里，劝解、催促他们来上课。班长乔子坡派栗蓬儿和一个同学结伴，去董双来家劝学。栗蓬儿在邹家庄没见到同桌。董双来的娘，一个脸色黄黄，缺了好几颗牙齿的女人，浮肿得脱了相，站不起身子，有气无力地告诉栗蓬儿，她家已经好几天没有饭吃了，一门老小饿得东倒西歪，儿子董双来和他的弟兄姊妹，都已放出去打食儿。不管是到地亩里翻捡，还是投奔亲戚家，抑或端起碗要饭，弄没弄到吃的，活不活得下去，全靠他们各自的造化了。

上学？你俩看看，我家双来还能上学不能？气息奄奄的老女人说。

学校决定提前起地蛋，这比正常的年份提前了差不多半个节气。老师说今年天气冷得早，不定哪天突然下霜，冻坏了全校师生的心尖宝贝，赶紧起获了吧，吃到肚子里保险。也有学生看见，李明舜老师半夜不睡，披星戴月到地蛋地巡视，并用手挖去浮土，验查地蛋的长势和成色，都眼巴巴地等着地蛋充饥。

收获地蛋之喜庆如同隆重的节日，学生们赤膊上阵，铁锹比着土垄深深铲下，或镢头从地蛋墩前往后刨起，连根带土拔出秧子，黄白色的地蛋要么散落在土穴里，要么如同珍珠般摘下，集零为整，堆放到一起。

很难说地蛋的成色有多么好，但铁锹的每一次撅土，秧子的每一次拔起，累累垂垂的地蛋引起的喜悦不亚于迎来百年不遇的丰收。各位老师名下的地蛋不用磅秤，脸盆计量也很准确，即时把每位老师分得的地蛋分别拢堆。学生们也能分享劳动果实——每个班可分到一些熟地蛋，收工后立即兑现——伙房的大锅注了水，乔师傅麻利地点燃灶底的火，地蛋已经运抵伙房。

栗蓬儿跟乔子坡说，能不能把董双来喊来一起吃？

那怎么行？班长说，他又没来起地蛋。

可他也没少干活儿，栗蓬儿说，起垄、栽秧、浇水、锄草、浇粪，哪样他都没落下。

那也不行，班长说，退学的人那么多，不能光叫他一个。

那就都叫来，凡是干过活的都来吃，栗蓬儿摩拳擦掌，东桥头、西桥头、邹家庄和毕家湾，咱们班退学的同学就在这四个村。董双来在邹家庄，邹宝轩也在那里，他俩稍远一点，我去，我跑得快。东桥头和西桥头的同学你去叫，再派个同学往毕家湾跑，肯定赶趟。你和老师说说，吃地蛋的时候等等我，我保证把董双来叫来。

不行！乔子坡斩钉截铁，去，干你的活儿去。

栗蓬儿很不高兴，想找李老师为董双来求情，但当他看到老师们看地蛋的眼光与饥饿的鸟儿看肉虫儿的一个样子的时候，登时失去了勇气。他得打别的主意。

栗蓬儿借拖拉地蛋秧子的时机，趁大家不注意的当儿，在凸凹凌乱的某个地方掏个坑，偷偷埋下几十个地蛋。他很紧张，听到班长喊他，吓了一跳。

班长让栗蓬儿带几个同学，把地蛋给老师分别运去。

佟校长饿得皮肉松弛，胖脸松松垮垮，看到地蛋被栗蓬儿们抬到他的卧室兼画室，兴奋得眼睛直放光。

放在这里放在这里，慢一点慢一点。他说。

按照他的指令，在那幅巨大的荷花画立轴下面，栗蓬儿他们把荆条筐里的地蛋慢慢倾倒在地上。校长让学生捡了些砖头，搭起半圈一拃高的矮墙，把他的宝贝围护妥当。

辛苦辛苦！洗洗手洗洗手，佟校长今天特别客气。他冲着厨房喊，乔师傅，再加把火，煮快一点，同学们都饿坏了。

铁主任的家在毕家湾，他亲自领路，三四个同学轮流抬地蛋筐送到他家，没有半个时辰回不来。陈老师的地蛋刚分到手，她的男人，一个短小精干的中年人，一副担杖挑走了。李老师是单身汉，他名下的地蛋都用来接济他娘。据说李老师打小没了爹，是被他娘独自带大的，他特别孝顺。他娘所在的那个县，饥荒比苍蒲要厉害得多。用佟校长的话说，这些地蛋"可以解李明舜老师萱堂于倒悬。"孝子李老师珍重地将地蛋放入麻袋，靠牢墙角，好像守夜似地看着，打算次日清早运回家乡。

热气腾腾的熟地蛋用老师们的脸盆从伙房端到教室，稳稳地放在讲桌上。这些地蛋多是个头小的或被镢头铁锨铲残的，分配公平是件很难的事，偶尔出现个把块头大的地蛋，与很小的、半个的、小半个的如何搭配，很费了班干部们一番脑筋，导致地蛋大餐迟迟不开吃。同学们在座位上眼巴巴地等候，都使劲咽口水。地蛋的香气渐渐飘没了，大家失去了耐心，敲课桌，踏脚板，在砖地上跺出节奏分明的抗议，再后来大家迫不及待地乱喊：快点分，饿死了！

吵什么吵什么！连这点时间也等不得！乔子坡说。

地蛋大餐必得所有学生同时开吃，方能显出气势，也使学校的恩典更为隆重。如何协调才能做到整齐划一，弄得学生头目们乱了套，在老师办公室和几个班级之间跑来跑去，最终不得不放弃全体同学一齐大吃的辉煌计划，改为每个班各自行动。乔子坡和几个班干部把地蛋一一分到同学们眼前，有三个的，也有三个半的或四个的不等。都放在课桌上，严令谁也不许动！他揣好自己的那一份，飞快地跑去请老师莅临。

李老师很庄重地站上讲台，他心情很好，饿丢多日的激情重新汹涌，地蛋大餐开幕致辞极其精干，酸得要命：

同学们，请吃吧。

话音未落，栗蓬儿的地蛋吞下大半。他站起来探身向讲桌上的脸盆望去，巴望去捡点残余，只此一犹疑，便失去了机会。抢先扑上去的同学遮挡了那两个空空的搪瓷脸盆，地蛋豆子和地蛋皮被抢得净光。

清洗干净餐具（不过是脸盆而已，哪里用得着洗，都刮得干干净净），恭敬地送还老师，已是日薄西山的时候，教室里的光线暗了下来。坐在课桌前，栗蓬儿打开语文课本，就着残光装模作样看课文，背起书包的班长很是诧异。

马玉槐，散学了。他邀请栗蓬儿同行。

你先走，我再看会儿书。栗蓬儿说。

虽说栗蓬儿的学习有大长进，但下学后不回家，独自留在教室里温习功课，却是头一遭看见，乔子坡疑疑惑惑地走了。

西边天空的红光迅速暗淡下去，正房上几尊檐角走兽的黑色剪影变得模糊了，院子里流动着似烟似雾的气体。校长太太驾临"房屋子"，与丈夫的吵闹声高起来，夹杂着哭和骂，还有抛掷或摔打物品的声音。佟校长的声音不高，似乎在辩解或求告。

正是好时机。

栗蓬儿把空书包挂在胸前，从窗户里望了望正房，一切正常。他装作若无其事，快步走出教室，走进大门门洞，蓦然撞见门担提子上坐着的乔师傅。

哈，马玉槐！乔师傅说，你也懂得用功了？

此时此刻，不是说话的时候，栗蓬儿朝乔师傅笑笑，没敢搭茬，赶快跑出了校门。

零零乱乱的地蛋地里，栗蓬儿仔细打量方位，以确定埋藏地蛋的地点。作为标志之一的大叶子苘麻静静地站着，他用脚步量了一下距离，跪下去，两手挖土。

栗蓬儿的手触到了石块，没有地蛋，向四周扩展搜索，还是没有。他很焦急，挪了挪地方，再次对准苘麻，踩一踩脚下，土似乎很暄，好，应该是这里。栗蓬儿跟野耗子挖洞似的，把浮土从两腿之间刨向后方。他的手探究着摸下去，心里一下子踏实了，宝贝仍在。

栗蓬儿没有想到，他的一举一动，都在一双眼睛的监视之下。那双眼睛随着他走出校门，走进狼藉一片的地蛋地，看到他找不到赃物的急躁和失而复得的喜悦。当栗蓬儿把地蛋收进书包，小心地系紧书包带，从跪姿变为站立的时候，两双眼睛骤然相撞。越来越浓重的暮色里，相距挺远的两个人都明白，他们在对视。

地头上站着班主任李明舜老师。

过来，李老师轻声命令，到这边来。

栗蓬儿不动。

片刻之后，李老师慢慢走过来，站在栗蓬儿面前，暮色中显得越发瘦削。

你让我失望，马玉槐，你太让我失望了。李老师说。他的声音不高，很审慎地斟酌着言语，说在起地蛋的时候，栗蓬儿的反常举动就进入了某位同学的眼中，当然，这个同学的名字栗蓬儿不必知晓。该同学悄悄报告了李老师，他当时批评那位同学多心，同学之间应该互相信任，不可以彼此猜疑。但他心里并不踏实，格外关注栗蓬儿，就看出了栗蓬儿举止的蹊跷。他宁愿看到的是假象而不想坐实，因为他一直认定，栗蓬儿可以不是成绩优秀的学生，可以是调皮捣蛋的学生，却不可以做出有损于品行的事情。这种偷偷摸摸的行径，断不应该是马玉槐同学的作为。做老师的他，不能接受德行有亏的马玉槐。

马玉槐你真不该偷地蛋。你吃不饱，现在谁吃得饱，不都在挨饿？不管怎样说，挨饿也不能成为偷盗的理由。李老师说。

已经发现并起获了有同学私自藏起的地蛋，李老师说，没想到同样的事情再次出现，而且发生在马玉槐身上！为此他十分痛心。必要的处分是要给的，且要布告全校，以儆效尤。他命令栗蓬儿跟他回学校，上缴赃物。

别没收地蛋行吗，李老师？把地蛋留给董双来吧，他和他娘几天没东西吃了。栗蓬儿说，紧紧抱着书包。

你说什么？李老师说。

栗蓬儿说，这些地蛋应该给董双来吃。刚才吃熟地蛋没他的份，那他应该有权利分生地蛋，地蛋地里的所有活儿他都干了，起垄、栽秧、浇水……

你是说，这些地蛋，你是给董双来留下的？李老师打断栗蓬儿。

栗蓬儿点头。

李老师说，跟我来。

红色的大满月升起来，李老师引栗蓬儿走出被翻腾得乱七八糟的旧日操场，离开学校远一些。一前一后，两个人走到一棵椿树下。

听着，马玉槐，李老师把声音压得很低，你赶快把这些地蛋给董双来送去，不知道他家现在怎么样了，你回来马上告诉我。

李老师又说，你到董双来家说什么理由都行，比如说是学校发的，同学给的，或者就说是你送的，这是你拾坡所得，或是吃不了才送的，只要他们相信就行——实在不相信，也管不了许多。这件事，到此为止，一风吹走，再无声息。这个世界上，天知地知，你知我知，再别跟任何人说起。你可记住了？

栗蓬儿忙不迭地点头，紧绷着的心弦猛然松弛。他拔腿要跑，他要尽快送到邹家庄，送到董双来家，他渴望见到那个很久不见了的同桌。

叫住栗蓬儿，高而瘦的李老师站在栗蓬儿面前默默无语，最后，他破天荒地摸了摸栗蓬儿乱发蓬蓬的头，惋惜地说，马玉槐，新学期里，你的确很有进步，不过还不够。你的功课要是能赶上去，你要是对读书的兴趣再多一点，那该多好。

尾 声

栗蓬儿辜负了李老师的期望,不久,他的六年级第一学期的课程戛然而止。他离开了桥头镇完全小学。

爹在图河为栗蓬儿找到一所特别的学校,也教语文和算术,不过那是应景儿,主要的课程是学车铣刨磨焊,也开课教木匠、瓦匠、铁匠、裁缝、厨师等手艺。老师多是从工厂里请来的老师傅、大工匠,也有街道饭馆里掌勺的。学制两年,毕业后,"视社会需要"给找活儿干。新生也要有文化,文盲是拒收的,起码得识文断字。栗蓬儿的功课差劲,考入正规中学很难,进这所学校当绰绰有余。

这所学校叫红旗中学,是半工半读学校。爹认为,栗蓬儿上这所学校或许是条出路,也合乎他好动手不好动脑子的天性。

图河的中学按顺序起名,比如第一中学、第十六中学什么的。市里的几个大工厂都开办子弟学校,有小学也有中学,名字不依市里的排序,自己另起炉灶。如果将图河市的中等教育比作大家院,这两类学校可以看作是嫡出,有名分,有地位,有出息,受宠爱。红旗中学是图河唯一的工读学校,名头听起来响亮,其实很丑,充其量算庶出,往哪个序列都排不进去,入不了正规学校师生的法眼,更被家长瞧不起。孩子调皮捣蛋,父母就会吓唬说,再不好好念书,将来得上红旗学校去!图河市开学生运动会,各个中学的运动员在大体育场里列队,正规中学都不愿意排在红旗中学旁边。他们遵从近墨者黑的圣贤训诫,都尽可能远地避开瘟疫似的工读学校。也难怪人家忌讳和排拒,从常理上讲,进不了正规中学,除了成绩太差,学生的品行也总有值得怀疑的地方。据说在这所学校里,聚众起哄打架斗殴的事,隔三岔五就有一出。栗蓬儿的野性未驯,与"差生"在一起,弄不好如鱼得水,走到歪路上去。爹说,这是他最大的疑虑。

爹在图河某个已经"下马"的工厂遗留下来的工地下夜,看护那些没用完的钢筋、铁丝、跳板、砖石、杉杆、洋灰、石灰、沙土……即更夫,爹自称"值班员",是姐夫老苏求人为爹谋到的差事。这个活儿虽然挣钱少,但不需要技术，也不费力气，正合爹的心意。

爹到图河后，看到的、遇到的事大都不出娘的预料，使爹对娘佩服之至，比如离家出走时，娘执意要他带上的"选民证"，是三年前用过的，爹当时随手就扔掉了，被娘小心地收了起来，在图河起到了扭转乾坤的作用。那张小小的纸片，证明着爹的家庭成分不高和自身履历清白，老苏再找熟人疏通关节，爹便成了有响当当城镇户籍的图河市民，粮票和其他所有票证都顺理成章地领取到手，爹说娘简直是未卜先知，算得上女中诸葛，栗蓬儿的走或留，都由娘说了算。如果娘觉得栗蓬儿可以上这所学校，那就让他去图河。栗蓬儿年岁小，民兵不会拦截他；父亲已有正式工作，儿子在图河也有望报上户口。爹在图河有个瓜蔓子亲戚，论起来栗蓬儿叫她表姑的人，正在苍蒲探亲，假满后回那边工厂上班。她接受爹的委托，愿意顺路把栗蓬儿带去。

秋雨连绵，娘踩踏着泥泞去了一趟三十里铺，次日即匆匆赶回。之后娘不出工，在家里紧着洗洗涮涮缝缝剪剪补补连连……娘手脚不闲，很少说话，眉心的川字纹分外深重。

雨不断地下，淅淅沥沥的，阴湿湿的空中总有滴不尽的水。虽有苫席罩严了柴火垛，也抵挡不住雨水长时间的浸润，从它的肚子里掏出来的柴火散发着潮气，摸上去黏黏的，灶坑里的火总烧不旺。栗蓬儿使劲拉着风箱，往锅里下笊篱的娘忽然停止动作，六月叫她，她才醒过神来，赶紧打捞煮烂了的混合面面条。吃完饭，娘坐在炕上，很久很久不动，在滴答滴答的雨声里看模糊的窗户纸出神。

掌灯。娘说，六月点亮了油灯。

在昏暗的灯光下，娘又开始了缝补。补完一件，娘的嘴巴凑近衣裳，侧一侧脸，咬断细线，在线头上捻个结，再补另一件。线短了，线尽了，娘用在舌尖上蘸湿的食指与拇指轻捻新的线头使其尖细挺拔，再次纫针，并从中指褪下铜顶针换到食指戴上，揉揉僵硬的中指。把灯拿高点儿。娘说，六月就把灯放进"婆婆眼"①。栗蓬儿半夜醒来，油灯还亮着，屋里还响着穿针走

---

① 婆婆眼：在堂屋和里屋之间的墙壁上留出的长方形洞口，用来放置油灯以节省灯油，也便于窥视。亦称"雀儿眼"。

线的声音。娘在"针姑姑"①上换根大针，纫上粗线，左手把千层布的鞋底凑近来，右手里的锥子比着密密麻麻的针脚扎透，几乎在拔出锥子的同时，右手中指和无名指夹着的大针迅速从鞋底穿过，鞋底翻转，捏住针的手斜斜上扬，把麻线拉长到空中，随即两手凑近，屈起右腕将麻线抎一抎紧。娘的做工行云流水，时间久了，她会把锥子抿入苍白的头发，左右轻轻蹭几下，算是磨快锥尖。娘紧闭着嘴，脸上的皱纹空前簇集。有时，娘停下针线，眼神凝重，像在思考顶重要的事。白墙连着顶棚，娘的影子凝然不动。

几天以后，娘的眉心舒展开来。

栗蓬儿，你去找你爹吧。娘说。

家里只剩下娘和妹妹，栗蓬儿不放心。

你别管我和六月，管好你自己。娘说，你跟老师好好说说，把这边的学退了，好好谢谢老师。老师教育你一场，费了多少心血，太不容易。我给你收拾路上的东西，你自己也做些准备。

栗蓬儿没什么可准备的，只想为娘和妹妹再做点事。他天天到西井挑来水倒进水瓮，保持清水与瓮沿平齐；带着妹妹糊好了新窗纸，留出的卷窗儿开阖更加灵便；用废砖在东墙下砌了个很结实的鸡窝——娘还想养鸡，先为她未来的鸡宝贝们建好住处；家里的柴火太湿，也不多了，他要打些柴草储备起来，让娘不愁烧的。他在老林里拉动草筢子，绕着大大小小的坟冢筢草。爷爷嬷嬷的坟上，狗奶子又红了，风吹过，衰草飒飒，像是爷爷胸腔里发出的苍老叹息；牌坊下三嬷嬷与她日夜思念的三爷爷终于在地下见面了，他们知道马玉锁的断然出走吗？如果知道，他们会心安吗？与他们离得很近的是马天云夫妇的大坟，"忠孝双全"的碑文字数很多、字体很小，鎏刻得密密麻麻的，没有标点，半天也念不通；马子孝的坟蓬蓬松松，在枯黄的拉拉秧的覆盖下，有不名小动物窸窸窣窣逃窜掉了；马长亭的后事虽然办得潦草，但沾九嬷嬷的光，阴宅颇为巍峨，在众多的坟茔里特别显眼。很大很厚实的供桌下，埋有几乎已是成品的铜板凹镜，那是栗蓬儿对老友的最后祭奠。

---

① 针姑姑：将截成小段的秫秸瓢子集为一组，固定在窗棂上用以插针，其用处与南方的"针婆婆"相似。

软柴不经烧，需要给娘和六月积攒些硬柴。秋风长长的、劲劲的、凉凉的，树木枝叶凋零。栗蓬儿到东坡和落甲河畔的果木林子里捡拾落枝，并不多，恰好队里分下三亩秫秫茬，比干草经烧。阴而不雨的日子，栗蓬儿缠好绳子，扛起镢头，和娘来到北洼。

娘，我刨，你磕打秫秫茬上的湿土。栗蓬儿说。

这活儿并不难干，栗蓬儿想快点干完，他也有信心很快干完。镢头是他在马天茂的指导下为自己做好的。镢把是精选的梧桐木，质实而轻，无疤无节，光滑油润，其长短、粗细和弯曲度恰到好处，举过头顶，镢头似乎急于坠落，无须耗费主人下力而自己钻入土中，只用七分力气，即可出十分的活儿。栗蓬儿扬起镢头，一口气跨行刨过去，地里翻出了很多秫秫茬。他伸直腰，稍稍歇息，突然，传来了娘的恐怖叫声：

我的娘！

栗蓬儿回头看，见娘倒在地上，他大吃一惊，赶紧奔过去。娘缩做一团，浑身战战地抖。栗蓬儿顺着娘勉力举起的手去看，秫秫茬下跳出个很大的癞蛤蟆，鼓胀的身体沾满泥土，比平时庞大了许多，踞蹲在地，四肢蓄力，虎虎生风的一双大眼睛瞪视着娘，随时都可能蹦起，咄咄逼人的架势吓得娘灵魂出窍。娘怕长虫，栗蓬儿早已领教，但娘在癞蛤蟆面前的惊骇程度如此剧烈，是他从来没想到的。娘的叫唤恐怖到变声变调，是她怕极了的本能反应。

栗蓬儿挥起镢头，把癞蛤蟆打死，并把血肉模糊的尸体弄到很远。他走回去扶娘，娘说，不用，我自己慢慢起。看吓掉了魂儿，半天缓不过劲来的娘艰难地起身，栗蓬儿忍不住嘻嘻笑。

不准笑！娘拍打着衣裳，但衣裳上的湿泥越拍越多。娘说，你刨秫秫茬的时候，顺便刨刨四周。要是看见癞蛤蟆，把它们都打死，一个不留，快点弄走，弄得远远的，别让我看见。

癞蛤蟆不咬人，它们才不咬你。栗蓬儿说。

那也不行，我的腿现在还是软的。娘余悸犹在，紧张地巡视四周的每一墩秫秫茬。越怕什么，娘越是寻找什么。

平日里厉害无比的娘居然胆小到这种地步，想起上次娘被吓晕，栗蓬儿又想笑，但他不忍心让娘再担惊受怕，就坚决让娘回家，说这三亩地的秫秫莛等于小菜一碟，自己能干净利索地弄回去。看娘犹豫，他双手把娘推出了秫秫地。

栗蓬儿向他的伙伴求援，巴掌最先响应。巴掌现在又高又大，个头已经远远高过气势雄豪的砦门里三嬷嬷，即将进入壮劳力的行列，干这点活儿不算什么，百岁和凉河也来帮工，不到两天，秫秫莛全部刨出并磕打干净，他用小车运回，准备在天井里另起个柴火垛。很快，栗蓬儿们熟练地垒起圆圆的底座，把潮湿的秫秫莛晾晒在天井、墙头及大门外的闲置地面，并铺满济南府大伯父家的院子。

完工那天，娘很高兴，要儿子把大家邀请进屋，说要给做顿饭吃。伙伴们说不用，栗蓬儿已经请过客了。

栗蓬儿请伙伴们吃的，是一堆核桃。

在紧锣密鼓的敲击声里，磨盘上、瓮沿上、砖阶上、门轴旁，落下了很多核桃仁碎屑和残破的核桃壳。大家意犹未尽，舔得唇齿发木。

这也算是朋友们为栗蓬儿饯行。

娘拍打干净襟袄，接着拍拍双手，把儿子叫到西屋，让他面对面盘腿坐到炕上。这是隆重的待遇，栗蓬儿首次得到。

娘说，栗蓬儿，明天你就该走了，到图河去，找你爹去，上那个红旗学校去。栗蓬儿你到了图河，就跟你爹说，一文钱也得攒，攒多了给我打回来，最好想法再弄点粮票回来。你就说这是我说的：今冬明春，马家铺的日子会很难熬。

娘，那我不走吧，我能干活儿，在家里我能帮你。栗蓬儿说。

娘笑笑说，你还是走吧，你的饭量太大，你一个得吃我和六月两个的，就没见你有吃饱的时候，我看你的吃相就害怕。你到你爹那里吃饱饭去。

咱们三个人都找爹去。栗蓬儿说，哥哥姐姐也在图河，咱全家人就在一起了。

娘说，她也动过这个念头，但她在三十里铺的弟弟弟媳也就是栗蓬儿的舅舅妗子全身浮肿得快迈不开步了，已经没有力气上坡干活，而姥爷姥娘饿成了皮包骨。这样的要命关头，娘不能撇下他们远走高飞。娘又说，前几天她回娘家，发现舅舅和妗子不孝顺，把最后的吃食先偷偷塞给儿女，空让两位老人嗷嗷待哺，见到赶去救援的女儿，年逾古稀的两位老人连哭的力气也快没了。

过几天，我求人推辆小车，把你姥爷姥娘接到咱家。有我和六月一口饭，就有你姥爷姥娘一口饭。娘说，栗蓬儿你放心，你走了倒好，就算是给你姥爷姥娘省下了口粮。

栗蓬儿说，那，我就走吧。

二哥，你还回来吗？六月问。

我要是学好手艺，能挣钱了，就回来接娘和你。栗蓬儿说。

二哥你的手快，你肯定能学好手艺。六月说。

六月，先别缠你二哥，我有几句话跟他说。娘说。

栗蓬儿心里有些不安。他虽然不敏感，对艰难时事也有了切身的体验。春天的饥荒早已把家底耗尽了，即将到来的这个冬天，特别是明年青黄不接的时候，娘和妹妹靠什么撑下去？他不知道。他也不知道自己远走图河，是娘为他安排的一条生路。他只知道，自己要去的那个遥远的、陌生的，因而有些神秘的地方，是个"新生的城市"，有一所名声不佳的工读学校在等待着他。现在，娘要训诫他，"几句话"其实很长，长得让栗蓬儿后来昏昏欲睡。

娘说，她对两个儿子同样爱惜，但对他们的期望不一样。娘的理想是，玉楸由中学而大学，一直念到庄户人家以外，穿制服，使钢笔，做公家事，吃国库粮，做个出类拔萃的人物。而栗蓬儿，应该做个与马长骓、马天茂，或最好与马玉锁差不多的庄户人，庄稼地里的十八般技艺样样拿得出手，往人堆里那么一站，比谁都不矮，比谁都不差，谁都得敬重三分。

娘说日子过到这一步，完全打乱了她的计划，真是世事难料。玉楸断送了锦绣前程，爹丢弃虽然半生不熟却也侍弄了大半辈子的庄稼。而今，栗蓬儿要走一条她从未想到的路，她的心里也曾七上八下。

娘说她想了好几天，最终撒手放儿子走，虽然是万般无奈之举，但栗蓬儿要走的未必不是一条可走的路。娘说爹固然生性浮躁毛病多多，有时心思却明澈得很，这次，他的眼光就看得准，也看得长远。眼下，马家铺没饭吃；将来，也看不到庄户人家的出路。索性让栗蓬儿出去闯一闯。闯得好，将来有望自己顶门立户；再不济，也比到海北要饭强。

到了那所学校，如果让选择的话，后厨大师傅就是公家叫"炊事员"的，应该是栗蓬儿的首选。娘说不论世事如何变动，人总得吃饭，饭铺总要开，大师傅跟柴米油盐最亲近。三百六十行，饿到谁，也饿不到大师傅。如果学大师傅没机会，那就学木匠。有一手木匠活儿，走遍天下也用得上，不论工厂还是农家，建房修桥，门窗桌椅，连擀面杖和饽饽磕子，都出自木匠的手。再者，跟木头打交道总比跟钢铁块子打交道要平安些。玉椿的电报曾把娘吓得不轻，娘也由此想到"干工业"的不太平。血肉之躯是天下最柔软的东西，怎能顶得住尖利刚硬的铁块子！

如果学不成木匠，就学瓦匠。没人跟波螺牛子似的背个硬壳子走路，谁不在屋子里睡觉呢。学成瓦匠手艺，一辈子都有你的活干。娘说，有活干，就有饭吃。人有饭吃，那还怕什么！

红旗学校既然不是正规中学，又被人家瞧不上眼，必有其不好之处，这是娘最担忧的。不管你学哪样手艺，不管你能不能学成，栗蓬儿你可不能学坏，千万别把路走歪。娘说，技艺、本事、手段，论到底都是为吃饭的。那么，除了吃饭，人还应该懂得做人的道理。娘说栗蓬儿的天性里太多野性，而野性难驯，最易让人把路走歪。正路和歪路，好人和坏人，娘给出的界限只有一条，即不要"妨人"。

栗蓬儿你打小是个不驯服的孩子。你爹管不住你，谁也管不住你，只有我能管住你——有时候连我也拿你没办法。我管得你狠，比管你姐姐哥哥都狠，你别怨为娘的心狠手狠，那是我为你好。娘骂你打你的时候心里也不好受，可不打不行，不打你就会走歪路。从五岁我打到你十三岁，也没把你完全打服。今后你离我那么远，我想管也够不着你。都说儿大不由娘，儿远也由不得娘。可你别觉得离得远我管不到你，你就可以胡来。告诉你栗蓬儿，我管不到你，自有天管你。人做的事，老天都给你记着，一事一行，一笔一账，分毫不爽。你可给我记住了？

栗蓬儿困得朦朦胧胧，娘的训导还在继续：

别和城里人一般见识，人家要是欺负你，你忍着点让着点……城里人太精明，心也狠，你遇事要留点心眼儿……不准你打架，人家要是打你，你能不还手就不还手，能跑就跑。算命先生说你两手都是断掌纹，打架斗殴下手太狠，要是打坏了别人，怎么收拾烂摊子……

娘的训诫课一旦开讲，就别指望在短时间内结束，非要把听者的耳朵磨起膙子才肯罢休，不过，看儿子迷迷糊糊的样子，娘便停住不说，而竟然没发火，只怜爱地看着儿子。听不到娘的絮叨，栗蓬儿反倒清醒了，睁开艰涩的眼皮，等待似地看着娘。

唉……娘长长地叹了口气。

你的盘缠，你爹已经备齐了。娘说。

所谓盘缠，大头儿是从火器营到图河的火车票钱，是爹托人捎回来的。爹在图河每月挣二十四块钱，他昼夜值守在那个"下马"了的工地，所有开销都精打细算，只买最便宜的饭食，自己也起伙做一点，吃得极其粗粝，就时不时应玉椿和老苏邀请，到女儿家的饭桌上犒劳一下自己，也省下饭钱。爹干了两个月的"值班员"，硬是从嘴里抠出了二十二块钱。玉楸打自己攒下的钱里拿出八块交给了爹，加上父子俩省出的几十斤粮票，爹一并托人捎回了老家。娘把车票钱先数出来，卷稳妥，掖进大襟的暗兜，待"表姑"来时交给人家。多出来的八块钱，放三块在儿子手里，千叮咛万嘱咐，说不到万不得已的关头，轻易别花掉。路上吃的干粮，装在棉袄的深兜里，是用水笼布包裹的叠成长方形的煎饼，煎饼里夹有切成细丝的萝卜咸菜。娘说，这是你的命根子，你可得藏严实了，吃多少，往外掏多少，别都露出来。

在栗蓬儿背负的硕大包袱里，有件皮褥子，是用二青的毛皮做的。娘请人把二青的皮熟化了，贴了黑布里子，团做一卷，说带给爹睡觉时铺在身下防寒。娘说，栗蓬儿你也要小心，别仗着年纪小火力壮，不管不顾地随便倒头就睡。身下必得铺些东西，多铺些更好，哪怕铺层谷秸也好，千万别落丛其五的下场。有爹和哥哥的棉衣和棉鞋——父子俩走得都不从容，没带去过冬的衣裳——有外甥小崽儿的虎头鞋帽，还有娘为马玉锁做的一件夹袄。

最奇怪的是包袱里塞入了栗蓬儿的一双鞋。这是娘揭袼褙儿、纺麻线、纳鞋底、上鞋帮、绲鞋口，连夜赶做出来的布鞋，圆口、黑面、麻线粗、针脚密，挺括、结实。这让栗蓬儿不能接受：娘不是很早就认可他可以不穿鞋，一辈子都不穿吗，为什么变卦？

娘的解释是，图河不比马家铺，城里不比乡村。城里规矩多，那所红旗学校多半不许栗蓬儿打赤脚。也许他光着脚刚刚踏进学校大门，就被逮住教训一顿。儿子千万别把马家铺的自由自在当成普天下都通行的东西。退一步说，即使图河容忍儿子不穿鞋，那，城市里的大马路硬邦邦直愣愣，没准儿哪儿搁着钢铁块子，弄不好会伤了他的脚。娘说，栗蓬儿你就穿上鞋吧，眼下不穿也行，到了图河，你就把鞋穿上。这双鞋是娘比着你的脚做的，一准儿合脚。要是穿着不利落，你就忍几天。忍些日子，兴许就利落了。城里人可都是穿鞋的，你迟早也得穿鞋。听娘的话，穿鞋，为娘的不能让城里人也把你当怪物看。

还有绳子串起的杂什：一辫大蒜、两捆大葱、秌秌苗笤帚、长把葫芦水瓢，滴里当啷的，栗蓬儿提起来拖泥带水十分累赘。他很不想带，说这也太费事了。娘说，不费事，也不太沉，你有的是力气，力气是省不下也攒不住的，不用就白瞎了。带上，这都是图河紧缺的东西。

本来还想请马天茂给栗蓬儿剃头，无奈乱七八糟的事儿占住了时间，终于没顾得上。乱发蓬蓬的栗蓬儿背上一个巨大的碎花蓝布包袱，肩挎差不多同样大小的褐色土布包袱，人几乎被挤没了。两手端着那串图河稀罕的物件，他在天井里叉腿而立，薄薄的黑棉裤下，是用心洗过的一双赤脚，壮硕粗陋，野性十足，脚掌笨拙厚实，脚背似山似梁，脚跟如础如柱，脚弓蓬勃隆起，脚趾放肆地大大分开，似乎还要无限扩张，这副模样让来接他的"表姑"惊异地张大了嘴巴。

你就这样走？表姑说。

表姑已经接近四十岁，可她长得少相，搽了很厚的雪花膏，面皮白净，脑后没留纂儿，乌黑的头发吹烫得蓬蓬松松像雄狮鬃毛，使发福的圆脸看上去不很臃肿。娘夸她年少、好看，表姑立即笑得满脸灿烂，用苍蒲味很重的普通话说，哪里哪里，表嫂子你过奖了，我早就不年少了。

在马家铺，乃至在整个苍蒲县，庄户人极其看重和保守老辈人的所有特征，不允许丝毫走样。这里面，第一动不得的要数口音。

公正地说，马家铺话虽然丰富无比，但多古语，多俚语，多乡谚，上不得台面、进不得典籍，更进不得庙堂，很多语音语义只通行于本村本镇至多本县，而绝不与别地沟通交流，所谓"十里不同语"，说穿了就是鸡犬之声相闻老死不相往来的遗迹，都守护着自家的老本钱，视之如典章律法，容不得丝毫变异。其实，马家铺话语音高而尖、直而愣，语速快得宛若连珠枪弹出膛般直行而去，绝无轻灵婉转，也少稳重温润，相当不悦耳。然而，马家铺人很享受也很溺爱乡音，表达激昂或愤怒时还要辅以生动而夸张的表情。他们判别乡亲是否可靠、可亲、可信任的第一标准，就是看他的家乡话说得如何。

马家铺人如果离开家乡，不管走得多远，时间多久，官位升得多高，谱摆得多大，假令回到他出生、长大的村子，还说一口纯粹的马家铺话，在字句和腔调上没有走样，就会获得乡亲们的认可，把他还看作自家人。比如马长桥，走得不可谓不远，竟至于漂洋过海；升得不可谓不高，走京上府如履平地，但他直到被逮走那天，口音也没有丝毫改样，忠实地保留着马家铺语言的纯粹。那么高深的学问用土而又土的话说出来，居然有了别样的魔力。据说他执掌县一中的时候，一口地道的家乡话，能让满操场的师生从喧闹马上变为肃立倾听。这样圆满周正而极具权威的乡音，当然会得到老家人们的维护和爱重。

有些出门闯荡的人回到老家，操着满口普通话，马家铺人将此称作"撇洋腔"，简称为"撇腔"，意为拽声拽调乔张乔致，以外乡人特别是以城里人自居，低看老家的人，让乡亲们十分难堪，那就基本上等于自绝于家乡了。关东客马长楼闯荡白山黑水几十年，初返乡里的时候，也曾张口闭口撇腔，马家铺人说的芫荽、秫秫、馉馇和吃烟，从他嘴里出来就变成了"香菜""高粱""饺子"和"抽烟"，让乡亲们别扭得要死。

那个撇腔的人是马长楼么？他嘴里说的是老鸹的话吧！众人恶毒地调侃说。

还好，识时务的马长楼没敢把洋腔撇多久，在乡亲们的讥讪和期待中完全恢复了地道的马家铺口语，比如把"鸭子"还原为"扁嘴"，把"甜菜"还原为"蓑荡"，把秫秸编的"篱笆"还原为"薄帐子"，把"膝盖"还原为"脖罗盖儿"，把"昨儿晚上"还原为"夜来后晌"，以及把"没关系"还原为"不管忽儿"，等等等等，不一而足，乡里乡亲于是十分喜欢马长楼，说，看人家关东客，出门那么多年，还满口是咱家乡话！语气里的敬意和自得是很显明的。这等于认可与接纳一度离弃家乡却最终改过回头的浪子，因为他看重乡情，自愿还原为马家铺人，比修行成佛的和尚还俗还要不易，也更难得。

出门闯天下的人完全改换口音，偶尔回来却并不还乡，一般而言，他与马家铺之间就会出现看不见的鸿沟，当面客客气气，透着内里的冷淡，彼此的隔阂已然很深，"不肖子孙"的谤议是免不了的。

当然，凡事都有例外。春上，马天谋回乡携取他"家里的"和儿子迁徙关东，洋腔撇得抑扬顿挫亮亮堂堂，这等于明确宣告，他毫无返祖归亲的想法，也不在意老家的人如何看待他。应该说，马天谋毫不留情地背叛和抛弃了马家铺。

但马天谋获得了马家铺人的宽宥和认可，这是个特例，前无古人后无来者。走前，他曾到几位长辈家告别。听着难听的洋腔洋调向他们问好，老人们不以为忤，并未给予任何谴责。此时此地，要是马天谋说的不是洋腔而是乡音，倒让他们感到讶异的。

他的洋腔撇得好，他应该离开马家铺。众人心里说，谁让马家铺亏欠了他们父子呢！

也有抛弃家乡话，但普通话又说得夹生的人，特别是那些在外地生活了不长时间，却撇着半生不熟的洋腔，有意无意之间炫耀自己的特异，让接话的乡亲浑身起鸡皮疙瘩的人，最被大家腹诽，渐渐演变到公开表示不屑，对这类人嗤之以鼻，笑话他们如同东施效颦或邯郸学步，最终说的是非驴非马怪声怪气的话。栗蓬儿的这位表姑，就用不伦不类的口音对娘说，她愿意带栗蓬儿去图河，只是这孩子看起来太糙、太土了，要坐火车了嘛，要去大地方见大世面了嘛，最好穿得"漂亮"一点。

蹩脚的普通话听起来的确别扭，像不小心啃了口霉烂地瓜，娘不经意间皱了下眉头，但她哪会让瞬间的不快流露出来尴尬了气氛。

说你年少，你还真年少，看上去不到三十呢。娘说，顺手给这位表小姑子递上一点吃食，说眼下家里太穷，实在不能为栗蓬儿做新衣裳，而带他出远门也是件不省心的事，这孩子太顽劣，真是给她添了麻烦。

表姑对栗蓬儿再没表示特别的诧异，即使他再土、再不利落也"没关系"，她都看得惯，除了他的赤脚。

这双赤脚踏着晚秋的土地，跟着表姑出发了。

走出家门，走过簸箕湾，走上公路，走向东北，远远地走过小田各庄和大田各庄，走进表姑的老家，并不多作停留，表姑的家人用担杖挑着她的行李送了一程，天黑前，进入了火器营车站的候车厅。

次日拂晓，表姑推醒木条长椅上枕着行囊也抱着行囊睡得很沉的栗蓬儿。

起来起来，火车要进站了。表姑说。

栗蓬儿懵里懵懂爬起来，困惑地揉揉眼睛。在恍惚中，他看到候车厅里的人们跑来跑去，呼儿唤女，叫爹喊娘。有莲花样的巨大吊灯摇摇荡荡，似乎顷刻之间就要砰然坠落。

把你的鞋拿出来，穿上。表姑说。

栗蓬儿仍未从懵懂中清醒。

说你呢，表姑说，显出不快的神情，叫你穿上鞋。

候车厅里很冷，身体缩紧的栗蓬儿打了个寒战。他明白过来，这是火车站，火器营火车站。他要乘坐火车，去一个叫图河的地方。穿着很洋气的表姑要他拿出包袱里的新布鞋穿上，但栗蓬儿不动，他不想穿鞋，不想让脚受憋闷。

你要是光着脚，在火车上弄不好要被铁皮挤伤的。要不要我帮你打开包袱，拿出鞋来？

表姑表现出最大的耐心，好言好语劝导栗蓬儿。

栗蓬儿不说话，他紧紧抱住包袱和杂什。

表姑很不高兴地说，光着脚是不能上火车的，火车车厢是文明的地方，有很多你不懂的规矩，哪能让打赤脚的人踏进那么干净的车厢？

栗蓬儿耳朵里全是纷乱嘈杂，他感到了从未领略过的情绪，是一种深深的不安宁，从不可知处幽幽传来，撞击着他的心。

你这孩子，怎么这么不听话！要是人家不让光脚的人上车——你这双脚可真脏，也太刺眼了！跟个野孩子似的，你混上车也不行，查票的时候准会赶你下来，那可不知道是在哪个车站——我可不管你了，到那时候我也管不了你。

表姑等不得了，她的手从包袱斜角的缝隙探下去摸索，很费劲地掏出布鞋说，穿上，我看着你穿！随手掏出塞在鞋窝里的一摞硬纸卡片，作势要扔掉，被栗蓬儿一把夺走。

你急什么？你别跟看仇人似的看我。怪不得你叫栗蓬儿，原来满身都是刺儿，动不动就扎人。真是的，又不是什么值钱的东西，也值当的跟我起急！表姑说，快穿上鞋，快点！再耽搁就来不及了。

由不得栗蓬儿倔强，身穿制服臂佩蓝箍的人把铁皮喇叭罩住嘴巴大声喊话，乱糟糟的杂音里，他的话听不太清楚，像是让大家赶快排队进站。栗蓬儿硬着头皮，把光脚塞进新鞋，站起身，感觉脚下有些僵硬，脚趾很不舒展，双脚被牛皮箍住似的难受。此时，旅客吵嚷着，拥挤着，涌入进站口通道。通道狭窄曲折，人们摩肩接踵，担杖横竖转来打去。

栗蓬儿跟着表姑挤进人群，立即被前后夹紧。队列横甩斜拽，挤得他东倒西歪。脑子一片空白的栗蓬儿与他肩背手抱的狼夯行囊，在人们的推推搡搡中进入了月台。

栗蓬儿站在月台上。

他觉得脚的什么部位很别扭，进而周身都别扭，脑子有点晕眩，似乎所有的景物都恍恍惚惚，很不真实。这是从来没有过的感觉，又陌生又不喜欢。在难闻气味的包围中，他使劲舒展身体，重重跺了几下脚。脚下的水泥地平整、坚硬而冰冷。线条僵硬的房屋，喷冒黑烟的烟囱，根根电杆拉扯着电线分割了晨曦微露的天空，两条幽幽闪亮的铁轨铺向迷茫的远方。

粗重狂暴的轰鸣撕裂了浑浊的空气，宛若神秘巨兽的震天怒吼。栗蓬儿捂紧了衣兜，里面装进了硬纸卡片，都是乔芳用剪子铰的，三十七张，一张不缺，薄薄的，圆圆的，平平展展，边缘光滑圆整，注音字母和拼音字母分别写在两面，字体工整而娟秀。这是乔芳留给世界的唯一物件。

呜……

长长的汽笛声尖利而刺耳，有排山倒海般的力量迅速迫近。

大地微微颤动，摇撼着他的双脚。

栗蓬儿感到了隐隐的恐惧。